DuMont's Kriminal-Bibliothek

Mary Roberts Rinehart (1876–1958), die bis zu ihrer Heirat bei einem Arzt als Krankenschwester arbeitete, begann ihre Kriminalromane und -geschichten ab 1903 in Magazinen zu veröffentlichen; alle ihre Romane wurden Bestseller. In der DuMont's Kriminal-Bibliothek sind bislang ihr erster Roman, »Die Wendeltreppe« (Band 1004), und »Der große Fehler« (Band 1011) erschienen.

Herausgegeben von Volker Neuhaus

Mary Roberts Rinehart

DAS ALBUM

DuMont Buchverlag Köln

Umschlagmotiv von Pellegrino Ritter
Aus dem Amerikanischen von Karl H. Schneider

2. Auflage 1990

Die der Übersetzung zugrundeliegende Originalausgabe erschien 1971 bei Dell Publishing Co., Inc., New York, New York
Satz: Froitzheim Satzbetriebe, Bonn
Druck und buchbinderische Verarbeitung:
Druckerei »Hermann Duncker«, Leipzig

Printed in the German Democratic Republic ISBN 3-7701-1883-9

Kapitel 1

Wir fünf Familien vom Crescent Place hatten schon so lange miteinander gelebt, daß es niemandem von uns mehr in den Sinn gekommen wäre, wie einmalig wir auf gewisse Weise doch waren. Mit Sicherheit war das bei den älteren Leuten unter uns der Fall; aber selbst mich schockierte es einigermaßen, als Helen Wellington, kurz nachdem sie nach ihrer Hochzeit mit Jim hierher gezogen war, einmal bemerkte, daß wir alle so herumlaufen würden, als ob wir einem Fotoalbum aus dem vergangenen Jahrhundert entsprungen wären.

»Einschließlich der Nackenstützen, die Fotografen benutzten, damit das Foto nicht verwackelte«, sagte sie. »Ihr seid der steifnackigste Haufen, der mir je begegnet ist.«

Ich muß sagen, daß sie nicht ganz unrecht hatte. Kürzlich habe ich mir noch einmal das rote Plüschalbum angesehen, das bei der Aufklärung der Verbrechen, über die ich hier berichten möchte, eine solch wichtige Rolle spielte. Ich entdeckte bei fast jedem von uns, insbesondere bei den Frauen, einige Absonderlichkeiten: den Anflug eines Oberlippenbartes bei Mrs. Talbot, Miss Lydias Ringellöckchen, Emily Lancasters hochgetürmte Pompadourfrisur, Mutters aufgesteckte Haarflechten oder Mrs. Daltons geradegeschnittenen Lillie-Langtry-Pony.

Selbst die Hüte, die die Crescent-Frauen damals auf den Bildern trugen, unterscheiden sich nur unwesentlich von denen, die sie noch heute tragen: unförmige Gebilde, aufgesteckt auf hochgetürmten Frisuren, mit deren Hilfe man die Trägerinnen beim sonntäglichen Gottesdienst in Sankt Markus so leicht herausfinden kann wie eine palmenbestandene Oase in der Wüste.

Wie wirklich einzigartig wir aber waren, hat sich wohl niemand, auch Helen Wellington nicht, vorstellen können, bis der erste Mord bei uns geschah. Erst, als danach Polizei und Presse begannen, in unserem verzweigten Wurzelwerk herumzuwühlen, begann es mir zu dämmern, daß es sich bei uns tatsächlich um einen höchst merkwürdigen und vermutlich auch nicht sehr lebensfähigen menschlichen Garten handelte.

Vor langer Zeit war Crescent Place lediglich eine kleine Ansammlung vornehmer alter Villen gewesen. Jede stand auf einem eigenen Grundstück und war mit den anderen nur durch einen halbkreisförmigen Schotterweg verbunden. Dann dehnte sich die Stadt in diese Gegend aus, der Weg wurde gepflastert, und um sich vor der Außenwelt zu schützen, ließen die Villenbesitzer an der Zufahrt ein Tor errichten und ein Schild »Privatbesitz« anbringen. Das Tor wurde allerdings nie geschlossen, sondern war nur ein Symbol für eine gewisse Exklusivität. Das unbebaute Grundstück, das von der Straße eingeschlossen wird, blieb in gemeinsamem Besitz. Im Laufe der Zeit ließen wir es auf unsere Kosten zu einem kleinen Park ausgestalten. Da es früher Teil einer großen Freifläche gewesen war, auf der unsere Kühe weideten, nannten wir dieses verschönerte Stückchen Land noch immer den »Anger«.

Unsere fünf Villen blicken auf diesen Anger hinaus. Ursprünglich standen sie in einiger Entfernung voneinander. Im Laufe der Zeit wurde diese Distanz durch zusätzliche Bauten verringert. Aber alle Villen haben das beibehalten, was ihren unbezahlbaren Wert ausmacht: private Atmosphäre und vornehme Abgeschiedenheit. Wenn in der Vergangenheit die Gefahr bestand, daß diese durch die Anbauten, die ich erwähnte, oder durch andere Umstände beeinträchtigt werden konnte, wurden umgehend weitere Büsche und Bäume angepflanzt. So gleichen die Villen vom Frühjahr bis zum Herbst, abgesehen von einigen Schwachstellen in ihren Verteidigungslinien, fünf grün ummauerten Festungen.

Solche Schwachstellen lassen sich natürlich nicht vermeiden. So habe ich zum Beispiel aus dem einen Fenster meines Zimmers eine exzellente Aussicht auf einige Partien des Hauses zu unserer Rechten, und vom Ende des Flügels mit Gästezimmern ist es möglich, mehr als nur einen oberflächlichen Blick auf die Nachbarvilla zu unserer Linken zu werfen. Beide Ausguckposten, einschließlich derjenigen im Obergeschoß, von wo aus wir unsere Garage kontrollieren können, sollten in der Tragödie, die sich anbahnte, eine wichtige Rolle spielen. Im großen und ganzen aber hatten die Häuser – bis zu jenem Donnerstag, dem achtzehnten August letzten Jahres, vier Uhr nachmittags – ihre Abgeschlossenheit und leicht arrogante Distanz zu den anderen Häusern und der Welt draußen vor dem Tor vierzig Jahre lang, wenn nicht noch länger, erfolgreich verteidigt. Man hatte zwar nachbarschaftlich miteinander verkehrt, ohne jedoch allzu intim zu werden, hatte sich gegen alle Neuerungen bis zur letzten Patrone zur Wehr gesetzt – Helen Wellington meinte einmal, daß die letzte mit einem Schmetterling verzierte Hutnadel auf dieser Welt von Lydia Talbot verwendet würde – und nahm vom Rest der Welt gelassen nicht mehr zur Kenntnis, als was man durch das offenstehende Tor zur Liberty Avenue von ihr mitbekam.

Mutter und ich lebten in dem mittleren Haus, fast direkt gegenüber dem Anger und dem dahinter liegenden Tor. Mutter trauert noch immer tief um Vater, der bereits vor zwanzig Jahren starb. Als die Tragödie ihren Anfang nahm, mußte ich ziemlich schokkiert zur Kenntnis nehmen, daß man sie als die »ewige Witwe in Schwarz« bezeichnete. Mich selbst – mit meinen achtundzwanzig Jahren! – apostrophierte man als ein »spätes Mädchen«, das abnormal unterdrückt und deshalb vermutlich mehr oder minder eingeschüchtert und psychopathisch veranlagt sei.

Das stand in derselben Boulevardzeitung, die, als sich die Mordfälle bei uns mehrten, entdeckte, daß genau dreizehn Menschen am Crescent Place lebten, die Dienstboten nicht mitgezählt. Unter der Überschrift »Die Unglückszahl« brachte sie dreizehn Tage lang jeweils einen Artikel über einen von uns.

Tatsache ist, daß von allen fünf Häusern und seinen Bewohnern sich das unsere zum Schluß noch als das normalste erwies, obwohl auch wir ein gutes Maß an Aufregung und Schrecken erlebten. Und daß das nächste in bezug auf Normalität und das erste in bezug auf ein friedliches und geordnetes Leben das Lancaster-Haus nebenan war – bis zu jenem Augustnachmittag, an dem die alte Mrs. Lancaster auf so grauenvolle Weise ermordet wurde.

Die Villa der Lancasters steht rechts neben der unseren. Die Familie bestand zu jener Zeit aus dem alten Mr. Lancaster, seiner bettlägerigen Frau und seinen beiden Stieftöchtern Emily und Margaret. Es war aber schon so lange her, seit Mrs. Lancaster zum zweiten Mal geheiratet hatte, daß sich kaum noch jemand daran erinnern konnte, auch die beiden Stieftöchter des alten Herrn nicht, die selbst schon in fortgeschrittenem Alter waren. Sie hingen sehr an ihrem Stiefvater, dessen Namen sie trugen. Das ganze Leben im Haus kreiste aber um die kleine, recht herrschsüchtige und nicht allzu liebenswürdige Kranke, die in ihrem breiten Bett im Obergeschoß des Hauses residierte.

Neben der Lancaster-Villa und nahe dem Tor auf dieser Seite steht das Haus der Talbots. Wir kannten die Familie bereits so lange, daß uns Mrs. Talbots Exzentrizitäten ebenso selbstverständlich vorkamen wie die Dahlien in ihrem herbstlichen Garten oder die altehrwürdigen, verschossenen Nerze, die sie trug. Ihre Manie, wenn man es so bezeichnen kann, war, daß sie alles und jedes abschloß und die Schlüssel stets bei sich trug. Miss Mamie, unsere Hausschneiderin, erzählte uns einmal, daß Mrs. Talbot den ganzen Tag mit ihren Häkelarbeiten herumsitze und dabei ständig die Schlüssel in ihrem Schoß liegen habe, was zur Folge habe, daß die Vorderseite ihrer Kleider öfter ausgebessert werden müsse. Mrs. Talbot war eine stämmige Frau mit einem leichten Anflug von Bart auf der Oberlippe, die eine dröhnende Stimme besaß, was ihre leichte Absonderlichkeit noch betonte. Aber, wie ich bereits sagte, wir hatten uns an ihre Eigenheiten inzwischen gewöhnt. Daran erinnert wurden wir nur gelegentlich, dann nämlich, wenn ihr Sohn George einmal nachts spät nach Hause kam und sie dann gerade auf ihrem tauben Ohr schlief und so nicht hören konnte, daß George Einlaß begehrte.

In diesem Fall mußte ihre Schwägerin Lydia sie aufwecken, sich den Hausschlüssel geben lassen und – mit sorgfältig aufgewickelten und unter einem Netz festgehaltenen Ringellöckchen – herunterkommen und George die Tür öffnen. Für den Fall jedoch, daß auch sie nicht aufwachte, mußte er sein Glück bei einem der Nachbarn versuchen. Es gab niemanden am Crescent Place, der George nicht schon einmal des Nachts beherbergt hatte, wenn es ihm nicht gelungen war, seine Mutter aufzuwecken, oder sie sich entschieden hatte, ihn einfach nicht einzulassen.

So standen die Dinge nun einmal. Im selben Moment, in dem George sein Zimmer verließ, wurde die Tür abgeschlossen, und der Schlüssel wanderte zu der alten Dame. Auch Lydia Talbot, das perfekte Musterexemplar einer abhängigen Frau aus dem vergangenen Jahrhundert, blieb davon nicht verschont. Selbst das Dienstpersonal deponierte seine Schlüssel auf dem Weg nach unten in einem Körbchen, das vor Mrs. Talbots Zimmertür hing. Ein an sich sehr zuverlässiges Dienstmädchen, das dies einmal vergaß, wurde allein aus diesem Grund sofort hinausgeworfen. Ein Mr. Talbot existierte nicht mehr. Aber es mußte ihn gegeben haben, denn eines Tages hatte ich als kleines Mädchen in dem alten Stall auf dem Grundstück der Talbots eine Kreidezeichnung eines grimmig dreinblickenden Mannes mit kurzgeschnittenem schwarzen Haar und buschigem schwarzen Schnurrbart entdeckt. George hatte mir erklärt, dies sei sein Vater. Da ich damals noch nicht in der Lage war, das Bild mit einer lebenden Person in Verbindung zu bringen, bildete ich mir lange ein, Mrs. Talbot sei mit einer Kreidezeichnung verheiratet. Als diese dann schließlich endgültig verschwand, hatte ich das seltsame Gefühl, George sei plötzlich vaterlos geworden.

Links neben uns wohnten die Daltons, ein Ehepaar mittleren Alters, das seit zwanzig Jahren nicht mehr direkt miteinander sprach. Niemand kannte den Grund dafür, aber wir fanden uns genauso gelassen damit ab, wie wir uns mit anderen Tatsachen abfanden. Zwei Mal im Jahr luden die Daltons die Nachbarn zum Tee ein. Dann konnte es passieren, daß Mr. Dalton an den Teetisch seiner Frau trat und irgend jemanden, der gerade in der Nähe war, höflich fragte:

»Würden Sie Mrs. Dalton bitten, mir noch eine Tasse Tee einzugießen?«

Gelegentlich geschah es dann, daß Mrs. Dalton antwortete: »Tut mir leid. Würden Sie Mr. Dalton sagen, daß ich gerade frischen Tee machen lasse?«

Mr. Dalton war ein stattlicher Mann und in gewisser Weise noch immer recht ansehnlich. Seine Frau hatte das Geld mit in die Ehe gebracht, und wie vielen reichen Erbinnen sagte man ihr nach, daß sie ihren Mann recht knapp hielt. Vielleicht hatten sie sich deswegen zerstritten. Seit der Wirtschaftskrise hatte Dalton es aufgegeben, auch nur so zu tun, als übe er einen Beruf aus. Er verbrachte ein Gutteil seiner Zeit damit, in der Garage an seinem Wagen herumzuwerkeln. Doch mußte er sich einsam fühlen, das wußte ich, denn ich beobachtete öfter einmal, wie er sich mit seinem Butler unterhielt, bestimmt, um überhaupt einen Gesprächspartner zu haben.

Seine Frau war hübsch und zierlich und glich einem Vögelchen. Sie neigte dazu, sich etwas übertrieben zu kleiden. Unter den älteren Frauen vom Crescent Place war sie die einzige, die sich nach der Mode richtete. Ich erinnere mich noch sehr gut an den Tag, als sie das erste Mal bei uns in einem kurzen Rock auftauchte! Mutter warf einen einzigen entsetzten Blick auf ihre Beine und sah sie künftig nie tiefer als bis zum Kinn an. Aber niemand von uns hätte je vermutet – bis unser Leben an jenem Augustnachmittag völlig durcheinandergebracht wurde –, daß Laura Dalton ihren Mann noch immer stürmisch und voller Eifersucht liebte.

Das letzte Haus auf unserer linken Seite, nahe dem Tor, gehörte den Wellingtons. Sie waren die einzigen, die gelegentlich für etwas Abwechslung und manchmal auch Aufregung in unserem beschaulichen Leben sorgten. Beide waren jünger als die anderen Nachbarn, denn Jim Wellington hatte das Haus von seiner Mutter geerbt. Gelegentlich gerieten sie sich in die Haare und drohten dann mit Scheidung. So konnte es denn vorkommen, daß Mary, unsere ältliche Köchin, des Morgens bei der Entgegennahme des Küchenzettels berichtete:

»Sie ist letzte Nacht auf und davon. Bestellte ein Taxi und nahm ihren Koffer mit.«

Bei »sie« wußte jeder, wer gemeint war. Oder Mary erzählte:

»Heute morgen ist Mr. Wellington in seinen Klub umgezogen.«

Natürlich versöhnten sich die beiden immer wieder und feierten die Versöhnung mit einer Party. Recht fröhliche Parties, muß man sagen. Ich pflegte dann einige Zeit, nachdem Mutter sich schlafen gelegt hatte, aus dem Haus zu schlüpfen und auf den Partylärm zu horchen oder durch ein Fenster zu spähen. Gelegentlich konnte ich dann Helen Wellington mit irgendeinem Mann auf der dunklen Veranda entdecken, in einem Kleid, das, wie Miss Mamie sagen würde, der Natur eng angepaßt war. Mutter ließ mich nie zu diesen Parties gehen. Sie argwöhnte, daß Helen einen schlechten Einfluß auf mich ausüben könne, nannte sie ein Flittchen und kritisierte sowohl ihren Lebenswandel wie auch ihre Haushaltsführung.

Dies waren also die fünf Häuser am Crescent Place und die Menschen, die sie in jenen aufregenden Augusttagen bewohnten. Häuser und Menschen wurden durch den alten, zur Straße ausgebauten Fahrweg miteinander verbunden, durch den Pfad auf ihrer Rückseite, auf dem der Dienstbotenklatsch weitergetragen wurde, und durch eine gewisse gemeinschaftliche Absonderung, die uns immer mehr von der Außenwelt trennte.

Dieser Außenwelt gegenüber machten wir kaum Zugeständnisse. Mrs. Talbots Schoßjacken und ihr Kameenschmuck wurden als genauso selbstverständlich hingenommen wie Mutters Trauerkleidung oder Emily Lancasters über einem künstlichen Gestell hochgetürmte Frisur. Die verdächtigen Ausbuchtungen an Lydia Talbots hagerer Gestalt akzeptierten wir als natürliche und nicht als künstliche, und montags, wenn selbstverständlich Waschtag am Crescent Place war, hingen auf den Leinen hinter den Häusern die Reihen sittsamer, keinesfalls exotischer Wäschestücke.

Ich erinnere mich noch sehr gut daran, wie ich Helen Wellington kurz nach ihrer Hochzeit einmal auf dem Pfad hinter den Häusern traf. Sie betrachtete die Wäsche der Lancasters und faßte mich am Arm.

»Hören Sie«, sagte sie mit ihrer hastigen Stakkatostimme. »Tragen alle Leute hier nur solche Sachen?«

»Die meisten von ihnen«, entgegnete ich. »So war es schon immer.«

»Sie etwa auch?«

»Nicht immer. Aber ich wasche meine Sachen separat.«

Sie warf mir einen schnellen Blick zu.

»Richtig lebendig begraben sind Sie, stimmt's?« meinte sie. »Hier scheint doch noch nie etwas passiert zu sein, und hier wird auch niemals etwas passieren. Warum gehen Sie nicht fort, hauen einfach ab? Sie sind doch noch jung und sehen nicht übel aus.«

»Einfach fortgehen? Wohin? Ich könnte nicht einmal Mottenkugeln verkaufen.«

»Genau das wäre vermutlich das richtige für Sie!« Sie blickte sich rasch abschätzig um und sagte: »Also, man weiß ja nie. Je älter das Haus ist, um so besser brennt es. Vielleicht werden Sie eines Tages alle hier wie eine Zunderbüchse in die Luft gehen. Das ist doch alles nicht natürlich!«

»Was ist nicht natürlich?«

»Der ganze Frieden hier. Dieser selbstgefällige, widerliche Frieden. Das stinkt nach Degeneration!«

Dann zündete sie sich die erste Zigarette an, die je von einer Frau am Crescent Place geraucht wurde, und ging weiter. Das letzte, was ich von ihr sah, war, wie sie schamlos fasziniert die langärmeligen Nachthemden und die langen baumwollenen Unterhosen des Hausherrn auf der Wäscheleine hinter der Lancaster-Villa musterte.

Sie hatte natürlich mit ihrer Prophezeiung recht. Aber es dauerte noch sechs Jahre, ehe sie sich erfüllte. Fast auf den Tag genau sechs Jahre, ehe der Funke in unsere Zunderbüchse fiel und die alte Mrs. Lancaster in dem großen Vorderzimmer ihrer Villa grausam und brutal mit einer Axt in ihrem Bett erschlagen wurde.

Kapitel 2

Wie ich bereits erwähnte, kann ich aus einem Fenster meines Zimmers im Obergeschoß unseres Hauses einen Teil der Lancaster-Villa überblicken, genauer gesagt das gesamte Dach, ein Teil des Obergeschosses und eine kleine Seitentür, die auf einen großen Rasen mit Blumenrabatten hinausführt, der zwischen unseren beiden Häusern liegt. Das Grundstück gehört zur Hälfte den Lancasters, zur Hälfte uns. Die Trennlinie zwischen beiden Hälften wird von einer Reihe junger Pyramidenpappeln markiert.

An diesem Fenster saß ich um vier Uhr nachmittags an jenem Donnerstag im August mit einer Näharbeit. Mutter war gerade ausgefahren. Draußen mähte der alte Eben, der Gärtner, der alle fünf Anwesen pflegt, den Rasen. Die abgemähten Spitzen der Grashalme formierten sich zu einem hellgrünen Streifen auf dem dunkleren Grund. Als das Geräusch des Rasenmähers verstummte, sah ich auf. Eben wischte sich mit einem großen, buntkarierten Taschentuch den Schweiß von der Stirn. In dieser plötzlich eingetretenen Stille hörte ich einen entfernten Aufschrei.

Auch Eben hatte diesen Schrei vernommen. Ich sehe ihn noch vor mir, wie er dort stand, in der einen Hand das Taschentuch, die andere am Griff des Rasenmähers, und zur Lancaster-Villa hinüberblickte. Wie lange er so verharrte, weiß ich nicht mehr genau. Ein weiterer Schrei ertönte, diesmal nicht so weit entfernt, dann stolperte Emily, die ältere der beiden Lancaster-Töchter, aus der Seitentür, schrie noch einmal, lief über den Rasen und brach fast genau vor Ebens Füßen ohnmächtig zusammen.

Das war alles so schnell hintereinander passiert, daß Eben zunächst bewegungslos stehenblieb, in der einen Hand das Taschentuch, in der anderen den Rasenmähergriff. Als ich bei ihnen ankam, beugte er sich gerade über Emily und versuchte, sie wieder aufzurichten.

»Lassen Sie sie flach liegen, Eben«, sagte ich ungeduldig, »und sehen Sie nach, was passiert ist!«

»Ich nehme an, daß die alte Dame gestorben ist«, sagte er und machte sich recht zögernd auf den Weg. Doch ehe er noch die Seitentür erreicht hatte, schien im Haus die Hölle loszubrechen. Deutlich konnte man durch die geöffneten Fenster hören, wie die weiblichen Dienstboten durcheinanderschrien, außerdem vernahm man hysterisches Schluchzen. Die Stimme Margaret Lancasters, hoch und schrill, übertönte alles.

Selbst da glaubte ich noch immer, was auch Eben vermutet hatte, nämlich daß die alte Dame gestorben sei. Ich erinnere mich auch noch, daß ich mir dachte, dies sei ungewöhnlich viel Aufregung wegen eines Ereignisses, mit dem man doch schon seit Jahren hatte rechnen müssen. Mein unmittelbares Problem war aber Miss Emily, die in ihrem fleckenlosen weißen Kleid vor mir auf dem Rasen lag. Ihre Pompadourfrisur war umgekippt, und ihr Gesicht sah so weiß aus wie ihr Kleid.

Eben war inzwischen durch die Seitentür ins Haus verschwunden. Bis er zurückkam oder Hilfe schickte, konnte ich kaum etwas unternehmen. Anstatt daß aber diese Hilfe kam, hörte ich, wie einige Minuten später jemand über die Veranda vor dem Haus hinaus auf die Straße stürmte, und sah dann, daß es Eben war. Uns hatte er offensichtlich ganz vergessen. Er blieb einen Moment stehen, sah sich nach links und rechts um und lief dann hinüber zur Toreinfahrt des Crescent.

Da wurde mir klar, daß irgend etwas ganz Außergewöhnliches passiert sein mußte. Ich versuchte, Emily ins Bewußtsein zurückzubringen.

»Miss Emily«, sagte ich, »hören Sie, können Sie sich nicht aufsetzen?«

Aber sie rührte sich nicht, und ich schaute mich verzweifelt nach Hilfe um. Dabei entdeckte ich dann Jim Wellington. Ich hatte den Eindruck, daß er gleichfalls aus der Seitentür des Lancaster-Hauses gekommen war, obwohl ich deren Fliegengitter nicht hatte zuklappen hören. Ich hatte nicht umsonst mein ganzes Leben in ihrer Nähe zugebracht, um zu wissen, daß sie recht vernehmlich zuschlug.

Zuerst nahm ich an, er hätte Emily und mich nicht bemerkt, denn er ging eilig zu dem Pfad auf der Rückseite der Häuser hinüber, den Bryan Dalton scherzhaft »unseren Buschtrommelpfad«

getauft hat, weil auf ihm die Dienstboten alle Neuigkeiten von Haus zu Haus weiterzutragen pflegen. Dann aber dachte ich mir, daß er uns unmöglich übersehen haben könnte, denn ich in meinem pastellfarbigen und Emily in ihrem weißen Kleid waren einfach nicht zu übersehen.

»Jim!« rief ich. »Jim Wellington, bitte komm her!«

Er wandte sich um und kam zu uns herüber. Genau wie die Fliegentür drüben bei den Lancasters kenne ich Jim schon Zeit meines Lebens und habe ihn immer sehr gemocht – eine Zeitlang viel zu sehr, um genau zu sein. Niemals zuvor hatte ich ihn jedoch so erlebt, wie er in diesem Moment aussah. Sein Gesicht war aschgrau, und er schien leicht benommen zu sein.

»Ich benötige Hilfe, Jim«, sagte ich. »Sie ist ohnmächtig geworden.«

»Wer ist es? Emily?«

»Ja, Emily.«

Er zögerte einen Moment, dann trat er näher und beugte sich über sie.

»Bist du sicher, daß sie sich nicht verletzt hat?« fragte er.

»Das kann ich nicht genau sagen. Sie ist aber nicht sehr hart gefallen, sondern einfach in sich zusammengesunken. Was um Himmels willen ist passiert, Jim?«

In diesem Augenblick bewegte Emily sich und stöhnte. Jim richtete sich auf und bedeutete mir, still zu sein.

»Sie kommt wieder zu sich«, sagte er leise. »Du gehst besser ins Haus und holst Hilfe. Ich muß jetzt dringend nach Hause.« Er wandte sich zum Gehen, drehte sich aber noch einmal zu mir um und sagte mit belegter Stimme: »Hör zu, Lou, du solltest vergessen, daß du mich hier gesehen hast. Da drinnen gibt es Ärger, und ich möchte nicht darin verwickelt werden.«

»Was für Ärger?« fragte ich, aber er tat so, als ob er meine Frage nicht gehört hätte, und verschwand.

Noch immer kam mir niemand zu Hilfe. Offensichtlich hatten selbst die Dienstboten in unserem Haus von der ganzen Aufregung nichts mitbekommen, weil die Zimmer für die Dienstboten auf das Dalton-Haus und nicht die Villa der Lancasters hinausgehen. Inzwischen waren bereits fünf Minuten oder mehr vergangen, genug Zeit für Eben, um zur Liberty Avenue zu laufen und wieder zurückzukommen. Gerade tauchte er eiligen Schrittes wieder auf, gefolgt von dem Polizisten, der in dieser Gegend auf

Streife geht. Kaum waren sie im Haus verschwunden, als Miss Emily erneut stöhnte.

Ich beugte mich über sie und fragte: »Sind Sie in der Lage aufzustehen, Miss Emily?«

Sie schüttelte den Kopf, dann schien sie die Erinnerung an irgend etwas Schreckliches zu überwältigen. Sie preßte ihr Gesicht erneut ins Gras und schluchzte hysterisch.

»Was haben Sie nur, Miss Emily?« fragte ich hilflos. »Bitte sagen Sie es mir, damit ich weiß, wie ich Ihnen helfen kann!«

Daraufhin wurde sie von noch heftigerem Schluchzen geschüttelt, das fast einem Schreien glich. In diesem Moment tauchte Margaret in der Seitentür in einem hastig übergeworfenen kimonoähnlichen Morgenrock auf. Nie zuvor in meinem Leben war ich so froh gewesen, einen Menschen zu entdecken, wie in dieser Situation. Auch Margaret sah blaß und verstört aus. Eilig kam sie zu uns herüber.

»Hör doch auf, Emily!« rief sie. »Louisa, holen Sie doch bitte etwas Wasser und gießen es über sie aus! Emily, so schweig doch endlich, um Himmels willen!«

Ob es die Drohung mit dem kalten Wasser war oder der heftige Zorn in Miss Margarets Stimme, kann ich nicht sagen. Jedenfalls beruhigte sich Miss Emily wieder und richtete sich auf.

»Du bist ein schrecklich gefühlloser Mensch, Margaret!« jammerte sie. »Wo doch Mutter ...«

»Wem glaubst du, helfen zu können, indem du dich so gehen läßt?« unterbrach Margaret sie heftig. »Willst du, daß Vater dich so hört?«

»Weiß er es?«

»Ja, er weiß es«, erwiderte Margaret grimmig. »Ich habe angeordnet, daß man ihn nicht nach oben läßt.«

Selbstverständlich war mir inzwischen klargeworden, daß Mrs. Lancaster gestorben war. Da ich wie jeder andere am Crescent Place wußte, wie zärtlich besorgt Emily um ihre Mutter gewesen war, schien mir ihr hysterischer Anfall verständlich zu sein. Sie war eine sehr gefühlvolle Frau, las leidenschaftlich gern Liebesromane und wurde allgemein als sentimental eingeschätzt. Auch Margaret war eine anhängliche Tochter, aber weitaus praktischer veranlagt. So hatten sich die Schwestern die Rollen im Haus geteilt. Emily war mehr die Betreuerin der Mutter, während Margaret sich vorwiegend um den Haushalt kümmerte.

Die Fliegentür stand noch immer offen. Gemeinsam schafften wir Emily ins Haus und brachten sie in die Bibliothek. Margaret ging voraus. Heute erinnere ich mich daran, daß sie auf dem Weg durch die Halle kurz anhielt und etwas vom Boden in der Nähe der Treppe aufhob. Damals achtete ich nicht besonders darauf, da der Streifenpolizist – ich kannte ihn, sein Name war Lynch – dort telefonierte und dabei, obwohl er auch mich kannte, förmlich durch mich hindurchzustarren schien.

»Das ist alles«, sagte er gerade. »Sieht so aus, als wäre es mit einer Axt geschehen ... Jawohl, habe verstanden. In Ordnung.«

Er legte den Hörer auf und begab sich eilig wieder nach oben.

Mir wurde plötzlich wahnsinnig schlecht, und ich schauderte zusammen. Jemand war also mit einer Axt verwundet oder getötet worden! Bestimmt konnte das aber nicht Mrs. Lancaster sein, denn wer würde schon eine hilflose alte Frau mit einer Axt überfallen? Ich war aufgeregt und verwirrt, aber noch immer ahnungslos, als wir die Bibliothek betraten. Erst als ich den alten Mr. Lancaster erblickte, wußte ich Bescheid.

Er war allein und saß zurückgelehnt in einem tiefen Ledersessel. Sein Gesicht war blutleer, die Augen hielt er geschlossen. Er öffnete sie selbst dann nicht, als wir eintraten und Margaret mir half, Emily auf die Ledercouch zu legen. Nachdem wir das geschafft hatten, trat Margaret zu ihrem Vater und legte ihm die Hand auf die Schulter.

»Du weißt, daß sie ermordet wurde, Vater?« fragte sie.

Er nickte.

»Wer hat es dir gesagt?«

»Eben«, antwortete er, wobei sich seine Lippen kaum bewegten. »Ich traf ihn auf der Straße.«

»Aber du bist nicht oben gewesen?«

»Nein.«

»Ich hole dir ein Glas Port.« Sie tätschelte seine Schulter und ging hinaus, uns drei in jener bedrückenden Stille zurücklassend, die wie Donner in den Ohren tönt. Es war der alte Mann, der schließlich das Schweigen brach. Er öffnete die Augen und sah zu Emily hinüber, die zitternd auf der Couch lag.

»Hast du sie gefunden?« fragte er, wobei er sich noch immer nicht bewegte.

»Ja. Bitte, Vater, laß uns nicht darüber reden!«

»Hast du irgend etwas gehört?«

»Nein. Ich zog mich gerade um und hatte die Tür geschlossen.«

»Und Margaret?«

»Sie wird sicher auch nichts gehört haben. Sie war im Begriff, ein Bad zu nehmen. Als ich sie zur Hilfe rief, lief gerade das Wasser in die Wanne ein.«

Margaret kam mit einem Glas Portwein zurück, und ihr Vater trank es aus. Er war schon immer recht klein gewesen, doch in den letzten Minuten schien er noch mehr zusammengeschrumpft zu sein. Klein und adrett und jünger aussehend, als er war, gehörte er genauso zum Crescent Place wie Mrs. Talbots Dahlien oder wie die Ulmen vor unserem Haus. In seinen kleinen Gewohnheiten war er so präzise, daß man nach seinem Nachmittagsspaziergang die Uhr stellen oder ohne Kalender den Herbstbeginn bestimmen konnte, sobald er zum ersten Mal in seinem Überzieher erschien.

Wenn er jetzt wie gelähmt dasaß, so schien es mir mehr aus Schrecken als aus Trauer zu sein. Kein Wunder, denn einem Ehemann wird kaum das Herz brechen, wenn seine Frau, die seit über zwanzig Jahren kränkelte und seit zehn Jahren ans Bett gefesselt war, plötzlich stirbt.

Der Wein belebte ihn offensichtlich wieder. Er richtete sich auf und sah die beiden Frauen an, die bleich und mitgenommen aussahen. Es war ein forschender Blick, sehr durchdringend und irgendwie merkwürdig. Erst musterte er Emily, die noch immer wie ein Häufchen Elend wimmernd auf der Couch lag. Dann sah er Margaret an, die erschüttert, aber gefaßt neben dem Tisch in der Mitte der Bibliothek stand und ihren großblumigen Morgenrock enger raffte. Meine Anwesenheit schien er überhaupt nicht zu bemerken.

Was er sah, schien ihn offensichtlich zu befriedigen, denn er lehnte sich in seinen Sessel zurück und dachte nach. Ich wollte gerade aus dem Zimmer schlüpfen, als er plötzlich wieder zu reden begann.

»Hat irgend jemand unter dem Bett nachgesehen?« fragte er.

Wie elektrisiert richtete sich Emily auf.

»Unter dem Bett?« fragte sie. »Dann glaubst du . . .«

»Was sollte ich sonst glauben?« erwiderte er.

Darauf bekam er keine Antwort mehr, denn in diesem Augenblick fuhr draußen ein Polizeiauto vor, ein Funkwagen mit zwei Detektiven, der kurze Zeit später von einem anderen Wagen gefolgt wurde, in dem vier Männer saßen. Heute weiß ich, daß es sich um einen Inspektor und drei weitere Angehörige der Mordkommission handelte.

Kapitel 3

Ich war noch immer sehr schockiert und konnte es noch gar nicht fassen, als ich in die Halle hinausging und zusah, wie die kleine Polizeimacht schweigend nach oben marschierte. Die Uhr auf dem Treppenabsatz zeigte erst zwanzig Minuten nach vier an. Kaum zwanzig Minuten zuvor hatte ich noch friedlich drüben am Fenster mit meiner Näharbeit gesessen und auf das Lancaster-Haus geschaut, das weiß und friedlich durch die Bäume lugte.

Plötzlich war alles anders geworden – und doch hatte sich eigentlich nichts verändert. Nachdem die Männer oben verschwunden waren, sah die Halle wieder wie an jedem normalen anderen Tag aus. Die altmodischen Messingstangen auf den Treppenstufen glänzten frischpoliert. Das einzige Geräusch, das zu vernehmen war, stammte von Frauen, die irgendwo oben leise weinten. Diesem Geräusch ging ich nach. Es kam aus der Halle im Obergeschoß. Dort fand ich Lynch, den Streifenpolizisten, der vor der Tür von Mrs. Lancasters Schlafzimmer die drei weiblichen Dienstboten versammelt hatte und sie ebenso wie Eben bewachte.

Zwei der drei Frauen waren schon älter und standen seit langer Zeit in den Diensten der Lancasters: Ellen, die Köchin, und Jennie, die Aufwartung. Nur Peggy, das Stubenmädchen, war noch verhältnismäßig neu im Haus, aber auch sie war augenscheinlich tief betroffen. Alle drei schluchzten mit der Bereitwilligkeit von Menschen, denen wohl bewußt ist, daß dies von ihnen erwartet wird. Als Peggy mich erblickte, deutete sie mit einem unterdrückten Schrei auf die Türschwelle.

»Blut!« stammelte sie.

Lynch befahl ihr schroff zu schweigen. So standen wir stumm herum, bis einer der Detektive aus dem Mordzimmer kam. Grimmig musterte er unser bedrücktes Grüppchen.

»Dann wollen wir mal hören, was passiert ist«, sagte er.

Augenscheinlich gab es nicht viel zu berichten. Ellen hatte auf der Küchenveranda einen Kuchen angerührt, und Jennie hatte auf der Veranda, weil es dort kühler war, das Silber geputzt. Peggy hatte ihren freien Nachmittag und wollte das Haus gerade über die Veranda verlassen, als sie Miss Emily schreien hörten. Keine der Frauen hatte Mrs. Lancaster mehr gesehen, seitdem Jennie ihr um halb zwei das Essen hinaufgebracht hatte. Sie alle beschworen hoch und heilig, daß sämtliche Vorder-, Hinter- und Seitentüren fest verschlossen gewesen waren.

Als letzten nahm sich der Detektiv Eben vor.

»Und wo waren Sie?« fragte er.

»Wo war ich wann?«

»Als der Mord passierte.«

»Ich weiß nicht, wann er passierte.«

»Zeigen Sie mal Ihre Schuhe her!«

»Da wird bestimmt Blut drunter sein. Als Miss Emily schreiend aus dem Haus stürzte, dachte ich mir, daß die alte Dame gestorben sei. Deswegen lief ich hier hinauf, als der Lärm begann. Miss Margaret war aber schon vor mir da. Sie hatte die Tür geöffnet und sah ins Zimmer hinein. Sie bat mich nachzusehen, ob ihre Mutter noch lebte, aber ich mußte nicht sehr nahe herangehen, um festzustellen, daß das nicht der Fall war.«

»Ich kann seine Aussage bestätigen«, mischte ich mich ein. »Eben mähte unter meinem Fenster den Rasen. Ich sah, wie Miss Emily aus dem Haus stürzte, und schickte ihn hinein, um nachzusehen, was passiert war.«

Danach mußte ich dem Detektiv erklären, wer ich war und was ich von meinem Fenster aus beobachtet hatte. Er hörte aufmerksam zu.

»Ist das alles, was Sie gesehen haben?« fragte er. »Sahen Sie niemanden ins Haus hineingehen oder herauskommen?«

»Nein«, antwortete ich. Plötzlich fiel mir zum ersten Mal, seitdem ich das Haus betreten hatte, wieder Jim Wellington ein. Was ich daraufhin genau gesagt und getan habe, vermag ich heute kaum mehr zu sagen. Ich erinnere mich nur noch, daß sich meine Brust krampfhaft zusammenzog und mir leicht schwindelte. Aber ich wurde einer weiteren Antwort enthoben, denn plötzlich ertönte drinnen im Zimmer ein leichter Knall. Eine der Frauen schrie auf und wollte weglaufen.

Wie sich herausstellte, war es nur das Geräusch eines Blitzlichtes gewesen, mit dem man drinnen im Zimmer ein Foto von der Toten gemacht hatte. Da man dann damit beschäftigt war, die Situation zu erklären, stellte man mir keine weiteren Fragen mehr. Die Dienstboten wurden mit der Anweisung fortgeschickt, das Haus nicht zu verlassen, und der Detektiv, von dem ich später erfuhr, daß er Sullivan hieß, ging in das Mordzimmer hinein.

Ich blieb allein in der oberen Halle zurück, unfähig, auch nur einen einzigen klaren Gedanken zu fassen. Ich erinnere mich nur noch daran, daß ich in Miss Emilys Zimmer den Kanarienvogel laut zwitschern hörte und mir dachte, daß diese Fröhlichkeit eigentlich recht unangemessen sei. Dann ging ich langsam und ziemlich benommen die Treppe hinunter und verließ das Haus durch die Vordertür.

An den weiteren Verlauf dieses Nachmittages kann ich mich nicht mehr sehr genau erinnern, außer, daß ich draußen auf dem Gehsteig Lydia Talbot traf, die dort mit ein paar Päckchen unter dem Arm stand und das Polizeiauto anstarrte. Auch sie sah bleich und erschrocken aus.

»Was ist denn passiert?« fragte sie mich. »Hat es gebrannt?«

»Mrs. Lancaster ist tot. Ich fürchte, sie wurde ermordet, Miss Lydia.«

Sie schwankte so stark, daß ich sie am Arm ergriff, wobei einige ihrer Päckchen zu Boden fielen. Sie machte keinerlei Anstalten, sie wieder aufzuheben.

»Ich bin doch vorhin noch bei ihr gewesen«, stammelte sie mühsam. »Nach dem Mittagessen war ich bei ihr, um ihr Hühnchen in Aspik zu bringen. Da ging es ihr noch gut.«

Schließlich brachte ich sie nach Hause, wobei wir, um Zeit zu sparen, quer über den Anger gingen. Ich war froh, als ich feststellen konnte, daß sie sich wieder etwas erholt hatte.

»Wie . . . wie ist es passiert?« fragte sie.

»Ich bin nicht ganz sicher. Ich glaube, man hat sie mit einer Axt erschlagen«, sagte ich und fügte, als ich merkte, daß sie wieder zu zittern begann, hinzu: »Denken Sie nicht mehr daran. Wir können doch nichts mehr ändern.«

Und dann sagte sie etwas Merkwürdiges.

»Sie war zwar meine Schwägerin, aber ich habe sie nie gemocht. Ich nehme an, daß sie es so lange ertrugen, wie sie konnten.«

Im nächsten Moment versuchte sie diese Worte ungesagt zu machen, indem sie erklärte, sie sei noch schrecklich erregt und verwirrt, und die Schwestern seien anhängliche Töchter gewesen. Aber ich erinnerte mich sehr wohl an den seltsamen forschenden Blick, mit dem Mr. Lancaster kurz zuvor seine beiden Töchter gemustert hatte, und fragte mich, ob ihm etwa derselbe Verdacht gekommen war wie Lydia.

Das ist alles, was ich selbst an diesem Nachmittag sah und hörte. Zwischenzeitlich habe ich einiges von dem erfahren, was die Polizei trotz des wüsten Durcheinanders am Tatort herausfand. Durch das Blut, das allmählich durch den schweren Satin des Betthimmels sickerte, hatten sie die Axt gefunden. Wie man feststellte, stammte sie aus dem Holzschuppen der Lancasters. Die einzigen Fingerabdrücke, die man darauf entdeckte – und später als die von Eben identifizierte –, waren älteren Ursprungs und stark verwischt. Dann weiß ich ferner, daß die Polizei dies und jenes vermaß, die Fenster öffnete und hinaussah und daß einige Zeit später der Gerichtsmediziner mit seinem schwarzen Köfferchen erschien und so leichtfüßig die Treppe hinaufeilte, als habe er jeden Tag mit einem Axtmord auf dem Crescent zu tun.

Wenn ich sage, daß ich dies alles weiß, dann meine ich damit, daß es der gesamte Crescent Place wußte. Er erfuhr auch den genauen Zeitpunkt, an dem die Leiche weggeschafft wurde, den genauen Zeitpunkt, an dem man sich entschied, Eben weiteren Befragungen zu unterziehen, und auch den genauen Zeitpunkt, zu dem Miss Emily die Treppe hinaufwankte und sich erkundigte, ob man den Schlüssel gefunden hätte, den ihre Mutter an einer dünnen Kette um den Hals zu tragen pflegte.

»Einen Schlüssel?« soll einer der Detektive gefragt haben. »Hat jemand einen Schlüssel an einer Kette gefunden?«

Niemand hatte. Nach den uns vorliegenden Informationen begann Miss Emily daraufhin jammernd und weinend Laken und Kissen des schrecklichen Bettes auseinanderzuzerren. Aber Schlüssel und Kette wurden nicht gefunden, hieß es, weder im Bett noch »anderswo«. »Anderswo« steht hier für Leichenschauhaus, ein Wort, das wir aus Prinzip nicht benutzten.

Zunächst wußte man aber am Crescent Place praktisch noch nichts von dem, was sich in nächster Nähe abgespielt hatte, als ich an diesem späten Sommernachmittag nach Hause kam und meiner Mutter die schreckliche Nachricht überbrachte. Mit Ausnahme von Mrs. Talbot, die die Neuigkeit von Lydia erfahren hatte und sofort zum Lancaster-Haus hinübergeeilt war, wo die Polizei sie höflich, aber entschieden abwies, blieb der Rest der Anwohner für fast zwei Stunden uninformiert, die Daltons eher noch länger. Die übliche gaffende Menge, die schnell zusammenläuft, wenn irgendwo ein Polizeiauto auftaucht, hatte sich entweder nicht getraut, unsere Toreinfahrt zu mißachten, oder war dort zurückgehalten worden. Helen Wellington war ihrem Mann wieder einmal davongelaufen, und die Dienstboten der Lancasters wurden von der Polizei festgehalten. Selbst die Zeitungsreporter, die wenig später auftauchten, hatten – aufgrund unserer abgeschiedenen Wohnlage und verdeckt durch unsere grünen Schutzwälle – kein Aufsehen erregt.

Das merkte man auch daran, daß Mutter ahnungslos auf der Veranda vor dem Haus saß, als ich nach Hause kam. Sie fächelte sich frische Luft zu und beklagte sich über die drückende Hitze.

»Wo bist du gewesen?« fragte sie ziemlich verdrossen. »Ist etwas mit Mrs. Lancaster? Ich sehe drüben ein Auto stehen.«

Das war nicht weiter verwunderlich, denn mittlerweile parkten auf der Auffahrt zur Lancaster-Villa mindestens ein halbes Dutzend Autos. Ich brachte ihr die schreckliche Nachricht möglichst schonend bei. Daß sie geschockt und entsetzt war, konnte ich ihr ansehen. Aber die Leute vom Crescent Place zeigen ihre Emotionen, sofern sie welche haben, niemals offen, sondern schließen sich mit ihnen in ihre Zimmer ein. In keinem Fall lassen sie sich vor den Dienstboten oder zufällig anwesenden Leuten gehen. Mutter stand abrupt auf.

»Ich muß sofort zu den Lancasters hinüber«, sagte sie. »Sie werden Beistand benötigen.«

»Ich fürchte, die Polizei wird dich nicht einlassen, Mutter.«

»Red keinen Unsinn! Man hat dich doch auch hineingelassen.«

»Aber nur, um mir einige Fragen zu stellen.«

»Sieh an!« bemerkte sie sarkastisch. »Meine einzige Tochter wird von der Polizei verhört, und ich werde nicht einmal gefragt! Außerdem sind die Lancasters meine ältesten und besten Freunde, und wenn ich an den armen, alten Mann denke und seine beiden anhänglichen Töchter . . .«

Tatsache ist, daß Mutter wegen einer Meinungsverschiedenheit über die Grenzziehung zwischen unseren beiden Grundstücken seit Jahren kaum mehr mit Mr. Lancaster gesprochen hatte. Und was die beiden Töchter betraf, so hatte sie sie mir gegenüber mehr als einmal als rückgratlose Frauen bezeichnet, die sich widerstandslos von einer gehässigen alten Frau schikanieren ließen. Aber es ist Tradition am Crescent Place, daß mit dem Tod alle Fehden enden, was ja auch nicht so übel ist.

Schließlich gelang es mir, Mutter ins Haus hineinzuziehen. Dort fragte sie mich über alle Einzelheiten des Verbrechens aus, die mir bekannt waren. Mir schien, daß sie mir mit ungewöhnlichem Interesse zuhörte und daß sie sich zum Schluß wieder etwas beruhigt hatte.

»Du sagst, daß alle Türen fest verschlossen waren?«

»Das behaupten die Dienstmädchen, und du weißt selbst, wie zuverlässig sie sind.«

»Und Emily kam vollständig bekleidet aus dem Haus gelaufen?«

»In makellosem Weiß, Mutter«, antwortete ich mit leisem Lächeln. »Nicht ein einziger Flecken war auf ihrem Kleid zu entdekken.«

Sie warf mir einen raschen, leicht verärgerten Blick zu.

»Was um alles in der Welt willst du damit sagen, Louisa?«

»Genau das, was du wissen wolltest, Mutter«, entgegnete ich und begab mich auf mein Zimmer.

Kapitel 4

Ich möchte behaupten, daß wohl jede Frau eine gewisse Zuneigung für einen ehemaligen Liebhaber empfindet, selbst dann, wenn er für sie unwiderruflich verloren ist – zumindestens so lange, wie kein anderer ihn in den Schatten stellt. Vor zehn Jahren, Jim war damals fünfundzwanzig, und ich war achtzehn, waren wir miteinander verlobt. Dieses Verlöbnis ging in die Brüche, weil Mutter absolut nicht wollte, daß ich heiratete und sie allein ließ. Jim verschlimmerte die Situation noch, da er Mutter heftige Vorwürfe wegen ihrer Selbstsüchtigkeit machte und es ablehnte, mich mit ihr zu teilen. Alles in allem war es eine ziemlich frustrierende Sache gewesen. Zwei Jahre später heiratete Jim Helen und führte seitdem einen ständigen Ehekrieg mit ihr.

Die Frauen vom Crescent Place haben Helen nie besonders gut leiden können. Das lag auf der Hand, denn sie machte sich ständig über ihre Vorurteile lustig und verachtete offen ihre heiligsten Überzeugungen. Darüber hinaus war sie jung und attraktiv, eine Kombination, die sie ihr nur schwer vergeben konnten.

»Eine alberne, verdrehte kleine Närrin!« hatte sich Mrs. Dalton kurz nach der Hochzeit über sie geäußert. Bryan Dalton hatte dazu in seine Teetasse geschmunzelt.

»Würden Sie meiner Frau erklären«, hatte er sich an die Allgemeinheit gewendet, »daß sie einen sehr angenehmen Anblick bietet?«

Aber Helen hin und Helen her, ich hatte an jenem Nachmittag schreckliche Angst. Es würde bestimmt nicht lange dauern, bis die Polizei herausfand, daß Jim sich zum ungefähren Zeitpunkt des Verbrechens im Lancaster-Haus aufgehalten hatte, daß er sich heimlich entfernt hatte und daß ich diese Tatsache ihr gegenüber verschwiegen hatte.

Darüber hinaus war ich auch ziemlich verwirrt. Warum in aller Welt war Jim weggelaufen, wenn er wußte, was dort geschehen war? Warum hatte er nicht Alarm geschlagen, laut geschrien, nach der Polizei gerufen oder sonst etwas getan, was Leute in solch außergewöhnlichen Situationen gewöhnlich zu tun pflegen? Während ich mich zum Abendessen umzog – die Leute vom Crescent Place würden sich selbst mitten in einem Erdbeben zum Abendessen umziehen –, befand ich mich am Rande eines mittleren Nervenzusammenbruches.

Dazu kam, daß die Mahlzeit zu einer einzigen Tortur für mich wurde. Mutter hatte einen Grund gefunden, ungehalten zu sein, und nagte darauf herum wie ein Hund auf einem alten Knochen.

»Was ich nicht verstehen kann, Louisa, ist, daß du nicht sofort gekommen bist und mich informiert hast«, sagte sie. »Ich war gegen halb fünf zurück. Fast muß ich annehmen, daß du glaubst, deiner Mutter keine Beachtung schenken zu müssen.«

Meine Nerven waren bei weitem nicht so, wie sie hätten sein sollen, deswegen ging ich auf diese Bemerkung hin hoch.

»Ich habe dir achtundzwanzig Jahre meines Lebens jede nur mögliche Beachtung geschenkt, Mutter!« entgegnete ich, brach in Tränen aus, stand vom Tisch auf und verließ das Zimmer. Draußen marschierten gerade die Daltons die Verandatreppe herauf, und in ihrem Kielwasser erschienen die drei Talbots.

Niemandem, der mit den Verhältnissen am Crescent Place vertraut ist, wird es verwunderlich erscheinen, daß sich die Neuigkeiten in allen Einzelheiten erst dann dort verbreitet hatten, nachdem die Extraausgaben der Abendzeitungen erschienen waren. Zum einen wurden die Dienstboten der Lancasters noch von der Polizei festgehalten, so daß in diesem Fall unsere Buschtrommel nicht funktionieren konnte. Und zum anderen waren unsere grünen Festungswälle in den letzten vierzig Jahren so hochgeschossen, daß wir praktisch ohne direkten Kontakt untereinander sind, sofern wir diesen nicht bewußt herstellen. Was auch immer die Nachteile sein mögen, jedenfalls würde man es am Crescent Place als Sünde ansehen, auch nur einen Baum zu fällen oder das Gebüsch zwischen den Häusern zu stutzen.

Die Abendzeitungen werden am Crescent Place erst nach dem Essen gelesen. Anschließend werden sie sorgfältig wieder zusammengefaltet und an die Dienstboten zurückgegeben. Extraausgaben werden hier grundsätzlich nie zur Kenntnis genommen. Als die Reporter der verschiedenen Zeitungen, nachdem sie die Geduld der Polizei endgültig erschöpft hatten, in die umliegenden Häuser ausschwärmten, waren die meisten ihrer Bewohner gerade mit der geheiligten Zeremonie des Umkleidens zum Dinner beschäftigt, und anschließend mit der noch geheiligteren Zeremonie des Dinners selbst.

So wurde keiner der Reporter in einem der fünf Häuser vorgelassen. Zweifellos erfuhren aber die Dienstboten von ihnen, was vorgefallen war, denn nur so ist es zu verstehen, daß Mrs. Talbot an diesem Abend von Lizzie mit zwei verschiedenen Schuhen hinuntergeschickt wurde und daß Joseph, der Butler der Daltons, zum ersten Mal in fünfundzwanzig Jahren vergaß, Servietten aufzulegen. Da aber unsere Dienstboten nur reden, wenn sie dazu aufgefordert werden, war es bereits halb acht, als besagter Joseph mit der sauber gefalteten Extraausgabe einer Abendzeitung auf dem Tablett die Bibliothek betrat und sich anschließend stumm wieder zurückzog. Eine Minute später sprang Mr. Dalton auf, läutete erneut nach ihm und befahl:

»Bitte teilen Sie Mrs. Dalton mit, daß Mrs. Lancaster heute nachmittag ermordet wurde, brutal mit einer Axt erschlagen!«

Das klingt natürlich alles völlig unwahrscheinlich, sofern man uns nicht kennt.

Deshalb dauerte es also bis nach halb acht Uhr, ehe alle Anwohner des Crescent Place, Herrschaften wie Dienstpersonal, vollständig informiert waren. Kurz darauf versammelten sich die Talbots und die Daltons, nachdem sie die Lancasters ihres Beileids versichert und Beistand angeboten hatten, bei uns zu Hause. Ich führte sie in den Salon. Mrs. Dalton stöckelte auf ihren hohen Absätzen hinein, gefolgt von ihrem Mann, der trotz seines wie immer untadeligen Aussehens einen betroffenen Eindruck machte. Lydia Talbot ließ nervös ihren mitgebrachten Strickbeutel fallen, und ihre Schwägerin hatte wie gewöhnlich ihr altmodisches Ridikül bei sich, in dem sie ihre zahllosen Schlüssel transportierte. In ihren Fußstapfen folgte George, der sich offensichtlich äußerst unbehaglich fühlte und zu glauben schien, daß man sich in der Gegenwart des Todes am besten auf Zehenspitzen bewegen sollte.

Vielleicht befürchtete er auch, daß man ihn in Anbetracht seiner Jugend – er ist erst dreißig – wegschicken würde, falls man ihn bemerkte. George und ich sind noch immer »die Kinder« am Crescent Place.

»Sieht aus wie eine Verhandlung vor dem Leichenbeschauer«, flüsterte er mir zu. »Sei vorsichtig! Alles, was du sagst, kann unter Umständen gegen dich verwendet werden.«

Tatsächlich entwickelte sich das Treffen zu einer Art Gerichtsverhandlung, wobei seine Mutter als wichtigste Belastungszeugin auftrat, die die ganze Katastrophe darauf zurückführte, daß die alte Mrs. Lancaster es versäumt hatte, sich einzuschließen.

»Immer wieder habe ich es ihr gesagt!« dröhnte sie mit ihrem tiefen Baß. »Eindringlich habe ich ihr erklärt, sie müsse sich einschließen. Noch heute habe ich ihr das gesagt. Wenn man sich vorstellt, wie sie hilflos in ihrem Bett liegt und sich der Mörder mit der Axt hereinschleicht . . .«

Wie sich herausstellte, war sie die letzte Person außerhalb der Familie gewesen, die Mrs. Lancaster noch lebend gesehen hatte.

»Mit Ausnahme des Kerls mit der Axt«, dröhnte sie, und wir alle erschauderten.

Mrs. Talbot war, trotz aller Absonderlichkeiten, eine freundliche Frau. Lange Jahre hatten ihre fast einzigen Kontakte zur Außenwelt in gelegentlichen Besuchen bei Mrs. Lancaster bestanden, mit der sie verschwägert war. Mrs. Lancasters erster Mann war ein Bruder der Kreidezeichnung gewesen.

Wir hörten ihr mit begierigem Interesse zu. Sie hatte die Kranke um halb drei wieder einmal besucht. Zu diesem Zeitpunkt war dort alles völlig normal gewesen. Die alte Dame lag ruhig in ihrem großen Himmelbett. Bei ihr saß Emily. Margaret, die sich in der Nachmittagswache mit ihrer Schwester abzulösen pflegte, hatte sich in ihr Zimmer zurückgezogen.

Irgendwie war die alte Frau jedoch ziemlich gereizt gewesen. Sie litt offensichtlich unter der Hitze. Da sie elektrische Ventilatoren nicht ausstehen konnte, hatte Mrs. Talbot Emily den Palmenwedel abgenommen und Mrs. Lancaster frische Luft zugefächelt.

»Dann bemerkte ich den Schlüssel, den sie an einer Kette um den Hals trug, und redete ihr erneut gut zu«, erzählte sie – oder besser gesagt, sie donnerte die Worte heraus. »Zum einen kann ich Menschen nicht ausstehen, die heutzutage noch Gold horten, und das habe ich ihr deutlich zu verstehen gegeben. Und dann habe ich ihr erklärt, daß bestimmt mehr Leute, als sie dächte, davon wüßten und daß es deswegen überhaupt nicht sicher sei. Aber sie erwiderte nur, daß Margaret auch schon protestiert habe und daß ich mich besser um meine eigenen Angelegenheiten kümmern sollte.«

Das war das erste Mal, daß ich das Gold erwähnen hörte. Ich richtete mich interessiert in meinem Stuhl auf.

»Wo hat sie das Gold eigentlich versteckt?« fragte Mrs. Dalton neugierig. »Das habe ich mich schon oft gefragt.«

»In einer Truhe unter ihrem Bett. Ausgerechnet dort! Ich gab zu bedenken, wie leicht doch jemand aufs Vordach klettern und durchs Fenster hineinkommen könnte, aber sie wollte ja nicht auf mich hören und sagte: ›Meine Stimme habe ich noch nicht verloren, das erkläre ich den Mädchen immer wieder. Emily ist so nervös, daß sie ununterbrochen Einbrecher auf dem Vordach herumklettern hört.‹ Und jetzt«, schloß Mrs. Talbot, wobei sie das letzte Mal die Stimme hob, »wird es mit Sicherheit alles verschwunden sein. Oder zumindestens der größte Teil. George sagt, es sei zu schwer, um alles auf einmal fortzuschaffen.«

»Weiß irgend jemand, wieviel es insgesamt gewesen ist?« fragte Mr. Dalton und sah George an, der bei einer Bank in der Stadt arbeitet.

»Nein«, antwortete George. »Von uns hat sie eine ganze Menge bekommen. Ich habe aber keine Ahnung, wieviel sie von den anderen Banken zusammengehortet hat. Weiß überhaupt jemand, ob es tatsächlich verschwunden ist?«

»Der Schlüssel ist in jedem Fall verschwunden«, erwiderte Mr. Dalton entschieden. »Ich konnte, bevor wir hierher kamen, einen Moment mit Margaret sprechen. Sie haben ihn überall gesucht, im Haus ... und anderswo. Die Polizei will die Truhe morgen öffnen lassen.«

Ich mußte mich während der ganzen Unterhaltung bemühen, ruhig zu bleiben. Es ist charakteristisch für das Verhalten der Leute vom Crescent Place denen gegenüber, die sie als die »jüngere Generation« bezeichnen, daß ich an diesem Abend zum ersten Mal davon erfuhr, daß Mrs. Lancaster Gold unter ihrem Bett gehortet hatte. Aber irgendwie war ich erleichtert. Hier war zumindestens ein Motiv für den Mord, und wenn ich auch keine blasse Ahnung hatte, wieviel eine größere Menge Goldmünzen wohl wiegen mochte, eines wußte ich mit Bestimmtheit: Jim Wellington hatte das Haus mit leeren Händen verlassen.

Lydia Talbots Geschichte wich nur wenig von der ihrer Schwägerin ab. Auch sie hatte Mrs. Lancaster am Nachmittag besucht.

Um Viertel vor zwei hatte sie der Kranken in einem Körbchen eine Schüssel mit Hühnchen in Aspik und ein paar frische Brötchen gebracht. Die Haustür war wie üblich verschlossen und verriegelt gewesen. Sie wurde von Jennie eingelassen und war mit dem Körbchen nach oben gegangen. Ganz bestimmt hatte Jennie die Haustür wieder hinter ihr verriegelt.

»Ich blieb eine Weile bei ihr«, erzählte sie, »da Emily ihren Vogelkäfig säubern wollte. Wir unterhielten uns über belanglose Dinge, aber irgendwie hatte ich den Eindruck, daß sie sich über irgend etwas aufgeregt hatte. Sie ist aber schon immer nicht sehr mitteilsam gewesen. Als Hester kam, bin ich dann gegangen. Ellen hat mich über die Küchenveranda hinausgelassen.«

»Was meinst du mit aufgeregt?« donnerte Hester – Mrs. Talbot. »Als ich bei ihr war, war sie jedenfalls nicht aufgeregt, nur übelgelaunt, aber das war sie ja praktisch immer.«

Miss Lydia errötete und sah ziemlich verstört aus.

»Ich weiß nicht genau«, sagte sie. »Auch Emily sah irgendwie merkwürdig aus. Ich dachte mir, daß die beiden sich vielleicht gestritten hätten.«

Jeder der Anwesenden fühlte sich unbehaglich. Und genau in diesem Moment ließ Mrs. Dalton eine Bombe platzen.

»Die Polizei vermutet, daß es sich um die Tat eines Insiders handelt«, sagte sie maliziös lächelnd.

Ihr Mann warf ihr einen wütenden Blick zu.

»Würde jemand die Güte haben und meine Frau fragen, woher sie eine solch verrückte Idee hat?« sagte er zornig.

»Von den Dienstboten«, sagte sie, voller Triumph über ihre sensationelle Mitteilung. »Während Mr. Dalton sich vorhin an der Haustür meldete, bin ich zur Hintertür gegangen. Ich fand Ellen in Tränen aufgelöst vor, und auch die anderen Dienstboten waren ziemlich aufgeregt. Die Polizei hat nicht nur das Haus vom Dach bis zum Keller gründlich durchsucht, einschließlich des Heizkessels, der Kohlevorräte und der Körbe mit schmutziger Wäsche, wobei ein Polizist noch immer damit beschäftigt ist, die Kohlen zu durchwühlen, sondern sie hat auch sogar die Frauen sich vor einer Polizistin ausziehen lassen – zumindestens sich zeigen lassen, was sie trugen. Um festzustellen, ob Blutspritzer auf den Kleidern waren.«

Der Crescent Place, soweit er in dieser Versammlung vertreten war, schwieg betroffen; nicht so sehr, weil die Polizei die Tat einem Insider zutraute, sondern mehr, weil sie demonstriert hatte, über welche Macht sie verfügte, so daß sie in die geheiligte Privatsphäre eines Menschen eindringen und seine Würde verletzen konnte.

Nur George Talbot grinste.

»Ich sollte besser nach Hause gehen«, sagte er. »Ich hatte gestern Nasenbluten und muß dringend noch ein paar Sachen auswaschen.«

Niemand lachte. Mrs. Daltons Schilderung hatte einen zu tiefen Eindruck hinterlassen. Zum ersten Mal seit seinem Bestehen wurde der Crescent Place mit der Macht des Gesetzes konfrontiert. Seinen Bewohnern gefiel das gar nicht. Sie versuchten, ihre Furcht hinter vielen Worten zu verbergen, die zum großen Teil weder Sinn noch Verstand hatten. Trotzdem kamen noch einige Einzelheiten ans Tageslicht.

Der Nachmittag mußte bei den Lancasters bis gegen vier Uhr offensichtlich in geregelten Bahnen verlaufen sein. Die Familie hatte um ein Uhr zu Mittag gegessen, und eine halbe Stunde später hatte Jennie der Kranken das Essen hinaufgebracht. Miss Emily hatte sie gefüttert, und um zwei Uhr war das Tablett mit dem gebrauchten Geschirr wieder in der Küche abgeliefert worden.

Um Viertel vor zwei war Lydia mit ihrem Körbchen erschienen, zu spät, um noch zum Lunch der alten Dame beizutragen. Jennie hatte sie eingelassen und ihr mit einem Wink bedeutet, daß Mr. Lancaster in der Bibliothek seinen Mittagsschlaf hielt. Da sie das Haus, kurz nachdem ihre Schwägerin gekommen war, über die Küchenveranda verließ, hatte sie den alten Herrn nicht zu Gesicht bekommen.

Mrs. Talbot war um halb drei gekommen und bis halb vier geblieben, weil Mrs. Lancaster dann ihr Mittagsschläfchen machen wollte. In der unteren Halle hatte sie Mr. Lancaster getroffen, der im Begriff stand, seinen kurzen halbstündigen Spaziergang anzutreten, seine übliche tägliche Bewegung. Emily hatte sie hinunterbegleitet und sie nicht nur zusammen hinausgelassen, sondern Mrs. Talbot bei dieser Gelegenheit auch zu deren Zufriedenheit demonstriert, daß das Schnappschloß an der Haustür einwandfrei funktionierte.

»Wegen der Tür habe ich keine Bedenken«, hatte Emily gesagt. »Aber ich habe Angst wegen des Vordaches vor Mutters Fenster, gerade jetzt.«

»Das Ganze ist auf jeden Fall eine Schnapsidee«, hatte Mr. Lancaster erklärt. »Wenn eine gute Bank nicht sicher ist, dann ist es nichts und niemand.«

Er war dann zusammen mit Mrs. Talbot bis zur Straße gegangen. Auf dem Gehsteig hatten sie sich getrennt. Mr. Lancaster wandte sich nach links in Richtung Liberty Avenue, während Mrs. Talbot nach Hause ging. Das letzte, was Emily gesagt hatte, war, daß sie ein frisches Kleid anziehen wollte, weil Margaret die Absicht habe auszugehen. Das mit dem frischen Kleid wurde allgemein verstanden, denn am Crescent Place ist es üblich, sich vor vier Uhr nachmittags noch einmal umzuziehen, um Besuche zu empfangen, was allerdings mehr einer vergangenen Tradition als der Realität Rechnung trägt.

Von diesem Zeitpunkt an, also seit etwa halb vier Uhr, bis zu dem Moment, als Emily aufgelöst aus der Seitentür stürzte, wußte niemand genau, was passiert war. Emily hatte sich umgezogen, Miss Margaret war vermutlich im Begriff, ihr Bad zu nehmen, Eben hatte den Rasen gemäht, Ellen den Kuchen gerührt, Jennie das Silber geputzt, und Peggy war im Dachgeschoß damit beschäftigt gewesen, sich zum Ausgang fertigzumachen.

Niemand hatte bis zu diesem Zeitpunkt Jim Wellingtons Namen erwähnt. George Talbot war es, der Jim ganz beiläufig ohne böse Absicht ins Spiel brachte.

»Das sieht ganz nach einer sorgfältig geplanten Sache aus«, sagte er. »Jemand, der genau wußte, daß Mrs. Lancaster um diese Zeit schlief und die Mädchen sich umzogen.« Natürlich sind die beiden Töchter noch immer »die Mädchen« für uns. »Und ferner, daß der alte Knabe immer um diese Zeit seinen Spaziergang macht.« Er blickte sich betont argwöhnisch um. »Könnte jemand von uns gewesen sein«, meinte er grinsend. »Jemand, der hier am Crescent Place wohnt, von Jim Wellington am einen Ende bis zu mir am anderen. Natürlich mußte er auch wissen, und das ist ein weiterer Hinweis, daß die Axt im Holzschuppen aufbewahrt wurde.«

»Das ist keinesfalls witzig«, sagte Bryan Dalton.

»Sogar Sie wußten davon, nicht wahr, Sir?« fragte George, noch immer grinsend. »Übrigens habe ich Sie heute früh dort in der Nähe gesehen.«

»Und was hatten Sie selbst dort zu schaffen?« sagte Mr. Dalton, der vor Ärger rot angelaufen war.

»Ich suchte einen Golfball, den ich gestern verschlagen habe«, entgegnete George, ungerührt lächelnd. »Aber was suchten Sie dort, Sir?«

»Das geht Sie verdammt noch mal nichts an!« bellte Mr. Dalton. Er würde bestimmt im selben Ton weitergemacht haben, wenn sich seine Frau nicht hastig erhoben hätte.

»Würde bitte jemand meinen Mann informieren«, flötete sie, »daß es Zeit ist, nach Hause zu gehen? Und daß ich seinen Ton nicht angebracht finde?«

Beinähe hätte er ihr direkt geantwortet! Wir warteten alle atemlos darauf, denn wir waren übereinstimmend der Meinung, daß sie, wenn erst einmal das Eis zwischen ihnen gebrochen war, zumindestens wieder einigermaßen miteinander auskommen würden. Aber Dalton besann sich rechtzeitig, warf George noch einen wütenden Blick zu und stiefelte aus dem Salon. Seine Frau trippelte auf ihren hohen Absätzen hinterdrein. Am Fuß der Stufen zur Vorderveranda wartete er auf sie. Ich schaute ihnen nach, wie sie schweigend nebeneinander gingen. Nur schien es mir, als sei ihr Schweigen diesmal weniger kommunikativ als sonst – sofern Schweigen überhaupt kommunikativ sein kann und sofern Menschen, die bereits so distanziert miteinander umgehen, überhaupt in der Lage sind, sich noch weiter auseinanderzuleben.

Kapitel 5

Mrs. Talbot blieb an jenem Abend, als die anderen uns verlassen hatten, noch da. Lydia hatte über Erschöpfung geklagt, so daß George sie nach Hause begleitete. Vermutlich hatte sich die Reihe der Polizeiautos inzwischen gelichtet, aber immer noch parkten draußen einige, und das Lancaster-Haus war vom Dachboden bis zum Keller hell erleuchtet.

Da Mutter und Mrs. Talbot bestimmt für mindestens eine Stunde zusammensitzen würden, nutzte ich die Gelegenheit, zog in der Halle ein dunkles Cape über, schlüpfte die Hintertür hinaus und schlich hinüber zu Jim Wellington.

Dabei vermied ich den Pfad, der hinter den Häusern vorbeiführt und von unseren Dienstboten benutzt wird. Hinter unseren Häusern liegt ein größeres Stück Brachland, das seit dem Krieg allgemein »Niemandsland« genannt wurde. Früher spielten die Kinder dort, bis einmal ein Baseball im Fenster einer Anrichte landete und sie daraus verbannt wurden. Jetzt ist es lediglich eine Brache, auf der George Talbot und gelegentlich auch Mr. Dalton kurze Golfschläge üben. Begrenzt wird die Fläche auf der einen halbkreisförmigen Seite von unseren Anwesen, auf der Schmalseite von der lauten, geschäftigen Liberty Avenue und auf der dritten Seite von den Hinterhöfen der bescheidenen Wohnhäuser an der Euclid Street, die in einiger Entfernung direkt gegenüber unseren Grundstücken stehen. Der alte Stall der Talbots, der inzwischen in eine Garage für Georges Rostauto umgewandelt wurde, grenzt unmittelbar an das Brachland, ebenso unsere Garage und die der Daltons sowie der Holzschuppen der Lancasters und das unkrautüberwucherte Grundstück, das einmal der Tennisplatz der Wellingtons gewesen war und auf dem Helen nun – zu unser aller Entsetzen – in einem Liegestuhl, mit einem äußerst knappen Badeanzug bekleidet, ihre Sonnenbäder zu nehmen pflegte. Sie und Jim besaßen keine Garage. Sie hatten ihren Wagen in einer Garage an der Liberty Avenue untergestellt.

Eigentlich gehörte dieses Stück Land uns überhaupt nicht, aber im Laufe der Jahre hatten wir es einfach als unser Eigentum mit Beschlag belegt und quer durch eine Baumgruppe und über ein freies Grundstück einen Trampelpfad zur Euclid Street gebahnt, der von unseren Dienstboten und gelegentlich auch einmal von uns selbst als Abkürzung benutzt wurde. Im Herbst verbrannte Eben dort das abgefallene Laub, und die Straßenkehrer entleerten dort heimlich ihre zu vollen Karren und hielten gelegentlich ein brennendes Zündholz an den Abfall.

Durch dieses Niemandsland ging ich in jener Nacht. Ein bißchen Angst hatte ich schon, denn ein Mord – jeder Mord – läßt das Gefühl der Sicherheit schwinden. Zuerst hatte ich noch ein wenig Licht. Holmes, unser Chauffeur, befand sich augenscheinlich in seinem Zimmer über unserer Garage, denn die Fenster waren hell erleuchtet, und irgendwo im Niemandsland flackerte noch ein kleines Feuer.

Doch als ich das Grundstück der Daltons passiert hatte, tappte ich in absolute Dunkelheit hinein. Eine unheimliche Stille umgab mich, die auch vom gedämpften Verkehrslärm der Liberty Avenue kaum durchbrochen wurde. Plötzlich hielt mich irgend etwas am Cape fest. Ich blieb entsetzt stehen, und das Blut gerann mir in den Adern. Zwar war es nur ein Brombeerzweig gewesen, der sich im Cape verhakt hatte, aber bei diesem unvermittelten Halt hörte ich etwas Entsetzliches: Jemand, der nicht mehr rechtzeitig hatte stoppen können, mußte mir dicht auf den Fersen folgen!

Ich wagte nicht, mich umzusehen. Hastig lief ich weiter, blind vor Angst, bis ich gegen das Drahtnetz des Tennisplatzes prallte und hinfiel. Als ich mich traute, einen Blick zurückzuwerfen, hatte ich den Eindruck, daß zwischen mir und dem Feuerchen im Niemandsland jemand stand und mich beobachtete. Er bewegte sich jedoch nicht, und so rappelte ich mich schließlich wieder auf.

Auf Jim Wellington muß ich vollkommen verstört gewirkt haben, als ich kurze Zeit später an seiner Haustür läutete und er mir selbst öffnete.

»Mein Gott, Lou«, sagte er, »komm rein, und setz dich erst einmal. Du siehst ja ganz erledigt aus!«

Ich folgte ihm stumm. Um die Wahrheit zu sagen, war ich kaum in der Lage zu sprechen. Er führte mich, gleichfalls schweigend, in sein Arbeitszimmer und rückte mir einen Sessel zurecht.

»Es ist ein bißchen unaufgeräumt hier«, sagte er dabei. »Helen ist, wie du weißt, mal wieder auf und davon. Und da sie, wie ich feststellen mußte, seit zwei Monaten die Dienstboten nicht bezahlt hat, sind diese auch gegangen«, fügte er achselzuckend hinzu.

Unaufgeräumt war noch ein milder Ausdruck für den Zustand seines Zimmers. Aber in jener Nacht war ich absolut uninteressiert an Helens nachlässiger Haushaltsführung. Ich musterte Jim. Er sah nicht ungepflegt aus, machte aber einen müden und erschöpften Eindruck. Außerdem bemerkte ich, daß er seine Kleidung gewechselt hatte.

»Willst du dich nicht setzen?«

Ich schüttelte den Kopf.

»Jim, ich wurde hierher verfolgt!«

»Von der Polizei? Wundert dich das etwa?«

»Ich glaube nicht, daß es die Polizei war, Jim. Eher glaube ich, daß es diejenige Person war, die Mrs. Lancaster umbrachte.«

Er sah mich unbeweglich an.

»Das ist wirklich nett von dir. Wirklich nobel, wenn man alles bedenkt. Aber vermutlich war es doch die Polizei. Ich erwarte sie nämlich jeden Moment. So ehrlich, wie du bist, wirst du ihr sicher längst gebeichtet haben, daß du mich heute nachmittag gesehen hast.«

»Nein!«

»Und warum nicht?«

»Es hat mich niemand danach gefragt, Jim, und deshalb ...«

Er ließ seine aufgesetzte Munterkeit fallen, trat an mich heran und legte mir die Hand auf die Schulter.

»Du bist ein liebes Kind, Lou«, sagte er, »und wir haben uns damals wie zwei unreife Dummköpfe benommen. Aber ich glaube, daß Emily es über kurz oder lang erzählen wird, wenn sie es nicht bereits getan hat. Sie erwachte nämlich heute nachmittag aus ihrer Ohnmacht, als du mich riefst. Vielleicht hat sie sich nicht gleich daran erinnert, aber früher oder später wird es doch geschehen.

Wie du siehst«, fügte er lächelnd hinzu, »kannst du einen Narren nicht vor seinen Narrheiten schützen. Oder einen Mann vor seinem Stolz«, fügte er kryptisch hinzu.

Als ich ihn verwirrt anstarrte, drückte er mich in den Sessel und setzte sich gleichfalls.

»Hier ist meine Geschichte«, sagte er. »Du kannst sie glauben oder es sein lassen. Falls du sie glaubst, wirst du sicher die einzige sein. Ich besitze einen Schlüssel zur Haustür der Lancasters und schloß mir selbst auf. Da niemand dazusein schien, ging ich nach oben, öffnete die Tür zu ihrem Schlafzimmer, und – mein Gott! – da lag sie. Ich konnte es kaum glauben. Im Haus war alles still, nur die gute, alte Emily plauderte in ihrem Zimmer mit dem Kanarienvogel. Die Tür zum Schlafzimmer stand ein Stück offen. Glücklicherweise habe ich den Türknauf nicht berührt. Jedenfalls glaube ich, daß ich es nicht tat.« Er lachte kurz auf. »Aber ich blieb nicht an der Tür stehen. Ich ging hinein, um nachzusehen, ob sie ... Natürlich war sie tot.«

»Warum um Himmels willen hast du keinen Lärm geschlagen?«

»Das fragst du m i c h? Weil ich der größte Narr auf dieser Erde bin! Ich hatte mich mit ihr gestritten. Seit Monaten hortete sie das Gold unter ihrem Bett, und ich war es leid, jede Woche für sie zur Bank zu laufen und noch mehr Geld herbeizuschaffen. Ich war ihr Botenjunge, begreifst du? Die Mädchen wollten es nicht tun, und auch Onkel James nicht, fühlten sich zu vornehm dazu. Also haben wir uns gestritten, und sie drohte, mich zu enterben.« Und mit der aufgesetzten Munterkeit, die ich so verabscheute, fügte er hinzu: »Die Zeiten sind nicht danach, um sich enterben zu lassen, meine liebe Lou.«

»Also gingst du zu ihr, um wieder Frieden zu schließen, und dabei fandest du sie?«

»Ich ging zu ihr, weil man mich bestellt hatte – folgsamer Knabe, der ich bin.«

»Jim, laß das!« rief ich. »Ich kann es nicht ertragen!«

»Nun gut, das ist meine Geschichte, und dabei bleibe ich. Für den Fall, daß meine Cousine Margaret sich dazu herablassen würde, auszusagen, daß sie mich heute morgen telefonisch für vier Uhr zu ihrem geliebten Stiefvater bestellt hat, habe ich vielleicht noch eine Chance. Andernfalls lande ich auf einem verdammt unbequemen Möbel – dem elektrischen Stuhl, mein Herzblatt!«

Ziemlich verdrossen stand ich auf.

»Es tut mir leid, Jim«, sagte ich. »Ich kam hierher, um dir zu helfen, falls ich kann, dir vielleicht etwas zu essen zu machen ...« Er winkte ab. »Aber du willst keine Hilfe. Es ist besser, ich gehe jetzt.«

Da verwandelte er sich wieder in den alten, netten und zuvorkommenden Jim.

»Ich habe mich doch nur wie ein verängstigtes Kind im Keller benommen, Lou, und laut gesungen«, sagte er. »Aber du kennst noch nicht die ganze Geschichte. Vielleicht erinnerst du dich nicht mehr daran, aber der Anblick von Blut verursacht mir immer Übelkeit. Das ist schon immer so gewesen. Aber erkläre das einmal der Polizei! Gewiß hätte ich Lärm schlagen sollen, das war bei Gott auch mein erster Gedanke. Aber dann wurde mir speiübel! Kannst du dir das vorstellen?« fragte er eindringlich. »Kannst du dir einen erwachsenen Mann vorstellen, der in einer solchen Situation einfach davonläuft, um sich irgendwo zu übergeben? Aber genau das ist es, was ich getan habe! Und als Emily dann Alarm schlug, befand ich mich im Waschraum unten in der Halle und kotzte wie ein Reiher. Wenn ich das der Polizei erzähle, wird sie doch nur darüber lachen, stimmt's?«

»Vielleicht glaubt sie es dir, Jim.«

»Vielleicht. Ein perfekter Mörder wird kaum eine solch unwahrscheinliche Geschichte erfinden, nehme ich an. Und dazu ist sie auch noch wahr. Aber du wirst verstehen, daß ich mich danach nicht mehr sehen lassen konnte. Ich hatte Blut an meiner Kleidung, nicht viel, doch etwas.«

»Du hättest sie beiseite schaffen können.«

»Und wie? Sollte ich sie verbrennen, so daß die Polizei die Rückstände, Nadeln, Knöpfe oder sonstwas, findet? Nein, mein liebes Kind! Inzwischen kenne ich die Schwierigkeiten, mit denen ein Mörder zu kämpfen hat. Zwei Mal bin ich schon im Keller gewesen, um diesen verdammten Heizkessel in Gang zu setzen. Und das mitten im August! Aber was nützt es?«

»Ich könnte die Kleidung mitnehmen, Jim. Unser Haus werden sie bestimmt nicht durchsuchen.«

»Und draußen steht jemand und fängt dich damit ab? Gebrauche doch mal deinen Verstand, Lou! Und jetzt gehst du schön nach Hause und vergißt mich und meine Schwierigkeiten!«

»Vielleicht kannst du sie später in der Nacht noch vergraben, Jim? Draußen im Niemandsland.«

Aber auch diesen Vorschlag lehnte er ab. Ich erinnere mich, wie ich verzweifelt dastand und fieberhaft nach einem Versteck überlegte, das bei der unvermeidlichen Hausdurchsuchung nicht entdeckt werden konnte. Es ist schon bemerkenswert, wie wenig Verstecke ein normales Haus in solchen Fällen bietet, zumal, wenn es sich um sperrige Gegenstände handelt.

»Hast du nicht ein Geheimfach für deine Alkoholika, Jim?« fragte ich schließlich.

»Das habe ich. Aber wenn du annimmst, daß nicht mindestens fünfzig Leute es kennen, dann kennst du Helen schlecht.«

»Aber damit würdest du Zeit gewinnen, Jim!« flehte ich ihn an.

Ohne ein weiteres Wort ging er zum Buchregal neben dem Kamin, ergriff den Rahmen und drehte ihn herum. Dahinter öffnete sich eine schmucke Getränkebar.

»Natürlich mache ich mich selbst, wenn ich die Sachen verstecke, äußerst verdächtig«, sagte er. »Und doch ...«

»Hat dich jemand gesehen?«

»Im Haus? Nein, denn ich besitze ja einen eigenen Schlüssel zur Haustür. Doch das wird die Polizei längst wissen.«

»Oder auf dem Weg hierhin zurück?«

»Wie soll ich das wissen? Darauf müssen wir es einfach ankommen lassen. Glücklicherweise habe ich meinen Wagen hier stehengelassen und bin zu Fuß hinübergegangen. Das könnte sich jetzt als günstig erweisen.«

Wir machten uns unverzüglich ans Werk. Ich hatte die Rouleaus runtergelassen, während er oben war. Gerade als er wieder herunterkam, läutete es an der Tür. Glücklicherweise war es in der Halle dunkel, und die Haustür war unverglast. Jim reichte mir hastig die Sachen durchs Treppengeländer an und fummelte lange genug an der Haustür herum, um mir etwas Zeit zu verschaffen. Während ich seine Hose und die Schuhe in der Bar versteckte und sie wieder verschloß, zitterte ich am ganzen Körper.

Jim verschaffte mir eine kleine Atempause, indem er nach dem Öffnen der Haustür erst umständlich das Licht in der Halle anknipste. Ich hörte, wie er einige Männer einließ. Und obwohl ich kaum daran zu denken wagte, was der gesamte Crescent Place wohl dazu gesagt haben würde, wenn er es gewußt hätte, zündete ich mir gerade eine von Jims Zigaretten an, als er mit den Männern eintrat. Es waren zwei, ein Inspektor Briggs aus dem Polizeipräsidium und der Detektiv Sullivan, den ich bereits bei den Lancasters kennengelernt hatte.

Sie beäugten mich neugierig, als Jim uns bekanntmachte.

»Aha, Miss Hall«, sagte der Inspektor. »Dann sind Sie also die junge Dame, die Miss Emily Lancaster im Garten gefunden hat.«

»Das ist nicht ganz richtig. Ich hörte sie schreien und lief hinaus. Als erster war Eben bei ihr.«

»Ich verstehe.«

Ich wappnete mich für weitere Fragen, aber zu meiner Überraschung kamen keine. Statt dessen schlug Inspektor Briggs vor, daß Mr. Sullivan mich nach Hause begleiten und dann zurückkommen sollte. Offensichtlich wollte er verhindern, daß Jim das mitbekam, was ich auszusagen hatte. Ich hatte einen schrecklichen Moment zu überstehen, als mir beim Aufstehen bewußt wurde, daß ich in dem Bestreben, Jims Kleidung zu verstecken, vergessen hatte, mich mit ihm abzusprechen. Was würde er ihnen sagen? Oder was würde er ableugnen?

Aber dann regelte Jim die Sache für mich in überraschender Weise.

»Mach dir keine Sorgen, Lou«, sagte er. »Wir werden die Wahrheit sagen, egal, was dann passiert! Und die Zigarette kannst du wieder ausmachen. Ich glaube kaum, daß sie irgend jemanden getäuscht hat.«

Inspektor Briggs lächelte leicht, aber sein Gesichtsausdruck wandelte sich definitiv, als Jim entschlossen zum Buchregal ging und es öffnete. »Hier sind die Beweisstücke«, sagte er.

Sullivan begleitete mich hinaus. Draußen auf der Veranda der Wellingtons war ich einer Ohnmacht näher als je zuvor in meinem Leben.

Kapitel 6

Mutter hatte Holmes angewiesen, in dieser Nacht bei uns im Haus zu schlafen, vermutlich aus der Überzeugung heraus, daß ein Mord oft weitere nach sich zieht. Diese Vermutung war, wie sich herausstellen sollte, gar nicht so absurd, wie sie zunächst zu sein schien.

Aber Holmes als unseren Beschützer anzusehen, das war schon irgendwie absurd. Er war ein schmächtiger, schreckhafter Mann von kaninchenhaftem Aussehen, der uns immer dicht auf den Fersen folgte, als wir alle Türen und Fenster verriegelten, und der sorgfältig darauf bedacht war, sich nicht allzu weit von uns beiden zu entfernen. Von ihm vernahm ich zuerst die Theorie, daß es sich bei dem Mörder um einen Verrückten handeln müßte.

»Ich muß gestehen, Miss«, vertraute er mir an, »daß ich sehr froh bin, heute nacht hier im Haus schlafen zu können. Irgend jemand muß durchgedreht sein, davon bin ich überzeugt.«

»Es müßte aber schon ein Irrer sein, Holmes, der unsere Gewohnheiten sehr genau kennt.«

»Das dürfte nicht zu schwierig sein, Miss, wo doch jeder hier sozusagen nach der Uhr lebt.«

»Mit Ausnahme von Ihnen, Holmes.«

Er grinste. Mutter besteht nach wie vor darauf, daß die Dienstboten Punkt zehn Uhr im Haus zu sein haben, doch Holmes verfügte über einen komfortablen geheimen Ausgang über den Pfad durch das Niemandsland, und ich wußte sehr genau, daß es Zeiten gab, in denen er die Regel nicht nur außer acht ließ, sondern überhaupt nicht über Nacht zurückkehrte.

Ich vermute heute, daß Holmes' beharrliches Bemühen, in jener Nacht nicht von meiner Seite zu weichen, darauf zurückzuführen war, daß er mir etwas erzählen wollte. Später muß er dann seine Absicht geändert haben, aber ich frage mich noch immer, wie sich die Dinge wohl entwickelt hätten, wenn er seinem ursprünglichen

Impuls gefolgt wäre. Aller Wahrscheinlichkeit nach wäre es dann wohl nicht zu dem zweiten Mord gekommen. Und es wäre die Tatsache ans Tageslicht gekommen, daß alle unsere Dienstboten entscheidend mehr wußten oder vermuteten als wir selbst.

Aber ich habe bereits darauf hingewiesen, daß das Dienstpersonal am Crescent Place noch immer auf seinen Platz verwiesen wird. Das führt sozusagen zu einer gewissen Geheimverschwörung von unten gegen oben. Und darüber hinaus hatte Holmes keine Gelegenheit, in jener Nacht ungestört mit mir zu sprechen, denn ehe er sich ein Herz gefaßt hatte, erschien Mutter wieder. Betont nachdrücklich ließ sie die gute Bettwäsche in dem ihrem Schlafzimmer nahegelegenen Gästezimmer wechseln und verwies Holmes mit der Anweisung dort hinein, nicht zu schnarchen, aber an ihre Tür zu klopfen, falls er etwas Verdächtiges bemerken sollte.

Armer Holmes! Er war zwar bestimmt ein bißchen leichtfertig, aber ich hatte doch immer eine gewisse Zuneigung zu dem kleinen Mann gehegt.

Es klingt fast unglaublich, aber es war kaum später als halb elf, als ich mich in mein Zimmer begab, während Mutter das ihre verrammelte und verriegelte. Nur sechseinhalb Stunden waren seit dem Moment vergangen, als Miss Emily schreiend aus der Seitentür des Nachbarhauses gestürzt und auf dem Rasen zusammengebrochen war. Mir kam es wie eine Ewigkeit vor.

Nicht nur der Mord machte mir zu schaffen und nicht nur die Angst, die ich für Jim Wellington empfand, der vermutlich zu diesem Zeitpunkt bereits verhaftet war. Obwohl ich mir große Sorgen um ihn machte, war sogar mir klar, daß man wohl kaum einen Mann auf den elektrischen Stuhl bringen konnte, nur weil er eine alte Frau gefunden hatte, die ermordet in ihrem Bett lag. Was mich zusätzlich beunruhigte, war die Entdeckung, daß ich mir noch immer so viel Sorgen um ihn machte. Vielleicht war es ja nur reines Mitleid, weil er sich so in Gefahr befand und weil er mir so verlassen in seinem leeren, unordentlichen Haus vorgekommen war, verlassen von seinen Dienstboten, weil Helen ihr Geld lieber für extravagante Kleidung ausgab, für teure Parfüms und andere Dinge, die ihr wichtiger zu sein schienen, als ihr eigener Mann es jemals gewesen war.

Deutlich sah ich sie vor mir, wie sie sich in irgendeinem Klub, Landgasthof oder Hotel herumtrieb, tanzte und lachte, und ich haßte sie bei diesem Gedanken.

Aber dies hier ist kein Liebesroman, und so sollte ich besser berichten, was die Polizei bis um halb elf in jener Nacht herausgefunden hatte. Und dabei sollte ich zum besseren Verständnis auch das Lancaster-Haus näher beschreiben. Das erstere erfuhr ich nach und nach im Laufe der folgenden zwei Wochen; das Lancaster-Haus kenne ich natürlich so gut wie unser eigenes.

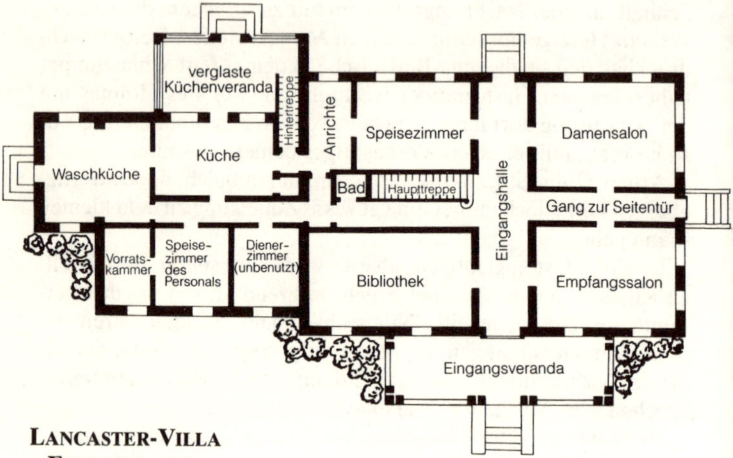

LANCASTER-VILLA
– ERDGESCHOSS –

Unsere beiden Häuser gleichen sich weitgehend. Derselbe Unternehmer hatte sie vor rund fünfzig Jahren gebaut, zu einer Zeit, als kunstvolle Drechselarbeiten und Gitterwerk in Landhäusern der gehobenen Klasse noch üblich waren. Später hatte ein Architekt an beiden Häusern das anbauen lassen, was wir jetzt unseren Gästeflügel nennen, entfernte die überflüssigen Verzierungen seines Vorgängers und betonte die Respektabilität der Häuser durch einen weißen Verputz und Eingangsveranden mit einem säulengestützten Vordach.

Die Lancaster-Villa ist geräumig und verhältnismäßig flach gebaut. Mit ihrer Längsseite liegt sie zur Straße hin. Im Erdgeschoß erstreckt sich quer durch den Hauptflügel eine große Halle. Von dort tritt man durch die Haustür auf die weinumrankte Eingangsveranda, während man durch die Hintertür auf den ehemaligen

Kutschenhof hinausgelangt, an dem die jetzt längst verschwundenen Stallungen standen. An seiner Stelle befindet sich jetzt ein Gemüsegarten, der nach hinten hinaus durch einen alten Holzschuppen begrenzt und zum Haus hin durch dichtes Gebüsch verdeckt wird. Da die Lancasters keinen eigenen Wagen besaßen, benötigten sie auch keine Garage.

Die vier Wohnräume der Familie liegen an der großen Eingangshalle. Quer zu dieser verläuft ein schmaler Gang, an dessen einem Ende sich die Seitentür befindet, die auf den Rasen zu unserem Haus hinausführt. Durch eine Tür am anderen Ende gelangt man in den angebauten Wirtschaftsflügel. Die Haupttreppe führt innerhalb dieses Ganges nach oben. Unter ihr liegt ein kleines Bad, der Waschraum, von dem Jim Wellington sprach.

Wenn man also das Haus über die Eingangsveranda und durch die Haustür betritt, kommt man in die große Halle, die von dem schmaleren Quergang halbiert wird. Rechter Hand liegt der Raum, den man am Crescent Place noch immer den Empfangssalon nennt, und links befindet sich Mr. Lancasters Bibliothek. Dann kommt der Quergang, in dem links die Treppe nach oben führt. Seine Fortsetzung auf der rechten Seite zur Seitentür hin ist schmaler. Von ihm zweigt der Damensalon ab, dessen Wände ganz mit Chintz verkleidet sind. Hier führt Margaret ihre Bücher und erledigt ihre Korrespondenz. Links neben der hinteren Halle befindet sich das Speisezimmer, von wo aus man durch die Anrichte beziehungsweise unter der Hintertreppe hindurch in die Küche gelangt.

Der Wirtschaftsflügel, den man durch eine Tür vom Quergang aus erreicht, besteht aus der Küche mit angebauter Veranda, der Waschküche und einigen Räumen für die Dienstboten, die nach vorne hinausgehen. Eine Hintertreppe, die ziemlich unpraktisch gelegen ist, so daß sie die Anrichte von der Küche trennt, führt von der Küchenveranda aus ins Obergeschoß mit dem von uns so genannten Gästeflügel und weiter ins Dachgeschoß, wo sich die Zimmer des Personals befinden.

Diese Hintertreppe, die eine wichtige strategische Rolle bei unserem ersten Mord spielte, endet, da der Anbau niedriger als das Haupthaus ist, im Obergeschoß nicht weit entfernt vom Zwischenpodest der Haupttreppe. Wer diese Treppe hinaufgeht, sieht von ihrem Podest aus durch eine Bogenöffnung in den Gang des Gästeflügels hinein, ehe er sich umwendet und die letzten sechs Stufen zur oberen Halle erklimmt, an der die vier großen Zimmer liegen, die von den Angehörigen der Lancaster-Familie bewohnt werden oder besser wurden.

Alle diese Zimmer und Gänge sind groß, und ihre Decken verfügen über hohe Stucksimse, was einen Eindruck von Vornehmheit und Geräumigkeit vermittelt.

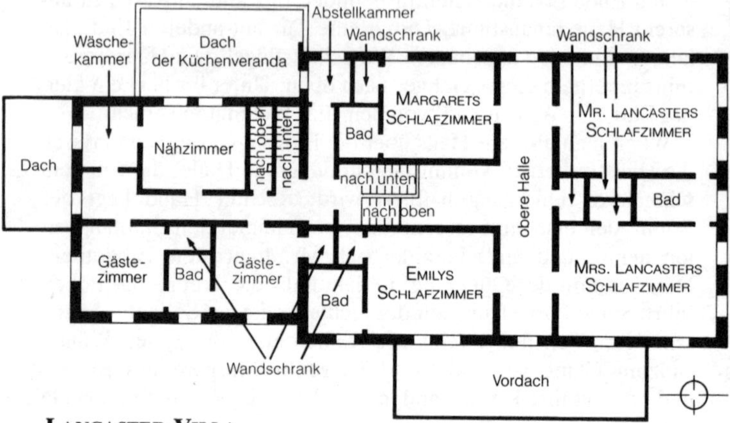

Lancaster-Villa
– Obergeschoss –

Die räumliche Gliederung ist im Obergeschoß praktisch die gleiche wie im Erdgeschoß, das heißt, daß die vier Schlafzimmer von der großen Halle abzweigen, während sich im Gästeflügel mit seinen niedrigeren Decken zwei fast nie benutzte Gästezimmer befinden, die nach vorn hinausgehen und durch ein gemeinsames Bad verbunden werden. Nach hinten hinaus liegen ein Nähzimmer und eine Wäschekammer sowie eine Abstellkammer, die durch einen schmalen Gang neben der Hintertreppe erreicht wird.

Die Dienstboten schlafen im Dachgeschoß.

Von den vier Schlafzimmern wurde das große, nach vorn heraus gelegene Eckzimmer von Mrs. Lancaster bewohnt. Es ist zwar etwas mehr den Geräuschen von draußen und auch der Sonne ausgesetzt, aber nach der Tradition auf dem Crescent ist dieses und kein anderes das Zimmer der Hausherrin. Durch ein Badezimmer ist es mit dem dahinterliegenden Schlafzimmer des Hausherrn verbunden. Der Raum zwischen Bad und Halle wird durch drei Wandschränke ausgefüllt.

Emilys Schlafzimmer lag dem Zimmer ihrer Mutter direkt gegenüber, ebenfalls nach vorne heraus. Sie hatte es bezogen, weil sie des Nachts bei geöffneten Türen hören konnte, ob – oder wann – ihre Mutter sie benötigte. Hinter Emilys Zimmer, durch den Treppenaufgang von diesem getrennt, lag Margarets Schlafzimmer, auf der Rückseite des Hauses und genau über dem Speisezimmer.

Das Dachgeschoß mit den Schlafzimmern der Dienstboten war nur über die Hintertreppe im Gästeflügel zu erreichen.

Was die Polizei von Anfang an stutzig machte, war nicht die verwinkelte Architektur des Hauses, sondern die Tatsache, daß es scheinbar keinerlei Möglichkeit gegeben hatte, es von außen zu betreten. Während auch sonst alle Zugänge immer fest verschlossen waren, hatte man, als Mrs. Lancaster damit begann, das Gold zu horten, noch zusätzliche Sicherungen anbringen lassen. An allen Außentüren waren zusätzliche Schlösser und in einigen Fällen auch noch Riegel eingebaut worden. Selbst an den Fliegengittern und Fenstern hatte man Schlösser angebracht. Nur wenn Mr. Lancaster seinen Nachmittagsspaziergang machte, blieb die Fliegentür unversperrt, damit er an das Schloß der Haustür konnte, aber die solide Holztür war sorgfältig abgeschlossen.

Alle Türen waren, als die Polizei eintraf, fest verschlossen, mit Ausnahme der Seitentür, aus der Emily hinausgelaufen war. Dies traf auf die Vorder- wie die Hintertür, die Tür zur Küchenveranda und die Tür, die von der Waschküche auf einen Trockenplatz hinausführt, zu. Die Kellertür war mit einem Vorhängeschloß gesichert, das dort hing, seitdem man im Frühjahr die Heizung ausgestellt hatte.

Als die Polizei an jenem Nachmittag eintraf, kam sie bei ihren Untersuchungen, die sich auf die Räumlichkeiten außerhalb des Mordzimmers erstreckten, unter anderem zu folgenden Ergebnissen: Obwohl es zahllose Türen und Fenster gab, hatte sich niemand durch sie Zutritt zum Haus verschafft. Dazu kam, daß die Küchenveranda als eine der möglichen Schwachstellen seit dem Mittagessen ständig bevölkert gewesen war. Ellen hatte sich zunächst dort ausgeruht und später einen Kuchen angerührt, und Jennie, die Aufwartung, hatte dort das Silber geputzt.

Nachdem man die Lancasters in der Bibliothek und ihre Dienstboten in deren eigenem Speisezimmer versammelt hatte, unterzog Detektiv Sullivan das Erdgeschoß einschließlich aller Türen und Fenster rasch einer gründlichen Untersuchung. Er fand jedoch keinerlei Anhaltspunkte und kehrte schließlich in das Mordzimmer zurück.

»Das Haus gleicht einer Festung«, berichtete er. »Eines ist sicher: Hier ist niemand raus- oder reingekommen, ohne daß ihm jemand im Haus dabei behilflich war.«

Der Inspektor stand an einem Vorderfenster und betrachtete nachdenklich das Vordach.

»Sieht so aus, als wäre er hier hereingekommen«, sagte er. »Sehen Sie, dort der Blumentopf ist umgeworfen. Und schauen Sie sich einmal das Fliegengitter an.«

Sullivan blickte hinaus und brummte zustimmend. Einer von Margaret Lancasters Blumentöpfen auf der Fensterbank war umgekippt und lag auf dem Vordach, und das Fliegengitter war um etwa zehn Zentimeter angehoben worden.

»Wir sollten eine der Töchter fragen, ob das Fliegengitter schon früher am Tag so angehoben war«, meinte der Inspektor.

Sullivan begab sich nach unten in die Bibliothek und kam mit der Auskunft zurück, daß das Gitter nicht geöffnet worden war und daß Mrs. Lancaster Fliegen im Haus abscheulich gefunden hätte und sie ein geöffnetes Fliegengitter sofort moniert hätte.

Der Gerichtsmediziner hatte zu diesem Zeitpunkt seine Untersuchung beendet und den Leuten von der Spurensicherung Platz gemacht, die aber auch nichts fanden. Nun trat er ans Fenster und versuchte, noch mit seinen Gummihandschuhen an den Händen, das Gitter hochzuziehen. Es bewegte sich aber keinen Zollbreit, so daß er es schließlich aufgab.

»Hier ist niemand rausgekommen«, sagte er. »Vielleicht hat er es versucht und dann aufgegeben.«

Sie versuchten es mit dem Gitter vor dem anderen Fenster, aber es hakte ebenfalls im Rahmen fest. Sullivan mußte schließlich, um auf das Vordach zu gelangen, aus dem Vorderfenster der Halle hinausklettern, und auch dieses war verschlossen und verriegelt gewesen. Verwirrt sahen sich die drei Männer an. Plötzlich bückte Sullivan sich und deutete auf einen kleinen Flecken am Holzsockel des ersten Gitters.

»Sieht aus wie Blut«, sagte er.

Er richtete sich wieder auf, blickte sich suchend um und stieg dann vorsichtig über das knirschende Blechdach, wo er zwei oder drei frisch gemähte, inzwischen in der heißen Sonne leicht verwelkte Grashalme aufhob. Genau solche Halme, wie ich sie zuvor aus Ebens Rasenmäher hatte heraussprühen sehen.

»Was ist das?« fragte der Inspektor.

»Gras. Aber wie ist es hierher gekommen? Es weht kein Wind.«

»Vielleicht durch Vögel.«

Aber keiner der Männer war so recht zufrieden mit dieser Erklärung. Sie gingen hinüber in Miss Emilys Schlafzimmer, wo der Kanarienvogel zwitschernd in seinem Käfig am Fenster in der Sonne hing, und probierten die dortigen Fliegengitter. Auch sie waren verriegelt, ließen sich aber leicht öffnen.

»Das bringt uns nicht weiter«, sagte der Inspektor. »Sie war hier im Zimmer und zog sich gerade um, als es passierte.«

»Behauptet sie«, bemerkte Sullivan trocken. Die beiden Männer wechselten einige bedeutungsvolle Blicke und begaben sich wieder hinüber ins Mordzimmer.

Bis zu diesem Zeitpunkt war, merkwürdig genug, die Tatwaffe noch nicht gefunden worden. Der Gerichtsmediziner hatte auf ein Beil getippt, aber sie hatten zunächst nichts gefunden. Da blickte einer der Männer von der Spurensicherung zufällig nach oben und entdeckte unter dem Betthimmel einen dunklen Flecken. Jemand holte einen Stuhl, auf den er stieg. Da er groß genug war, gelang es ihm, mit einem sauberen Handtuch die Axt vorsichtig herunterzuholen.

»Ihr Anblick hat mich ganz krank gemacht«, erzählte der Inspektor später. »Ich bin zwar an Blut und all das gewöhnt, aber eine Axt! Und die kleine alte Frau wog doch kaum hundert Pfund! Ich ... nun, es hat mich ziemlich fertiggemacht.«

Die Entdeckung der Axt bedeutete zwar einen Fortschritt in ihren Ermittlungen, brachte aber die Polizei trotzdem nicht entscheidend weiter. Es war eine mittelschwere Holzaxt mit dem üblichen langen Stiel, der aber augenscheinlich nur alte und stark verschmierte Fingerabdrücke aufwies. Auf ihrer Klinge fand man keinerlei Abdrücke.

»Entweder hat er Handschuhe getragen oder sie sorgfältig abgewischt«, meinte der Mann von der Spurensicherung nach einer kurzen Inspektion.

Niemand von ihnen wußte zu diesem Zeitpunkt natürlich, daß die Axt aus dem Holzschuppen der Lancasters stammte. Alle, mit Ausnahme von Sullivan, tippten auf die Tat eines blutrünstigen Irren. Die Brutalität, das Fehlen eines Motives und, wie der Inspektor später sagte, die extreme Grausamkeit des Verbrechens legten diese Vermutung nahe.

»Und wie soll dieser Irre hier ins Haus gekommen sein?« wandte Sullivan ein. »Flügel hatte er keine, soviel steht fest.«

Sie untersuchten noch einmal gründlich das Zimmer. Die Truhe unter dem Bett hatte zu diesem Zeitpunkt noch keine besondere Bedeutung für sie, und die Zimmereinrichtung war nicht auffällig durcheinandergebracht worden. Mrs. Lancasters Bett stand mit dem Kopfende an der Wand zum Zimmer ihres Mannes, und sie war auf der Seite liegend, mit dem Gesicht zur Tür in die Halle, aufgefunden worden. Auf der einen Seite des Bettes war die Tür zum Badezimmer, die beim Eintreffen der Polizei geschlossen war, und auf der anderen Seite befand sich die Tür zu einem Wandschrank, die gleichfalls verschlossen war. In der Ecke neben der Schranktür stand eine kleine Kommode. Eine ihrer Schubladen war ein Stück herausgezogen. Ihr Inhalt, hauptsächlich Nachtjäckchen und Nachthemden der Ermordeten, war aber unberührt. Ein Kampf hatte allem Anschein nach nicht stattgefunden, obgleich dieser Teil des Zimmers wie eine Schlachtbank aussah. Obwohl der erste Hieb vermutlich schon tödlich gewesen war, hatte der Täter insgesamt fünf oder sechs Mal zugeschlagen. Dahinter konnte, wie der Inspektor später erklärte, nur purer Wahnsinn oder wilder Haß gesteckt haben – vielleicht auch Furcht, wie er nach einigem Nachdenken hinzufügte.

Und, um ihn noch einmal zu zitieren:

»So sah es also aus«, sagte er. »Wir verfügten über einige wenige Anhaltspunkte, wenn man das überhaupt so nennen kann. Wir schlugen das Stück Holz mit dem Blutspritzer vom Sockel des Fliegengitters ab, und Sullivan ging der Sache mit den Grashalmen nach. Aber weder an der Axt noch anderswo fanden wir verwertbare Spuren. Das Haus war hermetisch verschlossen. Zu diesem Zeitpunkt wußten wir noch nichts von dem gehorteten Gold, aber die Fenster und Fliegengitter im Erdgeschoß waren mit neuen Riegeln versehen, und jedermann im Haus beschwor – und das entsprach auch den Tatsachen –, daß alle Türen abgeschlossen worden und auch verschlossen geblieben waren!

Vor dem Haus arbeitete der Gärtner. Niemand kam an ihm vorbei, wie wir wissen. Und was die Theorie mit dem Vordach betraf, so hatte ich von Anfang an meine Zweifel daran, daß jemand, mit Ausnahme vielleicht eines Fassadenkletterers, in der Lage gewesen sein könnte, an den Säulen des Verandadaches hochzuklettern, sozusagen mit einer Axt zwischen den Zähnen. Auch die Untersuchung des Bodens vor dem Haus brachte uns nicht weiter. Natürlich war die Erde von der Hitze hart wie Stein; hinzu kommt, daß bei einem Rasen, der fast bis an die Hauswand reicht, die Chance, Spuren zu entdecken, sowieso mächtig gering ist.

Und noch etwas war mir rätselhaft. Ich kann zwar verstehen, daß niemand etwas gehört hat. Bei dem Lärm, den dieser aufgedrehte Kanarienvogel machte, ist das kein Wunder. Aber es war völlig unwahrscheinlich, daß der- oder diejenige, wer auch immer die Sache auf dem Gewissen hatte, nicht von Kopf bis Fuß mit Blut bespritzt war. Und doch fanden wir außer ein oder zwei Spritzern auf dem roten Teppich in der Halle, die vermutlich von den Schuhen des Gärtners stammten, keinerlei Blutspuren außerhalb des Mordzimmers.

Und diese Wunden müssen wahnsinnig geblutet haben, besonders die am Hals! Noch und noch müssen sie geblutet haben. Unser Polizeiarzt vertrat die Meinung, daß es praktisch unmöglich gewesen sei, diese fünf Hiebe zu führen und dann die arme Frau so zuzudecken, wie sie war, ohne daß der Mörder nicht etwas abbekam, vermutlich eine ganze Menge. Sie müssen wissen, daß man die Leiche gewissermaßen zurechtgelegt hat. Sie lag ausgestreckt im Bett, und eine Decke war teilweise über sie gezogen. Allein schon das Abnehmen des Schlüssels bedeutete jede Menge Blutspritzer für den Mörder.«

Die Sache mit dem Schlüssel und Miss Emilys verzweifelte Suche nach ihm hatte ihnen Kopfzerbrechen bereitet. Sie fanden keine Erklärung dafür, und natürlich wußten sie immer noch nichts von dem Gold.

»Zunächst waren wir also ganz schön ratlos«, gestand der Inspektor. »Entweder kam der Täter aus dem Haus, oder er kam von draußen. Es gab gute Argumente gegen das eine wie das andere! Es sah wie eines dieser grundlosen Verbrechen eines Wahnsinnigen aus, die der Polizei soviel Kopfzerbrechen bereiten«, fügte er hinzu. »Ein Verbrechen, bei dem wir überhaupt nichts in der Hand haben und auf das sich die Presse wie auf ein gefundenes Fressen stürzt. Man konnte dahinter einen Verrückten mit ein Paar Flügeln vermuten, oder man konnte behaupten, daß ein Vogel in der Hitze durchgedreht hatte und drei Grashalme auf ein Blechdach beförderte. Aber was wußten wir wirklich? Niemand, ob mit oder ohne Axt, war die Pfeiler der Veranda hinaufgeklettert. In der Nacht erwischten wir einen Reporter, der einen der Pfeiler hinaufkletterte, um ein Foto zu schießen, und die Spuren, die er hinterließ, sprachen absolut gegen eine solche Annahme.

So viel ließ sich über den von außen kommenden Täter sagen. Und nun zum Mörder, der sich bereits innerhalb des Hauses aufhielt: Nehmen Sie einmal die Frage der Tatzeit, wie wir sie an jenem Tag rekonstruierten«, sagte er. »Es war vier Uhr, als Miss Emily Lancaster aus der Seitentür gerannt kam und auf dem Rasen zusammenbrach. Und erst um halb vier hatte Mrs. Talbot die alte Dame verlassen, die ihr übliches Schläfchen machen wollte. Wieviel Zeit blieb also jemandem aus dem Haus, um sich gründlich zu säubern und eine Menge blutbespritzter Sachen loszuwerden? Wer auch immer es war, er hat sie nicht verbrannt, und verstecken konnten sie sie auch nicht. Wir haben den Heizkessel nicht nur oberflächlich inspiziert, nein, einer der Männer ist sogar ganz reingekrochen, und wir hatten verdammt große Mühe, ihn wieder rauszukriegen!«

Das war, soweit es die Polizei betrifft, der Stand der Dinge bis gegen sechs Uhr abends. Dann zeigten sie Margaret, die noch die gefaßteste von allen war, die Axt. Sie wurde schneeweiß im Gesicht, und ihr wurde übel, aber sie identifizierte die Axt sofort als zum Haushalt gehörig.

Normalerweise hing sie von Mai bis November an zwei Nägeln im Holzschuppen hinter dem Haus. Die Tür dieses Schuppens stand für gewöhnlich das ganze Jahr hindurch offen. An diesem Tag hatte Eben aber bemerkt, daß sie geschlossen war. Eine Untersuchung des Schuppens erbrachte jedoch keinen Hinweis darauf, wann er betreten worden war. Die Nägel waren noch dort, die Axt war verschwunden. Nichts sonst war in Unordnung. Auf dem schmalen Gestell, auf dem Miss Margaret ihre Pflanzen für das Vordach und für das Haus im Winter einzutopfen pflegte, fanden sich nur die üblichen Topfscherben und ein Haufen lockerer Humuserde.

Nirgendwo im Schuppen gab es Blutspuren, noch fand man blutbespritzte Kleidung. Jedoch überzeugte die Entdeckung der Herkunft der Axt die Polizei endgültig davon, daß der Täter aus dem

Haus stammen mußte. Doch erwähnte auch jetzt noch niemand das Gold oder gab auch nur zu verstehen, daß es sich im Haus befand, bis gegen zehn Uhr abends Miss Emily plötzlich während des Verhörs zusammenbrach und gestand, daß sie Jim Wellington im Garten gesehen hatte, als sie aus ihrer Ohnmacht erwachte.

Aufgrund dieser Aussage wurde Peggy erneut verhört und brach gleichfalls zusammen. Und damit war, wie der Inspektor gesagt hätte, die Hölle los.

Kapitel 7

Von den Verhören der Lancasters und ihrer Dienstboten fertigte die Polizei schriftliche Protokolle an, deren Kopien mir hier vorliegen. Da sie die Ereignisse des Mordtages sehr viel besser schildern, als ich es vermag, möchte ich jetzt aus ihnen zitieren. Ich habe die Aussagen natürlich um einige unwichtige Passagen und Wiederholungen gekürzt. In jeder anderen Hinsicht sind meine Zitate aber absolut korrekt.

Zunächst die Aussage Emily Lancasters, weil sie es war, die die Leiche fand:

»Mutter war den ganzen Tag ziemlich reizbar gewesen, da sie sehr unter der Hitze litt. Weil sie von Ventilatoren aber Neuritis bekam, blieb ich die meiste Zeit bei ihr und fächelte ihr frische Luft zu. Praktisch habe ich sie die ganze Zeit nicht allein gelassen, mit Ausnahme eines kurzen Zeitraumes am Vormittag, als ich in die Bibliothek ging, um ein neues Buch für sie zum Vorlesen zu holen. Tatsächlich hatte ich noch nicht einmal Zeit, den Vogelkäfig zu säubern, bis Lydia Talbot nach dem Essen kam.

Mrs. Talbot kam um halb drei zu Besuch und löste mich eine Weile beim Luftfächeln ab. Wir saßen zusammen und unterhielten uns. Dabei hatte ich aber den Eindruck, daß irgend etwas, was Mrs. Talbot gesagt hatte, Mutter verärgert hatte. Deswegen war ich erleichtert, als sie sich wieder verabschiedete. Ich begleitete sie hinunter. In der Halle trafen wir Vater. Zusammen mit ihm verließ sie das Haus.

Ich schloß die Haustür hinter ihnen ab und ging dann zur Küchenveranda, um mir ein Glas Eiswasser zu holen. Dort traf ich Jennie an, die das Silber putzte, und Ellen, die einen Kuchen anrührte.

Als ich über die Hintertreppe wieder nach oben ging, vernahm ich ein Geräusch und dachte, unser Stubenmädchen sei in einem der Gästezimmer. Ich rief: ›Peggy, sind Sie es?‹ Ich bekam aber keine Antwort, weshalb ich in die Zimmer hineinsah, aber nichts entdeckte.

Das alles hatte etwa fünf Minuten in Anspruch genommen. Dann ging ich hinüber zu Margaret. Ich wußte, daß sie ausgehen wollte, und fürchtete, daß sie vielleicht eingeschlafen sein könnte. Ich fragte sie, ob sie eine Weile nach Mutter sehen könnte, während ich mich umzog, aber sie entgegnete, daß sie noch baden wollte und gerade nach Mutter gesehen habe, die fest schlafe.

Deshalb ging ich direkt in mein Zimmer und war dabei, mich umzuziehen, als ich den Eindruck hatte, daß Mutter mit ihrem Stock auf den Boden gestampft hatte. So pflegte sie mich oft zu rufen, wenn sie meinte, ich sei unten im Haus. Über dem Bett hängt zwar ein Glockenzug, doch der ist mit der Küche verbunden. Also warf ich mir einen Morgenmantel über und ging zu ihr hinüber, aber sie schien fest zu schlafen. Jedenfalls weiß ich, daß – daß ihr zu diesem Zeitpunkt noch nichts passiert war. Ich ließ ihre Tür ein Stück offenstehen und ging wieder in mein Zimmer.

Ich weiß den genauen Zeitpunkt, da ich auf meine Uhr sah. Ich bin gewohnt, um vier Uhr für den Nachmittag umgezogen zu sein, und es war noch nicht ganz Viertel vor vier.

Ich zog mich so schnell wie möglich an. Mein Vogel ist ein eifriger Sänger, und er zwitscherte so laut, daß ich einmal aus Besorgnis, Mutter könnte wachgeworden sein, meine Tür öffnete und hinüberlauschte. Sie konnte nämlich Vögel nicht besonders gut leiden. Ich hörte aber nichts und zog mich weiter an. Es war fast vier Uhr, als ich fertig war.

Danach ging ich wieder hinüber zu Mutter, blieb aber in der Tür stehen, als ich sah, was geschehen war. Ich glaube, daß ich laut geschrien habe. Dann lief ich hinüber zu Margarets Raum, aber ich mußte bis zu ihrem Badezimmer gehen, denn sie hatte mich nicht gehört, weil das Wasser so laut einlief. Danach rannte ich die Treppe hinunter und hinaus in den Garten. Warum ich das tat, weiß ich nicht genau. Vermutlich wollte ich nur einfach weg.«

Das war Emilys Aussage, die sie, unterbrochen von hysterischen Anfällen, gemacht hatte. In gewisser Weise war es die vollständigste Aussage von allen. Aber weder sie noch irgendein anderes Mitglied der Familie erwähnte etwas von dem gehorteten Gold, bis es sich nicht mehr vermeiden ließ. Zum Teil geschah dies wohl aus falschem Stolz, weil man fürchtete, daß sich die Zeitungen auf diesen Umstand stürzen würden, zum Teil aber wohl auch, weil man Jim Wellington nicht in die Sache hineinziehen wollte. Und man muß sich ins Gedächtnis rufen, daß die Polizei zu diesem Zeitpunkt der Truhe unter dem Bett noch keinerlei Bedeutung beigemessen hatte.

Margarets Aussage, die der von Emily folgte, ist weniger exakt, was die Zeitangaben betrifft.

»Ich hatte meinen freien Nachmittag. Damit meine ich, daß meine Schwester und ich uns nachmittags in der Betreuung von Mutter abwechseln – abwechselten. Für gewöhnlich gehe ich an meinen freien Nachmittagen aus, aber heute war es ungewöhnlich heiß.

So hatte ich mich etwas hingelegt und las ein Buch, bis ich um halb vier hörte, wie Mrs. Talbot und Vater das Haus verließen. Dabei erinnerte ich mich daran, daß Peggy, das Stubenmädchen, gleichfalls seinen freien Nachmittag hatte und daß es von Mutter am Morgen heftig ausgeschimpft worden war. Peggy ist eine tüchtige Kraft, und ich wollte nicht, daß sie uns verließ.

Deswegen ging ich nach oben und sprach mit ihr. Sie weinte zuerst, willigte aber dann ein, bei uns zu bleiben. Ich hielt mich nur ein paar Minuten bei ihr auf. Als ich wieder über die Hintertreppe hinunterging, muß meine Schwester, die von unten heraufkam, mich gehört haben. Ich selbst habe sie aber nicht rufen hören.

Ich ließ gerade das Badewasser einlaufen, als Emily in mein Zimmer gestürzt kam. Sie konnte kaum sprechen, und zunächst habe ich sie auch gar nicht gehört. Dann zog ich mir etwas über, warf einen Blick in Mutters Schlafzimmer, rief um Hilfe und rannte nach unten. In der Halle traf ich Eben, und wir liefen gemeinsam wieder die Vordertreppe hinauf, während die Dienstboten die Hintertreppe hinaufkamen.

Eben schloß die Tür zu Mutters Schlafzimmer und machte sich eilig auf den Weg, um einen Polizisten zu holen. Ich habe keine Ahnung, wieviel Zeit dies alles in Anspruch nahm. Schließlich erinnerte ich mich an Emily und lief in den Garten, um mich um sie zu kümmern. Sie lag auf dem Rasen, und Lou Hall beugte sich über sie.

Lou und ich schafften Emily ins Haus. Vater hatte Eben auf der Straße getroffen und hatte von ihm erfahren, was passiert war. Wir fanden ihn zusammengebrochen in der Bibliothek. Kurz darauf traf die Polizei ein.

Die Axt gehört uns. Sie befand sich immer draußen, und ich habe keine Ahnung, wie sie ins Haus gelangt sein kann. Ebenso kann ich mir keinen Grund vorstellen, weshalb Mutter überfallen wurde. Unseren Dienstboten vertraue ich absolut. Zwei der Frauen und Eben sind schon viele Jahre bei uns. Peggy arbeitet zwar erst kurze Zeit für uns, aber sie hatte weder einen Grund noch die Gelegenheit, die Tat auszuführen.«

Das alles klingt genau nach Margaret, unmißverständlich und nüchtern. Selbst aus dem Protokoll der Polizei ist noch herauszulesen, daß Margaret ihre Aussagen nicht so umständlich und zögernd wie ihre Schwester machte.

Mr. Lancasters Aussagen dagegen waren viel unpräziser. Er war noch immer tief geschockt, doch konnte er die wichtigsten Fakten einigermaßen klar darlegen.

Er hatte sich die letzten Tage nicht wohlgefühlt und des Nachts nicht geschlafen. Mit seiner Frau hatte er seit einigen Wochen Meinungsverschiedenheiten über, wie er sich ausdrückte, grundsätzliche Fragen gehabt, womit er zweifelsohne das Horten des Goldes meinte, ohne dies an jenem Abend näher zu erläutern. In ihrem Zustand wollte er mit ihr nicht streiten, aber die Sache hatte ihn doch sehr geärgert.

Den Vormittag hatte er lesend in der Bibliothek zugebracht. Vor dem Lunch hatte er bei seiner Frau den üblichen Besuch zu dieser Tageszeit gemacht. Emily war einmal fortgegangen, und er hatte seine Frau schweigsam und ziemlich gereizt vorgefunden, was er auf die Hitze zurückgeführt hatte. Aber dann fügte er nach einem gewissen Zögern hinzu, daß er den Eindruck hatte, sie hätte, als er ihr Schlafzimmer betrat, irgend etwas vor ihm versteckt.

Befragt, was das wohl gewesen sein konnte, erklärte er, er habe keine Ahnung und könnte sich vielleicht auch geirrt haben. Er versuche nur, sich an möglichst jede Einzelheit zu erinnern. Seine Frau habe nichts gesagt, was seine Vermutung hätte bestätigen können, und er habe sie auch nicht darauf angesprochen.

Mittags habe er eine leichte Mahlzeit zu sich genommen, Obst und Tee, und habe danach etwas geschlafen. Nach seiner Frau habe er nicht mehr gesehen. Als er Mrs. Talbot herunterkommen hörte, sei er aufgewacht, habe seinen Hut geholt und mit ihr das Haus verlassen. Danach habe er seinen üblichen Spaziergang gemacht und von der Tat auf dem Rückweg von Eben erfahren, der einen Polizisten holen wollte.

Zu seinem Spaziergang befragt, erklärte er das, was uns allen über seine Gewohnheiten bekannt war. Er hatte den Crescent Place durch das Tor verlassen und war am Krankenhaus vorbei zu dem kleinen, einen Kilometer entfernten Ladenzentrum gegangen. Es war gebaut worden, als sich die Stadt bis in unsere Gegend ausdehnte und überall Wohnblocks entstanden, damit ihre Mieter eine Möglichkeit zum Einkaufen hatten. Selbst die Bewohner vom Crescent Place, die es lange ignoriert und ihre Einkäufe weiterhin in der Innenstadt erledigt hatten, hatten es schließlich doch zur Kenntnis genommen und kauften dort regelmäßig ein.

Sein Spaziergang an diesem Tag hatte ihn, so erklärte er, lediglich bis zu dem Tabakwarenladen in der Liberty Avenue geführt und zurück zum Tor, wo er Eben traf. Zwei Punkte in seiner Aussage hatten Inspektor Briggs jedoch sehr zu denken gegeben und ihn veranlaßt, eine zweite, gründliche Durchsuchung des Hauses anzuordnen.

Der eine Punkt war, daß Mr. Lancaster angab, er sei in einem kleinen Drugstore eingekehrt und habe dort ein Glas Coca-Cola getrunken.

»Wir wußten aber genau«, sagte der Inspektor später, »daß dieser Drugstore an diesem Tag wegen eines Vergehens gegen das Prohibitionsgesetz geschlossen worden war. Wo der alte Herr auch immer gewesen war, in diesem Drugstore konnte es nicht gewesen sein. Und dann war diese Peggy mit ihrer Geschichte rausgerückt und – na ja, da fingen wir an, uns Gedanken zu machen. So ist es gewesen.«

Peggy hatte nämlich, unbehaglich auf der Kante ihres Stuhles im Speisezimmer hockend, mit vom Weinen geschwollenen Augen, schließlich eingestanden, daß sie vom Fenster ihres Zimmers aus beobachtet hatte, wie Mr. Lancaster mit Mrs. Talbot fortging und fünf Minuten später zurückkam.

»Ich möchte nicht, daß sie erfahren, daß ich das ausgesagt habe«, flüsterte sie, »aber es ist die reine Wahrheit.«

»Sie können sich in der Zeit geirrt haben.«

»Nein, Sir. Ich habe allerhöchstens fünf Minuten dort gestanden. Miss Margaret wird Ihnen bestätigen können, daß ich am Fenster gestanden habe, als sie heraufkam, um mit mir zu reden. Vielleicht weiß sie, wie spät es war.«

»Haben Sie ihr gegenüber erwähnt, daß Mr. Lancaster zurückkam?«

»Daran habe ich nicht gedacht. Sie müssen wissen, daß die alte – Mrs. Lancaster mich am Morgen sehr gekränkt hatte und daß ich mir überlegte, die Stellung zu verlassen, aber mich nicht entscheiden konnte. Dann kam Miss Margaret und bat mich zu bleiben, und ich sagte zu.«

Der Inspektor kannte zu dieser Zeit bereits Miss Emilys Aussage und fragte Peggy deshalb, ob sie sich nicht irren könnte.

»Aus einem Fenster im zweiten Stock kann man Leute manchmal leicht verwechseln, Peggy«, sagte er.

»Seinen alten Panamahut würde ich in jedem Fall erkennen«, entgegnete sie beharrlich.

»Viele Männer tragen alte Panamahüte. Haben Sie nicht noch etwas anderes bemerkt?«

»Er zog seinen Schlüsselbund aus der Tasche. Ich hab' ihn so genau gesehen, wie ich Sie jetzt vor mir sehe. Und außerdem«, fügte sie triumphierend hinzu, »hätte doch jeder andere außer Mr. Wellington läuten müssen. Aber es hat nicht geläutet. Die Türglocke ist oben genauso wie in der Küche zu hören.«

Zu Peggys Ehre muß gesagt werden, daß sie danach ihr hübsches kleines Kinn energisch vorstreckte und nichts weiter über Jim verriet, bis sie schließlich am späten Abend erneut verhört wurde. Das war, nachdem Emily sich daran erinnerte, daß Jim sich mit mir im Garten unterhalten hatte. Danach holte man die verängstigte Peggy erneut zum Verhör und fragte sie, ob der Mann, den sie vor dem Haus gesehen hatte, nicht Jim Wellington gewesen sein konnte.

Sie schüttelte starrsinnig den Kopf, aber die Polizisten ließen nun nicht mehr locker, bis sie schließlich zugab, Jim am Nachmittag gesehen zu haben.

»Wo? Vor dem Haus?«

»Nein, oben im Haus.« Und als sie den Gesichtsausdruck des Inspektors wahrnahm, brach sie in eine wahre Tränenflut aus.

Nun mußte sie natürlich alles erzählen, und schließlich hatte man eine einigermaßen zusammenhängende Geschichte aus ihr herausgeholt.

Kurz vor vier hatte sie sich, leidlich getröstet durch Margarets Besuch, doch noch entschlossen, auszugehen. Die genaue Zeit wußte sie nicht mehr. Sie hatte sich ihren Hut aufgesetzt und war hinunter in eines der Gästezimmer gegangen, weil sich dort ein größerer Spiegel befand. Dort hatte sie den Hut zurechtgerückt und war wieder hinaus auf den Gang getreten. Auf ihrem Weg zurück zur Hintertreppe hatte sie jemanden die Vordertreppe hinaufkommen hören und festgestellt, daß es Jim Wellington war.

Er trug keinen Hut und stieg die Treppe leise, aber ohne besondere Heimlichtuerei hinauf. Eines wußte sie mit Sicherheit zu sagen: Er trug nichts bei sich.

Jim hatte sie nicht bemerkt. Er ging über den Treppenabsatz in die obere Halle. Seine Gegenwart hatte sie nicht überrascht.

»Er hatte doch jederzeit ungehinderten Zutritt zum Haus«, erklärte sie ziemlich naiv.

Sie hatte nicht bemerkt, ob er das Haus wieder verließ. Sie war über die Hintertreppe zur Küchenveranda hinuntergegangen und befand sich dort noch bei Ellen und Jennie, als der Lärm im Haus losging. Nicht um alles in der Welt würde sie glauben können, daß Mr. Wellington den Mord verübt hätte. Er könne keiner Fliege etwas zuleide tun, und es schere sie nicht, was andere darüber dächten.

»Bis dahin waren wir also gekommen«, sagte der Inspektor, als er später den Fall resümierte. »Wellington war im Haus gewesen und hatte sich wieder davongeschlichen, und der alte Mr. Lancaster hatte uns ein falsches Alibi geliefert! Wenn wir Peggy Glauben schenken konnten, dann war der alte Herr um fünfundzwanzig Minuten vor vier wieder zurückgekommen, und etwa fünfzehn Minuten vor vier hatte Miss Emily ihre Mutter gesund und munter vorgefunden und ging, um sich umzuziehen. Um vier Uhr entdeckt sie, was passiert ist, und kaum zehn Minuten später trifft Eben den alten Herrn an der Toreinfahrt, nichtsahnend und keinesfalls in Eile, offensichtlich auf dem Weg nach Hause, und höchstens fünf oder zehn Minuten später als sonst!

Ich will Ihnen nicht verschweigen, daß ich, als ich endlich um drei Uhr nachts nach Hause kam, erst einmal ein starkes Beruhigungsmittel geschluckt habe.«

Kapitel 8

Ich nehme an, daß einige der Leute vom Crescent Place sich in jener Nacht wie gewohnt zu Bett begaben; daß einige der Frauen dort vor ihren altmodischen Frisierkommoden standen, ihre Broschen in die wohlgepolsterten Nadelkissen steckten, ihre Kleider aufhakten und sie auf die Bügel hängten, aus ihren Unterröcken schlüpften, die falschen Locken und Flechten abnahmen und sie sorgfältig verstauten, die engen, spitzenbesetzten Hüfthalter aufhakten und die Schuhe aufknöpften und, nachdem sie so weit waren, sittsam die Nachthemden über die Köpfe zogen und danach den Rest ihrer Kleidung darunter auszogen.

Und daß einige der Männer sich gleichfalls schlafen legten, nachdem sie sich zuvor noch ein oder zwei Gläschen genehmigt hatten, für deren Nachschub dem Hörensagen zufolge heimlich unser Chauffeur Holmes sorgte, bei gutem Profit, versteht sich.

Beide, Männer und Frauen, hatten an diesem Tag die erste wirkliche Aufregung seit vielen Jahren erlebt. Hinter ihnen konnten sie in den Spiegeln, vor denen sie sich die Haare bürsteten oder ihre Kragen abnahmen, ihre geräumigen Betten mit den aufgeschlagenen Steppdecken sehen, die auf sie warteten. Die Kissendecken aus gestärktem Leinen waren beiseite gelegt, die Tagesdecken sauber gefaltet, und an ihre Stelle waren die ebenfalls ordentlich zurechtgelegten Nachtdecken getreten. Am Crescent Place verfügte man über Kultur, auch beim Schlafen.

Wenn ich so zurückblicke, sehe ich sie alle vor mir, mit einem Verständnis, das mir damals fehlte. Vor meinem geistigen Auge taucht Mrs. Talbot auf, wie sie, mit Unterstützung der getreuen Lizzie, eine ihrer schwarzhaarigen Perücken abnimmt, die sie so trug wie andere Frauen einen Hut und von denen sie nach ihrer eigenen Aussage ein rundes halbes Dutzend besaß. Ich sehe Lydia vor mir, wie sie ihre Polster abnimmt und nach einem heißen Tag wie diesem am Fenster zum Lüften aufhängt. Ich habe sie selbst manchmal am frühen Morgen dort hängen sehen. Und dann sehe ich Emily Lancaster vor mir, wie sie, von welch schrecklichen Gedanken auch immer verfolgt, endlich eingeschlafen ist, nachdem ihr der Hausarzt aller Leute vom Crescent Place, Doktor Armstrong, ein Schlafmittel verabreicht hat, während ihre Schwester Margaret unruhig im Damensalon im Erdgeschoß hin und her läuft, während die Polizei das Haus auf den Kopf stellt, und lauscht, ob sie sich auch die Bibliothek vornimmt und die alte Couch dort, unter deren Polstern sie etwas versteckt hat, was sie irgendwie aus dem Haus schaffen muß.

Und dann sehe ich Jim Wellington vor mir, wie er in einem Büro des Rathauses auf einem harten Stuhl hockt und verhört wird. Vor ihm auf dem Schreibtisch, hinter dem der Polizeichef sitzt, liegt Jims Schlüssel zur Lancaster-Villa, während der Bezirksstaatsanwalt im Zimmer auf und ab marschiert und eine Zigarette nach der anderen raucht.

»Um wieviel Uhr hat Miss Margaret Lancaster Sie angerufen?«

»Zwischen elf und zwölf, vielleicht auch etwas später.«

»Und was sagte sie?«

»Sie richtete mir aus, daß ihr Vater mit mir die Truhe inspizieren wollte.«

»Die Truhe? Welche Truhe?«

Jim war erstaunt.

»Hat man Ihnen denn nichts davon gesagt? Die Truhe unter dem Bett meiner Tante. Sie hatte ein krankhaftes Mißtrauen gegenüber den Banken entwickelt und vor einigen Monaten damit begonnen, ihr gesamtes Vermögen in Goldmünzen und Bargeld umzutauschen, vorwiegend in Gold.«

Danach mußte Jim den Männern die Umtauschprozedur in allen Einzelheiten erklären, und sie hörten gebannt zu. Hier war endlich, so fühlten sie, das Motiv für den Mord. Aber von Jims Erklärung, weshalb er an diesem Nachmittag zu dem Haus hinübergegangen war, waren sie nicht befriedigt.

»Diesmal hatten Sie kein Gold mitgebracht?«

»Nein. Überhaupt nichts.«

»Aber warum hat man Sie hinüberbestellt?«

»Ich habe Ihnen bereits erklärt, daß Mr. Lancaster wünschte, daß die Truhe geöffnet und ihr Inhalt untersucht würde. Eine Art Kassensturz, nehme ich an.«

»Warum ein Kassensturz? Hat Margaret Lancaster Ihnen das gesagt?«

»Nein. Ich habe nicht die leiseste Ahnung. Niemand von der Familie war darüber glucklich, was dort vor sich ging. Meine Hoffnung war, daß das Zeug wieder zurück zur Bank gebracht werden sollte. Es war von Anfang an eine dumme Idee.«

»Dieser Schlüssel, den die Familie vermißt, ist das der Schlüssel zur Truhe?«

»Ich weiß nicht, welcher Schlüssel vermißt wird«, entgegnete Jim ziemlich mürrisch. »Den Schlüssel zur Truhe trug meine Tante an einer Kette um den Hals.«

»Sie wissen, wieviel Gold in der Truhe war. Glauben Sie, daß hier das Motiv für das Verbrechen liegt?«

»Ich habe mir überhaupt noch keine Meinung gebildet. Mehr als die Hälfte des Truheninhalts besteht aus Gold, der Rest ist Bargeld. Ich würde sagen, daß niemand in der Lage ist, das Gold auf die Schnelle wegzuschaffen. Es ist ganz schön schwer. Was das Bargeld betrifft ...« Er sah die Männer an und sagte: »Warum in Gottes Namen sehen Sie nicht selber nach?«

Das war, wie sich herausstellte, in jener Nacht gar nicht möglich. Auf die erste Information von Jim hin, daß sich in der Truhe ein Vermögen an Goldmünzen und Bargeld befand, hatte man Inspektor Briggs informiert, die Truhe untersuchen zu lassen. Nicht nur, daß sie keinerlei verdächtige Spuren aufwies, sie war auch so schwer, daß man sie kaum unter dem Bett hervorziehen konnte.

Der Schlüssel war nicht gefunden worden, und so standen die Polizisten um sie herum und beäugten sie ratlos. Inzwischen war es fast Mitternacht geworden. Sullivan ging hinunter auf die Küchenveranda und besorgte sich einen Eispickel, das einzige passende Werkzeug, das er finden konnte. Auf dem Rückweg traf er Mr. Lancaster in der unteren Halle.

»Gut, daß ich Sie treffe, Mr. Lancaster«, sagte er. »Wir möchten einen Blick in die Truhe unter – unter dem Bett oben werfen. Ich nehme an, daß Sie keinen zweiten Schlüssel besitzen?«

Der alte Herr blickte ihn eisig an.

»Die Truhe wird nicht geöffnet«, sagte er.

»Aber wenn doch ein Diebstahl vorliegt ...«

»Es hat keinen Raub gegeben. Die Truhe enthält einen Großteil des Vermögens meiner Frau und darf erst geöffnet werden, wenn ihr Anwalt zugegen ist, vermutlich erst dann, wenn das Testament in Kraft getreten ist. Ich verstehe nur sehr wenig von solchen Dingen.«

Sullivan, so nehme ich an, ging leise fluchend wieder nach oben. Offensichtlich war da nichts auszurichten, zumal die Truhe keinerlei Spuren von Gewaltanwendung aufwies. Er hatte sich mit dem Inspektor gerade darauf geeinigt, die Sache bis zum Morgen ruhen zu lassen, als sie Fingerabdrücke auf der Truhe entdeckten. Diese stimmten mit keinen am Abend allen Personen im Haus abgenommenen Abdrücken überein. Sie waren sehr deutlich, das heißt, man stellte fest, daß zwei Hände den Deckel auf beiden Seiten des Schlosses angefaßt hatten, so, als ob man diesen hatte öffnen wollen.

Sie unternahmen keinen weiteren Versuch in jener Nacht, die Truhe doch noch zu öffnen, postierten aber einen Polizisten zu ihrer Bewachung ins Zimmer. Nach einem ziemlich giftigen Meinungsaustausch mit jenem bewußten Büro im Rathaus fuhren sie nach Hause; der Inspektor, um sein Schlafmittel einzunehmen, und Sullivan, um in Ruhe über die Abdrücke auf der Truhe nachzudenken, denn sie stammten von einer zierlichen Hand, und Jim Wellington hatte einen kräftigen Körperbau.

Das war, so gut ich es beschreiben kann, der Stand der Ermittlungen in der Nacht vom Donnerstag, dem achtzehnten August, die Nacht nach dem Mord. Die Polizei hatte jeden Zoll des Lancaster-Hauses untersucht und war noch immer mit Untersuchungen außerhalb des Hauses beschäftigt, aber das einzige, was sie als Resultat ihrer mehr als siebenstündigen intensiven Arbeit aufzuweisen hatte, war die Leiche einer betagten und bettlägerigen Frau, die durch mehrere Axthiebe fast enthauptet worden war; den Eindruck von einer Familie, die tief betroffen, jedoch mit Haltung die schreckliche Katastrophe zu bewältigen trachtete, sowie als Beweisstücke eine blutverschmierte Axt, zwei oder drei Grashalme, eine Blutspur außen an einem Fliegengitter, eine verschlossene Truhe mit einigen unidentifizierten Abdrücken darauf und schließlich die Kenntnis, wozu auch immer sie gut sein mochte, daß sowohl Mr. Lancaster wie Jim Wellington sich ungefähr zur Tatzeit im Haus aufgehalten hatten.

Ich selbst war ängstlich und verwirrt, als ich an diesem Abend von Jim zurückkam. Mutter schlief. Ihr Zimmer hatte sie fest verriegelt, und vermutlich stand auf jeder ihrer Fensterbänke eine

Blumenvase, die herunterfallen mußte, falls jemand versuchen sollte, über das Vordach bei ihr einzudringen. Holmes schnarchte kräftig im Gästezimmer, und die Nachtluft draußen war warm und drückend, als ob ein Gewitter bevorstünde.

Ich erinnere mich, daß ich mitten im Zimmer stand und mich umsah. Mein Gefühl von Geborgenheit war in jener Nacht stark erschüttert worden, und plötzlich wurde mir bewußt, daß ich für diese Geborgenheit alles andere aufgegeben hatte, ihr meine Chance, wirklich zu leben und gar zu lieben, geopfert hatte. Und was hatte ich dafür eingehandelt? Die Gewißheit, daß mein Bett am Abend ordentlich aufgedeckt war und daß ich in einem Haus lebte, in dem immer alles seinen geregelten Gang ging, in dem immer frische Blumen, der Jahreszeit entsprechend, auf dem Tisch standen und in dem die Servietten immer erst von links geplättet und dann von rechts geglättet wurden?

Vielleicht war ich hysterisch in jener Nacht, denn ich ertappte mich dabei, wie ich das plumpe Nadelkissen neben meiner Frisierkommode ansah und lachte. Dies hatte ich nur ein einziges Mal zuvor in meinem Leben getan. Das war, als ich endgültig aus dem Internat nach Hause zurückgekehrt war. Da hatte ich es zum Fenster hinausgeworfen, aber am nächsten Tag hing es unerschütterlich wieder an seinem alten Platz. Damals hatte ich gelacht und war dann in eine Flut von Tränen ausgebrochen.

Danach war das Nadelkissen immer von besonderer Symbolkraft für mich gewesen. Es stand für alles: daß ich, als ich klein war, keine anderen Kinder zum Spielen hatte; daß ich lange Haare tragen mußte, als ich sie lieber kurzgeschnitten getragen hätte; daß es an heißen Sommersonntagen regelmäßig Brathähnchen und Eiskrem zum Mittagessen gab; und es stand für den Verlust aller romantischen Beziehungen und für die Leere meines Lebens. Und in jener Nacht glotzte es mich höhnisch an, als ob es mich daran erinnern wollte, daß das Leben so kurz ist, daß es aber noch immer da war und daß es immer da sein würde.

Ich zog mich nicht sofort aus. Statt dessen stand ich in meinem Zimmer und dachte über alles nach, was ich erfahren hatte. Aus dem Chaos meiner Gedanken tauchten allmählich bestimmte Dinge auf. Zum einen hatte bei der Zusammenkunft am Abend jeder mehr oder minder offen die Meinung vertreten, daß der Mörder am Crescent Place selbst zu suchen sei. Offensichtlich verdächtigte George Talbot Bryan Dalton, und Mr. Dalton verdächtigte George. Lydia Talbot und Mrs. Dalton schienen, von Mutter gar nicht zu reden, davon überzeugt zu sein, daß die Antwort auf diese Frage im Lancaster-Haus selbst lag, und nur Mrs. Talbot glaubte offenbar, daß es sich eindeutig um einen Raubüberfall handelte.

Aber diese letzte Theorie schien mir höchst abwegig zu sein. Selbst mir war bekannt, daß Gold schwer ist. Man kann es nicht einfach aufheben und damit fortlaufen. Außerdem konnte niemand von uns mit Sicherheit sagen, ob das Gold und Bargeld tatsächlich verschwunden waren. Und wenn, dann fragte ich mich, ob die Zeit zwischen dem Fortgang von Mrs. Talbot und der Ankunft von Jim ausgereicht hätte, um die alte Dame umzubringen, die Truhe unter dem Bett hervorzuziehen und zu öffnen, die Beutel mit Goldmünzen und die Banknotenbündel auf das Vordach zu schaffen und die Truhe wieder unter das Bett zu schieben.

Denn das war uns an diesem Abend bereits bekannt, obwohl ich mich nicht mehr erinnern kann, woher wir es wußten, es sei denn, von Lydia Talbot, die es verstand, sich auf alle mögliche Weise Informationen zu besorgen: Die Truhe stand, als die Polizei eintraf, unter dem Bett.

Ich fragte mich, ob Eben die Tat hätte begehen können, eigentlich nur, um ihn sofort wieder von der Liste der Verdächtigen zu streichen. Ich hatte mich um halb vier am Fenster niedergelassen, und das Geräusch des Rasenmähers war keinen Augenblick lang verstummt, bis Eben gegen vier eine kurze Pause machte, um sich den Schweiß abzuwischen, und Emily im Haus gegenüber geschrien hatte.

Nein, Eben kam nicht in Frage – ebensowenig wie jeder andere von unseren Dienstboten, so weit ich das beurteilen konnte. Alle mit Ausnahme Peggys waren schon seit Jahren bei uns in Stellung. Und mit Ausnahme des Personals der Wellingtons, aber das hatte schon lange vor dem Mord die Sachen gepackt und war gegangen. Also Peggy? Nein, sie bestimmt auch nicht. Sie war ein sanftes kleines Wesen, das ich irgendwann einmal mit Holmes auf dem Pfad durch das Niemandsland hatte spazierengehen sehen und dessen Miene so etwas wie eine nachgiebige Liebenswürdigkeit widerspiegelte.

Aber wer war es dann? Es konnte auch kein Fahrer eines Lieferwagens gewesen sein, denn am Crescent Place bestand man unnachsichtig darauf, daß die Bestellungen an der Rückseite des

Hauses abgeliefert werden, und die Küchenveranda bei den Lancasters war den ganzen Nachmittag bevölkert gewesen. Auch nicht Holmes, dem ich die Tat noch eher als allen anderen zugetraut hätte. Aber er hatte Mutter bis halb fünf ausgefahren. Auch Joseph, der Butler der Daltons, nicht, denn über ihn hatte Laura Dalton während unserer gemeinsamen Überlegungen am Abend ausgesagt, daß er ihr noch um Viertel vor vier einen Eistee serviert hatte.

Wer aber dann außer Jim? Verzweifelt begann ich noch einmal, alle Revue passieren zu lassen: Helen Wellington war abwesend und hatte kein erkennbares Motiv; Mrs. Dalton trank zur Tatzeit ihren Eistee; ihr Mann werkelte in seinem ölverschmierten Overall in der Garage an seinem Wagen herum; Mutter war ausgefahren; Eben mähte den Rasen; Lydia war um halb drei zum Einkaufen gegangen und hatte danach den Rest des Nachmittags in einem klimatisierten Kino verbracht; George arbeitete in der Bank; und Mrs. Talbot hatte sich sorgfältig in ihrem Zimmer eingeschlossen und machte ein Schläfchen.

Es war Lydia Talbot gewesen, die am Nachmittag die unverblümteste Feststellung gemacht hatte, als sie sagte: »Sie ertrugen es so lange, wie sie konnten.« Danach hatte sie dann verlegen erklärt, welch anhängliche Töchter die beiden Mädchen doch immer gewesen waren.

Eines war aber selbst mir klargeworden: daß das Geheimnis des Lancaster-Goldes längst kein Geheimnis mehr gewesen war. Vermutlich hatte von dem Moment an, als Jim Wellington den ersten sorgfältig verschnürten und versiegelten Leinenbeutel angeliefert hatte, unsere Buschtrommel die Nachricht vom einen bis zum anderen Ende des Crescent Place verbreitet. Bestimmt war es auch kein Geheimnis geblieben, wo das Gold aufbewahrt wurde, mußte doch Peggy jeden Tag die Truhe mit einem eingeölten Tuch abwischen – so, wie am Crescent Place alle Möbel gepflegt werden – und den Boden unter dem Bett fegen.

Also wußte mindestens ein Dutzend Menschen von dem Gold, Hunderte konnten es erfahren haben. Und da ich zu diesem Zeitpunkt noch nichts von den Fliegengittern wußte, die sich nicht bewegen ließen, kam ich schließlich zu dem Schluß, daß einer aus dieser Hundertschaft aufs Vordach geklettert war, ins Zimmer stieg, nach seinem tödlichen Werk die Truhe mit dem Schlüssel öffnete und danach mit der Beute verschwand.

Aber wie? In einem Auto? An unserem Haus war in der fraglichen halben Stunde kein Auto vorbeigefahren, das wußte ich genau. Wer konnte es dann gewesen sein? Der Straßenkehrer? Ich hatte bislang kaum Notiz von ihm genommen. Niemand scheint jemals Notiz von einem Straßenkehrer zu nehmen. Aber nun rief ich ihn mir ins Gedächtnis zurück, einen hochgewachsenen, spindeldürren Mann in schmutziger, weißer Uniform mit Schutzhelm, der eine Quelle ständigen Ärgers für den Crescent Place darstellte, weil seine Bewohner meinten, die Stadt habe ihn nur angestellt, um die herabgefallenen Blätter in Haufen zusammenzukehren, damit der Wind sie anschließend wieder auseinanderblies.

Vermutlich war ich in jener Nacht nicht besonders gut in der Lage, vernünftig zu denken, aber das Bild dieses Mannes, wie er, seinen Karren vor sich hinschiebend, durch die Straße zog, ging mir nicht mehr aus dem Sinn. Wenn die Bewohner des Crescent Place von dem Gold in der Truhe und dem Schlüssel am Hals der alten Dame wußten, dann wußten auch ihre Dienstboten darüber Bescheid. Und was diese wußten, konnte ebensogut der Straßenkehrer wissen.

Auf gewisse Weise hatte er auch Zutritt zu allen unseren Grundstücken. Wenn nämlich sein Karren voll war, schob er ihn hinüber zum Niemandsland und verbrannte seinen Inhalt dort, obwohl eine Anweisung der Stadtverwaltung es verbot.

Er konnte aber nicht nur von dem Gold gewußt haben, sondern ohne Schwierigkeiten auch von der Axt im Holzschuppen erfahren haben. Darüber hinaus – bei den festen Gewohnheiten, die wir haben – wußte er möglicherweise, daß Emily sich zwischen halb vier und vier Uhr umzuziehen pflegte, während ihre Mutter schlief, daß der alte Herr während dieser Zeit in der Regel seinen Spaziergang machte, wobei er die Fliegentür offen ließ, daß es Margarets und Peggys freier Nachmittag war und sich die beiden anderen Frauen auf der Küchenveranda aufhielten.

Und darüber hinaus stimmte auch die Zeit. Während er sonst regelmäßig am Nachmittag bei uns auftauchte, hatte ich ihn an diesem Tag nicht gesehen. Und sein Karren schien mir auch die Frage zu beantworten, wie das Gold fortgeschafft worden war, falls es überhaupt verschwunden war.

Ich habe meine Überlegungen deshalb so ausführlich geschildert, nicht, weil sie tatsächlich etwas zur Aufklärung der Verbrechen beitrugen, was nicht der Fall war, aber erklären, wie ich selbst in gewisser Weise darin verwickelt wurde. Denn kurz vor Mitternacht, während der Inspektor und Sullivan noch immer mit der Truhe beschäftigt waren, begab ich mich wieder hinüber zum Lancaster-Haus, um dort meine Theorie vorzutragen!

Kaum war ich jedoch, ohne jemanden aufzuwecken, aus dem Haus geschlüpft und hatte den Gehsteig betreten, als eine schattenhafte Gestalt im Regenmantel aufsah und mir ins Gesicht leuchtete.

»Sie können hier nicht passieren, Miss«, sagte eine Stimme.

»Seien Sie nicht albern! Ich muß Inspektor Briggs sprechen.«

»Ich glaube nicht, daß er Sie jetzt sprechen kann. Er ist beschäftigt.«

»Trotzdem möchte ich es versuchen«, erwiderte ich entschlossen und machte mich auf den Weg. Die Gestalt ließ mich vorbei, folgte mir aber den ganzen Weg. An der Auffahrt zum Lancaster-Haus blieb der Mann stehen.

»Ich werde hier auf Sie warten«, informierte er mich. »Hier ist im Moment keine besonders sichere Umgebung für junge Damen, die allein im Dunkeln unterwegs sind.«

Mit dieser aufmunternden Bemerkung trollte er sich und zündete sich eine Zigarette an.

Die Lancaster-Villa war noch heller erleuchtet, als mir bis dahin bewußt gewesen war. Das Einsparen von Beleuchtungskosten gehörte zu den besonders beliebten Sparmaßnahmen am Crescent Place, obwohl die meisten Bewohner keine finanziellen Sorgen haben. So zeigte mir das vom Dachgeschoß bis zum Keller hell erleuchtete Haus deutlicher als alles andere, was ich bis dahin erlebt hatte, daß sich in unserem Leben definitiv etwas geändert haben mußte.

Zunächst sah es so aus, als würde man mich nicht einlassen.

Auf der Eingangsveranda stand ein Polizist, der mich in scharfem Ton nach meinem Begehren fragte.

»Ich muß Inspektor Briggs sprechen«, erklärte ich ihm. »Oder Mr. Sullivan. Er ist einer der Detektive, glaube ich.«

»Der Inspektor befindet sich oben«, meinte der Polizist zweifelnd. »Ich glaube aber kaum, daß er Sie jetzt sprechen kann, Miss.«

»Richten Sie ihm aus, daß ich ihm etwas zu sagen habe, was möglicherweise von Wichtigkeit ist. Ich bin Miss Hall und wohne im Nebenhaus.«

Er ging ins Haus, während ich auf der Veranda wartete. Das Gewitter schien näherzukommen. Ich erinnere mich an entferntes

Donnergrollen und einen leichten Sprühregen auf dem Vordach. Dann öffnete sich die Haustür wieder, aber es war nicht der Polizist, der herauskam, sondern Margaret Lancaster.

»Louisa?« flüsterte sie.

»Ich bin hier, Miss Margaret.«

»Schnell, nehmen Sie das hier!« sagte sie. »Haben Sie eine Tasche bei sich? Wenn nicht, stecken Sie es in Ihren Strumpf. Und verraten Sie um Gottes willen niemandem, daß ich es Ihnen gegeben habe!«

Sie steckte mir ein kleines Päckchen in die Hand, eher eine Art Briefumschlag. Ich nahm es entgegen, aber so zögernd, daß Margaret mich mit verzweifelter Stimme drängte, es zu verstecken.

»Beeilen Sie sich!« beschwörte sie mich. »Er wird gleich wieder da sein!«

Ich verbarg das Päckchen in meinem Strumpf und richtete mich langsam wieder auf.

»Ich mache das nicht gerne, Miss Margaret«, sagte ich. »Falls es irgend etwas mit . . .«

»Hören Sie zu, Lou! Was ich versuche, ist, jemanden zu retten, der unschuldig ist! Das schwöre ich!«

Im nächsten Augenblick war ich wieder alleine auf der Veranda. Kurze Zeit später kam der Polizist zurück.

Kapitel 9

Ich war am Rand meiner Nervenkräfte, als ich endlich in die Bibliothek geführt wurde. Nur Mr. Lancaster befand sich noch immer dort und vermittelte den Eindruck, als habe er sich seit dem Nachmittag noch nicht gerührt. Er saß wie zuvor im Sessel zurückgelehnt. Seine sorgfältig gepflegten Hände ruhten auf den Armlehnen, und seine Gesichtsfarbe war gelblich wächsern. Bei meinem Eintritt erhob er sich nicht, wie er es sonst zu tun pflegte. Zunächst schien er mich auch gar nicht wahrzunehmen. Endlich öffnete er die Augen und musterte mich mit einem ungewöhnlich unfreundlichen Blick.

»Was führt Sie hierher?« fragte er, ohne sich zu bewegen.

»Ich möchte mit dem Inspektor reden.«

»Über was?« Er lag noch immer regungslos da, doch meinte ich, eine plötzliche Anspannung seines Körpers zu bemerken.

Ich nahm all meinen Mut zusammen.

»Über das Geld, Mr. Lancaster«, sagte ich. »Ich mag mich irren, aber mir ist eine Möglichkeit eingefallen, wie man es aus dem Haus geschafft haben könnte.«

»Aus dem Haus geschafft? Was bringt Sie zu der Annahme, daß es aus dem Haus geschafft wurde?«

Glücklicherweise kam in diesem Moment Inspektor Briggs herein. Er sah ziemlich verärgert aus und führte mich in den Damensalon hinüber. Dort bot er mir einen Stuhl an, zog einen weiteren heran und setzte sich nahe vor mich. In diesem Moment dankte ich dem Himmel, daß es lange Röcke gab. Was auch immer Margaret mir zugesteckt hatte, es fühlte sich unangenehm sperrig unter meinem Strumpf an.

»Also, Miss Hall«, sagte er. »Schießen Sie los. Ich nehme an, daß es sich um den Mord handelt.«

»Um den Mord und um das Gold«, sagte ich.

»Um das Gold? Was wissen Sie von irgendwelchem Gold?«

In diesem Augenblick wurde mir klar, daß die Lancasters der Polizei nichts über das Gold erzählt hatten, und ich war ziemlich verwirrt. Stotternd erklärte ich, ich hätte gehört, daß Mrs. Lancaster eine größere Menge Gold gehortet habe. Bei meinen Überlegungen, wer es geraubt haben könnte – falls es wirklich geraubt worden sei –, wäre ich auf den Straßenkehrer gestoßen.

»Irgend jemand hat Mrs. Lancaster getötet, Inspektor«, sagte ich. »Und gleichgültig, was Sie annehmen, es war nicht Jim Wellington.«

Er lächelte ziemlich grimmig.

»Irgend jemand hat es getan, das steht fest«, stimmte er mir zu. »Gut, wir werden Ihren Freund mit dem Karren einmal unter die Lupe nehmen, aber an Ihrer Stelle würde ich mir nicht zuviel Hoffnung machen. Sie leben nebenan, nicht wahr? Dann müßten Sie die Lancasters doch ziemlich gut kennen.«

»Ich habe mein ganzes Leben lang nebenan gelebt. Was aber das gute Kennen betrifft, Inspektor, wenn Sie mehr über die Leute vom Crescent Place wissen würden, dann würden Sie das nicht behaupten.«

»Wieso nicht?« Er betrachtete mich und kniff sich dabei gedankenverloren in seine Oberlippe – eine Angewohnheit, die ich im Laufe der Zeit noch öfter bei ihm beobachten konnte.

»Ich weiß nicht recht. Wir sind ziemlich verschlossene Leute, denke ich. Wir verkehren zwar häufig miteinander, doch niemand geht besonders vertraulich mit seinen Nachbarn um. Wir lassen noch immer unsere Karten da, wenn wir zur Besuchszeit nach vier Uhr vorsprechen«, fügte ich hinzu. Das schien Briggs zu amüsieren. Er lächelte.

»Aber Sie können recht gut beobachten«, meinte er. »Nehmen wir einmal die Familie hier in diesem Haus. Kamen sie gut miteinander aus? Schließen Sie doch einfach einmal die Augen, und erzählen Sie mir, was Ihnen über diese Leute so einfällt: über ihre Beziehungen zueinander, ihre vorgefaßten Meinungen, ihre Meinungsverschiedenheiten, falls sie welche hatten.« Und als er bemerkte, daß ich zögerte, fügte er hinzu: »Niemand von ihnen steht übrigens unter Verdacht. Tatsache ist, daß es praktisch für jeden von ihnen, aus Gründen, die ich jetzt nicht näher erläutern möchte, unmöglich war, die Tat zu begehen. Was ich hier mit Ihnen mache, ist reine Routine, aber die kann ich nicht außer acht lassen.«

»Ich weiß wirklich nicht viel«, sagte ich. »Sie schienen sehr gut miteinander auszukommen. Die beiden Schwestern hingen an ihrer Mutter, obwohl sie eine recht ungeduldige Kranke war. Auf gewisse Weise hatte Miss Emily den größeren Teil dieser Last zu tragen, aber sie war auch die Lieblingstochter ihrer Mutter.«

»Und Mr. Lancaster? Mochte er seine Frau?«

»Er war sehr zuvorkommend und besorgt um sie, obwohl nicht leicht mit ihr auszukommen war. Sie müssen wissen«, erklärte ich, »daß unsere Dienstboten natürlich untereinander reden. So erfahren wir manches, was wir sonst nicht wissen würden.«

»Da Sie etwas über das Geld zu wissen scheinen: Wie stand Mr. Lancaster zum Horten des Goldes?«

»Er war dagegen. Alle in der Familie waren dagegen.«

Briggs lehnte sich zurück und kniff sich wieder in die Lippe. »Das ist ja interessant«, meinte er, »sehr interessant. Es sieht nicht so aus ... Aber gut, fahren wir fort. Was ist mit Miss Margaret? Sie scheint mir der Welt draußen gegenüber aufgeschlossener zu sein, habe ich recht? Ist vermutlich nicht sehr glücklich über die Idee, daß sie immer älter wird und noch unverheiratet ist. Stimmt's?«

Ich errötete verlegen.

»Keine Frau ist das, Inspektor.«

Er grinste mich aufmunternd an.

»Na, na«, sagte er. »Sie sind doch noch recht jung und hübsch dazu. Also, was ist mit ihr?«

»Ich weiß nicht viel über sie. Sie ist eine gute Haushälterin und hat auch für ihre Mutter gesorgt. Sie geht mehr aus als Miss Emily, fast jeden zweiten Nachmittag, und zieht sich auch besser an. Das heißt, auch Miss Emily ist sehr ordentlich gekleidet, aber Miss Margaret ist – nun, ich würde sagen, sie ist modischer angezogen.«

»In anderen Worten, sie hat die Hoffnung noch nicht aufgegeben«, bemerkte der Inspektor und lachte kurz auf. »In Ordnung, das tut's zur Familie. Nun erzählen Sie mir etwas über heute nachmittag. Schließen Sie dabei wieder Ihre Augen. Doch zuvor noch etwas: Wissen Sie vielleicht, wie das Gold in die Truhe kam? Die alte Dame war doch hilflos, nicht wahr? Wer tat es also für sie oder war dabei, wenn es geschah?«

»Dazu kann ich nichts sagen. Ich habe erst heute abend von dem Gold erfahren.«

»Von Wellington, nehme ich an?«

»Ich erfuhr schon vorher davon. Alle vom Crescent Place scheinen Bescheid gewußt zu haben, nur ich nicht.«

Nachdenklich kniff er sich wieder in die Lippe.

»Tatsächlich? Aber wie haben sie es erfahren? Die Lancasters scheinen doch in diesem Punkt nicht sehr mitteilsam gewesen zu sein.«

»Das weiß ich wirklich nicht. Aber George Talbot arbeitet an einer Bank, und ich nehme an, daß selbst Bankmenschen hin und wieder einen mitteilsamen Moment haben – im Klub zum Beispiel oder an einem anderen Ort, wo sie sich treffen, wenn sie nicht gerade Geld zählen.«

»Also wußten die Talbots darüber Bescheid, nehme ich an.«

»Bestimmt. Mrs. Talbot hat erzählt, daß sie erst wieder heute nachmittag Mrs. Lancaster darüber Vorhaltungen gemacht hat. Mrs. Lancaster war darüber ziemlich verärgert und erklärte, daß Margaret ihr deswegen auch schon Vorwürfe gemacht habe.«

»So, so«, meinte Briggs. »Plötzlich scheinen sich alle für das Geld interessiert zu haben. Aber zurück zu Ihnen. Was bemerkten Sie, ehe Emily Lancaster aus ihrer Ohnmacht erwachte und sie mit dem jungen Wellington reden sah?«

Ich hatte inzwischen eine Art widerwilligen Vertrauens zu dem Inspektor gefaßt, zögerte aber jetzt mit der Antwort.

»Haben Sie keine Angst«, sagte er. »Es ist heutzutage gar nicht so einfach, einen unschuldigen Mann auf den elektrischen Stuhl zu befördern, und manchmal macht es auch viel Mühe, das bei einem Schuldigen zu erreichen.«

Also erzählte ich ihm alles, was ich wußte, was allerdings nicht sehr viel war. Mein Bericht begann halb vier nachmittags und endete damit, wie ich etwa anderthalb Stunden später das Haus wieder verließ. Er kniff sich wieder in die Lippe und hörte mir mit geschlossenen Augen zu, bis ich fertig war. Dann bedankte er sich und stand auf.

»Dies ist ganz die Art von Verbrechen, die bei der Polizei gewöhnlich alles durcheinander bringt«, sagte er. »Vermutlich war es kein Berufsverbrecher, und deshalb werden uns die üblichen Methoden kaum weiterbringen. Hoffen wir auf ein bißchen Glück! Vielleicht ist die Lösung in der Truhe. Nach ihrem Gewicht zu urteilen, muß sich das Gold noch darin befinden.«

Mein freundlicher Begleiter wartete draußen noch auf mich, als ich das Haus wieder verließ. Inzwischen war es bereits nach Mitternacht und goß in Strömen. Ich erinnere mich noch daran, wie sich das Licht der Straßenlaterne auf seinem nassen Regenmantel spiegelte und an seine Empfehlung, besser »die Beine unter den Arm zu nehmen«.

Erst als ich in meinem Zimmer angekommen war, stellte ich fest, daß ich Margarets Päckchen verloren hatte! Mir blieb fast das Herz stehen, als mir bewußt wurde, daß es, was immer es auch war, vermutlich irgendwo auf dem Gehsteig weiß und glänzend zwischen unseren beiden Häusern lag.

Ich knipste das Licht aus und bemühte mich, aus dem ungünstigen Blickwinkel meines Fensters auf die Straße zu spähen. Mein Freund im Regenmantel war nicht zu entdecken, aber hinter den Häusern auf das Niemandsland zu schienen noch Leute zu sein. Ihre Handscheinwerfer vermittelten aus dieser Entfernung den Eindruck von Glühwürmchen, die sich dicht über dem Boden bewegten. Ich konnte mir nicht vorstellen, wonach sie suchten, es sei denn, nach Fußspuren. Aber sie erzeugten in mir das, was der Inspektor nicht in mir geweckt hatte: Furcht vor dem unermüdlich forschenden Auge des Gesetzes. Mir lief es kalt den Rücken hinunter.

Denn ich wußte, daß ich unbedingt noch einmal hinausgehen mußte, denselben Weg zurück, um den Umschlag wiederzufinden, der jemand Unschuldigen retten sollte. Und wer konnte das anders sein als Jim?

Der Regenmantel war nicht in Sicht, als ich ohne große Mühe das verlorene Päckchen auf dem Gehsteig entdeckte. Aber kaum hatte ich es aufgehoben, ertönte dicht neben mir die inzwischen wohlbekannte Stimme.

»Ich dachte, ich hätte Sie wohlbehalten ins Bett befördert, wo Sie hingehören!«

»Ich habe beim Laufen mein Taschentuch verloren«, erwiderte ich und steckte den nassen Gegenstand in meinen Rockbund.

Der Mann hatte das beobachtet und schien nicht zu wissen, was er tun sollte. Schließlich konnte er mich wohl kaum dort auf der Straße auf den Kopf stellen und den Gegenstand aus mir herausschütteln. Andererseits nahm er mir die Geschichte mit dem Taschentuch nicht ab, und sein Ton wurde merklich unfreundlicher.

»Darf ich einmal sehen, was Sie dort aufgehoben haben, Miss?«

»Mein Taschentuch, das habe ich Ihnen doch bereits erklärt. Wenn Sie mir nicht glauben, dann bringen Sie mich zu Inspektor Briggs und lassen sich auslachen!«

»Und mir wollen Sie es nicht zeigen?«

»Warum sollte ich? Es sei denn, Sie verhaften mich.«

Das gab den Ausschlag. Mit einer eindringlichen Verwarnung, endlich nach Hause zu gehen und dort zu bleiben, wurde ich entlassen. Als ich unsere Veranda erreichte, stand er noch immer im strömenden Regen da und blickte mir unentschlossen nach. Ich war so verängstigt, daß ich mich erst in meinem Zimmer einschloß und die Jalousien herunterzog, ehe ich das in Augenschein zu nehmen wagte, was Margaret mir zugesteckt hatte.

Als ich es näher betrachtete, stellte sich heraus, daß es ein mittelgroßer, weißer Umschlag war, den der Regen bereits so weit aufgeweicht hatte, daß er sich unter meinen Händen auflöste.

Dabei kam sein Inhalt zum Vorschein. Es handelte sich um einen schweinsledernen Handschuh, der einem großen Mann gehört haben mußte. Und die Tatsache war nicht zu verbergen, daß er mit Blut beschmiert war. Auf dem Handrücken war es schon etwas aufgeweicht, aber die Innenseite und die Finger waren noch steif davon.

Da stand ich nun, buchstäblich vor Schrecken erstarrt. Es war ein Handschuh, der Jim Wellington gepaßt hätte, keinesfalls aber Mr. Lancaster, der kleine, zierliche Hände besaß, die fast wie Frauenhände aussahen. Augenblicklich sah ich Margaret vor mir, wie sie hinter der armen Emily die Treppe hinunterlief und irgendwo, vermutlich in der unteren Halle, diesen Handschuh fand. Ihn fand und ihn versteckte. Sie mochte Jim. Und was hatte sie gesagt? »Alles, was ich versuche, ist, jemanden zu retten, der unschuldig ist.«

Aber, falls dieser Handschuh Jim gehörte, konnte sie wirklich annehmen, daß er unschuldig war?

Ich hielt den Handschuh unters Licht und untersuchte ihn sorgfältig. Es war ein getragener, rechter Handschuh. Die Zeichen innen verrieten, daß er schon öfter gereinigt worden war. Obwohl ich nicht viel von solchen Sachen verstand, war mir klar, daß die Polizei anhand dieser Zeichen den Besitzer leicht identifizieren konnte. Zusätzlich zu den Blutflecken wies der Handschuh eine Anzahl merkwürdiger schwarzer Flecken auf, die so aussahen, als hätte der Besitzer mit dem Handschuh an einem Automotor herumgebastelt. Diese Stellen rochen durchdringend nach etwas, das mir irgendwie bekannt vorkam, ohne daß ich sagen konnte, was es war; ich glaubte jedoch nicht, daß es Wagenschmiere war. Natürlich konnte ich mich aber auch irren.

Ich setzte mich bequem hin und dachte nach. Dabei begann ich mit dem Haus neben der Toreinfahrt. Jim und Helen Wellington besaßen einen Wagen, aber dieser war in einer nicht allzuweit entfernten Garage an der Liberty Avenue untergebracht. Der Wagen der Daltons wurde bei offiziellen Gelegenheiten von Joseph, dem Butler, gefahren. Mr. Dalton werkelte oft in seiner Garage daran herum. Holmes schloß ich aus meinen Überlegungen aus. Er besaß die Hände eines echten Automechanikers, das heißt, zu Mutters Mißfallen waren sie meist schmutzig. Die Lancasters besaßen überhaupt keinen Wagen und nahmen bei Bedarf einen Mietwagen. George Talbot schließlich besaß einen betagten Ford, der am Crescent Place wegen seines Lärms berüchtigt war und weil George damit angab, daß er noch nie unter die Motorhaube geschaut hatte, so lange er ihn besaß.

Außerdem war ich zunehmend sicherer, daß es sich bei den schwarzen Flecken nicht um Wagenschmiere handelte, sondern um etwas, das ich eigentlich kannte, aber nicht identifizieren konnte und das so durchdringend roch, daß es selbst den Geruch nassen Leders und getrockneten Blutes überdeckte.

Eines wußte ich genau. Der Handschuh war der Schlüssel zum Mord im Nachbarhaus. Er war vom Mörder benutzt worden, und ich mußte ihn unbedingt irgendwo verstecken, wo ihn die Polizei nicht finden konnte. Denn der Mann im Regenmantel hatte mir nicht geglaubt, da war ich sicher.

Ich konnte ihn nicht einmal einfach verbrennen, jedenfalls nicht sofort. Dazu war er zu naß, und außerdem hatte Margaret mich gebeten, ihn zu verstecken. Vielleicht konnte ich mir später ihre Einwilligung zum Verbrennen holen, aber zumindestens für diese eine Nacht mußte ich ihn gut verstecken. Aber wo? Und wie um meine Schwierigkeiten in dieser Nacht noch zu vergrößern, mußte Mutter genau in diesem Augenblick aufwachen und durch das angrenzende Badezimmer zu mir herüberkommen. Ich hatte gerade noch Zeit, das schreckliche Ding unter ein Sesselkissen zu schieben, ehe sie hereinkam.

Ansonsten blieb mir nichts anderes übrig, als das, was da auf mich zukam, mit Fassung zu erdulden. Erstaunt musterte sie mein triefendes Haar und das nasse Kleid.

»Louisa! Wo in aller Welt hast du dich herumgetrieben?«

»Ich konnte nicht einschlafen, Mutter. Da bin ich bis zur Ecke spaziert und wurde vom Gewitter überrascht.«

»Du bist ausgegangen, so, wie du bist?«

»Nein, ich bin zurückgekommen, Mutter, so wie ich bin.«

Sie lächelte nicht einmal andeutungsweise. Ich sehe sie jetzt noch vor mir stehen, so, wie ich mich noch an viele Einzelheiten aus jenen schrecklichen Tagen erinnere. Sie hatte ihren tiefschwarzen Morgenmantel übergezogen, trug den Kopf wie üblich voller Lockenwickler und sah ernst und düster aus.

»Louisa«, sagte sie, »wenn ich dich bitte, so lange, bis das Verbrechen aufgeklärt ist, besonders des Nachts im Haus zu bleiben, glaubst du mir dann, daß es dafür einen echten Grund gibt?«

»Du müßtest mir erst einmal mehr darüber verraten, Mutter.«

Sie schüttelte den Kopf.

»Es ist nicht mein Geheimnis. Und es ist sehr wichtig, daß die Polizei nichts davon erfährt.«

»Aber wenn es zur Aufklärung dieser schrecklichen Sache beiträgt, sollte sie es wissen.«

»Der Mord ist passiert. Niemand wird ihn ungeschehen machen können.«

»Das klingt dumm und albern!« fuhr ich auf. »Und wenn wir in Gefahr sind, dann ist es dazu noch kriminell und falsch. Das ist alles, was ich dazu sagen kann!«

Mutters Gesicht nahm diesen eigensinnigen Ausdruck an, den ich so gut an ihr kenne.

»Ich bin sicher, daß alle erforderlichen Maßnahmen unternommen werden«, sagte sie. »Der einzige Grund, weshalb ich mit dir darüber gesprochen habe, ist, daß du dir klarmachst, daß du das Haus nachts nicht verlassen solltest. Und selbst tagsüber nicht ohne Begleitung.«

»Um also Aufsehen zu vermeiden, sind wir praktisch Gefangene im eigenen Haus! Mutter, wenn du es nicht tust, dann werde ich die Polizei informieren!«

Kaum hatte ich dies gesagt, tat es mir schon wieder leid, denn ich konnte mich nicht erinnern, daß ich es je zu einem offenen Konflikt mit Mutter hatte kommen lassen. Ich hatte das dumme Kleinmädchengefühl, daß mich umgehend einer der Blitze von draußen erschlagen würde. Aber Mutter nahm die Sache gelassener, als ich es erwartet hatte.

»Wenn du das tust«, entgegnete sie kalt, aber ohne Empörung, »dann wirst du zwei Menschenleben ruinieren und eines davon möglicherweise ganz zerstören!«

Damit verließ sie das Zimmer und überließ es mir, aus ihren Worten das herauszulesen, was ich wollte.

Kapitel 10

Wie ich mich erinnere, nutzte ich die Zeit, bis Mutter wieder eingeschlafen war, damit, daß ich mich auszog und mir dabei überlegte, wo ein sicherer Platz war, an dem ich den ekelerregenden Handschuh verstecken konnte.

Das scheint in einem großen Haus wie dem unsrigen auf den ersten Blick nicht allzu schwierig zu sein, läßt aber die Haushaltsführung am Crescent Place außer Betracht. In vier der fünf Villen gibt es seit mehr als fünfunddreißig Jahren einen festen Wochenplan. Zwar wurden auch bei uns inzwischen eine Reihe arbeitssparender Gerätschaften angeschafft, aber noch immer ist montags Wasch- und dienstags Bügeltag. Mittwochs und samstags ist Backtag, denn wir backen noch immer unser eigenes Brot, donnerstags wird das Silber geputzt, drei Mal in der Woche machen wir – eigenhändig – unsere Einkäufe, und freitags ist großer Hausputz in allen Stockwerken. Der Samstag ist eine Art Vorbereitungstag, der Vorbereitung des opulenten Sonntagsessens gewidmet, die Bettwäsche wird gewechselt, die Wäschelisten werden für montags aufgestellt, und das Haus, die Veranden und der Garten werden gründlich aufgeräumt.

Nichts bleibt von diesem System verschont, und ich persönlich verfüge über weniger privaten Freiraum als der Elefant in unserem städtischen Zoo. Unter diesen Umständen bedeutet es nichts Ungewöhnliches, Mutter vor meinem Sekretär sitzen zu sehen, um den Inhalt der Schubladen zu ordnen. Bei einer solchen Gelegenheit war es, daß sie einen Brief Jim Wellingtons entdeckte, den ich dort versteckt hatte. Das war das Ende meiner ersten und einzigen Liebesromanze.

So kam es, daß ich, während ich im Zimmer stand und darauf wartete, daß Mutter sich wieder schlafen legte, angestrengt darüber nachdachte, wo im Haus ein sicherer Platz zum Verstecken des Handschuhs sein könnte. Sollte ich ihn in der Bibliothek hinter den Büchern verstecken? Aber obwohl wir diesen Raum ständig benutzten, gehörten die Bücher darin nach wie vor ausschließlich Vater und wurden wie ein Heiligtum behandelt. Niemand anderer als Mutter durfte sie abstauben, und gerade noch hatte ich sie erwähnen hören, daß es wieder einmal so weit sei. Die Abstellkammer im Dachgeschoß? Sie war ständig verschlossen, und Mutter bewahrte den Schlüssel dazu selbst auf. Inzwischen war der Freitag bereits angebrochen, der Tag, an dem unvermeidlicherweise alle beweglichen Dinge im Haus bewegt werden würden.

Niemals zuvor hatte ich mir Gedanken darüber gemacht, vor welchem Problem ein Krimineller stehen konnte, das Beweisstück für seine Schuld zu verstecken; und niemals zuvor hatte ich mir vorgestellt, daß es praktisch unmöglich sein kann, in einem Haus mit achtzehn Zimmern, Bädern, Kammern und zahllosen Wandschränken ein so kleines Objekt wie einen Handschuh zu verstecken. Mit Sicherheit habe ich mir nicht vorstellen können, daß, nachdem ich endlich ein offensichtlich geeignetes Versteck gefunden hatte, es allein infolge des bloßen Umstandes, daß das Wetter umschlug, innerhalb von vierundzwanzig Stunden entdeckt werden würde.

Aber genau das passierte, denn das Versteck, das ich mir schließlich aussuchte, befand sich über dem Heizkörper am Ende des Ganges in unserem Gästeflügel.

Einige Jahre zuvor war man am Crescent Place zu der Ansicht gekommen, daß die trockene Luft unserer Heißwasserheizungen einen ungünstigen Einfluß auf die Möbel ausübte, und so hatten sich fast alle Anwohner entschlossen, neue, patentierte Heizkörperverkleidungen in der unteren und oberen Halle installieren zu lassen. Diese Verkleidungen sind aus Metall und gleichen den alten aufs Haar, bis auf eine Ausnahme. Ihr Oberteil ist durch ein Scharnier aufklappbar. Darunter befindet sich eine flache Wasserschale aus Zink. Wer diesen Mechanismus nicht kennt, der kann die Heizkörper tagelang untersuchen, ohne die Schalen zu entdecken, die nur an kalten Tagen, wenn die Heizung in Betrieb ist, mit Wasser gefüllt werden.

Im Obergeschoß unseres Hauses gibt es zwei solcher Heizkörper. Der eine befindet sich unter dem Vorderfenster der Halle neben Mutters Schlafzimmertür und der andere am Ende des Gästeflügels, von wo aus man durch ein Fenster zu den Daltons hinübersehen kann. In letzterem versteckte ich, es war bereits nach ein Uhr morgens, den Handschuh.

Meine Stimmung hellte sich sofort wieder auf, erinnere ich mich. Das Gewitter war vorüber, und durch das nahe, offene Fenster kam ein erfrischender Luftzug. Und wie um noch zu meiner Erleichterung beizutragen, hörte ich, wie ein Auto durch die Toreinfahrt kam, vor der Wellington-Villa hielt, anschließend wendete und wieder wegfuhr. Das konnte nur bedeuten, daß man Jim wieder zurückgebracht hatte. Als ich seine Haustür zuklappen hörte, atmete ich zum ersten Mal an diesem Abend wieder auf.

Ich trat an das offene Fenster und entdeckte dabei, daß die Dalton-Villa, wie das Lancaster-Haus, vom Dachboden bis zum Keller hell erleuchtet war.

Diese Lichterfülle machte mich stutzig. Das Haus der Daltons liegt näher an dem unseren als das Lancaster-Haus, und da Mutter auf dieser Seite ihren Blumengarten hat, wird es nicht durch Bäume verdeckt. Für gewöhnlich ist es ein dunkles Haus. Das ungewöhnliche und schweigsame Leben, das seine Bewohner führen, macht die Pracht vieler Lampen unnötig. Noch nie zuvor hatte ich deshalb das Haus so hell erleuchtet gesehen.

Mrs. Daltons Schlafzimmer an der Vorderfront erstrahlte im hellsten Lichterschein, ebenso wie ihr dahinter gelegenes Ankleidezimmer. Im Erdgeschoß brannte das Licht sowohl im Wohnzimmer wie im Speisezimmer, ja, selbst aus den Kellerfenstern fiel Licht. Aber das war noch nicht alles. Auch hinter den Büschen auf der Rückseite des Hauses war ein schwacher Lichtschimmer zu bemerken, der vermutlich aus der Garage kam, obwohl ich dies nicht sicher feststellen konnte.

Zuerst bemerkte ich nur die Lichterfülle. Dann fiel mir auf, daß jemand sich im Haus bewegte, und schließlich stellte ich fest, daß es sich bei dieser Gestalt um Mrs. Dalton handelte. Sie war noch vollständig angekleidet und tat etwas sehr Ungewöhnliches. So weit ich das ausmachen konnte, durchsuchte sie systematisch ihr Haus!

Sie betrat nämlich ein Zimmer, tauchte in meinem Blickfeld auf und verschwand wieder, so, als ob sie sich durch das ganze Zimmer bewegte. Das Ganze endete mit einer Untersuchung der Fenster und der Fensterbänke, ehe sie das Licht ausknipste und mit derselben Prozedur im nächsten Zimmer begann. Selbst aus der Entfernung vermittelte diese stumme Suche den Eindruck von Entschiedenheit und Erbarmungslosigkeit.

Als ich sie entdeckte, durchsuchte sie gerade das Speisezimmer. Als nächstes nahm sie sich das Arbeitszimmer ihres Mannes vor. Dann kamen ein paar Minuten, in denen ich sie ganz aus den Augen verlor, bis sie im Keller wieder auftauchte. Dort blieb sie so lange verschwunden, daß ich mich schon fragte, ob sie wieder nach oben gegangen sei, als ich sie an einem der Kellerfenster entdeckte, von wo aus sie den davorliegenden Lichtschacht gründlich inspizierte.

Zu behaupten, ich sei durch meine Entdeckung verwirrt gewesen, ist noch untertrieben. In einer Nacht, in der die meisten Anwohner des Crescent Place mit zerrütteten Nerven und schwer geschockt ihre Bettkammern verriegelten und verrammelten, durchsuchte die ängstlichste Frau von uns allen sorgfältig und systematisch ihr ganzes Haus. Aus welchem Grund wohl?

Seltsame Erinnerungen tauchten in meinem Gedächtnis auf. Hatte nicht Miss Lydia vor längerer Zeit einmal die Bemerkung fallen lassen, daß Laura Dalton noch immer heftig in ihren Mann verliebt sei? Und hatte nicht Helen Wellington einmal die Überzeugung geäußert, Bryan Dalton besitze suchende Augen und unruhige Füße? Er sei zu gut aussehend, hatte sie gemeint, um ihn links liegen zu lassen, und zu gefährlich, um mit ihm anzubändeln.

»Aber er ist doch viel zu alt«, hatte ich eingewendet.

»Zu alt? Mit gut fünfzig? Spielen Sie doch nicht immer die Unschuld vom Lande, Lou! Aber das ist gar nicht, was ich gemeint habe. Wenn ich sagte, er sei zu gefährlich, um mit ihm anzubändeln, dann habe ich damit seine Frau gemeint. Sie ist wahnsinnig eifersüchtig.«

Bis zu dem Zeitpunkt, als Laura Dalton das Licht im Keller ausmachte, hatte ich das Ganze noch nicht mit dem Mord in Verbindung gebracht. Wenn ich mir überhaupt etwas Konkretes vorstellen konnte, dann, daß sie irgend etwas suchte, was ihren Mann in Verbindung mit einer anderen Frau bringen konnte. Auf keinen Fall war es eine unwichtige Suche, das konnte selbst ich erkennen. Dafür wurde sie mit zuviel und fast verzweifeltem Eifer ausgeführt.

Erst als das Licht auf der Küchenveranda anging und Bryan Dalton plötzlich auf der Bildfläche erschien, begann ich, mir wirklich Gedanken zu machen. Er stand neben seiner Frau, die ihm kaum bis zu den Schultern reichte, und schien, zu meinem höchsten Erstaunen, nicht nur mit Gesten, sondern mit Worten zu protestieren. Und nicht nur das! Auch sie schien kurze Antworten zu geben. Das warf alle meine Vorstellungen von den Daltons über den Haufen und war mehr, als man einem normalen menschlichen Wesen zumuten konnte. Ich lief zurück in mein Zimmer, um Morgenmantel und Hausschuhe anzuziehen. Dabei mußte ich einigen Lärm gemacht haben, denn im nächsten Augenblick rannte ich voll in Holmes hinein, der zu Tode erschrak.

»Oh, mein Gott!« keuchte er, verschwand wie der Blitz in seinem Zimmer und schloß vernehmlich die Tür hinter sich ab.

Glücklicherweise war Mutter nicht aufgewacht. Ich zog mir etwas über und begab mich ohne weitere Unterbrechung nach unten.

Man muß wohl am Crescent Place geboren sein und mit den Leuten dort gelebt haben, um ermessen zu können, was uns jede Abweichung von der Routine bedeutet, oder um die unstillbare Neugier zu kennen, die sich hinter der Behauptung verbirgt, daß jedes Haus eine unverletzbare Burg ist. Vielleicht sollte ich hier auch eine Entschuldigung erfinden für das, was ich im Begriff war zu tun, nämlich mich so nahe wie möglich an das Haus der Daltons heranzuschleichen, um herauszufinden, ob der Bann dort tatsächlich gebrochen war, und wenn ja, aus welchem Grund.

Aber es war mehr als pure Neugier, weshalb ich mich auf den Weg machte. Ich erinnerte mich noch zu gut an unsere Zusammenkunft am Abend, an Laura Daltons aufgeregte Gesprächigkeit, während ihr Mann im Gegensatz dazu recht schweigsam gewesen war. Und außerdem hatte ich gerade zufällig Mrs. Dalton angesehen, als George Talbot erwähnte, er habe ihren Mann am Morgen in der Nähe des Holzschuppens der Lancasters gesehen, und erinnerte mich genau daran, wie sie ihre Lippen zusammenpreßte und ihre Augen sich verengten.

Vielerlei Erinnerungen tauchten auf dem Weg nach unten auf: Gerüchte, daß er an der Börse hereingefallen und in die Klemme geraten war; Geschichten darüber, daß er anderswo Trost für sein zerrüttetes Verhältnis mit seiner Frau gefunden hatte; Bilder, wie er in alten Handschuhen an seinem Wagen herumbastelte und dabei gelegentlich lautstark fluchte. Ein leicht erregbarer Mann war er, trotzdem war er mir immer ziemlich freundlich vorgekommen. Der weibliche Part der Bewohner des Crescent Place hatte immer mehr seiner Frau als ihm die Schuld an ihrem Zerwürfnis gegeben. Und nun hatte irgend etwas, etwas sehr Bedeutsames, ihn veranlaßt, wieder mit seiner Frau zu sprechen, und sie, ihm zu antworten. Was konnte das sein? War sie einfach nur eifersüchtig, oder hatte es irgendwie mit dem Mord zu tun?

Mir blieb keine Zeit für weitere Vermutungen. Kaum war ich durch die Küchentür auf die hintere Veranda hinausgetreten, als ich entdecken mußte, daß die beiden Daltons, sie voran und er in ihrem Kielwasser, ihr Haus verlassen hatten und nun eilig, wenn auch schweigend, auf unser Haus zukamen. Hier kannten sie sich gut aus und bewegten sich dementsprechend ohne Schwierigkeiten auf dem dunklen Pfad. Soviel ich weiß, sprachen sie nicht miteinander, bis sie unmittelbar unter meinem Standort angekommen waren. Dann sagte er leise:

»Das ist purer Wahnsinn, Laura! Mit all den Polizisten hier!«

»Was kümmern mich die Polizisten? Je mehr, desto besser!«

»Ich hoffe, du weißt, was du tust!«

»Hast du denn gewußt, was du tust, die ganzen Monate? Und heute?«

»Um Gottes willen, Laura! Was meinst du damit?«

Aber sie antwortete nicht. Im nächsten Moment waren sie an der Veranda vorbei und gingen, wie ich vermutete, zum Lancaster-Haus hinüber. Mir dort auf der Veranda schien der feste Boden des Crescent Place unter den Füßen zu beben. Zwar hatte ich keine Ahnung, was die beiden veranlaßt haben konnte, wieder miteinander zu reden, aber der eiskalte Zorn in ihrer Stimme und die Furcht in der seinen hatten mir verraten, daß es etwas Schreckliches sein mußte, etwas, was außerhalb aller meiner Kenntnis lag.

Ich hatte nie daran gezweifelt, daß sie auf dem Weg zum Lancaster-Haus waren, das jetzt nur noch schwach erleuchtet war. Zu meinem Erstaunen sah ich dann jedoch eine Taschenlampe im Holzschuppen aufblitzen. Augenscheinlich durchsuchte Mrs. Dalton ihn von oben bis unten. Ich schlich zur Grenze unseres Gartens und fand diese Annahme bestätigt.

Mich befiel ein seltsames, unheimliches Gefühl, zumal die beiden jetzt wieder schwiegen. Bryan Dalton stand in der offenen Schuppentür, während seine Frau sich im Schuppen hastig umsah. Zu beider Glück, denn sie schien alle Vorsicht außer acht zu lassen, besitzt der Schuppen keine Fenster, und die Tür öffnet sich in Richtung auf unser Haus. Außerdem schienen sich die Leute, die kurz zuvor noch mit der Suche draußen beschäftigt gewesen waren, wegen des Regens irgendwo untergestellt zu haben.

Zu diesem Zeitpunkt hatte der Regen allerdings schon wieder aufgehört, doch Rasen und Büsche waren tropfnaß, und ich begann zu frösteln. Drüben im Lancaster-Haus ging plötzlich das Licht in Margarets Zimmer an. Offensichtlich konnte auch sie nicht schlafen. Und dann hörte ich Mr. Daltons Stimme im Schuppen, die jetzt kalt und ärgerlich klang.

»Also, was hast du gefunden?«

»Ich weiß, was ich suche. Das ist schon etwas.«

»Ich glaube, du bist übergeschnappt.«

»Und was ist mit dir? Frag dich das doch mal selbst! Ich werde sie schon finden, nur keine Sorge. Du bist clever, Bryan, aber ich bin auch clever. Wo du sie auch versteckt hast, ich werde sie finden!«

Da verlor er seine Beherrschung, stürzte in den Schuppen und packte sie an der Schulter.

»Nein, das wirst du nicht!« fauchte er. »Das kann ich dir versichern.« Dann ließ er sie wieder los, und seine Stimme wurde etwas sanfter.

»Wie kann in solch einer kleinen Person nur soviel Haß stekken!« sagte er. »Wenn du mir nur immer eine gute Frau gewesen wärst, Laura . . .«

»Und wessen Schuld war das?«

Sie hatten das Glück der Leichtsinnigen, daß niemand sie entdeckte. Heute weiß ich, daß sich zu diesem Zeitpunkt ein Polizist auf der Küchenveranda der Lancasters aufhielt. Allerdings befindet sich der Holzschuppen, wie ich bereits erklärte, in einiger Entfernung vom Haus und wird durch Buschwerk verdeckt. Nicht, daß sich Mrs. Dalton überhaupt Gedanken darüber gemacht hätte. Sie hatte sich in eine derartige kalte Wut hineingesteigert, in der man um die Konsequenzen seines Tuns nichts gibt. Dies wurde deutlich, als sie sich mit leuchtender Taschenlampe wieder auf den Rückweg machte.

Ich mußte einen hastigen Rückzug antreten, hörte aber noch, wie er protestierte.

»Um Himmels willen, Laura! Willst du, daß sie uns beide festnehmen?«

»Mich könnten sie nicht festhalten. Nicht für eine Minute.«

Trotzdem machte sie die Lampe aus. Als die beiden wieder an unserer Veranda vorbeikamen, waren sie zwei Schattenfiguren wie zuvor, schweigend und unglücklich. In dieser Nacht ahnte ich ihre Tragödie, ihr trauriges Leben und die Jahre, die sie verschenkt hatten.

Erst als ich wieder in meinem Bett lag, begann mir langsam die volle Bedeutung dieser nächtlichen Begegnung und der belauschten Unterhaltung aufzugehen. Sicherlich konnte Laura Dalton ihren Mann nicht dieses gräßlichen Verbrechens verdächtigen. Was für ein Motiv hätte er haben können? Das Geld? Aber dem Inspektor zufolge befand sich das Geld ja noch in der Truhe.

Kapitel 11

Mutter hatte am nächsten Morgen wieder einmal Kopfschmerzen. Ich selbst wurde später als sonst mit der Mitteilung geweckt, daß George Talbot mich zu sprechen wünschte.

Deshalb zog ich mich so schnell wie möglich an. George gesellte sich zu mir, während ich im Speisezimmer frühstückte. Am Crescent Place wird nur im Fall einer Krankheit im Bett gefrühstückt. Ich schickte Annie so bald wie möglich hinaus, hatte aber das unbehagliche Gefühl, daß sie hinter der Tür zur Anrichte stand und horchte.

George sah müde und besorgt aus.

»Hör zu, Lou«, sagte er, »ich nehme an, du weißt, daß Jim ernsthafte Schwierigkeiten mit der Polizei hat, obwohl sie ihn wieder laufen gelassen hat. Und wenn du die Morgenzeitungen gelesen hast, dann weißt du, daß sie früher oder später unbedingt jemanden einlochen müssen. Die Stadt ist in hellem Aufruhr. Am hellichten Tag wurde mitten in einem Haus voller Leute eine hilflose, alte Frau mit der Axt erschlagen! Das ergibt zwar keinen Sinn, aber so ist es nun mal.«

»Und da haben sie sich ausgerechnet Jim ausgeguckt!« bemerkte ich bitter.

»Jim schwebt noch nicht in unmittelbarer Gefahr. Man schickt heutzutage nicht jemanden nur deswegen auf den elektrischen Stuhl, weil er in einem Testament bedacht worden ist. Es ist diese verdammte Truhe. Sie werden sie heute morgen öffnen, behaupten die Dienstboten. Lizzie war bei Tagesanbruch drüben.«

Lizzie war, wie ich vielleicht schon erwähnte, bei den Talbots so eine Art Majordomo. Sie hatte schon dreißig Jahre in ihren Diensten gestanden, zunächst als Kindermädchen für George und später als unterbezahlte und überarbeitete Ruheständlerin; eine große, hagere Frau, der, ähnlich wie Lydia, nichts entging, was am Crescent Place passierte. Sie waren sich in der Tat ziemlich ähnlich und hatten eine gewisse Form von Zusammenarbeit entwikkelt. Lizzie sammelte kleine, interessante Informationen, und Lydia brachte sie unter die Leute.

»Glaubst du, daß die Truhe leer ist?« fragte ich leise.

»Ich versuche, nicht daran zu denken, Lou.«

»Ich habe Jim aber doch gesehen, als er das Haus verließ, George: Er hatte nichts dabei.«

George zuckte ungeduldig mit den Achseln.

»Das ist nicht das Problem. Wenn das Geld verschwunden ist, wird die Polizei sich vielleicht fragen, ob – ja, ob er es überhaupt in die Truhe gelegt hat. Mach kein so entsetztes Gesicht, Lou, wir müssen den Dingen ins Gesicht sehen. Warum hat Mr. Lancaster gestern Jim zu sich bestellt, wenn er nicht den Verdacht hatte, daß etwas faul war? Unter den gegebenen Umständen wäre das doch gar nicht so schwer gewesen. Die beiden waren immer allein im Zimmer. Ein kleiner Taschenspielertrick hätte genügt. Er schaffte das Gold in kleinen Beuteln her, und wenn er nun einfach einen anderen Beutel parat hatte, zum Beispiel mit Silberdollars gefüllt . . .«

Ich war zu entsetzt, um darauf zu antworten. George beugte sich vor und tätschelte meine Hand. Ich kannte ihn seit meiner Kindheit. Inzwischen war er zu einem nicht unattraktiven Mann herangewachsen, breitschultrig und untersetzt; einer jener Typen, die sich zwei Mal am Tag rasieren müssen und trotzdem immer einen bläulichschwarzen Schimmer am Kinn tragen. Aber seine Augen waren die Augen des Jungen geblieben, mit dem ich früher immer gespielt hatte. Jetzt waren sie voller Mitgefühl.

»Es tut mir leid, Lou«, sagte er. »Ich hatte gehofft, wir könnten dieses Problem gemeinsam lösen, und nun habe ich dich nur zu Tode erschreckt. Ich weiß verdammt genau, daß er sie niemals umgebracht hat. Aber irgend etwas Seltsames muß hier in den letzten Wochen vor sich gegangen sein. Wenn du mir nicht glaubst, dann sieh dir das einmal an.«

Er griff in die Tasche und zog ein glänzend neues Zwanzig-Dollar-Goldstück heraus.

»Dies habe ich vor etwa zehn Tagen drüben im Niemandsland gefunden. Ich hatte einen Golfball in die Bäume drüben an der Euclid Street verschlagen, und als ich im Gras danach suchte, fand ich das hier. Natürlich kann es überhaupt nichts zu bedeuten haben, aber laß uns Gott dafür danken, daß ich es fand und nicht etwa Dalton. Es hätte leicht er sein können.«

Daraufhin erzählte ich ihm, was ich in der Nacht zuvor beobachtet hatte. Es schien ihn so sehr zu verblüffen, wie es mich verblüfft hatte, und er dachte einen Augenblick darüber nach. Dann sagte er abrupt:

»Ich würde der Polizei davon nichts sagen, Lou.«

»Warum nicht? Ich habe zwar nicht die Absicht, es zu tun, aber wenn sie Jim Wellington verhaften...«

»Sie werden ihn nicht verhaften, jedenfalls noch nicht sofort. Nein, es scheint mir so, als ob... Du hast doch Dalton gestern abend beobachtet, als ich ihm sagte, daß ich ihn am Morgen am Holzschuppen gesehen habe, nicht wahr? Wenn du sein Gesicht gesehen hast, wirst du dich daran erinnern, wie er förmlich in Panik geriet.«

»Er wird sich zu diesem Zeitpunkt auf keinen Fall die Axt geholt haben.«

George hatte mir gar nicht zugehört.

»Weißt du eigentlich«, sagte er, »aus welchem Grund die Daltons die diplomatischen Beziehungen zueinander abbrachen?«

»Nein. Ich nehme an, daß sie eifersüchtig war, oder irgend etwas in dieser Richtung.«

»Genau. Bryan Dalton ist früher ein recht unternehmungslustiger Bursche gewesen und ist auch jetzt noch nicht aus dem gewissen Alter heraus. Was ich mich frage, ist... Was ist eigentlich mit dieser Peggy los? Sie sieht nicht übel aus, und man kann ihr sicherlich kein X für ein U vormachen. Bestimmt hat sie über die Truhe Bescheid gewußt. Sie könnte auch mitbekommen haben, daß Mr. Lancaster gestern ihren Inhalt überprüfen wollte. Das Telefon steht in der Halle. Und dann hatte sie bestimmt mehrmals in der Woche eine Chance, sich einen Abdruck vom Schloß der Truhe zu besorgen, beim Staubputzen oder Aufwischen unter dem Bett. Du verstehst, was ich damit sagen will. Sie hätte ihn gestern ins Haus einlassen können, einfach, indem sie eines der Fenster im Erdgeschoß öffnete und später wieder zumachte. Natürlich klingt das alles schrecklich, aber die ganze Sache ist schrecklich.«

»Und du glaubst, daß Mrs. Dalton einen entsprechenden Verdacht hat, George?«

»Was weiß ich? Aber was hat sie mitten in der Nacht gesucht? Was konnte im Holzschuppen versteckt gewesen sein? Etwa der Nachschlüssel? Vielleicht machen wir uns auch nur unnötige Sorgen, und das Geld befindet sich wohlbehalten in der Truhe.«

»Und damit wären wir wieder bei dem geistesgestörten Mörder angelangt«, sagte ich mit einem Versuch zu lächeln. »Was können wir nur unternehmen, George? Das tatenlose Herumsitzen macht mich noch verrückt!«

»Also, die Polizei wird, falls Lizzies Information stimmt, heute vormittag die Truhe öffnen. Allem Anschein nach hat sie dies schon letzte Nacht ohne Erfolg mit einem Eispickel versucht.« Die letzte Bemerkung stellte nicht nur die hohe Effizienz unseres Buschtrommel-Nachrichtendienstes unter Beweis, sondern zeigt auch, daß wir wie immer die Intelligenz unserer Dienstboten unterschätzt hatten. »Sollte das Gold verschwunden sein, würde ich vorschlagen, daß du dich einmal im Niemandsland umsiehst. Ich muß leider arbeiten, sonst würde ich es selbst tun.« Er nahm einen Bleistift und entwarf damit eine grobe Lageskizze auf dem Tischtuch. Am Crescent Place werden noch immer Tischdecken benutzt; Platzdeckchen gelten als Zeichen, daß man die Mühe scheut, die schweren Damasttischtücher zu waschen und zu bügeln.

»Hier ist der Crescent Place«, sagte er. »Und hier ist der Punkt, wo ich das Goldstück fand. An deiner Stelle würde ich von der Euclid Street aus dorthin gehen und mir das Wäldchen ansehen. Wenn das Gold verschwunden ist, wird man es möglicherweise vergraben haben, und falls es vergraben wurde, könnte das dort geschehen sein.«

Er warf einen Blick auf seine Uhr und stand auf.

»Du radierst das hier besser wieder aus«, sagte er. »Unsere Dienstboten haben bei Gott schon genug zu schwatzen. Und falls du drüben bei den Lancasters erfahren kannst, was die Polizei herausgefunden hat, wäre ich dir dankbar, wenn du mich anrufst.«

Ich sagte es zu und begleitete ihn zur Haustür.

»Ich frage mich, ob irgend jemand Helen Wellington über die Sache mit Jim informiert hat«, sagte ich dabei. »Wenn sie erfährt, daß Jim in Schwierigkeiten steckt...«

»Das würde ihr gefallen.«

»Trotzdem, es sollte jemand bei ihm sein. Selbst das Personal hat ihn verlassen, George. Er ist ganz allein im Haus.«

»Wenn du mich fragst, dann ist er besser allein als mit Helen zusammen.« Er tätschelte meinen Arm. »Jim kann für sich selber sorgen, Lou. Ein bißchen Staub auf den Möbeln macht ihm nichts aus, und zu essen kann er sich besorgen. Wir sollten uns erst Sorgen um ihn machen, wenn das Geld verschwunden ist, nicht vorher.«

»Und wenn es verschwunden ist?«

»Dann wird die Polizei ihn so sicher, wie zwei mal zwei vier ist, verhaften.«

Als ich ins Speisezimmer zurückkam, betrachtete Annie gerade interessiert und mißbilligend Georges Skizze.

»Er hätte besser ein Stück Papier dafür genommen, Miss Louisa«, sagte sie.

»Ich werde es im Bad auswaschen«, entgegnete ich hastig, »dann brauchen Sie die Decke nur zu bügeln.«

Sie räumte das Geschirr ab. Während ich das Tischtuch zusammenfaltete, kam sie zurück und sagte: »Der alte Mr. Lancaster hat sich wieder ins Bett gelegt, Miss, nachdem er zum Frühstück nur eine Tasse schwarzen Kaffee getrunken hat. Und Ellen hat gedroht, die Stellung zu verlassen. Ihr hat es absolut nicht gepaßt, wie die Polizei sie gestern durchsucht hat.«

Ich erinnere mich, wie ich dastand, mit dem Tischtuch über dem Arm, und das Gefühl hatte, daß Annie erwartete, daß ich sie irgend etwas Bestimmtes fragte; daß sie praktisch nur zu diesem Zweck zurückgekommen war. Aber ihre Miene war vollkommen ausdruckslos.

»Hören Sie, Annie«, sagte ich schließlich, »wenn Sie irgend etwas wissen, etwas, was die Polizei wissen sollte, dann sagen Sie es mir bitte.«

Kaum hatte ich das gesagt, wurde mir bewußt, daß ich einen Fehler begangen hatte, denn bei dem Wort »Polizei« versteifte Annie sich.

»Ich weiß überhaupt nichts, Miss.«

»Gut, lassen wir die Polizei aus dem Spiel. Gibt es irgend etwas, was Sie mir sagen können? Ist Ihnen etwas Ungewöhnliches aufgefallen? Jemand hat ein schreckliches Verbrechen begangen, Annie. Wollen Sie, daß er ungestraft davonkommt?«

»Es ist schon möglich, daß hier eine Menge Ungewöhnliches passiert ist«, entgegnete sie geheimnisvoll. »Aber es hat nichts mit dem Mord zu tun.«

»Woher wissen Sie das?«

»Ich weiß es eben.«

»Annie«, sagte ich eindringlich, »Sie könnten es mir doch zumindestens erzählen. Hat es etwas mit Peggy von den Lancasters zu tun?«

Ihr Erstaunen war so offensichtlich, daß ich hastig hinzufügte: »Oder mit den anderen Dienstboten bei den Lancasters?«

Doch auch damit hatte ich keinen Erfolg. Schweigend und mit hocherhobenem Haupt verschwand sie in der Anrichte.

Es war schon nach neun, als ich zu den Lancasters hinüberging, um Margaret zu fragen, was ich mit dem Handschuh machen sollte. Mutter schlief, und ich schlüpfte aus dem Haus, ohne eine Nachricht zu hinterlassen. George hatte ich nichts von dem Handschuh verraten, aber es war einer jener kühlen Augustmorgen, die ankündigen, daß das Wetter unvermittelt umschlagen kann, und ich konnte das Risiko nicht eingehen, daß man eventuell bei uns die Heizung in Gang setzte. Das hätte bedeutet, daß man Wasser in die Schalen auf den Heizkörpern einfüllen würde und dabei den Handschuh entdeckte.

Zwar wehte noch ein kühler Wind, aber inzwischen war die Sonne hervorgekommen. Pflanzen und Blumen ringsum wirkten nach dem nächtlichen Gewitter frisch und grün. Selbst die Lancaster-Villa, die weiß und makellos dastand, machte einen fröhlichen Eindruck. Den einzigen ungewohnten Anblick boten der wachestehende Polizist vor ihrem Eingang und ein Fotoreporter auf dem Anger, der eine günstige Stelle für eine Aufnahme suchte, von der aus das Haus nicht gänzlich hinter den Bäumen versteckt war.

Auf der Auffahrt zum Haus traf ich Mrs. Talbot und war schokkiert, wie mitgenommen sie aussah. Abgesehen von ihren Überspanntheiten war sie sonst nämlich eine recht muntere Frau. Jetzt hatte aber selbst ihre Stimme ihren gewohnten Nachdruck eingebüßt.

»Ich bringe gerade etwas Fleischbrühe«, sagte sie. »Mr. Lancaster geht es nicht gut.«

Wir gingen zusammen ins Haus, das heißt, nur ich ging hinein. Mrs. Talbot übergab Jennie den Suppentopf an der Tür und verabschiedete sich wieder. Jennie ließ mich wortlos ein. Durch die geöffnete Tür zur Bibliothek links vom Eingang entdeckte ich beim Betreten der Halle eine kleine Gruppe Männer.

»Ich möchte Miss Margaret sprechen«, sagte ich.

»Sie ist im Damensalon, Miss.«

Margaret war bereits fertig angekleidet. Wie üblich hatte sie darauf große Sorgfalt verwendet, nur daß sie jetzt Trauerkleidung trug. Bei meinem Eintreten nahm sie mich zunächst nicht wahr. Sie saß regungslos an ihrem Schreibtisch und starrte an die Decke. Zum ersten Mal wurde mir bewußt, daß Margaret Lancaster eine recht ansehnliche Frau war. Ich kannte sie schon so lange, muß ich sagen, daß ich bisher noch nie darauf geachtet hatte. So geht es uns ja mit vielen vertrauten Dingen, die wir lange Zeit hindurch nie wirklich wahrnehmen, bis sie auf einmal durch ein erschütterndes Ereignis oder eine Änderung der Gegebenheiten unsere Aufmerksamkeit erwecken.

Rückblickend, wie es mir nun möglich ist, wird mir klar, daß für eine so gutaussehende, intelligente und unternehmungslustige Frau wie Margaret Lancaster die Jahre in diesem Haus ein einziges langes Martyrium bedeutet haben müssen. Sie hatte jedoch nie aufgegeben wie ihre Schwester Emily. Stets war sie gut gekleidet und frisch onduliert. Ich kann mich daran erinnern, daß sie auch an diesem Morgen gut frisiert war und daß ihre Hände, die vor ihr auf dem Schreibtisch lagen, gepflegt und sorgfältig manikürt aussahen. Sie schien vollkommen gefaßt zu sein. Als ihr schließlich bewußt wurde, daß ich es war, die das Zimmer betreten hatte, wandte sie sich ruhig um und sah mich an.

»Schließen Sie die Tür, Louisa. Ich muß mit Ihnen reden«, sagte sie.

Nachdem ich die Tür geschlossen hatte, deutete sie auf einen Stuhl in ihrer Nähe und senkte die Stimme.

»Was haben Sie mit dem Päckchen gemacht?« fragte sie.

Ich sagte es ihr, und sie nickte zustimmend.

»Das genügt für die nächsten Tage. Später muß es natürlich verbrannt werden. Bitte tun Sie das, Louisa, ohne daß Sie es öffnen!«

»Es ist aber bereits von allein aufgegangen.«

»Dann wissen Sie also, was drin war?« Sie richtete sich auf und sah mich gespannt an. Auf ihren Wangen erschienen zwei rote Flecken.

Ich erklärte ihr, was passiert war. An meiner Erklärung schien ihr lediglich die Tatsache wichtig zu sein, daß ich den Handschuh gesehen hatte. Als ich endete, schwieg sie längere Zeit. Schließlich war sie zu einem Entschluß gekommen, beugte sich vor und legte mir die Hand aufs Knie.

»Zunächst einmal: Ich wollte, daß dieser Handschuh aus dem Haus kam, weil er Jim Wellington gehört«, sagte sie. »Ich gebe Ihnen mein Wort, daß das die Wahrheit ist. Und ich gebe Ihnen mein Wort darauf, daß ich ihn hier im Haus fand, nachdem er gegangen war. Aber ich glaube keine Sekunde lang, daß er – daß er es war, der Mutter tötete. Er hat diese Handschuhe hier vor zwei oder drei Monaten vergessen, im Frühjahr. Ich bewahrte sie in einer Tischschublade in der Halle auf und habe immer wieder vergessen, ihm zu sagen, daß sie sich hier befanden. Ich bin vollkommen sicher, daß er selbst nicht die geringste Ahnung hatte, wo er sie verloren hat. Gestern abend mußte ich den einen schnell loswerden. Das ist alles.«

Jetzt war es an mir, eine Weile schweigend nachzudenken.

Schließlich sagte ich: »Dann könnte irgend jemand im Haus gewußt haben, daß sich die Handschuhe hier befanden?«

Sie machte eine resignierende Handbewegung.

»Irgend jemand, ja. Und ich kann den anderen Handschuh nicht finden. Es waren mit Sicherheit zwei.«

Ich stand mit dem unbehaglichen Gefühl auf, daß sie mir nicht alles erzählt hatte, was sie wußte.

»In Ordnung«, sagte ich. »Ich werde ihn verbrennen, nachts in der Heizung.«

Sie nickte, beugte sich zu mir herüber und ergriff meinen Arm. »Ich kann nur das eine sagen, Louisa«, bemerkte sie mit gedämpfter Stimme, »daß ich fest daran glaube, daß man den Handschuh absichtlich dorthin gelegt hat, wo ich ihn fand. Und das ist die teuflischste Gemeinheit, die mir je untergekommen ist!«

Kapitel 12

Bevor ich mich von Margaret verabschiedete, erkundigte ich mich bei ihr noch nach Emilys Befinden. Sie warf mir einen schnellen, forschenden Blick zu.

»Es geht ihr wieder besser«, sagte sie. »Doktor Armstrong hat ihr gestern abend eine Spritze gegeben. Allerdings glaube ich nicht, daß sie viel geschlafen hat. Sie wird wahrscheinlich nur ruhiggestellt gewesen sein. Es hat sie nur benommen gemacht.«

Tatsächlich schlief Emily nicht. Als ich hinausging, hörte ich, wie sie in der oberen Halle ungeduldig nach Kleister verlangte. Peggy entgegnete ihr, daß nichts im Hause sei.

»Ich werde Ihnen etwas besorgen, Miss Emily«, rief ich. Aber sie hatte mich nicht verstanden, so daß ich hinaufging. Die Männer befanden sich in der Bibliothek. Ich erkannte die Stimme von Mr. Lewis, der, so lange ich mich zurückerinnern kann, als Anwalt für fast alle Anwohner des Crescent Place arbeitete. Beim Hinaufgehen hörte ich Emilys Kanarienvogel fröhlich singen. In der oberen Halle bediente Peggy die Teppichkehrmaschine. Die Szene kam mir fast wie an jedem anderen sonnigen Augustmorgen am Crescent Place vor, wäre da nicht der uniformierte Polizist gewesen, der vor Mrs. Lancasters Schlafzimmertür stand und Peggy wohlgefällig bei der Arbeit zusah.

»Wo ist Miss Emily, Peggy?« fragte ich.

Sie warf einen Blick auf den Polizisten.

»Da drin, Miss. Es hat in der Nacht einen Wasserschaden gegeben, und sie ließen sie hinein.«

Erst da bemerkte ich, daß die Tür zum Mordzimmer offenstand. Ich ging hinüber und blickte hinein.

Drinnen waren die Decken und die Matratze von dem großen Bett abgenommen worden. Sonst hatte man augenscheinlich im Zimmer nichts angerührt. Nur die Geldtruhe hatte man unter dem Bett hervorgezogen und in der Mitte des Zimmers auf zwei Stühle gestellt.

Der Wasserschaden war nicht zu übersehen. Offensichtlich war Regenwasser vom Dach über das Dachgeschoß eingedrungen. Unmittelbar neben dem Bett hatte sich die schwere Tapete von der Decke bis zum Boden abgelöst. Darunter stand eine Schüssel, um das Wasser aufzufangen, und über diese beugte sich Emily Lancaster, sorgfältig bemüht, die Tapete wieder anzudrücken. Sie hatte mich nicht kommen hören und machte weiter, bis ich den Polizisten ansprach.

»Kann ich hineingehen?«

»Nein, Miss. Tut mir leid, aber das sind meine Befehle.«

Da wandte Emily sich um. Mit Entsetzen bemerkte ich, wie sie sich in der kurzen Zeit verwandelt hatte. Ihr Gesicht war stark gerötet. Und nicht nur das. Sie, die sonst wie die Ordnung in Person herumlief, sah nun so aus, als hätte sie in ihren Kleidern geschlafen. Sie trug noch immer das weiße Kleid vom vergangenen Nachmittag, nur war es jetzt unglaublich verknautscht. Als sie auf mich zukam, bewegte sie sich schwerfällig wie ein uraltes Weib.

»Ich fürchte, die Tapete ist hin«, sagte sie, als ob das die wichtigste Sache der Welt sei. »Ich habe Vater gleich angesprochen, als Ellen von dem Leck oben berichtete. Nun ist das Wasser bis hier unten durchgekommen.«

Sie streckte mir ihre Hand hin, schien zu vergessen, warum, und wandte sich wieder der Tapete zu.

»Selbst wenn es wieder trocknet, wird ein Stockflecken zurückbleiben«, meinte sie. »Es ist schon mal passiert, aber da war es nicht so arg. Damals habe ich sie mit Reißzwecken wieder befestigt, aber diesmal möchte ich sie lieber wieder ankleben.«

Schrecklich, dieser Versuch, der Realität durch die Konzentration auf eine derartige Nebensächlichkeit zu entrinnen. Aber sie war durch nichts von ihrem Vorhaben abzubringen, sondern schickte mich hinunter zu Margaret, um zu sehen, ob diese Kleister hatte. Margaret gab ihn mir mit zorniger Miene.

»Seit sieben Uhr in der Frühe ist sie damit beschäftigt!«

»Auf jeden Fall gibt es ihr etwas zu tun.«

»Es gäbe jede Menge für sie zu tun, wenn sie sich nur zusammenreißen würde! Sagen Sie ihr, daß sie den Kleister nicht auftragen kann, solange die Tapete noch naß ist, und schaffen Sie sie, falls es Ihnen möglich ist, ins Bett, Louisa!«

Es gelang mir nicht, alle ihre Anordnungen auszuführen, aber ich konnte Emily wenigstens überreden, zu baden und sich danach etwas hinzulegen. Während der ganzen Zeit redete sie ununterbrochen sinnloses Zeug, und dazwischen zwitscherte unentwegt ihr Vogel, so daß ich selbst am Rande eines Nervenzusammenbruches stand.

Glücklicherweise kam Doktor Armstrong hinzu und erfaßte mit einem Blick die Situation.

»Jetzt hören Sie mal zu, Emily!« sagte er streng. »Sie hören sofort mit dem Reden auf und nehmen diese Medizin, die Sie gestern abend schon einnehmen sollten! Danach wird Louisa die Jalousien herunterziehen und Sie versorgen. Und schaffen Sie den vermaledeiten Vogel fort, Lou!«

»Aber ich bin doch so gewöhnt an ihn!« protestierte Emily.

»Ich könnte mich auch an einen Niethammer gewöhnen«, erwiderte der Doktor, »aber ich habe nicht die Absicht. Raus mit ihm!«

Damit übergab er mir den Käfig, den ich hinüber in eines der Gästezimmer brachte. Das schien mir in diesem Moment das Vernünftigste zu sein. Gelegentlich wache ich aber noch des Nachts auf und muß an diese fröhliche kleine Kreatur denken, deren Todesurteil ich dadurch unterschrieb, daß ich mich an diesem Tag nicht um ihr Futter und Wasser kümmerte. Vermutlich unterschrieb ich damit noch ein anderes Todesurteil, aber daran wage ich gar nicht zu denken.

Als ich zurückkam, fing der Doktor mich in der Halle ab und bat mich, noch eine Weile dazubleiben.

»Margaret kümmert sich um die Beerdigung«, sagte er, »und morgen müssen sie alle zusammen zur gerichtlichen Voruntersuchung. Wenn Sie hierbleiben, könnte das für den Fall, daß der alte Herr Hilfe benötigt, nützlich sein.«

Ich war erstaunt, daß Emily bereits eingeschlafen war, als ich wieder in ihr Zimmer kam. Offensichtlich hatte Margaret recht gehabt, daß sie die ganze Nacht kaum geschlafen hatte.

So blieb ich allein mit dem Polizisten in der oberen Halle zurück. Peggy war verschwunden, und er hatte eine Morgenzeitung aus der Tasche gezogen, hatte es sich auf der vorderen Fensterbank bequem gemacht und löste das Kreuzworträtsel. Gerade wollte ich mir aus Margarets Zimmer einen Stuhl holen, um mich vor Mr. Lancasters Schlafzimmertür niederzulassen, als ich hörte, wie die Männer unten die Bibliothek verließen und die Treppe heraufkamen. Voran kam der Inspektor, gefolgt von Sullivan, dem Detektiv, und Mr. Lewis, der mir zunickte. Ihnen folgte ein fremder dunkelhaariger Mann, der einen schäbigen kleinen Handkoffer trug.

Wortlos gingen sie an mir vorbei und betraten Mrs. Lancasters Schlafzimmer. Dort sagte der Inspektor: »Das ist der Kasten, Johnny.«

Als ich mich auf Zehenspitzen näherschlich, sah ich, daß sie um die Truhe herumstanden. Niemand nahm Notiz von mir. Der Dunkelhaarige, Johnny, zog einen Bund Schlüssel aus dem Koffer, probierte sie der Reihe nach aus, feilte dann an einem etwas herum, trat zurück und erklärte stolz:

»Damit geht's. Und das war's auch schon, Chef.«

Ich konnte von meinem Platz aus den Inhalt der Truhe nicht erkennen, wohl aber den Gesichtsausdruck des Inspektors. Er war offensichtlich enttäuscht.

»Scheint noch alles drin zu sein«, sagte er. »Ist jemand in der Nähe, der sich davon überzeugen kann?«

»Ich vertrete die Familie«, erklärte Mr. Lewis ziemlich prätentiös.

»Haben Sie das hier vorher schon mal gesehen? Wissen Sie, wieviel drin ist?«

»Nein, aber . . .«

»Holen Sie jemanden her, Sullivan!«

Ich konnte mich gerade noch rechtzeitig wieder davonschleichen. Ein paar Minuten später kehrte der Detektiv mit Margaret zurück. Nach einem Blick in die Truhe machte ihr angespannter Gesichtsausdruck einer gewissen Erleichterung Platz.

»Es ist also da«, meinte sie. »Gott sei Dank, wie ich nur sagen kann.«

Der Inspektor warf ihr einen schnellen Blick zu.

»Wieso?«

»Weil wir es nun genau wissen«, erwiderte sie. »Es gibt kein Motiv. Jemand ist ins Haus eingedrungen, das ist alles.«

Sullivan hatte sich über die Truhe gebeugt und bohrte auf etwas mit dem Finger herum.

»Gibt es irgendwelche Einwände dagegen, Chef, einen dieser Beutel einmal zu öffnen?« wollte er wissen.

Margaret antwortete anstelle des Inspektors.

»Nur, wenn mein Vater dabei zugegen ist, und ich möchte ihn jetzt nicht stören.«

Ich sah, wie Sullivan und der Inspektor einen Blick wechselten, aber niemand bestand weiter darauf, irgend etwas zu öffnen. Statt dessen fragte der Inspektor Margaret, auf welche Weise das Geld jeweils in die Truhe gelangt war.

»Ganz einfach«, antwortete sie. »Wir alle waren natürlich dagegen, aber gelegentlich war doch der eine oder andere von uns bei der Ablieferung dabei. Jim Wellington besorgte das Gold für Mutter. Hin und wieder brachte er auch einmal Geldscheine mit, wenn Goldmünzen gerade knapp waren. Mutter besaß Konten auf verschiedenen Banken, aber die meisten gaben Gold jeweils nur in kleineren Mengen ab. Jim brachte das Gold in diesen Beuteln hierher, und Mutter zählte die Münzen auf der Bettdecke.

Danach steckte sie das Gold wieder in den Beutel und verschloß ihn mit dem Draht. Oder aber, wenn es sich um Banknoten handelte, steckte sie sie in einen dieser braunen Umschläge. Dann legte Jim den Beutel oder den Umschlag in die Truhe.«

»Wie machte er das?«

»Anfangs stellte er die Truhe immer auf zwei Stühle, so, wie sie jetzt steht. Später wurde sie zu schwer, und er zog sie einfach unter dem Bett hervor. Mutter gab ihm den Schlüssel, er öffnete die Truhe und legte das Geld hinein.«

»Sie wissen nicht, wieviel drin ist, nehme ich an?«

»Nicht genau. Jim erwähnte gelegentlich einmal, daß fünftausend Dollar in Gold über achtzehn Pfund wögen und daß er es nicht möge, so viel auf einmal anzuschleppen. Es hätte ja etwas passieren können. Jim haßte die ganze Sache. Auch die Banken äußerten Bedenken. Später brachte er weniger mit. Er ist der einzige, der genau sagen kann, wieviel sich in der Truhe befindet, sofern er eine Aufstellung geführt hat, was ich mit Bestimmtheit annehme. Ich denke, daß Mutter zwischen fünfzigtausend und hunderttausend Dollar besaß, aber das ist nur eine Schätzung.«

Sullivan hatte in der Zwischenzeit auf einem der alten Umschläge einige Berechnungen angestellt. Nun hob er die Truhe an einem der Griffe hoch. Inspektor Briggs beobachtete ihn, sagte aber nichts.

»Schwer ist sie ja«, war Sullivans einziger Kommentar.

»Noch etwas«, sagte Margaret. »Ich bin sicher, daß Mr. Lewis damit einverstanden sein wird. Meine Angehörigen sind es bestimmt. Ich wäre froh, wenn das Geld zurück auf die Bank geschafft wird, und zwar unverzüglich, heute noch. Unter Polizeischutz. Es kann alles auf die First National gebracht und dort gezählt werden.«

Damit verließ sie das Zimmer; kurz darauf folgte Johnny mit seinem Köfferchen. Die anderen verweilten noch einige Zeit, wobei sie die Tür schlossen. So kam es, daß der gesamte Crescent Place erst aus den Nachmittagszeitungen erfuhr, daß kein Gold auf irgendeine Bank zurückgehen würde, daß praktisch fast alle Banknoten verschwunden waren, daß sich in den meisten der zugeklebten braunen Umschläge lediglich Streifen von alten Lokalzeitungen befanden und daß das Gold in den Leinensäckchen durch sorgfältig eingefüllte Bleigewichte ersetzt war.

Genau solche Bleigewichte nebenbei, mit denen Miss Mamie die nicht sehr modernen Kleider beschwerte, die sie für die meisten Frauen am Crescent Place schneiderte, und die wir alle dazu benutzten, um unsere Blumenvasen und Pflanzentöpfe zu beschweren, damit der Wind sie nicht umwarf.

Aber an jenem Vormittag wußte ich noch nichts davon. Ich ging heim in der Überzeugung, daß alles in Ordnung war und deshalb keine Veranlassung zu der Suche im Niemandsland bestand, die George Talbot vorgeschlagen hatte. Was mir auch sehr gelegen kam, denn wenn Mutter ihre quälenden Kopfschmerzen hat, ist nicht gut Kirschenessen mit ihr. So verbrachte ich den Rest des Vormittags damit, ihr immer wieder geeiste Tücher auf die Stirn zu legen – wir halten nichts von Eisbeuteln aus Gummi – und die Jalousien in ihrem Zimmer auf- und zuzuziehen.

Um zwei Uhr kam Doktor Armstrong, Hausarzt für den gesamten Crescent Place, wie Mr. Lewis Hausadvokat für alle seine Anwohner ist, um nach Mutter zu sehen. Ehe er zu ihr hinaufging, folgte er mir in die Bibliothek, und ich bemerkte, daß er besorgt aussah und den Eindruck machte, als hätte er nicht viel geschlafen.

»Es ist schon eine schlimme Sache, Lou«, sagte er, »von welcher Seite es man auch betrachtet. Eigentlich ist der gesamte Crescent Place eine schlimme Sache.«

»Tut mir leid, aber das verstehe ich nicht.«

»Das ist doch nicht schwer zu begreifen«, erwiderte er gereizt. »Die meisten hier herum sind Neurotiker, wenn nicht gar Psychopathen, genau so ist es! Mit Ausnahme von Ihnen und den beiden Wellingtons – wobei ich das im Fall von Helen Wellington fast noch bezweifeln möchte – gibt es hier doch kein auch nur einigermaßen normales Individuum. Sei es durch die Umstände, durch Geburt, die Weltabgeschlossenheit oder Gott weiß was auch immer, ganz normal ist doch hier niemand.«

»Wir leben ein bißchen abgesondert«, pflichtete ich ihm bei.

»Abgesondert! Schauen Sie sich doch einmal diese Mrs. Talbot an, mit ihrer Manie – jawohl, Manie –, alle Türen abzuschließen! Oder nehmen Sie Lydia Talbot, jeder Zoll das Musterexemplar einer unterdrückten Frau! Oder Laura Dalton! Oder Ihre eigene Mutter! Ist es denn normal für eine Frau, noch nach zwanzig Jahren tiefe Trauer zu tragen und sich von der Welt abzuschließen, nur weil ihr Mann gestorben ist? Es sei denn, man wird von irgendwelchen Gewissensbissen geplagt. Mindestens fünfzig Prozent dieser ewig trauernden Witwen werden doch von Gewissensbissen geplagt oder gefallen sich in ihrer Trauerpose!«

Dann wurde ihm bewußt, was er gesagt hatte, und er entschuldigte sich ziemlich lahm.

»Bei Ihrer Mutter ist es natürlich etwas anderes«, sagte er. »Bei ihr ist es einfach eine Art Flucht. Die Welt und die Menschen öden sie an, und so flüchtet sie in die Isolation. Aber nehmen Sie doch die Lancasters. Margaret hat es offensichtlich geschafft, indem sie viel ausgeht, einigermaßen normal zu bleiben. Aber Emily ist in den letzten ein oder zwei Jahren immer hart am Rande eines Nervenzusammenbruches gewesen. Und auch an Mr. Lancaster ist der Streß der letzten zwei Jahre nicht spurlos vorübergegangen. Und nun kommt zu alledem noch dies hinzu, und ... Lou, mir gefällt das nicht! Irgend jemand ist dort drüben dabei, Amok zu laufen. Ich gehe hier am Crescent Place seit zehn Jahren aus und ein, und ... Na ja, ich hab' schon gesagt, wie es ist.«

Doktor Armstrong war ein jugendlich wirkender Mann mit hagerem, müdem Gesicht und der Angewohnheit, nervös auf seiner Arzttasche herumzutrommeln, während er sprach.

»Was meinen Sie mit ›Amok laufen‹, Doktor?« fragte ich.

»Was weiß ich! Schreien, toben, durchdrehen, weglaufen! Suchen Sie sich etwas aus, Lou, aber bemühen Sie sich, selbst normal zu bleiben!«

Er stand auf, um nach Mutter zu sehen, wandte sich aber in der Tür noch einmal um.

»Sie trafen Mr. Lancaster in der Bibliothek, nicht wahr? Was hatten Sie für einen Eindruck, wie der alte Herr die Nachricht aufgenommen hat? Wie hat er sie verarbeitet?«

»Er war natürlich schockiert, sprach wenig und sah blaß aus. Dann fragte er Emily, ob sie es war, die die Leiche gefunden hatte, und später wollte er noch wissen, ob jemand unter dem Bett nachgesehen habe.«

»Wer war dabei, als er das fragte?«

»Beide Schwestern.«

»Ganz so schockiert kann er nicht gewesen sein, wenn er noch an das Geld denken konnte! Was ist mit den beiden Frauen? Wie reagierten sie auf den Mord?«

»Emily benahm sich hysterisch, Margaret war sehr gefaßt. Ich glaube, sie nahm es Emily übel, daß sie sich so benahm. Das ist alles, was mir auffiel.«

»Mit anderen Worten, sie benahmen sich alle so, wie Sie es erwartet hatten.«

»Ich glaube schon. Ich war selbst ja auch schrecklich aufgeregt.«

Als er nach einiger Zeit wieder herunterkam und ich ihn hinausließ, erklärte er ziemlich launig, daß er Mutter ein Beruhigungsmittel verabreicht habe und er damit so ziemlich den ganzen Crescent Place ruhiggestellt habe, angefangen bei Lydia Talbot; und der einzige Grund, weshalb er Helen Wellington auslassen mußte, sei, daß sie nicht anwesend wäre.

»Obwohl ich mir wünschen würde, daß sie da wäre«, meinte er. »Dies ist nicht der beste Zeitpunkt, daß die Polizei erfährt, daß Jims Frau ihm weggelaufen ist. Sie könnte ihre kleinen Gewohnheiten vielleicht mißverstehen.«

Was zum Teil das erklärt, was ich an diesem Nachmittag tat, während Mutter fest schlief und der übliche freitägliche Hausputz seinen Fortgang nahm, diesmal etwas leiser als sonst.

Ich fuhr nämlich zu Helen Wellington, um sie zu bitten, wieder nach Hause zu kommen.

Ich hatte mir vorgenommen, dies so ruhig und gefaßt wie möglich zu tun und ihr lediglich die Situation zu erklären, aber die Umstände ließen es nicht zu. Auf der Fahrt in die Stadt hörte ich im Taxi, wie die Zeitungsjungen ein Extrablatt ausriefen, und kaufte mir eines. Auf diesem Weg erfuhr ich, daß das Geld verschwunden war. Ich erinnere mich noch daran, wie ich mich im Fond des schäbigen Taxis, das übersät war von Zigarettenkippen und Asche, zurücklehnte, fast ohnmächtig geworden wäre und nach Luft schnappte.

In Helens Hotel angekommen, hatte ich mich wieder einigermaßen gefaßt, muß aber trotzdem noch ziemlich mitgenommen ausgesehen haben. In dem Moment, als ich ihre unaufgeräumte kleine Suite betrat, wurde mir bewußt, daß es keinen Zweck hatte, an ihr Mitleid oder ihren Stolz zu appellieren. Sie empfing mich in einem geschmacklosen rückenfreien und ärmellosen Pyjama, mit einer Zigarette in der Hand, und lächelte mich kalt an.

»Kommen Sie nur herein, Lou«, sagte sie. »Habe ich nicht Pech gehabt, dem Crescent Place ausgerechnet in dem Moment den Rücken zu kehren, an dem zum ersten Mal etwas wirklich Aufregendes dort passiert? Ich hätte alles rasend gern mitbekommen.«

»Es ist noch nicht zu spät«, entgegnete ich. »Helen, Jim ist allein, und er braucht Sie dringend!«

»Hat er Sie geschickt?« fragte sie rasch.

»Nein. Aber das Personal ist fort, und wie die Dinge liegen . . .«

Sie lachte kurz auf, aber nicht sehr freundlich.

»Ach, sie sind fort. Na ja, besonders tüchtig waren sie ja sowieso nicht«, sagte sie. »Und immerfort jammerten sie nach Geld, diese Schurken! Also ist Jim allein, und Sie meinen, ich sollte zurückkommen, um ihm sein Bett und sein Essen zu machen!«

»Ich glaube, er braucht moralische Unterstützung, Helen.«

»Fragen Sie doch erst einmal Jim selbst, ob er moralische Unterstützung von mir braucht! Ich würde gar zu gern sein Gesicht dabei sehen.«

»Es gibt noch einen anderen Grund«, sagte ich ruhig. »Ihre Trennung macht gerade jetzt keinen guten Eindruck.«

»Ja, daran denken die Leute vom Crescent Place natürlich zuerst!«

»Nicht die Leute vom Crescent Place. Die Polizei!«

Sie machte eine wegwerfende Handbewegung.

»Die Polizei ist bereits hiergewesen«, sagte sie. »Sie weiß, daß ich Jim den Mord nicht zutraue. Dazu ist er viel zu vernünftig. Diese Art, vernünftig zu sein, war es nebenbei, die uns auseinandergebracht hat. Immer wieder hat er von mir verlangt, vernünftig zu sein und auf allen Spaß am Leben zu verzichten. Doch das gehört nicht hierher. Ich werde nicht zurückgehen, um Jims Reputation zu retten, und dabei bleibt's!«

»Niemals?«

»Niemals ist eine lange Zeit. Machen Sie sich nicht zuviel Hoffnungen! Aber im Moment lebe ich hier ganz gut.«

»Hören Sie, Helen«, sagte ich. »Jim wird mich vermutlich umbringen wollen, wenn er erfährt, daß ich bei Ihnen gewesen bin. Aber ich muß Ihnen schildern, wie die Dinge stehen. Dann werden Sie es sich vielleicht noch einmal überlegen.«

Und dann erzählte ich ihr alles, von den Blutspritzern auf seiner Kleidung bis zu dem Geld in der Truhe. Erst als ich letzteres erwähnte, richtete sie sich auf und hörte interessiert zu.

»Wenn man sich vorstellt, daß er mir nie etwas davon gesagt hat! Wieviel war es denn?«

»Das weiß ich nicht. Zwischen fünfzig- und hunderttausend Dollar, sagt man.«

Ihre Reaktion war typisch für sie. Sie lehnte sich im Sofa zurück und stöhnte.

»Was hätte ich mit diesem Haufen Geld alles anfangen können!« lamentierte sie. »Überall habe ich nur Schulden und überhaupt nichts zum Anziehen! Und jetzt hat sich irgendein Dummkopf das Geld unter den Nagel gerissen und es vergraben. Und irgendwann wird er es in Staatsanleihen anlegen und von den Zinsen leben. Es ist nicht zu fassen!«

Danach verließ ich sie wieder. Immer, wenn ich mich seitdem an diese Situation zurückerinnere, komme ich zu dem Schluß, daß sie damals ein bißchen dick aufgetragen hat, besonders, was ihre angebliche Gleichgültigkeit betraf. Aber so hat sie sich immer gegenüber uns Leuten vom Crescent Place verhalten – eine mit Bedacht aufgebaute Verteidigungsposition, meine ich.

Und ich erinnere mich auch noch gut an die Worte, mit denen sie sich von mir verabschiedete. Sie stand mitten in ihrer unaufgeräumten Suite, umweht vom aufdringlichen Geruch ihres Parfüms, warf mir einen schlauen, wachsamen Blick zu und sagte:

»Tut mir leid, Lou! Ich bin keine besonders umgängliche Person, stimmt's? Aber Ihr Crescent Place ängstigt mich zu Tode. Zuviel Dampf im Kessel und kein Ventil, ihn abzulassen!«

Kapitel 13

Zu Hause hatte Mutter sich gerade von Annie den Tee ans Bett bringen lassen. Auf ihrer Bettdecke lag eine Ausgabe des bewußten Extrablattes. Allein schon diese Tatsache demonstrierte den einschneidenden Wandel in unseren Lebensgewohnheiten, den der Mord verursacht hatte. Zu meinem Erstaunen machte Mutter einen erleichterten, fast fröhlichen Eindruck.

Bei meinem Eintreten ins Zimmer sah Mutter auf.

»Beeilen Sie sich, Annie«, sagte sie, »und machen Sie beim Hinausgehen die Tür hinter sich zu.«

Annie befolgte eilfertig ihre Anweisungen, und Mutter wandte sich mir zu.

»Wahrscheinlich hast du das hier schon gelesen, Louisa.«

»Nein, aber ich habe mir fast so etwas gedacht. Ich war dabei, als sie die Truhe öffneten.«

»Tatsächlich? Weißt du, Louisa, manchmal muß ich mich wirklich wundern, was für eine – was für eine pflichtvergessene Tochter ich geboren habe. Wenn man sich vorstellt...«

»Du bist doch den ganzen Tag krank gewesen, Mutter. Außerdem war ich mir nicht sicher. Ich war zwar dabei, als sie die Truhe öffneten, aber nicht die Beutel. Jetzt erinnere ich mich zwar daran, wie einer der Detektive sehr skeptisch aussah, als er die Beutel befühlte. Aber das ist alles.«

Mutter faßte mich scharf ins Auge.

»Ich nehme an, dir ist bewußt, daß dies für Jim Wellington nicht gerade günstig ist, um es einmal so auszudrücken.«

»Dieser Meinung bin ich nicht«, entgegnete ich widerborstig. »Jeder, der ihn kennt...«

»Larifari! Gebrauche doch einmal deinen Verstand, Louisa! Wer könnte es denn sonst getan haben? Für ihn war es die einfachste Sache der Welt. Alles, was er zu tun hatte, war, ihr den einen Beutel zu zeigen und einen anderen dafür in die Truhe zu legen.«

»So etwas kannst du doch im Ernst nicht glauben, Mutter!«

»Was ich glaube, ist meine Sache!« entgegnete sie spitz. »Ich möchte, daß du Hester Talbot zu mir herüber bittest. Ich muß mich bei ihr entschuldigen.«

Das muß so gegen fünf Uhr gewesen sein, vielleicht auch etwas später. Um sechs kam dann Mrs. Talbot, wie gewöhnlich nicht ohne ihren Beutel mit den Schlüsseln, und bis fast sieben Uhr unterhielten sich die beiden hinter verschlossener Türe. Als sie wieder aus Mutters Zimmer herauskam, hatte ich den Eindruck, daß sie geweint haben mußte – eine Tatsache, die noch erstaunlicher für mich war, als wenn mir ein weinendes Nilpferd begegnet wäre. Aber ihre Stimme klang, als sie mir in der oberen Halle begegnete, so laut und nachdrücklich wie immer.

»Wie ich hörte, hat die Polizei Jim Wellington wieder abgeholt«, sagte sie. »Es wurde aber auch Zeit, daß sie ihn verhaftete und ihn dabehält!«

»Wenn alle Leute vom Crescent Place glauben, daß er schuldig ist, Mrs. Talbot, dann wurde es tatsächlich Zeit.«

Ich begleitete sie persönlich zur Haustür. Draußen war es dunkel und windig, und es wurde merklich kühler. Aber ich fühlte mich zu diesem Zeitpunkt viel zu miserabel, um davon Notiz zu nehmen. Ich dachte heftiger und intensiver nach als je zuvor in meinem Leben. Falls die Polizei das Geld im Niemandsland vergraben fand, dann konnte ich mir lebhaft vorstellen, was das zu bedeuten hatte, zumal, wenn es unter den Bäumen lag, unter denen George das Goldstück gefunden hatte. Diese Stelle war nicht weit entfernt vom Haus der Wellingtons, höchstens sechzig Meter vom Ende des alten Tennisplatzes.

Ich ging in die Küche und sagte Mary, daß ich kein Abendessen wünschte. Danach zog ich mir einen warmen Mantel an und ging hinaus. Auf dem Pfad hinter dem Haus traf ich Holmes, der mir entgegenkam. Ich hatte den Eindruck, daß er stehenblieb und mir nachschaute, war aber nicht in der Verfassung, mir darüber Gedanken zu machen. Trotzdem ging ich nicht direkt auf das Wäldchen zu, sondern weiter über den Pfad, der die Rückseite unserer Häuser miteinander verbindet. Ich erinnere mich noch, wie ich registrierte, daß die Dalton-Villa so ruhig und ordentlich wie immer aussah. Im Speisezimmer erblickte ich Joseph, und aus einem geöffneten Küchenfenster wehte der schwache Geruch von etwas Würzigem herüber. Fast fiel es mir schwer, zu glauben, daß das, was ich in der vergangenen Nacht mit den Daltons erlebt hatte, tatsächlich passiert war.

Hinter der Garage der Daltons sah ich das Wellington-Haus. Erstaunt stellte ich fest, daß dort in der Küche Licht brannte. Im ersten Moment war ich unsäglich erleichtert, weil dies nur bedeuten konnte, daß man Jim wieder freigelassen hatte. Dieses Gefühl verwandelte sich jedoch in Überraschung, als ich unmittelbar unter der Küchenveranda ankam.

In der Küche stand ein Fremder, ein großer Mann, der eine Schürze umgebunden hatte, eine Zigarette rauchte und ziemlich unschlüssig eine Konservenbüchse betrachtete, die er in der Hand hielt. Er hätte mich leicht draußen entdecken können, war aber zu vertieft in das, was er vorhatte. Je länger ich ihn betrachtete, desto mehr hatte ich den Eindruck, daß ich ihn schon einmal irgendwo gesehen haben mußte. Ich kam aber nicht dazu, weiter darüber nachzudenken, denn im nächsten Augenblick unternahm er etwas sehr Ungewöhnliches, was mich wie gebannt auf meinem Beobachtungsplatz festhielt.

Zunächst hantierte er am Gasherd herum, dann trat er zurück und begann, mit angesteckten Zündhölzern nach ihm zu werfen. Bei seinem, ich glaube, dritten Versuch erzielte er damit einen einfach erstaunlichen Effekt. Es gab einen gewaltigen Knall, und die Backofentür sauste durch die Fliegentür und landete auf der Veranda, fast unmittelbar gefolgt von dem Fremden, der über sie fiel.

Ein oder zwei Sekunden lang herrschte absolute Stille, dann richtete sich der Mann auf und begann leise, aber intensiv zu fluchen.

»Sind Sie verletzt?« unterbrach ich ihn.

»Verletzt? Ich habe mir, verdammt noch mal, beinah ein Bein gebrochen!«

Er stand mühsam auf, blickte über das Geländer und sah mich zum ersten Mal an.

»Entschuldigung, Miss. Ich muß den Ofen angestellt und ihn vergessen haben. Ich bin mit Gasherden nicht vertraut.«

»Das glaube ich auch«, entgegnete ich trocken. »Ist Mr. Wellington zurückgekommen?«

»Nein, Miss.«

»Dann lassen Sie mich am besten ein, und ich zeige Ihnen, wie man mit einem solchen Herd umgeht.«

Ich konnte ihm anmerken, daß ihm das nicht paßte, aber schließlich machte er doch gute Miene zum bösen Spiel und ließ mich ein. Drinnen demonstrierte ich ihm, wie man die Flamme gefahrlos anzündet. Er sah mir aufmerksam zu.

»Das Ding scheint ganz zahm zu sein, wenn man den Dreh heraus hat«, meinte er und fügte nach einer winzigen Pause die Anrede »Miss« hinzu. Er hatte bei dem Experiment seine Augenbrauen und einen Teil seiner vorderen Haare verloren, sah aber trotzdem noch ganz annehmbar aus, wie ich feststellen mußte.

»Wie Sie sehen, Miss, bin ich im Kochen unerfahren, trotzdem habe ich Mr. Wellington versprochen, die Stellung hier zu halten, bis . . . nun, bis die Dinge ins rechte Lot gekommen sind.«

»Wenn Sie so weitermachen, wie Sie begonnen haben, werden sie hier wohl kaum ins rechte Lot kommen. Und Sie können ihm ausrichten, wenn er zurückkommt, daß Miss Hall nach ihm gefragt hat. Louisa Hall.«

Er warf mir einen raschen Blick zu und schien zu zögern, aber dann öffnete er die Fliegentür oder das, was davon übriggeblieben war, für mich.

»In Ordnung, Miss«, sagte er. »Ich werde es ihm ausrichten.«

Ich ging hinüber zu dem Wäldchen an der Euclid Street. Als ich mich dabei einmal umsah, bemerkte ich, daß er mir vom Küchenfenster aus nachschaute. Alles in allem war ich verwirrt und nachdenklich. Hatte die Polizei in Jims Abwesenheit sein Haus okkupiert, und war dieser Mann ein Polizist oder etwas Ähnliches, der sich gerade ein kleines Nachtmahl hatte zubereiten wollen? Oder war er ein Freund Jims, der sich aus einem mir unbekannten Grund dort aufhielt? In jedem Fall war er kein Diener, das konnte man sehen.

Aber ich konnte seinetwegen kein Risiko eingehen. Bedauernd schaute ich zum Wäldchen hinüber und ging wieder nach Hause. Kaum war ich jedoch um die Ecke des Dalton-Hauses gebogen, als ich etwas entdeckte, das mich veranlaßte, so schnell wie noch nie in meinem Leben zu rennen. Dieses Etwas war eine dicke Rauchwolke, die aus einem der Schornsteine unseres Hauses aufstieg. Mutter hatte also Anweisung gegeben, die Heizung in Gang zu setzen.

Und das bedeutete auch, daß, wie überall am Crescent Place, die Wasserbehälter in den Heizkörpern aufgefüllt wurden! Ich rannte wie von Furien gehetzt. Glücklicherweise war inzwischen die Dämmerung hereingebrochen, und es war Dinnerzeit, so daß an den Küchenfenstern, die wie neugierige Augen in die Gegend starrten, kein unerwünschter Beobachter stand. Ich stürzte in die Küche, stieß mit Annie zusammen, die gerade mit Mutters Teetablett von oben kam, und nahm auf der Treppe zwei Stufen auf einmal. Aber es war bereits zu spät! Mutter stand im Morgenrock vor dem Heizkörper im Gästeflügel und sah sich den schrecklichen Handschuh an.

»Bist du es, Louisa?« rief sie. »Bitte komm doch einmal einen Moment her. Was kann das nur sein?«

»Es sieht wie ein alter Handschuh aus«, entgegnete ich so gefaßt wie möglich.

»Und wie kommt der hierhin?«

»Das spielt doch keine Rolle.« Ich hob den Handschuh auf und betrachtete ihn. »Es scheint Ofenpolitur oder etwas Ähnliches dran zu sein. Ich werde ihn wegwerfen.«

Mutter nahm mir den Handschuh aus der Hand, hielt ihn mit spitzen Fingern unter die Nase und roch daran.

»Es ist Schuhwichse«, sagte sie.

Ich wußte sofort, daß sie recht hatte. Natürlich war es Schuhwichse. Das war der Geruch, auf den ich nicht gekommen war! Ein Bild aus längst vergangenen Kindertagen tauchte in meiner Erinnerung auf: Vater, wie er einen Fuß auf einen altmodischen Stiefelkasten gesetzt hatte und hingebungsvoll seine Schuhe polierte.

»Aber wer um alles in der Welt poliert denn in diesem Haus Schuhe?« meinte Mutter. »Auf keinen Fall Holmes. Der poliert überhaupt nie etwas, wenn man ihn nicht entschieden dazu anhält. Ich muß Annie fragen.«

Das allerletzte in der Welt, was ich gewollt hätte, war, daß Mutter Annie fragte oder ihr gar den Handschuh zeigte. Glücklicherweise hatten der Zusammenprall mit mir und die daraus resultierenden Scherben Annie aufgehalten. Aber nun hörte ich, wie sie langsam die Treppe heraufgestampft kam. Ihr würde die Bedeutung dieses Handschuhs und der Flecken auf ihm, die Mutters altersschwachen Augen entgangen waren, nicht entgehen. Sie würde ihn nehmen, damit hinunterlaufen, ihn herumzeigen . . .

Verzweifelt versuchte ich, mir etwas einfallen zu lassen, was Mutters Aufmerksamkeit ablenken konnte. Sie hielt noch immer den Handschuh in der Hand, und Annie kam bereits mit einer Wasserkanne zum Füllen der Behälter den Gang hinunter.

»Jim Wellington hat einen neuen Butler, Mutter«, sagte ich atemlos. »Und der hat den Küchenherd in die Luft gehen lassen.«

»Er hat was?« fragte Mutter erstaunt.

»Den Herd in die Luft gehen lassen. Ich kam gerade vorbei, als es passierte. Die Explosion hat ihn mitsamt der Ofentür bis auf die Küchenveranda befördert.«

»Das geschieht ihm ganz recht!« sagte Mutter, aufgebracht über dieses Vergehen gegen jegliche Hausordnung. »So etwas ist mir doch noch nie vorgekommen! Und dabei war es ein ganz neuer Herd. Sie haben ihn erst letztes Jahr angeschafft.«

Mit diesem Ablenkungsmanöver hatte ich den gewünschten Zweck erreicht. Mutter sah, mit dem Handschuh in der Hand und noch immer aufgebracht, Annie zu, wie sie die Wasserschale füllte, und segelte dann zurück in ihr Zimmer. Dort betrachtete sie geistesabwesend den Handschuh, schien überrascht zu sein, daß sie ihn noch immer in der Hand hielt, und warf ihn schließlich in den Papierkorb. Das bedeutete allerdings nicht zwangsläufig, daß er damit sicher aus dem Weg geräumt war. Im Gegenteil! Am Crescent Place wird erwartet, daß am Abend, wenn die Betten aufgelegt und die Handtücher im Badezimmer gewechselt werden, auch die Papierkörbe geleert werden. Ihr Inhalt wandert in die Mülltonnen, die am äußersten Ende von jedem Grundstück aufgestellt sind. Gleichgültig, ob Regen oder Sonnenschein, klarer Morgen oder später Abend, nichts hält dabei unsere Dienstboten von ihren Pflichten ab. Und ich wußte zu diesem Zeitpunkt bereits genug über die Polizeimethoden, um ermessen zu können, daß die Untersuchung des Inhaltes von Mülltonnen eine wichtige Rolle spielen konnte.

Selbst wenn der Handschuh Annies scharfen Augen entging, war noch immer die Frage, ob es mir gelingen würde, ihn mir in der Nacht unbemerkt wieder zu beschaffen. Man soll das Schicksal nicht versuchen; das heißt, daß ich besser nicht damit rechnen sollte, den unbesonnenen und leichtsinnigen Ausflug der Daltons wiederholen zu können. In einem unbeobachteten Moment gelang es mir, den Anzeigenteil der Zeitung in den Papierkorb fallen zu lassen, womit der Handschuh erst einmal verdeckt war. Als Annie wieder nach oben kam, um die Betten aufzudecken, fing ich sie in der Halle ab.

»Annie«, sagte ich, »ich glaube, es wäre besser, das Haus in nächster Zeit nicht nach Einbruch der Dunkelheit durch die Hintertür zu verlassen. Wir wissen noch nicht genau, was hier vorgeht, und es könnte gefährlich sein.«

»Ich habe auch nicht die geringste Absicht, so etwas zu tun, Miss Louisa. Nicht, so lange sich draußen ein verrückter Mörder herumtreibt.«

»Sie sollten vielleicht veranlassen, daß Holmes die Mülltonnen auf der Küchenveranda aufstellt.«

»Das ist bereits geschehen, Miss«, erwiderte sie steif. »Was allerdings Ihre Mutter dazu sagen wird, weiß ich nicht.«

»Dafür übernehme ich die Verantwortung, Annie.«

Annie lächelte mich wissend an. Sobald es herauskam, sollte das heißen, würden sie und ich unsere Abreibung dafür einstekken müssen. Aber ihr Lächeln beinhaltete auch Anerkennung. Sie und ich, wir verstanden uns.

»Sehr wohl, Miss Louisa«, sagte sie. »Mary hat heute ihren freien Abend, und sie möchte das Haus durch die Vordertür verlassen. Ich nehme an, daß Sie keinen Schlüssel besitzen?«

»Sie wissen sehr genau, Annie, daß ich keinen Schlüssel besitze.«

Sie stand mit dem Kaffeetablett vor mir, und ich war erstaunt über den Ausdruck von Sympathie auf ihrem Gesicht. Sie wußte, daß ich keinen Schlüssel besaß, niemals einen eigenen besessen hatte.

»Ich habe ihr versprochen, daß ich aufbleiben werde, Miss, dann braucht sie nicht zu läuten. Sie wird gegen elf Uhr wieder zurück sein.«

Ich erklärte mich natürlich damit einverstanden. Andererseits bedeutete das, daß ich bis nach elf Uhr warten mußte, ehe ich mir den Handschuh wieder besorgen konnte, aber da war nichts zu machen. Ich habe dieses Gespräch so ausführlich geschildert, weil es der Grund war für die aufregendste Nacht, die ich bis zu diesem Zeitpunkt in meinem Leben erlebt hatte.

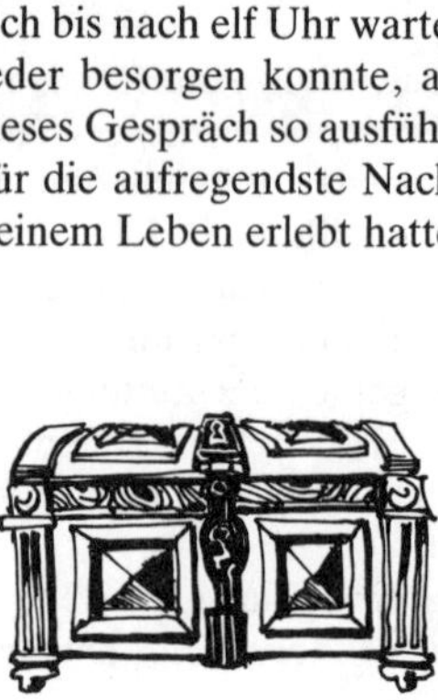

Kapitel 14

Gegen zehn Uhr brachte ich Mutter zu Bett. Ich legte ihr Buch und Brille auf den Nachttisch, zusammen mit einem sauberen, ordentlich gefalteten Taschentuch, und stellte ein Glas Wasser daneben. Auch ihr Gebetbuch lag wie immer dort. Dabei fragte ich mich, wie sich Miss Emily jetzt wohl fühlen würde, nach langen Jahren treuer Pflichterfüllung. Kam sie sich wohl schrecklich verlassen vor? Oder fühlte sie sich erleichtert, daß sie die launische und zänkische alte Frau nicht mehr bedienen mußte, die sie mit ihrem Stock neben dem Bett bei Tag und Nacht gerufen hatte?

Emily hatte doch kaum ein Privatleben führen können, abgesehen davon, daß sie sehr viel las und oft in die Bücherei ging. Mit Margaret war das anders gewesen. Sie hatte sich ihr Eigenleben bewahrt, das leicht geheimnisumwoben, aber ohne Zweifel vorhanden war. Sie zog sich geschmackvoll an, besuchte Konzerte und ging hin und wieder auch ins Theater. Es ging sogar das Gerücht, daß sie gelegentlich in kleiner Gesellschaft Bridge spielte, um winzige Einsätze – etwas, was am Crescent Place aus Prinzip verurteilt wurde, obwohl man ohne Gewissensbisse gelegentlich Lotterielose bei Wohltätigkeitsveranstaltungen erstand.

Als ich endlich in mein Zimmer ging, dachte ich noch immer über die Frauen vom Crescent Place nach, nicht nur über Emily und Margaret. Mit Ausnahme von Helen Wellington führten wir doch alle ein äußerst ereignisarmes, ja sogar untätiges Leben. Es war, als ob die Einfahrtstore zum Crescent Place uns vom wirklichen Leben ausschließen würden. Die Männer kamen hinaus, hatten ihre Geschäfte, ihre Klubs, spielten Golf und kehrten in wohlgeordnete Heime und an gutgedeckte Tische zurück. Selbst der alte Mr. Lancaster war noch Mitglied in einem Klub, obwohl er selten dort verkehrte. Aber die Frauen! Ich mußte daran denken, wie ich Helen Wellington kurz nach ihrer Heirat mit Jim besucht hatte.

»Was treiben Sie eigentlich alle so den lieben, langen Tag?« hatte sie gefragt. »Sie haben doch vierundzwanzig Stunden, die Sie mit irgend etwas ausfüllen müssen.«

»Wir haben unser Zuhause. Sie werden feststellen, daß wir dem sehr große Bedeutung beimessen.«

»Und das nennen Sie Leben? Zu wissen, wieviel Servietten wöchentlich gewaschen werden?«

»Wir haben uns damit abgefunden. Natürlich ist das Ganze nicht sehr aufregend. Als ich aus dem Internat zurückkam, war es zunächst auch ziemlich hart für mich. Aber inzwischen habe ich mich daran gewöhnt.«

»Daran gewöhnt! Mit zwanzig! Das ist doch kaum zu glauben!«

Und da sie auch noch jung war, hatte ich ihr erzählt, wie ich bei jedem Ferienaufenthalt zu Hause zuvor erst einmal meine Röcke verlängern mußte – damals trug man sie sehr kurz – und sie bei der Rückkehr in die Schule mühevoll wieder kürzte. Sie hatte sich halb totgelacht, so lustig fand sie das. Ich fragte mich in jener Nacht, ob das tatsächlich so lustig gewesen war.

»Erst zwanzig«, hatte sie gemeint, »und schon kleingekriegt! Mich werden die hier nie kleinkriegen!«

Vermutlich waren diese Gedanken der Anlaß, daß ich es mir an jenem Abend mit einem Buch in der Bibliothek bequem machte.

In all den Jahren hatte ich es mir zur Gewohnheit gemacht, in den Nächten, in denen Mutter früh zu Bett gegangen war, bei geöffneter Tür in meinem Zimmer zu sitzen, für den Fall, daß sie mich noch brauchte. Jetzt ging ich also hinunter in die Bibliothek und knipste alle Lampen an, alle, nicht nur die, die wir für gewöhnlich benutzten. Inmitten dieser Lichterfülle saß ich, als Annie um halb elf Inspektor Briggs hereinführte.

Er lächelte entschuldigend und kniff sich wieder nachdenklich in die Oberlippe.

»Entschuldigen Sie bitte, Miss Hall, daß ich Sie noch einmal belästige!«

»Das macht doch nichts, Inspektor. Ich bin natürlich gespannt, ob das Wort ›belästigen‹ keine Untertreibung ist. Hier ist ein bequemer Sessel!«

Er setzte sich und machte dabei eine Bemerkung, wie kalt es draußen und wie warm es im Zimmer sei, dann fügte er ziemlich unvermittelt hinzu, daß er auf seinem Weg zurück Jim Wellington zu Hause abgesetzt habe.

»Ich dachte mir, daß Sie das interessieren würde«, sagte er betont beiläufig.

»Ich verstehe gar nicht, warum Sie ihn überhaupt mitgenommen haben«, erwiderte ich.

»Nun, wir Polizisten sind auch keine Wunderknaben«, entgegnete er lächelnd. »Wir sind, wenn es hoch kommt, ein Haufen hart arbeitender, starrköpfiger Leute, und die Tatsache, daß wir Wellington wieder freigelassen haben, bedeutet nicht allzuviel. Fest steht, daß wir inzwischen eine ganze Menge gegen ihn in der Hand haben, allerdings noch nicht so viel, daß wir ihn vor Gericht bringen können, Miss Hall. Dazu bedarf es mehr.«

»Und dabei soll ich Ihnen behilflich sein? Sind Sie deshalb gekommen?«

Er schüttelte belustigt den Kopf.

»Nein«, erwiderte er. »Ich hatte gar nicht die Absicht, hier vorbeizukommen, aber dann sah ich das Licht brennen. Sie sind doch eine intelligente junge Frau und könnten eine gute Zeugin für uns abgeben. Was ich gerne von Ihnen wissen möchte, ist, was Sie letzte Nacht draußen auf dem Gehsteig verloren haben und sich später wieder holten, aber vermutlich werden Sie mir das nicht verraten wollen, stimmt's?«

»Mein Taschentuch.«

»Würden Sie das auch im Zeugenstand aussagen, unter Eid?«

Ich schwieg, und er nickte.

»Sehen Sie, mit welchen Schwierigkeiten wir zu kämpfen haben?« sagte er. »Ich möchte es mir ersparen, Sie in die Zange zu nehmen. Was es auch immer war, vermutlich werden Sie es schon längst vernichtet haben. Aber es ist gut möglich, daß eine solche Verschwiegenheit gerade den falschen Mann auf den elektrischen Stuhl bringt. Denken Sie einmal darüber nach! Mein Kollege meint übrigens, daß es so etwas wie ein Umschlag war.«

Und als ich noch immer nichts sagte, fuhr er fort:

»Wir haben inzwischen Daniels unter die Lupe genommen, den Straßenkehrer, von dem Sie sprachen, und haben nichts Verdächtiges gefunden, kein Blut, keinerlei Hinweise, kein Vorstrafenregister. Er ist ein ruhiger Mann, ein bißchen eigenbrötlerisch, und lebt allein in einer Straße hinter dem Krankenhaus. Lebt dort schon ununterbrochen seit zehn Jahren. Hat im Krieg eine Schrapnellkugel ins Bein abbekommen. Muß sich früh als Freiwilliger gemeldet haben, trotz seines Alters, und scheint niemals eine Rente beantragt zu haben. Ein ganz angenehmer Mensch, wenn auch ziemlich verschlossen. Könnte was Besseres sein, auch wenn er selbst nicht darüber spricht. Aber in diesen schlechten Zeiten muß man nehmen, was man kriegt.«

»Und weil Sie ihn so angenehm finden, verdächtigen Sie lieber Jim Wellington! Habe ich recht?«

Er grinste.

»Nun hören Sie mal gut zu«, sagte er. »Diese Schrapnellkugel bescherte dem Mann ein lahmes Bein. Wenn er einen Pfeiler des Vordaches hinaufgeklettert ist, hätte er dazu beide Arme und Beine benötigt. Und ich kann ihn mir sehr schlecht mit einer Axt zwischen den Zähnen vorstellen.«

Ich mußte zugeben, daß mir bisher nicht aufgefallen war, daß der Mann hinkte.

»Ich nehme an«, sagte ich, »daß sich niemand Straßenkehrer so genau ansieht. Sie sind einfach da.«

Der Inspektor nickte geistesabwesend. Er hatte Daniels bereits von seiner Liste gestrichen.

»Diese zwei Frauen drüben, die Töchter«, sagte er. »Wie ich hörte, sind sie Mr. Lancasters Stieftöchter.«

»Ja. Ich glaube, eigentlich müßten sie Talbot heißen, aber sie waren noch sehr jung, als ihre Mutter wieder heiratete. Sie haben immer den Namen Lancaster benutzt. Die Talbots waren darüber zunächst nicht sehr glücklich, habe ich mir erzählen lassen.«

Danach bat Briggs mich, ihm noch einmal zu schildern, was ich am Nachmittag des Mordes beobachtet hatte, in der Villa und draußen. Besonders interessierte ihn, was geschah, als ich Emily zusammen mit Margaret ins Haus brachte.

»Mr. Lancaster befand sich in der Bibliothek?«

»Ja. Er saß zurückgelehnt in einem Ledersessel und hatte die Augen geschlossen.«

»Können Sie sich noch daran erinnern, was er sagte?«

»Margaret fragte ihn, von wem er es erfahren habe, und er sagte, von Eben. Dann fragte sie ihn, ob er oben gewesen sei, und er verneinte. Als sie hinausgegangen war, um ihm ein Glas Portwein zu holen, fragte er Emily, ob sie es war, die Mrs. Lancaster gefunden habe, und ob sie etwas gehört habe.«

»Und was antwortete sie darauf?«

»Sie sagte, daß sie sich gerade umgezogen und dabei die Tür geschlossen habe. Und als sie zu Margaret hinüberlief, um diese zu alarmieren, sei dort das Wasser im Badezimmer gelaufen. Das ist so ziemlich alles, Inspektor. Erst nachdem er den Port getrunken hatte, fragte er nach dem Geld.«

»Ach, er fragte nach dem Geld?«

»Nicht direkt. Er wollte wissen, ob jemand unter dem Bett nachgesehen habe. Dabei erinnerte Miss Emily sich an das Gold. Sie richtete sich auf und fragte ihn, ob er das meine, und er entgegnete, was er wohl sonst meinen sollte.«

Darüber dachte der Inspektor eine Weile nach.

»Ihrer Meinung nach benahmen sich diese Leute also genauso normal, wie man sich unter solchen Umständen benimmt?«

»Ich weiß nicht, was unter solchen Umständen normal ist, aber ich würde es schon annehmen.«

»Waren sie eher geschockt als tief betrübt?«

»Vielleicht. Ich weiß es wirklich nicht.«

»Kam Ihnen Miss Margaret nicht etwas zu gelassen vor?«

»So verhält sie sich immer, Inspektor.«

»Und Sie selbst, Miss Hall, haben Sie keinen wie auch immer gearteten Verdacht? Denken Sie daran, es wurde ein besonders brutaler Mord begangen! Skrupel sind hier nicht angebracht. Und allein auf einen bloßen Verdacht hin wird niemand auf den elektrischen Stuhl geschickt. Es muß schon hieb- und stichfeste Beweise geben, ehe eine Jury ein Todesurteil fällt, und selbst dann tut man sich manchmal noch schwer damit. Es ist kein Kinderspiel für eine Gruppe Männer, jemanden auf den Stuhl zu befördern.«

Mich schauderte trotz der Wärme im Zimmer.

»Ich habe an nichts anderes mehr denken können, Inspektor, seitdem es passierte. Ich bin so ehrlich, wie ich nur sein kann, wenn ich Ihnen sage, daß ich mir von niemandem, den ich kenne, vorstellen könnte, daß er die arme, alte Frau umgebracht hat.«

»Nicht einmal für Geld?«

»Nicht einmal für Geld. Und was das betrifft, so wissen Sie so gut wie ich, daß das Geld bereits vor dem Mord verschwunden war. Es sei denn, Sie sind bereit, zu glauben, daß jemand Zeit genug hatte, in das Haus einzubrechen, Mrs. Lancaster zu töten, die Truhe zu öffnen, die Beutel auf das Vordach zu schaffen, sie hinunterzuwerfen, zu einem Auto zu tragen, das niemand gesehen hat – selbst Eben und ich nicht –, und das alles in knapp fünfzehn Minuten!«

Er lächelte erneut und begann, sich wieder gedankenvoll in die Lippe zu kneifen.

»Und dabei auch noch die Beutel mit den Bleigewichten ins Haus zu bringen. Vergessen Sie die nicht. Und da wir gerade von den Gewichten reden, was wissen Sie darüber, Miss Hall? Sie werden natürlich für die verschiedensten Zwecke verwendet, hauptsächlich aber, glaube ich, bei Frauenkleidern. Sie sind eine Frau. Angenommen, Sie würden eine Menge davon benötigen. Wie würden Sie sich die Gewichte beschaffen?«

»Ich habe nicht die geringste Ahnung. Vielleicht bei einem Großhandelsunternehmen.«

Er nickte.

»Oder auch bei mehreren«, sagte er. Dann schaute er auf die Uhr und stand auf. »Es ist schon ein total verzwickter Fall. Im allgemeinen ist eine Axt eine Mordwaffe für Männer. Frauen bevorzugen Schußwaffen, wenn sie eine besitzen und wenn es schnell gehen soll. Wenn sie Zeit und Gelegenheit haben, benutzen sie lieber Gift. Warum sollte jemand aus dem Haus, der die alte Dame aus dem Weg schaffen wollte, nicht besser Gift genommen haben? Niemand wäre über ihren Tod überrascht gewesen, nehme ich an, oder hätte gar Verdacht geschöpft.«

Ich erinnere mich noch an jedes seiner Worte, obwohl ich nur mit halbem Ohr zuhörte. Mich hatte das getroffen, was er bezüglich Skrupel gesagt hatte. Alle Leute vom Crescent Place, das wußte ich, betrachteten die Polizei mit Abscheu und Verachtung. Sie würden ihr so wenig wie möglich behilflich sein und doch erwarten, daß sie den Mord aufklärte. Das war nicht fair, fand ich. Und es stimmte: Auf einen bloßen Verdacht hin schickte man niemanden auf den elektrischen Stuhl.

Ich mußte mich schnell entscheiden, denn der Inspektor war im Begriff zu gehen. Von dem Goldstück, das nicht weit von Jims Haus gefunden wurde, wollte ich lieber nichts sagen. Auch von dem Handschuh nicht, obwohl ich bereits kurze Zeit später feststellen mußte, daß ich damit einen Fehler beging, der sich als so verhängnisvoll erwies, daß ich deswegen jetzt noch manchmal nachts aus dem Schlaf aufschrecke. Aber das mit den Daltons war etwas anderes.

Und so erzählte ich dem Inspektor alles, was ich in der Nacht zuvor gesehen und gehört hatte.

Er hörte mit gespanntem Interesse zu. Ich bemerkte, daß er aufhorchte, als ich erzählte, wie Mr. Dalton zu seiner Frau gesagt hatte: »Das ist purer Wahnsinn, Laura, mit all den Polizisten hier«, und wie sie geantwortet hatte, daß sie darum nichts gebe, je mehr, desto besser. Auch schien er irritiert darüber zu sein, daß die beiden unangefochten bis zu dem Holzschuppen gekommen waren, ohne daß der Polizist, der auf der Rückseite des Hauses Wache hielt, sie bemerkt hatte, obwohl ich darauf hinwies, daß die Lancasters gerade deshalb so dichtes Gebüsch angepflanzt hätten, um den Schuppen dahinter zu verbergen. Aber es waren besonders die letzten Worte, über die er einige Zeit nachdachte.

»Also, was hast du gefunden?«

»Ich weiß, was ich suche. Das ist schon etwas.«

Und über Mr. Daltons seltsame und ärgerliche Bemerkung: »Wenn du mir nur immer eine gute Frau gewesen wärst.« Und über ihre Feststellung, daß man sie nicht festhalten könne, nicht eine Minute.

»Womit angedeutet ist, daß wir ihn sehr wohl festhalten könnten«, sagte er und kniff sich wieder in die Lippe. »Nun, das ist interessant, höchst interessant. Und sind Sie sicher, daß sie ›sie‹ sagte; ›Ich werde sie schon finden?‹«

»Absolut sicher.«

»Und der junge Talbot meint, daß Peggy irgend etwas weiß! Natürlich könnte sie sich einen Abdruck des Truhenschlosses besorgt haben. Wann war es, sagten Sie, daß Talbot Mr. Dalton am Holzschuppen gesehen hat?«

»Gestern am frühen Morgen. Am Morgen des Tages, an dem das Verbrechen begangen wurde.«

»Und was hatte Talbot selbst dort zu suchen?«

»Er hielt Ausschau nach einem verschlagenen Golfball. Beide, Mr. Dalton und er selbst, üben öfter dort drüben kurze Schläge.«

Der Inspektor stand wieder auf und reichte mir seine große, zuverlässige Hand.

»Ich bin Ihnen zu großem Dank verpflichtet«, sagte er, »denn ich weiß, daß Ihnen das nicht leichtgefallen ist. Aber wenn Dalton in den Fall verwickelt ist, dann wurde es Zeit, daß wir davon erfuhren. Natürlich werde ich Sie aus der Sache raushalten. Die Daltons müssen nicht erfahren, wer sie belauscht hat. Vielleicht handelt es sich dabei ja auch nur um eine eifersüchtige Frau, die lediglich hinter ein oder zwei kompromittierenden Briefen hinterher war. Ich nehme an, daß Sie nicht genau wissen, weshalb die Daltons auf diese Weise zusammenleben? Nicht miteinander reden und so weiter?«

»Es könnte da mal eine andere Frau gegeben haben. Aber das ist natürlich schon Jahre her.«

»Eifersüchtige Frauen können sehr nachtragend sein, Miss Hall. Sie scheinen irgendwie Vergnügen daran zu finden. Eines ist jedenfalls sicher: Auf die alte Mrs. Lancaster war sie wohl kaum eifersüchtig.«

Er machte nur noch eine Bemerkung an jenem Abend, an die ich mich erinnere, und die machte er mehr zu sich selbst.

»Was ich nicht verstehe, ist die Sache mit dem Truhenschlüssel. Der einzige Grund, ihn verschwinden zu lassen, könnte eigentlich nur sein, Zeit zu gewinnen; um ungehindert zu entkommen, zum Beispiel, oder aber, um Zeit zu haben, sich das Gold vom Hals zu schaffen. Aber niemand, der mit dem Fall in Verbindung steht, hat bisher auch nur den geringsten Versuch in dieser Hinsicht unternommen.«

Es war diese Äußerung, aus der ich schloß, daß wir alle viel intensiver unter Beobachtung standen, als wir es bisher vermutet hatten.

Kapitel 15

Der Inspektor hatte mir eine Menge zu denken gegeben. So saß ich denn, nachdem er gegangen war, in der Bibliothek, ließ noch einmal die Bewohner der Lancaster-Villa vor meinem geistigen Auge Revue passieren und überlegte, was ich über sie wußte: Mr. Lancaster der täglich spazierenging; Emily, die ihre Ersatzbefriedigung aus der Leihbibliothek bezog; Margaret, die sich so verzweifelt bemühte, jung zu bleiben. Und Peggy, das nette, fröhliche Mädchen, das vielleicht durch die Aufmerksamkeiten eines Gentlemans wie Mr. Dalton vom rechten Weg abgekommen war. Aber meine Gedanken bewegten sich im Kreis. Wer von ihnen wäre wirklich imstande gewesen, solch eine brutale Tat zu begehen? Und wie hätte es ein Verbrecher, im wahrsten Sinne des Wortes mit Blut befleckt, schaffen können, aus einem verriegelten und verrammelten Haus zu flüchten, hinaus in einen strahlenden Sommertag, ohne daß man ihn auf der Stelle entdeckt hätte?

Mary kam erst um halb zwölf zurück, zu einer so späten Stunde also, daß es Mutter die Sprache verschlagen hätte, hätte sie davon gewußt. Ich wartete, bis sie und Annie sich mit Gewißheit schlafen gelegt hatten, dann ging ich hinaus auf die Küchenveranda, um meine recht unangenehme Aufgabe zu erledigen.

Ich fühlte mich seltsam nervös und ängstlich. Die spannungsvolle Atmosphäre des gestrigen Tages war inzwischen verflogen, und mit ihr war auch der größte Teil meiner Courage verschwunden. Die Tatsache, daß es draußen eine mondhelle, kalte Nacht war, schien die Dinge nur noch zu verschlimmern. Der Mondschein verstärkte alle Schatten, und der Wind verwandelte die Büsche und Bäume in lebendige, bedrohliche Gestalten, die sich bewegten. Selbst aus Holmes' Zimmer über der Garage fiel kein beruhigender Lichtschein, denn auf Mutters Anordnung verbrachte er die Nacht wieder bei uns im Haus – ziemlich ungern, wie mir vorkam.

Ich hatte vor, den Handschuh im Heizkessel zu verbrennen. Während ich in der Mülltonne nach ihm wühlte, grauste mir bereits vor dem dunklen Keller. Und dann, als ich ihn endlich gefunden hatte und aufblickte, entdeckte ich direkt unter mir auf dem Pfad einen Mann! Das gab den endgültigen Ausschlag. Gleichgültig, ob Polizei oder nicht, der Handschuh mußte verbrannt werden, ehe er jemand anderem in die Hände fiel. Vollkommen hysterisch vor Furcht und Angst lief ich ins Haus und rannte die Kellertreppe hinunter.

Ich erinnere mich, daß ich nur kurz innehielt, um das Kellerlicht oben an der Treppe anzuknipsen, dann jagte ich die Stufen hinunter. Unten blieb ich abrupt stehen. Mir fiel ein, daß ich in meiner Aufregung nicht die Tür zur Veranda verriegelt hatte, was natürlich Wahnsinn war. Mein erster Impuls war, wieder nach oben zu laufen, um dies nachzuholen. Aber da war der Handschuh in meiner Hand, gefährlich und möglicherweise gefahrbringend, und vor mir lag der lange Gang zum Heizungskeller mit den dunklen Türöffnungen links und rechts.

Ich hatte meine Wahl zu treffen, und ich traf sie. Kurz entschlossen lief ich also weiter zum Heizungskeller. Gerade passierte ich den Verschlag, in dem unser Kaminholz aufbewahrt wird, als ich jemanden die Kellertreppe herunterkommen hörte.

Ich bezwang mich, blickte zurück und blieb wie erstarrt stehen. Selbst wenn das Haus in Flammen gestanden hätte, hätte ich mich in diesem Moment nicht bewegen können. Aber diese furchterregenden Schritte kamen unbarmherzig näher, schwere Schritte, die sich vergeblich bemühten, leise zu sein. Mit schier übermenschlicher Anstrengung sprang ich in den Holzverschlag, stolperte über ein herumliegendes Scheit und blieb halb besinnungslos liegen.

Der Schein einer Taschenlampe fiel mir ins Gesicht, und eine fremde Stimme, die mir jedoch nicht ganz unbekannt vorkam, sagte:

»Oh, ich bin vollkommen untröstlich!«

»Wer sind Sie?« stammelte ich. Ich war geblendet und konnte nichts erkennen.

Die Stimme lachte ein bißchen.

»Ich bin ein Freund«, erhielt ich zur Antwort, »obwohl ich mich nicht wundern würde, wenn Sie das bezweifeln. Sind Sie verletzt?«

Ich richtete mich auf und konnte die Umrisse eines großen Mannes erkennen, der sich zu mir niederbeugte.

»Ich bin hauptsächlich erschrocken und habe Angst«, entgegnete ich. »Wenn Sie sich ans Licht begeben würden, könnte ich sehen, wer Sie sind.«

Der Fremde kam unverzüglich meiner Bitte nach, und ich stellte fest, daß es sich um den Mann handelte, der den Gasherd der Wellingtons in die Luft gejagt hatte. Aber ich entdeckte noch etwas anderes: In der linken Hand hielt er die Taschenlampe, aber in der rechten blitzte eine blauschimmernde Automatik. Er bemerkte meinen Blick und steckte die Pistole rasch weg.

»Ich muß mich noch einmal entschuldigen«, sagte er leichthin. »Wissen Sie, als ich Sie auf der Veranda hörte, dachte ich, es handele sich um einen Einbrecher. Und da die Luft hier herum momentan ziemlich ungesund ist, bin ich Ihnen gefolgt. Warum um Himmels willen haben Sie die Tür nicht hinter sich verriegelt? Sie sollten es doch besser wissen!«

»Ich vergaß es einfach«, erwiderte ich verlegen.

»Das ist wirklich bemerkenswert«, meinte er und sah mich belustigt an. »Wirklich bemerkenswert! Jedermann sonst am Crescent Place verrammelt seine Türen zum Schutz vor einem wahnsinnigen Mörder oder vor dem bedauernswerten Jim, und Sie vergessen einfach, die Verandatür zu verriegeln!«

Und in diesem Moment fiel mir ein, woher ich ihn kannte.

»Jetzt erinnere ich mich wieder!« sagte ich. »Sie sind ein Freund von Jim, nicht wahr? Ich habe Sie einmal abends drüben gesehen, als Helen eine Party gab.«

»Eine ihrer vielen Parties«, bemerkte er trocken. »Nun ja, jeder Mann nach seinem Geschmack; genauso wie jede Frau auch«, fügte er hinzu. »Soll ich nun hinaufgehen und nachsehen, was Sie in der Mülltonne versteckt haben, oder werden Sie es mir verraten?«

»Sind Sie ein Polizist?«

»Wollen Sie mich beleidigen, junge Frau?«

Aber der Ausdruck seiner Augen war ernst.

»Hören Sie«, sagte er, »können wir nicht in die Waschküche gehen und uns auf die Bottiche oder sonstwohin setzen? Sie und ich, wir haben bestimmt einiges zu bereden, und mir tut noch immer mein Bein von dem Sturz weh.« Und als ich zögerte, setzte er hinzu: »Jim baut auf Sie, Miss Lou, auf Sie und auf mich, und er steckt ziemlich tief in der Patsche!«

Das gab den Ausschlag. Ich ging zurück in den Holzverschlag, holte den Handschuh und händigte ihn ihm aus.

»Ich habe nichts in der Mülltonne versteckt, sondern ich habe dies hier herausgeholt, und das könnte Jim auf den elektrischen Stuhl bringen«, sagte ich zitternd.

Er nahm den Handschuh und untersuchte ihn eingehend. Dann ging er wortlos voran in die Waschküche. Dort setzte ich mich auf eine Kiste, während er sich auf dem Bügeltisch niederließ (am Crescent Place wird die Tischwäsche noch auf einem Tisch gebügelt), und erzählte ihm dann die ganze Geschichte. Als ich fertig war, tat er dasselbe, was Mutter getan hatte. Er hielt den Handschuh unter die Nase und roch daran.

»Riecht tatsächlich nach Schuhwichse«, sagte er. »Und nach etwas anderem«, fügte er taktvoll hinzu. »Es ist kaum zu glauben, aber da haben wir ihn!«

»Wen haben wir da?«

»Den fehlenden Beweis. Ich frage mich . . .« Er unterbrach sich und strahlte mich an. »Damit haben Sie Jim wirklich eine Chance vermittelt, seine erste, und er braucht sie dringend! Nun erzählen Sie mir das Ganze noch einmal.«

Das tat ich, während er unbeholfen vor mir auf dem Bügeltisch hockte und mir zuhörte, ohne mich zu unterbrechen. Als ich geendet hatte, nickte er, steckte den Handschuh in die Tasche und sprang wieder auf die Füße.

»Gute Arbeit, Miss Lou!« sagte er. »Es würde interessant sein zu wissen, wo Margaret Lancaster den Handschuh fand und ob sie ihn lediglich aus purer Menschenfreundlichkeit loswerden wollte. Aber das kann warten. Wichtig ist zunächst, daß wir ihn haben. Vor uns liegt noch ein langer Weg, kleines Fräulein, und es wird verflixt nicht einfach sein, Jims Unschuld zu beweisen. Aber deshalb bin ich ja hier, und Sie werden mir bestimmt dabei helfen, nehme ich an.«

»Ich werde alles tun, was ich kann«, erwiderte ich zitternd und brach unvermittelt in Tränen aus. Er tätschelte mir tröstend die Schulter. Dabei bemerkte ich, daß er immer noch schwach nach verbranntem Haar roch, und mußte unwillkürlich lächeln. Er bemerkte meinen Blick und befühlte bedauernd seine versengten Augenbrauen.

»Ich muß zugeben, daß ich einiges von meinem guten Aussehen eingebüßt habe«, sagte er. »Sie werden es vielleicht nicht glauben, aber es ist wahr. Im Moment bin ich ganz froh darüber, daß es eine kühle Nacht ist, denn ohne meine Augenbrauen gleiche ich einem Haus, das seine Dachtraufen eingebüßt hat.«

Der Unsinn, den er da von sich gab, half mir, meine Fassung zurückzugewinnen, was er zweifellos beabsichtigt hatte.

Was allerdings ihn selbst und den Grund seines Hierseins betraf, zeigte er sich nicht sehr mitteilsam. Es schien, daß er ganz woanders lebte.

»Ich bin hier, weil Jim in der Patsche steckt«, erklärte er mehr nebenbei. »Wir sind alte Korpsbrüder, müssen Sie wissen. Ein Wort genügt, und der eine steht dem anderen bei. Wobei in diesem Fall übrigens Schweigen erste Bürgerpflicht ist.«

Das war mein zweites Zusammentreffen mit Mr. Herbert Ranchester Dean, von Helen meist Bertie Dean genannt, dem Kriminologen, dem schließlich in Zusammenarbeit mit der Polizei die Aufklärung der Morde vom Crescent Place gelang. Es dauerte allerdings einige Tage, ehe ich von seinem Beruf erfuhr, und ein paar Wochen, ehe ich sein Laboratorium kennenlernte, das mich beim ersten Besuch sehr stark an das erinnerte, in dem Mutter ihre alljährlichen Gesundheitstests vornehmen ließ.

Aber mir persönlich gab er von sich selbst und seiner Arbeit die beste Beschreibung, als nach fast zwei Wochen die Herrschaft von Tod und Schrecken am Crescent Place gebrochen war und die Zeitungen überall im Land die Lösung des Rätsels verkündeten.

»Ich bin kein einsamer Wolf«, sagte er da, »sondern ich jage mit dem Rudel. Tatsache ist, daß ich ohne die Polizei hilflos wäre, während umgekehrt sie mich nur gelegentlich hinzuzieht. Zum einen verfügt sie einfach über den entsprechend großen Apparat. Was ich ihr voraushabe, sind ein paar Spezialkenntnisse von diesem und jenem. Man kann es so ausdrücken, daß ich mich um die unbedeutenden Einzelheiten kümmere, während sie sich mit dem großen Ganzen befaßt.

Ihr Apparat besteht aus vielen Leuten, Funk, Fernschreiber und einer Menge Akten – all dem, was das Geschäft von Recht und Ordnung ausmacht. Mein Apparat ist wesentlich kleiner und besteht zur Hauptsache aus einem Mikroskop. In diesem Fall habe ich dazu enormes Glück gehabt. Normalerweise wäre das Aufspüren der Handschuhe ihre Sache gewesen – sie findet sie, und ich erkläre ihr, daß sich Schuhwichse darauf befindet, falls ihre Nasen versagen!

Was die Handschuhe betrifft, so mußten sie existiert haben; zwei davon, denn die Polizei wußte sehr gut, daß man zwei Hände benötigt, um mit einer Axt zuzuschlagen. In diesem Fall gelangten sie durch eine junge Dame namens Louisa Hall in meinen Besitz, einer nach dem anderen, und damit war klar, wie sich der Mord zugetragen hatte. Nur die Identität des Täters mußte noch festgestellt werden«, fügte er mit seinem charakteristischen spöttischen Lächeln hinzu.

Aber wie gesagt, davon wußte ich in jener Freitagnacht, der zweiten Nacht, nachdem Mrs. Lancaster umgebracht worden war, noch nichts, geschweige denn von Herbert Deans Reputation bei der Polizei vieler Städte. Und ich wußte nichts davon, daß ihn ein Telegramm von Jim innerhalb weniger Stunden achthundert Kilometer weit in einem Flugzeug hergeholt hatte. Nur der Polizei war dies bekannt. Sein erster Besuch am Freitagnachmittag, direkt nach seiner Ankunft, hatte dem Polizeichef gegolten, nachdem Herbert mit Jim gesprochen hatte.

»Was ich zunächst tun möchte«, hatte er dem Polizeichef erklärt, »ist, mir ein oder zwei Tage lang erst einmal einen Überblick darüber zu verschaffen, wie die Dinge stehen, ehe selbst Ihre eigenen Leute erfahren, daß ich meine Finger mit im Spiel habe. Wenn Sie damit einverstanden sind . . .«

»Ich bin mit allem einverstanden, Dean. Wir sitzen in der Klemme, und sie droht, über uns hereinzubrechen. Da heißt es: schwimmen oder untergehen.« Und nachdem der Polizeichef so seine Metaphern durcheinandergemischt hatte, wollte er von Herbert Dean wissen, wie er vorzugehen beabsichtige.

»Ich nehme zum Schein eine Stellung im Wellington-Haus an. In irgendeiner Weise hängt der Fall eng mit dem Crescent Place zusammen, Blake; das kann gar nicht anders sein. Und vielleicht plaudern die Dienstboten dort.«

Diese optimistische Erwartung sollte sich allerdings nicht erfüllen. Unsere Dienstboten mögen wohl untereinander geredet haben, mit großer Wahrscheinlichkeit sogar. Aber mit Mr. Herbert Ranchester Dean, Kriminologe und zeitweiliger Butler und Koch bei Jim Wellington, tauschten sie nie mehr als einen höflichen Gruß aus.

Doch von all dem wußte ich, wie gesagt, noch nichts, als Mr. Dean in jener Nacht den Handschuh in eine alte Zeitung einwickelte und wie ein Schatten durch die Verandatür verschwand, die ich hinter ihm schloß und verriegelte. Erst als ich mich wieder oben in meinem Zimmer befand, befielen mich Zweifel. Immerhin besaß ich nichts als sein Wort, daß er für Jim arbeitete, und die vage Erinnerung daran, ihn einmal bei einer Party auf Jims Veranda gesehen zu haben. Es war schon weit nach zwölf, ehe ich wieder mein Zimmer betrat. Lange Zeit lief ich dort auf und ab, von Unruhe geplagt und recht unglücklich.

So zeigte meine Uhr schon zwei Uhr in der Frühe an, als ich mich endlich auszog, die Lampe löschte und ans Fenster trat, um die Jalousie hochzuziehen.

Ich war noch so aufgeregt, daß ich unmöglich schlafen konnte. Deswegen blieb ich einen Augenblick am Fenster stehen. Draußen lagen die beiden Gärten mit dem Rasenstück, das Eben gemäht hatte, als Miss Emily schreiend aus dem Haus stürzte. Die Grenze zwischen unseren Grundstücken wird von einer Reihe hoher, schlanker Pyramidenpappeln markiert. Und dort erweckte plötzlich eine Bewegung meine Aufmerksamkeit.

Halb verborgen hinter dem Stamm einer der Pappeln stand ein Mann. Während ich ihn beobachtete, verließ er sein Versteck und entfernte sich, behend von Baum zu Baum schleichend, in der Richtung zum Niemandsland. Nach dem Erreichen der letzten Pappel ließ er alle Vorsicht fahren und lief eiligst weiter. Wer er war, ob groß oder klein, dick oder dünn, konnte ich nicht erkennen.

Wie gebannt vor Erstaunen starrte ich weiter aus dem Fenster. Drüben, hinter den Bäumen verborgen, lag die Lancaster-Villa. Nur der Seiteneingang und ihr Dach über den Bäumen waren von meinem Standort aus genau zu erkennen. Das Haus war unbeleuchtet, mit Ausnahme eines schwachen Lichtes, das Mr. Lancaster für gewöhnlich in seinem Badezimmer brennen ließ. Erst als mein Blick zum Dach weiterwanderte, entdeckte ich etwas Ungewöhnliches. Mein anfängliches Erstaunen verwandelte sich in wirkliche Besorgnis.

Dort auf dem Dach turnte ein anderer Mann herum, auf jeden Fall eine menschliche Gestalt. Sie bewegte sich nicht aufrecht, sondern kroch langsam auf Händen und Knien voran. Hin und wieder hielt sie inne und schien über die Dachkante zu lugen, dorthin, wo die Mansarde des Dachgeschosses in einer Dachrinne endet. Das Ganze nahm sich im Schein des Mondlichtes so zielstrebig und grauenerregend aus, daß ich mich zunächst kaum rühren konnte. Endlich riß ich mich zusammen, lief hinunter in die Halle zum Telefon und rief bei den Lancasters an.

Es war Emily, die sich meldete. Ihre Stimme klang schwerfällig und verschlafen.

»Hallo, wer ist da?« sagte sie.

»Hier ist Louisa Hall, Miss Emily.«

»Um Himmels willen, Louisa, ist etwas passiert? Ich habe ein Schlafpulver genommen und war gerade eingeschlafen.«

»Hören Sie gut zu, Miss Emily! Bitte erschrecken Sie nicht, und machen Sie keinen Lärm! Ich glaube, es ist jemand auf Ihrem Dach.«

»Auf dem Dach?« wiederholte sie verschlafen. »Sind Sie sicher?«

»Ja! Er muß eine Leiter benutzt haben, um dorthin zu gelangen. Wenn Sie jemanden wecken und die Leiter wegnehmen, kommt er nicht mehr runter. Ich alarmiere inzwischen die Polizei.«

Sie antwortete nicht sofort. Vermutlich stand sie, noch benommen von dem Schlafmittel, unschlüssig herum. Endlich meldete sie sich wieder.

»Ich kann es noch immer nicht glauben, aber ich sage Margaret Bescheid.«

Sie hängte nicht einmal den Hörer ein, und ich fragte mich schon, ob etwas passiert sei, als ich sie durch die Halle tapsen hörte, und wußte, daß sie auf dem Weg zu Margaret war.

Als ich zurück in mein Zimmer lief und noch einmal einen Blick auf das Dach warf, war die Gestalt verschwunden. Vermutlich hatte sie durch die geöffneten Fenster das Läuten des Telefons gehört. Heute bin ich ziemlich sicher davon überzeugt. Jedenfalls war der Teil des Daches, den ich überblicken konnte, leer. Nachdem ich auf die Straße gelangt war und den Polizisten gefunden hatte, der noch immer am Lancaster-Haus Wache hielt, konnten wir keine Leiter oder sonst etwas entdecken. Er zeigte sich ziemlich skeptisch.

»Vielleicht haben Sie das alles nur geträumt, Miss.«

»Geträumt? Ich habe noch nicht einmal im Bett gelegen!«

Er musterte mich scharf im Mondlicht.

»Sie scheinen hier aber ziemlich spät zu Bett zu gehen, für solch ein ruhiges Plätzchen«, meinte er.

»Vielleicht denken Sie, daß dieser Ort ruhig ist«, erwiderte ich. »Ich persönlich tue das nicht!«

Margaret gesellte sich auf der Eingangsveranda zu uns. Sie war genauso verwirrt wie wir.

»Sie müssen sich getäuscht haben, Louisa«, sagte sie mit besorgtem Stirnrunzeln. »Ich habe mir Vaters Revolver geholt und bin mit Emily in die Zirbelstube hinaufgelaufen. Die Leiter steht an ihrem Platz, und nichts ist in Unordnung.«

Ich erklärte dem Polizisten, daß sich sowohl in unserer wie auch der Villa der Lancasters im Dachgeschoß ein kleiner Raum befindet, den wir die Zirbelstube nennen. Dieser hat in der Decke eine Falltür. Mit Hilfe einer transportablen Leiter können die Männer, die von Zeit zu Zeit die Dachrinnen streichen, von dort aufs Dach gelangen. Diese Leiter war es, die Margaret erwähnt hatte. Während ich mich wieder nach Hause begab, nahm sie den Polizisten mit in die Zirbelstube. Einige Minuten später sah ich von meinem Zimmer aus, wie er auf dem flachen Dach stand und sich umsah. Offensichtlich konnte er nichts Verdächtiges entdecken, denn kurz darauf war er wieder verschwunden.

Das alles geschah, wie ich bereits sagte, in der Freitagnacht, eigentlich eher schon am frühen Samstagmorgen. Es war nämlich schon halb drei, als ich endlich ins Bett kroch und erschöpft in einen tiefen Schlaf versank.

Kapitel 16

Wir pflegen am Crescent Place nie länger zu schlafen, gleichgültig, wie kurz die Nacht vorher gewesen sein mag. Und im Bett gefrühstückt wird, wie ich bereits erklärte, nur in Ausnahmefällen. Mutter ging es an jenem Samstag morgen wieder besser. So saß ich zusammen mit ihr im Speisezimmer beim Frühstück, als Miss Margaret durch die Glastür hereinkam.

Obwohl es noch nicht neun Uhr war, war sie bereits für die bevorstehende Leichenschau angekleidet. Zu ihrem schwarzen Trauerkleid trug sie einen passenden Hut mit einem Kreppschleier. Sie war gekommen, um darum zu bitten, daß Holmes während ihrer Abwesenheit auf das Lancaster-Haus aufpaßte.

»Es widerstrebt mir, es ohne Aufsicht zu lassen«, sagte sie. »Wir sind nämlich alle zur Leichenschau bestellt, auch das Personal.«

»Natürlich, Margaret«, sagte Mutter, »obwohl er ängstlich wie ein Kaninchen ist. Aber wenn Sie wollen – herzlich gern. Louisa kann mit den Daltons fahren, wobei ich mich allerdings noch immer frage, warum sie überhaupt mitgehen will.«

Emily, so erklärte Margaret, fühle sich nicht wohl und schliefe noch. Sie habe in den letzten zwei Tagen ständig unter der Einwirkung von Beruhigungsmitteln gestanden, und sie wolle sie deshalb nicht vorzeitig wecken. Als Mutter das hörte, bestand sie darauf, ihr später eine Hühnersuppe hinüberzuschicken, und ging für ein oder zwei Minuten hinaus, um Mary entsprechende Anweisungen zu geben.

Ich sehe immer noch Margaret vor mir, wie sie hastig ihren Schleier hochhebt und sich zu mir herüberbeugt.

»Louisa«, sagte sie leise, »was haben Sie genau letzte Nacht auf unserem Dach gesehen?«

»Ich weiß es nicht«, antwortete ich ehrlich. »Es sah wie ein Mann aus, der auf Händen und Knien herumkroch.«

»Auf Händen und Knien!« wiederholte sie überrascht. »Und er kroch einfach da herum, sagen Sie?«

»Vermutlich tat er das, um ungefährdet an die Dachkante zu kommen. Jedenfalls hatte ich diesen Eindruck.«

»Und als er an der Kante war?«

»Da spähte er hinunter in die Dachrinne, glaube ich.«

»Und Sie haben das wirklich nicht geträumt?«

»Ich habe noch nicht einmal im Bett gelegen, Miss Margaret«, sagte ich.

»Um zwei Uhr nachts?« Ihre wachen Augen durchbohrten mich forschend, und ich fühlte, wie ich errötete.

»Mir gingen so viele Gedanken im Kopf herum.«

Das schien sie zufriedenzustellen. Sie zog den Schleier wieder herunter und nickte.

»Natürlich wegen Jim! Louisa, ich würde Sie bitten, das Ganze für sich zu behalten. Unsere Dienstboten stehen sowieso schon auf dem Sprung, uns zu verlassen. Und vielleicht haben Sie sich ja auch geirrt. Als ich mir Vaters Pistole besorgt hatte und mit Emily in die Zirbelstube kam, war die Falltür jedenfalls verschlossen, und die Leiter stand an ihrem Platz. Ich konnte Emily davon überzeugen, daß Sie einen Alptraum hatten, und dabei sollten wir es besser belassen. Ich würde mit ihr nicht mehr darüber reden, auch mit sonst niemandem.«

Natürlich sagte ich ihr das zu.

Vielleicht habe ich bis jetzt noch zu wenig von der Aufregung erzählt, den dieser Mord in der Öffentlichkeit verursachte; habe noch zu wenig von den sensationslüsternen Mengen gesagt, die von einem uniformierten Polizisten an der Einfahrt zum Crescent Place zurückgehalten werden mußten und die statt dessen versuchten, über die Euclid Street und das Niemandsland bis zu uns vorzudringen und auch von dort regelmäßig vertrieben werden mußten; nichts von der Presse, die sich mitten in der Sauregurkenzeit natürlich begierig auf unseren Fall stürzte. Und es ist außerdem möglich, daß ich bis dahin die Bedeutung, die uns Anwohnern des Crescent Place in der Stadt zugemessen wurde, unterschätzt hatte.

In jeder Stadt, so meine ich, wohnen wohl einige alte Familien, die zu ihrer Zeit die lokale Geschichte bestimmt haben. Allmählich sind sie dann aus den Gesellschaftsspalten der Zeitungen verschwunden und tauchen lediglich noch in den Nachrufen auf, denn manchmal mußten ihre Familienmitglieder wohl erst sterben, damit man sich wieder an sie erinnert. Wie dem auch sei, ihre Namen sind noch immer von Bedeutung, und selbst ihr normales Ableben ist eine Nachricht wert.

Nun war aber in einer dieser Familien ein schrecklicher, grauenerregender Mord verübt worden. Dies hatte die Presse und die gesamte Öffentlichkeit veranlaßt, sich unserer nicht nur mit Neugier, sondern sogar mit einem gewissen Stolz wieder zu erinnern. Zu unserer eigenen Verwunderung erfuhren wir nun aus der Presse, daß wir zu den letzten Mohikanern einer exklusiven Gesellschaftsklasse und zu den letzten Überlebenden eines schon vergangen geglaubten, vornehmeren Zeitalters gehörten; daß selbst Königshäuser leichter zugänglich waren als wir und daß unsere Einladungen unter den *Nouveaux riches* unserer Stadt heißbegehrt waren.

Diese Zeitungsartikel zeigten bereits Wirkung, als wir am Samstagvormittag in unseren verschiedenen Autos zur Leichenschau in die Stadt fuhren. Vor der Einfahrt zum Crescent Place drängelte sich, als ich mit den Daltons wegfuhr, eine große Menschenmenge, und in der Stadt hatten sogar zusätzliche Polizeieinheiten aufgeboten werden müssen, um die Massen zu bändigen, die zusammengeströmt waren, um einen Blick auf die trauernden Familienangehörigen zu erhaschen.

Ich war darauf nicht vorbereitet gewesen, und um mein Unbehagen noch zu verstärken, erwies sich auch noch die Mitfahrt im Wagen der Daltons als wenig erfreulich. Bryan Dalton sprach kaum ein Wort und konzentrierte sich ganz auf den Wagen. Hin und wieder fuhr er mit dem Zeigefinger unter seinen makellosen Hemdkragen, als fürchte er zu ersticken. Dafür hatte seine Frau, die blaß und nervös neben mir im Fond des Wagens saß, fast unablässig geredet; wie mir schien, waren ihre Worte mehr für ihn als für mich bestimmt.

»Sie wissen genauso gut wie ich, Louisa«, sagte sie, »daß dies nicht die Tat eines Wahnsinnigen ist. Ich bin der Meinung, daß sie bis in die letzte Einzelheit geplant wurde. Und wer kommt dafür nur in Frage?«

»Ich habe nicht die blasseste Ahnung«, entgegnete ich pflichtschuldigst.

»Denken Sie doch mal nach! Es muß jemand sein, der sich genau im Haus auskennt, habe ich recht?«

»Sie denken doch nicht an jemanden aus der Familie!«

»Das habe ich nicht behauptet!« entgegnete sie scharf. »Es gab auch andere Möglichkeiten, alles auszukundschaften. Und obwohl so viel Geld verschwunden ist, muß Mrs. Lancaster noch eine Menge hinterlassen haben. Die beiden Töchter werden bestimmt nicht leer ausgehen.«

Das war das einzige Mal, daß Mr. Dalton sich in die Unterhaltung einmischte. Ohne den Kopf zu wenden, sagte er:

»Würden Sie meiner Frau erklären, Louisa, daß ihr Gerede über Geld zum jetzigen Zeitpunkt von einem ausgesprochen schlechten Geschmack zeugt?«

Sie lachte kurz und bitter auf.

»Mich würde interessieren«, sagte sie, »wann Mr. Dalton jemals zuvor ein Gespräch über Geld als geschmacklos erachtet hat.«

So war ich heilfroh, als wir endlich am Gerichtsgebäude ankamen. Die Polizei mußte uns mühsam eine Gasse durch das Blitzlichtsperrfeuer der Fotoreporter und die gaffende Menge bahnen.

Es war die erste Leichenschau, an der ich teilnahm. Auch einem Coroner, der die Verhandlung zu führen hatte, war ich noch nie zuvor in meinem Leben begegnet. Dieser hier entpuppte sich als ein ziemlich kurz angebundener Mensch, der eingangs den sechs Männern der Jury und den Zeugen erläuterte, daß es sich bei einer Leichenschau um eine gerichtliche Voruntersuchung handele, daß sie in vielen Zügen der Verhandlung vor einem Amtsrichter gleiche und daß die Zeugen unter Eid vernommen würden.

»Was wir heute hier erwarten«, erklärte er der Jury, »sind die wahrheitsgemäßen Aussagen aller Zeugen, die es Ihnen ermöglichen, einen Spruch in Übereinstimmung mit den Fakten zu fällen.«

Ich nehme an, daß die Jury die Leiche bereits in Augenschein genommen hatte, denn einige der Männer sahen ziemlich blaß aus. Die Identifikation, die Dr. Armstrong im Auftrag der Familie vornahm, dauerte nur kurze Zeit.

Anschließend wurde der Gerichtsmediziner aufgerufen und zur Beschaffenheit der tödlichen Wunden befragt. Er erklärte, daß sie von fünf Axthieben herrührten, von denen jeder einzelne das Opfer bereits sofort getötet haben würde. Die meisten Hiebe seien gegen die rechte Schläfe geführt worden. Einer habe jedoch den Hals getroffen und sowohl die Halsschlagader wie die Jugularvene durchgetrennt.

Er hielt es für unwahrscheinlich, daß das Opfer den ersten Hieb überlebt oder irgendwelche Schmerzen verspürt habe. Dies sagte er wohl, um die Familie zu trösten.

Danach wurde der Jury ein Lageplan des Crescent Place und ein detaillierter Plan der Lancaster-Villa vorgelegt. Anschließend wurde als erster Zeuge Emily Lancaster aufgerufen, die die Leiche entdeckt hatte.

Ich glaube kaum, daß Doktor Armstrong es von sich aus gewünscht hätte, daß Miss Emily in den Zeugenstand trat, aber sie hatte darauf bestanden. So verabreichte er ihr ein Riechsalz und führte sie persönlich nach vorn. Im Zuschauerraum erhob sich ein mitleidiges Murmeln, das einem atemlosen Schweigen wich, als sie mit ihrer Aussage begann.

Was den Zeitpunkt betraf, war sie vollkommen sicher.

»Ich habe nicht umsonst lange Jahre pünktlich nach der Uhr gelebt«, erklärte sie. Ansonsten war ihre Geschichte bis auf eine zusätzliche Einzelheit dieselbe, die sie bereits der Polizei berichtet hatte: Als sie bereits teilweise angezogen war, hatte sie den Eindruck, sie höre aus der Richtung des Zimmers ihrer Mutter ein Geräusch. Deshalb hatte sie ihre Tür geöffnet und in die Halle gelauscht, aber nichts vernommen, so daß sie sich weiter ankleidete.

»Welcher Art war das Geräusch?«

»Es ... ich kann es nicht genau sagen. Es klang so, als ob eine Tür zuklappte oder ein Stuhl umfiel.«

»Und Sie forschten nicht weiter nach?«

»Nein. Ich lauschte, aber alles blieb still.«

Danach durfte sie den Zeugenstand wieder verlassen. Sie sah so angegriffen aus, daß selbst der Coroner Mitleid mit ihr zu empfinden schien. Anschließend wurden nacheinander Margaret, Eben, ich selbst – ich war schrecklich nervös, muß ich bekennen –, Mrs. Talbot, das Dienstpersonal und die ermittelnden Polizisten vernommen. Die Aussagen ergaben übereinstimmend, daß das Haus an diesem Tag sorgfältig verschlossen war, auch nach dem Mord. Bei der folgenden detaillierten Beschreibung der Durchsuchung des Hauses nach Blutspuren jeglicher Art richteten die Zuhörer sich begierig in ihren Sitzen auf, um sich enttäuscht zurückzulehnen, als sie erfahren mußten, daß nichts dergleichen entdeckt worden war. Alle Ereignisse des Nachmittages, an dem sich der Mord ereignet hatte, wurden eingehend vor der Jury erörtert: Lydia Talbots kurze Visite, der längere Besuch ihrer Schwägerin, deren Fortgang zusammen mit Mr. Lancaster um halb vier und das sorgfältige Abschließen der Haustür hinter ihnen.

Ich blickte mich währenddessen im Saal um und entdeckte dabei Mr. Dean, der an der Rückwand stand, sowie in einer Ecke Helen Wellington, die mehr interessiert als besorgt die Verhandlung zu verfolgen schien. Mrs. Dalton neben mir hatte sich seit Beginn der Verhandlung kaum gerührt, während ihr Mann auf meiner anderen Seite aufgeregt und erkennbar beunruhigt war.

Die Zuschauermenge im Saal, begierig nach einer Sensation, geriet in Bewegung, als schließlich Peggy, das Stubenmädchen der Lancasters, aufgerufen wurde. Ein Raunen ging durch die Reihen, als sie aussagte, sie habe Mr. Lancaster fünf Minuten, nachdem er mit Mrs. Talbot fortgegangen sei, wieder zurückkommen sehen. Das brachte uns alle ziemlich aus der Fassung, auch den alten Herrn selbst. Ich bemerkte, wie er sich aufrichtete, dann aber wieder auf seinem Stuhl zusammensank. Als er dann zum Schluß in den Zeugenstand gerufen wurde, hatte er jedoch eine bessere Erklärung parat, als wir alle erwartet hatten.

»Ich hatte gehofft, darüber nichts sagen zu müssen«, erklärte er frei heraus. »Aber nachdem es nun schon einmal bekannt ist... Ich hatte mit meiner Frau am Morgen einen kleinen Disput gehabt. Als ich am Nachmittag das Haus verließ, war ich noch immer etwas verärgert. Nachdem ich mir die Sache aber noch einmal durch den Kopf hatte gehen lassen, entschloß ich mich, zurückzugehen und mich bei ihr zu entschuldigen. Sie war ja nun einmal eine kranke Frau, und nach so viel Ehejahren...«

Seine Stimme versagte.

»Und haben Sie mit ihr gesprochen, als Sie zurückkamen?« fragte der Coroner ungewöhnlich milde.

»Nein. Es war alles still im Haus, und ich dachte mir, daß sie wohl schlafen würde. Also ging ich wieder hinaus. Insgesamt war ich nicht länger als zwei Minuten im Haus.«

»Sind Sie nach oben gegangen?«

»Nein.«

»Können Sie uns genau erklären, was Sie machten?«

»Aber gern. Ich betrat die Halle, gewann den Eindruck, daß meine Frau schlief, entschloß mich, da es draußen sehr heiß war, meine Handschuhe zurückzulassen, legte sie auf den Tisch in der Halle und verließ wieder das Haus.«

»Das ist alles?«

»Absolut alles.«

»Würden Sie uns jetzt noch sagen, welcher Art die Meinungsverschiedenheit mit Ihrer Frau war? Es tut mir leid, Sie das fragen zu müssen, aber es könnte von Wichtigkeit für diese Untersuchung sein.«

»Es war eine reine Familienangelegenheit.«

»Können Sie das etwas näher erklären?«

Er zögerte einen Moment, schließlich sagte er: »Nun gut, ich werde Ihnen alles genau erklären. Es betraf die große Geldsumme in Gold und Banknoten, die sie im Haus aufbewahrte. Ich erachtete es, unter anderem, als höchst gefährlich, daß sie das tat. In diesen kriminellen Zeiten . . .«

»Und daran dachten Sie erst, nachdem Sie das Haus verlassen hatten?«

»Ich hatte schon die ganze Zeit darüber nachgedacht. Aber als ich das Haus zusammen mit Mrs. Talbot verließ, erwähnte diese dabei das Gold. Sie befindet sich hier im Raum. Sie können sie ja selbst noch dazu befragen.«

»Gab es noch einen anderen Grund, daß Sie plötzlich so besorgt waren? Wenn ich es recht verstanden habe, hortete Ihre Frau doch schon seit einigen Monaten Gold.«

Ich hatte den Eindruck, daß er wieder zögerte.

»Nein, ich hatte keinen besonderen Grund. Allerdings hatte meine Tochter Emily ein oder zwei Mal erwähnt, daß sie nachts ein verdächtiges Geräusch auf dem Vordach gehört hatte.«

»Also hatten Sie, wenn ich Sie recht verstehe, sich entschlossen, zurückzugehen und Ihrer Frau nahezulegen, das Geld an einem sicheren Ort zu deponieren. Und dann änderten Sie Ihre Meinung.«

»Genauso war es, Sir.«

»Sind Sie sicher, daß die Haustür fest verschlossen war, als Sie weggingen?«

»Absolut sicher. In Anbetracht der Sorgen, die ich mir machte, habe ich noch einmal daran gerüttelt. Sie war ganz sicher fest verschlossen.«

Der Rest seiner Aussage bezog sich vorwiegend auf die Ereignisse des Vormittages, die ich bereits geschildert habe. Zu meiner

Überraschung und zur Enttäuschung der Zuschauer wurde die Sache mit der Truhe nicht mehr erwähnt.

Inzwischen weiß ich, daß die Polizei mit dem Coroner abgesprochen hatte, die Untersuchung nach Möglichkeit auf die Ereignisse des Tages, besonders des Nachmittages, zu beschränken. Außerdem gibt es wohl bestimmte Vorschriften, welchen Umfang die Untersuchung durch einen Coroner haben darf, weshalb die Geldtruhe keine so entscheidende Rolle spielte und nur angesprochen wurde, so weit es die Aktivitäten bestimmter Leute an diesem Tag betraf. Die Fragen und Antworten habe ich geschildert, so gut ich mich erinnern kann, glaube aber, dabei ziemlich genau gewesen zu sein.

Zu guter Letzt wurde Jim Wellington in den Zeugenstand gerufen und vereidigt.

Kapitel 17

Jim schien sehr ruhig und gefaßt zu sein und machte, zumindestens zunächst, einen guten Eindruck. Aber er konnte die Tatsache nicht ableugnen, daß er im Haus und auch im Mordzimmer gewesen war und versucht hatte, unerkannt zu entkommen. Dazu befragt, bekannte er sich jetzt jedoch klar und deutlich hierzu.

Am Vormittag, so sagte er aus, etwa zwischen elf und zwölf Uhr, hatte er Margaret Lancasters Nachricht erhalten, daß ihr Vater ihn nachmittags um vier Uhr sprechen wollte. Als Grund hatte sie seine Besorgnis über die große Geldsumme, die sich inzwischen im Haus befand, genannt. Jim hatte zugesagt zu kommen.

Zum vereinbarten Zeitpunkt hatte er seinen Wagen vor der eigenen Haustür stehenlassen und war zu Fuß zur Lancaster-Villa hinübergegangen. Da er einen eigenen Schlüssel besaß, hatte er selbst die Tür geöffnet. Wider Erwarten traf er Mr. Lancaster nicht in der Bibliothek an. Deshalb entschloß er sich nach einigen Minuten vergeblichen Wartens, nach seiner Tante zu sehen.

Das müsse, erklärte er, um vier Uhr oder ein paar Minuten davor gewesen sein.

Die Tür von Mrs. Lancasters Schlafzimmer stand einen Spaltbreit offen. Über die Halle hinweg konnte er Emily Lancaster in ihrem Zimmer mit ihrem Vogel plaudern hören, sonst war alles still im Haus. Als er die Tür zum Schlafzimmer seiner Tante aufstieß, konnte er zunächst nichts Ungewöhnliches bemerken, da die Jalousien an den Fenstern heruntergezogen waren. Erst als er an das Bett trat, entdeckte er die Leiche.

Eine Axt oder eine andere Waffe habe er nicht entdeckt, habe sich aber auch nicht danach umgesehen. Sein erster Gedanke sei gewesen, den Familienangehörigen diesen Anblick zu ersparen, weshalb er versuchte, die Decke über die Tote zu ziehen. Unglücklicherweise habe sie aber teilweise darauf gelegen, so daß es ihm nicht möglich war. Und dann fügte er hinzu, daß ihm plötzlich sehr übel geworden sei. Er habe den Anblick von Blut schon immer nicht ertragen können, außerdem sei er natürlich schrecklich entsetzt gewesen.

Deswegen war er in den Waschraum im Erdgeschoß gelaufen, wo er sich heftig übergeben mußte.

Dort befand er sich noch, und es war ihm immer noch ziemlich schlecht, als Emily zu schreien begann. In diesem Moment wurde ihm seine prekäre Lage bewußt. An seiner Kleidung befand sich Blut. Deshalb entschloß er sich dummerweise, durch die Seitentür des Hauses davonzuschleichen. Als er Emily und mich durch die Fliegentür im Garten entdeckte, wurde ihm klar, daß das kein sehr kluger Entschluß gewesen war. Aber mittlerweile war oben alles in hellem Aufruhr, so daß er nicht versuchte, wieder zurückzugehen.

»Ich war ein Narr, mich so zu verhalten«, sagte er, »aber ich war nicht mehr in der Lage, einen klaren Gedanken zu fassen.«

Einige dieser Aussagen machte er auf Befragen, aber das meiste erzählte er frei heraus. Nur bei einer Frage schien er etwas zu zögern, ehe er sie beantwortete.

»Haben Sie irgendwelche verdächtigen Geräusche gehört, ehe Sie hinaufgingen?«

»Nicht gerade Geräusche. Aber ich hatte den Eindruck, daß jemand die Treppen hochlief.«

»Sie hörten, wie jemand lief?«

»Nicht direkt. In der unteren Halle hängt ein alter Kristallüster. Er klingelte leicht, als ob sich oben jemand sehr schnell bewegen würde. Seine Prismen schlagen dann gegeneinander, und das war der Fall.«

»Und das geschah, bevor Sie nach oben gingen?«

»Ich bemerkte es auf meinem Weg zurück zur Treppe.«

Der Coroner ging nicht weiter auf diese Sache ein. Statt dessen fragte er: »Kannten Sie sich mit dem Schlüssel zur Truhe aus?«

»Sehr gut.«

»Wo bewahrte die Verblichene ihn auf?«

»An einer dünnen Kette um ihren Hals.«

»Haben Sie den Schlüssel gesehen, als Sie an das Bett traten?«

Das war der Punkt, an dem Jims Nerven versagten.

»Gütiger Himmel, nein!« rief er. »Glauben Sie etwa, daß ich mich in diesem Moment für einen Schlüssel interessiert hätte?«

Danach wurde Peggy noch einmal in den Zeugenstand gerufen und geduldig zu den Einzelheiten ihrer Aussage befragt, daß sie Jim auf dem Treppenabsatz gesehen hatte.

Sie sei aus einem der Gästezimmer herausgekommen und habe sich auf dem Weg zur Hintertreppe befunden, als sie ihn sah, erklärte sie. Sonst habe sie niemanden gesehen und auch nicht laufen hören.

»Das bedeutet«, faßte der Coroner später zusammen, »daß, wenn Mr. Wellingtons Aussage stimmt und tatsächlich eine Person oben durch die Halle lief, während er zur Treppe ging, dieser praktisch nach drei Seiten hin der Fluchtweg abgeschnitten war. Sie hätte weder über die Haupttreppe noch durch den Gang in den Seitenflügel oder über die Hintertreppe zur Küchenveranda, auf der sich zu diesem Zeitpunkt zwei Frauen des Dienstpersonals befanden, entkommen können.«

In diesem Moment meldete sich einer der Geschworenen zu Wort – sehr zum Mißvergnügen der Polizei, wie ich annehme.

»Die Jury würde gern etwas über die Fenster erfahren, Sir«, sagte er. »In den Zeitungen war zu lesen, daß eines der Fliegengitter in – in Mrs. Lancasters Schlafzimmer ein Stück hochgeschoben und ein Blumentopf umgefallen war. Wenn dies der Fall ist, würden wir es gerne bestätigt haben. Falls jemand über das Vordach eingestiegen ist oder hätte einsteigen können, sollten wir es wissen.«

Zu seiner offensichtlichen Verärgerung wurde also der Inspektor noch einmal in den Zeugenstand gerufen und zu diesem Punkt befragt. Selbst jetzt erwähnte er den Blutflecken auf dem Rahmen und die Grashalme auf dem Dach nicht, bestätigte aber, daß das Fliegengitter um etwa vier Zoll angehoben und der Blumentopf umgeworfen worden war. Unmittelbar darauf verlangte Mrs. Talbot, noch einmal gehört zu werden. Mit dröhnender Stimme verkündete sie, daß der Blumentopf bereits umgefallen war, als sie sich um halb vier von ihrer Schwägerin verabschieden wollte.

»Sind Sie sich da ganz sicher?«

»Ganz sicher«, trompetete sie mit ihrer lauten Stimme. »Ich habe versucht, das Gitter anzuheben, um den Blumentopf wieder aufzustellen, konnte es aber keinen Zollbreit bewegen. Es saß eisern fest.«

Das war natürlich Pech für Jim. Ich spürte, wie meine Hände und Füße eiskalt wurden. Neben mir knurrte Mr. Dalton: »Verdammtes Weib! Warum konnte sie denn bloß nicht ihren Mund halten?« Mrs. Dalton warf ihm einen ihrer durchdringenden Blicke zu.

Trotzdem lautete der Spruch der Jury schließlich auf Mord durch einen unbekannten Täter. Was immer auch die Polizei vermutete, zu diesem Zeitpunkt hatte sie offensichtlich noch nichts gegen Jim in der Hand, und der Urteilsspruch gab ihr das, was sie benötigte: Zeit. Heute weiß ich natürlich, daß sie damals sein Leben für einige Monate zurückverfolgt und nichts Verdächtiges gefunden hatte.

Zwar hatte er ein paar Schulden, aber nicht mehr, als jeder andere Mann mit einer extravaganten Frau und einem begrenzten Einkommen auch gehabt haben würde. Bei den Bankfilialen in der Stadt war er persönlich gut bekannt. Nirgendwo hatte man einen zweiten Safe auf seinen Namen ausfindig machen können. Seine Abneigung gegen die verschrobene Idee seiner Tante, Gold zu horten, war bekannt. Er hatte sich weder an der Börse verspekuliert noch sonst welche nachweisbaren finanziellen Verluste erlitten. Er war zur fraglichen Zeit im Lancaster-Haus anwesend, weil er, wie die Lancaster-Familie bestätigt hatte, von ihnen telefonisch zu einem Treffen gebeten worden war.

Die Presse war von der ganzen Untersuchung enttäuscht. Sie bemängelte in ziemlich scharfem Ton, daß man der Truhe und ihrem Inhalt – wobei sie die Tatsache, daß es sich dabei nicht nur um Gold, sondern auch um Banknoten handelte, häufig ignorierte – zu wenig Beachtung geschenkt habe, obgleich hier doch offensichtlich das Motiv für den Mord zu suchen sei.

»Die Polizei gibt zu, daß das Gold verschwunden ist«, war in einer der Zeitungen zu lesen. »Aber wo ist es? Wieviel war es genau? Gold ist schwer und sperrig. Konnte der Mörder überhaupt mit ihm entkommen, und wenn ja, wie?«

Ein wackerer Journalist hatte ausgerechnet, daß fünfundsiebzigtausend Dollar in Gold – eine Summe, die er wohl mehr oder minder über den Daumen gepeilt haben mußte – nahezu zweihundertsechsundsiebzig Pfund wiegen mußten. Aber an jenem Samstag vormittag, als wir zusammen wieder nach Hause fuhren, war alles, was wir wußten, nur, daß Jim die erste Runde dieses Kampfes, der sehr wohl ein Kampf um sein Leben werden konnte, gewonnen hatte und daß wir selbst zumindestens für eine gewisse Zeit nicht unter Verdacht standen.

Auf dem Gehsteig vor dem Gerichtsgebäude bemerkten wir Helen. Sie kam zusammen mit einer anderen jungen Frau aus dem Gebäude. Beide waren sie elegant gekleidet. Noch ehe sie einen wartenden Wagen bestiegen, hatte Helen sich bereits eine Zigarette angezündet. Im Wagen saß ein Mann, der sie fröhlich angrinste. Glücklicherweise war ich die einzige von uns, die mitbekam, worüber sie sich unterhielten.

»Also, wer von ihnen war es?« sagte der Mann.

Helen lächelte ihn an.

»Wenn du sie so siehst, kannst du kaum glauben, daß Queen Victoria schon tot ist«, meinte sie. »Kein Schuldspruch. Wenn du mich fragst, wäre jeder von ihnen dazu fähig gewesen, ein ausreichendes Motiv vorausgesetzt.«

»Und das wäre?«

»Eigeninteresse, Stolz, verletztes Ehrgefühl – was weiß ich.«

»Was ich mich frage, Helen, ist, wieso du das Gold übersehen konntest.«

»Ganz einfach: Ich wußte nicht, daß es dort war.«

Dann fuhren sie fort.

Kapitel 18

Die Trauerfeier für Mrs. Lancaster wurde noch am Nachmittag in der Kapelle eines Beerdigungsinstitutes arrangiert. Da der Mordfall so sehr das Interesse der Öffentlichkeit erregt hatte, war die Teilnahme nur mit einer Einladungskarte gestattet, für deren Vergabe Margaret eine Liste erstellt hatte.

Die Feierlichkeit selbst erfolgte nach dem kurzen, aber sehr beeindruckenden Ritus der Episkopalkirche. Gegen vier Uhr waren wir wieder zu Hause. Mutter hatte das Begräbnis sehr erschöpft, so daß sie sich bald in ihr Zimmer zurückzog. Jetzt hatte ich endlich die Gelegenheit, George Talbots Vorschlag zu folgen und mich in dem Wäldchen umzusehen, wo er das Goldstück gefunden hatte. Mir war inzwischen nämlich klargeworden, welche enorme Bedeutung das Geld, das Gold oder was es auch immer war, für den Mordfall besaß.

Ich kam jedoch zu spät. Zu meinem Erstaunen waren bereits vier fremde Männer im Wäldchen am Werk. Was sie taten, verwunderte mich so sehr, daß ich stehenblieb und ihnen fasziniert zusah. Sie hatten acht Holzpfähle mitgebracht, einen Spaten, einen Hammer, einige lange Seile sowie eine Kanne mit Wasser, bei der es sich um Miss Emilys Gießkanne handelte, von der man den Gießkannenkopf abgenommen hatte. Vier der Pfähle hämmerten die Männer so in den Boden, daß sie ein großes Viereck bildeten, verbanden sie mit einem Seil und unterteilten dieses Viereck auf dieselbe Weise mit den anderen Pfählen, wodurch sich kleinere Vierecke ergaben.

Jeder der Männer nahm sich anschließend eines der Quadrate vor und untersuchte es sorgfältig, auf Händen und Knien rutschend. Hin und wieder stand einer von ihnen auf und goß Wasser aus der Kanne auf den Boden, wobei ihm die anderen Männer aufmerksam zusahen. Wie lange sie bereits damit beschäftigt waren, wußte ich nicht. Ebenso war mir nicht klar, was sie mit dem

Wasser bezweckten, bis Herbert Dean mich später am Abend darüber aufklärte.

»Damit kann man feststellen, ob der Untergrund locker ist«, sagte er. »Wenn das Wasser schnell einsickert und Luftblasen aufsteigen, dann ist das ein Zeichen dafür, daß an dieser Stelle kürzlich gegraben wurde. Und der Grund, weshalb sie gerade in dem Wäldchen suchen, liegt auf der Hand: Dort wäre der Täter vor neugierigen Blicken sicher gewesen. Aber sie werden das Gold dort nicht finden.«

»Und warum nicht?« wollte ich wissen.

»Weil, meine verehrte junge Dame, die Person, die den Mord beging und mit dem Geld entkam, viel zu schlau ist, um es ausgerechnet dort zu vergraben.«

Dieses Gespräch fand spät in der Nacht im Wellington-Haus statt. Mutter war – wie um ihre Untätigkeit am Tag zuvor auszugleichen – bis elf Uhr aufgeblieben und hatte unerbittlich darauf bestanden, daß ich ein Cribbage nach dem anderen mit ihr spielte, bis ich fast nicht mehr konnte. Was auch immer sie nach dem Mord befürchtet hatte, was auch immer sie veranlaßt haben mochte, Holmes zu unserem Schutz ins Haus zu beordern und mir gegenüber so geheimnisvolle Bemerkungen fallenzulassen: nachdem feststand, daß das Gold verschwunden war, war sie wesentlich ruhiger geworden.

Mein Versuch, sie über ihre Beweggründe auszuhorchen, schlug allerdings fehl.

Als sie endlich Anstalten machte, sich nach oben zu begeben, nahm ich all meinen Mut zusammen und fragte sie: »Mutter, möchtest du mir nicht jetzt endlich erklären, was du mit deiner Bemerkung in der Nacht nach dem Mord meintest?«

»Ich weiß nicht, wovon du sprichst, Louisa!«

Das entmutigte mich zwar, doch ließ ich nicht locker.

»Das weißt du sehr genau, Mutter. Ich sollte das Haus bei Tag und bei Nacht nicht verlassen, und du sagtest, daß es dafür einen Grund gebe.«

»Warum muß ich dir das erklären? Es liegt doch auf der Hand. Und ich weiß zufällig genau, daß du meine Bitte nicht befolgt hast. Du hast sie einfach mißachtet! Wenn mir jemand gesagt hätte, daß meine eigene Tochter ...«

»Nun hör mir doch bitte einmal genau zu, Mutter«, sagte ich beschwörend. »Es ist überaus wichtig, ja, es kann lebenswichtig sein. Was meintest du damit, daß ich zwei Leben zerstören könnte? Das liegt doch offensichtlich nicht auf der Hand.«

Sie räumte gerade das Kartenspiel weg. Ich hatte den Eindruck, daß sie mir einen Augenblick lang unentschlossen den Rücken zuwendete, sofern man sich bei Mutter überhaupt vorstellen kann, daß sie einmal unentschlossen ist. Dann schob sie mit einem Ruck die Schublade zu; als sie sich mir zuwandte, sah ihr Gesicht ausdruckslos aus.

»Die hysterische Stimmung hat mich einfach angesteckt«, sagte sie beschwichtigend. »Ich weiß zwar nicht mehr genau, was ich gesagt habe, aber vermutlich war ich nur besorgt um die zwei bedauernswerten Frauen nebenan.«

Dann ermahnte sie mich wie üblich, nicht zu vergessen, meine Fenster sorgfältig zu verriegeln, und begab sich würdevoll in ihrem langen, schwarzen Hausmantel nach oben. Mutter ist jetzt schon weit über sechzig, denn sie hatte mich erst spät bekommen, aber sie sitzt noch immer kerzengerade in ihrem Sessel und bewegt sich mit der Würde, die von einer langen Tradition herrührt. Ich fühlte mich irgendwie hilflos, als ich ihr nachsah, denn ich war mir so sicher, wie ich es jetzt noch bin, daß sie manches hätte verhindern können, wenn sie nur gewollt hätte. Ich wundere mich immer noch über ihr Schweigen. Vermutlich war es falscher Stolz, der sie veranlaßte, ihren Verdacht für sich zu behalten, daß heißt für sich und Mrs. Talbot. Der Grund ist wohl in der Abneigung der Bewohner vom Crescent Place zu suchen, öffentliches Aufsehen zu erregen, ihrem Mißtrauen gegenüber der Polizei und ihrer festen Überzeugung, daß die Privatsphäre eines Menschen absolut heilig ist.

Das geschah also am Samstagabend. Zunächst hatte ich keine andere Absicht, als es Mutter gleichzutun und mich ins Bett zu begeben.

Aber es kam anders. Ich kam erst Stunden später ins Bett.

Infolge von Mutters irriger Überzeugung, daß die Sache jetzt ausgestanden sei, hatte sie darauf verzichtet, Holmes noch länger im Haus schlafen zu lassen. Auf meinem Weg nach oben blickte ich aus dem Fenster, von dem aus man die Garage sehen kann, und bemerkte, daß bei ihm noch Licht brannte. Vermutlich hatte er vergessen, die Jalousie herunterzuziehen, oder es war ihm nicht notwendig erschienen, weil er noch vollständig bekleidet war. Mutter war bereits in ihrem Zimmer verschwunden. Ich stand am Fenster und beobachtete erstaunt, was Holmes tat.

So weit ich es erkennen konnte, war er damit beschäftigt, die Seiten aus einem Buch herauszutrennen. Er beugte sich über einen Tisch, schnitt sie sorgfältig heraus, nahm sie und ließ sie dann fallen, entweder auf den Boden oder in einen Papierkorb, das konnte ich nicht genau erkennen. Das Ganze machte er sehr präzise und bedächtig, wie es mir schien, Seite für Seite. Dabei ging er so langsam vor oder war so ungeschickt, daß er in der ganzen Zeit, in der ich ihn beobachtete, nur zwei oder höchstens drei Seiten schaffte. Mir erschien das, was ich dort sah, so seltsam, daß ich mich kaum losreißen konnte, als Mutter mich rief.

Nachdem ich Mutter versorgt hatte, lief ich, noch immer äußerst neugierig, wieder zu dem Fenster zurück. Drüben war es inzwischen dunkel. Mir kam der Gedanke, daß ich in der ganzen Sache Holmes bisher vielleicht viel zuwenig in meine Überlegungen einbezogen hatte. Mit Sicherheit wußte er eine Menge über uns. Wenn das Personal der Lancasters zum Beispiel Bescheid über das Geld gewußt hatte, dann hatte er es bestimmt auch gewußt. Ich erinnerte mich an die Gelegenheit, bei der ich ihn mit Peggy auf dem Pfad gesehen hatte.

Bestimmt hatte er auch von der Axt im Holzschuppen gewußt und kannte die Lebensgewohnheiten der Lancasters. Zwar hatte er für die Mordzeit ein Alibi; Mary hatte ausgesagt, daß er mit ihr zu diesem Zeitpunkt für einen Tee in der Küche zusammengesessen hatte. Aber unsere Küchenuhr zeigt, das ist allgemein bekannt, nie die richtige Zeit an. Mary hat die Angewohnheit, sie vorzustellen, damit die anderen Dienstboten immer beizeiten zum Frühstück kommen.

Also konnte Holmes, nachdem er seinen Tee getrunken hatte, ehe er Mutter ausfuhr, gut etwa eine Viertelstunde bis vier Uhr Zeit gehabt haben. Und Holmes war dafür bekannt, daß er, wie Bryan Dalton, gerne einmal ein Auge auf ein hübsches Mädchen warf. Wenn Peggy von den Lancasters in den Fall verwickelt war, dann schien es sehr wahrscheinlich, daß eher sie als irgend jemand anderes Holmes geholfen hatte, das Gold beiseite zu schaffen. Die Sache hatte nur einen Haken. Wenn das Gold bereits weggebracht worden war, dann war der Mord eigentlich äußerst unnötig gewesen. Es sei denn, Holmes hätte Zeit gewinnen müssen, um es loszuwerden, oder aber Mrs. Lancaster hatte Verdacht geschöpft.

Dies schien allerdings nicht der Fall gewesen zu sein, denn es war ja ihr Mann gewesen, der aus einem mir noch unbekannten Grund am Donnerstag den Kassensturz beabsichtigt hatte.

Ich konnte zu keinem klaren Ergebnis kommen, und so beschloß ich, Jim und diesen Mr. Dean zu Rate zu ziehen. Dazu mußte ich natürlich abwarten, bis Mutter endlich eingeschlafen war, und das dauerte in dieser Nacht endlos lange. Sie absolvierte nämlich gemächlich ihren üblichen Samstagsabendritus, das heißt, sie rollte zunächst ihre Locken auf und legte sich dann ihre Kleider für den Kirchgang am nächsten Morgen zurecht. Endlich konnte ich hören, daß sie eingeschlafen war, und schlich mich, wie bereits in den beiden vorangegangenen Nächten, aus dem Haus.

Ich hatte erwartet, daß ich erst Jim und seinen Freund wachklopfen oder gar den Polizisten, der zur Bewachung des Hauses abgestellt war, hätte ablenken müssen, aber nichts dergleichen war der Fall. In der Bibliothek brannte noch Licht. Als ich an eines der Fenster klopfte, wurde es von Jim geöffnet.

»Ich bin's, Lou«, sagte ich. »Kannst du mich hereinlassen, Jim?«

»Komm zur Küchenveranda. Ich öffne dir dort die Tür.«

Es lag etwas Konspiratives in der Weise, in der sich leise die Tür öffnete und ich ins Haus schlüpfte, aber nichts in der Bibliothek war konspirativ. Sie schien wie durch Zauberhände aufgeräumt zu sein, und die Lampen leuchteten heimelig, während Mr. Herbert Ranchester Dean sich hastig die Jacke anzog.

»Sieh da«, sagte er, »das ist ja die junge Dame aus dem Keller! Gehören Sie auch zu den dort lebenden Kreaturen, die sich erst im Dunkel der Nacht hervorwagen?«

»Aber ich war doch schon heute morgen bei der Leichenschau.«

»Ach, tatsächlich? Und was hielten Sie von der Vorstellung dort?«

»Momentan bin ich viel mehr an der Vorstellung interessiert, der ich vor knapp einer Stunde beiwohnen konnte«, entgegnete ich und ließ mich in dem Sessel nieder, den er mir zurechtrückte.

Augenblicklich ließ er die aufgesetzte Munterkeit fallen und verwandelte sich in den wahren Dean: klug, nachdenklich und aufmerksam. Bevor er weitersprach, zündete er sich eine Pfeife an.

»Und welche Vorstellung war das?«

»Die unseres Chauffeurs, Holmes. Warum in aller Welt schneidet er wohl mitten in der Nacht die Seiten aus einem Buch heraus und wirft sie fort? Was versucht er loszuwerden?«

Mr. Dean richtete sich plötzlich gespannt auf und legte die Pfeife fort.

»Tatsächlich, das hat er gemacht?«

»Vor knapp einer Stunde, in seinem Zimmer.«

»Was war das für ein Buch? Konnten Sie das erkennen? War es groß oder klein? Und was machte er mit den Seiten?«

»Er warf sie fort, entweder auf den Boden oder in einen Papierkorb. Ich weiß, daß einer dort steht. Und das Buch schien von normaler Größe zu sein. Vielleicht ein Kriminalroman. Davon liest er eine ganze Menge.«

»Gibt es ein offenes Feuer in seinem Zimmer?«

»Nein, nur Zentralheizung.«

Ich glaube, daß selbst Jim darüber verwundert war, wie schnell und präzise Dean diese Fragen stellte. Er stand auf, als wolle er sofort zu Holmes hinübereilen, besann sich dann aber und setzte sich wieder.

»Das hat noch Zeit«, sagte er. »Entweder hat Holmes die Blätter bereits verbrannt, oder er will sie erst morgen in aller Frühe loswerden. Wenn sie weg sind, sind sie eben weg. Falls nicht . . .«

Er sprach nicht weiter, sondern zog an seiner Pfeife und dachte nach.

»Was wissen Sie über diesen Mann?« fragte er schließlich.

»Eigentlich sehr wenig. Was weiß man schon wirklich über solche Leute? Ich vermute, daß er George Talbot und Bryan Dalton gelegentlich heimlich mit Alkohol beliefert, obwohl Mutter ihm das nicht zutraut. Hin und wieder erwähnt er einmal ein Anwesen auf dem Land, vermutlich nur ein sehr kleines. Ich nehme an, daß er dort den Alkohol versteckt oder ihn selbst brennt.«

»Sie wissen nicht, wo es liegt?«

»Nein.«

Er schien auch darüber nachzudenken; was er sagte, ließ mich aber im nächsten Moment aufhorchen.

»Übrigens«, sagte er, »haben Sie gestern nacht bei den Lancasters angerufen, etwa zwei Stunden, nachdem ich Sie verließ?«

»Ja, das habe ich. Mein Gott, Sie waren doch nicht etwa der Mann auf dem Dach?«

Er lächelte und schüttelte den Kopf.

»Nein, aber ich war der Mann im Garten, falls Sie mich gesehen haben sollten. Den Mann auf dem Dach haben Sie verscheucht, durch das Klingeln des Telefons. Was hat Margaret Lancaster gesagt, als Sie sie auf der Veranda trafen?«

Ich berichtete es ihm: daß die Falltür in der Zirbelstube verschlossen war und die Leiter an ihrem Platz stand. Er nickte nachdenklich.

»So, so«, meinte er. »Allerdings muß einige Zeit verstrichen sein, bis sie dort oben ankamen. Emily ist nicht die schnellste. Trotzdem ist die Sache ziemlich merkwürdig.«

Er versank wieder ins Nachdenken. Dafür ergriff Jim zum ersten Mal das Wort. Bis dahin hatte er stumm am Kaminsims gelehnt, die Hände tief in den Taschen vergraben. Er sah erschöpft und besorgt aus, fand ich.

»Vielen Dank noch für die Sache mit dem Handschuh, Lou!« sagte er ziemlich verlegen. »Er gehört tatsächlich mir, obwohl ich nicht weiß, wie er zu den Lancasters gekommen ist oder wann ich ihn zum letzten Mal gesehen habe. Im Sommer ziehe ich keine Handschuhe an, trage auch selten welche bei mir. Deshalb glaube ich, daß es irgendwann im Frühjahr gewesen sein muß, vielleicht auch Anfang Juni.«

»Du hast sie nicht bei den Lancasters liegenlassen?«

»Mag sein. Ich kann mich nicht erinnern.«

Mr. Dean blickte auf.

»Sie kennen sich doch gut unter den Leuten hier aus, Miss Lou. Wer, würden Sie sagen, benutzt hier Schuhwichse? Vermutlich doch Joseph, der Butler der Daltons? Und der alte Mr. Lancaster, nehme ich an. Wer käme sonst noch in Frage?«

»Das weiß ich nicht. Vielleicht Holmes, obwohl Mutter immer behauptet, daß er es grundsätzlich verabscheut, irgend etwas zu polieren.«

Er dachte darüber nach, ehe er sagte: »Natürlich benötigen wir noch den anderen Handschuh, aber ich würde meinen, daß die Chancen zwei gegen eins stehen, daß wir ihn finden. Sehen Sie, Miss Lou, ein Mann poliert seine Stiefel gewöhnlich mit einer Hand, aber um mit einer Axt zuzuschlagen, muß er beide Hände gebrauchen. Das ist nicht anders möglich. Und das ist der Grund, weshalb wir auch den zweiten Handschuh brauchen.«

Danach fragte er mich über die Nachbarn aus.

»Dieser Crescent ist ein seltsamer Ort«, meinte er. »Was ist zum Beispiel mit dieser Mrs. Talbot? Warum schließt sie sich immer ein? Und hinter was war Mrs. Dalton in der Nacht nach dem Mord her? Warum läuft ihr Mann wie ein geprügelter Hund herum? Und von wem sind die Abdrücke auf der Truhe? Ich habe da so eine gewisse Vermutung, aber wahrscheinlich ist es bereits zu spät, diese zu beweisen. Höchstwahrscheinlich stammen sie weder von den Familienangehörigen noch vom Personal.

Verdächtigt irgend jemand vom Crescent Place einen anderen Anwohner? Vielleicht wissen Sie etwas darüber. Sie sind zwar eine äußerst verschwiegene Gemeinschaft, aber untereinander kennen Sie sich ja sehr gut; und einige von Ihnen sind wohl auch untereinander verwandt. Jim zum Beispiel ist doch mit den Talbots verwandt, nicht wahr?«

»Mrs. Lancasters erster Mann war ein Bruder von Miss Lydia und von Mrs. Talbots Mann«, erklärte ich und fügte zögernd hinzu: »Ich glaube, daß Miss Lydia den Verdacht hat, daß entweder Miss Margaret oder Miss Emily den Mord auf dem Gewissen hat.«

»Hat sie das gesagt?«

»Nicht so direkt. Sie hat mir aber gegenüber geäußert, die beiden hätten es so lange ausgehalten, wie sie nur konnten.«

»Das ist interessant! Was meinte sie mit ausgehalten? Ich nehme an, daß mit der alten Dame schlecht Kirschenessen war.«

»Vielleicht, aber ich kann mir kaum vorstellen, daß sie die beiden wirklich verdächtigt. Sie war, als sie das sagte, sehr durcheinander.«

»Nun, die Nerven spielen Frauen oft denselben Streich wie Wein den Männern: Sie bringen geheime Tatsachen ans Tageslicht. Andererseits . . . Es gibt also einen Mr. Talbot?«

Jim überraschte mich kolossal, als er dies bestätigte.

»Vielleicht ist er inzwischen aber auch schon tot«, sagte er. »Er lief seiner Frau weg, als George noch ein Baby war, und man hat seitdem nie wieder von ihm gehört. Die Sache wurde damals sehr gut vertuscht. Ich selbst kann mich überhaupt nicht mehr daran erinnern, aber in diesem Zusammenhang muß irgendeine unangenehme Geschichte passiert sein. Das ist natürlich schon lange Jahre her.«

Das alles klang so vollkommen unglaublich, daß ich lachen mußte. Mit einem Mal zu erfahren, daß die alte Kreidezeichnung nicht nur Kopf und Schultern besaß, sondern auch Beine zum Weglaufen und Emotionen, die sie davontrieben, das war schon irgendwie seltsam! Aber niemand nahm Notiz von mir.

»Ist das der Grund, weshalb sie alles und jeden einschließt?«

»He, der Gedanke ist mir noch nicht gekommen«, sagte Jim langsam. »Aber du könntest recht haben. Trotzdem scheint es irgendwie absurd zu sein. Das Ganze ist doch schon fünfundzwanzig Jahre her, vielleicht sogar dreißig.«

Aber Mr. Dean schien offensichtlich genug von den alten Geschichten zu haben. Er fragte mich, ob Holmes einen festen Schlaf habe und ob er Frühaufsteher sei. Das erste bejahte und das zweite verneinte ich. Danach erklärte er mir noch, wie ich bereits vorher erwähnte, Sinn und Zweck der intensiven Suche, die ich am Nachmittag miterlebt hatte.

Er blieb vor dem Kaminfeuer zurück, während Jim mich wieder zur Hintertür hinausließ. Auf dem Weg dorthin schwieg Jim. Erst mit der Hand am Türknauf sagte er:

»Warum in aller Welt bist du bei Helen gewesen, Lou?«

»Weil... weil ich noch nichts von Mr. Dean wußte und mir dachte, du würdest dringend jemanden brauchen, der nach dir sieht.«

»Sie kommt zurück, Lou. Aber nicht, weil es ihre Pflicht ist, hat sie gesagt, sondern weil sie nichts von den Ereignissen hier versäumen möchte.«

Der bittere Ton, in dem er das sagte, klang mir noch in den Ohren, als ich endlich wieder zu Hause war und mich schlafen legte. Auf dem Weg zurück registrierte ich, daß die Schatzgräber drüben noch immer mit Laternen und Scheinwerfern am Werk waren. Seit dem Nachmittag schienen sie ein beträchtliches Stück vorangekommen zu sein. Ihre Schattenfiguren, die sich dort drüben Zoll für Zoll vorwärts bewegten, machten einen unheilvollen und bedrohlichen Eindruck.

Kapitel 19

Der zweite Handschuh tauchte am nächsten Tag auf, aber zu diesem Zeitpunkt waren wir noch zu sehr damit beschäftigt, uns über Miss Emilys nächtliches Abenteuer den Kopf zu zerbrechen, um dem Handschuh große Aufmerksamkeit zu widmen.

In der vorangegangenen Nacht, von Samstag auf Sonntag, etwa um zwei Uhr in der Frühe, war nämlich Miss Emily aus dem Haus gestürzt und hatte bei den Talbots Schutz gesucht: So, wie sie aus dem Bett gestiegen war, nur mit einem Morgenmantel über ihrem langärmeligen Nachthemd und in Pantoffeln, hämmerte sie auf die Haustür, bis George Talbot ihr öffnete.

Was genau passiert war, weiß ich nicht. Selbst jetzt können wir nur vermuten, was genau geschehen ist. Ich weiß, daß das Lancaster-Haus hell erleuchtet war – jedenfalls der Teil, den ich sehen konnte –, als ich gegen ein Uhr nach Hause ging, und das überraschte mich. Und dann weiß ich noch, daß es später, als ich mich fertig fürs Bett gemacht hatte, drüben wieder dunkel war. Ich vernahm aber keinerlei Lärm und hätte, wenn George Talbot nicht am nächsten Morgen herübergekommen wäre, wohl überhaupt nichts von Miss Emilys Flucht aus dem Haus gewußt.

Es war Sonntag morgen, und da wird am Crescent Place später gefrühstückt als in der Woche. Ich war allerdings schon früh aufgestanden, weil ich begierig war zu erfahren, ob irgend etwas mit Holmes und seinem Buch passiert war. Offensichtlich nicht, denn er hockte, klein und nur flüchtig gewaschen wie immer, gut aufgelegt im Speisezimmer des Personals vor einem reichhaltigen Frühstück.

Als ich das Zimmer betrat, erhob er sich und grinste verlegen, denn er hatte, wie ich feststellen mußte, sich über Mutters Zeitung hergemacht, die unberührt und fein säuberlich gefaltet neben ihrem Frühstücksgedeck plaziert werden muß.

»Ich habe gerade den Bericht über die gerichtliche Voruntersuchung studiert, Miss«, sagte er. »Es scheint, daß die Presse nicht gut auf die Polizei zu sprechen ist, ebenso wenig wie auf Mr. Wellington.«

»Irgend jemanden müssen sie aufs Korn nehmen, Holmes.«

Er warf mir einen seiner verschlagenen Blicke zu.

»Kann sein, kann aber auch nicht sein, Miss. Wäre es wohl möglich, daß ich heute nachmittag frei bekomme? Ich würde mich gern wieder einmal um mein kleines Anwesen kümmern, wenn es sich einrichten läßt.«

»Das wird schon in Ordnung gehen. Wo befindet sich Ihr kleines Anwesen eigentlich, Holmes?«

Aber er war nicht sehr mitteilsam. »Ein Stück die nördliche Ausfallstraße hinaus«, sagte er und bedankte sich bei mir.

Ich fragte nicht weiter – eine Unterlassungssünde, die ich seitdem bedauert habe –, denn gerade in diesem Moment entdeckte ich draußen George Talbot, der ziellos einen Golfball durch die Gegend schlug und dabei die Hinterfront unseres Hauses beobachtete. So begab ich mich hinaus in den Garten hinter dem Haus, wo er sich zu mir gesellte.

»Ich muß mit dir reden«, sagte er mit unterdrückter Stimme. »Wie ist es in der Garage? Wo ist Holmes?«

»Der sitzt beim Frühstück.«

So unauffällig wie möglich gingen wir zusammen zur Garage, wobei George so tat, als suche er mit dem Schläger einen Golfball im Gras. Vermutlich wäre das gar nicht nötig gewesen, denn ich wußte, daß unsere Dienstboten inzwischen alle wie Holmes beim Frühstück saßen, und außer den Daltons konnte uns sonst niemand beobachten. Sobald wir die Garage betreten hatten, änderte George sein Verhalten.

»Hör zu, Lou!« sagte er. »Letzte Nacht war die Hölle los. Mich würde interessieren, was du davon hältst.«

Und dann erzählte er mir, was passiert war. Er war am Abend zum Dinner ausgewesen, hatte anschließend Bridge gespielt und kam um eins nach Hause. Seine Mutter war wieder nicht aufzuwecken gewesen, aber endlich hatte ihn seine Tante Lydia gehört, sich den Haustürschlüssel bei seiner Mutter besorgt und ihn eingelassen. Er war darüber offensichtlich noch immer verärgert.

»Das ist so sinnlos und absurd, Lou!« sagte er. »Und es wird immer schlimmer mit ihr. Seit dem Mord hat sie an einigen Fenstern noch zusätzliche Riegel anbringen lassen, und in ihr Zimmer zu kommen, ist schwieriger, als die Bastille zu erstürmen. Und das bei einer Frau, die in jeder anderen Beziehung völlig normal ist! Ich habe versucht, sie zu einem guten Psychiater zu bringen, aber da hat sie sich angestellt, als hätte ich vorgeschlagen, sie zu vergiften.«

Seine Geschichte hatte jedoch nichts mit der geistigen Verwirrung seiner Mutter, oder wie man das auch nennen mochte, zu tun, außer daß Miss Emily in der Nacht Schutz vor irgend etwas gesucht hatte und sich dafür den sichersten Platz aussuchte, der weit und breit zu finden war.

George hatte nicht gleich einschlafen können und noch etwas gelesen. Um zwei Uhr hörte er, wie jemand stürmisch an der Tür läutete und klopfte. Er hörte Lydia in ihrem Zimmer rumoren und traf sie in der oberen Halle. Sie hatte noch den Schlüssel für die Vordertür, und er riß ihn an sich und rannte die Treppe hinunter.

Emily Lancaster war fast in die Halle gefallen, als er die Tür öffnete. Sie war kreidebleich und sah zu Tode erschrocken aus.

»Versteck mich, George!« keuchte sie. »Versteck mich irgendwo! Sie sind hinter mir her!«

Als George die Tür hinter ihr verriegelt hatte, hatte sie sich wieder etwas beruhigt, zumindestens so viel, um ihren Morgenmantel zusammenzuraffen. Lydia war inzwischen gleichfalls nach unten gekommen. Emily war auf einem Stuhl in der Halle zusammengesunken und starrte mit eigentümlichen Blicken um sich. Lydia, die, wie George behauptete, kein Feingefühl kannte, rüttelte sie heftig an den Schultern.

»Benimm dich doch nicht so idiotisch, Emily!« herrschte sie sie an. »Du hast einen Alptraum gehabt, sonst nichts! Wer könnte denn schon hinter dir her sein?«

George hatte ihr einen Brandy geholt, und Emily hatte ihn in einem Zug hinuntergekippt. Das half offensichtlich etwas, hatte aber andererseits zur Folge, daß sie begann, sich selbst zu bedauern. Sie hatte minutenlang geweint und über die langen Jahre gejammert, in denen sie sich aufgeopfert und auf ein eigenes Leben verzichtet hatte. Aber es war nicht aus ihr herauszubekommen, wovor sie konkret Angst hatte oder wer ihrer Meinung nach hinter ihr her sein sollte.

Erst nach ungefähr einer halben Stunde hatte sie sich so weit gefangen, daß sie ihre merkwürdige Geschichte erzählen konnte.

Ihr Zimmer lag, wie ich beschrieben habe, nach vorn heraus, gegenüber dem Schlafzimmer ihrer Mutter. Sie war früh zu Bett gegangen, nachdem sie wieder ein Schlafpulver eingenommen hatte. Ihr Stiefvater und Margaret hatten sich in die Bibliothek zurückgezogen, vermutlich, um über die Erbschaft ihrer Mutter zu reden. Sie war fast sofort eingeschlafen. Natürlich hatte sie ihre Tür fest verriegelt, wie sie es alle seit dem Ereignis machten, das sie mit »das Unglück« umschrieb.

Sie hatte keine Ahnung, wie lange sie geschlafen hatte, als sie von irgend etwas aufgeweckt wurde – von einer Bewegung oder einem Geräusch auf dem Vordach. Als sie sich im Bett aufsetzte, entdeckte sie vor ihrem Fenster eine Gestalt. Sie konnte sie deutlich im Mondlicht erkennen, allerdings nicht so gut, als daß sie sie hätte identifizieren können.

Diese Gestalt bückte sich und versuchte offensichtlich, das Fliegengitter vor dem Fenster anzuheben.

Sie war sogar zu verängstigt, um zu schreien. Statt dessen stieg sie aus dem Bett, zog den Morgenmantel über und schlüpfte in die Pantoffeln. Dann öffnete sie leise die Tür und flüchtete hinaus. Die Schlafzimmertüren ihres Vaters und Margarets waren ebenfalls verriegelt, als sie an deren Knauf rüttelte. Dann glaubte sie zu hören, wie das Fliegengitter in ihrem Zimmer angehoben wurde, und war in blinder Verzweiflung die Treppe hinunter und aus dem Haus gestürzt, so, wie sie es nach der Entdeckung des Mordes an ihrer Mutter getan hatte. Nur war sie diesmal über die Küchenveranda hinausgelaufen.

So lautete ihre Geschichte. Obwohl es mehr als eine halbe Stunde gedauert hatte, ehe er sie aus ihr herausbekommen hatte, holte George seine Pistole und lief hinüber zum Lancaster-Haus. Er kontrollierte sorgfältig die Außenfront, ohne jemanden zu entdekken, und läutete schließlich an der Haustür. Nach einiger Zeit war Margaret heruntergekommen. Sie hatte die Tür zunächst nur einen Spalt geöffnet und die Kette erst abgenommen und ihn hineingelassen, als sie sich im Licht der Verandalampe davon überzeugt hatte, wer draußen stand.

Über das, was er ihr berichtete, war sie äußerst erstaunt gewesen.

»Emily?« fragte sie verwundert. »Und du sagst, sie ist bei euch drüben?«

»Genau das ist sie. Und Tante Lydia bringt sie jetzt gerade ins Bett.«

»Ich verstehe das alles nicht. Warum hat sie denn nicht uns alarmiert? Vater hat zwar einen festen Schlaf, aber ich bin leicht zu wecken. Statt dessen macht sie solch einen Unsinn!« Margaret war verwundert und indigniert, aber George konnte darauf keine Rücksicht nehmen.

»Ich sehe mir besser einmal oben das Fliegengitter an«, hatte er gesagt. »Sie kann das Ganze zwar geträumt haben, aber sehr wahrscheinlich ist das nicht.« Und er hatte sarkastisch hinzugefügt: »Das muß schon ein verdammt lebhafter Traum gewesen sein, der sie mitten in der Nacht in Morgenmantel und Pantoffeln aus dem Haus jagt.«

Sie stiegen leise die Treppe hoch, um die anderen Bewohner des Hauses nicht zu wecken, und sahen sich in Emilys Zimmer um. Die Decken auf ihrem Bett waren zurückgeschlagen, daneben lag auf einem Stuhl, ordentlich gefaltet, ihre Unterwäsche. Nichts war in Unordnung, weder auf ihrer Kommode noch im Bücherregal oder auf dem Tisch.

Nur der Haken, an dem sonst der Käfig mit ihrem Vogel an einem Fenster hing, war leer. Das war das Fenster, vor dem Emily die Gestalt entdeckt haben wollte.

Von innen war an dem Fliegengitter davor nichts zu entdecken. Margaret wollte es dabei bewenden lassen, aber George, der inzwischen hellwach und alarmiert war, gab sich damit nicht zufrieden. Er hob das Fliegengitter an und kletterte auf das Vordach, wo er sich im Licht einiger Zündhölzer umsah.

»Ich will meinen Hut fressen, Lou«, sagte er in der Garage zu mir, »wenn sich nicht jemand von außen an dem Gitter zu schaffen gemacht hat. Vermutlich klemmte er einen Meißel oder etwas Ähnliches darunter, um es anzuheben; hoch genug, um mit den Fingern dazwischen zu kommen. Und dann muß er gehört haben, wie Emily aus dem Zimmer oder aus dem Haus lief, ließ das Gitter wieder fallen, rutschte die Säule hinunter und machte sich aus dem Staub. Emily hat das Ganze nicht geträumt, Lou! Jemand ist auf dem Vordach herumgeturnt, und das, während ein Polizist am Tor Wache stand und ein anderer auf dem Gelände patrouillierte! Es ist kaum zu glauben, aber wahr!«

»Aber warum nur?« fragte ich. »Wer kann denn schon hinter der armen, alten Emily Lancaster her sein? Wer kann denn nur die Absicht haben, die ganze Familie auszurotten, George? Denn danach sieht es doch aus.«

George saß auf dem Trittbrett unseres Wagens und zirkelte mit seinem Golfschläger Kreise auf den Zementfußboden. Ich bemerkte, wie sich seine Miene verdüsterte.

»Ich hatte eine Idee, wer es sein könnte«, sagte er, »aber der Vorfall von heute nacht spricht dagegen.«

»Was für eine Idee?«

»Nur so eine Idee. Wenn es bei uns passiert wäre, würde ich behaupten, daß das, wovor sich mancher fürchtet, auch eintritt – was immer das auch sein mag. Womit ich meine Mutter meine«, sagte er betont leichthin. »Aber so ...«

Er stand auf.

»Jedenfalls dachte ich, du solltest wissen, was passiert ist. Anderen gegenüber sollten wir aber den Mund halten. Emily habe ich geraten, morgen ein paar zusätzliche Riegel an ihren Fenstern anbringen zu lassen. Wenn wir jetzt noch ein Alibi für den guten Jim hätten, wäre alles in Ordnung. Wie die Sache aber steht ...«

»George! Du glaubst doch nicht etwa, daß es Jim war?«

»Nein, das glaube ich nicht. Aber wer schert sich schon darum, was ich glaube? Jemand war auf dem Vordach, das steht fest. Man kann noch die Kletterspuren an einer der Säulen sehen, und ein Stückchen vom Fliegengitter ist auch abgebrochen. Aber ich muß jetzt gehen. Ich habe Margaret versprochen, Emilys Kanarienvogel zu begraben.«

»Den Vogel?« sagte ich. »Ist er – tot?«

»So tot, wie ein Vogel nur sein kann. Kein Wasser. Alle haben sie vergessen, ihm etwas zu trinken zu geben, und bei dieser Hitze verdunstet Wasser sehr schnell. Margaret hat mich gebeten, den Vogel samt Käfig verschwinden zu lassen, aus Angst, daß Emily dahinterkommt. Falls jemand später danach fragen sollte und ich gerade nicht in der Gegend bin: Der Käfig befindet sich hinter dem alten Faß in einer Ecke unseres Stalles. Wir sollten ihn besser nicht rumstehen lassen, wo ihn das alte Mädchen finden kann und womöglich noch in Ohnmacht fällt.«

Er ging einigermaßen munter fort, ließ mich aber mit sehr gemischten Gefühlen zurück. Lange nachdem er verschwunden war, saß ich noch in der Garage und trauerte um einen kleinen, gelben Vogel, der verhungern und verdursten mußte. Ich saß noch dort, als Holmes nach seinem ausgedehnten Frühstück wieder aus dem Haus kam.

Er hatte mich zunächst nicht entdeckt. Fröhlich pfeifend betrat er die Garage und ging in eine Ecke, wo er mit dem Fuß einen kleinen Haufen grauer Aschenreste zerwühlte. Als er damit fertig war, sah er auf und bemerkte mich. Er sah erschrocken aus, zwang sich aber ein Grinsen ab.

»Habe letzte Nacht ein paar Briefe verbrannt«, sagte er. »Verwahre nie etwas, das dir Ärger machen könnte, ist meine Devise, Miss. Ihre Mutter wartet mit dem Frühstück.«

Ich verließ die Garage mit dem Kopf voller wirrer Gedanken. Aber eines war mir klar: Mr. Dean würde die Seiten, die Holmes aus seinem Buch herausgeschnitten hatte, nicht finden.

Niedergeschlagen betrat ich das Haus. Mir schien, daß wir unser Problem niemals lösen würden. Beweisstücke tauchten auf und verschwanden wieder, und sie schienen uns der Lösung des Rätsels nicht näherzubringen. Und doch war es gerade an diesem Morgen, daß ich den zweiten Handschuh fand – an einer Stelle, die schon mehrfach ergebnislos abgesucht worden war.

Das war unterhalb des Speisezimmerfensters auf der Rückseite des Lancaster-Hauses, fast direkt unter Miss Margarets Zimmer.

Kapitel 20

Äußerlich unterschied sich dieser Sonntag vormittag nur unwesentlich von den unzähligen anderen, an die ich mich erinnern kann. Wie üblich, hatte die eine Hälfte des Personals Ausgang, die andere Hälfte machte die Hausarbeit. Sofern es sich gar um drei Leute handelte, hatte einer oder eine von ihnen frei, der andere besuchte höchstwahrscheinlich den Elf-Uhr-Gottesdienst, und der dritte blieb im Haus, um das üppige Mittagsmahl vorzubereiten, das wir am Sonntag im Gegensatz zu wochentags zu uns nahmen und das die meisten von uns anschließend in eine Art Koma verfallen ließ.

Am Crescent Place wird nicht allzu lange getrauert. Man fügt sich dem, was Mutter den »unerforschlichen Ratschluß« nennt, legt Tiefschwarz an und demonstriert der Welt im übrigen die absolute Unterwerfung unter Gottes unabänderlichen Willen.

Um Viertel vor elf startete eine lange Autokolonne vom Crescent Place: die vornehme Limousine der Daltons, unsere nicht ganz so vornehme Limousine, der Mietwagen der Lancasters und George Talbots betagter offener Sportzweisitzer mit Lydia auf dem Notsitz, wo sie Staub und Wind ungeschützt preisgegeben war. Nur Emily Lancaster fuhr nicht mit. Man hatte sie wieder nach Hause gebracht und ins Bett gesteckt. Mary wußte zu berichten, sie habe ausgesehen wie ein Geist.

Ich selbst nahm am Aufbruch der Wagenkolonne nur als interessierter Zuschauer teil, denn ich hatte mich mit einer Erkältung entschuldigt, die nicht einmal erfunden war. Ich stand auf der Veranda und winkte Mutter nach. Ich erinnere mich noch daran, daß ich mich fragte, als ich den schwarzgekleideten Gestalten in den fortfahrenden Autos nachsah, ob wohl einer darunter wäre, der an diesem Morgen unter den bunten Bleiglasfenstern von Sankt Markus knien und Gott um die Vergebung seiner Sünden und um Gnade anflehen würde.

Es war ein strahlender Vormittag. Zwar war es nicht mehr so kalt, aber man konnte im Garten die ersten Anzeichen des bevorstehenden Herbstes bemerken. Drüben im Niemandsland schob ein Kind ein rotes Wägelchen durch die Gegend, so, als wäre ihm bewußt, daß ihm das im Augenblick niemand verbieten würde. Und drüben jenseits des Grenzstreifens waren die Fenster von Mrs. Lancasters ehemaligem Schlafzimmer weit geöffnet, als wolle man durch das Lüften des Zimmers die letzten Spuren der kleinen alten Frau verscheuchen, die in ihm ums Leben gekommen war.

Abgesehen von diesen geöffneten Fenstern und dem, was sie an Erinnerungen weckten, hatte der Crescent Place wieder sein normales Aussehen angenommen. Die neugierige Menschenmenge vor der Einfahrt hatte sich verlaufen. In Zukunft würde man die Informationen bequemer aus der Zeitung bekommen. Kein Reporter lag mehr auf der Lauer, um uns abzufangen, wenn wir unsere Häuser verließen oder betraten. Selbst die wachestehenden Polizisten waren verschwunden, und auch die Suche im Niemandsland schien entweder beendet, oder die Männer dort hatten ihren freien Sonntag genommen.

Aber so sonntäglich friedlich die Vorderfront des Crescent Place sich auch präsentierte, auf der Rückseite ging es wesentlich unruhiger zu. In dem Moment, als die Autos abgefahren waren, schien sie zum Leben erwacht zu sein. Die Dienstmädchen lachten und sangen. Nach und nach tauchten sie in den Hintereingängen der Villen auf und versammelten sich auf der Küchenveranda der Daltons, wo Tee und vermutlich sogar Kuchen kredenzt wurden. Lancasters Ellen war die erste, die hinüberging, gefolgt von unserer Mary. Annie hatte Ausgang. Kurz darauf tauchte auch die in freudloses Schwarz gekleidete Lizzie aus dem Talbot-Haus auf.

Die Sache interessierte mich. Es war das erste Mal, daß ich unsere Buschtrommel in voller Aktion sah. Vom hinteren Fenster der oberen Halle aus beobachtete ich die Zusammenkunft. Was schwatzten sie wohl miteinander, unsere Dienstboten, von denen manche schon so lange Jahre bei uns waren? Was dachten sie? Was wußten sie? Ich war mir sicher, daß ihnen einiges bekannt war, vielleicht sogar eine ganze Menge.

Was zum Beispiel wußte Lizzie über die seltsame Angewohnheit ihrer Herrin, alle Türen im Haus zu verschließen? Oder Joseph über die nächtliche Suchaktion seiner Herrschaft? Was wußte er über den Streit, der die beiden auseinandergebracht hatte?

All das ging mir durch den Kopf, als ich Mr. Dean durch das Niemandsland heranschlendern sah. In seinem seriösen dunklen Anzug sah er tatsächlich wie ein Butler aus, der von einem Sonntagsvormittagsbummel zurückkam. Ich beobachtete, wie er zur Dalton-Villa hinüberschielte und wieder wegsah. Als er an unserer Garage angekommen war, rüttelte er, den Blicken von der Veranda durch das hohe Buschwerk entzogen, an der Tür zum Treppenaufgang, der zu Holmes' Domizil hinaufführte, fand sie verschlossen, zog einen Bund mit Schlüsseln aus der Tasche und beschäftigte sich mit dem Schloß. In weniger als einer Minute sprang die Tür auf, und er verschwand im Haus.

Die Kirche von Sankt Markus liegt mitten in der Innenstadt. Ich war sicher, daß er mindestens eine Stunde Zeit haben würde, ehe Holmes mit Mutter zurückkehrte. Trotzdem verspürte ich einige Erleichterung, als er nach etwa zehn Minuten wieder auftauchte, vorsichtig die Tür ins Schnappschloß zog und in die Garage ging. Da hielt es mich nicht länger auf meinem Beobachtungsposten. Ich holte mir eine Gartenschere und ein Blumenkörbchen und ging hinaus in den Garten. Ich kam gerade zurecht, um ihn vor dem Garagentor abzufangen. Er legte grüßend zwei Finger an die Mütze und sagte munter:

»Nanu? Nicht in der Kirche?«

»Ich hatte Kopfweh oder eine Erkältung. So genau weiß ich es nicht mehr.«

Er lachte und warf einen raschen Blick hinüber zur Dalton-Villa.

»Sie schneiden besser ein paar Blumen ab«, sagte er, »während ich mich aus respektvoller Entfernung mit Ihnen unterhalte. Ich glaube zwar nicht, daß man uns von dort drüben aus sehen kann, aber sicher ist sicher. Ihr Holmes ist ein ziemlich gerissener Gauner, Miss Lou!«

»War es ein Kriminalroman?«

»Natürlich, denn andere Lektüre besitzt er nicht. Übrigens, wurde kürzlich bei Ihnen eine Tube Kleber vermißt?«

Ich ließ beinahe die Schere fallen.

»Ja, tatsächlich!« sagte ich. »Mary erzählte mir gestern, daß sie ihre Tube in der Anrichte nicht finden kann.«

Er nickte, ohne überrascht zu sein.

»Sie wissen nicht zufällig, seit wann sie sie vermißt?«

»Ich glaube, sie ist im Lauf der Woche verschwunden.«

Offensichtlich hatte er nicht die Absicht, mir zu erklären, was das alles bedeuten sollte. Seine nächste Frage überraschte mich noch mehr.

»Dieser Daniels, der Straßenkehrer«, sagte er, »scheint gelegentlich Laub drüben im Niemandsland verbrannt zu haben, wenn sein Karren zu voll war. Was wissen Sie über ihn? Ist er ein sehr wachsamer Bursche?«

»Ich weiß nicht recht. Die Dienstboten behaupten, er sei nicht ganz richtig im Kopf. Ich habe auch schon an ihn gedacht, Mr. Dean. Die Polizei hat ihn daraufhin unter die Lupe genommen und sich seine Dienstkleidung auf Blutspritzer hin angesehen, aber nichts gefunden. Übrigens hat Holmes die Buchseiten auf dem Zementfußboden in der Garage verbrannt. Ich entdeckte heute morgen die Asche.«

Er schien nicht im geringsten enttäuscht zu sein, war augenscheinlich aber sehr überrascht, als ich ihm von Miss Emilys nächtlichem Abenteuer erzählte. In seiner üblichen aufmerksamen Art hörte er mir zu.

»Sie sind hinter mir her«, wiederholte er. »Wen kann sie damit gemeint haben, wissen Sie das?«

»Ich kann es mir nicht denken, höchstens, daß sie meint, das Ganze sei das Werk einer Gangsterbande gewesen.«

»Unsinn! Was für eine Bande sollte das schon gewesen sein?« sagte er. »Nein, das war nicht das Werk einer Bande.« Er schaute wieder zur Dalton-Villa hinüber.

»Wie lange wird das da drüben wohl noch dauern?«

»Keine Ahnung. Vermutlich bis zwölf, dann müssen sie mit der Essenszubereitung beginnen.«

Er sah auf seine Uhr und nickte.

»Hören Sie«, sagte er, »ich würde mich gerne einmal in der Lancaster-Villa umsehen. Ich habe Jims Hausschlüssel und etwa fünfundvierzig Minuten Zeit. Wer, meinen Sie, hält sich jetzt dort im Haus auf? In jedem Fall natürlich Emily. Irgendwelche Dienstboten?«

»Nein. Peggy hat Ausgang, und Jennie ist in der Kirche. Nur Emily, und die schläft vermutlich.«

Er sah mich voller Bewunderung an.

»Genau das habe ich mir gedacht«, sagte er. »Je mehr ich von Ihnen allen hier erfahre, desto mehr Hochachtung bekomme ich vor unserem Verbrecher. Jeder scheint hier von jedem alles bis in die kleinsten privaten Einzelheiten zu wissen, und trotzdem... Wären Sie bereit, etwas für mich zu riskieren? Ich brauche jemanden, der für mich Schmiere steht.«

»Natürlich«, sagte ich. »Aber warum machen Sie das nicht offiziell, wenn Sie mit der Polizei zusammenarbeiten, Mr. Dean? Und was ist, wenn Emily nicht schläft?«

»Vor ihr werde ich mich schon in acht nehmen. Und ich arbeite nicht offiziell mit der Polizei zusammen. Ich kann mehr erreichen, wenn ich verdeckt arbeite, und sie weiß das.«

Mir war ein bißchen unbehaglich zumute, aber es stellte sich heraus, daß es die einfachste Sache der Welt war. Auf das geringste Anzeichen hin, daß die vormittägliche Teestunde bei den Daltons sich ihrem Ende zuneigte, sollte ich einfach an der Haustür läuten. Mr. Dean würde dann verschwunden sein, ehe Ellen wieder zurück war. In der Zwischenzeit sollte ich hinter der Villa herumwandern und meine Augen offenhalten.

Es klappte wundervoll. Aus dem Haus war kein überraschter Ton zu vernehmen. Ich spazierte zunächst im Garten herum und ließ mich schließlich auf der Treppe zur Küchenveranda nieder, wie eine Katze in der warmen Sonne zusammengekuschelt. Einmal vernahm ich, wie über mir ein Fenster geöffnet und vorsichtig wieder geschlossen wurde. Aber Emily schlief offensichtlich fest, und auf dem Pfad hinter den Häusern tauchte niemand auf und zeigte damit an, daß die Zusammenkunft bei den Daltons beendet war.

Und dann, als ich gelangweilt einem Käfer zusah, der an der Hausecke entlangkroch, entdeckte ich unter dem Fenster des Speisezimmers einen kleinen, runden Gegenstand, den ich gebannt anstarrte. Er lag halb vergraben unter Kies und Sand, die der Gewitterregen Donnerstag nacht angespült hatte, und sah zunächst selbst wie ein Stein aus.

Ich stand auf und beugte mich herunter, um ihn näher zu betrachten, als Mr. Deans Stimme hinter mir ertönte.

»Da haben Sie ihn also gefunden!« sagte er ruhig. »Fassen Sie ihn nicht an! Wären Sie so nett und besorgen mir so etwas wie ein Handtuch und einen Karton? Und beeilen Sie sich bitte, wir haben höchstens noch zehn Minuten Zeit!«

Ich lief nach Hause und war innerhalb von höchstens fünf Minuten wieder zurück, gerade noch rechtzeitig. Lauter werdende Stimmen aus Richtung der Dalton-Villa verkündeten nämlich, daß die inoffizielle Untersuchung bei Tee und Kuchen inzwischen beendigt war. Mr. Dean hatte gerade noch Zeit, den Handschuh auszugraben und ihn zusammen mit der Erde in der Schachtel verschwinden zu lassen, als Ellens und Lizzies Stimmen auf dem Pfad zu hören waren. Als die beiden dann auftauchten, war er um die entgegengesetzte Ecke des Hauses verschwunden. Ich klopfte vernehmlich auf die Verandatür.

Ellen kam hastig herbeigelaufen.

»Ich bin nur mal für ein paar Minuten weggewesen, Miss«, keuchte sie. »Wünschen Sie etwas?«

»Ich wollte nur mal nach Miss Emily sehen. Wenn sie noch schläft, möchte ich nicht stören.«

Das war mittags um zwölf. Als ich heimkam, stand Inspektor Briggs vor der Haustür, ziemlich gereizt, mit dem Finger auf unserem Klingelknopf.

»Ich begann gerade zu glauben«, sagte er, als er mich erblickte, »daß Sie alle in die Kirche gegangen wären, um die Vergebung Ihrer Sünden zu erflehen. Ich würde mich gern noch einmal mit Ihnen unterhalten, Miss Hall. Da ist etwas bei uns aufgetaucht, worüber Sie mir vielleicht Auskunft geben können.«

Ich führte ihn in Mutters Damensalon und bot ihm einen bequemen Sessel an. Er ließ sich aber nur auf der Kante nieder, fummelte in seiner Brusttasche herum und förderte einen Brief zutage.

»In einem Fall wie diesem erhält die Polizei natürlich immer anonyme Briefe«, sagte er. »Jedermann hat einen Verdacht und will ihn loswerden, ohne daß er in den Fall verwickelt wird. Dieser Brief ist etwas anders. Zum einen muß er direkt vom Crescent Place kommen, denn er trägt den Stempel des Postamtes in der Liberty Avenue. Und dann . . . Aber lesen Sie ihn erst einmal.«

Ich nahm den Brief. Er war mit Bleistift auf das linierte Papier eines Notizblockes geschrieben, wie wir es für die Aufstellung von Speisefolgen und ähnlichem benutzen, und lautete:

»Wenn Sie wissen wollen, wer Mrs. Lancaster umbrachte, sollten Sie mal ihre Tochter Margaret fragen. Und fragen Sie sie auch, wen sie in den letzten Wochen immer nachts beim Holzschuppen getroffen hat. Sie hat ein schmutziges Spiel getrieben und gehört eingesperrt. Er hat das Geld, aber sie hat es genommen.«

Ich ließ den Brief sinken und sah den Inspektor an, der sich wieder in die Lippe kniff.

»Nun?« sagte er.

»Das kann ich einfach nicht glauben!«

»Kann sein, kann aber auch nicht sein. Ich persönlich würde eher dagegen setzen, daß sie ihre Mutter umgebracht hat, es sei denn, sie wäre noch gerissener, als ich sie einschätze. Denken Sie daran, daß wir keinerlei Blutspuren oder blutbespritzte Kleidung im Haus fanden. Aber das mit Dalton ist etwas anderes.«

»Dalton?«

»Ja, Dalton! Die beiden haben seit einiger Zeit etwas miteinander gehabt. Die Dienstboten vom Crescent Place wissen darüber Bescheid, wenn auch offensichtlich ihre Herrschaft nicht. Der Brief kommt vermutlich aus dieser Ecke, vielleicht sogar aus Ihrem Haus. Wohlgemerkt, ich sage nicht, daß ich etwas dagegen habe, daß sie sich heimlich trafen, aber man kann es nicht ignorieren. Nehmen wir einmal an, daß diese Margaret das Gold so schnell, wie es ins Haus kam, wieder hinausschaffte und Dalton einen Wink gab, daß Wellington zu einer Art Kassensturz bestellt war, dann haben Sie das Motiv.«

»Aber ihre eigene Mutter!« stieß ich mühsam hervor.

»Mir sind schon schlimmere Sachen untergekommen«, sagte er, »oder mindestens ebenso schlimme. Es wäre nicht das erste Mal, daß eine liebende Tochter die Nerven verliert und es Ärger gibt. Ich behaupte nicht, daß das in diesem Fall zutrifft. Und wenn ich nicht den Eindruck gewonnen hätte, daß Sie Ihren Mund halten können, dann hätte ich Ihnen auch nichts davon erzählt. Aber Sie leben hier am Crescent Place. Sie könnten etwas wissen. Sie könnten sogar selbst den Brief geschrieben haben. Haben Sie es getan?«

»Nein«, sagte ich und fühlte mich leicht benommen. »Dann hat also Mrs. Dalton in der Nacht nach dem Mord . . .«

»Vermutlich«, pflichtete er mir bei. »Sie hat von irgend etwas Wind bekommen und war auf der Jagd. Nach Briefen, höchstwahrscheinlich, oder vielleicht auch nach etwas anderem.«

Er stand auf.

»Das sind natürlich alles Theorien«, sagte er. »Aber unterschätzen Sie nicht die Leidenschaften älterer Menschen, junge

Dame! Sie können leicht den einen oder anderen vom rechten Weg abbringen, wenn Sie's auch nicht glauben sollten. Es ist schon komisch«, fügte er hinzu, »wie zwei intelligente erwachsene Menschen sich einbilden, sie könnten eine Affäre miteinander haben, von der nicht mindestens ein Dutzend Leute etwas wissen. Den ersten Hinweis darauf bekamen wir übrigens von Ihrem Gärtner, aber ich nehme an, daß die meisten vom Personal hier ebenfalls davon wußten.«

Danach ging er wieder. Ich hatte ihm nichts davon erzählt, daß ich den zweiten Handschuh gefunden hatte. Das wollte ich Mr. Dean überlassen. Im übrigen schien mir die Polizei noch ziemlich im dunkeln zu tappen, besonders, was den Verbleib des Geldes betraf.

»Das meiste davon waren Goldmünzen«, hatte Briggs gesagt. »Mindestens hundertundfünfzig Pfund, wenn nicht gar zweihundert. So was läßt sich gar nicht so leicht fortschaffen und irgendwo verstecken, glauben Sie mir!«

Und als er sich verabschiedete, meinte er noch, daß der Mord weder die Tat eines entlaufenen Irren noch das Resultat eines plötzlichen Leidenschaftsausbruches gewesen sein konnte, auch wenn es so aussehen mochte, sondern lange geplant und umsichtig ausgeführt worden war.

»Ich kann nur eines mit Gewißheit sagen: Wenn sie wegen des Goldes umgebracht wurde, ist das das ausgeklügeltste Verbrechen, das mir bisher untergekommen ist. Sollte das Gold nicht das Motiv sein, dann läuft irgendwo ein Verrückter frei herum, und wir müssen alles tun, um ihn bald aus dem Verkehr zu ziehen.«

Als Mutter aus der Kirche zurückkam, hatte ich mich in meinem Zimmer eingeschlossen, einem Nervenzusammenbruch so nahe, wie dies der Kodex des Crescent Place einer jungen Frau nur gestattet. Denn ich zweifelte nun nicht länger mehr daran, daß Margaret Lancaster ihre Mutter umgebracht hatte, entweder allein oder unter Mitwirkung von Bryan Dalton und mit dem geheimen Einverständnis von Holmes. So brach ich auch fast in hysterisches Kreischen aus, als Mutter beim Abendessen, als Lydia Talbot vorbeikam, um über Emily Lancasters nächtliches Abenteuer zu berichten, unverzüglich anordnete, daß Holmes wieder im Haus schlafen müsse.

»Nicht Holmes, Mutter!« sagte ich, worauf Miss Lydia mich neugierig musterte.

»Warum nicht Holmes?« entgegnete Mutter gereizt. »Er kann zumindestens Lärm schlagen.«

Das ist einer der Gründe, weshalb Holmes niemals des zweiten Verbrechens beschuldigt wurde, das sich in dieser Nacht ereignete. Er weigerte sich zunächst nämlich so heftig, daß Mutter schließlich ein Machtwort sprechen mußte. Später, als er eingeschlafen war, veranlaßte sie mich, den Schlüssel aus seiner Tür abzuziehen und ihn einzuschließen! Als dies später bekannt wurde, konnten sich selbst die Männer von der Polizei ein Lächeln nicht verkneifen.

Kapitel 21

In der Sonntag nacht – der Kalender zeigte den einundzwanzigsten August an – wurde Miss Emily Lancaster auf dem Buschtrommelpfad hinter unseren Villen erschossen.

Wenn ich an diesen Sonntag zurückdenke, muß ich mich noch immer wundern, wie erstaunlich friedvoll er doch im Gegensatz zu den Ereignissen war, die uns bevorstanden. Natürlich war er überschattet von der Tragödie, die sich am Donnerstag ereignet hatte. Ansonsten unterschied sich der Nachmittag aber kaum von jedem anderen Sonntagnachmittag, an den ich mich erinnern konnte.

Wie üblich zog Mutter sich nach dem Lunch zurück, eine Angewohnheit, die in allen Familien am Crescent Place der Verdauung des Brathähnchens und der Eiskrem diente, aus denen die mittägliche Speisefolge an Sommersonntagen bestand. Ende September wird sie dann von Roastbeef und Obstkuchen abgelöst. Und wie üblich war Lydia Talbot am Nachmittag zu Besuch gekommen. Sie blieb dann in ihrer unaufdringlichen, doch hartnäckigen Weise so lange da, bis irgend etwas oder irgendwer sie endlich fortscheuchte.

An jenem Nachmittag fiel sie mir allerdings sehr auf die Nerven. Wir saßen auf der Veranda vor dem Haus, und sie bestand darauf, über den Mord und diverse Umstände, die ihr in diesem Zusammenhang Anlaß zur Klage boten, zu reden.

»Man sollte doch meinen«, sagte sie mit ihrer ausdruckslosen, monotonen Stimme, »daß die Lancasters uns um Beistand gebeten hätten. Immerhin sind wir die einzigen näheren Verwandten, die die Mädchen besitzen. Aber ob Sie es glauben oder nicht, weder Hester noch ich sind, seitdem es passierte, drüben bei ihnen gewesen. Und das können sie jetzt nicht mehr auf die Polizei schieben. Die ist längst wieder fort.«

Sie bebte tatsächlich vor Entrüstung. Eine ihrer grauen Ringellocken hatte sich gelöst und baumelte vor einem Auge herum. In etwa hatte ich Verständnis für ihre Entrüstung, hatte sie doch, so lange ich mich zurückerinnern konnte, als Hohepriesterin bei all unseren Beerdigungen fungiert. Deshalb tat ich mein Bestes, um sie zu beschwichtigen.

»Natürlich sind sie noch sehr durcheinander, Miss Lydia.«

»Man sollte meinen, daß sie gerade dann den Beistand ihrer eigenen Familie benötigen. Immerhin bin ich ihre leibliche Tante, Louisa, aber das scheint ihnen wenig zu bedeuten. Wenn Emily in Not ist, wie letzte Nacht, dann sucht sie bei uns Schutz! Aber damit hat es sich dann auch.«

Was diesen nächtlichen Zwischenfall betraf, zeigte sie sich allerdings sehr zurückhaltend.

»Wie soll ich wissen, was da genau passiert ist?« antwortete sie auf eine entsprechende Frage von mir. »Oder wer ›sie‹ sind? Vielleicht hat sie das Ganze ja auch nur geträumt, obwohl George anderer Meinung ist. Ich kann Ihnen nur eines verraten, Louisa: Von dem Moment an, als ich sie wieder einigermaßen beruhigt hatte, sagte sie kein Wort mehr. Sie ist auch sonst nicht sehr mitteilsam, aber da schlossen sich ihre Lippen wie eine Auster.«

Danach wechselte sie das Thema, als ob sie bereits zuviel gesagt hätte.

»Wie ich höre, ist Helen Wellington wieder zurückgekommen«, sagte sie.

»Ja.«

»Vermutlich, weil sie glaubt, daß Jim das Geld hat.«

Das gab mir endgültig den Rest. Ich war danach so wenig gesprächig, daß sie sich bald erhob, ihren Hut zurechtrückte, der nach der Mode des Crescent Place hoch auf ihren Locken thronte, und ihr altmodisches Perlentäschchen unter den Arm klemmte.

»Ich muß jetzt gehen«, sagte sie mit ihrer ausdruckslosen Stimme. »Auf dem Rückweg werde ich noch einmal bei Emily und Margaret vorbeischauen. Wenn sie mir wieder nicht öffnen – nun, ich kann einen Wink verstehen.«

Ich sah ihr von der Veranda aus nach, bis ihr überaus lächerlicher Hut hinter den Büschen an der Auffahrt zur Lancaster-Villa verschwand, und war sehr erleichtert, als er nicht wieder auftauchte. Offensichtlich hatte sie keinen erneuten Wink erhalten.

Das war gegen halb vier.

Für gewöhnlich läßt Mutter sich um diese Zeit ausfahren, aber Holmes hatte sich ja den Nachmittag freigenommen. Deshalb hatte sie es sich in ihrem Zimmer bequem gemacht und las ein Buch. Neben ihr stand ihr Verdauungssaft. Der Rest des Nachmittages verstrich unendlich langsam. So gegen fünf Uhr machte ich einen kleinen Spaziergang. Auf der Veranda vor der Wellington-Villa saß Helen, in makelloses Weiß gekleidet, las ein Buch und gähnte. Sie erschien mir wie eine Art rettender Hafen im Sturm, als sie mich sah und einlud, ihr Gesellschaft zu leisten. Ich stieg jedoch nicht zu ihr hinauf, sondern ließ mich auf den Stufen der Veranda nieder. Sie musterte mich kritisch und sagte:

»Hören Sie, Lou. Das ist doch nicht Ihr Begräbnis. Sie sehen ja schrecklich aus!«

»Mir ist einfach der Schreck in die Glieder gefahren«, entgegnete ich verlegen. »Aber ich bin froh, daß Sie wieder da sind, Helen. Jim braucht Sie.«

Sie lachte.

»Jim braucht mich! Er hat mich so nötig wie einen Kropf! Nebenbei hatte ich den Eindruck, daß er doch Sie zum Trösten hatte – das mein' ich natürlich nicht so, Lou! Ich bin einfach entsetzlich schlecht gelaunt. Wenn Sie das Haus gesehen hätten! Und nicht eine Personalvermittlung hat heute geöffnet!«

Ich sah sie an.

»Die Idee, selbst aufzuräumen, ist Ihnen vermutlich gar nicht erst gekommen«, bemerkte ich trocken.

»Sie hätten's bestimmt getan, Lou! Übrigens hat Bertie Dean dasselbe gemeint. Ich habe mich gerade mit ihm deswegen in der Wolle gehabt. Wenn es ihm schon Spaß macht, sich als Butler zu verkleiden, dann soll er doch das Geschirr spülen! Außerdem ist die Maskerade doch idiotisch. Hier am Crescent Place hat er niemanden damit getäuscht.«

»Hier am Crescent Place macht man sich zur Zeit über ganz andere Dinge Gedanken«, entgegnete ich ruhig.

Ich blieb nicht allzu lange. Wie sich herausstellte, war Herbert Dean, nachdem sie sich nach dem Mittagessen entschieden geweigert hatte, das Geschirr zu spülen, auf geheimnisvolle Weise verschwunden.

Jim sitze irgendwo im Haus herum und tue so, als lese er die Zeitung, sagte sie.

»Natürlich hat er Angst«, erklärte sie leichthin. »Aber ebenso natürlich ist, daß er es nicht getan hat. Dazu hat er gar nicht genügend Grips, Lou; gleichgültig, was Sie von seiner Intelligenz halten. Und er ist auch kein Zauberkünstler, gleichgültig, was die Polizei annimmt.«

Damit spielte sie auf die Theorie der Polizei an, wie das Gold in der Truhe ausgetauscht worden sein könnte.

In der Zwischenzeit habe ich ein Protokoll über die erste Vernehmung Mr. Lancasters einsehen können, die stattfand, nachdem man das Verschwinden des Goldes aus der Truhe entdeckt hatte. Es lautete etwa wie folgt:

Frage (von Inspektor Briggs): »Sie sind sich also sicher, daß niemand auch nur einen Teil des Goldes innerhalb eines kurzen Zeitraumes austauschen konnte?«

Antwort: »Ziemlich sicher, wenn man das Gewicht bedenkt.«

Frage: »Sie befürchteten also nicht, daß ein solcher Versuch unternommen werden konnte?«

Antwort: »Das habe ich nicht gesagt. Bei Tageslicht erschien mir das unmöglich, aber die Nächte machten mir Sorgen. Meine Frau nahm abends oft Opiate ein, um schlafen zu können.«

Frage: »Dann sind Sie also der festen Meinung, daß das Gold nicht erst gestern nachmittag nach dem Tod Ihrer Frau entwendet wurde?«

Antwort: »Ich kann mir nicht vorstellen, wie das hätte geschehen können.«

Frage: »Mr. Lancaster, sind Sie bereit zu bestätigen, daß das Gold und die Banknoten tatsächlich in die Truhe gelegt wurden?«

Antwort: »Ich fürchte, ich verstehe Ihre Frage nicht.«

Frage: »Ich meine damit, ob Sie sicher sind, daß kein Austausch stattgefunden hat.«

Antwort: »Ein Austausch? Ah, jetzt verstehe ich, was Sie meinen. Ich glaube nicht. Ein oder zwei Mal habe ich selbst die Beutel wieder zugebunden und in die Truhe gelegt. Zumindestens, während ich dabei war, hat kein Austausch stattgefunden.«

Frage: »Haben Sie in diesem Fall eine Erklärung dafür, daß das Geld verschwunden ist? Können Sie sich vorstellen, wie es geschehen sein könnte?«

Antwort: »Nein.«

Frage: »Würden Sie uns bitte genau schildern, was üblicherweise geschah, nachdem das Gold ins Haus gebracht worden war?«

Antwort: »Ich war nicht immer zugegen, das heißt, in den allermeisten Fällen nicht, aber ich nehme an, daß die Prozedur immer dieselbe war. Mr. Wellington brachte das Geld in einem kleinen, schwarzen Koffer her. Meist handelte es sich um Goldmünzen, die sich in kleinen Leinensäckchen befanden, die mit Draht verschnürt und mit Siegel versehen waren. Er schnitt den Draht auf, und meine Frau zählte den Inhalt auf der Bettdecke nach. Danach trug Mr. Wellington den Betrag in einem Büchlein ein, und meine Frau quittierte ihn.«

Frage: »Und dann?«

Antwort: »Danach wurden die Beutel mit dem Gold oder die Umschläge mit den Banknoten in die Truhe gelegt. Dazu holte Mr. Wellington sie unter dem Bett hervor, meine Frau gab ihm den Schlüssel, er öffnete die Truhe, legte das Geld hinein und verschloß sie wieder.«

Frage: »Und Ihre Frau konnte den Vorgang genau beobachten?«

Antwort: »Da bin ich nicht ganz sicher. Zunächst bestimmt. Da wurde die Truhe unter dem Bett hervorgeholt und auf zwei Stühle gestellt. Später war sie dazu aber zu schwer, so daß Mr. Wellington sie lediglich unter dem Bett vorzog und öffnete.«

Frage: »Also hätte man später einen Austausch doch vornehmen können? Man hätte einen zweiten Beutel mit den Bleigewichten in die Truhe legen und den Beutel mit dem Gold wieder in den Aktenkoffer wandern lassen können.«

Antwort: »Ich nehme an, daß das möglich gewesen wäre, ja. Aber ich betrachte es als höchst unwahrscheinlich. Ich kenne Mr. Wellington schon seit seiner frühesten Jugend.«

In diesem Stil ging die Befragung weiter.

Das war also die Theorie, auf die Helen sich an jenem Nachmittag bezog. Ihr Kommentar dazu war typisch.

»Wie kann sich denn nur irgend jemand vorstellen, daß Jim sich das alles ausgeklügelt haben soll!« sagte sie. »Jim, der sich für gewöhnlich erst dann daran erinnert, daß er noch Gin für seine Party benötigt, wenn alle Alkoholschmuggler schon den Smoking angezogen haben und in die Oper gegangen sind! Er ist ein anständiger Bursche, und er gehört mir, und deswegen mag ich ihn –

was Sie auch darüber denken mögen, Lou –, wenn es auch gelegentlich Streit zwischen uns gibt. Aber das gehört nicht hierher.« Und in ihrer saloppen Art fügte sie hinzu: »Ich glaube, daß Emily es getan hat. An ihrer Stelle hätte ich es auch getan. Ihre Mutter war ein böses altes Weib!«

Danach ging ich wieder nach Hause, zu einem leichten Abendessen und anschließend zu schweren Träumen, in denen Helen Wellington fröhlich und leichtsinnig herumtanzte und unsere Annie einen anonymen Brief an die Polizei schrieb – was das einzige Mal in meinem Leben war, daß ein Traum sich später als wahr herausstellen sollte, wie wir erfuhren, als der Fall aufgeklärt worden war.

Aus diesen Träumen erwachte ich früh am nächsten Morgen, als man den zweiten Mord am Crescent Place entdeckte, den Mord an Emily Lancaster.

Kapitel 22

Die Umstände des Mordes waren nicht nur tragisch, sondern auch äußerst geheimnisvoll. Miss Emily, die den größten Teil des Tages schlafend verbracht hatte, konnte in der Nacht wohl nicht mehr einschlafen. Um ein Uhr früh war sie hinunter auf die Küchenveranda gegangen. Dort hatte sie offensichtlich eine Zeitlang herumgesessen und dabei einen Apfel gegessen, dessen Überreste man später neben dem Schälmesser auf dem Tisch liegend fand. Da die Veranda verglast ist und die Tür verständlicherweise abgeschlossen war, hatte sie offensichtlich keine Angst gehabt, sich dort aufzuhalten, obwohl dies nach den Ereignissen der vorhergehenden Nacht doch einigermaßen merkwürdig erschien.

Was danach folgte, war noch unverständlicher.

Aus zunächst unbekannten Gründen hatte sie die Veranda verlassen und war auf dem hinteren Pfad in Richtung Talbot-Villa gegangen. Dabei hatte sie kaum mehr als in der Nacht zuvor an, das heißt, unter dem Morgenrock trug sie noch ihr Nachthemd. Allerdings hatte sie diesmal Schuhe, Strümpfe und ihren Unterrock angezogen.

Dem Pfad, der ihr so lange Jahre vertraut war, war sie anscheinend mühelos gefolgt, obwohl die Nacht finster und wolkenverhangen war. Jedenfalls deuteten keinerlei Spuren an ihren flachen Schuhen darauf hin, daß sie ihn irgendwann einmal verlassen hatte. Knapp dreißig Meter von der Rückseite des Talbot-Hauses entfernt hatte ihr nächtlicher Spaziergang abrupt geendet. Jemand, der vermutlich in den Büschen neben dem Pfad versteckt stand, hatte auf sie geschossen und sie getötet.

Dies ist in kurzen Worten die Geschichte unseres zweiten Mordes, wie man sie damals rekonstruierte. Ein nicht unwesentlicher dramatischer Teil der Geschichte war, daß George Talbot nicht nur den Schuß gehört hatte, sondern auch aus dem Haus lief, um nachzusehen, was passiert war. Dabei muß er dicht an der Leiche vorbeigekommen sein, ohne sie zu entdecken, weil sie in die Büsche gefallen war.

»Ich hörte einen Schuß«, berichtete er der Polizei, »und griff mir sofort meine Pistole. Ich wußte, daß es keine Fehlzündung sein konnte, denn das Geräusch kam von der Rückseite des Hauses, wo ja keine Straße vorbeiführt.

Leider ist es gar nicht so einfach, nachts unser Haus schnell zu verlassen; deshalb besann ich mich auf einen alten Trick aus meiner Jugendzeit. Ich kletterte einfach durch ein Fenster auf das Dach der Küchenveranda, das nicht sehr hoch ist, und sprang von dort hinunter. Dummerweise hatte ich meine Taschenlampe vergessen, aber ich sah mich gründlich um, ohne jedoch irgend etwas zu entdecken. Allerdings hatte ich kurz das Gefühl, als ob sich neben unserem Stall etwas bewegte.

Schließlich gab ich es wieder auf. Es war gar nicht so einfach, wieder ins Haus zu kommen, bis endlich Mutter herunterkam und mich wieder einließ. Sie hatte keinen Schuß gehört, auch Tante Lydia nicht. Nur Lizzie, die seit Jahren bei uns ist, hatte ihn gehört. Sie lag wach mit Zahnschmerzen. Das ist alles, was ich weiß. Als ich mich wieder schlafen legte, war es Viertel vor zwei. Der Schuß muß um halb zwei gefallen sein.«

Das war für einige Zeit alles, was man über den Vorfall zu wissen schien.

Es war Eben, der die Leiche fand, als er Montag morgen um halb acht zur Talbot-Garage ging, um den Rasenmäher zu holen. Er entdeckte in den Fliederbüschen am Wegrand etwas, was wie ein Stück schwarzes Tuch aussah, und bückte sich, um es aufzuheben. Es ließ sich jedoch nicht bewegen, und dann merkte er, daß er einen Frauenfuß freigelegt hatte. Da rief er laut um Hilfe. Daniels, der Straßenkehrer, der gerade einige Abfälle aus der Euclid Street im Niemandsland ablud, hörte ihn und kam angerannt. Er schien vor Schreck wie gelähmt zu sein, als er die Leiche sah. Weder er noch Eben hatten sie angerührt, als Talbots Lizzie herbeigelaufen kam.

Als ich am Tatort eintraf, hatten sich fast alle unsere Dienstboten bereits dort versammelt. Wie bei dem Mord an Mrs. Lancaster standen sie schweigend in einem verschüchterten Häuflein zusammen. Die Frauen schluchzten, wie es üblich ist. George Talbot, der hinzugekommen war, hatte das Kommando übernommen und Lizzie zum Telefon geschickt, um die Polizei zu alarmieren. Daniels hatte, was irgendwie merkwürdig aussah, die Mütze abgenommen.

»Sie ist zu ihrem Schöpfer heimgekehrt, Miss«, sagte er. Und als er bemerkte, wie schreckensbleich ich war, fügte er hinzu: »Es ist so natürlich, zu sterben, wie geboren zu werden.«

Wie hätte ich wissen sollen, daß er aus Bacons »Essay über den Tod« zitierte? Bald danach entfernte er sich leise, nachdem er gesagt hatte, daß man ihn in der Euclid Street finden könne, wenn man ihn suche. Aber dort tauchte er nicht auf. Besen und Karren, die einfachen Utensilien, die er für seinen Beruf brauchte, standen unbenutzt herum. Erst am späten Nachmittag betätigte er sie wieder. Als ich ihn traf, erzählte er mir, ihm sei unwohl gewesen.

»Sie war immer so freundlich zu mir«, sagte er, als ob er eine Erklärung abgeben wolle.

Wenn ich jetzt so zurückdenke, dann sehe ich Daniels bei all den Geschehnissen dieser schrecklichen Tage am Crescent Place auftauchen und wieder verschwinden: eine unordentliche, in weiß gekleidete Gestalt, die kaum beachtet wurde, mit freundlichem Gesicht und keinen besonderen Kennzeichen, außer einem leichten Hinken und einer starken Brille, die darauf hindeutete, daß er am grauen Star operiert war. Und irgendwann im Leben mußte er eine Lähmung einer Gesichtshälfte davongetragen haben, die schlaff herunterhing. Aber er war immer entgegenkommend und ein fleißiger Arbeiter. Wer hätte damals ahnen können, daß er der Schlüssel zu so vielem war, was uns erst langsam und schmerzlich bewußt wurde!

Er war verschwunden, noch ehe die Polizei mit heulenden Sirenen eintraf. Statt dessen hatten sich zwischenzeitlich die restlichen Bewohner des Crescent Place am Tatort versammelt, manche von ihnen nur recht notdürftig bekleidet. George Talbot versuchte, seine Mutter fernzuhalten, aber sie kam genauso näher wie Miss Lydia. Mr. Dalton war im Morgenmantel herbeigeeilt. Mutter kam und verlangte, daß die Leiche sofort ins Talbot-Haus geschafft werden sollte, gleichgültig, wie die Polizeivorschriften lauteten. Und kurz bevor das Polizeiauto auf der Straße hielt, tauchte auch Helen Wellington auf, im Pyjama und mit einer Zigarette in der Hand, die lässig herbeischlenderte und interessiert zusah.

All dies hat sich mir wie eine Art Momentaufnahme eingeprägt, als Hintergrund zu dem Bild von Emily Lancaster, die dort auf der Seite in der warmen Morgensonne lag und auch im Tod noch plump und unförmig wirkte.

Die Kugel war durch ihren Kopf gegangen, zumindestens ein schneller und gnädiger Tod. Ich stand wie die anderen benommen herum und konnte es kaum fassen, daß sie tot war, ermordet. War es tatsächlich Mord gewesen?

Die zwei Polizisten hatten uns zurückgedrängt und suchten die Umgebung des Tatortes nach einer Waffe ab, für den Fall, daß es ein Selbstmord war. Dabei vermieden sie es sorgfältig, den Boden neben dem Pfad zu zertreten. Sie entdeckten jedoch keine Waffe, und damit stand fest, daß sich, sofern diese nicht unter der Leiche lag, kaum zweihundert Meter vom letzten Tatort entfernt ein weiterer Mord am Crescent Place ereignet hatte.

Das war die Situation, als Margaret Lancaster, mit verzweifeltem Blick und halb wahnsinnig, die Stufen von der Küchenveranda der Lancasters hinuntergelaufen kam. Ellen versuchte, sie aufzuhalten und wieder ins Haus zu drängen, aber sie schüttelte sie ab und kam entschlossen herbei, schrecklich anzusehen.

»Ich will sie sehen!« sagte sie. »Ich muß sie sehen! Lassen Sie mich los, Ellen, lassen Sie mich los!«

Sie schritt durch unsere kleine Gruppe hindurch, ohne jemanden von uns wahrzunehmen, und auch die beiden Polizisten wurden von ihr nicht beachtet.

»Bitte, rühren Sie sie nicht an!« sagte einer der beiden. »Es tut mir leid, Miss, aber das ist Vorschrift.«

Ich bezweifle, daß sie ihn überhaupt hörte. Leise jammernd kniete sie nieder und betrachtete ihre Schwester. Dann muß ihr die Unabänderlichkeit der Situation zu Bewußtsein gekommen sein. Sie stand, ruhiger geworden, wieder auf.

»Ich werde jetzt wieder gehen«, sagte sie, ohne einen von uns dabei anzusehen. »Ich muß es Vater sagen.«

Mutter und Ellen begleiteten sie zum Haus, aber ich erfuhr später, daß sie die beiden nicht mit hineinließ, sondern allein hineinging.

»Sie muß wie von Sinnen gewesen sein«, erzählte Mutter mir später. »Man konnte Ellens angebrannten Haferschleim bis draußen riechen, aber sie warf uns einfach die Tür vor der Nase zu, und die hat ja ein Schnappschloß. Sie war überhaupt nicht in der

Lage, die Nachricht irgend jemandem schonend beizubringen. Kein Wunder, daß er zusammenbrach!«

Das war nämlich die nächste Hiobsbotschaft für uns. Sie erreichte uns, während die Mordkommission noch mit ihren Ermittlungen im Schein der Morgensonne beschäftigt war; kurz nachdem man die Leiche, sorgfältig verhüllt, auf einer Bahre fortgeschafft hatte. Mr. Lancaster hatte einen Schlaganfall erlitten. Doktor Armstrongs Wagen fuhr in dem Moment vor, als die Ambulanz Emilys Leiche wegbrachte.

Der Doktor war es, der uns davon erzählte, als er anschließend herüberkam, um Mutter eine Stärkungsspritze zu verabreichen.

»Verwunderlich ist es nicht«, sagte er. »Er ist ja schon fast siebzig, und seit dem Tod seiner Frau war er in sehr schlechter Verfassung. Ich nehme an, daß er den Schlag bereits in der Nacht bekam.«

»In der Nacht?« sagte Mutter. »Dann weiß er ja noch gar nichts von Emily.«

»Vermutlich nicht. Margaret ging in sein Zimmer, um ihm die schlimme Nachricht möglichst schonend beizubringen, die arme Frau. Drinnen war noch alles dunkel. Sie setzte sich auf die Bettkante und nahm seine Hand. Anscheinend öffnete er die Augen, zumindestens vermutet sie das. Sie sagte ihm, er müsse jetzt sehr tapfer sein, sie habe schlechte Nachrichten für ihn, aber er bewegte sich nicht. Das machte sie noch nicht stutzig, denn er war immer sehr selbstbeherrscht. Erst als sie ihm berichtet hatte, was passiert war, und er sich noch immer nicht rührte, wurde sie unruhig. Sie stand auf und ließ eine Jalousie hoch. Da bemerkte sie, daß mit ihm etwas nicht in Ordnung sein mußte. Ich habe inzwischen eine Pflegerin bestellt. Margaret selbst steht auch dicht vor einem Zusammenbruch.«

Der Doktor bezweifelte, daß der alte Mann wieder auf die Beine kommen würde, nicht nur wegen seines Alters, sondern auch, weil er seit dem Tod seiner Frau kaum Nahrung zu sich genommen noch richtig geschlafen habe.

»Hat sich mit eisernem Willen beherrscht«, sagte er, »aber er muß außer sich gewesen sein.«

Zu Emilys Tod hatte er keine eigene Theorie, meinte aber, es könne sich nur um einen Unfall gehandelt haben.

»Wo ist denn das Motiv für einen Mord?« sagte er. »Wer hätte solch einer ruhigen, friedfertigen Frau mittleren Alters, einer liebevollen Tochter und freundlichen Nachbarin denn nach dem Leben trachten sollen? Vermutlich begehen wir alle den Fehler, ihren Tod mit dem Tod ihrer Mutter in Zusammenhang zu bringen. Ich möchte spontan behaupten, daß es da keinen Zusammenhang gibt; keine Verbindung zwischen dem Anlaß, der die Axt drüben schwingen ließ, und ihrem Tod. Die Axt wurde von blinder Wut geführt.«

»Was für ein Unfall hätte es aber sein können?« wandte Mutter ein, die nur schwer davon abzubringen war, daß es sich bei Miss Emilys Tod um ein weiteres Verbrechen handeln mußte. »Wenn Sie sich auf George Talbots Theorie berufen, daß da jemand auf eine wildernde Katze geschossen hat . . .«

»Das habe ich nicht damit gemeint, obwohl es schon möglich wäre. Aber bei den vielen Verbrechen, die heutzutage passieren, und besonders nach dem, was hier am Crescent Place geschehen ist, kann man doch wohl sagen, daß sich fast jeder im Recht fühlen würde, wenn er auf eine Gestalt schießt, die sich nach ein Uhr in der Nacht auf dem Pfad draußen bewegt.«

»Aber warum trieb sie sich eigentlich dort draußen herum? Haben Sie dazu eine Theorie? Suchte sie wieder Schutz, wie sie es schon einmal getan hat?«

»Ich glaube kaum. Soviel feststeht, muß sie kurz zuvor noch auf der Küchenveranda gesessen und einen Apfel gegessen haben.« Und dann wandte sich der Doktor unvermittelt mir zu und drehte mein Gesicht in die Sonne.

»Hören Sie, Lou!« sagte er. »Nehmen Sie sich alles nicht allzu sehr zu Herzen! Sie haben Ihr eigenes Leben zu leben, denken Sie daran!«

Es war wohl der Streß, unter dem ich stand, der mich antworten ließ, wie ich nie zuvor geantwortet hatte.

»Tatsächlich, Doktor?« sagte ich. »Mir scheint, daß ich bisher noch kein eigenes Leben führen durfte. Darin ist es mir so ähnlich gegangen wie Miss Emily!«

»Louisa!« sagte Mutter heftig. »Nimm dich zusammen!«

»Ich bin es leid, Mutter, mich ständig zusammennehmen zu müssen! Was ist denn der Lohn dafür? Eine Kugel im Dunkeln, und nichts, was man mitnehmen könnte! Kein erfülltes Leben, nichts! Ich wollte heiraten und durfte nicht, und nun . . .«

Und dann brach ich zusammen. Mutter verließ das Zimmer und ließ sich stundenlang nicht mehr blicken. Selbst Doktor Armstrong verriet ich nicht, daß es der Anblick Helen Wellingtons gewesen war, wie sie lässig in ihrem Pyjama über den Pfad dorthin kam, wo die Leiche der armen Emily lag, der mir den Rest gegeben hatte. Nicht, weil ich tatsächlich noch etwas um Jim gegeben hätte, sondern wegen des Kontrastes, der mir vor Augen geführt wurde.

Ich erinnere mich daran, daß ich vor mich hin murmelte, der Pfad der Pflicht führe doch nirgendwo anders hin als ins Grab. Doktor Armstrong rief sofort Annie herbei und ließ mich ins Bett bringen. Aber er verstand mich besser, als ich es angenommen hatte, denn ehe er ging, setzte er sich zu mir ans Bett und ergriff meine Hand.

»Es gibt nur eine sichere Methode, um in dieser Welt zu bestehen, Lou«, sagte er tröstend. »Das ist, die Vergangenheit ruhen zu lassen und entschlossen nach vorn zu sehen. Es hat keinen Wert, zurückzublicken! Was vorbei ist, ist vorbei, und man sollte es mit Anstand begraben. Schauen Sie immer nur nach vorn, Lou! Das sind die Spielregeln.«

»Für was?«

»Nun, darüber sollten wir uns später einmal Gedanken machen«, entgegnete er und verabschiedete sich bald danach.

Dieser Zusammenbruch ist der Grund dafür, daß ich über die Ereignisse am Montag, dem zweiundzwanzigsten August, nur vom Hörensagen berichten kann.

Kapitel 23

Miss Emily war, wie sich herausstellte, von rechts erschossen worden. Falls sie sich auf dem Weg zur Talbot-Villa befunden hatte, war die Kugel also wahrscheinlich aus dem Niemandsland gekommen. Da aber auch die Möglichkeit bestand, daß sie stehengeblieben war und sich umgedreht hatte, weil sie ein Geräusch hörte, wurde dieser Umstand nur erwähnt, weil es keine weiteren Hinweise gab. Auf dem gesamten Gelände zwischen der Talbot-Villa und dem Lancaster-Haus, das vorwiegend aus Blumenbeeten bestand, wurden zunächst keinerlei Fußspuren gefunden.

Auch die Annahme, daß jemand aus einem höhergelegenen Fenster auf einen vermeintlichen Eindringling geschossen haben könnte, erwies sich als nicht stichhaltig. Die Obduktion ergab, daß die Kugel den Schädel fast waagerecht durchschlagen hatte. Der Zeitpunkt des Todes wurde auf die Zeit zwischen ein und zwei Uhr nachts festgelegt, teils wegen George Talbots Aussage, wann er den Schuß gehört hatte, teils wegen der Aussage von Margaret, daß sie um ein Uhr jemanden in der oberen Halle gehört habe.

Nach und nach erfuhren wir über die Geschehnisse in dieser Nacht Genaueres. Margaret hatte gerufen, wer da sei, und Emily hatte geantwortet, sie ginge nach unten, um einen Apfel zu essen.

Da Emily öfter einmal nachts, wenn sie nicht schlafen konnte, hinuntergegangen war, um etwas zu essen, war Margaret nicht verwundert. Nur eine Sache hatte sie beunruhigt: Emily war in der Nacht zuvor verstört aus dem Haus geflüchtet. Margaret hatte gemeint, daß es unheimlich für Emily sein müsse, nach diesem Vorfall allein herumzulaufen. So war ihr erster Gedanke gewesen, ihr anzubieten, sie nach unten zu begleiten. Sie sei aber sehr müde gewesen, erklärte sie, und Emily kannte sich ja im Haus aus. Daß Emily hungrig war, verwunderte sie nicht, denn sie hatte seit Donnerstag kaum etwas gegessen. Also hatte sie sie allein hinuntergehen lassen und war bald wieder eingeschlafen, was sie nun heftig bedauerte.

Der Abend zuvor, so berichtete sie, war sehr ruhig verlaufen. Emily hatte den größten Teil des Tages verschlafen. Erst am späten Nachmittag war sie aufgewacht und hatte sich damit einverstanden erklärt, Lydia Talbot unten im Haus zu empfangen. Lydia hatte vorgeschlagen, die beiden Fenster von Emilys Zimmer, die auf das Vordach hinausgingen, zuzunageln, was sie zusammen mit Ellen gemacht hatten.

Die beiden Frauen, Emily und Lydia, hatten sich noch eine Weile unterhalten. Obwohl sie Nichte und Tante waren, lagen sie im Alter nicht sehr weit auseinander. Emily hatte auch niemals Margarets Abneigung gegen die ältere Frau geteilt. Nach Miss Lydias Weggang sei Emily merkwürdig rastlos gewesen. Sie sei suchend im ganzen Haus herumgelaufen, besonders im Obergeschoß. Als Margaret sie dabei antraf, hatte sie erklärt, sie suche ihren Vogel, nach dem Lydia sich erkundigt hatte. Margaret mußte ihr daraufhin gestehen, daß er eingegangen war.

Diese Mitteilung habe Emily sehr hart getroffen, aber nach und nach habe sie sich wieder etwas beruhigt.

Sie, Margaret, habe den Abend zusammen mit ihrem Vater in der Bibliothek verbracht. Mr. Lewis hatte eine Kopie des Testaments ihrer Mutter vorbeigebracht und war um neun Uhr wieder gegangen. Danach habe sie noch mit ihrem Vater darüber diskutiert. Wie alle anderen Vermögen war auch das ihrer Mutter in der Wirtschaftskrise stark geschrumpft. Sie hatte aber trotzdem noch rund dreihunderttausend Dollar hinterlassen, einschließlich des Geldes in der Truhe. Davon waren fünfzigtausend Dollar ohne Einschränkung als Legat für Jim Wellington ausgesetzt.

Das Testament war bereits vor Jahren aufgesetzt worden, als das Vermögen noch mehr als eine Million Dollar betragen hatte. Infolgedessen war Jims Anteil jetzt unverhältnismäßig groß, aber Mr. Lancaster schien sich darüber keine Gedanken zu machen.

Er hatte sich um elf Uhr zurückgezogen, während Margaret selbst noch bis zwölf Uhr aufgeblieben war. Seit dem Tod ihrer Mutter hatte ihr Stiefvater es vermieden, deren ehemaliges Schlafzimmer zu betreten, und auch die Verbindungstür durch das gemeinsame Badezimmer fest verschlossen. Bevor er sich schlafen legte, hatte er deshalb Margaret gerufen und sie gebeten, die Fenster im Zimmer ihrer Mutter zu schließen, da es nach Regen aussah. Sie hatte die Tür aufgeschlossen, war hineingegangen und hatte die Fenster zugemacht.

Emily hatte noch nicht geschlafen und trauerte offensichtlich ihrem Vogel nach, denn sie hatte ihre Tür geöffnet, als sie Margaret kommen hörte, und gefragt, wo der Käfig sei. Margaret hatte ihr gesagt, daß George ihn in den alten Stall gebracht hatte, womit Emily sich zufrieden gab.

Das war alles, was Margaret wußte. Eine Untersuchung von Emilys Zimmer bestätigte einen Teil ihrer Aussagen. Das Buch, in dem Emily gelesen hatte, lag – mit dem Buchrücken nach oben – auf dem Tisch neben ihrem Sessel. Ihr Bettjäckchen war quer über das Fußende des Bettes geworfen. Wofür die Polizei keine Erklärung hatte – und auch wir nicht, als wir später durch die Buschtrommel davon erfuhren – war, wieso Emily sich später zumindestens teilweise wieder angekleidet hatte, Schuhe, Strümpfe und Unterrock angezogen hatte, nur, um das zu tun, was sie schon in vielen Nächten zuvor getan hatte: hinunterzugehen, um etwas zu essen.

Miss Margaret, die durch die schwere Erkrankung ihres Vaters sehr erschüttert war, konnte dafür keine Erklärung liefern.

»Sie hat sich sonst nie angezogen«, sagte sie. »Meist ging sie einfach nur in Nachthemd und Pantoffeln hinunter, nur gelegentlich zog sie einen Morgenmantel über. Nein, ich verstehe das nicht. Der Vogelkäfig? Warum um alles in der Welt hätte sie den holen wollen? Der Vogel war doch tot.«

Das war der Stand der Ermittlungen um drei Uhr nachmittags. Dann fand die Polizei, die noch immer nach der leeren Patronenhülse suchte, zwei Dinge, die jedoch nur noch mehr Rätsel aufgaben.

Das eine war ein Spaten, der von Eben als das Eigentum der Daltons identifiziert wurde. Er hatte ihn am Samstag an der Mauer ihrer Garage zurückgelassen. Dieser Spaten wurde im Gebüsch nahe der Fundstelle der Leiche entdeckt. Man hatte ihm zunächst keine weitere Bedeutung beigemessen. Erst Ebens Identifikation machte die Polizei nachdenklich.

Das andere war die Entdeckung der Kugel am späten Nachmittag. Sie stak tief im Stamm eines kleinen Baumes im Niemandsland. Nicht gefunden wurde jedoch die leere Patronenhülse. Auch fand man keinerlei Hinweis darauf, zu welchem Zweck Miss Emily, falls sie es gewesen war, den Spaten mitgebracht haben konnte.

Inspektor Briggs faßte das später zusammen.

»Da saßen wir also wieder fest. Die Zeitungen zerrissen uns in der Luft, und der Polizeichef und der Staatsanwalt tobten wie zwei Verrückte. Was hatten wir in der Hand? Daß sie sich nicht selbst erschossen hatte, stand fest. Aber einen Durchsuchungsbefehl für die fünf Villen am Crescent Place, um nach einer Waffe zu suchen, würden wir nie bekommen, das war uns klar. Nicht für den Crescent Place! Da wäre die Hölle losgewesen.

Aus der Kugel, die wir gefunden hatten, konnten wir, bevor wir sie am nächsten Tag näher untersuchten, wenigstens auf den Standort des Schützen schließen, auf die Schußrichtung. Er mußte entweder auf dem Weg selbst oder irgendwo zwischen den beiden Häusern gestanden haben. Aber wir konnten die Patronenhülse nicht finden, um das zu beweisen.

Was wir uns ausrechnen konnten, war, daß sie aus kurzer Entfernung erschossen wurde. Denken Sie daran, es war eine dunkle Nacht, ohne Mondlicht. Es war zwar nicht ganz stockfinster, aber doch fast. Und weiter konnten wir schließen, daß sie hinter irgend etwas her gewesen sein muß, vielleicht hinter dem Gold. Sie mußte den Spaten geholt haben. Er war voll von ihren Fingerabdrücken.

Und dann war da noch etwas anderes, was uns eine Menge Kopfschmerzen machte. Nicht weit von der Leiche fanden wir die Halskette mit dem Schlüssel zur Truhe. Wir ließen nichts darüber nach außen verlauten, aber da war er. Sah so aus, als wäre er vergraben gewesen und der Regen hätte ihn herausgewaschen. Und da lag er nun.

Was die Abdrücke der Schuhabsätze betraf, also, die sahen ziemlich frisch aus, aber zu dem Zeitpunkt, als wir am Tatort eintrafen, waren bereits überall Frauen herumgelaufen. Sie konnten wichtig sein, und sie konnten nicht wichtig sein, das war schwer zu sagen.«

Die Polizei hatte nämlich, was wir damals noch nicht wußten, schließlich bei ihrer Suche zwischen dem Fundort der Leiche und dem alten Stall der Talbots zwei oder drei Eindrücke von Stöckelschuhabsätzen entdeckt; von Schuhen, wie sie zum Beispiel von Helen Wellington und Mrs. Dalton getragen wurden und wie auch ich sie gelegentlich trotz Mutters Protesten trug, als kleines Zeichen einer gewissen Unabhängigkeit.

Sie hatten davon Abgüsse angefertigt, indem sie die Eindrücke, nehme ich an, zunächst mit flüssigem Schellack ausgoß und dann mit geschmolzenem Paraffin auffüllte. Der Boden war ziemlich fest, so daß sie gute Abgüsse erhielt, die aber keine besonderen Merkmale aufwiesen, um sie identifizieren zu können. Wie der Inspektor verärgert bemerkte:

»Es gab mindestens vier Frauen am Crescent Place, einschließlich des Stubenmädchens Peggy, von denen die Abdrücke stammen konnten. Aber es gab auch weitere hunderttausend Frauen in der Stadt, die sie ebenfalls gemacht haben konnten.«

Davon wußten wir an diesem Montag jedoch noch nichts. Alles, was wir wußten, war, daß man Emily Lancaster umgebracht hatte und daß unsere Moral zum zweiten Mal stark erschüttert worden war.

Wir führten unser Leben so gut weiter, wie wir konnten. Montags ist Waschtag am Crescent Place, und so tauchten – Mord hin, Mord her – überall um neun Uhr morgens wie gewöhnlich die Waschfrauen auf. Um elf Uhr waren auf unseren Trockenplätzen für jeden, der daran interessiert war, die intimsten Kleidungsstücke der Hausbesitzer zu sehen, während wir selbst im Haus damit beschäftigt waren, unsere telefonischen Bestellungen beim Fleischer aufzugeben oder weitere Seifenlieferungen beim Kaufmann anzufordern – alles war wie immer.

Wenn auch nicht ganz. Denn irgendwann im Laufe des Vormittages konnte die Waschfrau der Talbots, als sie einen Wäschepfahl im Zementfundament auf dem Trockenplatz befestigen wollte, den Pfahl nicht richtig einsetzen, untersuchte das Loch und entdeckte auf seinem Boden die leere Patronenhülse. Mit Hilfe einer Wäscheklammer angelte sie sie heraus.

Und dann passierte eines der Dinge, die, so möchte ich behaupten, schon manchen Mann an den Galgen oder auf den elektrischen Stuhl gebracht haben. Alle unsere Waschfrauen sind Schwarze, die eine fast abergläubische Furcht vor der Polizei hegen. Amanda tat deshalb die Patronenhülse in ihre Kitteltasche und ließ nichts darüber verlauten.

»Ich wollt' nich' in die Sache reingezogen wer'n«, war später ihre Entschuldigung.

Damit stand, als wir davon erfuhren, die genaue Position des Todesschützen fest. Er mußte auf dem Trockenplatz der Talbots gestanden haben, einem kleinen Stück Land, das am Pfad in

Richtung zur Lancaster-Villa liegt und zur Straße hin durch ein Spalier mit Weinranken abgeschirmt ist. Zur Garage und zum Pfad hin stehen lediglich ziemlich niedrige Büsche.

Am Montag erfuhren wir aber noch nichts von Amandas Fund. Mutter verbrachte den größten Teil des Tages zusammen mit Mrs. Talbot bei den Lancasters. Nach ihrer Rückkehr erzählte sie, daß Mr. Lancaster noch immer bewußtlos sei und Margaret wie benommen herumwandele. Sie hatte sich, schien es, entschlossen, die persönliche Habe ihrer Mutter aus deren ehemaligem Schlafzimmer auszuräumen. So hatten die drei Frauen das Zimmer aufgeschlossen und sich an die Arbeit gemacht. Mutter war sichtlich erhitzt und erschöpft, als sie zurückkam. Unterm Arm trug sie ein Päckchen mit den Ausmaßen eines großen Buches.

Sie ließ jedoch kein Wort darüber fallen. Da der Inhalt gut verpackt und verschnürt war, stellte ich auch keine Fragen. In der Tat vergaß ich es wieder ganz, bis am Abend die Nachbarn sich einzeln und paarweise wieder bei uns einfanden.

Das Päckchen lag oben auf einem der Buchregale. Es war Mrs. Talbot, die es dort entdeckte.

»Wie ich sehe, hat Margaret es Ihnen mitgegeben«, sagte sie.

»Ja«, entgegnete Mutter. »Sie wußte nicht, was sie damit anfangen sollte. Eigentlich weiß ich es auch nicht. Es wird wohl auf dem Boden landen.«

Das ist die am Crescent Place gebräuliche Umschreibung für die Aufbewahrung überzähliger Dinge.

Ich kann mich nicht daran erinnern, daß außer Mrs. Talbot sonst noch jemand Interesse an dem Album bekundet hätte. Es kam eine Zeit, in der ich versuchte, mir die Szene wieder in Erinnerung zu rufen, aber vergeblich. George wollte es sich ansehen, um sich ein bißchen aufzumuntern, wie er sagte, wurde aber von seiner Mutter scharf zurechtgewiesen. Bryan Dalton warf einen Blick auf das Päckchen, sah dann jedoch wieder weg, während seine Frau ihn beobachtete. Das war alles.

Ich selbst kannte das Album sehr gut. Es lag, als ich noch ein kleines Mädchen war, in imponierender Größe mit seinen metallenen Schließen auf dem Tisch im Salon der Lancasters. Mit gebührender Hochachtung pflegte ich die Fotos der darin abgebildeten Leute in ihrer merkwürdigen Kleidung und ihren merkwürdigen Posen zu betrachten. An jenem Abend erregte es aber kein weiteres Interesse. Wir saßen in zwangloser Runde zusammen, so wie am Abend des ersten Mordtages, aber die Aufregung dieses Tages war einer nervösen Ängstlichkeit gewichen, die sich in Mrs. Talbots leiserer Stimme und einem angestrengten Zug um ihren Mund, in Lydias Blässe und den zitternden Händen, mit denen sie strickte, in Mrs. Daltons schrillem Lachen und Bryan Daltons zunehmender Wortkargheit manifestierte.

So weit ich mich erinnern kann, ergriff er an diesem Abend nur einmal das Wort.

»Wie es aussieht«, sagte er, »treibt sich hier eine brutal mordende Bestie herum. Ich habe bereits um verstärkten Polizeischutz gebeten.«

»Polizei!« sagte Mrs. Talbot. »Es wimmelte hier doch nur so von Polizei, und was ist dabei herausgekommen? Was wir brauchen, sind mehr Riegel und Schlösser!«

»Und mehr heimliche Feuer«, warf Mrs. Dalton überraschenderweise ein. Alle sahen sie an, aber sie lächelte nur maliziös. In diesem Moment läutete es an der Haustür, und wenig später kam Helen Wellington herein.

Sie blieb im Türrahmen stehen und musterte uns mit ihrem versteckten ironischen Lächeln.

»Aha«, sagte sie. »Ich vermute, ihr seid zu dem Schluß gekommen, daß Jim wieder einmal aktiv geworden ist.«

Das provozierte uns zu heftigen Reaktionen, wie sie schlechtes Benehmen immer herausfordert.

Vermutlich hatte Helen das beabsichtigt. Mutter sprang auf und fixierte sie erbost.

»Also wirklich, Helen«, sagte sie. »Wenn Sie tatsächlich glauben, wir hätten uns darüber unterhalten, daß Jim in diese ... tragische Sache verwickelt ist, dann irren Sie sich gewaltig. Nichts dergleichen haben wir getan.«

»Ob Sie sich nun unterhalten haben, es glauben oder es nur vermuten – ich bin gekommen, um Ihnen dasselbe mitzuteilen, was ich bei der Polizei ausgesagt habe. Jim Wellington hat die Nacht in meinem Zimmer geschlafen, und er hat es die ganze Zeit nicht verlassen!« Und als sie merkte, wie indiskret die meisten von uns ihre Worte fanden, fügte sie etwas weniger ernst hinzu: »Ich bin bereit, dies auf einem ganzen Stapel Bibeln zu beschwören. Der wird sich am Crescent Place ja leicht zusammentragen lassen.«

»Seien Sie nicht albern, und kommen Sie herein, Helen«, sagte George Talbot. »Wir haben uns wirklich nur unterhalten, wie wir uns am besten selbst schützen können, nichts weiter.«

Ihre intelligenten Augen hinter der stark aufgetragenen Wimperntusche musterten uns der Reihe nach.

»Sich selbst schützen?« sagte sie. »Und alle außer dem armen Jim sind hier versammelt? Das klingt aber verdammt merkwürdig!«

Damit drehte sie sich auf dem Absatz um und ging wieder hinaus. Die Haustür schlug heftig hinter ihr zu.

Helens Auftritt beendete abrupt unsere Versammlung. Alle verließen uns bald nach diesem Vorfall. Mir fiel auf, daß die Daltons nicht mehr wie sonst Seite an Seite fortgingen, auch wenn sie sich dabei anschwiegen, sondern daß er voranstürmte und es ihr überließ, ihm mühsam zu folgen. Und ich bemerkte, daß er, an der Straße angekommen, sich umwandte und zur Lancaster-Villa hinübersah, wo im Schlafzimmer des Kranken ein einsames Licht brannte. Danach straffte er die Schultern und marschierte weiter. Seine Frau hatte Mühe, auf ihren übermäßig hohen Absätzen hinter ihm drein zu trippeln.

George blieb beim Hinausgehen hinter Mutter und Tante zurück, um mir zu sagen, daß Margaret ihn gebeten habe, die Nacht in ihrem Haus zu verbringen, und daß er eingewilligt habe.

»Sie hat schreckliche Angst«, sagte er, »und ich kann es ihr nachfühlen. Es sieht so aus, als sei jemand darauf aus, die ganze Familie auszulöschen.«

»Du glaubst also, daß es derselbe Täter war?«

»Würde es nicht ein wenig zu weit gehen, anzunehmen, daß gleich zwei Mörder hinter derselben Familie her sind?«

Dann ging er, und ich schloß die Haustür hinter ihm ab, während Mutter sich mit dem unausgepackten Album nach oben begab.

Kapitel 24

Montag nacht mußte Holmes auf Mutters Anordnung hin wieder bei uns im Haus schlafen – und wieder wurde er im Gästezimmer eingeschlossen, ohne daß er es wußte.

Miss Emilys Tod hatte jede Theorie hinfällig werden lassen, die ich über seine Täterschaft aufgestellt hatte. Ich war verwirrt und ziemlich ratlos. Selbst wenn es ihm möglich gewesen wäre, aus dem Fenster zu klettern, hätte er doch keine Gelegenheit gehabt, erneut ins Haus hineinzukommen. Es sei denn – und das fiel mir plötzlich ein, als ich dabei war, mich auszuziehen –, er wäre auf einer der langen Leitern, die wir zum Baumschneiden benutzen, wieder durchs Fenster eingestiegen und hätte sie früh am Morgen weggestellt.

Irgendwann hatte ich einmal gelesen, daß jemand so vorgegangen war. Er war durch die Abdrücke, die die Leiterenden im Boden hinterlassen hatten, entdeckt worden. Da ich noch nicht müde war und Holmes in seinem komfortablen Gästebett auch laut schnarchen hörte, beschloß ich, hinunterzugehen und die Sache einmal selbst in Augenschein zu nehmen. Etwas anderes schien mir nicht übrigzubleiben, da ich seit dem Morgen des Vortages Herbert Dean nicht mehr gesehen hatte.

Mutter war im Begriff, sich schlafen zu legen. Nachdem ich alle Fenster für sie verriegelt und auf jeder Fensterbank eine Vase postiert hatte, »für den Fall, daß jemand einsteigen will«, wie sie sagte, ging ich hinunter und verließ das Haus durch die Vordertür.

Es war wieder eine wolkenverhangene Nacht. Erneut schien ein Gewitter im Anzug zu sein. Glücklicherweise wehte kein Wind, denn Mutter hatte unsere einzige Taschenlampe mit Beschlag belegt, und so hatte ich mich lediglich mit einer Schachtel Zündhölzer bewaffnen können. Im Lichtschein des ersten Zündholzes hatte ich nichts entdecken können und beugte mich gerade mit dem zweiten herunter, als plötzlich jemand hinter mir leise sagte:

»Erschrecken Sie nicht, Miss Lou. Ich bin's, Dean. Und blasen Sie das Zündholz aus. Da ist nichts. Ich habe mich bereits davon überzeugt.«

Trotzdem war ich so erschrocken, daß ich heftig zitterte. Er schien das zu merken, denn er packte mich am Arm und zog mich beiseite.

»Nur ruhig!« sagte er. »Wo können wir uns ungestört unterhalten? Im Keller?«

»Besser in der Garage«, antwortete ich mühsam beherrscht.

»Heißt das, daß Holmes wieder im Haus schläft?«

»Ja. Woher wissen Sie, daß er gestern nacht bereits bei uns geschlafen hat?«

»Alles über Holmes zu wissen, ist mein Job, aber nicht aus dem Grund, den Sie vermuten. Ihr Holmes ist ein gewitzter junger Mann, was ich, glaube ich, schon mal gesagt habe. Irgendwann in nächster Zeit ist zwischen ihm und mir einmal ein Palaver fällig.«

»Ein Palaver?«

»Eine Unterhaltung, ein Plauderstündchen, wie Sie es auch nennen wollen. In der Zwischenzeit sollten wir beide aber einmal ein solches Plauderstündchen abhalten. Ich muß eine Menge Dinge von Ihnen wissen.«

Ich willigte ein, ging ins Haus, schloß die Haustür ab, verriegelte sie und ging über die Küchenveranda wieder hinaus. Dean wartete bereits auf dem Pfad hinter dem Haus auf mich. So sachlich und nüchtern, wie er sich benahm, wirkte er sehr beruhigend und vertraueneinflößend. Schweigend ging er zur Garage voraus, schob mich dort auf eine Bank, setzte sich selbst auf das Trittbrett des Wagens und zog seine Pfeife aus der Tasche.

»Also«, sagte er schließlich, »langsam wird es hier ganz interessant. Die Dinge entwickeln sich Tag für Tag immer prächtiger.«

Seine Worte überraschten mich. »Sie scheinen sehr wenig menschliche Gefühle zu besitzen«, sagte ich. »Ich glaube fast, daß die Ereignisse hier Ihnen Spaß machen.«

»Ich fühle schon wie ein Mensch«, entgegnete er gelassen. »Aber das ist schließlich mein Beruf.«

In Gedanken versunken zog er an seiner Pfeife, ehe er nach einer Weile fortfuhr: »Wie ich hörte, hat Helen Ihre abendliche Zusammenkunft zum Platzen gebracht. Das ist typisch für sie, wenn auch leicht taktlos. Sie hatte aber gute Gründe dafür. Trotzdem hätte ich sie zurückgehalten, wenn ich davon gewußt hätte. Aber ich wohne nicht mehr bei den Wellingtons. Sie hat zahlreiche Dienstboten eingestellt, und ich mußte gehen.«

»Sie hat sich tatsächlich unmöglich benommen. Was hatte sie für einen Grund?«

»Sie hatte Angst«, entgegnete er ruhig. »Sie müssen wissen, daß Jim eine fünfundvierziger Automatik besitzt. Aber die Polizei hat die Kugel inzwischen gefunden, und spätestens morgen früh werden ihre Experten herausgefunden haben, daß sie nicht aus Jims Waffe stammt.«

Über das, was er selbst den Tag über unternommen hatte, sagte er wenig. Auch über den zweiten Handschuh wollte er sich nicht mit mir unterhalten.

»Ich werde Ihnen das alles später einmal erzählen«, versprach er.

Der Mord an Miss Emily beunruhigte ihn mehr, als es zunächst den Anschein gehabt hatte.

»Sehen Sie, es kann höchstens zwei oder drei Gründe gegeben haben, sie umzubringen«, sagte er. »Zunächst könnte man die These aufstellen, daß sie mit jemand verwechselt wurde – möglich, aber meiner Meinung nach unwahrscheinlich. Dann besteht die Möglichkeit, daß sie aus irgend einem Grund aus dem Weg geräumt wurde, den wir nicht kennen; weil sie zum Beispiel etwas wußte oder einem bestimmten Plan im Weg stand. Ich neige immer mehr zu der Annahme, daß ein solcher Plan existieren muß. Oder aber, sie hatte irgend etwas in ihrem Besitz, das ein anderer unbedingt haben wollte oder haben mußte. Die üblichen Motive für einen Mord, wie Rache, Eifersucht oder Liebe, scheiden in ihrem Fall wohl aus. Sie war nicht die Frau, die solche Gefühle hervorgerufen haben könnte. Und natürlich ist da noch die Möglichkeit, daß es sich bei dem Mörder tatsächlich um einen Wahnsinnigen handelt. Ganz ausschließen können wir das nicht.«

»Aber Sie glauben nicht daran, stimmt's?«

»Nein. Sehen Sie, Lou – Sie gestatten doch, daß ich Sie einfach Lou nenne? –, es gibt, grob gesagt, nur zwei Typen von Mördern. Der eine ist von der primitiven Sorte, unterdurchschnittlich intelligent, er ist meist ein Mitglied der Unterwelt und tötet ganz impulsiv, entweder aus Furcht oder weil er erregt oder betrunken ist. Der andere Typ ist der intelligente Mörder. Er plant seine Tat sorgfältig und führt sie äußerst umsichtig aus. Doch genau darin liegt auch die große Gefahr für ihn. Jedes Teilstück eines solchen Planes hängt von einem anderen Teilstück ab. Das Ganze ist wie bei einer komplizierten Maschinerie. Ein Rädchen fällt aus, und alles bricht zusammen.«

»Bedeutet das, daß die arme Emily Lancaster ein solches Rädchen war?« fragte ich.

»Das könnte möglich sein. Warum hätte man sie sonst töten sollen? Sie war doch wirklich ungefährlich, muß man sagen. Und wenn sie irgend etwas gewußt hätte, dann hätte sie es bestimmt niemandem verraten, zumindestens nicht der Polizei. Sehen Sie, Lou – es gefällt mir sehr, daß ich Sie einfach Lou nenne, stelle ich fest; hoffentlich gefällt es Ihnen auch! –, ich glaube fest daran, daß irgendwo am Crescent Place eine Leiche im Keller versteckt ist. Deshalb überlasse ich der Polizei die Routinearbeit und kümmere mich selbst mehr um diese Leiche. Aber ich sage es Ihnen frei heraus: Sollte ich herausfinden, um was es sich dabei handelt, dann werde ich das nicht von den Bewohnern des Crescent Place erfahren haben, von diesen Leuten mit den fest verschlossenen Lippen, die alle der Meinung sind, man solle sich am besten nur um seine eigenen Angelegenheiten kümmern! Aber hören wir auf, über sie zu sprechen. Sind Sie müde? Möchten Sie ins Haus zurück?«

»Nur, wenn Sie es möchten.«

»Ich? Mit einer hübschen, jungen Dame auf einem bequemen Autotrittbrett in einer lauschigen Sommernacht? Niemals! Übrigens hilft es mir, laut nachzudenken. Sie sind eine gute Zuhörerin, müssen Sie wissen; und für jeden Mann gibt es Augenblicke, in denen er eine schweigende Zuhörerin selbst der zärtlichsten, leisesten weiblichen Stimme vorzieht.«

Dann wurde er wieder ernst.

»Was ich mich frage, ist, warum Emily das Haus in der letzten Nacht überhaupt verließ«, sagte er. »Das paßt alles nicht zusammen, Lou. Warum stand sie auf, kleidete sich notdürftig an, aß einen Apfel auf der Veranda und ging dann hinaus? Es kann sie doch niemand dort auf der Veranda erschreckt haben. Dann wäre sie ins Haus hineingelaufen und hätte die Küchentür verrammelt. Es sei denn«, fügte er hinzu, »sie hätte sich vor jemandem im Haus gefürchtet. Aber warum sollte sie dann zuerst noch den Apfel gegessen haben?«

Er war verwirrt, das konnte man merken. Vermutlich hatte er sich bereits eine Theorie zurechtgelegt, und dann war etwas passiert, was einfach nicht ins Bild paßte, wie er sagte.

»In der einen Nacht stürzt sie aus dem Haus und sucht Schutz bei den Talbots«, fuhr er fort, »und in der nächsten sitzt sie um ein Uhr morgens mit einem Apfel gemütlich auf der Veranda und geht dann hinaus, um spazieren zu gehen! Lou, wir müssen herausfinden, warum sie diesen Spaziergang gemacht hat!«

Ich dachte einen Moment nach.

»Natürlich könnte es möglich sein«, sagte ich schließlich, »daß sie den Vogelkäfig holen wollte.«

»Den was?«

»Nun, Margaret hatte ihr gesagt, daß ihr Vogel eingegangen war und daß George Talbot den Käfig in den Stall gebracht hatte. Und sie wußte, daß George den Stall nachts nie abschließt. Er hofft seit Jahren, daß ihm mal jemand seinen Wagen stiehlt.«

Er hielt sich mit gespielter Verzweiflung die Ohren zu.

»Da sehe ich Sie an, Lou«, sagte er, »und Sie reden mit lieblicher Stimme so mancherlei. Aber für mich ergeben Ihre Worte absolut keinen Sinn. Was hat das mit dem Vogelkäfig zu bedeuten? Wollen Sie wirklich behaupten, daß Miss Emily Lancaster nachts um ein Uhr aus dem Haus ging, um einen Vogelkäfig zu holen? Warum hätte sie so etwas tun sollen?«

»Weil sie ganz vernarrt in ihren Vogel gewesen war. Natürlich wußte sie zu diesem Zeitpunkt bereits, daß er nicht mehr lebte. Und ich bin es, die ihn auf dem Gewissen hat! Ich habe ihn in einem Nebenzimmer abgestellt, und niemand hat daran gedacht, ihm Wasser zu geben. Den Gedanken daran kann ich kaum ertragen, Mr. Dean! Wenn es stimmt, daß sie den Käfig holen wollte, als man sie tötete, werde ich mein ganzes Leben lang ein schlechtes Gewissen haben!«

Zu meinem großen Erstaunen begann ich zu weinen. Bis zu diesem Augenblick hatte ich meine Fassung einigermaßen bewahren können. Nun jagte ich Herbert Dean offensichtlich einen ebenso großen Schrecken ein, wie ich ihn überraschte.

»Hören Sie auf, Lou!« sagte er heftig. »Bis jetzt haben Sie sich großartig benommen, und jetzt ist nicht der richtige Zeitpunkt, die Nerven zu verlieren. Tun Sie mir also den Gefallen, und hören Sie endlich auf! Selbstverständlich haben Sie den albernen Vogel nicht auf dem Gewissen und Emily Lancaster schon gar nicht.

Hier ist ein Taschentuch! Allerdings scheint mir dies die passende Gelegenheit zu sein, wo Sie der Kummer gerade so weich stimmt, Ihnen zu sagen, daß meine Freunde mich Bert nennen, manche sogar Bertie. Alberner Name, finden Sie nicht? Aber Namen sind wie Warzen. Man weiß nicht, wie man zu ihnen kommt, aber man muß sie mit Geduld ertragen.«

Damit erreichte er genau, was er beabsichtigte: Ich mußte lachen.

Sofort kam er jedoch wieder auf die Sache mit dem Vogelkäfig zurück. Ich erzählte ihm die ganze Geschichte, ohne daß er mich unterbrach.

»Sehr merkwürdig«, meinte er schließlich. »Sie muß doch von Margaret erfahren haben, daß der Vogel tot war. Aber das erklärt vielleicht die Sache mit dem Spaten. Sie nahm ihn mit, um den Vogel zu begraben. Trotzdem ergibt es keinen Sinn, daß sie nach den Ereignissen der vorhergehenden Nacht so einfach das Haus verläßt, es sei denn, das Ganze wäre nur eine Art Täuschungsmanöver gewesen. Das würde allerdings bedeuten ...«

Er stand unvermittelt auf und reichte mir beide Hände.

»Stehn Sie auf im Nu, süße Lady Lou! Haben Sie bemerkt, das war gereimt! Aber nun gehen Sie marsch ins Haus und ins Bett. Ich habe so eine Ahnung, daß Sie schrecklich aussehen, obwohl ich Sie hier im Finstern ja kaum sehen kann. Und junge Damen sollten nicht schrecklich aussehen. Es steht ihnen nicht.«

»Ich fürchte, ich habe mich jahrelang wenig darum gekümmert, wie ich aussehe.«

Er stand schweigend im Dunkeln und hielt meine Hände fest.

»Das vermute ich auch«, sagte er. »Warum hätten Sie das auch tun sollen? Der ganze Crescent Place ist doch eine Institution zur Unterdrückung der Jugend! Ich finde das ziemlich schrecklich, Lou, und Sie haben sich dem auch noch unterworfen. Übrigens liegt hier der Unterschied zwischen Ihnen und Helen. Sie revoltiert, während Sie sich unterwerfen. Sie hat eben mehr Courage.«

»Vielleicht sehne ich mich einfach mehr nach Frieden als Helen«, sagte ich.

»Frieden! Nur im Alter sehnt man sich wirklich nach Frieden, meine liebe Lou. Dann hat man sein Leben gelebt und möchte sich nur noch ausruhen. Aber warum sollten Sie sich nach Frieden sehnen? Der wirkliche Inhalt des Lebens besteht doch aus

Konflikten. Und da wir gerade von Konflikten reden...« Er ließ meine Hände los.

»Sie gehen jetzt ins Bett!« sagte er. »Und ich werde jetzt hinüber zum Stall der Talbots oder zu ihrer Garage oder was es auch immer ist, gehen, um mir den Vogelkäfig anzusehen. Wenn mir allerdings jemand vor einer Woche prophezeit hätte, daß ich mit einem Axtmord beginnen und mit einem Vogelkäfig enden würde, dann hätte ich ihm wohl schwerlich geglaubt.«

Er versetzte mir einen aufmunternden Klaps und ging in Richtung Haus.

»Ich werde warten, bis Sie im Haus in Sicherheit sind«, sagte er. »Aber zuvor möchte ich Ihnen noch dies sagen: Es kann sein, daß wir alles hinter uns haben, es kann aber auch sein, daß das nicht der Fall ist. Sie müssen mir versprechen, daß Sie unter keinen Umständen weiterhin nachts Nachforschungen auf eigene Faust anstellen. Es gibt nur zwei Theorien zu diesem Verbrechen. Entweder hat sie ein Insider begangen, der hier am Crescent Place lebt, oder aber der Täter kommt von außen und ist vermutlich ein Irrer, der bis jetzt noch nicht ausgeschaltet werden konnte. Ich weiß nicht, was das Schlimmere von beiden ist. Lassen Sie mich die Schmutzarbeit allein machen! Versprechen Sie mir das?«

»Ich dachte, Sie hätten mir jede Courage abgesprochen.«

»Nur die moralische Courage, mein liebes Kind. Ich zweifle nicht daran, daß Sie unter anderen Umständen wie eine Wildkatze kämpfen würden, aber das sind zwei Paar Schuhe.«

Damit ließ er mich gehen und sah mir nach, bis ich sicher im Haus verschwunden war. Dann begab er sich eiligst, aber lautlos, zur Talbot-Garage, während ich durchs Haus ging, wo mich etwas erwartete, an das ich mich auch heute noch nur mit Schaudern erinnern kann.

Eines der merkwürdigsten Dinge in diesen hektischen Tagen war die fast ungezwungen zu nennende Art und Weise, mit der sich unser Mörder unter uns bewegte, ohne gesehen zu werden. Überall trieb sich doch Polizei herum, und wir selbst waren ständig auf der Hut. Unsere Häuser waren sorgfältig verschlossen, und unsere Fenster waren verriegelt. Und doch umging er alle Hindernisse mit unglaublicher Geschicklichkeit.

Zwar hatte während unserer Unterhaltung in der Garage die Küchentür nicht gerade in voller Sichtweite von Herbert Dean und mir gelegen, aber immerhin waren wir doch in gefährlicher Nähe gewesen. Und trotzdem stellte sich in der folgenden knappen halben Stunde heraus, daß jemand sich die Stufen zur Küchenveranda hochgeschlichen haben mußte und ins Haus geschlüpft war.

Natürlich hatte ich davon keine Ahnung. Ich erinnere mich, daß ich mich, als ich wieder ins Haus ging, so glücklich wie seit langem nicht mehr fühlte, trotz der Tragödien in unserer Nachbarschaft; daß ich mir viel jünger vorkam und fest entschlossen war, den Schönheitsschlaf zu absolvieren, den Herbert Dean mir empfohlen hatte. Ja, ich glaube sogar, daß ich leise vor mich hinsummte, als ich durch die dunkle Halle ging. Am Fuß der Treppe stellte ich allerdings das Summen ein, weil ich fürchtete, Mutter zu wecken.

Aus demselben Grund stieg ich leise die Treppe hoch. In der oberen Halle brannte ein schwaches Licht, das die Schatten nur noch verstärkte. Am Ende der Treppe blieb ich stehen. Mir war, als hätte ich Holmes auf dem Gang im Gästeflügel gesehen.

Das verwunderte mich. Er war doch in seinem Zimmer eingeschlossen oder hätte zumindestens eingeschlossen sein sollen. Nach kurzem Zögern ging ich wieder bis zum Treppenabsatz hinunter und durch den Gang bis zu seiner Tür. Ich rüttelte leise an ihr, aber sie war fest verschlossen. Aus den Geräuschen, die er produzierte, war zu schließen, daß er fest schlief oder jedenfalls überzeugend so tat, als ob.

Also hatte ich mich doch geirrt, dachte ich, und ging zum Fenster am Ende des Gästeflügels, um noch einmal nach den Daltons Ausschau zu halten. In unserem Gang war es dunkel, aber im Schlafzimmer von Mrs. Dalton brannte Licht. Die Jalousien waren nicht heruntergelassen, so daß ich in das Zimmer hineinsehen konnte.

Drinnen lief Mrs. Dalton auf und ab, und ich hatte den Eindruck, daß sie weinte. Im Nachthemd, ohne die hohen Schuhabsätze, sah sie klein und bemitleidenswert aus. Und alt. Niemals zuvor hatte ich an sie als eine alte Frau gedacht. Das Bild, das der Fensterausschnitt zeigte, schien mir ein Bild voller Tragödie, der Tragödie der Einsamkeit und des heimlichen Kummers zu sein. Ihre stummen, verzweifelten Gebärden rührten mein Herz.

Irgendwie kam es mir aber ungehörig vor, sie so heimlich zu beobachten. Gerade wollte ich mich umwenden und wieder gehen, als ich hinter mir ein Geräusch vernahm. Es war kein Schritt, sondern eine verstohlene, fast unhörbare Bewegung. Im selben Moment packte mich irgend etwas oder irgend jemand an der Schulter, und ich stieß einen lauten Schrei aus. Das ist alles, woran ich mich erinnern kann.

Als ich wieder zu Bewußtsein kam, trommelte Holmes an seine verschlossene Tür und schrie Zeter und Mordio. Ich lag mutterseelenallein im Dunkeln auf dem Boden. Mir war schlecht, und im Kopf verspürte ich ein merkwürdig dumpfes Gefühl. Dann vernahm ich ein ängstliches Flüstern und wußte, daß Mary und Annie auf der Hintertreppe standen und sich nicht trauten herunterzukommen.

»Mary!« rief ich. »Bitte kommen Sie her, es ist alles in Ordnung.«

Meine Stimme klang noch schwach, aber die beiden hörten mich und kamen zögernd näher. Ich muß entsetzlich ausgesehen haben, wie ich dort im Dunkeln lag, und der Lärm, den Holmes machte, trug auch nicht gerade zur Entspannung der Atmosphäre bei. Nachdem sie das Licht angeknipst hatten, schöpften sie jedoch wieder mehr Mut. Annie weckte Mutter mit der Nachricht, ich liege halb tot im Gästeflügel – eine Aussage, die mir zu diesem Zeitpunkt der Wahrheit zu entsprechen schien.

Den drei Frauen gelang es schließlich, mich in mein Zimmer zu schaffen. Endlich befreite auch jemand den aufgebrachten und empörten Holmes und benachrichtigte den Arzt.

Ich hatte eine riesige Beule auf dem Kopf, und mir war schlecht, da ich eine Gehirnerschütterung hatte, die mir mehr zu schaffen machte als die Beule. Während der Doktor mich hätschelte und tätschelte, wie er die Untersuchung meines Schädels bezeichnete, durchsuchte die Polizei gründlich das Haus, konnte aber absolut nichts feststellen, außer daß die Tür zur Küchenveranda unverschlossen war.

Bei der Waffe, mit der ich niedergeschlagen wurde, handelte es sich weder um eine Axt noch um eine Pistole, sondern um ein Schüreisen vom Küchenherd, das keinerlei Fingerabdrücke aufwies.

Ich nehme an, daß die Polizei Holmes verdächtigte. Jedenfalls durchsuchte man sein Zimmer und auch ihn persönlich wegen des Türschlüssels. Aber wie Annie bemerkte, hätte er wie ein Grashüpfer die Treppe hinunterspringen müssen, um die Küchentür aufzuschließen und sich dann wieder in seinem Zimmer einzuschließen, ehe sie und Mary nach meinem Schrei den Fuß der Treppe erreicht hatten.

Was die Polizei sich schließlich zusammenreimte, war, daß ich jemanden im Gang des Gästeflügels überrascht haben mußte. Der Gang verbreitert sich an einer Stelle. In diesem Winkel muß sich der Eindringling, wer immer es auch gewesen war, versteckt haben. Während ich im Dunkeln ganz dicht an ihm vorbeikam, muß er einen Augenblick überlegt haben, ob er besser eine Gelegenheit abwarten solle, um sich unbemerkt hinter meinem Rücken wegzuschleichen, oder ob er mich besser ausschalten solle, bevor ich Alarm schlagen konnte.

»Sie haben aber trotzdem ganz schönen Lärm gemacht«, sagte der Inspektor später kichernd. »Nach allem, was ich gehört habe, hat man drüben auf der Avenue geglaubt, eine Feuersirene sei losgegangen.«

Ich sehe ihn noch vor mir, wie er neben meinem Bett stand und sich in die Lippe kniff, während er mich musterte. In der einen Hand hielt er die Überreste eines grünen Pflanzenstengels.

»Ich bin froh, daß es nicht schlimmer gekommen ist«, sagte er. »Gott sei Dank haben Sie eine Menge Haare. Solch ein Schüreisen kann schon eine verdammt heimtückische Waffe sein. Und Sie sind sich vollkommen sicher, daß Sie diesen Stengel hier nicht zufällig mit ins Haus gebracht haben?«

»Nicht, wenn Sie ihn in dem Winkel im Gästeflügel fanden.«

»Genau dort lag er, nahe an der Wand. Nun, ich glaube, ich muß meinem Chef berichten, daß ich im Begriff bin, eine Landwirtschaftsausstellung zu eröffnen. Drei Grashalme und ein Stückchen Pflanzenstengel habe ich schon beisammen! Für jeden anderen außer einem hungrigen Esel ist das wahrlich beeindrukkend!«

Kapitel 25

Ich glaube, daß Mutter und Annie abwechselnd in jener Nacht an meinem Bett saßen, aber man hatte mir eine kleine Dosis Morphium verabreicht, und so schwebte ich in dem wohltuend lethargischen Zustand, in dem der Geist plötzlich enorme Aktivitäten entwickelt und in dem die Dinge der Außenwelt so weit entfernt sind, daß sie nicht zu existieren scheinen.

Vor meinem inneren Auge sah ich in erstaunlicher Schärfe und Lebendigkeit die verschiedensten Bilder ablaufen. Ich half Margaret Lancaster, ihre Schwester Emily ins Haus zu schaffen, wobei sie sich – fast unter den Augen des Streifenpolizisten Lynch – bückte und etwas aufhob. Dann stand ich in der oberen Halle. Unter Mrs. Lancasters Schlafzimmertür floß ein dünnes Rinnsal hervor. Peggy deutete darauf und schrie entsetzt »Blut!« Ich traf Lydia Talbot auf der Straße, und sie sagte verstört: »Sie ertrugen es so lange, bis sie nicht mehr konnten.« Dann sah ich Mrs. Dalton wieder ihr Haus durchsuchen und mit ihrem Mann im Holzschuppen verschwinden. Der Deckel der Schatztruhe stand offen, und der Detektiv Sullivan tastete einen der Beutel mit den Fingerspitzen ab. Später beobachtete ich Holmes, wie er vorsichtig die Seiten aus einem Buch herausschnitt und nach ihrem Verbrennen die Asche mit dem Fuß zerstreute. Und noch einmal lag Miss Emily tot in den Büschen, und der Straßenkehrer sagte: »Es ist so natürlich, zu sterben, wie geboren zu werden.«

All dies lief ziemlich rasch vor meinem inneren Auge ab. Was folgte, waren Szenen, die zwar weniger dramatisch, aber gleichfalls eindringlich waren. In dieser Phase schienen mir auf einmal verborgene Motive deutlich zu werden, die geheimen Triebfedern des Lebens am Crescent Place: Liebe, Haß, Eifersucht und Furcht. Furcht? Ja, sie fürchteten sich alle. Ich sah sie bei der abendlichen Zusammenkunft vor mir. Sie waren alle von heftiger Furcht erfüllt. Aber mehr noch als das. Irgendein geheimes Wissen verband sie miteinander, hatte sie dort zusammengeführt. Ihre sorgfältig gepflegten Hände lagen müßig im Schoß, ihre Augen blickten wachsam, und ihre Lippen blieben verschlossen. Obwohl sie freiwillig zusammengekommen waren, schien keine wirkliche Freundschaft unter ihnen zu herrschen.

Das war mein letzter Gedanke, ehe ich endgültig einschlief.

Spät am nächsten Morgen wachte ich auf, mit schmerzendem Kopf und steifem Nacken. Mutter hatte sich zu dem dringend benötigten Schlaf zurückgezogen. An meinem Bett wachte Annie.

»Dieser Butler, der bei den Wellingtons gearbeitet hat, ist unten, Miss«, sagte sie. »Er hat eine Nachricht von Mister Jim für Sie.«

»Ich kann ihn unmöglich so empfangen, Annie.«

»Er sagt, es sei wichtig, Miss.«

Ich fing einen Blick von ihr auf. Was auch immer Herbert Dean für eine Rolle in unserem Fall spielte, unsere Dienstboten hatte er nicht eine einzige Minute täuschen können, da war ich mir ziemlich sicher.

»Also gut, Annie«, sagte ich. »Geben Sie mir etwas zum Überziehen und ein anderes Kopfkissen. Und, bitte, wecken Sie Mutter nicht auf!«

»Ich bestimmt nicht, Miss«, erwiderte sie. Wieder fing ich einen Blick von ihr auf. Annie war unheilbar romantisch veranlagt, das wußte ich. Jetzt fieberte sie geradezu vor Aufregung.

Dies war also die Gelegenheit, bei der ich von Herbert Deans Abenteuer mit dem Vogelkäfig in der verflossenen Nacht erfuhr. Obwohl es nicht ganz so gefährlich wie mein eigenes Abenteuer gewesen war, hatte es doch einige interessante Züge, um es einmal so auszudrücken.

Nachdem wir uns getrennt hatten, war er leise über den Pfad zum Talbot-Stall gegangen. In dem dunklen Pullover und der dunklen Hose, die er trug, war er fast unsichtbar gewesen, und seine Gummisohlen hatten keinerlei Geräusche verursacht. Auf dem halben Weg in Richtung der Lancaster-Villa hatte er den Eindruck gehabt, daß irgendwo vorsichtig eine Tür geschlossen wurde. So war er stehengeblieben und hatte gelauscht.

Da er jedoch nichts mehr hörte, war er schließlich weitergegangen. Es war inzwischen bereits nach Mitternacht, und die Häuser ringsum waren dunkel. Nur in Mr. Lancasters Zimmer brannte noch Licht, und aus Margarets Zimmer fiel ein schwacher Lichtschein.

Knapp fünfzehn Meter vor dem Holzschuppen war er fast in einen Mann hineingerannt, der dort im Dunkeln stand.

»Er sprang mich an«, erzählte er. »Ich war natürlich vollkommen überrascht, und wir gingen beide zu Boden. Ich bemerkte sofort, daß er eine Waffe bei sich trug, doch er kam nicht dazu, sie einzusetzen. Aber ich weiß nicht, was geschehen wäre, wenn uns nicht ein Polizist gehört hätte und angerannt gekommen wäre. Wir hätten uns gegenseitig fast umgebracht. Dann leuchtete der Polizist uns an, und ich sah, daß es George Talbot war.«

»George Talbot!« wiederholte ich matt.

»Ja, George und niemand anderes. Er hatte eine Wachrunde um das Haus und das Grundstück gemacht, wie er es Margaret Lancaster versprochen hatte. Glücklicherweise hatte ich ihn gestern in der Stadt kennengelernt, so daß er mich identifizieren konnte, damit der Polizist mich nicht verhaftete. Dann standen wir wieder auf, und ich ging weiter meiner Arbeit nach. Zumindestens versuchte ich es.«

Dieser Vorfall hatte natürlich einige Zeit in Anspruch genommen. Der Polizist hatte noch niemals etwas von einem Herbert Dean gehört und war schwer zu überzeugen gewesen. Und dann hatte George in dem Handgemenge einen Manschettenknopf verloren, der erst gemeinsam gesucht werden mußte. So waren etwa zehn Minuten verstrichen, ehe sie sich wieder ihren verschiedenen Aufgaben zuwenden konnten. George ging zurück zum Lancaster-Haus, der Polizist augenscheinlich zur Straße, und er selbst hatte sich in Richtung Talbot-Garage aufgemacht.

Das Haus selbst war dunkel und still. Er hatte aber den Eindruck, daß aus dem Stall Licht fiel, nicht von einer Taschenlampe, sondern vermutlich von Zündhölzern. Das Licht leuchtete auf, ging wieder aus und flammte erneut auf.

»Entweder waren es Zündhölzer«, sagte er, »oder jemand blendete alle ein bis zwei Minuten eine Taschenlampe auf und ab.«

Die letzten fünfzig Meter legte er im Laufschritt zurück. Erst knapp vor dem Stall bremste er ab und schlich sich um die Stallecke zu einem Fenster. Drinnen leuchtete in diesem Augenblick kein Licht, aber offensichtlich befand sich jemand im Stall, der entweder einen schweren Gegenstand bewegte oder versuchte, ihn zu bewegen.

»Jedenfalls klang es so«, sagte er.

Er wartete einen Moment in der Hoffnung, daß der Unbekannte wieder Licht machen würde, aber nichts dergleichen geschah. Deshalb schlich er sich leise wieder zur Stalltür.

Er hatte jedoch kaum die Hälfte des Weges zurückgelegt, als ihn jemand an der Schulter packte. Derselbe Polizist, der ihn mit George überrascht hatte, hielt ihn am Kragen fest und bohrte ihm einen Revolver in den Rücken.

»Kommen Sie mit, und machen Sie keinen Ärger!« sagte er.

»Machen Sie, daß Sie fortkommen, verdammt nochmal!« rief Dean und versuchte, zur Vorderseite der Garage zu gelangen. Aber es war bereits zu spät. Der Polizist erwischte ihn erneut an der Stallecke und brachte ihn kunstgerecht zu Fall, indem er ihm ein Bein stellte. Jemand stürzte aus dem Garagentor, dann war alles still.

»Steh auf, du mörderische Bestie!« rief der Polizist, der über ihm stand. Dann betätigte er seine Signalpfeife, und in kürzester Zeit tauchten von überall her weitere Polizisten am Stall bei den beiden auf.

»Innerhalb von höchstens drei Minuten war mindestens ein halbes Dutzend Polizisten da«, erzählte Herbert verstimmt. »Als ich ihnen meinen Namen nannte, glaubten sie mir nicht. Was konnte ich tun . . .«

Sie schleppten ihn schließlich in die Lancaster-Villa und ließen ihn nicht einmal telefonieren. Das war, ehe Inspektor Briggs zu uns gerufen wurde. Er befand sich noch im Dienst, als ihn der Anruf seiner Leute erreichte.

»Wen habt ihr da eingefangen? Wo habt ihr ihn erwischt?«

»Am Talbot-Stall, Sir.«

»Was hatte er da zu schaffen? Was sagt er?«

»Er sagt, er sei hinter einem Vogelkäfig hergewesen, Inspektor.«

»Hinter einem was?«

»Einem Vogelkäfig.«

»Hört zu«, brüllte der Inspektor ins Telefon. »Wenn ihr da einen seltsamen Vogel eingefangen habt, der sich einbildet, ein Kanarienvogel zu sein, dann will ich ihn mir selbst einmal ansehen! Ende.«

So hielten sie Herbert fest, bis der Inspektor kam. Sie plazierten ihn in einen Sessel in der Bibliothek und bewachten ihn mit vier Mann. George Talbot und die Pflegerin, die hinuntergelaufen kam, hatten sie ausgesperrt. Und obwohl sie ihm seine Automatik weggenommen hatten, warfen sie sich auf ihn, als er in die Tasche griff, um seine Pfeife herauszuholen.

Schließlich hielt draußen mit quietschenden Bremsen ein Polizeiauto. Zwei Mann liefen zu unserem Haus hinüber, während der Inspektor schnaubend die Lancaster-Villa betrat und gegen die Tür der Bibliothek trommelte. Als man ihm öffnete, stand er wie angewurzelt da.

»Wo ist der Kerl?«

»Dort sitzt er, Sir.«

Und da ging Briggs in die Luft.

»Das ist doch Dean, ihr verdammten Hornochsen!« brüllte er. »Habe ich euch nicht erklärt, daß er auch an dem Fall arbeitet? Wollt ihr mich auf den Arm nehmen, oder was bildet ihr Schlafmützen euch ein?«

Als die vier Männer schließlich einen vom Schimpfen erschöpften Inspektor zurückließen und sich mit Herbert wieder zum Stall begaben, war die Tür geschlossen und der Vogelkäfig verschwunden. Erst geraume Zeit später sollten wir erfahren, daß ihn eine Familie von der Euclid Street in ihrem Hinterhof gefunden, gründlich gesäubert und mit einem neuen Kanarienvogel bestückt hatte. Zu diesem Zeitpunkt spielte diese Entdeckung aber bereits keine Rolle mehr.

Herbert erzählte mir an jenem Morgen eine ganze Menge, während Mutter schlief und ich das leichte Frühstück zu mir nahm, das man mir bewilligt hatte. Allerdings weiß ich inzwischen, daß er mir nur das erzählte, was ich erfahren durfte.

Die Polizei begann nach diesen Vorfällen, den Crescent Place noch intensiver unter Beobachtung zu stellen. Das war in Anbetracht des Mißtrauens, das ihr seine Bewohner entgegenbrachten, nicht einfach. Allein durch unsere Prominenz und durch unsere Abgeschiedenheit war sie schon gehandikapt. So konnte sie zum Beispiel keinen der üblichen als Fensterputzer verkleideten Polizisten zur Beobachtung einsetzen. Die Leute vom Crescent Place putzen ihre Fenster selbst und wienern sie, bis sie in der Sonne glänzen. Auch konnte man keine wartenden Taxis am Straßenrand postieren, deren Fahrer jeden beobachteten, der kam und ging. Maler oder Dachdecker, die an angrenzenden Häusern arbeiteten, waren genauso wenig einzusetzen wie Vertreter oder

Abonnentenwerber, denen unsere fest verschlossenen Türen nicht geöffnet wurden.

Dafür erschien aber ab Montag mittag ein Mann in der Kleidung eines städtischen Arbeiters und mit dem entsprechenden Werkzeug im Niemandsland und begann – zum ersten Mal in der Geschichte des Crescent Place –, das Unkraut dort zu jäten, zu rechen und zu verbrennen, während er in den nächsten drei Tagen wachsam unser Kommen und Gehen beobachtete. Und ab dem folgenden Tag war Daniels, unser Straßenkehrer, durch einen scharfäugigen Menschen mit einem riesigen Walroßschnurrbart ersetzt worden, den er, wie Helen Wellington später behauptete, irgendwann einmal verlor und hastig wieder anklebte. Alle anderen Polizisten waren aber auch weiterhin mühelos als Polizisten zu erkennen. Sie kamen und gingen ungetarnt, wie sie auch nachts auf Wache standen, und waren den meisten von uns mittlerweile gut bekannt.

Ihre Nachforschungen erbrachten jedoch nur negative Resultate. Am Sonntag hatten sie offenbar wenig tun können, und in den restlichen drei Tagen seit der Ermordung Mrs. Lancasters hatten sie weder die Quelle entdeckt, aus der die Bleigewichte in der Truhe stammten, noch hatten sie das Versteck des Goldes gefunden. Es hatte den Anschein, als wären die Bleigewichte nur schachtelweise besorgt worden, wobei jede Schachtel höchstens zwei Pfund enthielt. Das hätte bedeutet, daß sie über einen längeren Zeitraum hinweg eingekauft worden sein mußten.

Auch bei den Erkundigungen bei allen honorigen Schlossern in der Stadt hatte man niemanden gefunden, der einen Nachschlüssel zur Truhe angefertigt hatte. Und obwohl einige Banken die Namen von Kunden nennen konnten, die Gold in ihren Safes aufbewahrten, war deren Identität in allen Fällen bekannt. In den meisten Fällen hatte es sich um reguläre Kunden der Bank gehandelt.

Aber Herbert hatte mir nichts von der intensiven Durchsuchung von Mrs. Lancasters Schlafzimmer erzählt, die er in der Nacht zuvor zusammen mit dem Inspektor nach dem Zwischenfall mit dem Vogelkäfig durchgeführt hatte. Oder davon, daß er sich kurz vor Einbruch der Dunkelheit die Brandstellen von Daniels' Feuer im Niemandsland vorgenommen und ihre Asche Zoll für Zoll untersucht hatte.

Es sollten zwei Wochen vergehen, ehe er mir dies erzählte, und zwar, als er den ganzen Fall zusammenfaßte.

»Der Inspektor war am Ende seines Lateins angekommen«, sagte er da und grinste in der Erinnerung daran. »Natürlich kannte er mich; aber der Fall war eine große Sache, und er wollte ihn selbst lösen. Und nicht nur das. Er war dazu auch noch zuerst so fest überzeugt, daß es Jim getan hatte, daß er niemand anderen in Betracht zog. Und ich stand auf Jims Seite. Das ärgerte ihn natürlich, und so hielt er sich zunächst mir gegenüber zurück.

Dann wurde die Lage aber immer prekärer. Nachdem Emily Lancaster erschossen worden war, ließ er mich kommen, um die Sache mit mir zu besprechen. Ich hatte den Crescent Place inzwischen wieder verlassen, und er schien anzunehmen, daß ich mich aus dem Fall zurückziehen wollte. Dabei legten wir aber beide nicht alle unsere Karten auf den Tisch. Er hielt seine Informationen über die Daltons zurück, und ich erzählte ihm nichts von den beiden Handschuhen. Ansonsten waren wir ein Herz und eine Seele.

Dann wirst du überfallen, während er zwei seiner Leute in Turnschuhen vor der Dalton-Villa postiert hat, die bereit sind, zu beschwören, daß Bryan Dalton um elf Uhr schlafen ging und danach nicht einmal die Katze das Haus verlassen hat. In der Zwischenzeit haben seine Leute angeblich den irren Mörder geschnappt, dessen Existenz er die ganze Zeit nicht ausgeschlossen hat. Er kommt angerannt, und wen findet er? Mich! Danach bot er mir an, mit ihm zusammenzuarbeiten, und ich akzeptierte.«

Das erste Ergebnis dieses Waffenstillstandes, der auf sozusagen neutralem Boden, im Stall der Talbots, geschlossen wurde, war, daß Herbert forderte, ihm eine Gelegenheit zur Durchsuchung von Mrs. Lancasters Schlafzimmer zu verschaffen, die ohne Wissen der Familie erfolgen sollte.

»Was soll das für einen Sinn haben?« hatte der Inspektor gefragt. »Sie kennen diese Leute nicht. Das Zimmer ist inzwischen so gründlich geschrubbt und gewienert worden, bis es so sauber war wie . . . wie . . .«

». . . wie ein Bergbach, der aus den Alpen kommt«, half Herbert ihm aus.

Der Inspektor hatte ihn argwöhnisch angesehen.

»Jedenfalls ist es mehr als sauber, da können Sie sicher sein. Der Boden ist geschrubbt, die Bilder sind abgewischt, und an den Fenstern hängen frischgewaschene Gardinen. Glauben Sie mir, Sie werden dort nichts finden.«

»Das weiß ich wohl. Ich habe mal kurz hineingeschaut, hatte aber zu wenig Zeit.«

»Ach, Sie haben das Zimmer schon gesehen? Wann?«

»Am Sonntag morgen«, hatte Herbert freundlich geantwortet. »Da glänzte es geradezu vor Sauberkeit, aber man kann ja nie wissen . . .«

Daraufhin hatte der Inspektor kaum noch etwas gesagt. Sie gingen zur Lancaster-Villa zurück und stellten fest, daß George schlafend auf der Couch in der Bibliothek lag, seine Automatik griffbereit auf dem Fußboden neben sich. Durch Klopfen an die Fensterscheibe weckten sie ihn auf, denn Herbert hatte darauf bestanden, nicht an der Haustür zu läuten. Ins Haus gelangt, war das Problem aber noch nicht für sie gelöst.

»Was ist mit der Pflegerin?« meinte George. »Sie hat es sich in der oberen Halle bequem gemacht. Vermutlich wird sie schlafen, aber Sie könnten sie aufwecken. Was wollen Sie unternehmen?«

»Wie wär's, wenn Sie sie herunterrufen? Sagen Sie ihr doch, Sie fühlten sich einsam«, schlug Herbert vor.

»Das habe ich bereits versucht. Leider ist sie darauf nicht eingegangen«, erwiderte George verdrossen.

»Na, dann machen Sie doch einen Kaffee. Ein Laster wird sie doch wohl haben.«

Und so geschah es denn auch. Es war bereits einige Zeit nach zwei Uhr, als Herbert und der Inspektor Mrs. Lancasters ehemaliges Schlafzimmer betraten, während George, der die Pflegerin abgelöst hatte, sie oben auf der Treppe gegen unliebsame Überraschungen abschirmte.

Kapitel 26

Es muß alles in allem recht ungewöhnlich gewesen sein, was dort in jener Nacht geschah. Zunächst, nehme ich an, sah Herbert sich erst einmal flüchtig im Raum um. Dann wird er sich sofort auf den Bauch niedergelassen haben und unter das Bett gekrochen sein. Die Truhe stand noch nicht wieder auf ihrem Platz. Mit Hilfe seiner Taschenlampe untersuchte er jeden Zollbreit der Bettunterseite, einschließlich der Sprungfedermatratze.

Alles dies geschah, ohne daß ein einziges Wort gesprochen wurde, wobei der Inspektor ihm ziemlich amüsiert zusah.

Wie ich zuvor bereits schilderte, stand Mrs. Lancasters Bett mit dem Kopfende an der Wand zum Schlafzimmer ihres Mannes. Als sie gefunden wurde, lag sie auf der Seite mit dem Gesicht zur Tür, die in die Halle führt, so, wie sie für gewöhnlich immer gelegen hatte. Neben der Tür zum Wandschrank an dieser Seite stand eine kleine Kommode. Auf diese Zimmerecke bis zur Tür in die Halle konzentrierte Herbert Dean in jener Nacht praktisch seine Aufmerksamkeit.

Vom Bett kroch er unter den Nachttisch an seiner Seite, dessen Unterseite er gleichfalls sorgfältig untersuchte. Die Kommode inspizierte er nicht nur auf der Unterseite, sondern zog auch alle Schubladen heraus und betrachtete minutenlang ihre Kanten. Zum Schluß nahm er noch einige Bilder von der Wand ab.

»Ist Ihnen jemals der Gedanke gekommen«, fragte er den Inspektor, »daß die Frau sich möglicherweise nicht in ihrem Bett befand, als sie getötet wurde?«

»Wie zum Teufel hätte sie da rauskommen können?«

»Das herauszufinden, überlasse ich Ihnen. Ich möchte jedenfalls behaupten, daß sie vor dieser Kommode stand, als der erste Axthieb fiel. Und die weiteren Hiebe trafen sie dann, nachdem sie zu Boden gefallen war. Wie ließen sich sonst die Blutspritzer auf der Unterseite der Matratzenfedern erklären, Inspektor?

Auch unter der Kommode und unter der Kante der obersten Schublade befinden sich welche.«

»Die Frau konnte doch überhaupt nicht mehr laufen. Hat das Bett seit Jahren nicht mehr verlassen.«

»Da wäre ich nicht zu sicher.«

»Hören Sie, Dean«, sagte der Inspektor, »ich will keinesfalls behaupten, daß Sie Ihren Job nicht verstehen. Im Gegenteil. Aber vergegenwärtigen Sie sich doch einmal folgendes: Sie lag ohne Zweifel in ihrem Bett, als sie entdeckt wurde. Wohlgemerkt, ich nehme Ihnen ab, was Sie da behaupten. Ich gehe sogar so weit, zu sagen, daß sie nicht sehr viel wog und daß es nicht schwierig gewesen sein muß, sie wieder ins Bett zu hieven. Aber genausogut muß ich Sie darauf hinweisen, daß dies nicht geschehen konnte, ohne daß Spuren zurückblieben. Ja, ich würde sogar sagen, daß, wer immer das getan hat, von Kopf bis Fuß mit Blut beschmiert gewesen sein muß. Das klingt zwar nicht sehr appetitlich, entspricht aber absolut den Tatsachen.«

Herbert stimmte ihm düster zu.

»Das habe ich auch nie bezweifelt. Nur, Blut läßt sich auch wieder abwaschen.«

Der Inspektor sah ihn zweifelnd an.

»Was wollen Sie damit sagen? Wir haben doch jeden Zoll dieses Hauses unter die Lupe genommen. Und wenn jemand es in diesem Zustand verlassen hätte, dann wäre er doch keine hundert Meter weit gekommen. Es sei denn ...« Er senkte die Stimme. »Es sei denn, jemand in diesem Haus hätte sich splitterfasernackt ausgezogen und dann die alte Frau um die Ecke gebracht. Großer Gott, Dean! Diese Margaret – badete sie nicht gerade, als ihre Schwester sie alarmierte?«

»Sie war im Begriff, ein Bad zu nehmen. Das ist nicht dasselbe.«

»Dafür haben wir aber nur ihr Wort, und so ganz habe ich ihr nie über den Weg getraut.«

Und dann erzählte der Inspektor Herbert mit zunehmender Erregung von dem seltsamen nächtlichen Ausflug der Daltons zu dem Holzschuppen und von dem anonymen Brief.

»Hier haben wir das Motiv!« schloß er triumphierend. »Sie und Dalton standen im Begriff, gemeinsam abzuhauen, und dazu brauchten sie natürlich Geld. Möglicherweise hat Emily davon gewußt oder etwas geahnt, und deshalb mußte sie aus dem Weg geräumt werden. Das erklärt auch die Axt. Margaret konnte sie bequem des Nachts ins Haus schaffen, ohne daß jemand dahinterkam.«

»Genau«, sagte Herbert. »Und das ist einer der Gründe, weshalb ich sicher bin, daß sie es nicht tat. Die Axt wurde nämlich nicht auf diesem Weg ins Haus geschafft, Inspektor! Sie wurde an ein Seil gebunden und durch ein Fenster im Obergeschoß hochgezogen. Ich möchte Ihnen das jetzt nicht im einzelnen erklären, aber Sie können es als sicher annehmen.«

»Was Sie nicht sagen!«

»Und ehe hier noch weiter saubergemacht wird, Inspektor«, sagte Herbert sanft, »würde ich an Ihrer Stelle feststellen lassen, ob sich an dem Klingelzug über dem Bett ein Fingerabdruck befindet, und würde diesen mit den Abdrücken auf der Truhe vergleichen. Sie werden bestimmt feststellen, daß sie identisch sind.«

»Ich nehme an, daß Sie das auch bereits sicher wissen.«

»Ich reime es mir nur zusammen. Und ich bin sicher, daß sie alle von Mrs. Lancaster stammen.«

In diesem Moment klopfte George warnend an die Tür. Als die Pflegerin wieder die Vordertreppe hinaufkam, waren die zwei Männer bereits über die Hintertreppe verschwunden.

Der Inspektor war unruhig und aufgeregt. In der Küche tranken die beiden noch einen Kaffee, und er brütete ärgerlich vor sich hin. Schließlich brach er sein dumpfes Schweigen und sagte:

»Was für eine Rolle spielt eigentlich dieser Vogelkäfig in der ganzen Sache? Und was steckt hinter der Sache mit Louisa Hall von nebenan? Warum wollte man sie erledigen? Und wie konnte man überhaupt an sie herankommen, Dean? Ich habe vor der Dalton-Villa zwei meiner Männer postiert, tüchtige Leute, und sie sehen und hören nichts, bis sie losschreit. Das geht doch nicht mit rechten Dingen zu!«

»Das ist nicht so schwierig, Inspektor. Nehmen Sie jemanden, der jeden Fußbreit des Crescent Place kennt und jedes Haus – was auf alle hier zutrifft –, und die Sache ist gar nicht so kompliziert, wie sie klingt.«

»Aber das Haus der Halls war doch überall verschlossen. Ihre Mutter ist sich da ganz sicher. Sie hat es persönlich kontrolliert.«

»Nicht die ganze Nacht. Die Hintertür zur Küchenveranda stand vor dem Überfall für etwa eine Stunde offen.«

Der Inspektor ließ fast die Kaffeetasse fallen.

»Woher wissen Sie denn das nun schon wieder?«

»Ich war dabei, wie Lou Hall sie öffnete.« Und obwohl Herbert es dem Inspektor erklärte, schaute ihn dieser grimmig an.

»Verdammt, Dean«, sagte er schließlich, »im tiefsten Herzensgrund glaube ich, daß Sie selbst der Mörder sind!«

Es war bereits vier Uhr früh, als der Inspektor in dem Polizeiauto, dessen uniformierter Fahrer geduldig auf ihn gewartet hatte, wieder davonfuhr. Und um Viertel vor fünf hätte ein interessierter Zuschauer einen hochgewachsenen Mann in dunkler Kleidung und Turnschuhen dabei beobachten können, wie er in der Dämmerung des Augustmorgens vor einem Aschenhaufen im Niemandsland hockte und ihn sorgfältig mit den Fingern durchsuchte.

Gegen sechs Uhr war er fertig damit. Um diese Zeit befand sich niemand draußen außer dem Polizisten hinter der Dalton-Villa, der ihn fasziniert beobachtete. Der hochgewachsene Mann richtete sich auf, steckte einen alten Briefumschlag in die Hosentasche und entfernte sich, vorsichtig etwas in der Hand tragend, auf lautlosen Sohlen in Richtung Wellington-Villa.

Dort, so nehme ich an, wurde er von einem verschlafenen Butler eingelassen. Deans Hut und sein Mantel hingen in der Garderobe, aber anstatt diese anzuziehen, ging er in den Waschraum in der unteren Halle.

»Können Sie mir heißes Wasser besorgen?« fragte er.

»Ich denke schon, Sir. Es gibt dort einen Durchlauferhitzer.«

»Gut! Und dann brauche ich ein Sieb, falls Sie eines beschaffen können, und – wie heißen Sie übrigens?«

»John, Sir.«

»Und dann benötige ich zwei flache Glasstücke, John. Fensterglas. Glauben Sie, Sie könnten so etwas auftreiben?«

Es spricht für Johns vorzügliche Ausbildung oder für gewisse geheime Instruktionen, die er erhielt, daß er nicht einmal mit der Wimper zuckte.

»Ich bin neu im Haus, Sir«, entgegnete er. »Aber ich würde sagen, daß man ein Kellerfenster einschlagen könnte.«

»Man kann, und man sollte es unverzüglich tun.«

John entfernte sich, ohne auch nur einen einzigen Blick auf das zu werfen, was Herbert in der Hand hielt. Innerhalb von spätestens fünf Minuten kam er wieder zurück, mit einem Drahtsieb und zwei flachen Glasscherben.

»Ich fürchte, sie sind etwas unregelmäßig geraten, Sir«, sagte er entschuldigend.

»Ein Fenster einzuschlagen, John, entspricht auch nicht gerade den Regeln. Und mir kommt es nicht auf das Aussehen an.«

Worauf es ihm ankam, wurde klar, als er ein kleines, verkohltes Stück dicken Kartons, das sich stark eingerollt hatte, in das Sieb legte. Danach ließ er das heiße Wasser laufen und hielt das Sieb in den entstehenden Dampf. Nach einiger Zeit bot der Butler sich an, ihn abzulösen, aber er schüttelte ablehnend den Kopf.

»Halten Sie eine der Glasscherben bereit«, sagte er. »Ich bin gleich so weit.«

Und John hielt ihm die Scherbe so formvollendet hin, als sei es ein Silbertablett für die Karte eines Besuchers. Dies ist, denke ich mir, neben dem Vorfall mit dem Vogelkäfig, eine der wenigen heiteren Situationen in dieser ganzen grauenvollen Geschichte. Da standen zwei erwachsene Männer in einem Waschraum, umhüllt von einer dichten Dampfwolke. Der eine von ihnen, schmutzig und zerzaust, hielt ein Küchensieb in der Hand, während der andere, in einem abgetragenen Morgenmantel, ihm gekonnt eine Glasscherbe von einem zerbrochenen Fenster servierte.

»Was meinen Sie, was das hier ist, John?«

»Vielleicht wird man das im Labor sagen können, Sir.«

Herbert warf ihm einen raschen Blick zu, aber die Miene seines Gegenübers blieb so ausdruckslos wie zuvor.

»Polizei?« fragte er ruhig.

»Ja. Der Inspektor hat mir diesen Job verschafft, Mr. Dean. Ich wäre Ihnen aber dankbar, wenn Sie das für sich behielten. Ich übernehme öfter einmal derartige Aufträge.«

»Geht in Ordnung. Und jetzt sind wir so weit.«

Und so kam es, daß Herbert Dean – nach einem Bad, einer Rasur und einem Frühstück – ziemlich früh am Morgen in einem Labor in der Innenstadt auftauchte; mit einem Stückchen stark verkohltem Karton, das an einer Kante noch einen verblaßten Goldrand aufwies und sorgfältig zwischen zwei zersplitterte Glasscherben geklemmt war; einem Briefumschlag, der acht verfärbte Knöpfe enthielt, auf die ein kleines Automobil aufgeprägt war; sowie einem zwei oder drei Zentimeter langen Bruchstück eines Blumen- oder Pflanzenstengels.

Vermutlich beugte er sich gerade über ein Mikroskop in diesem Labor, als um Viertel vor neun an diesem Dienstagmorgen überraschenderweise George Talbot wegen des Verdachtes des Mordes an Emily Lancaster im Polizeipräsidium eingeliefert wurde.

Kapitel 27

Das war so diskret geschehen, daß selbst Herbert Dean noch nichts davon gewußt hatte, als er mich an jenem Vormittag zwischen zehn und elf besuchte.

Es war Jim Wellington, der mittags bei uns hereinplatzte, um mir diese Neuigkeit zu berichten. Mutter befand sich glücklicherweise wieder drüben bei den Lancasters. Ich selbst war inzwischen aufgestanden und hatte es mir in einem Sessel bequem gemacht. Jim verschwendete keine Zeit mit höflichen Erkundigungen nach meinem Befinden.

»Wo ist Dean?« fragte er. »Wir müssen ihn dringend auftreiben!«

»Wieso? Gibt es etwas Neues?«

»Neues? Sie haben George Talbot wegen des Mordes an Emily Lancaster festgenommen! Das ist was Neues, stimmt's? Und das Verteufelte ist, daß sie ihn tatsächlich am Kanthaken zu haben scheinen. Die Kugel, mit der Emily erschossen wurde, paßt zu seiner Pistole. Und wenn ich sage, daß sie paßt, dann meine ich wirklich, daß sie paßt, mit den Kratzern und allem Drum und Dran.«

Er konnte kaum sprechen, aus Besorgnis um George und aus Ärger über die ganze Situation. Aber zuletzt erfuhr ich die Geschichte, wie ich sie jetzt schildere.

Früh am Morgen war eine ziemlich verängstigte Schwarze im Polizeipräsidium erschienen, Talbots Amanda, begleitet von einem wichtigtuerischen schwarzen Gentleman, der sich als ihr Mann entpuppte. Von ihm gedrängt hatte Amanda erzählt, wann und wo sie die leere Patronenhülse auf dem Trockenplatz der Talbots gefunden hatte.

Der Inspektor lag nach der langen Nacht noch zu Hause im Bett, aber Mr. Sullivan war da und hörte sich die Geschichte an. Er ließ die Schwarzen anschließend wieder gehen, behielt aber die Patronenhülse da, lehnte sich vermutlich in seinem Stuhl zurück und begann nachzudenken. Vor ihm auf dem Schreibtisch lag der Bericht über das Handgemenge zwischen Herbert Dean und George in der Nacht zuvor und über den anschließenden Vorfall am Talbot-Stall. Ihm schien – das betonte er später immer wieder –, daß sich die Verdachtsmomente, einschließlich der Ermordung Emily Lancasters, immer mehr in Richtung auf das Ende des Crescent Place bei den Talbots konzentrierten. Schließlich ließ er einen Wagen kommen und fuhr hinaus.

George besaß eine Fünfundvierziger, das wußte er. Und nicht nur das. Er hatte auch zugegeben, sich in der Mordnacht außerhalb des Hauses aufgehalten zu haben, so daß er später wieder hineingelassen werden mußte. Je mehr Sullivan darüber nachdachte, desto weniger gefiel ihm die Sache – oder desto besser, das hängt, glaube ich, vom Standpunkt ab. Aber noch hatte er nicht die Absicht, George Talbot festzunehmen.

Sullivan hatte einen uniformierten Polizisten mit hinausgenommen. Sie trafen George, der ziemlich verdrossen nach der fast schlaflosen Nacht war, im Talbot-Stall an, im Begriff, seinen uralten Wagen zu starten.

Leicht verlegen fragten sie ihn, ob sie einmal seine Waffe sehen könnten.

»Wozu?« fragte er. »Stehe ich jetzt auch unter Verdacht? Bei allen anderen scheinen Sie es schon versucht zu haben.«

»Keinesfalls. Aber Sie werden sicher Verständnis dafür haben, daß wir alle Waffen in der Nachbarschaft überprüfen müssen.«

Das schien George einzuleuchten, denn er holte umgehend die Pistole aus der Seitentasche des Wagens. Sehr erfreut über die Sache war er aber trotzdem nicht.

»Was ist das für ein verdammter Unsinn!« beschwerte er sich. »Da schlage ich mir die Nacht um die Ohren, um das Lancaster-Haus mit dieser Waffe zu beschützen, und jetzt werde ich auch noch verdächtigt. Übrigens besitze ich auch einen Waffenschein dafür. Wollen Sie den sehen?«

Er schien erstaunt zu sein, als sie diese Frage bejahten, zeigte ihn dann aber vor. Sie verglichen die darin aufgeführte Nummer mit der Zulassungsnummer der Waffe und stellten fest, daß beide übereinstimmten. Es war zweifelsfrei seine Waffe.

»Ich habe sie erst kürzlich gereinigt«, sagte George. »Gestern abend, um genau zu sein, weil ich sie in der Nacht mitnahm.«

»Und wann haben Sie sie zuletzt abgefeuert?« fragte Sullivan. George konnte sich nicht mehr daran erinnern. Vermutlich im Frühjahr oder zu Beginn des Sommers, meinte er, bei einem Picknick. Dabei hätten sie auf leere Flaschen geschossen.

Er zeigte sich mehr empört als alarmiert, als sie die Waffe mitnahmen. Immerhin hatte er den größten Teil der Nacht nicht geschlafen, und seine Laune war nicht die beste. Nach weniger als einer Stunde holten sie ihn dann selbst ab. Die polizeilichen Untersuchungen hatten ergeben, daß Kugeln, die aus seiner Waffe abgefeuert wurden, die gleichen charakteristischen Markierungen aufwiesen wie die Kugel, die Emily Lancaster getötet hatte.

Als man ihn mit dieser Tatsache konfrontierte und dabei die stark vergrößerten Vergleichsfotos vorlegte, hatte er sich entweder in trotziges Schweigen gehüllt oder immer wieder dieselbe Geschichte wiederholt. Er habe seit dem Tag, an dem Mrs. Lancaster ermordet wurde, mit der Pistole unter dem Kopfkissen geschlafen. In der bewußten Nacht sei er mit der gesicherten Pistole aus dem Fenster geklettert. Nein, er habe sie nicht abgefeuert, dazu habe er keine Veranlassung gehabt.

Es habe sie aber auch niemand anderes abfeuern können. Er habe sie niemals aus der Hand gegeben. Seit dem Donnerstag habe er des Nachts auf ihr geschlafen, und tagsüber habe er sie bei sich getragen.

Am Abend zuvor habe er sie, weil er sie zu den Lancasters mitnehmen wollte, komplett auseinandergenommen, den Lauf und den Bolzen herausgenommen, sie gereinigt und geölt und wieder geladen.

»Und warum hätte ich sie behalten sollen, wenn ich die arme alte Emily damit umgelegt hätte?« fragte er. »Halten Sie mich für so dumm, daß ich nicht weiß, daß jeder Pistolenlauf unverwechselbare Markierungen auf der Kugel hinterläßt?«

»Dann sollten Sie auch in der Lage sein, zu erkennen, daß diese Markierungen hier identisch sind.«

Man legte ihm die Vergrößerungen vor, aber er schüttelte nur den Kopf.

»Herauszufinden, warum das so ist, ist Ihre Aufgabe«, sagte er. »Meine ist, dafür zu sorgen, daß ich hier wieder mit heiler Haut herauskomme. Aber bilden Sie sich nicht ein, daß irgend jemand mir die Waffe entwendet haben könnte. Wenn Sie das glauben, dann kennen Sie unser Haus nicht. Wir haben es nicht nur gegenüber der Außenwelt verrammelt. Nein, auch im Haus haben wir uns voneinander abgeschottet!«

Das war alles, was die Polizei aus George herausbekommen konnte. Sie hielt ihn den ganzen Tag bis in den späten Abend hinein fest, dann mußte sie ihn wieder laufen lassen. Man hatte nämlich etwas über seine Pistole herausgefunden, was man sich zunächst überhaupt nicht erklären konnte. Es hatte etwas mit der leeren Patronenhülse zu tun, die Amanda gefunden hatte. Ich bin keine Ballistikexpertin, aber ich glaube, es ging um den Schlagbolzen. Es gab da eine mikroskopisch kleine Abweichung. So klein sie aber auch war, sie genügte, um George wieder freizulassen.

Ganz frei war er natürlich nicht. Danach, und bis der Fall endgültig geklärt war, traf ich George mehr als einmal bei einem Spaziergang, in diskreter Entfernung von einem Polizisten in Zivil verfolgt, wobei er dann zu bemerken pflegte:

»Ich führe ihn schnell noch einmal um den Block spazieren, bevor ich zu Bett gehe. Habe ihm angeboten, ihn an die Leine zu nehmen, aber er schien nicht sehr begeistert von der Idee zu sein.«

Es muß zu diesem Zeitpunkt während der schrecklichen Wochen am Crescent Place gewesen sein, daß der Polizeichef Inspektor Briggs kommen ließ und ihn sarkastisch fragte, ob er nicht lieber die Stadtbibliothek an der Liberty Avenue als Hauptquartier für die vielen mit diesem Fall beschäftigten Leute einrichten wolle.

Nach dem Mittagessen an diesem Dienstag erfuhren auch Mrs. Talbot und Lydia von Georges Verhaftung. Sie reagierten in für sie charakteristischer Weise. Mrs. Talbot ließ sich sofort mit einem Taxi ins Polizeipräsidium fahren und nahm es beinahe im Sturm.

»Wo ist mein Sohn?« donnerte sie. »Gehen Sie mir aus dem Weg, junger Mann! Mein Sohn wird gesetzeswidrig festgehalten, und ich werde ihn hier wieder rausholen, selbst wenn ich alle Rechtsanwälte in dieser Stadt engagieren muß!«

Lydia, empört und verängstigt wie auch ein wenig pikiert darüber, daß sie nicht mitgenommen worden war, kam mich besuchen.

»Natürlich ist George vollkommen unschuldig«, sagte sie und saß dabei wie üblich kerzengerade auf der Kante ihres Stuhles.

»Warum hätte er es auch tun sollen? Und ich habe doch gehört, wie er auf das Vordach hinausgeklettert ist. Danach fiel kein einziger Schuß.«

»Sie sollten das der Polizei mitteilen, Miss Lydia«, sagte ich.

»Ich werde ihr es sagen, wenn sie mich danach fragt.«

Genauso besorgt, wie sie wegen George schien, war sie begierig, Näheres über mein nächtliches Abenteuer zu erfahren. Ich mußte auf sie warten, während sie sich den Ort des Geschehens ansah. Noch jetzt sehe ich sie vor mir, wie sie anschließend aufrecht wie ein Überbleibsel aus dem viktorianischen Zeitalter vor mir auf der Kante ihres Stuhles saß, ihr Perlentäschchen öffnete, eine Anzahl Ausschnitte aus den Morgenzeitungen herausnahm und sie mir zum Lesen gab.

»Ich habe sie alle aufbewahrt«, sagte sie. »Ich klebe sie in ein Buch. Aber ich habe Hester davon nichts gesagt. Es ist erstaunlich, Louisa, wie viele es sind.«

Es mutet seltsam an, sich noch einmal diese beiläufigen Worte zu vergegenwärtigen, während ich jetzt hier sitze und die Geschichte vorwiegend mit Hilfe dieses Buches schreibe, das so ordentlich geführt wurde und doch so gespenstisch wirkt.

Miss Lydia blieb nicht lange. Sie wanderte hinüber in Mutters Zimmer, um nach einem Reporter Ausschau zu halten, der sich den ganzen Vormittag hinter den Büschen vor dem Haus herumgetrieben hatte. Nachdem sie festgestellt hatte, daß er inzwischen wieder verschwunden war, ging sie wieder.

»Ich habe Lizzie rausgeschickt«, sagte sie bei der Verabschiedung, »um ihn zu verjagen. Aber er bot ihr lediglich zehn Dollar für den Fall an, daß es ihr gelänge, Sie zu überreden, mit einer Bandage um den Kopf auf die Veranda herauszukommen. Notfalls würde es auch ein Handtuch tun, sagte er!«

Sie war ziemlich beleidigt, als ich darüber lachte, und schließlich ging sie. Ich erinnere mich noch daran, wie ich ihr beim Fortgehen nachblickte und mich über ihre altmodische Hutnadel mit dem Schmetterling amüsierte. Er saß auf einer kleinen Drahtfeder und wippte bei jedem ihrer Schritte, unheimlich glitzernd. Nichts hätte an jenem Morgen darauf hingedeutet, daß ich den Schmetterling schon so bald in den Boden getrampelt wiedersehen würde, oder darauf, daß Lydia Talbot selbst schon so bald in die tragischen Geheimnisse am Crescent Place verwickelt werden würde.

Ich fühlte mich an diesem Nachmittag schon wieder viel besser. Nachdem Miss Lydia gegangen war, half Annie mir in meinen Morgenmantel und setzte mich in einen Sessel. Mutter, die in dem Moment, als sie Lydia kommen sah, geflüchtet war, befand sich noch immer im Haus der Lancasters, denn Margaret hatte zur gerichtlichen Voruntersuchung über den Tod der armen Emily gehen müssen, und jemand mußte das Haus hüten.

Ansonsten war es, so ungewöhnlich mir das auch heute erscheint, ein ganz normaler Dienstag. Der Dunst heißer Bügeleisen auf feuchter Wäsche zog durchs Haus bis in mein Zimmer, und ab und zu vernahm ich in der Ferne das dumpfe Geräusch, mit dem unsere schwarze Lily das Eisen auf dem Herd absetzte. Trotz der Todesfälle und all der Aufregung nahmen die Dinge überall am Crescent Place ihren gewohnten Lauf. Dunkle Hände nahmen angefeuchtete Wäschestücke aus unseren Waschkörben, breiteten sie auf den Tischen und Bügelbrettern aus und bügelten sie. Danach wurden sie auf Wäscheständern zum Trocknen aufgehängt und schließlich gefaltet in verschiedene Tragekörbe gelegt. Rüschen wurden mit Fälteleisen geglättet und alter Damast so lange sorgfältig gebügelt, bis er glänzte.

Und doch war die Situation an jenem Dienstag nachmittag spannungsgeladen genug, nachdem der Verdacht unvermittelt von Jim auf George Talbot gefallen war. Wieder läuteten Reporter an unseren Türen; drüben in der weißen Villa dämmerte der Hausherr seinem Ende entgegen; die arme Emily lag auf ihrer Bahre im Leichenschauhaus, und das Versteck des Goldes war noch immer nicht entdeckt worden.

An Indizien materieller Art gab es höchstens ein halbes Dutzend. Die Polizei hatte, so weit ich mir das jetzt noch in Erinnerung rufen kann, lediglich Serien von Fotografien, die nach jedem Verbrechen gemacht worden waren; eine Anzahl von Fingerabdrücken auf sorgfältig beschriebenen Karteikarten; eine automatische Pistole, eine leere Patronenhülse und eine Kugel; die Truhe, die unter dem Bett stand – und George Talbot! Irgendwo lagen vielleicht auch noch die blutbespritzten Kleidungsstücke Jim Wellingtons, aber das weiß ich nicht genau. Und dann verfügte sie wahrscheinlich noch über die lächerlichen, nun verwelkten Grashalme vom Vordach der Lancasters. Den Holzsplitter vom Rahmen des Fliegengitters hatte man, das weiß ich, gleichfalls auf eine Karteikarte geklebt und sorgfältig aufbewahrt.

Und zwar weiß ich das, weil der Inspektor ihn mir nach der endgültigen Aufklärung des Falles zeigte!

Über was die Polizei nicht mehr verfügte, war das Stückchen Pflanzenstengel, das man im Gang unseres Gästeflügels gefunden hatte. Der Polizeichef hatte es feierlich Herbert Dean überreicht.

»Briggs scheint zu glauben, daß ich ein Salatliebhaber bin«, sagte er. »Als nächstes wird er mir, schätze ich, ein Duftgeranienblatt überreichen und mich bitten, daran zu riechen. Vielleicht können Sie herausfinden, was das hier zu bedeuten hat, Dean. Nicht, daß ich glaube, es könnte wirklich von Bedeutung sein, aber – also, Sie können es haben, wenn Sie wollen.«

Ein weiteres Indiz konnte die Polizei allerdings doch noch an diesem Dienstag ihrer Sammlung hinzufügen. Nachdem man es entdeckt hatte, steckten die Detektive im Polizeipräsidium ihre Köpfe zusammen und fragten sich, was es zu bedeuten habe. Es war die vergrößerte Fotografie eines Fingerabdruckes von dem Klingelzug, der über Mrs. Lancasters Bett hing, und vermutlich von ihr selbst stammte, und daneben ein Daumenabdruck von der Geldtruhe. Ohne Zweifel stammten diese Abdrücke vom selben Daumen. Ich nehme an, daß der Bezirksstaatsanwalt auf diese wichtige Entdeckung hin den Inspektor kommen ließ und ihm erklärte, daß er der einzige Mann bei der Polizei sei, der sich sein Geld redlich verdiene.

»Gute Arbeit, Briggs!« sagte er. »Ich glaube, daß wir uns jetzt Gedanken darüber machen sollten, ob die alte Dame selbst das Geld aus der Truhe genommen und es irgendwo versteckt hat oder ob sie herausgefunden hatte, daß es verschwunden war, und deshalb umgebracht wurde, ehe sie Lärm schlagen konnte. Es gibt wohl keine Möglichkeit, daß es sich noch im Haus befindet?«

»Nicht die geringste, sofern nicht jemand dort weitaus gerissener ist, als ich mir vorstellen kann.«

Trotzdem, so glaube ich, durchsuchten sie an diesem Tag das Haus noch einmal ganz gründlich, klopften alle Wände ab und schauten selbst in die Schornsteine und aufs Dach, ohne auch nur das geringste zu finden.

»Und natürlich, Miss Lou, beruhte das Ganze auch nur auf der bloßen Annahme«, erzählte mir der Inspektor später, »daß es sich bei den Fingerabdrücken tatsächlich um diejenigen der alten Dame handelte. Wie hätten wir es beweisen sollen? Einen Antrag auf Exhumierung wollten wir nicht stellen. Dazu hätten die Angehörigen nie ihre Einwilligung gegeben. Und ihr die Fingerabdrücke vor ihrem Begräbnis abzunehmen, daran hatten wir unter den Umständen natürlich nicht gedacht.«

Herbert Dean verfügte noch über ein paar zusätzliche Indizien, die die Polizei nicht alle kannte. Dazu gehörten die beiden Handschuhe, ein kurzes Stück Hanfseil sowie die Knöpfe und das verkohlte Stückchen Karton aus dem Aschenhaufen im Niemandsland. Außerdem war da noch der Stengel der unidentifizierten Pflanze, mit dem sich am selben Tag noch die botanische Abteilung unserer Universität befaßte. Und hinzu kam der Stummel einer verhältnismäßig teuren Zigarre, der offensichtlich am Boden zertreten worden war und den Herbert sorgfältig aufgehoben hatte.

Das – und »eine Idee«, wie er sich ausdrückte – waren ausschließlich seine Hilfsmittel zur Lösung des Falles bis zu jenem Nachmittag um vier Uhr, als, Mutter befand sich noch immer im Haus der Lancasters, Laura Dalton bei uns läutete, Annie, die ihr öffnete, beiseite schob, die Treppe hinaufstürmte, mein Zimmer betrat und die Tür hinter sich verriegelte.

Kapitel 28

Ich habe seither eine Menge über Laura Dalton nachgedacht. Am Crescent Place nahm sie eine etwas isolierte Position ein; nicht etwa, weil sie nicht dazugehörte, denn sie war dort geboren. Aber sie schwebte, wie Herbert es ausdrückt, wie Mohammeds Sarg zwischen Himmel und Erde. Sie war einerseits zu jung, um dem engeren Zirkel anzugehören, der von Mutter, Mrs. Lancaster und Hester Talbot gebildet wurde; und andererseits hatte die Tatsache, daß sie verheiratet war, eine unüberbrückbare Kluft zwischen ihr und den unverheiratet gebliebenen Frauen vom Crescent Place geschaffen.

Doktor Armstrong, der am Vormittag vorbeigekommen war, um nach mir zu sehen, hatte sich bei dieser Gelegenheit etwas besorgt über sie geäußert.

»Es ist der falsche Augenblick in ihrem Leben, um mit all diesen Ereignissen fertig zu werden«, sagte er. »Ihr Kopf sieht wieder ganz in Ordnung aus, Lou. Sie können zum Abendessen ruhig nach unten gehen, wenn Ihnen danach ist. Aber ich würde es begrüßen, wenn Sie sich gelegentlich einmal mit ihr unterhalten könnten. Um irgend etwas macht sie sich Sorgen. Sie liebt Bryan noch immer sehr, müssen Sie wissen, und ich vermute, sie hat sich irgendeine unsinnige Idee in den Kopf gesetzt, die ihn betrifft.« Er ging ins Bad, wusch sich gründlich die Hände und kam mit dem Handtuch in der Hand wieder heraus.

»Ich glaube, daß die Menschen sich leider viel zu oft ihre eigene Hölle auf dieser Welt bereiten«, fuhr er fort. »Wissen Sie, die zwei können sich gut leiden, vermutlich sogar mehr als das. Aber unglücklicherweise sind sie beide gleich starrköpfig. Es ist jetzt schon zwanzig Jahre her, daß sie wegen eines kleinen Seitensprungs von ihm ihre Schlafzimmertür verriegelte. Ich hege aber nicht den geringsten Zweifel, daß es zwischenzeitlich eine Menge Gelegenheiten gegeben hat, bei denen sie den Riegel wieder zurückschob, und genau so viele Gelegenheiten, bei denen er bei ihr anklopfte, aber nicht eingelassen wurde. Es ist wirklich ein Jammer, wo das Leben doch so kurz ist!«

An diese Worte mußte ich noch immer denken, als Laura Dalton an jenem Nachmittag in mein Zimmer stürmte und die Tür hinter sich verriegelte. Ich sehe sie noch vor mir, in ihrem blaßlavendelfarbigen sommerlichen Seidenkleid und ihrem etwas zu jugendlich geratenen Hut, der hoch auf ihren Locken thronte, mit verzweifelt blickenden Augen und einem nervös zuckenden Mund.

Sie verzichtete auf eine Erklärung, warum sie die Tür verriegelt hatte, kam quer durchs Zimmer und baute sich vor mir auf. Einen Augenblick lang war ich erschreckt, denn sie machte den Eindruck, als sei sie vollkommen außer sich. Sie verschwendete keine Zeit mit Höflichkeiten.

»Stimmt es«, fragte sie, »daß man George Talbot verhaftet hat?«

»Von einer Verhaftung weiß ich nichts. Sie haben ihn ins Polizeipräsidium gebracht.«

»Diese Dummköpfe, oh, diese Dummköpfe!« brach es aus ihr heraus. »Hören Sie, Louisa, George hat weder Emily Lancaster umgebracht noch ihre Mutter. Ich weiß das hundertprozentig. Aber ich kann das nicht der Polizei sagen. Ich kann das einfach nicht, ich kann es nicht!«

Es dauerte geraume Zeit, ehe es mir gelang, sie wieder zu beruhigen. Zunächst kam ich gar nicht dahinter, was sie mir eigentlich erzählen wollte. Erst nach einer vollen halben Stunde, in der ich den Ausbrüchen einer eifersüchtigen und mißtrauischen Frau zuhörte, die ihren Mann immer noch über alle Maßen liebte und jetzt außer sich vor Angst war, wurde mir klar, daß Mrs. Dalton glaubte, ihr Mann habe mit der Hilfe von Margaret Lancaster deren Mutter und Schwester umgebracht!

In groben Zügen lautete ihre Geschichte so:

Vor Jahren war Bryan Dalton mit Margaret Lancaster verlobt gewesen. Er lebte damals nicht am Crescent Place, kam aber regelmäßig in seiner offenen, zweisitzigen Kutsche vorgefahren, um sie zu Spazierfahrten abzuholen. Mrs. Lancaster war jedoch gegen die Verbindung gewesen.

»Sie konnte Bryan nicht leiden«, erzählte mir Laura. »Und als Margaret darauf bestand, Bryan zu heiraten, da legte ihre Mutter sich einfach für ein halbes Jahr ins Bett. Ich war damals noch sehr jung«, fügte sie schnell hinzu, »aber wir lebten damals schon am Crescent Place. Ich erinnere mich noch, wie meine Mutter einmal bemerkte, Mrs. Lancaster habe sich ins Bett gelegt, weil dies die beste Methode sei, Margaret ans Haus zu fesseln.«

Dann hatte Bryan eines Tages sie gebeten, mit ihm auszufahren. Danach verlobten sie sich und heirateten. »Zu diesem Zeitpunkt gehörte mir das Haus bereits«, sagte sie, »und Bryan zog hier am Crescent Place ein. Aber es war noch nicht der Crescent Place von heute, sondern einfach nur ein Platz auf dem Land. Bryan hat sich nie so recht wohlgefühlt.«

Diese Abneigung gegen die abgeschiedene Lage und gegen die Bewohner war der Grund, meinte sie, daß er immer wieder einmal ausbrach. Hier und da habe es eine andere Frau gegeben, wie sie es formulierte, und in den letzten paar Monaten sei das wieder Margaret Lancaster gewesen.

Sie erklärte das mehr sich selbst, hatte ich den Eindruck, als mir, denn es kam nur stockend heraus. Immer wieder unterbrach sie sich, strich die Finger der Handschuhe in ihrem Schoß glatt und begann dann erneut, so, als ob sie, indem sie die ganze Geschichte erzählte, sich noch einmal die einzelnen Ereignisse vor Augen rufen wollte, die zu der tragischen Verwicklung geführt hatten.

»Ich hatte schon geglaubt, es sei endlich alles vorbei«, sagte sie, »und begreife noch immer nicht ... Vermutlich hat sie ihn in die Sache hineingezogen, Louisa, aus selbstsüchtigen Motiven. Bryan war mir nicht treu. Wir zerstritten uns vor Jahren wegen eines Dienstmädchens aus meinem eigenen Haushalt. Aber ein Mann in den Fünfzigern ... nun ja, ich hatte geglaubt, er wäre inzwischen vernünftiger geworden. Vermutlich sollte ich Ihnen das gar nicht alles erzählen, Louisa«, fügte sie zweifelnd hinzu. »Sie sind doch noch ziemlich jung.«

»Ich bin achtundzwanzig«, entgegnete ich knapp. »Ich glaube, Sie verraten mir nicht sehr viel, was ich nicht bereits weiß. Aber was ich nicht glaube, ist das, was Sie mir da über Margaret Lancaster erzählen. Das ist alles.«

Allerdings hatte ich dabei ein unbehagliches Gefühl, wenn ich an den anonymen Brief dachte, der bei der Polizei eingegangen war, und fühlte, daß ich nicht sehr überzeugend geklungen hatte. Falls dies der Fall war, hatte sie es aber nicht bemerkt.

»Es ist wahr«, wiederholte sie. »Ich weiß nicht, wie weit die beiden tatsächlich gegangen sind. Sie ist klug und sieht nicht schlecht aus; und irgendwann kommt der Tag, an dem ein Mann merkt, daß sich die jungen Mädchen nicht mehr für ihn interessieren.«

Offensichtlich war die Situation eindeutig. Er hatte sich sogar mit Margaret in einem Lokal in der Innenstadt getroffen und war mit ihr ausgefahren. Das war Anfang August gewesen. Einmal hatte sie Margarets Handtasche im Wagen gefunden, die hinter ein Seitenpolster gerutscht war, und hatte sie ihrem Mann wortlos überreicht. Er hatte sie mit einem Achselzucken entgegengenommen. Andere Beweise gab es allerdings nicht. Sie hatte sich zwar auf die Lauer gelegt, aber keine Briefe zwischen ihnen abfangen können. Doch inzwischen war sie fest davon überzeugt, daß die beiden auch Briefe ausgetauscht hatten und den Holzschuppen der Lancasters als geheimen Briefkasten dafür benutzt hatten.

Die Affäre hatte, soweit ihr bekannt war, Ende Juni oder Anfang Juli begonnen.

Dann wandte sie sich unvermittelt dem Tag von Mrs. Lancasters Ermordung zu.

»Bryan arbeitete in der Garage«, erzählte sie, »und hatte seinen alten Overall übergezogen. Ich stand an einem Fenster an der Hinterseite des Obergeschosses. Ich spionierte ihm nicht etwa nach«, fügte sie hinzu, »sondern maß das Fenster für neue Gardinen aus. Um halb vier bemerkte ich, wie er in seinem Overall zum Holzschuppen hinüberging. Ich konnte ihn natürlich nicht auf dem ganzen Weg dorthin beobachten. Sie wissen, daß der Pfad eine Biegung macht und daß das Buschwerk ziemlich hochgeschossen ist. Aber ich war natürlich neugierig geworden und paßte auf, wann er zurückkam. Und das war erst um Viertel nach vier!«

Sie begann wieder zu weinen, und ich bemerkte, daß sie heftig zitterte.

»Hören Sie, Mrs. Dalton«, sagte ich. »Haben Sie sich da nicht in etwas verrannt? Nehmen wir einmal an, daß Ihr Mann sich zum Zeitpunkt des Mordes in der Nähe des Lancaster-Hauses aufhielt. Wie hätte er hineinkommen sollen? Und warum in aller Welt hätte er hineingehen sollen? Das klingt doch alles sehr töricht!«

»Es wird nicht mehr so töricht klingen, Louisa, wenn ich Ihnen alles erzählt habe«, entgegnete sie und faßte sich wieder etwas. »Ich bin gewiß keine vollkommene Närrin. Vielleicht wäre ich eine glücklichere Frau, wenn das der Fall wäre.«

Ich war versucht, ihr beizupflichten, als sie mit ihrer Erzählung fortfuhr; die Worte sprudelten nur so aus ihr heraus. Was sie vermutete, war, daß Margaret über längere Zeit hinweg die Geldtruhe ihrer Mutter erleichtert hatte, entweder, indem sie sich einen Nachschlüssel besorgt hatte oder ihrer Mutter nachts heimlich den Schlüssel vom Hals abnahm; daß sie das Gold in kleinen Mengen aus dem Haus schaffte und daß Bryan Dalton davon gewußt hatte. Und daß die beiden geplant hatten, mit Hilfe des Goldes gemeinsam fortzugehen und irgendwo ein neues Leben zu beginnen, vielleicht in Europa oder in Südamerika.

»Sie müssen wissen«, erklärte sie, als ob das nicht für den ganzen Crescent Place ein offenes Geheimnis gewesen wäre, »daß das Geld in unserer Ehe mir gehört. Bryan besitzt selbst nur sehr wenig.«

Als dann Margaret Jim Wellington im Auftrag ihres Vaters anrief, um ihn zu einem Kassensturz zu bestellen, sei den beiden klar gewesen, daß die Sache auffliegen werde.

»Vielleicht hat Bryan im Holzschuppen eine entsprechende Nachricht von ihr gefunden«, sagte sie. »Und vor ihm hing griffbereit die Axt. Es klingt vielleicht verrückt, Louisa, aber wie sollen wir wissen, ob er nicht ums Haus herumgelaufen ist und Margaret ihn zur Haustür hineinließ?«

Ich muß sagen, daß es mich schauderte, zumal sie erklärte, daß sie nach meinem eigenen schrecklichen Abenteuer in der Nacht zuvor wohl nicht hätte zu mir kommen sollen, aber sie sei vollkommen verzweifelt.

»Ich kann doch nicht zulassen, daß man George Talbot dafür einsperrt!« wimmerte sie.

»Hören Sie mir einmal zu, Mrs. Dalton! Glauben Sie wirklich, daß Ihr Mann Emily Lancaster erschoß oder daß er mich letzte Nacht überfiel? Ich glaube nicht daran!«

»Gott vergebe mir, Lou, aber ich weiß nicht mehr, was ich glauben soll!«

»Aber ich weiß es. Ihr Mann hat letzte Nacht das Haus überhaupt nicht verlassen. Zwei Leute von der Polizei sind bereit, das zu beschwören.«

Ich erinnere mich, daß sie daraufhin aufsprang, totenbleich und noch immer zitternd.

»Also verdächtigen sie ihn! Was soll ich nur tun, Lou? Was soll ich nur tun? Er ist bestimmt schuldig! Warum hätte sie ihm sonst eine Mitteilung zukommen lassen, daß er seinen Overall verbrennen sollte? Er hat ihn verbrannt, Donnerstag nacht. Draußen glomm noch ein Feuer, und er ist seitdem verschwunden. Was hätte er sonst mit ihm anfangen können?«

Ich war zu erschrocken, um zu antworten.

»Und warum hat er sich nicht gerührt, als Emily schreiend aus dem Haus gestürzt kam? Er muß doch nahe genug gewesen sein, um sie zu hören. Und warum ließ er sich, nachdem er in der Garage den Overall ausgezogen hatte und wieder ins Haus gekommen war, von Joseph einen Whisky bringen? In den dreißig Jahren, in denen ich ihn kenne, hat er noch nie vor dem Dinner einen Whisky getrunken! Glauben Sie mir, Louisa, Bryan Dalton wußte genau, daß Mrs. Lancaster ermordet worden war, auch wenn er am Abend Joseph bat, mich über den Mord zu informieren, als hätte er es gerade erst aus der Zeitung erfahren!«

Als Bryan Dalton an diesem Nachmittag nach Hause kam, hatte seine Frau ruhig dagesessen und ihren Eistee getrunken. So erfuhr er nicht, daß sie ihn beobachtet hatte. Natürlich wußte sie zu diesem Zeitpunkt noch nichts von dem Mord. Auch am Abend, in der Bibliothek nach dem Dinner, hatte sie noch keinen Verdacht geschöpft. Ihr war nur aufgefallen, daß er ein merkwürdiges Gesicht machte, als er Joseph rief. Daran erinnerte sie sich später, als sie zum Lancaster-Haus hinübergingen. Sie betraten es nicht gemeinsam. Bryan hatte an der Haustür geläutet, während sie hintenherum durch die Küche gegangen war, weil sie sich dachte, daß die Dienstboten mitteilsamer sein würden als ihre Herrschaft. Noch war es nur ein Verbrechen wie jedes andere für sie gewesen, so schlimm es auch war.

Doch als sie aus der Küche in die Halle kam, hatte sie gesehen, wie Margaret und ihr Mann sich am Fuße der Vordertreppe begegnet waren. Die Talbots waren gleichfalls anwesend. Dabei bekam sie mit, wie Margaret ihrem Mann einen Zettel zusteckte, den er in der Tasche verschwinden ließ. Während sie mir das erzählte, wühlte sie in ihrem Handtäschchen nach diesem Zettel. Ich weiß bis heute noch nicht, wie und wann sie ihn ihrem Mann abnehmen konnte. Als sie ihn endlich gefunden hatte, gab sie ihn mir zum Lesen.

Ich muß gestehen, daß mir eine Gänsehaut den Rücken hinunterlief. Er war mit Margarets deutlichen, schwungvollen Schriftzügen beschrieben.

»Bitte verbrenne sofort alle Briefe, und vernichte das, was ich Dir am Nachmittag übergab! M.«

Wie Laura Dalton in den Besitz dieses Zettels gelangt ist, weiß ich, wie gesagt, nicht. Sie erzählte es mir auch nicht. Ihr Mann hatte keine Ahnung, daß sie von der Existenz des Zettels wußte, und irgendwie besorgte sie ihn sich. Aber danach muß, kann ich mir lebhaft vorstellen, bei den Daltons die Hölle losgewesen sein. Für Laura konnte das Ganze nur eines bedeuten: Ihr Mann und Margaret hatten Mrs. Lancaster in Vorbereitung einer gemeinsamen Flucht umgebracht, und dieser Plan war von ihnen seit langem ausgeheckt und sorgfältig durchgeführt worden.

Denn sie hatte den Overall nirgends gefunden.

Donnerstag nacht hatte sie nach ihm gesucht, ebenso wie nach den Briefen von Margaret. Er hatte versucht, sie daran zu hindern, als er es entdeckte, aber sie muß sich wie eine Furie benommen haben. Sie fand keinerlei Hinweise darauf, daß er irgend etwas in einem der Kamine oder im Heizungskessel verbrannt hatte. Aber natürlich hatte dieser Dummkopf Daniels wieder einmal ein Feuer im Niemandsland gemacht, und während der ersten drei oder vier Stunden nach dem Mord hätte ihr Mann bequem dort hinübergehen und etwas verbrennen können. Niemand würde sich darum gekümmert haben. Vielleicht hatte er es auch erst in der Nacht gemacht, das wußte sie nicht.

Das war die Geschichte, die Laura Dalton mir an jenem Dienstag nachmittag nach unseren beiden Morden beichtete, wobei sie dieses eine Mal die am Crescent Place zur Gewohnheit gewordene Scheinheiligkeit und Verschlossenheit vergaß und mir ohne Vorbehalte ihr kummervolles Herz ausschüttete. Dabei vergaß sie jedoch nie, von ein oder zwei Ausbrüchen abgesehen, ihre gute Erziehung. Sie saß vor mir, zupfte an ihren Handschuhen herum und strich sie immer wieder glatt, verfiel nie in einen lauten Ton und rückte sogar einmal – der Himmel ist mein Zeuge! – ihren verrutschten Rock zurecht, damit er sich wieder in einem schicklichen Abstand über ihren Knöcheln befand.

Durch gutes Zureden gelang es mir, ihr das Versprechen abzuringen, mindestens noch einen Tag zu warten, ehe sie mit ihrer Geschichte zur Polizei ging. Schließlich zog sie ihre Handschuhe wieder an, rückte ihren Hut gerade und verließ mich mit jener sonderbaren Selbstbeherrschung, die charakteristisch für alle älteren Frauen am Crescent Place zu sein scheint. Das Alter fordert seinen Tribut von ihnen, Tod und Tragödien sind unausweichlich, aber sie begegnen allem mit unerschütterlicher Miene und ungebrochenem Stolz.

Sie vergaß nicht einmal, sich höflich bei Annie zu bedanken, als diese sie zur Haustür hinausließ.

Kapitel 29

Ich hatte noch eine weitere Besucherin an diesem Nachmittag: Helen Wellington. Sie machte einen ziemlich nervösen, gewollt munteren Eindruck, wie ich fand, und wünschte Herbert Dean zu sprechen – so, als hätte ich ihn irgendwo in einem Wandschrank versteckt.

»Ich dachte, er sei hier«, sagte sie. »Mir scheint, daß er sich ziemlich oft bei Ihnen herumtreibt! Entweder ist er in Sie verknallt, oder er hat Sie in Verdacht. Das kann man bei ihm nie so genau wissen. Liebe oder Geschäft, in beidem ist er gleich verschwiegen.«

Sie betrachtete mit Interesse, wie ich errötete.

»Selbstverständlich hoffe ich, daß es Liebe ist«, fuhr sie fort. »Das würde nämlich bedeuten, daß Sie mir nicht länger im Wege stehen. Jedesmal, wenn ich einen Krach mit Jim habe, ist er danach insgeheim noch stundenlang überzeugt, daß ich der große Irrtum seines Lebens bin, und beklagt sich, daß er nicht Sie bekommen hat.«

»Seien Sie nicht so albern, Helen!«

»Oh nein, ich bin nicht albern. Nachdem er mich in Gnaden wieder aufgenommen hat, verbringe ich meinerseits Stunden damit, ihm klarzumachen, wie abwechslungsreich doch das Leben mit mir ist und wie langweilig es mit Ihnen sein würde. Aber er hat sich nun einmal in diese fixe Idee verrannt. Machen Sie sich nicht zuviel Gedanken darüber, Lou. Ich muß mir nur rasch einmal die Hände waschen. Danach möchte ich Bertie Dean mit ihnen erwürgen. Können Sie sich vorstellen, daß ich den ganzen Nachmittag in der Stadtbücherei zugebracht habe? Ob Sie's glauben oder nicht, es stimmt!«

Sie verriet mir nicht sofort den Grund. Statt dessen schwatzte sie durch die offene Badezimmertür unablässig über alle möglichen Dinge: den Überfall auf mich, den Auftritt, den sie am Abend zuvor gehabt hatte – »wenn schon jemand Jim beschuldigt, dann will ich das selbst sein« –, und George Talbots Festnahme.

»Inzwischen haben sie alle der Reihe nach unter die Lupe genommen«, meinte sie, »und ich glaube, jetzt fangen sie wieder bei uns an. Ich persönlich hege keinen Zweifel daran, daß Ihre Mutter es getan hat. Sie ist die einzige, die man bisher noch nicht verdächtigt hat.«

Sie kam aus dem Bad, in der einen Hand eine Flasche mit Handlotion und in der anderen ein Handtuch. Es war typisch für sie, das eine auf dem Teppich zu verschütten und es mit dem anderen wieder aufzuwischen. Aber ebenso typisch für sie war es, daß Annie in diesem Moment mit einem riesigen Strauß teurer Rosen hereinkam, den Helen mitgebracht hatte.

»Sparen Sie sich Ihren Dank«, sagte sie. »Die Blumen sind nur ein Zeichen meiner Erleichterung. Nachdem ich Sie die Nacht mit meinem niedlichen Schüreisen verfehlt habe, hoffe ich jetzt, daß Bertie Dean Sie bald ganz aus meiner Reichweite schafft, aus Angst um Ihr Leben. Was glauben Sie wohl, Lou, warum er mich heute in die Bibliothek geschickt hat? Drei Mal dürfen Sie raten, aber sagen Sie nicht, es sei wegen eines Buches gewesen. Dafür kennt er mich zu gut.«

Als sie endlich wieder ernst wurde, verriet sie mir, daß sie den Auftrag gehabt hatte, alte Lokalzeitungen für ihn durchzusehen; nicht ganz so alte, wie sich herausstellte, sondern die Ausgaben vom ersten März bis zum ersten August. Und zwar sollte sie feststellen, ob jemand im Anzeigenteil unter Chiffre ein Zimmer in unserer Nachbarschaft gesucht hatte oder ob ein möbliertes Zimmer dort angeboten worden war.

»Wobei mir nach wie vor unverständlich bleiben wird, wie sich jemand freiwillig in unserer Nachbarschaft ansiedeln kann«, sagte sie. »Aber genau das ist es, was er wissen wollte. Was ich bisher nicht ahnte, ist, wieviel nette, saubere Zimmer, ›gem. möbliert, m. fl. Wasser, Küchenben., angemessene Miete‹ tagtäglich angeboten werden.«

Sie hatte insgesamt acht Annoncen in ihrer eckigen, klaren Handschrift herausgeschrieben, die sie mir zeigte. Nur eine davon betraf ein Zimmer in unserer unmittelbaren Nachbarschaft. Ich konnte nicht verstehen, in welchem Zusammenhang sie mit unserem Fall stehen sollte, und las sie zwei Mal durch. Sie lautete:

»Gesucht: Von diplomierter Krankenpflegerin möbl. Zimmer Nähe Städt. Krankenhaus. Muß Telefon im Haus haben.«

»Ich begreife nicht, warum das für uns wichtig sein soll«, sagte ich.

»Nicht? Dann kennen Sie aber unseren Bertie nicht. Andernfalls würde Ihnen aufgehen, daß unser Mörder, als Frau verkleidet, vermutlich in diesem Zimmer wohnte und zwischen seinen Verbrechen sozusagen damit beschäftigt war, fiebernde Stirnen zu streicheln. Das Telefon ist natürlich bloße Tarnung! Wie dem auch sei, ich habe das Meinige dazu beigetragen, meinen Mann zu retten. Er ist zwar eine bemitleidenswerte Kreatur, aber er gehört nun einmal mir! So, und nun gehe ich nach Hause, um ein Bad zu nehmen.«

Während ich dies aufschreibe und mich dabei bemühe, aus den verschiedensten Mosaiksteinchen ein vollständiges Bild unserer Morde zusammenzusetzen, habe ich oft an diesen Besuch von Helen zurückgedacht und mich gefragt, wie die Sache sich wohl weiterentwickelt haben würde, wenn Helens Notizen rechtzeitig Herbert Dean und die Polizei erreicht hätten. Leider war dies nicht der Fall. Helen war recht aufgekratzt, ja sogar ziemlich übermütig, als sie mich verließ. Ich hörte sie auf dem Heimweg laut wie einen Gassenjungen pfeifen, eine Angewohnheit von ihr, mit der sie die Leute vom Crescent Place oft schockierte. Sie stand Jim im Kampf um seine Freiheit tapfer bei, das hatte auch der vorhergehende Abend bewiesen.

Und trotzdem hat sie sich mit Jim noch am selben Nachmittag wieder gestritten. Meiner Meinung nach besteht nicht der geringste Zweifel daran, daß die folgenden beiden Todesfälle am Crescent Place ausschließlich auf diese Tatsache zurückzuführen sind. Vermutlich weiß sie das auch. Jedenfalls ist es eine völlig verwandelte Helen, die jetzt in dem Haus neben der Einfahrt zum Crescent lebt. Nach wie vor tritt sie noch sehr forsch auf, aber ihr sorgloses Benehmen hat sie abgelegt.

Selbst John, der höfliche und gut geschulte Polizeiagent, der als Butler bei den Wellingtons arbeitete, vermochte nicht zu sagen, worum es bei der erneuten Meinungsverschiedenheit der beiden ging, obwohl er sicherlich eine bestimmte Vermutung hatte. Ich nehme an, daß Jim nicht ganz schuldlos an diesem Streit war. Natürlich war er ziemlich mit den Nerven fertig und wird ungeduldig und reizbar gewesen sein. Und Helen ist nicht der Mensch, der so etwas widerspruchslos hinnimmt. Wie dem auch sei, als Annie mir um sieben Uhr das Tablett mit meinem Abendimbiß heraufbrachte, war sie geradezu wild darauf, mir die neueste Information mitzuteilen.

»Mrs. Wellington ist wieder fort, Miss!«

»Wieder fort? Wohin?«

»Das weiß ich nicht, Miss. Ich glaube, daß sie einen Wortwechsel hatten. Sie ließ ein Taxi kommen und fuhr weg. Ich muß sagen, daß dies ein schlechter Zeitpunkt ist, um Mister Jim allein zu lassen, wo er doch alle Unterstützung nötig hat, die er nur bekommen kann.«

Das war aber nicht das Schlimmste. Sehr viel schlimmer war es, daß sie in ihrer Handtasche die Notizen mitnahm, die sie in der Bibliothek gemacht hatte, und daß sie nicht in ihr gewohntes Hotel zog. Als man sie endlich ausfindig gemacht hatte – das heißt, sie tauchte von allein wieder auf –, trug sie die Notizen noch immer in ihrer Handtasche bei sich. Sie hatte sie vollkommen vergessen. Inzwischen waren sie aber wertlos geworden.

Seitdem habe ich mich immer wieder gefragt, was wohl passiert wäre – oder aber, was nicht geschehen wäre –, wenn sie mit dem, was sie wußte, an diesem Tag zur Polizei gegangen wäre. Mit ihren Notizen und ihrer Geschichte von Sonntag nacht. Aber sie tat es nicht. Sie hatte Angst, wie wir alle.

Wäre uns dann alles klar gewesen? Vielleicht noch nicht einmal dann, obwohl Herbert Dean mit seinen Vermutungen näher an die Wahrheit herankam als jeder andere von uns. Doktor Armstrong meinte später dazu:

»Glauben Sie mir, Lou, wenn man jedem vom Crescent Place eine kleine Dosis einer enthemmenden Droge wie Scopolamin verabreicht hätte, wodurch er veranlaßt worden wäre, seine normale Zurückhaltung aufzugeben und die Wahrheit zu sagen, dann hätte es bestimmt weniger Tote gegeben. Scopolamin wäre vielleicht nicht ganz das richtige gewesen, weil es zu sehr die Phantasie anregt, aber irgend etwas anderes in dieser Richtung, was die Kontrollsperren im Gehirn abbaut. Alles, was wir brauchten, war ein bißchen Offenheit, aber sie waren ja alle viel zu sehr verängstigt.«

Womit er vollkommen recht hatte, denn erst an diesem Dienstag abend erfuhr ich, daß man Peggy Sonntag nacht im Niemandsland ihre Handtasche abgenommen hatte. Sie hatte soviel Angst vor einer möglichen Vergeltung, wenn sie darüber reden würde, daß selbst die anderen Dienstboten es erst ein oder zwei Tage später erfuhren. Auch in diesem Fall war Annie meine Informationsquelle. Als sie an jenem Abend heraufkam, um mein Bett abzudecken, war ihr die Empörung im Gesicht abzulesen. Sie hatte gerade erst die Neuigkeit von Peggy selbst erfahren.

»Peggy ist ein Dummchen«, meinte sie, »und das habe ich ihr auch gesagt, Miss Lou. Was immer auch die Polizei denkt – und ich kann nicht sehen, daß sie ihr Denken bisher irgendwie weitergebracht hat –, die ganze Geschichte klingt doch nicht normal! Wieso hat er ihr die Tasche zurückgebracht? Wenn das nicht das Verhalten eines Irren ist, was ist dann normal?«

Tatsächlich war das, was Peggy nach Annies Erzählung erlebt hatte, äußerst ungewöhnlich.

Sie hatte an diesem Abend ihre Familie besucht, die irgendwo in der Nachbarschaft lebte. Und da sie sich verspätet hatte, was am Crescent Place eine grobe Ordnungswidrigkeit darstellt, hatte sie die Abkürzung durch das Niemandsland genommen. In dem Wäldchen hinter der Wellington-Villa, wo es für etwa fünfzig Meter recht dunkel wird, tauchte plötzlich ein Mann aus dem Dunkeln auf und kam auf sie zu.

Sie war zu Tode erschrocken und blieb stehen, aber der Mann sagte nur: »Haben Sie bitte keine Angst! Ich habe nicht die Absicht, Ihnen etwas anzutun. Aber ich will diese Tasche haben.«

Peggy händigte sie ihm aus. Er trug einen tief in die Stirn gezogenen Schlapphut und, wie sie glaubte, einen Rollkragenpullover, der seine untere Gesichtshälfte verdeckte. Tatsächlich machte er keine weiteren Anstalten, sie zu belästigen. Das Merkwürdigste an der ganzen Sache war jedoch, daß er sich sogar noch höflich bei ihr bedankte, als sie ihm die Tasche gab.

Er nahm sie und verschwand eilig wieder zwischen den Bäumen. Peggy lief, so schnell ihre Beine sie trugen, hinüber zur Lancaster-Villa. Sie war ziemlich aufgelöst, als Ellen ihr die Tür öffnete, erklärte aber lediglich, sie habe sich sehr beeilt und beim Laufen ihre Tasche verloren.

»Und am nächsten Morgen«, schloß Annie theatralisch, »als Ellen die Verandatür öffnete, um die Milch hereinzuholen, da hing die Tasche am Türknauf! Und nicht ein einziger Cent fehlte in der Geldbörse. Wenn das kein Verrückter war, dann bin ich selbst verrückt!«

Ich erzählte Mutter nichts davon. Sie machte sich offensichtlich schon genug Sorgen und hatte, wie ich herausfand, um nächtlichen Polizeischutz für unser Haus gebeten. Was vermutlich der Anlaß war, daß der Polizeichef Inspektor Briggs kommen ließ und ihn fragte, ob er nicht besser die Stadtbücherei an der Liberty Avenue als Hauptquartier für die vielen Polizisten benutzen wolle, die er einsetzte. Oder aber – fügte er meines Wissens hinzu – ob man nicht beim Gouverneur telegrafisch die Nationalgarde zur Verstärkung anfordern sollte.

Mutter war an diesem Abend sehr schweigsam. Die Dinge im Nachbarhaus standen schlecht. Mr. Lancaster hatte seit Sonntag abend kein Wort mehr geredet und ließ gesundheitlich immer mehr nach. Margaret lief wie ein Gespenst herum. Sie aß nicht und schlief nicht und sprach kaum ein Wort.

»Wirklich«, sagte Mutter, »ich verstehe sie nicht, Louisa. Margaret läßt sich kaum dazu bewegen, das Zimmer ihres Vaters zu betreten. Ich selbst mußte die Pflegerin heute nachmittag ablösen, damit sie einmal schlafen konnte, und gestern hat Jennie dies getan. Dabei war Margaret ihrem Stiefvater doch immer sehr zugetan. Sie ist nicht mehr sie selbst!«

Der Spruch der Jury in der gerichtlichen Voruntersuchung zum Tod von Emily Lancaster war im wesentlichen der gleiche gewesen wie beim Tod ihrer Mutter. Die Verhandlung hatte nicht sehr lang gedauert, und die Beerdigung war für den nächsten Tag angesetzt. Margaret hatte sich nach der Rückkehr von der Verhandlung in ihrem Zimmer eingeschlossen und sich nicht mehr sehen lassen.

Ich beobachtete Mutter, als sie mir das erzählte. Sie war ziemlich aufgeregt und ungewöhnlich gesprächig. Trotzdem kam ich zu dem Schluß, daß sie seit Emilys Tod irgendwie erleichtert wirkte. Sie benahm sich fast genauso wie an dem Tag, als sie die Unterredung mit Mrs. Talbot geführt hatte. Zwar schien sie Emilys Tod aufrichtig zu bedauern, aber es hatte den Anschein, als sei irgendein Zweifel, ein gewisser Verdacht bei ihr getilgt worden.

Am selben Abend wurde George Talbot nach Stellung einer Kaution als wichtiger Zeuge wieder freigelassen. Zu diesem Zeitpunkt war der Ballistikexperte der Polizei, nehme ich an, noch immer damit beschäftigt, Kugeln aus Georges Pistole abzufeuern und die Resultate unter seinem Mikroskop zu untersuchen. Spät in der Nacht gab er das ziemlich überraschende Ergebnis telefonisch an das Polizeipräsidium durch. George befand sich bereits auf dem Heimweg, zornig und verwirrt und mehr als nur ein bißchen verängstigt. Er erfuhr erst einige Tage später den Inhalt dieses Telefonats.

»Ich kann mich noch nicht endgültig festlegen«, hatte der Ballistiker vorsichtig gesagt, »aber mir scheint, daß jemand die Läufe zweier Pistolen ausgewechselt hat. Wohlgemerkt, das ist bis jetzt nur eine Theorie. Sicher ist, daß die Kugel, die Emily Lancaster tötete, aus diesem Pistolenlauf hier kam. Aber ich bin mir nicht so sicher, ob sie auch aus dieser Pistole abgefeuert wurde.«

Kapitel 30

Das war der Stand der Dinge am Dienstag abend.

Vielleicht habe ich bisher noch zu wenig darüber gesagt, welchen Einfluß die beiden Morde vom Crescent Place auf das Leben in unserer Stadt hatten. Das sollte aber nicht unerwähnt bleiben, denn es hatte wiederum Rückwirkungen auf unsere Situation und wie sie sich entwickelte. Weil zum Beispiel die örtlichen Eisenwarenhändler Hochkonjunktur im Verkauf von zusätzlichen Riegeln, Schlössern und auch Vorhängeketten für Haustüren hatten und weil eine Frau aus unserer Nachbarschaft sich solch eine Kette für ihre Haustür angeschafft hatte, begann dieser Mittwoch mit einem neuen Rätsel und einer neuen Tragödie für uns.

Die Herrschaft des Schreckens, wie die Presse es nannte, blieb zu keiner Zeit ausschließlich auf den Crescent Place beschränkt. Die Allgemeinheit war von Anfang an davon überzeugt, daß sich ein wahnsinniger Mörder in unserem Stadtteil herumtreiben mußte, obwohl die staatliche Anstalt, in der derartige unzurechnungsfähige Verbrecher untergebracht waren, umgehend verlautbart hatte, daß keiner ihrer Insassen kürzlich geflüchtet sei und man beinahe stündlich alle Patienten und alle Wärter überprüfe.

Das Gerücht hielt sich jedoch hartnäckig und wurde durch die Ermordung Emily Lancasters, für die es offensichtlich ebenso wenig ein Motiv gab wie für die ihrer Mutter, eher noch verstärkt. Unsere Lieferanten lieferten so schnell wie möglich ihre Pakete mit Fleisch oder Lebensmitteln bei uns ab und sahen zu, daß sie wieder wegkamen. Im Niemandsland waren keine spielenden Kinder mehr zu entdecken, und viele Schulkinder wurden von ihren Eltern zur Schule begleitet und wieder abgeholt. Ehe die Dienstboten morgens die Milch hereinholten, spähten sie erst ängstlich durch das Fenster nach draußen. Es gab keine neugierigen Menschenmengen mehr an den Zufahrten zum Crescent

Place, und die Bedauernswerten, die nachts auf der Liberty Avenue an ihm vorbeigehen mußten, vermieden die lange Strecke, die durch die Hecken der Talbot- und Wellington-Anwesen begrenzt war, und benutzten lieber die gegenüberliegende Straßenseite.

Zu all dem war noch der nächtliche Überfall auf mich hinzugekommen. Eine Boulevardzeitung machte darauf aufmerksam, daß zu Beginn der Morde dreizehn Familienangehörige am Crescent Place gelebt hatten, und ließ sich lang und breit über die Tatsache aus, daß die Zahl dreizehn fast überall auf der Welt als Unglückszahl gelte. Sie wies darauf hin, daß es in Paris keine Hausnummer dreizehn gebe und diese Zahl bei der italienischen Lotterie ausgelassen würde. Der Ursprung dieses Aberglaubens sei in der nordischen Mythologie zu suchen, behauptete man, obwohl er in christlichen Ländern auf die Zahl der Teilnehmer beim Letzten Abendmahl zurückgeführt würde.

Festzuhalten bleibt, daß die allgemeine Hysterie letztlich dazu führte, daß der Crescent Place für die meisten Menschen ein Ort wurde, wohin man nicht ging, was wiederum zur Folge hatte, daß es für den Rest dieser schrecklichen Woche auch keine Zeugen geben konnte. Unsere sowieso schon spärlichen Besucher aus anderen Teilen der Stadt blieben sogar noch länger weg.

Denn an diesem Mittwoch wurden wir in ein weiteres Rätsel und einen weiteren Todesfall verwickelt.

Soviel ich weiß, fielen in dem ganzen Fall nur zwei Ereignisse zufällig auf denselben Tag: Der Tag der Beerdigung Emily Lancasters fiel mit dem Todestag meines Vaters zusammen. Aber gerade das sollte gewisse Konsequenzen haben.

Seit zwanzig Jahren hatte Mutter diesen Tag in fast schon ritueller Weise begangen. Am Vormittag pflegte sie, begleitet von Tante Caroline, Vaters überlebender Schwester, den Friedhof zu besuchen, wobei sie regelmäßig mit dem Friedhofsaufseher über den Zustand des Grabes sprach und sich mit ihm deswegen stritt. Anschließend fuhren die beiden Frauen in die Stadt, wo sie trauernd ein umfangreiches Mittagsmahl einnahmen. Danach ging es zum Grab von Tante Carolines Mann, wo sich die Prozedur vom Vormittag wiederholte.

An diesem speziellen Morgen wurde das Ritual insofern abgeändert, als die beiden zunächst an der Beisetzung Emily Lancasters teilnahmen und erst, nachdem sich die motorisierte Beerdigungsprozession wieder entfernt hatte, zu ihrem üblichen Programm starteten. Und doch war es nicht wie immer.

Es war nach ein Uhr mittags, und ich hatte mich gerade dazu aufgerafft, mich anzukleiden und nach unten zu begeben, als Mutter aufgeregt anrief und sich erkundigte, ob ich etwas von Holmes und dem Wagen wüßte.

»Von Holmes?« fragte ich erstaunt. »Ich dachte, er sei mit dir zum Friedhof gefahren. Wo steckst du denn jetzt?«

»Ich bin noch mit deiner Tante Caroline auf dem Friedhof«, erwiderte sie aufgebracht. »Dieser Schurke hat uns hierher gefahren und sich dann einfach aus dem Staub gemacht! Und der Friedhofswärter macht Mittagspause und hat sein Büro abgeschlossen. Wir mußten meilenweit laufen, um überhaupt ein Telefon zu finden.«

Ich muß gestehen, daß ich die Vorstellung, wie Mutter und Tante Caroline verzweifelt in ihrem besten Schwarzen auf dem Greenwood-Friedhof herumirrten, äußerst erheiternd fand. Er ist sehr abgelegen, und ich bezweifelte, daß auch nur eine der beiden Frauen mehr als vier Häuserblocks in ebenso vielen Jahren zu Fuß gegangen war. Aber ich pflichtete Mutter bei, daß es eine unmögliche Situation sei, und versprach, sofort ein Taxi für sie zu bestellen, was ich umgehend tat.

Als ich den Hörer wieder auflegte und mich umwandte, stand Annie hinter mir.

»Ich nehme an, daß Holmes verschwunden ist, Miss«, sagte sie.

»Woher um alles in der Welt wissen Sie das?«

»Weil er gestern abend seine Sachen fortgeschafft hat«, entgegnete sie prompt.

»Und warum um Himmels willen haben Sie davon kein Wort gesagt?«

»Damit man mir die Kehle durchschneidet?« erwiderte sie kryptisch. »Nein, Miss, ich kenne meine Pflichten, und ich liebe mein Leben!«

Ich begab mich sofort in sein Zimmer über der Garage und fand Annies Aussage bestätigt. Holmes hatte die letzte Nacht wieder hier geschlafen, da er wegen der Wache vor dem Haus bei uns nicht mehr benötigt wurde. Sein Bett war ungemacht und das Badezimmer benutzt. Aber sein Kleiderschrank war ausgeräumt, und der schäbige Koffer, der immer unter dem Fenster gestanden hatte, war verschwunden.

Es gab keinen Zweifel, Holmes hatte uns verlassen. Und es sah so aus, als sei mit ihm auch ein Dreitausend-Dollar-Auto verschwunden. Kurze Zeit später kroch Mutter aus einem Taxi und hinkte ins Haus. Die Hitze, ihr schweres schwarzes Kleid und ihr Ärger über Holmes hatten sie offensichtlich völlig demoralisiert.

In der Halle sank sie in einen Sessel, schloß die Augen und sprach kein Wort, ehe ihr Annie die Schuhe aufgeschnürt und ausgezogen hatte. Erst dann sagte sie:

»Dieser Schuft! Ich habe ihm nie über den Weg getraut und werde es auch nie tun.«

»Da haben Sie vollkommen recht, Ma'am«, bemerkte Annie. »Sie können von Glück reden, wenn Sie ihn oder das Auto jemals wiedersehen. Und daß er Sie bei dieser Hitze auf Ihren entzündeten Fußballen laufen ließ – schrecklich! Sehen Sie sich das nur einmal an!«

»Das ist Arthritis, Annie!« sagte Mutter zornig.

Gemeinsam geleiteten wir sie nach oben und halfen ihr ins Bett. Ich stellte den Ventilator an, und Mary brachte ihr eine Kleinigkeit auf einem Tablett zu essen. Nachdem sie sich gestärkt und etwas ausgeruht hatte, beruhigte sie sich allmählich wieder. Erst danach brachte ich ihr schonend bei, daß auch Holmes' Habseligkeiten verschwunden waren und daß, was auch immer seine Beweggründe gewesen sein mochten, sie und Tante Caroline am Friedhof im Stich zu lassen, er dies mindestens am Tag zuvor schon geplant haben mußte.

Anschließend informierte ich die Polizei. Aber da war es bereits halb drei – und zu spät, wie wir später erfahren mußten.

Was uns betraf, so verlief der Rest des Tages verhältnismäßig ereignislos. Um drei Uhr beobachtete ich, wie Bryan Dalton – vielleicht nicht so munter wie sonst, aber wie immer tadellos gekleidet – den Wagen aus der Garage holte und wegfuhr. Zu diesem Zeitpunkt wußte ich noch nicht, daß er auf dem Weg zu einem Büro in der Innenstadt war. Dort erwarteten ihn der Bezirksstaatsanwalt und zwei oder drei andere Männer. Sie saßen um einen Tisch herum, auf dem eine Handvoll sorgfältig mit einem Etikett versehene angekohlte Knöpfe sowie zwei Glasscherben lagen, die mehr oder minder ordentlich mit zwei Gummiringen zusammengehalten wurden.

»Es ist Ihnen also nicht möglich, diese Knöpfe zu identifizieren?« wurde er gefragt.

»Wie könnte ich das? Solche Overalls gleichen sich doch meist wie ein Ei dem anderen. Ich trage sie, um meine Kleidung zu schonen.«

»Aber Sie gestehen, daß Sie Ihren Overall in der Nacht nach dem Mord verbrannt haben. Das stimmt doch?«

»Gestehen? Was wollen Sie damit sagen? Ich habe ihn verbrannt, ja. Aber es ist nicht das erste Mal, daß ich so etwas gemacht habe. Da können Sie meinen Butler Joseph fragen. Ich pflege meine Overalls immer zu tragen, bis sie total verschmutzt sind, und dann werden sie beseitigt.«

»Genau. Aber ist es nicht das erste Mal, daß Sie das selbst gemacht haben, Mr. Dalton? Haben Sie nicht vorher immer diesen Joseph damit beauftragt?«

»Mag sein. Das weiß ich nicht so genau. Ehe ich aber Ihre weiteren Fragen beantworte, möchte ich genau wissen, aus welchem Grund Sie mich hierher bestellt haben. Stehe ich persönlich unter Verdacht, oder soll ich Ihnen nur bei Ihren Nachforschungen behilflich sein? Sollte ich verdächtigt werden, dann verlange ich, daß mein Rechtsanwalt hinzugezogen wird.«

»In gewisser Weise steht jeder Anwohner des Crescent Place im Augenblick unter Verdacht«, erklärte der Bezirksstaatsanwalt verbindlich. »Ich kann Sie nur darauf aufmerksam machen, daß offen die Wahrheit zu sagen einer unschuldigen Person noch nie geschadet hat. Leider habe ich den Eindruck, daß Sie bisher noch nicht sehr offen zu uns gewesen sind. Doch wenden wir uns einmal – eh – diesem Beweisstück unter Glas zu. Dazu können Sie nichts sagen?«

»Absolut nichts.«

»Sie haben auch keine Vermutung, wenn Sie es sich einmal genauer ansehen, um was es sich handelt? Oder gehandelt haben könnte?«

»Ich habe es mir angesehen. Ich weiß nicht, was es ist.«

In diesem Augenblick bekam der Staatsanwalt eine Notiz in Herbert Deans Handschrift zugesteckt. Er las sie und legte sie vor sich auf den Schreibtisch. Als er wieder aufblickte, bekam das Verhör eine überraschende Wendung.

»Mr. Dalton«, sagte er, »ist Ihnen bekannt, ob am Crescent Place oder in seiner Umgebung Giftsumach wächst?«

»Giftsumach? Wollen Sie mich auf den Arm nehmen?«

»Das liegt mir fern. Aber die Frage gehört absolut zur Sache.«

Bryan Dalton schüttelte den Kopf.

»Keinc Ahnung«, sagte er. »Ich nehme an, ihr Burschen wißt, wovon ihr redet, aber – Giftsumach!« Er lächelte grimmig. »Offensichtlich kennen Sie uns nicht sehr genau, sonst würden Sie nicht eine solche Frage stellen. Natürlich weiß ich nicht, was auf dem Niemandsland hinter unseren Häusern alles wächst. Aber auch dort ist er mir noch nie aufgefallen.«

Es folgte, nehme ich an, eine Pause. Der Staatsanwalt nahm die Notiz vom Schreibtisch auf und gab sie dem Polizeichef, der erstaunt aussah, aber nickte. Er war es, der, mit der Notiz in der Hand, die nächste Frage stellte.

»Wie lange haben Sie«, fragte er barsch, »sich am Donnerstag nachmittag vergangener Woche beim Holzschuppen der Lancasters aufgehalten, Mr. Dalton?«

Bryan Dalton muß sich nach dieser Frage in der Runde der gespannten Gesichter rings um ihn umgesehen haben. Keines verriet auch nur eine Spur von Mitleid. Unbarmherzig und unbeweglich starrten ihn die Männer an, so, wie man ein gefangenes Insekt unter dem Mikroskop betrachtet. Vermutlich fuhr er dabei, wie es seine Angewohnheit war, mit dem Zeigefinger unter den Hemdkragen, als ob ihm dieser zu eng geworden wäre. Dann lächelte er wieder.

»Ich nehme an, daß es mich belastet, wenn ich die Antwort auf diese Frage verweigere«, sagte er.

»Ich kann nur noch einmal das betonen, was ich vorhin bereits sagte, Mr. Dalton«, entgegnete der Staatsanwalt.

»Ich stand etwa zehn Minuten dort.«

»Sind Sie sicher, das es nicht länger war?«

»Absolut sicher.«

»Würden Sie uns bitte noch erklären, weshalb Sie sich dort aufhielten? Sie werden doch sicher einen Grund dafür gehabt haben. Ich versichere Ihnen, daß wir Ihre Aussage vertraulich behandeln werden, wenn Sie offen mit uns reden – es sei denn, es würde sich herausstellen, daß dieser Grund im vorliegenden Fall von erheblicher Bedeutung ist.«

Mit seiner Antwort setzte Bryan die Männer in Erstaunen.

»Der Grund, weshalb ich dort war, hat mit diesem Fall absolut nichts zu tun«, entgegnete er kurz angebunden. »Wenn Sie einen Grund benötigen, um etwas für Ihr Protokoll zu haben, dann schreiben Sie einfach, ich hätte dort einen fehlgeschlagenen Golfball gesucht. Das klingt so plausibel wie jeder andere Grund. Mehr werde ich Ihnen dazu nicht sagen, und Sie können es akzeptieren oder es sein lassen.«

Damit war die Vernehmung praktisch beendet. Jedem der anwesenden Männer war klar, daß Bryan Dalton etwas zu verheimlichen hatte, wobei allerdings nicht feststand, ob dies etwas mit dem Fall zu tun hatte. Aber keiner der Männer war andererseits bereit, ihm die Behauptung abzunehmen, daß er nur zehn Minuten neben dem Holzschuppen der Lancasters gestanden hatte. Er mußte sich wesentlich länger dort aufgehalten haben, um eine seiner teuren Belinda-Zigarren zu Ende rauchen zu können, die er sich extra aus Havanna kommen ließ.

»Obwohl das ja auch nicht allzu viel zu bedeuten hatte«, erklärte mir der Inspektor lange Zeit später. »Denn wie hätte er in den dreißig bis vierzig Minuten, in denen er sich an jenem Nachmittag dort aufhielt, eine derart lange Zigarre zu Ende rauchen und dabei auch noch die alte Dame umbringen können? Denn er hat weder geraucht, als sein Butler ihn weggehen sah, noch, als er wieder zurückkam.«

Was wiederum meine Behauptung bestätigt, daß unsere Dienstboten von Beginn an mehr über die Verbrechen wußten als wir selbst.

An jenem Nachmittag wußten wir natürlich noch nichts von all dem. Mutter war zu mitgenommen, um erneut die Pflegerin bei den Lancasters abzulösen. An ihrer Stelle sprang Lydia Talbot ein. Margaret hatte sich noch immer in ihrem Zimmer eingeschlossen und gestattete nicht, daß Lydia den Arzt für sie bestellte. Mrs. Talbot kochte noch immer vor Wut, daß man es gewagt hatte, ihren George festzunehmen. Von Lizzie erfuhren wir, daß sie sich in ihrem Zimmer verbarrikadiert hatte und durch die verschlossene Tür brüllend Befehle erteilte. Und in dem am nächsten zur Toreinfahrt gelegenen Haus versuchte Jim Wellington verzweifelt, Helen aufzuspüren, teils auf eigenen Wunsch, teils auf Veranlassung von Herbert Dean, der sehr verärgert über ihr Verschwinden war. In unserem Nachbarhaus brütete Laura Dalton über ihrer Eifersucht und ihrem Verdacht – von ihrem Butler Joseph beobachtet, der mehr sah, als er vorgab zu wissen.

Und von Holmes fehlte noch immer jede Spur.

Kapitel 31

Allerdings war an jenem Mittwoch vormittag noch ein kleines Nebenspiel inszeniert worden, von dem ich zu dieser Zeit noch nichts wußte.

Während die Bewohner der Lancaster-Villa an Miss Emilys Beerdigung teilnahmen und sich im Haus lediglich die Pflegerin des alten Herrn aufhielt, waren dort der Inspektor und Herbert Dean aufgetaucht. Die Pflegerin öffnete ihnen die Haustür und war, nachdem sie einige Worte mit ihnen gewechselt hatte, nach oben gegangen, um kurz darauf mit einem kleinen Gegenstand unter ihrer Schürze wieder zurückzukehren.

Der Inspektor steckte diesen Gegenstand in die Tasche. Danach begaben sich die beiden Männer leise nach oben. Dort hielten sie sich länger als eine Stunde auf, in der der Inspektor meist nur als interessierter Zuschauer fungierte. Ehe sie wieder herunterkamen, kletterte Dean, der der schlankere von beiden war, durch ein schmales Fenster auf das Dach der Küchenveranda und untersuchte dort eingehend die Dachrinne sowie die Öffnung ihres Abflusses. Was er auch immer im Haus entdeckt hatte, dort draußen fand er nicht, wonach er suchte. Schließlich gingen die beiden Männer wieder. Herbert fuhr in ein Labor in der Innenstadt, wo er, so vermute ich, unter dem Mikroskop einen ganz gewöhnlichen Hausschwamm untersuchte, während der Inspektor sich zu der Vernehmung Bryan Daltons begab, die keinen, der sich mit dem Fall beschäftigte, zufriedengestellt hatte.

Mutter hatte sich an jenem Abend wieder so weit erholt, daß sie ein Hühnchen und etwas Pudding zu sich nehmen konnte. Allerdings befand sie sich noch immer in äußerst schlechter Gemütsverfassung. Doktor Armstrong war um sechs Uhr vorbeigekommen, um ihr eine stärkende Spritze zu verabreichen. Er zeigte sich aber dabei zu sehr an Holmes' Verschwinden und zu wenig an ihrem eigenen Ärger interessiert, um sie wieder aufmuntern zu können.

»Das ist ein weiterer Beweis für das, was ich immer gesagt habe«, meinte er. »Die Dienstboten wissen, daß Holmes seine Sachen fortschafft. Aber läßt auch nur einer von ihnen ein Wort darüber verlauten? Natürlich nicht. Dieser ganze verdammte Crescent Place ist eine einzige Verschwörung des Schweigens!«

Mutter fixierte ihn kalt.

»Leute, die reden konnten, werden nie wieder reden, Doktor«, sagte sie. »Aber warum sollte man jetzt versuchen, noch mehr herauszufinden, als wir bereits entdeckt haben? Dieses vorsätzliche Verschwinden meines Chauffeurs kann doch nur einen einzigen Grund haben.«

»Glauben Sie tatsächlich, daß Holmes der Schuldige ist?«

»Warum nicht? Vermutlich hat er das Gold die ganze Zeit irgendwo versteckt gehabt und ist jetzt auf und davon mit ihm. Und wer anders als er hätte Louisa in der Nacht überfallen können?«

»Aber er war doch eingeschlossen.«

»Woher sollen wir wissen, ob er sich nicht einen zweiten Schlüssel besorgt hat?«

»Aber warum hätte er denn gerade Louisa überfallen sollen?«

»Das herauszufinden, ist Aufgabe der Polizei«, erwiderte Mutter hochmütig. »Obwohl ich sagen muß, daß das, was sie bisher herausbekommen hat, nicht zu sehr viel Hoffnungen in dieser Hinsicht berechtigt. Aber die Menschen stellen gelegentlich recht seltsame Dinge an, Doktor. Ich erinnere mich noch sehr gut daran, wie unser lieber Bischof eines Nachts in das Schlafzimmer seiner Frau gegangen ist und das Fußbrett von ihrem Bett abriß. Einfach so. Später hat er zwar behauptet, er habe das im Schlaf getan, aber da habe ich so meine Zweifel.«

Als ich den Doktor hinausbegleitete, sprach er das aus, was auch ich dachte.

»Lassen wir sie bei ihrer Meinung«, sagte er. »Vielleicht hat sie sogar recht, was ich allerdings nicht glaube. Doch möglicherweise beruhigt es sie etwas, Holmes verdächtigen zu können. In ihm hat sie einen Täter gefunden, den sie akzeptieren kann. Er gehört zu der Gesellschaftsklasse, aus der die Kriminellen ihrer Meinung nach für gewöhnlich stammen. Und insgeheim hat sie immer befürchtet, daß es jemand anderes war, Lou. Das dürfen Sie nicht vergessen. Von Anfang an hat sie das getan.«

Das war, wie gesagt, um sechs Uhr abends. Bis neun Uhr standen Holmes und unser Wagen auf der Vermißtenliste. Dann kam der Inspektor, um mir die Mitteilung zu überbringen, daß man inzwischen wenigstens einen von beiden aufgespürt hatte.

»Wir haben Ihr Auto gefunden, Miss Hall«, sagte er. »Es war weit außerhalb der Stadt abgestellt. Ein Streifenwagen hat es entdeckt. Morgen früh wird es zurückgebracht.«

Annie hatte ihn in die Bibliothek geführt. Er saß vor mir, kniff sich wie gewöhnlich in die Lippe und schaute mich konzentriert an.

»Je intensiver ich mich mit dieser Sache befasse, Miss Hall«, sagte er, »und das tue ich weiß Gott schon mehr als genug, desto überzeugter bin ich, daß es eine alte Geschichte ist, die wir herausfinden müssen. Jawohl, eine alte Geschichte. Und wenn wir die erst kennen, dann begreifen wir auch den Rest. Und dann – wie soll ich sagen? –, ja, dann wird sich herausstellen, ob es in diesem Stück einen Schurken gibt oder ob es keinen gibt, wenn Sie wissen, was ich meine.«

»Es war doch in jedem Fall eine schreckliche Sache, die beiden Frauen umzubringen, oder etwa nicht?«

»Jeder Mord ist eine schreckliche Sache. Aber genauso schrecklich ist es, jemanden auf den elektrischen Stuhl zu befördern, ohne daß er es tatsächlich verdient hätte. Manchmal kann ich nächtelang nicht schlafen, weil ich an die Fälle denken muß, bei denen ich mir absolut nicht so sicher war wie die Allgemeinheit. Aber lassen wir das.«

Er beugte sich in seinem Sessel vor.

»Ich würde gern von Ihnen mehr über die Leute hier erfahren«, sagte er. »Verwandtschaftliche Beziehungen, alte Streitigkeiten, Zwangsvorstellungen wie die von Mrs. Talbot, die sich immer einschließen muß. Was klappt zwischen dem jungen Wellington und seiner Frau nicht, falls überhaupt was nicht klappt? Und dann dieses Haus hier – wie steht es mit Ihnen selbst? Welche Rolle spielt Holmes in dieser Geschichte? Wenn ich mich recht erinnere, hat er gerade Ihre Mutter ausgefahren, als Mrs. Lancaster ermordet wurde.«

»Das stimmt, Inspektor. Aber seitdem hat er sich ziemlich merkwürdig benommen.«

Und dann erzählte ich ihm von der Nacht, in der ich Holmes dabei beobachtete, wie er die Seiten eines Buches heraustrennte. Allerdings schien der Inspektor dem weniger Bedeutung beizumessen, als Herbert Dean es getan hatte.

»Komisches Benehmen«, meinte er. »Wissen Sie zufällig, um was für ein Buch es sich dabei handelte?«

»Es war ein Kriminalroman.«

»Tatsächlich? Aber das bedeutet natürlich nicht zwangsläufig, daß er ein Krimineller sein muß. Kriminalromane werden neuerdings selbst in den besten Kreisen gelesen! Und kommen Sie nicht zu schnell zu dem Schluß, Holmes sei ein Mörder. Auf keinen Fall hat er Mrs. Lancaster umgebracht, das steht fest. Aber es ist durchaus möglich, daß er vermutete, wo das Gold steckt. Und da es ziemlich schwer ist, hat er sich heute Ihren Wagen unter den Nagel gerissen. Selbst dabei ist mir einiges nicht klar. Er klaut ein auffälliges Auto und kutschiert damit in Chauffeursuniform durch die Gegend! Für gewöhnlich macht man so etwas des Nachts und so unauffällig wie möglich. Aber nun verraten Sie mir mal etwas über die Leute vom Crescent Place. Beginnen wir am Tor. Dieser Jim Wellington, er ist ein Neffe von Mrs. Lancaster, oder?«

»Genauer gesagt, ein Neffe von Mrs. Lancasters erstem Mann. Er und George Talbot sind Vettern. Sein Onkel ist aber schon so lange tot, daß Mrs. Lancaster für uns immer wie seine wirkliche Tante war. Jims Mutter war eine Talbot.«

»Hmm! Sie scheinen hier ja alle ziemlich eng miteinander verwandt zu sein.«

»Wir und die Daltons sind nicht mit den Talbots verwandt.«

»Nun gut. Aber noch einmal zurück zu den Wellingtons. Seine Eltern leben nicht mehr, nehme ich an?«

»Ja. Jims Mutter starb vor zehn Jahren. Sie war ein bißchen seltsam, aber Jim hat davon nichts geerbt.«

»Was meinen Sie mit seltsam?«

»So genau kann ich das nicht sagen«, meinte ich vage. »Sie war sehr fromm, wenn man das als seltsam bezeichnen kann. Und dann erinnere ich mich, daß sie immer durch die Gegend lief und mit sich selbst sprach. Als ich ein kleines Mädchen war, fürchtete ich mich deshalb vor ihr. Aber sonst war sie ganz in Ordnung. Sie war eine sehr intelligente Frau. Ich – ich muß sagen, Inspektor, ich finde es eigentlich ganz schrecklich, so über andere Menschen zu reden. Jedenfalls war sie sehr freundlich. Und auch sehr wohltätig.«

Der Inspektor nickte.

»Seltsam oder nicht«, sagte er, »auf alle Fälle ist sie tot und damit raus aus der Sache. Ich nehme an, Sie wissen, daß Jim Wellington es abgelehnt hat, das ihm von seiner Tante vermachte Geld anzunehmen. Muß wohl selbst genügend Vermögen haben, he?«

»Er verfügt über ein gutes Einkommen, aber natürlich ...«

»... hat er eine extravagante Frau, stimmt's? Aber Sie würden, wenn Sie Ihre persönlichen Gefühle einmal beiseite lassen, nicht meinen, daß er der Mann ist, der stehlen und töten könnte. So ist es doch, nicht wahr?«

»Da bin ich ganz sicher, Inspektor. Wissen Sie, er besitzt einfach nicht die Courage für so etwas, wenn wir es einmal Courage nennen wollen.«

»Ich habe das Gefühl, daß Sie nicht immer so über ihn dachten.«

Ich fühlte, wie mir die Röte ins Gesicht stieg.

»Das hat damit nichts zu tun«, sagte ich.

Er beugte sich wieder im Sessel vor.

»Warum haben Sie ihn nicht geheiratet, Miss Hall? Bitte, das soll keine indiskrete Frage sein. Aber es muß doch einen Grund dafür gegeben haben.«

»Ich konnte meine Mutter nicht allein lassen.«

»Sie war also dagegen? Warum? Etwa, weil seine Mutter, wie Sie es nannten, ein bißchen seltsam war?«

»Nein, nicht deswegen. Aber schauen Sie, Mutter hat Vaters Tod tief getroffen, und ...«

»... und als gehorsame Tochter brachten Sie ihr dieses Opfer! Nun, es muß solche und solche Menschen auf dieser Welt geben. Aber machen wir mal weiter. Die Daltons sind also mit niemandem vom Crescent Place verwandt?«

»Nein. Mrs. Dalton hat das Haus geerbt, und als sie heirateten, zog er hierher.«

»Warum reden sie nicht miteinander? Und wie lange ist das schon der Fall?«

»Zwanzig Jahre.«

»Mein Gott, was für ein Leben! Kennen Sie den Grund?«

»Er war ein ziemlich lebenslustiger Mensch«, antwortete ich vorsichtig. »Es könnte damit zusammenhängen.«

»Kamen sie gut mit den Lancasters aus?«

»Sehr gut. Natürlich verkehrten sie ziemlich formell miteinander. Das tun wir alle hier, müssen Sie wissen, Inspektor. Wir halten immer die gebührende Distanz ein.«

»Und ihr gehört das Geld?«

»Ich glaube, daß er ein bißchen eigenes Geld besitzt. Genau weiß ich das nicht.«

»Und was ist mit ihm und Margaret Lancaster? Sie brauchen sich in dieser Sache nicht zurückzuhalten, denn wir wissen über das Verhältnis der beiden Bescheid. Und uns ist auch bekannt, daß er an dem bewußten Nachmittag in der Garage am Motor seines Wagens herumgebastelt hat und daß er dabei einen alten Overall trug. Und wir wissen, daß dieser jetzt verschwunden ist und er einen neuen hat. Das kann natürlich überhaupt nichts zu bedeuten haben. Ich erwähne das nur, damit Sie – na ja, damit Sie keine Skrupel haben. Jedenfalls wissen wir, daß er sich mit dieser anderen Frau traf. Warum? Haben Sie eine Idee?«

»Ich habe nichts von ihm und Margaret Lancaster gewußt, bis Sie mir den anonymen Brief zeigten, Inspektor.«

Meine Worte befriedigten ihn nicht, das merkte ich. Er saß stumm vor mir, wobei seine Augen mich forschend durchbohrten. Endlich rührte er sich wieder und sagte:

»Nun gut. Sehen wir weiter. Was ist mit den Lancasters? Wie kamen sie miteinander aus? Wie stand der alte Herr zu seinen Stieftöchtern? Und was war mit der alten Dame? Gehörte ihr das Geld, wie bei den Daltons, oder ihm?«

Ich dachte intensiv über seine Fragen nach. Aber die Lancasters hatten bereits so lange wie selbstverständlich zu meinem Leben gehört, daß es mir schwerfiel, sie objektiv zu beurteilen.

»Ich weiß es wirklich nicht«, sagte ich schließlich. »Ich glaube, daß beide recht vermögend waren. Sie haben immer sehr zurückgezogen gelebt, selbst als Mrs. Lancaster noch nicht krank war. Tatsächlich muß sie aber schon immer gekränkelt haben. Das fing schon vor meiner Geburt an. Ich nehme an, daß dies einer der Gründe ist, weshalb ihre Töchter niemals heirateten. Sie hat keinen Schlaganfall oder so etwas Ähnliches gehabt, müssen Sie wissen. Sie wurde einfach immer kraftloser, und eines Tages legte sie sich ins Bett und verließ es nicht wieder. Sie hat schon eine Reihe von Jahren so gelegen, konnte einfach keinen Schritt mehr tun. Ich glaube, es stimmte irgend etwas nicht mit ihrer Wirbelsäule. Aber genau kann ich das nicht sagen.«

»Aber sie kamen alle gut miteinander aus?«

»Ja, das taten sie. Natürlich war Mr. Lancaster, wie Sie wissen, nicht damit einverstanden, daß seine Frau das Gold hortete. Und

Margaret war gelegentlich schon einmal etwas ungeduldig mit ihr. Ihre Mutter konnte ziemlich reizbar sein, besonders im Sommer. Dann begann sie, am Essen herumzumäkeln, für das Margaret zuständig war. Aber das ist wohl alles.«

»In anderen Worten«, meinte der Inspektor, »sie war das, was man eine übellaunige alte Frau nennt. Aber über Tote soll man ja nichts Schlechtes reden. Also weiter. Wie kamen die anderen mit Miss Emily zurecht? Was war sie eigentlich überhaupt für ein Mensch? Was für ein Leben führte sie? Bitte denken Sie gut nach, und beschreiben Sie sie mir genau. Versuchen Sie sich zu erinnern, wie sie früher war.«

Das fand ich gar nicht so einfach.

»Sie muß ziemlich hübsch gewesen sein. Selbst in meiner Jugend war sie es noch. Später mußte sie dann ständig am Bett ihrer Mutter sitzen, so daß sie stark zunahm. Mehr weiß ich wirklich nicht, Inspektor.«

»Hatte sie denn keine Kontakte außerhalb der Familie? Keine engen Freunde?«

»Meines Wissens nach nicht. Sie vergötterte lediglich den Kanarienvogel, den ich ihr einmal zu Weihnachten geschenkt habe. Man konnte es kaum mit ansehen, was für ein Theater sie mit dem Vogel machte, so, als ob – na, ja, Sie werden wissen, was ich meine, Inspektor. Wenn sie Kinder gehabt hätte ...«

Er nickte wieder, so, als ob selbst er als Mann Verständnis für die verdrängten Muttergefühle einer Frau aufbringen würde.

»Ich verstehe«, sagte er. »Es gab also keinen Grund, daß der alte Herr sie nicht hätte leiden können oder gar Angst vor ihr hatte oder irgend etwas in dieser Richtung?«

»Nicht den geringsten Grund«, erwiderte ich steif. »Warum um alles in der Welt hätte er den auch haben sollen?«

Er ignorierte meine Frage und kniff sich wieder nachdenklich in die Lippe.

»Nun gut«, sagte er schließlich. »Was ist mit Miss Margaret? Scheint nicht so ausgeglichen zu sein, wie ihre Schwester es war, habe ich den Eindruck. Regt sich wohl leicht auf, stimmt's?«

»Das legt sich aber nach kurzer Zeit immer wieder, Inspektor.«

»Glauben Sie, daß ihre Angehörigen etwas über ihr Verhältnis mit Dalton wußten?«

»Nein. Und ich glaube auch nicht, daß sie ein Verhältnis miteinander hatten.«

»Kann sein, kann auch nicht sein. Dann gibt es Ihrer Meinung nach also keine alte Geschichte in diesem Haus. Nur einige ältere und älter werdende Menschen, die ein zurückgezogenes Leben führten, bis eines Tages jemand vorbeikommt und zwei von ihnen einfach auslöscht. Ist das so?«

»Ich kann es nicht anders sehen.«

»Alles ist still und friedlich in dem Haus, bis die alte Dame anfängt, das Gold unter ihrem Bett zu horten. Und irgend jemand, der davon Wind kriegt, reißt sich das Gold unter den Nagel und füllt die Beutel statt dessen mit Bleigewichten.«

»Das ist doch nicht so seltsam, wie es zunächst klingen mag«, sagte ich. »Wir alle besitzen solche Gewichte. Und wir alle benutzen sie. Ich kann mich daran erinnern, im Frühjahr eine Menge solcher Gewichte im Holzschuppen der Lancasters gesehen zu haben. Miss Margaret topfte ihre Blumen um und benutzte sie zum Beschweren der Blumentöpfe. Ich nehme allerdings an, daß sie sie alle dabei verbraucht hat.«

Der Inspektor dachte wieder einen Moment nach. Dann langte er in die Tasche und zog ein Notizbuch hervor. Nachdem er darin etwas nachgeschaut hatte, sah er mich an.

»Was ist übrigens mit dieser Schneiderin?« fragte er. »Sie muß doch eine Menge über das wissen, was sich hier am Crescent Place tut. Ist sie nicht eine große, dürre Frau, knochig und grauhaarig?«

»Miss Mamie? Aber nein. Sie ist sehr klein und sehr korpulent.«

»Kennen Sie eine Frau hier am Crescent Place, auf die eine solche Beschreibung zutreffen würde?«

»Nur auf Lydia Talbot und auf die Haushälterin der Talbots, Lizzie Cromwell. Und vielleicht noch auf unsere Köchin Mary.«

»In Ordnung«, sagte er und steckte das Notizbuch wieder ein. »Damit wären wir bei den Talbots angekommen. Ein ziemlich merkwürdiger Haufen, finde ich. Was wissen Sie von denen? Was geht hinter ihren ständig verschlossenen Fenstern und Türen vor sich? Wissen Sie darüber Näheres?«

Ich erzählte ihm, was ich wußte. Daß Mrs. Talbot nur selten ihr Zimmer auf der Rückseite des Hauses verließ und hinter ihrer verschlossenen Tür Unmengen von Häkelarbeiten anfertigte. Kein Haus am Crescent Place, das nicht zu Weihnachten mit einem dieser unmöglichen Artikel bedacht wurde, von denen auch noch erwartet wurde, daß man sie schätzte und benutzte.

Und daß sie begierig Buch über Buch verschlang. Und wie sie das Szepter im Haus schwang. Von allen Hausbewohnern – mit Ausnahme von Lizzic Cromwell, die schon seit langen Jahren bei ihr war – wurde sie intensiv gefürchtet; vielleicht in etwas geringerem Maß von ihrem Sohn George. Und ich schilderte, wie sie jeden Morgen in der Speisekammer die genauen Tagesrationen an Lebensmitteln abmaß und die Kammer dann wieder verschloß. Wehe der Köchin, die danach noch ein weiteres Ei oder einen Löffel voll Tee verlangte! Selbst ihre Schwägerin Lydia, die bei ihr leben mußte, weil sie kein anderes Zuhause hatte, und die die Einkäufe besorgte, mußte jeden Cent peinlich genau mit ihr abrechnen.

Und doch, erzählte ich dem Inspektor, sei Mrs. Talbot die erste, die in Notfällen einspringen würde. Dies bewiesen wohl auch ihre regelmäßigen Besuche am Krankenbett von Mrs. Lancaster, mit der sie durch deren ersten Mann verschwägert war, was sie nie vergaß, obwohl ihr eigener Mann sie vor Jahren verlassen hatte.

Der Inspektor hörte aufmerksam zu, wobei seine Augen mich fast durchbohrten.

»Also waren sie gute Freunde?« wollte er wissen. »Sie hatte also nichts gegen Mrs. Lancasters zweite Heirat einzuwenden? Oder gab es andere Meinungsverschiedenheiten?«

»Ich glaube, daß sie in den letzten Jahren besser miteinander auskamen«, erwiderte ich zurückhaltend. »Davor muß es einmal irgendeinen Ärger gegeben haben. Ich weiß aber nicht, worum es ging. Irgendein Familienstreit, nehme ich an. Doch das ist schon Jahre her.«

»Sie wissen also nicht, worüber man sich gestritten hatte?«

»Ich habe keine Ahnung. Ich habe immer geglaubt, es sei darum gegangen, daß Mr. Talbot – Mrs. Lancasters erster Mann –, als er starb, seine Schwester Lydia nicht im Testament bedacht hatte und daß seine Frau es ihrer Schwägerin, Mrs. John Talbot, überließ, sich um sie zu kümmern. Aber es kann auch etwas ganz anderes gewesen sein.«

»Vermutlich war es doch so«, meinte der Inspektor. »Je mehr Geld die Leute besitzen, desto mehr sind sie darauf bedacht, es schön zusammenzuhalten. Das ist ja der Grund, weshalb sie es besitzen. Jetzt haben wir noch den Sohn dort, George. Wie kommt er damit zurecht, daß das Haus, in dem er lebt, immer so verbarrikadiert ist? Das ist doch kein normales Leben für einen jungen Mann, müssen Sie zugeben!«

»Er hat nie etwas anderes gekannt. Natürlich weiß er, daß es unnormal ist, aber er hat seine Mutter sehr gern. So kompensiert er es zum Teil, indem er außerhalb des Hauses sein eigenes Leben führt, was ja nur verständlich ist.«

»Was meinen Sie mit ›eigenes Leben‹?«

»Tennis, Golf, Klubs.«

»Und Frauen?«

»Das glaube ich nicht. Jedenfalls habe ich nie etwas in dieser Richtung gehört. Andererseits würde ich auch kaum etwas davon gehört haben.«

Es war fast zehn Uhr, als der Inspektor wieder ging. Er ließ mich ziemlich erschöpft zurück, so daß ich mich bald darauf schlafen legte. Ich schlief tief und fest, als zwischen zwölf und ein Uhr in der Nacht ein Autofahrer auf der nördlichen Ausfallstraße, etwa ein Dutzend Kilometer außerhalb der Stadt, auf der Fahrbahn die Leiche von Holmes fand.

Kapitel 32

Obwohl Holmes, als er Mutter und Tante Caroline im Stich gelassen hatte, eine schmucke Chauffeurslivree getragen hatte, wurde er in höchst schäbiger Kleidung gefunden. Unweit der Fundstelle lag eine abgetragene Mütze. Allem Anschein nach war er von jemandem, der anschließend Fahrerflucht beging, überfahren worden. Der Autofahrer, der ihn fand, hatte ihn in der Annahme, er sei noch zu retten, mit heulender Hupe, als habe er eine Polizeisirene, in das Städtische Krankenhaus nicht weit vom Crescent Place an der Liberty Avenue gebracht.

Von dort hatte man ihn, da er nichts bei sich trug, womit man ihn hätte identifizieren können, und nachdem man ohne größere Gefühlsregungen festgestellt hatte, daß er tot war, in das Leichenschauhaus im Stadtzentrum geschafft. Und hier hatte ihn Detektiv Sullivan von der Mordkommission, der am nächsten Morgen zu einer, wie er es nannte, generellen Inaugenscheinnahme im Fall eines Doppelselbstmordes, der auch Mord sein konnte, vorbeigekommen war, entdeckt. Das Gesicht kam ihm bekannt vor.

»Diesen Burschen muß ich doch irgendwo schon mal gesehen haben«, meinte er, »und zwar erst kürzlich.«

Er ging danach weiter, mit seinem anderen Problem befaßt, aber Holmes ließ ihm keine Ruhe. Sullivan ist, glaube ich, bei der Polizei für sein ausgezeichnetes Personengedächtnis bekannt. So fiel ihm denn auch bald ein, bei welcher Gelegenheit er Holmes gesehen hatte. Er hatte ihn, wie die anderen Dienstboten, im Lancaster-Fall vernommen.

Sullivan eilte zu der Bahre zurück, auf der der Leichnam von Holmes lag, und untersuchte ihn gründlich. Es gab keine konkreten Anzeichen dafür, daß Holmes ermordet worden war. Vielmehr hatte es zunächst den Anschein, als handele es sich hier nur um ein weiteres Opfer eines tödlichen Unfalles mit Fahrerflucht, obwohl die Leiche am Hinterkopf eine starke Prellung aufwies.

Sullivan war aber bekannt, daß unser Wagen seit dem Nachmittag des vorhergehenden Tages vermißt und später verlassen aufgefunden wurde, allerdings nicht an der nördlichen Ausfallstraße, sondern in beinahe entgegengesetzter Richtung zur Fundstelle der Leiche.

Das paßte nicht zusammen.

»Wo sind die Sachen, die der Bursche getragen hat?« sagte er schließlich. »Irgendwas ist hier faul! Schafft mir seine Sachen her!«

Ein Angestellter brachte die Sachen und breitete sie auf einem weißen Labortisch vor ihm aus. Sullivan musterte sie erstaunt.

»Seid ihr sicher, daß das seine Sachen sind? Das letzte Mal, als er gesehen wurde, trug er Chauffeurskleidung, eine Bundhose mit Wickelgamaschen und fuhr eine Limousine.«

»Scheint ihm alles abhanden gekommen zu sein«, sagte der Angestellte, »einschließlich des Wagens. Was anderes hat er jedenfalls nicht bei sich gehabt.«

Sullivan besah sich das Sammelsurium auf dem Tisch. Papiere waren nicht dabei. Der Tascheninhalt bestand aus einer Fünf-Dollar-Note, einigen Münzen und einem sehr schmutzigen Taschentuch; der Rest der Habseligkeiten aus sommerlicher Unterwäsche, einem neuen Oberhemd, einer alten, abgetragenen Arbeitshose mit dazugehöriger Jacke, einem abgewetzten Gürtel, einer arg mitgenommenen Mütze, getragenen Schuhen und Strümpfen. Es gab keinerlei Wäschezeichen oder einen anderen Hinweis, mit deren Hilfe man die Leiche hätte identifizieren können. Nur eines war sehr bemerkenswert: In der linken Hosentasche befand sich ein Bund mit mindestens zwei Dutzend Schlüsseln in allen Größen und Ausführungen.

»Sieht so aus, als hätten wir es hier mit einem Einbrecher zu tun«, meinte der Angestellte, aber Sullivan, nehme ich an, äußerte sich nicht dazu. Er untersuchte sorgfältig das Oberhemd, ein neues weißes Hemd billiger Machart.

»Hatte er die Jacke an, als man ihn einlieferte?« wollte er wissen.

»Jawohl, Mr. Sullivan. Ich habe sie ihm selbst ausgezogen.«

Sullivan war kein Mensch, der viele Worte machte. Er klemmte sich das Hemd unter den Arm, peinlich bemüht, gewisse Spuren darauf nicht zu verwischen, steckte den Schlüsselbund in die Tasche, warf einen letzten Blick auf die stille Gestalt auf der Bahre und verließ wortlos den Raum.

Um elf Uhr an diesem Donnerstag vormittag läutete er an unserer Haustür. Ich arrangierte gerade in der Eingangshalle die Blumen. Eine der Traditionen am Crescent Place ist, daß das Haus jeden Morgen mit frischen Blumen versehen wird, und man vertritt die Ansicht, daß die Töchter der Familie besonders für diese Aufgabe geeignet sind. Mutter wirtschaftete mit Mary in der Anrichte herum und kam heraus, als die Glocke läutete. Ich muß sagen, daß sie die Nachricht von Holmes' Tod mit heroischer Fassung aufnahm.

»Ach herrje!« sagte sie. »Und dabei hat er noch fast einen ganzen Monatslohn zu bekommen! Louisa, weißt du, ob er Familie hatte?«

»Ich glaube nicht. Irgendwo muß er ein kleines Anwesen besessen haben. Eine Familie hat er aber nie erwähnt.«

Diese Reaktion illustriert augenfällig unsere Einstellung gegenüber männlichen Dienstboten, sofern wir welche beschäftigen. Bei dem weiblichen Personal ist es anders. Bei ihm wachen wir über seine Gesundheit, seine persönlichen Beziehungen und seine Moral, indem wir streng auf der Einhaltung der nächtlichen Sperrstunde um zehn Uhr bestehen. Die Männer hingegen wahren strikt ihre Privatsphäre. So nehme ich auch jetzt noch an, daß die Daltons nicht wissen, ob Joseph, wenn er Ausgang hat, sich zu einer Familie begibt, weniger formelle Beziehungen pflegt oder einfach nur ins Kino geht! Aus diesem Grund mußten wir auch erst, als Sullivan sich nach dem Taufnamen von Holmes erkundigte, Mary und schließlich sogar nach Annie zu Rate ziehen, ehe er uns wieder einfiel.

»William Holmes also«, sagte Mr. Sullivan. »Damit sind wir wenigstens einen kleinen Schritt weiter. Aber jetzt muß er noch identifiziert werden. Wenn eine der Damen . . .«

Zu meinem Erstaunen erklärte Mutter sich ohne zu zaudern dazu bereit.

»Ich möchte nicht, daß Louisa mit einem solchen Ort in Berührung kommt«, sagte sie. Damit meinte sie das Leichenschauhaus und ignorierte vollkommen die Tatsache, daß mir der gewaltsame Tod nicht mehr unbekannt war.

»Ich werde selbst gehen. Louisa, laß bitte den Wagen vorfahren!«

Dann wurde ihr bewußt, was inzwischen geschehen war, und sie ließ etwas erkennen, was man fast als Gefühlsregung hätte deuten können.

»Armer Holmes!« sagte sie. »Er fuhr immer so vorsichtig, besonders, wenn er um die Ecke bog. Bestelle ein Taxi, Louisa!«

Es stellte sich jedoch heraus, daß Mr. Sullivan mit dem eigenen Wagen gekommen war, einem niedrigen, offenen Sportzweisitzer. Es kostete einige Anstrengung, Mutter dort hinein zu verfrachten. Ich erinnere mich noch an ihren entsetzten Blick, als sie wegfuhren, wobei sie die Beine ausstrecken mußte und aus Platzmangel fast auf dem Kreuz hockte.

Annie und Mary hatten die Nachricht von Holmes' Tod gleichfalls ohne größere Gefühlsausbrüche zur Kenntnis genommen. Offensichtlich hatten sie beide nie viel von Holmes gehalten. So waren sie zwar geschockt, verzichteten aber darauf, Kummer vorzutäuschen.

»Immer schnüffelte er herum«, sagte Mary. »Man soll ja nichts Schlechtes über einen Toten reden, Miss, aber er hat mehr Zeit damit zugebracht, aus dem Fenster zu spionieren, als seine Arbeit zu tun.«

Während Mutter sich für ihren Besuch im Leichenschauhaus anzog, hatte Mr. Sullivan Holmes' Unterkunft über der Garage inspiziert. Auch die beiden Frauen hatte er befragt, aber viel war dabei nicht herausgekommen. Holmes war offensichtlich unverheiratet gewesen. Zumindestens hatte er nie eine Familie erwähnt. Irgendwo auf dem Land besaß er ein kleines Anwesen, von dem ich bereits sprach, hatte aber nie verraten, wo es sich genau befand. Und darüber hinaus vermuteten sie, daß er George Talbot, die Daltons und die Wellingtons mit geschmuggeltem Schnaps belieferte und noch weitere, nicht ganz so harmlose Geschäfte dieser Art betrieb.

Nachdem Sullivan mit Mutter in einem Tempo davongerast war, für das sie Holmes und jeden anderen Chauffeur auf der Stelle hinausgeworfen hätte, ging ich noch einmal zu Holmes' ehemaliger Unterkunft hinüber. Die Tür zur Stiege war wie üblich verschlossen, aber ich hatte die Hausschlüssel mitgenommen und deshalb keine Schwierigkeiten, sie zu öffnen. Die Treppe war augenscheinlich lange Zeit nicht mehr geputzt worden. Welche Tugenden Holmes auch immer besessen haben

Sie kam jedoch schnell wieder zu sich, nachdem ihr Mary trotz meines Protestes eine Tasse Eiswasser ins Gesicht geschüttet hatte. Zunächst war sie noch benommen und starrte uns mit leeren Blicken an, faßte sich aber bald wieder und versuchte, sich aufzurichten.

»Es tut mir leid, Miss«, sagte sie. »Ich kann mich nicht erinnern, daß mir so etwas schon mal passiert ist.« Dann kehrte ihre Erinnerung zurück. Sie schloß die Augen und lehnte sich schwer gegen meinen Arm, mit dem ich sie stützte.

»Tot!« sagte sie. »O mein Gott! Was sollen wir bloß machen?«

Kapitel 34

An den Rest jenes Tages – Donnerstag, den fünfundzwanzigsten August – erinnere ich mich nur noch wie an eine Art Alptraum.

Ich hatte die Polizei über den Besuch von Mrs. MacMullen informiert. Danach folgten endlose Stunden, in denen rein gar nichts zu passieren schien. Nachdem alles vorbei war und feststand, daß unser Mörder nie wieder morden würde, hat Herbert mir das einmal so erklärt: Ein Kriminalfall, sagte er, sei wie ein Grabenkrieg. Von Zeit zu Zeit gebe es einige dramatische Aktionen, und dann folgten wieder Stunden und Tage, an denen an der Oberfläche scheinbar alles ruhig sei. Nur im Untergrund würde weiterhin leise und beharrlich gegraben.

Am Crescent Place war noch nichts von Holmes' Tod durchgedrungen. Den Zeitungsjungen mit ihren Extrablättern war es verwehrt, unsere geheiligte Privatsphäre zu stören, und Mutter und mich hatte die Polizei gebeten, es sie selbst bekanntgeben zu lassen, wenn sie mit ihren Untersuchungen fertig war. Das Ergebnis war ein überaus friedvoller, wenn auch heißer Augustnachmittag. Eben mähte draußen wieder gründlich den Rasen, während drinnen die jeweiligen Hausmädchen, Köchinnen oder Butler hingebungsvoll mit dem üblichen donnerstäglichen Putzen des Silbers beschäftigt waren.

Für sie, möchte ich behaupten, waren die Verbrechen am Crescent Place Vergangenheit, und die Aufregung hatte sich wieder gelegt. Was immer sie auch wußten oder vermuteten: Der letzte Vorhang des schrecklichen Theaterstückes schien gefallen zu sein, und der Alltag war zurückgekehrt. Gewiß, die letzte Woche war aufregend gewesen, aber im Grunde genommen war es nicht ihr Stück, was da gespielt wurde. Sie hatten zwar interessierte und auch verschreckte Zuschauer abgegeben, aber auch nicht mehr. Trotz der weiterhin fest verschlossenen Türen und Fenster, trotz der noch immer bei Nacht patrouillierenden Polizisten und ungeachtet des anhaltenden Druckes der Presse auf die Polizei, endlich in bezug auf die Morde am Crescent Place aktiv zu werden, hatte sich die Atmosphäre doch spürbar entspannt.

Mary und Annie mochten sich zwar noch immer nachts mit Hilfe eines Stapels von Stühlen auf der Treppe zum Dachgeschoß verbarrikadieren. Ich weiß aber jetzt, daß man in den meisten Villen am Crescent Place den nächtlichen Überfall auf mich auf einen Einbrecher zurückführte, der hinter Großmutters in der Zirbelstube aufbewahrtem Silber her war, oder aber darauf, daß ich in der Dunkelheit mit dem Kopf gegen eine offene Tür gerannt war!

Mrs. Talbot hatte diese Vermutung ausgesprochen. Sie war früh am Morgen nach dem Überfall bei uns erschienen und hatte sich in ihrer umständlichen Art sorgfältig in unserem Gästeflügel umgesehen.

»So ist es passiert«, donnerte sie. »Diese Tür hier stand offen, und Louisa ist im Dunkeln dagegen gelaufen. George ist einmal etwas Ähnliches passiert. Man mußte ihn mit drei Stichen nähen. Wer in aller Welt hätte sich denn an Louisa vergreifen sollen?«

»Sie hat aber selbst nicht das Schüreisen mit nach oben gebracht«, wandte Mutter ein.

»Wissen Sie das so genau? Wessen Fingerabdrücke waren darauf? Ich kenne kaum etwas anderes, worauf man Fingerabdrücke so gut erkennen kann, wie auf dem Messinggriff eines Schüreisens.«

Wie es schien, waren aber keine Fingerabdrücke darauf gewesen, auch nicht meine eigenen. Keine Erklärung hatte Mrs. Talbot auch dafür, wieso, wenn ich gegen eine offene Tür gerannt sein sollte, sich die Beule fast auf meinem Hinterkopf befand.

An diesen Crescent Place also, der so friedlich dalag und der noch nichts von der dritten Tragödie ahnen ließ, die sich in der Zwischenzeit ereignet hatte, kehrte Mutter erst verhältnismäßig spät am Nachmittag zurück. Ihr Trauerschleier war ziemlich zerzaust, aber sie sah besser aus, als ich sie seit langer Zeit erlebt hatte. Wie sich herausstellte, war sie nicht nur im Leichenschauhaus gewesen, sondern hatte anschließend noch allein in der Stadt zu Mittag gegessen, zum ersten Mal seit zwanzig Jahren. Das war eine so unglaubliche Abweichung von ihren Gewohnheiten, daß es mir fast den Atem nahm.

»Es war wirklich angenehm«, sagte sie. »Und der Geflügelsalat war sehr viel besser, als ihn Mary zubereitet. Ich muß mich einmal mit ihr darüber unterhalten.«

»Es war Holmes, nicht wahr, Mutter?«

Sie nickte, während sie den Hut absetzte.

»Ja, es war Holmes. Allerdings ist seine Livree verschwunden. Ich werde eine neue anschaffen müssen. Aber er sah sehr normal aus, wenn man die Umstände in Betracht zieht. Wirklich sehr normal. Unfall mit Fahrerflucht, sagt die Polizei. Aber ich kann mir nicht helfen, Louisa, für mich war es ein Akt göttlicher Gerechtigkeit. Mr. Sullivan ist übrigens derselben Meinung. Ursprünglich hatte ich ja – ich glaube, daß ich das jetzt sagen kann – etwas ganz anderes befürchtet. Wenn es jedoch Holmes war, der Emily Lancaster umgebracht hat ...«

»Das wissen wir aber nicht genau, Mutter«, warf ich ein. »Vielleicht hast du mit deiner ursprünglichen Vermutung doch recht. Zumindestens solltest du jemanden ins Vertrauen ziehen und ihm mitteilen, was du ursprünglich befürchtet hast oder wen du verdächtigt hast. Es kann doch keinen Schaden anrichten.«

Sie machte aber nur eine abwehrende Handbewegung, und ich konnte sie nicht dazu bewegen, mir etwas zu verraten. Für sie war der Fall geklärt, war das Rätsel gelöst. Sie war sich vollkommen sicher, daß Holmes Mrs. Lancaster umgebracht hatte, ehe er sie selbst am vergangenen Donnerstag ausgefahren hatte, und daß die Lancasters sich bezüglich der Zeit einfach irren mußten. Und noch überzeugter war sie, daß es ihm Sonntag nacht gelungen war, sich aus unserem abgeschlossenen Gästezimmer fortzuschleichen und Miss Emily zu erschießen.

In diesem festen Glauben wurde sie durch die Tatsache, daß die Polizei keine Fingerabdrücke von Holmes in ihren Akten hatte, eher noch bestärkt.

»Du wirst dich daran erinnern, Louisa«, sagte sie, »daß die Polizei immer wieder betonte, die Morde seien nicht von einem professionellen Verbrecher begangen worden. Ich wage zu behaupten, daß man das Geld in dem kleinen Anwesen finden wird, von dem Holmes immer wieder einmal gesprochen hat. Das liegt doch alles klar auf der Hand.«

Viel mitteilsamer als über ihren Verdacht, der sich nun endgültig und zu ihrer offensichtlichen Erleichterung erledigt hatte, war Mutter über die sonstigen Ereignisse dieses Tages. So gesprächig,

Sie kam jedoch schnell wieder zu sich, nachdem ihr Mary trotz meines Protestes eine Tasse Eiswasser ins Gesicht geschüttet hatte. Zunächst war sie noch benommen und starrte uns mit leeren Blicken an, faßte sich aber bald wieder und versuchte, sich aufzurichten.

»Es tut mir leid, Miss«, sagte sie. »Ich kann mich nicht erinnern, daß mir so etwas schon mal passiert ist.« Dann kehrte ihre Erinnerung zurück. Sie schloß die Augen und lehnte sich schwer gegen meinen Arm, mit dem ich sie stützte.

»Tot!« sagte sie. »O mein Gott! Was sollen wir bloß machen?«

Kapitel 34

An den Rest jenes Tages – Donnerstag, den fünfundzwanzigsten August – erinnere ich mich nur noch wie an eine Art Alptraum.

Ich hatte die Polizei über den Besuch von Mrs. MacMullen informiert. Danach folgten endlose Stunden, in denen rein gar nichts zu passieren schien. Nachdem alles vorbei war und feststand, daß unser Mörder nie wieder morden würde, hat Herbert mir das einmal so erklärt: Ein Kriminalfall, sagte er, sei wie ein Grabenkrieg. Von Zeit zu Zeit gebe es einige dramatische Aktionen, und dann folgten wieder Stunden und Tage, an denen an der Oberfläche scheinbar alles ruhig sei. Nur im Untergrund würde weiterhin leise und beharrlich gegraben.

Am Crescent Place war noch nichts von Holmes' Tod durchgedrungen. Den Zeitungsjungen mit ihren Extrablättern war es verwehrt, unsere geheiligte Privatsphäre zu stören, und Mutter und mich hatte die Polizei gebeten, es sie selbst bekanntgeben zu lassen, wenn sie mit ihren Untersuchungen fertig war. Das Ergebnis war ein überaus friedvoller, wenn auch heißer Augustnachmittag. Eben mähte draußen wieder gründlich den Rasen, während drinnen die jeweiligen Hausmädchen, Köchinnen oder Butler hingebungsvoll mit dem üblichen donnerstäglichen Putzen des Silbers beschäftigt waren.

Für sie, möchte ich behaupten, waren die Verbrechen am Crescent Place Vergangenheit, und die Aufregung hatte sich wieder gelegt. Was immer sie auch wußten oder vermuteten: Der letzte Vorhang des schrecklichen Theaterstückes schien gefallen zu sein, und der Alltag war zurückgekehrt. Gewiß, die letzte Woche war aufregend gewesen, aber im Grunde genommen war es nicht ihr Stück, was da gespielt wurde. Sie hatten zwar interessierte und auch verschreckte Zuschauer abgegeben, aber auch nicht mehr. Trotz der weiterhin fest verschlossenen Türen und Fenster, trotz wie ich sie lange nicht erlebt hatte, erzählte sie mir, daß Mr. Sullivan sie nach dem gemeinsamen Besuch im Leichenschauhaus mit dem Polizeichef bekanntgemacht hatte. Sie sei sehr überrascht gewesen, bei dieser Gelegenheit feststellen zu können, daß es sich bei ihm um einen wahren Gentleman handele, erklärte sie.

»Und er sieht recht gut aus«, fügte sie hinzu. »Das heißt, er würde recht gut aussehen, wenn er nicht mit Giftsumach in Berührung gekommen wäre. Es scheint, daß er etwas davon in der Hand gehalten hat und sich anschließend ins Gesicht faßte. Es ist schrecklich geschwollen. Übrigens verfügt er über ein geschmackvoll eingerichtetes Büro. Ich nehme an, daß so unsere Steuergelder verwendet werden. Dann kam auch noch zufällig der Bezirksstaatsanwalt vorbei, und wir führten eine sehr anregende Unterhaltung.«

Aus diesem Bericht entnahm ich, daß man meine ahnungslose Mutter an diesem Morgen taktvoll bei der Polizei vernommen hatte!

Wenn ich aus heutiger Sicht über Mutter nachdenke, jetzt, da ich alles über das Geheimnis weiß, das sie so lange sorgfältig hütete, scheint mir, daß sie ebensosehr ein Opfer der Lebensumstände am Crescent Place war, wie sie dazu beitrug, sie zu verteidigen. Sie hatten aus ihr gemacht, was sie aus den meisten anderen Bewohnern gemacht hatten: Menschen, die in der festen Überzeugung lebten, daß es bei heißem Wetter unerläßlich wichtig sei, die Kerzen auf Eis zu legen, damit sie beim abendlichen Dinner gleichmäßig abbrennen, und daß Platzdeckchen auf Unterlagen aus alten Zeitungen aufgewickelt und nicht etwa gefaltet werden mußten.

Regierungen mochten kommen und gehen, aber für die Leute vom Crescent Place war es noch immer viel wichtiger, daß Servietten zunächst von links geplättet und dann von rechts geglättet werden mußten; daß unsere Pelze an bestimmten Tagen ausgebürstet, danach in die Sonne gelegt und schließlich wieder weggehängt wurden und daß man diese Prozedur an bestimmten anderen Tagen in der umgekehrten Reihenfolge wiederholte.

Überall sonst in der Welt behaupteten Frauen inzwischen ihren Platz und lebten ihr eigenes Leben. Doch die kleinen Regeln, nach denen sich das Leben am Crescent Place richtete, veränderten sich deswegen nicht. Unsere weiblichen Dienstboten hatten noch immer spätestens um zehn Uhr abends im Haus zu sein und morgens um sieben Uhr in der Frühe aufzustehen. Für Frauen, die nicht selbst für sich sorgen konnten, sorgte die Familie – wenn auch manchmal leicht murrend, wie im Fall Lydia Talbot. Mrs. Dalton, die noch selbst die Blumen im Garten schnitt, Gesicht und Hände gegen die bräunende Sonne geschützt, gehorchte damit genauso der Tradition wie Mutter, wenn sie unseren seltenen Besuchern jedesmal ein Glas Wein und etwas Gebäck anbot. Und Mrs. Talbot mochte sich nach Herzenslust einschließen, das war in den Augen der Crescent-Bewohner ihre ureigenste persönliche Angelegenheit.

Hatte Emily Lancaster versucht, vor dieser Sklaverei aus Nichtigkeiten zu flüchten? Das war das Problem, über das ich an jenem Nachmittag in meinem Zimmer nachzudenken begann. Wenn Emily tatsächlich ihre Mutter bestohlen hatte, dann eröffnete dies Möglichkeiten, bei denen mir grauste.

Nehmen wir einmal an, so dachte ich, Mrs. Lancaster wäre eines Nachts aufgewacht und hätte entdeckt, daß ihre Tochter Emily gerade dabei war, die Truhe unter dem Bett hervorzuziehen, oder sich an ihrem Schloß zu schaffen machte. Und nehmen wir einmal weiter an, die Kranke hätte darum gebeten, Jim – vielleicht für den nächsten Tag – zu bestellen, um zusammen mit ihm den Truheninhalt Beutel für Beutel, Münze für Münze auf der Bettdecke nachzuzählen. Was dann? War es wirklich schwierig, sich die Folgen auszumalen? Hatte man nicht kürzlich Lizzie Borden vor Gericht gestellt, weil sie ihre Stiefmutter mit einer Axt erschlagen hatte? Und hatte nicht im vergangenen Jahr die Tochter unseres eigenen Lebensmittelhändlers ihren Vater mit einem Messer überfallen und ihn in den Hals gestochen, so daß nur die schnelle und gute Versorgung im Krankenhaus ihn vor dem sicheren Tod gerettet hatte?

Ich kann mich nicht daran erinnern, jemals zuvor in meinem Leben eine ganze Stunde mit solch schrecklichen Gedanken verbracht zu haben. Alles, was ich über Emily Lancaster wußte, fiel mir wieder ein: Wie sie ihr ganzes Privatleben und die Chancen, geheiratet zu werden und glücklich zu sein, der Pflege ihrer kranken Mutter geopfert hatte. Vermutlich war daraus eine wilde innere Auflehnung entstanden, die zu einer verzweifelten Tat geführt hatte. Wie Doktor Armstrong es ausgedrückt hatte: »Zu Gewaltanwendung, ja zu Mord.«

Denn es war möglich, daß sie den Mord begangen haben konnte, das war mir klar. Ihr hatte die ganze Zeit zwischen halb vier und vier Uhr zur Verfügung gestanden: Niemand hatte ihre eigene Aussage bestätigt, daß sie um Viertel vor vier die Tür zum Schlafzimmer ihrer Mutter geöffnet hatte und feststellte, daß diese noch schlief.

Das Anmieten des Zimmers in der Liberty Avenue, die Möglichkeit, direkt und indirekt an die Bleigewichte zu kommen, das Studium der verschiedenen Reiseprospekte, das deutete doch alles auf eine lang und sorgfältig geplante Flucht von zu Hause hin. Und als sie endlich so weit war, konnte sie nicht fliehen, weil sie von der Polizei beobachtet wurde, das Haus unter Bewachung stand. Da hatten ihre eigenen Nerven nicht mehr mitgemacht. Sie war zusammengebrochen, wobei ich selbst Zeuge geworden war.

Doch dann fuhr ich mit einem Ruck aus meinen Gedanken auf, denn Sonntag nacht war sie ja selbst umgebracht worden.

Offensichtlich hatte sie nicht damit gerechnet, daß man sie auch ermorden könnte. Wäre sie sonst auf die Küchenveranda gegangen und hätte dort seelenruhig einen Apfel verzehrt? Wie schuldig sie sich auch einerseits gefühlt haben mochte, so sicher mußte sie sich andererseits gefühlt haben. Hatte einen Apfel gegessen und war dann in die warme Sommernacht hinausgegangen. Trotz all ihrer Befürchtungen vor dem Tod ihrer Mutter, daß jemand des Nachts versuchen könnte, in das Haus einzudringen, war sie nun seelenruhig hinausspaziert. Draußen standen Wachen, aber niemand hatte sie gesehen oder gehört.

Was hatte sie Sonntag nacht dort draußen gesucht? Den Vogelkäfig? Aus welchem Grund? Hatte sie in dem Käfig, etwa in einem Futternapf oder unter dem herausziehbaren Boden, die Schlüssel zu ihrem Zimmer und zu der Haustür in der Liberty Avenue versteckt? Das würde eine Menge erklärt haben, aber nicht alles. Vielleicht war auch der Schlüssel zur Geldtruhe im Käfig verborgen gewesen, den sie ihrer Mutter nach dem Mord vom Hals abgenommen hatte! Er wurde ja in der Nähe ihrer Leiche gefunden.

Aber wer hatte dann den Vogelkäfig genommen? War es etwa Holmes gewesen?

Das war gut möglich, dachte ich. Mit großer Wahrscheinlichkeit hatte er am Donnerstag bereits über das Gold Bescheid gewußt und wo es versteckt war. Aber ihm konnte der Mord an Mrs. Lancaster nicht gelegen gekommen sein, sondern hatte ihn vielmehr in der Ausführung seiner Pläne behindert. Denn es bestand doch sehr wohl die Möglichkeit, daß das Verschwinden des Goldes umgehend entdeckt wurde und daß Emily zusammenbrach und die Tat gestand. Trotzdem hatte er keinen Versuch unternommen, unverzüglich in den Besitz des Koffers zu gelangen, sondern hatte noch sechs Tage abgewartet, ehe er seinen letzten, für ihn tödlichen Zug ausführte.

Meine Gedanken wandten sich wieder Emily zu. War es etwa Holmes gewesen, der Samstag nacht nach dem Tod ihrer Mutter versucht hatte, über das Vordach in ihr Zimmer einzudringen, so daß sie hinüber zu den Talbots geflüchtet war? Aber sie schien gewußt oder zumindestens einen Verdacht gehabt zu haben, wer der Einbrecher war. Und dabei mußte sie an mehrere Personen gedacht haben, hatte sie doch George erklärt: »Sie sind hinter mir her.«

Also mußte sie gewußt oder zumindestens vermutet haben, um wen es sich dabei handelte. Und sie mußte gewußt haben, daß sie sich in Gefahr befand, das bewies ihre verriegelte Schlafzimmertür. Und trotzdem war sie in der nächsten Nacht aus dem Haus gegangen und war erschossen worden!

Meine Gedanken gingen zum letzten Freitag zurück. In dieser Nacht hatte ich sie aus tiefem, von Medikamenten verursachten Schlaf mit der telefonischen Warnung aufgeschreckt, daß jemand auf dem Dach des Hauses herumkroch – ein Mann, der es offensichtlich mit großer Sorgfalt trotz des Risikos, entdeckt zu werden, absuchte. Wer war es, und nach was hatte er Ausschau gehalten? Eines war sicher: Er hatte blitzschnell reagiert. Denn in der kurzen Zeit zwischen dem Läuten des Telefons und dem Erscheinen Margarets in der Zirbelkammer, die die Pistole ihres Vaters in der Hand hielt, war er nicht nur wieder verschwunden, sondern hatte auch noch die Falltür geschlossen und die Leiter wieder an ihren Platz gestellt!

Vielleicht war ich inzwischen wirklich zu mißtrauisch geworden, als ich mich zurückerinnerte, aber irgendwie klang die Geschichte, die Margaret mir am Samstag morgen erzählt hatte, nicht ganz logisch. Wie hatte der Unbekannte es fertigbringen können, nicht nur durch das dunkle Haus zu verschwinden, sondern gleichzeitig auch noch alle Spuren zu beseitigen?

Ich schaute hinüber zur Lancaster-Villa. Zwar wäre es möglich gewesen, aus einem der Fenster im Dachgeschoß auf das Dach zu klettern, aber mir kam das unwahrscheinlich vor. Und dann hatte Margaret mich gebeten, nicht über die Geschichte zu reden. Je mehr ich darüber nachdachte, um so merkwürdiger kam mir das Ganze vor; es sei denn, Margaret hätte zu diesem Zeitpunkt bereits ihre Schwester verdächtigt, ihre Mutter umgebracht zu haben.

Hatte der Mann auf dem Dach möglicherweise nach dem verschwundenen Geld gesucht? Oder etwa nach der blutbefleckten Kleidung des Mörders, die die Polizei nicht gefunden hatte? Irgendwo mußte sie ja versteckt sein. Emily – vorausgesetzt, sie hatte den Mord begangen – hatte jedenfalls keine Chance gehabt, sie loszuwerden.

Meine Überlegungen bewegten sich immer mehr im Kreis. Zwei Nächte später war Miss Emily selbst umgebracht worden, und nun hatte es auch noch Holmes erwischt.

Ich versuchte, einige Tatsachen schriftlich zu ordnen, und begann mit dem Ablauf des Mordtages, denn es war ja der Mord an Mrs. Lancaster gewesen, der die ganze Kette von Ereignissen in Bewegung gesetzt hatte. Dieser Tag hatte sich, bis zum Zeitpunkt des Mordes, wenig von allen anderen Tagen am Crescent Place unterschieden. Es war absolut nichts Ungewöhnliches dabei, daß Lydia Talbot Mrs. Lancaster eine Kleinigkeit zu essen gebracht hatte. Sie war um halb drei wieder gegangen. Um halb vier hatten Mr. Lancaster und Mrs. Talbot das Haus verlassen. Er war zwar noch einmal zurückgekehrt, hatte aber unter Eid ausgesagt, daß er sich nur kurz im Haus aufgehalten hatte. Um Viertel vor vier stellte Emily fest, daß ihre Mutter noch schlief, und um vier Uhr fand Jim Wellington sie tot.

Alle diese Angaben waren sorgfältig überprüft worden. Wann hatte der Mörder innerhalb dieses Zeitraumes mit oder ohne Schlüssel ins Haus eindringen, die Tat ausführen und sich ungesehen wieder entfernen können? Und von wem hatte Mutter angenommen, daß er zu dieser Tat fähig gewesen sei und die Gelegenheit dazu gehabt hätte?

Ich lehnte mich im Sessel zurück und dachte darüber nach. Am Tag, als Mutter aus der Zeitung erfuhr, daß das Gold verschwunden war, hatte sie sofort Mrs. Talbot kommen lassen, um sich bei ihr zu entschuldigen! Entschuldigungen fielen Mutter nicht leicht, und diese Entschuldigung war für etwas bestimmt gewesen, das sie eher gedacht als gesagt hatte. Soweit ich wußte, hatte sie nämlich nichts gesagt.

Was hatte sie aber gedacht? Daß Mrs. Talbot, nachdem sie jahrelang eine gute, freundliche Nachbarin gewesen war, es fertiggebracht hatte, sich irgendwie wieder ins Haus zu schleichen, nachdem Mr. Lancaster endgültig zu seinem Spaziergang aufgebrochen war, um eine Frau zu ermorden, die nicht nur hilflos im Bett lag, sondern mit der sie auch verschwägert gewesen war? Die Gelegenheit, es zu tun, hätte sie gehabt. Fast schockartig kam mir der Gedanke, daß sie es leicht hätte tun können.

Niemand hatte überprüft, was Mrs. Talbot gemacht hatte, nachdem sie die Lancaster-Villa verließ. Miss Lydia war ausgegangen und kehrte erst gegen fünf Uhr zurück. Und was das Motiv betraf, mußte man tatsächlich bei einer Frau, die sich so exzentrisch benahm wie sie, nach einem solchen forschen? Vielleicht gab es sogar eines, das mit der alten Geschichte zu tun hatte, die Mutter gelegentlich beiläufig erwähnt hatte; etwas aus der Vergangenheit, von dem ich nie erfahren hatte, irgendein Haßgefühl, das heimlich über die Jahre hinweg gehegt worden war.

Ich lehnte mich in meinen Sessel zurück und versuchte, diese Möglichkeit durchzuspielen. Eigentlich war es kaum vorstellbar, aber ist es überhaupt vorstellbar, daß Menschen absichtlich solche brutalen Verbrechen begehen? Nach und nach fielen mir weitere Hinweise ein, die meinen Verdacht bestärkten. Daß Emily offensichtlich mit George Talbots Waffe erschossen wurde, war nur einer davon.

Plötzlich war mir auch eingefallen, daß ein Strauch mit Giftsumach am alten Talbot-Stall wuchs.

Ich saß dort, mit meinen Notizen vor mir auf dem Schreibtisch, und starrte ungläubig in den sonnenbeschienenen Garten hinaus. Drüben mähte Eben wieder das Gras. Mit Ausnahme der vor mir liegenden Notizen hätte alles so sein können, wie es genau vor einer Woche gewesen war, als sich plötzlich die Seitentür des Lancaster-Hauses geöffnet hatte, Miss Emily schreiend herausgestürzt kam und auf dem frischgemähten Rasen zusammengebrochen war.

Und dann bemerkte ich plötzlich, wie Jennie aus der Seitentür herauskam und Eben ein Zeichen gab. Er hörte sofort auf, den Rasen zu mähen. Irgend etwas im Benehmen der beiden ließ mich erraten, daß wir einen weiteren Toten am Crescent Place zu beklagen hatten. Mr. Lancaster hatte soeben seinen letzten schwachen Atemzug getan.

Kapitel 35

Die Polizei hatte in der Zwischenzeit Mrs. MacMullen einem intensiven Verhör unterzogen. Dabei war auch Herbert Dean anwesend. Im folgenden halte ich mich an seine Darstellung.

Man hatte Mrs. MacMullen in einer kleinen, muffigen Dachkammer ihres Hauses im Bett liegend vorgefunden. Sie sah sehr mitgenommen aus, erzählte Herbert später, hatte tiefe Ringe unter den Augen und hatte offensichtlich geweint. Ihr Anblick war so bedauernswert, daß die Polizei sich zunächst bemühte, sie rücksichtsvoll zu behandeln. Erst, als sie immer widerspenstiger wurde, sah man sich gezwungen, die Taktik zu ändern.

Danach gab sie zu, Holmes gut gekannt zu haben. Sie leugnete aber weiterhin beharrlich, daß ihr jemals Zweifel an der Identität der angeblichen Miss Merriam gekommen seien oder daß sie gar vermutet hätte, das gestohlene Gold könne sich in dem Koffer befunden haben.

»Wieso hätte ich das denken sollen?« begehrte sie auf. »Wäre ich dann wohl zu dieser Miss Hall gegangen und hätte ihr alles erzählt? Ich hätte doch einfach meinen Mund halten können und wäre raus aus der Sache gewesen.«

»Aber Holmes haben Sie gut gekannt?«

»Ja, ich kannte ihn, aber nicht so gut, wie Sie vielleicht annehmen. Eine meiner Töchter hat ihn ein- oder zweimal mitgebracht. Doch ich kann mich nicht daran erinnern, daß ich jemals ihm gegenüber Miss Merriam oder ihren Koffer erwähnt hätte.«

»Und wie erklärten Sie sich, daß er Ihnen diese Nachricht überbrachte, wo Sie doch wußten, daß er Chauffeur bei den Halls war?«

»Ich glaube, daß ich Ihnen jetzt reinen Wein einschenken sollte«, sagte sie angesichts der unerbittlichen Mienen ihrer Gegenüber. »Holmes hat ein bißchen Schnaps geschmuggelt. Nicht viel, aber hier und da einmal, und dadurch kannte er eine Menge Leute. Sehr ordentliche Leute, nebenbei. Deshalb wurde ich überhaupt nicht stutzig, als er kam und mir sagte, daß Miss Merriam ihren Koffer am Abend abholen lassen wollte. Ich habe mir einfach gedacht, daß sie ihn irgendwo kennengelernt hat und ihn bat, mir die Nachricht zu bringen. Allerdings habe ich ihm gesagt, daß er den Schlüssel mitbringen muß, denn sie hatte ein Sicherheitsschloß an ihrer Tür.«

»Und er brachte den Schlüssel mit?«

»Bestimmt, denn er ist ja ins Zimmer hineingekommen. Allerdings war ich nicht dabei.«

Viel mehr an wichtigen Informationen war aus ihr nicht herauszubekommen. Für Holmes' Tod war ihrer Meinung nach eine Alkoholschmugglerbande verantwortlich. Immer und immer wieder sagte sie, daß sie keinerlei Verdacht gehegt habe, was sich in dem Koffer befunden haben könnte. Hingegen gab sie zu, für ihre Mieterin einige Schachteln mit Bleigewichten gekauft zu haben, die deren Patientin angeblich zum Beschweren von Blumentöpfen und Vasen benötigte. Hin und wieder sei auch einmal ein schweres Paket für Miss Merriam abgeliefert worden, das sie auf dem Gang vor deren Zimmertür abstellte.

»Irgendwann hat sie mir mal gesagt, daß Bücher da drin wären, und ich habe geantwortet, daß es eine ziemlich schwere Lektüre sein müßte, nach dem Gewicht der Pakete zu urteilen. Und ein anderes Mal hat sie behauptet, daß es Silberbestecke wären, die sie neu versilbern hatte lassen, und hat mir einen Löffel gezeigt. Ich habe keinen Verdacht geschöpft. Was meinen Sie, wo ich hinkäme, wenn ich meine Nase in alle Angelegenheiten meiner Mieter stecken würde?«

»Aber Sie haben doch in der Zeitung gelesen, daß das Gold bei den Lancasters mit Bleigewichten vertauscht wurde, nicht wahr?«

»Wie um alles in der Welt hätte ich denn diese Lucy Merriam mit den Lancasters in Verbindung bringen sollen? Alle wußten sie doch, daß die Lancasters keine Pflegerin beschäftigten.«

»Befassen wir uns noch einmal mit dem Foto, das Sie in der Zeitung entdeckten. Sie waren doch so sehr an dem Mordfall interessiert, daß Sie durch ihn veranlaßt wurden, eine Sicherheitskette an Ihrer Haustür anzubringen und zusätzlich noch eine an der Hintertür. Und doch wollen Sie dieses Foto erst zufällig heute morgen gesehen haben. Bleiben Sie bei dieser Aussage?«

»Hören Sie«, sagte Mrs. MacMullen und richtete sich im Bett auf. »Stehe ich eigentlich unter Verdacht? Wenn ja, dann verlange ich sofort einen Rechtsanwalt! Wenn nicht, dann müssen Sie mir schon glauben, was ich Ihnen sage. Mit dem Foto in der Zeitung verhält es sich genau so, wie ich es Ihnen bereits erklärt habe. Warum hätte ich heute morgen wohl zum Crescent Place gehen sollen, wenn ich was zu verbergen hätte?«

Ich nehme an, daß der Inspektor hier grimmig lächelte.

»Da war der Koffer aber bereits verschwunden, Mrs. MacMullen, nicht wahr?« sagte er. »Und mit ihm das Geld!«

In diesem Moment tauchte ohne die geringste Vorwarnung eine neue Darstellerin auf der Bühne auf. Die Schlafzimmertür öffnete sich, und herein schlüpfte eine hübsche junge Frau in Dienstbotenkleidung mit einem leichten Sommermantel darüber. Ihr Gesicht war totenbleich.

Mit einem raschen Blick erfaßte sie die Szene, riß die Tür wieder auf und wollte hinauseilen. Aber sie war nicht schnell genug. Herbert Dean schlug ihr die Tür vor der Nase wieder zu. Aber ich nehme an, daß er in recht freundlichem Ton zu ihr sagte:

»Also haben Sie es inzwischen erfahren, Peggy.«

»Ist es wahr?«

»Es tut mir leid, aber es ist wahr.«

Sie lehnte sich gegen die Tür und starrte blicklos ins Leere.

»Tot!« sagte sie. »Er ist tot! Mein Mann ist tot, Mutter, und ich erwarte ein Baby!«

Die Männer schwiegen betroffen. Peggy war vollkommen hysterisch und außerstande, irgendwelche Fragen zu beantworten. Ein Rest von Zartgefühl veranlaßte die Polizei, das Zimmer zu verlassen. Mrs. MacMullens Auftritt hatte sie ziemlich überzeugt, und ob sie in den Diebstahl des Koffers verwickelt war oder nicht, spielte in diesem Moment keine Rolle.

»Wir untersuchten einen Mordfall«, erklärte der Inspektor später. »Holmes hatte Mrs. Lancaster nicht umgebracht, das stand fest. Er war zwar ein Alkoholschmuggler und ein Dieb, aber ein Mörder war er nicht. So ließen wir Peggy Zeit, sich wieder etwas zu fassen.«

Irgendwo im Haus fanden sie eine überarbeitet aussehende Hilfe, die sie zu Miss Merriams Zimmer führte. Seine Tür war unverschlossen. Eine flüchtige Untersuchung ergab nichts von Interesse für die Polizei. Es lag im ersten Stock und ging nach vorn hinaus, was nach Ansicht der Polizei seinen strategischen Wert ausmachte.

»So konnte sie ziemlich sicher sein«, sagte der Inspektor, »daß kein Bekannter auf der Straße war, wenn sie das Haus verließ. Und das war ja äußerst wichtig.«

Genau gegenüber befand sich die Stadtbücherei.

Das Zimmer selbst enthielt nur wenige persönliche Gegenstände: ein paar billige Kosmetikartikel auf der Frisierkommode, auf dem Tisch ein paar Bücher, eine halbleere Pralinenschachtel sowie auf einem kleinen Schreibtisch in der Zimmerecke etwas Schreibpapier, Tinte und Feder. Der dazugehörige Löscher war benutzt worden. Obwohl man die abgelöschte Schrift nicht entziffern konnte, nahm Herbert Dean ihn mit, als die Männer das Zimmer wieder verließen.

Die einzige wichtige Information, die sie aus Peggy herausbekommen konnten, war, wo sich Holmes' kleines Anwesen auf dem Land befand. Wie sie erwartet hatten, lag es an der nördlichen Ausfallstraße, etwa neun Kilometer von der Stelle entfernt, an der man seine Leiche gefunden hatte. Dorthin begaben sich Inspektor Briggs, Mr. Sullivan, Herbert Dean sowie ein Mann in Zivil, dessen Name mir unbekannt geblieben ist, unverzüglich. Herbert hütete dabei sorgfältig den Löscher, den er mitgenommen hatte.

»Fahren Sie vorsichtig, Smith!« ermahnte der Inspektor den Fahrer des Polizeiautos. »Mr. Dean hier hinten hat in seinem Schoß die Auflösung unseres Falles liegen. Sollten Sie ihn unterwegs verlieren, sind Sie Ihren Job los!«

Sie hatten keine Schwierigkeit, das Anwesen zu finden, das sie verhältnismäßig spät am Nachmittag erreichten. Ungeachtet der Zurückhaltung, die Holmes sich bei Fragen nach seiner Lage immer auferlegt hatte, war hier kein Bemühen zu erkennen, die Identität des Besitzers zu verheimlichen. An dem schmalen, unbefestigten Fahrweg, der von der Hauptstraße zu dem Grundstück führte, hing an einem Pfosten ein Briefkasten, auf dem in einfachen schwarzen Lettern »W. Holmes« stand.

Sie bogen in den Fahrweg ein und hielten wenig später vor dem Haus.

Es entpuppte sich als ein gut gepflegtes, hübsches Holzhaus im Bungalowstil mit angebauter kleiner Garage. Umgeben war es von ein paar Morgen Land, die früher offensichtlich einmal zu einer Gemüsegärtnerei gehört hatten. Nun lagen sie ungepflegt und unkrautüberwuchert in der Augustsonne. Nach einem kurzen Rundblick wandten die Männer ihre Aufmerksamkeit dem Bungalow zu.

Er war verschlossen, und zwar so gut, daß selbst Herbert Dean, der nach den Worten des Inspektors einer der geschicktesten Einbrecher war, die sich außerhalb von Gefängnismauern herumtrieben, sich keinen gewaltlosen Zutritt verschaffen konnte. So schlugen sie schließlich eine Fensterscheibe ein und kletterten einer nach dem anderen hinein.

Drinnen sah es unaufgeräumt, aber nicht ungemütlich aus. Es gab eine Art Wohnzimmer, ein Schlafzimmer, eine Küche und ein Speisezimmer. Letzteres war offensichtlich zweckentfremdet worden. Der Inspektor sah sich um und zog die Luft ein.

»Hier hat er ihn also abgefüllt«, meinte er. »Sullivan, wo ist der Keller?«

»Vermutlich genau unter dem Haus, Sir«, entgegnete der so Angesprochene freundlich. »Jedenfalls ist das der Ort, an dem sich die meisten Keller befinden.«

Die drei Polizisten begaben sich zusammen hinunter. Dort fanden sie, was sie gesucht hatten: einen kleinen Destillierapparat – einen »Kocher«, wie ihn der Inspektor nannte –, eine große Auswahl leerer Flaschen und einige andere Dinge. Herbert Dean war nicht mit hinuntergegangen. Er untersuchte statt dessen peinlichst genau Wohnzimmer und Schlafzimmer, ohne mehr als ein halbes Dutzend Bücher – alles Kriminalromane –, eine Schachtel mit Etiketten einer teuren englischen Whiskymarke sowie ein Notizbuch zu entdecken, das die Adressen einiger der angesehensten Bürger unserer Stadt enthielt.

In der Küche hatte er mehr Erfolg. Holmes hatte augenscheinlich in seinem heimlichen Zufluchtsort alles andere getan, als sich Essen zuzubereiten. So erwies sich der Kohleherd als ein Abfallbehälter für eine bunte Mischung aus allem Möglichen – von zerbrochenem Glas bis zu alten Zeitungen. Als die drei Männer wieder aus dem Keller auftauchten, kniete Herbert auf dem schmutzigen Küchenboden vor einem Bettlaken, auf dem er neben einem Sortiment gebrauchter Rasierklingen, schadhafter Korken und Zigarrenstummeln auch etwas ausgebreitet hatte, was auf den ersten Blick wie ein Buch aussah. Als er es öffnete, verwandelte es sich jedoch in ein Behältnis von der Art, wie sie in vielen

Geschenkartikelläden gewöhnlich zur Aufbewahrung von Zigaretten angeboten werden.

»Wie ich sehe, haben Sie Erfolg gehabt, Dean«, sagte der Inspektor leicht pikiert.

Herbert grinste und hielt den Behälter hoch.

»Ja, hier ist das Ding, worüber wir uns bereits unterhielten«, sagte er. »Holmes hat es nur zur Probe angefertigt, aber ganz gut hingekriegt, meine ich. Es würde ganz interessant sein zu wissen, wie lange er die regelmäßigen Gänge Emily Lancasters zur Bücherei beobachtete, ehe er Verdacht schöpfte.«

Die Männer untersuchten den Behälter näher. Er bestand aus einem gewöhnlichen Buch in normaler Größe, bei dem die Mitte jeder einzelnen Seite so herausgeschnitten war, daß an allen Seiten ein Rand von etwa zwei Zentimetern stehenblieb. Diese Ränder waren sorgfältig zusammengeleimt worden, und der Hohlraum, den sie bildeten, wurde durch Klebeband verstärkt. Das Resultat war eine Art strapazierfähiger Schachtel, die von außen wie ein normales, ziemlich abgenutztes Buch aussah. Es befindet sich jetzt in meinem Besitz.

»Ziemlich einfach, nicht wahr?« sagte Herbert. »Sie trug immer zwei oder drei Bücher bei sich, wobei das Gegenstück dieses Buches hier ständig hin und her wanderte. Vermutlich waren die Bücher dabei mit einer Kordel oder eher mit einem dünnen Bindfaden zusammengebunden, denn der muß, wie ich mir denke, einmal auf dem Pfad zur Euclid Street gerissen sein.«

Über diese neuerliche Entdeckung Herbert Deans konnte sich der Inspektor nicht so lustig machen wie über den Löscher. Er untersuchte den Behälter noch einmal sorgfältig.

»Er hat ihn gemacht, sagen Sie?« fragte er. »Wie wollen Sie wissen, daß es nicht die Schachtel ist, die Emily Lancaster selbst benutzt hat?«

»Weil Miss Louisa Hall ihn dabei beobachtete, wie er ihn zusammenbastelte. Das war übrigens in der Nacht zum Sonntag.«

Der Inspektor sah ihn verärgert an.

»Hören Sie, Dean«, sagte er. »Ich gebe zu, Sie sind ein tüchtiger Mann. Und es kann sein, daß Sie mir gelegentlich um eine Nasenlänge voraus sind. Trotzdem bin ich froh, daß wir zusammenarbeiten. Ich kann aber verdammt eklig werden, wenn Sie mir Informationen vorenthalten. Und genau das scheint mir hier der Fall zu sein.«

»Sie hätten Holmes doch umgehend eingelocht, Inspektor, wenn Sie auch nur das Geringste gegen ihn in der Hand gehabt hätten. Aber ich brauchte ihn dringend. Wenn er wußte, wie das Gold und die Geldscheine aus der Lancaster-Villa hinausgeschmuggelt worden waren, dann wußte er vielleicht auch, wo sie versteckt waren. Deshalb habe ich ihn selbst gründlich beschattet.«

»So, Sie haben ihn beschattet? Sehr erfolgreich scheinen Sie dabei nicht gewesen zu sein.«

»Leider. Ich hatte ihm einen meiner Leute auf die Fersen gesetzt, aber der hat ihn am Mittwoch morgen auf dem Friedhof aus den Augen verloren.«

»Und weil er Ihnen am Friedhof durch die Lappen ging, landet er jetzt selbst dort.«

Doch Herbert schüttelte den Kopf.

»In dem einen Punkt fühle ich mich zwar schuldig, Inspektor«, sagte er, »aber in einem anderen nicht. Niemand von uns kann einen Unfall voraussehen, und ich glaube, daß es sich bei Holmes' Tod um einen Unfall handelt. Jedenfalls stand sein Tod nicht auf dem ursprünglichen Programm. Möglich, daß ein Kampf stattgefunden hat. Vielleicht wurde er vom Wagen heruntergestoßen und wollte sich ihm in den Weg stellen. Gestorben ist er jedenfalls einwandfrei an der Tatsache, daß ein Auto über seinen Brustkasten fuhr, und es ist nicht einfach, einen Mann, der im Vollbesitz seiner Kräfte ist, absichtlich über den Haufen zu fahren.«

Kapitel 36

Sie stritten sich noch über diesen Punkt – wobei, wie ich annehme, der Inspektor sich ziemlich erregte –, als Sullivan von einer Inspizierung der Garage zurückkehrte und berichtete, daß er darin sowohl Holmes' Livree wie auch einen kleinen Lieferwagen entdeckt habe.

»Ich habe ihn mir noch nicht näher angesehen«, sagte er, »aber es sieht ganz so aus, als wäre er der, hinter dem wir her sind.«

Er war es, wie sie bei näherer Untersuchung feststellten. Die Reifen wiesen noch Spuren einer frisch geteerten Straße auf, und in einem von ihnen steckte ein Nagel. Weitere Anhaltspunkte wurden jedoch trotz sorgfältiger Untersuchung der Sitze und der Karosserie nicht gefunden. Lediglich einige frische Kratzer auf der Ladefläche legten die Vermutung nahe, daß auf ihr vor kurzem etwas Schweres und Sperriges transportiert worden war.

Der Koffer selbst blieb verschwunden.

Darüber war es bereits fast sechs Uhr geworden. Trotzdem herrschte noch volles Tageslicht. Deshalb durchsuchten die Männer noch das Grundstück, so gut sie konnten, denn sie glaubten, daß Holmes unbehelligt bis zur Garage gekommen war und erst auf seinem Rückweg in die Stadt umgekommen war. In diesem Fall würde er vermutlich den Koffer geleert und seinen Inhalt irgendwo auf dem Grundstück vergraben oder versteckt haben, um ihn selbst auf seinem Rückweg auf irgendeine Weise wieder loszuwerden, ja, ihn vielleicht sogar wieder im MacMullen-Haus abzuliefern.

Während der Inspektor ins Haus zurückging, suchten die drei anderen Männer das Grundstück ab. Es war der Mann in Zivil, der das Loch fand und die anderen herbeirief.

Die Stelle für das Loch war gut gewählt. Etwa hundert Meter vom Haus entfernt hatte Holmes einen Strauch ausgegraben und seine Wurzeln sorgfältig eingeschlagen. Daneben lag die auf einer

Fläche von sechzig mal sechzig Zentimetern ausgestochene Grasnarbe. In dem etwa siebzig Zentimeter tiefen Loch befand sich eine leere Kiste mit Holzdeckel.

Seit dem Ausheben des Loches konnten höchstens vierundzwanzig Stunden vergangen sein. Die Blätter des Strauches waren noch nicht verwelkt, und die ausgeworfene Erde war unterhalb der oberen Schicht noch feucht. Der Inspektor meinte später:

»Sehen Sie, alles war vorbereitet. Er mußte nur den Inhalt des Koffers in die Kiste umfüllen, den Strauch einpflanzen, die Rasenstücke wieder auflegen, das Ganze ordentlich begießen und brauchte dann einfach nur abzuwarten, bis sich die Aufregung wieder gelegt hatte. Nur, daß es ganz anders kam.«

Denn dieses Loch verriet den Männern, die um es herum standen, was tatsächlich passiert sein mußte. Holmes war bereits auf dem Weg aus der Stadt heraus umgekommen. Das Gold hatte niemals sein kleines Anwesen erreicht. Und irgendwo in einem sicheren Versteck oder auch mit unverfänglichen Aufklebern auf der Bahn nach einem Ort unterwegs, den niemand kannte, befand sich jetzt Miss Emily Lancasters Koffer mit seinem wertvollen Inhalt.

Ich habe so ausführlich über diesen Ausflug auf das Land und sein Resultat berichtet, weil die Suche nach dem Koffer und seine schließliche Entdeckung der Grund für den letzten Mord waren, den wir zu beklagen hatten und der der grauenerregendste war. Aber an diesem Spätnachmittag wurde noch etwas entdeckt, was den Beweis erbrachte, daß Mrs. MacMullen tatsächlich nicht am Diebstahl des Koffers beteiligt gewesen war.

Herbert Dean, der die Taschen von Holmes' Livree durchsuchte, fand darin ein an sie adressiertes Briefchen. In den täuschend nachgemachten Schriftzügen Miss Emilys stand dort: »Liebe Mrs. MacMullen! Es tut mir leid, daß ich mich nicht mehr persönlich von Ihnen verabschieden kann, aber wir brechen in Eile auf. Bitte händigen Sie dem Überbringer dieses Schreibens, der auch den Schlüssel zu meinem Zimmer hat, meinen Koffer aus!« Unterzeichnet war es mit »Lucy Merriam«.

»Alles prima organisiert«, sagte der Inspektor später. »Für den Fall, daß die Vermieterin sich weigerte, den Koffer so ohne weiteres rauszurücken, hatte er den Brief parat. Und natürlich wußte er, wie er mit dem Schloß an der Zimmertür fertigwerden konnte. Vielleicht hatte er sich auch vorher einen Abdruck besorgt. Gelegenheiten dazu hatte er ja genügend.«

Es war zu spät, als die Männer in die Stadt zurückkamen, um mehr zu tun, als ein Fernschreiben mit der ungefähren Beschreibung des Koffers loszuschicken und Polizisten zu den verschiedenen Bahnstationen zu beordern. Mrs. MacMullen, die erneut eingehend befragt wurde, konnte keine Informationen liefern, mit denen der Koffer einwandfrei zu identifizieren war, noch wußte sie, bei welchem Händler er gekauft worden war. An eine Befragung von Peggy war nicht zu denken. Ihr ging es so schlecht, daß man eine Fehlgeburt befürchtete. Eine Frau aus der Nachbarschaft und ein Arzt kümmerten sich um sie. Miss Margaret hatte sich nach dem Tod ihres Vaters am selben Nachmittag wieder in ihr Zimmer eingeschlossen, einem Zusammenbruch nahe, so daß auch sie nicht befragt werden konnte, wo ihre Schwester wohl den Koffer gekauft haben könnte.

Die vier Männer nahmen noch gemeinsam etwas zu sich und beschlossen dann, es für diesen Tag genug sein zu lassen. Später am Abend führte ich noch ein kurzes, aber ziemlich wohltuendes Gespräch mit Herbert Dean. Wohltuend trotz der Tatsache, daß es mit einer Rüge für mich begann. Mutter war wieder hinüber in die Lancaster-Villa gegangen; denn obwohl es üblich war, daß Lydia Talbot bei all unseren Trauerzeremonien präsidierte, gebot es doch die Tradition, daß die Hinterbliebenen unter keinen Umständen mit ihrem Leid allein gelassen werden durften. Von Mary erfuhr ich, daß sich aus diesem Grund alle verfügbaren Bewohner des Crescent Place drüben versammelt hatten, auch Jim Wellington. Ich selbst hatte mich mit Kopfschmerzen, die nicht nur vorgetäuscht waren, entschuldigt und saß in der Dunkelheit auf der Veranda, als ich Herberts leichte Fußtritte auf der Straße vernahm und sie sofort erkannte.

Da ich befürchtete, er würde vorbeigehen, lief ich die Auffahrt zum Haus hinunter und rief seinen Namen. So kam es, daß ich unmittelbar dort meine Lektion erteilt bekam.

»Mir scheint, daß ich unverzeihlich nachsichtig mit Ihnen gewesen bin, Lou«, sagte er ernst. »Zwar habe ich Sie davor gewarnt, sich allein aus dem Haus zu begeben, aber anscheinend nicht nachdrücklich genug. Eines der vielen Dinge, die mir in diesem Fall noch nicht ganz klar sind, ist, warum man Sie kürzlich des Nachts überfiel und weshalb überhaupt jemand in dieses Haus eindrang. Wie dem auch sei, Sie wurden überfallen und wären beinahe umgebracht worden, wenn Sie nicht so viele Haare hätten –

sehr hübsche Haare übrigens, Lou! –, und ich denke jetzt noch mit Schaudern an die Sache. Mir scheint, daß wir noch viel mehr auf Sie aufpassen müssen.«

Er lachte leise, während er mich zurück zur Veranda begleitete. »Ich scheine tatsächlich in steigendem Maß daran interessiert zu sein, auf Sie aufzupassen, Lou«, sagte er. »Merkwürdig, nicht wahr? Besonders, wenn man bedenkt, daß Sie genau in dem Moment in mein Leben traten, als ich mich aus der Küche der Wellingtons hinauskatapultierte. Aber manch andere Romanze hat noch viel weniger romantisch begonnen, glaube ich.«

Gott sei Dank ging er nicht weiter darauf ein. Trotzdem errötete ich heftig.

»Ich habe einen fürchterlichen Nachmittag hinter mir«, sagte ich. »Sie haben mir das Gefühl vermittelt, daß ich niemandem hier mehr trauen kann, selbst Jim Wellington nicht.«

»Dann sind wir wenigstens einen Schritt weitergekommen«, entgegnete er trocken. »Sie liegen damit vollkommen richtig. Trauen Sie fürs erste niemandem hier in der Nachbarschaft. Lassen Sie ihn höchstens so nahe an sich herankommen, bis Sie das Weiße in seinem Auge erkennen können – und dann rennen Sie, als sei der Teufel hinter Ihnen her!«

»Herbert«, sagte ich, »Sie müssen mir mehr über Miss Emily verraten. Irgendwie kann ich den Gedanken an das, was sie getan haben soll, kaum ertragen.«

Da wurde er ernst, fast mitfühlend.

»Wer sind wir, daß wir den Stab über sie brechen können?« sagte er. »Ja, sie hat ihre Mutter bestohlen, davon können wir ausgehen. Was wir noch nicht wissen, ist, weshalb sie das tat. Vielleicht wollte sie das Geld einfach für sich allein haben. Schließlich hat sie ja ihr ganzes Privatleben für die alte Frau geopfert. Vermutlich hat sie schon seit Jahren innerlich rebelliert. Und dann entdeckte sie eine Chance, dem allem zu entfliehen. Immerhin war sie schon fast fünfzig und all den Gefühlsschwankungen ausgeliefert, die Frauen in diesem Alter überfallen, meine liebe Lou. Vielleicht ist sie zeitweilig geistig verwirrt gewesen. Das kommt vor.

Es gibt allerdings noch eine andere mögliche Erklärung. Sie mag sich eingebildet haben, daß zu viele Leute von dem gehorteten Geld wußten und daß sie es vor ihnen in Sicherheit bringen mußte. Das ist natürlich nur eine Vermutung wie alles andere.

Und es gibt noch eine dritte, die jedoch weniger wahrscheinlich ist, daß nämlich sie und ein anderes Familienmitglied, sagen wir einmal Mr. Lancaster, sich diesen Plan zum Schutz des Geldes ausgedacht haben. Ich persönlich glaube allerdings nicht daran. Und keinesfalls vertrete ich die Ansicht, daß Margaret diese dritte Person gewesen ist. Denn ich habe so eine Ahnung, daß Margaret die ganze Zeit Emily in Verdacht gehabt hat, das Geld genommen zu haben. Womöglich hatte sie einen noch schwerwiegenderen Verdacht.«

»Meinen Sie damit, daß Margaret Emily zutraute, ihre Mutter getötet zu haben? Oh nein!« rief ich entsetzt aus. »Das kann nicht wahr sein! Wie konnte sie so etwas annehmen?«

Herbert griff im Dunkeln nach meiner Hand.

»Hören Sie, Lou«, sagte er. »Ich kann Ihnen das ja nachfühlen. Aber versetzen Sie sich einmal in Margarets Position. Wissen Sie, es gibt unterschiedlich schwere Verbrechen. Da ist auf der einen Seite der kaltblütige, vorbedachte Mord. Und auf der anderen Seite ist da eine Frau wie Emily Lancaster, der es nicht erlaubt wird, zu heiraten, und die immer älter, müder und korpulenter wird, die für eine alte Frau sorgt, die tagtäglich an ihr herumnörgelt. Kein Wunder, daß in ihr eines Tages das Verlangen übermächtig wird, alles zu tun, um diesem Elend zu entrinnen, selbst um den Preis eines Mordes. Und Margaret hat das alles in geringerem Maße ja auch durchstehen müssen, so daß sie Emily sehr gut verstehen konnte. So sieht's aus. Und wenn Sie selbst noch weitere zwanzig Jahre dort bleiben, wo Sie jetzt sind, Lou, dann könnten Sie vermutlich Margarets Befürchtungen besser verstehen.«

Und dann fügte er noch hinzu:

»Denken Sie daran, Lou, wie schrecklich herrschsüchtig alte und hilflose Menschen sein können!«

Ich tat es und war beschämt. Ich vergegenwärtigte mir, wie ich zusammen mit allen anderen vom Crescent Place über Jahre hinweg beinahe teilnahmslos zur Kenntnis genommen hatte, wie Emily Lancaster vom Leben praktisch nicht mehr erwarten konnte als geregelte drei Mahlzeiten pro Tag; wie sie ständig die eigene Nachtruhe opfern mußte und wie sie aus der Misere ihres Daseins lediglich in die Welt der Bücher entfliehen konnte.

Doch Herbert war fest davon überzeugt – aus mehr Gründen, als er mir an jenem Abend nennen konnte –, daß Emily Lancaster ihre Mutter nicht umgebracht hatte. Mehr, um mich zu beruhigen, als aus anderen Gründen, ging er noch einmal den Ablauf des Nachmittages, an dem der Mord geschah, mit mir durch, so wie er ihn sah.

»Betrachten wir zum Beispiel die Frage der Zeit«, sagte er. »Der Mord selbst nahm nur kurze Zeit in Anspruch, aber denken Sie daran, daß Emily um halb vier noch vollständig angezogen und daß sie eine halbe Stunde später komplett anders gekleidet war. Und sie war keine besonders flinke Person. Selbst wenn sie ihre Kleider schnell abgestreift hätte und vollkommen nackt zu ihrer Mutter hinübergeschlichen wäre – auch das hat man in Erwägung gezogen –, so hätte sie anschließend wieder in ihr Zimmer gehen, sich baden und die Wanne gründlich säubern müssen. Die Polizei hat jede Badewanne im Haus sorgfältig inspiziert, einschließlich der Abflüsse, ja, selbst der Seife. Und dann ist da Jims Aussage, daß sie mit ihrem Kanarienvogel sprach, als er die Treppe hinauf kam. Wenn das zur Tarnung geschah: Wen hatte sie damit täuschen wollen? Sie konnte vielleicht wissen, daß Jim sich im Haus befand, aber sie konnte kaum annehmen, daß er oben in der Halle war.«

Ich war zu verwirrt, um logisch denken zu können, versuchte aber mein Bestes.

»Wenn sie aber wußte, daß Jim an diesem Nachmittag bestellt worden war, um das Gold nachzuzählen, mußte sie dann nicht in äußerst verzweifelter Stimmung gewesen sein?« wandte ich schließlich ein.

»Aber wußte sie das tatsächlich? Es war doch Margaret, die Jim telefonisch bestellt hatte. Emily befand sich zu dieser Zeit in der Bücherei, um einige neue Bücher zu holen. Aber hatte sie sich nicht auch für den Fall abgesichert, daß die Sache ans Tageslicht kam, ehe sie verschwinden konnte? Ich denke schon. Ich bin mir nicht so sicher in bezug auf das Fliegengitter, aber der Blumentopf war einwandfrei umgeworfen worden, und das ist gar nicht so einfach, weil er ziemlich schwer ist. Davon habe ich mich selbst überzeugt. Und was ist mit ihren Geschichten von dem Unbekannten, der sich angeblich in den Nächten vor dem Mord auf dem Vordach herumgetrieben haben soll? Sagte sie das nicht nur, um von ihr als Diebin abzulenken? Sofern man es denn überhaupt Diebstahl nennen will, wenn jemand sich etwas nimmt, was ihm eines Tages sowieso gehören wird und was er sich nach seiner Ansicht bereits dutzende Male verdient hat.«

»Aber es gab doch eigentlich keinen Grund für sie, Herbert«, wandte ich ein, »Samstag nacht aus dem Haus zu laufen, wenn sich nicht tatsächlich jemand auf dem Vordach befand. Oder wenn sie es sich nicht zumindestens einbildete.«

»Das ist etwas ganz anderes«, sagte er fast barsch und ließ meine Hand wieder los. »In dieser Nacht muß tatsächlich jemand da draußen sein Unwesen getrieben haben, und wenn ich weiß, wer das war, dann ist der ganze Fall aufgeklärt.«

Danach erzählte Herbert mir noch einiges über die Schritte, durch die er und die Polizei zu bestimmten Schlußfolgerungen gelangt waren. Dabei erwähnte er auch einiges, was ich hier bereits geschildert habe. Aber als Resümee dürfte es nicht uninteressant sein. Beiläufig ergriff er bei dieser Gelegenheit wieder meine Hand. Ich bemerkte, wie er amüsiert meine schwachen Versuche registrierte, sie ihm zu entziehen.

»Ich ergreife Ihre Hand aus purer Dankbarkeit, liebste Lou«, sagte er. »Keine Angst, es ist kein tiefes Gefühl dabei. Aber schließlich waren Sie es, die mich auf die Fährte des Geldes brachte.«

»I c h soll das gewesen sein?«

»Jawohl, Sie! Erinnern Sie sich, daß Sie mir von Holmes und dem Buch erzählten? Das war für mich wie die Erhörung eines Gebetes. Sehen Sie, meine Liebe, das Geld konnte nicht auf einmal gestohlen worden sein, auch nicht in drei oder vier Paketen oder ähnlich großen Portionen. Was geschehen sein mußte, war das, was in einigen unserer Banken passiert ist: Es sah so aus, als ob über einen langen Zeitraum hinweg permanent kleine Mengen Geld verschwanden. Das bedeutete, daß es jemand sein mußte, der ständig Zugang zu der Truhe hatte. Deshalb nahm die Polizei als erstes das Personal unter die Lupe, speziell Peggy, das Stubenmädchen. Aber es stellte sich schnell heraus, daß an den vielleicht zwanzig freien Nachmittagen und den zehn Sonntagen, an denen sie Ausgang hatten, keine der Frauen das Gold aus dem Haus geschafft haben konnte. Nehmen Sie über den Daumen gepeilt noch einen freien Abend pro Woche hinzu, und Ihnen wird klarwerden, daß – selbst wenn alle anderen Voraussetzungen, wie Zugang zu der Truhe, gegeben waren – jede von ihnen jedesmal einige Pfund Goldmünzen hätte transportieren müssen. Und das war schlechterdings unmöglich, denn es gab genügend Beweise dafür, daß die Frauen, wenn sie das Haus verließen, nur kleine Handtaschen bei sich trugen. Es sei denn, eine von ihnen hätte draußen einen Komplizen gehabt.

Wir zogen auch dies in Betracht. Aber die beiden älteren Frauen schienen keinerlei Beziehungen außerhalb des Hauses zu haben. Und bei Peggys Mutter, so fanden wir heraus, handelte es sich um eine Witwe namens MacMullen, die eine gut beleumdete Pension an der Liberty Avenue betrieb. Ja, wir wußten bereits über Mrs. MacMullen Bescheid, ehe sie bei Ihnen auftauchte. Und dann erzählten Sie mir von Holmes und dem Buch, und mir fiel es wie Schuppen von den Augen.«

»Ich wollte, mir auch«, sagte ich mutlos.

»Nun, es war doch von Anfang an klar, daß Holmes mit seinem Zimmer und dem Bad über einen strategisch äußerst günstigen Beobachtungsposten verfügte. Und dann riß er nicht etwa Seiten aus dem Buch heraus, nein, er schnitt sie heraus! Mit anderen Worten, er machte ein Experiment mit einem Buch, etwas Leim und einer Spule Klebeband.«

»Ich verstehe«, sagte ich langsam. »Er fertigte eine Art Schachtel aus dem Buch an.«

»Genau. Sein Experiment ergab, daß auf diese Weise mit einem nicht zu kleinen Buch ein Behälter herzustellen war, in dem man bequem eine gewisse Menge Goldmünzen oder Geldscheine transportieren konnte. Holmes war gewiß kein Unschuldsengel. Er war hinter etwas her, was ein Vermögen für ihn bedeutete. Da war Miss Emily, die fast täglich in die Stadtbücherei ging, wobei sie immer mehrere Bücher, vermutlich mit einer Kordel zusammengeschnürt, hin und her transportierte.

Und durch Peggy hatte Holmes Zutritt zum MacMullen-Haus. Mit großer Wahrscheinlichkeit hatte er herausgefunden, daß es sich bei Miss Merriam in Wirklichkeit um Emily handelte. Aus den Zeitungsberichten wußte er, daß man das Gold nicht gefunden hatte. Dann ging ihm ein Licht auf, dessen Schein er – leider muß man das sagen – bis in sein Grab folgte.«

Herbert erzählte mir dann von den Entdeckungen auf Holmes' Anwesen und von seiner Vermutung, auf welche Weise Holmes umgekommen war.

»Allerdings sind einige Umstände, unter denen er gefunden wurde, schwer zu erklären«, fügte er nachdenklich hinzu. »In erster Linie ist erstaunlich, daß man die Leiche gut sichtbar auf der Straße plaziert hatte. Darüber hinaus lag auf Holmes' Brust ein weißes, mit einem Stein beschwertes Taschentuch – so, als hätte man in jedem Fall sicherstellen wollen, daß er entdeckt wird. Und dann erbrachte die Autopsie keinerlei Hinweise darauf, daß man ihn zum Beispiel niedergeschlagen und absichtlich überfahren hatte. Wenn es nicht meine Vorstellungskraft übersteigen würde, dann würde ich glatt behaupten, daß er rein zufällig überfahren wurde, und das von seinem eigenen Lieferwagen!«

Aber nach einer Pause sagte er:

»Wir müssen uns jedoch eines vergegenwärtigen, kleine Lady Lou, und hoffentlich veranlaßt Sie das, in Zukunft vorsichtiger zu sein: Holmes, so tragisch und rätselhaft sein Fall auch ist, taucht erst nach dem ersten Mord auf der Szene auf. In gewisser Weise handelt es sich bei seinem Auftreten nur um ein Zwischenspiel. Er brachte sich zwar mit einem sorgfältig ausgeklügelten Plan in die Handlung ein, beeinflußte sie aber nicht anders als Margaret.«

»Margaret griff auch ein?« fragte ich erstaunt. »Auf welche Weise?«

»Nun, sie veranlaßte, daß der Vogelkäfig fortgeschafft wurde«, sagte er, indem er sich erhob und lächelnd auf mich herabschaute. »Und in dem Käfig waren Emilys Schlüssel versteckt, verstehen Sie? Holmes benötigte diese Schlüssel nicht; jedenfalls nicht so dringend, daß er deshalb Emily hätte umbringen müssen. Im Gegensatz zu jemand anderem. Und wenn wir endlich wissen, wer das ist . . .«

In diesem Moment öffnete sich drüben bei den Lancasters die Haustür, und ein heller Lichtschein ergoß sich über die Bäume vor dem Haus und die Auffahrt. Herbert machte Anstalten zu gehen.

»Nur noch eine letzte Frage, Lou, die Sie mir schnell beantworten müssen«, sagte er. »Nach der Ermordung von Mrs. Lancaster hat jemand etwas verbrannt, das eine Fotografie gewesen sein könnte, die auf starkem Karton aufgezogen war, so, wie man das früher machte. Es kann auch etwas anderes gewesen sein. In jedem Fall war es ein Karton mit abgeschrägter und vergoldeter Kante. Sagt Ihnen das etwas? Ich vermute, daß es aus der Lancaster-Villa stammt, bin mir da allerdings nicht ganz sicher.«

Drüben auf der Veranda waren inzwischen Stimmen zu vernehmen, und ich mußte schnell zu einem Schluß kommen.

»Bei den Lancasters gab es eine Menge alter Fotografien«, sagte ich. »Einige davon waren eingerahmt. Aber eigentlich habe ich keine davon vermißt. Allerdings bin ich in letzter Zeit auch nicht allzu oft drüben gewesen. Und dann ist da natürlich noch das alte Fotoalbum, das Margaret Mutter mitgegeben hat.«

»Sie hat es Ihrer Mutter mitgegeben«, wiederholte er nachdenklich. »Wann war das? Nach dem Tod ihrer eigenen Mutter?«

»Ja. Es befindet sich jetzt bei uns oben unter dem Dach. Es wurde nicht einmal ausgepackt, glaube ich.«

»Ausgepackt? Wollen Sie damit sagen, daß es eingepackt war, als Ihre Mutter es mitbrachte? Lou, ich muß dieses Album haben, und zwar so schnell wie möglich! Ich werde mich um Mitternacht wieder bei Ihnen melden. Aber öffnen Sie unter keinen Umständen die Haustür, ehe Sie nicht das Licht angemacht und sich überzeugt haben, wer draußen steht! Versprechen Sie mir das?«

Ich versprach es. Zu meiner größten Verblüffung beugte er sich nieder und küßte mich leicht auf die Lippen.

»Das ist zur Belohnung, weil Sie solch ein braves Kind sind«, sagte er. Kurze Zeit darauf war er über die Straße verschwunden.

Erst danach erinnerte ich mich daran, daß ich ihn nicht gefragt hatte, was es mit dem Giftsumach auf sich hatte.

Kapitel 37

Die Nachbarn verließen nun die Lancaster-Villa. Ich hörte, wie sie sich mit gedämpften Stimmen unterhielten und behutsam die Vordertreppe hinabstiegen. Selbst Mrs. Talbots Baß klang diesmal, wie ich mit Verwunderung feststellen mußte, nicht so durchdringend wie sonst. Auf dem Gehsteig der Straße teilten sie sich in zwei Gruppen. Die Talbots wandten sich nach rechts, während die anderen in meine Richtung kamen; Jim, die Daltons und Mutter. Als sie sich näherten, bot sich mir ein gespenstischer Anblick. Über den schwarzen Kleidern der Frauen und den dunklen Anzügen der Männer, die von der Dunkelheit verschluckt wurden, pendelten die vier Gesichter wie weiße, körperlose Luftballons. Dieser Eindruck wurde noch durch die Tatsache verstärkt, daß sie kein Wort miteinander redeten. Etwas der Gruppe voraus ging Jim, wie ich bemerkte. Er hatte die Hände tief in den Hosentaschen vergraben und schien augenscheinlich in Gedanken versunken zu sein.

An der Auffahrt zu unserem Haus blieb er stehen und wandte sich den Nachfolgenden zu wie jemand, der zu einem Entschluß gekommen war.

»Hören Sie«, sagte er. »Ich nehme zwar an, daß ich keine aufrichtige Antwort erwarten kann, aber besteht nicht die Möglichkeit, daß er in die ganze Sache verwickelt ist?«

»Man hat doch seit Jahren nichts mehr von ihm gehört«, erwiderte Bryan Dalton. »Wenn Sie aber die Möglichkeit schon einmal in Betracht ziehen: Wieso hätten es gerade die Lancasters sein sollen? Er mochte Emily, selbst wenn er die alte Dame haßte.«

»Wozu er allen Grund hatte, nehme ich an! Was soll überhaupt diese ganze Geheimniskrämerei?« fragte Jim. »Ich selbst habe bis vor ein paar Tagen noch nichts von der ganzen Sache gewußt – ich habe es Talbots Lizzie aus der Nase gezogen, falls es Sie interessiert –, und George Talbot ist noch immer vollkommen ahnungslos. Wenn das nicht mal wieder bezeichnend für den Crescent Place ist, dann weiß ich es auch nicht. Im Interesse von George habe ich bisher den Mund gehalten, aber das werde ich verdammt nochmal nicht länger tun. Die Wahrheit muß ans Tageslicht. Wenn er damals schon nicht ganz klar im Kopf war, dann wird er es heute noch weniger sein.«

»Er war nicht unzurechnungsfähiger, als ich es bin«, sagte Bryan Dalton knapp.

»Würden Sie ihn wiedererkennen, wenn Sie ihm begegnen?« wollte Jim wissen. »Irgendeiner von Ihnen?«

Da waren sich alle Befragten sicher. Nur Jim, so schien es, hatte die namenlose Person, über die sie sich unterhielten, nie gesehen, zumindestens nicht mehr seit der Zeit, als er noch ein kleiner Junge war. Er war ziemlich ungeduldig und gereizt, das konnte ich seinem Tonfall entnehmen.

»Er könnte doch mitten unter uns sein«, sagte er. »Vielleicht ist es Ihr Butler Joseph, Dalton. Oder unser neuer Butler. Der ist bestimmt nicht ganz waschecht. Wenn das ein echter Butler ist, dann bin ich ein Dienstmädchen!«

»Joseph ist seit Jahren bei uns«, sagte Bryan Dalton steif.

»Und John Talbot ist seit Jahren verschwunden«, entgegnete Jim.

Ich richtete mich überrascht in meinem Stuhl auf. Sie sprachen also von John Talbot, dem Mann auf der Kreidezeichnung im Stall der Talbots, von dem Lydia Talbot noch am Morgen behauptet hatte, er sei der sanfteste Mensch, den es auf der Welt gebe. Und der war zu einem gewissen Zeitpunkt, wenn auch nicht von allen, für verrückt gehalten worden!

Mutter hatte in ihrem leicht affektierten Ton das Wort ergriffen.

»Jetzt benehmen Sie sich aber albern, Jim!« sagte sie. »Wir haben uns Jahre hindurch bemüht, diese unglückselige Geschichte vor George geheimzuhalten. Wollen Sie wirklich, daß er sie jetzt erfährt? Oder gar die Polizei?«

»Die Polizei! Mein Gott, warum sollte sie es denn nicht erfahren? Es ist doch ihre Aufgabe, so etwas zu wissen! Was für eine Verschwörung des Schweigens ist das nur! Wenn John Talbot Emily mochte, wie wollen Sie denn wissen, daß sie ihn nicht letzten Donnerstag ins Haus ließ? Sie könnte ja gedacht haben, daß er ganz normal ist, und dann verlor er die Kontrolle über sich. Und später hat er sie dann auch noch umgebracht. Wollen Sie denn wirklich, daß man eine solche Möglichkeit nicht in Betracht zieht, nur um einen alten Skandal oder was es auch immer war, zu vertuschen?«

»Hören Sie, Jim«, mischte sich Laura Dalton ein, »wenn tatsächlich irgend jemand von uns annehmen würde, John Talbot wäre zu einer derartigen Tat fähig gewesen, dann würde er es auch sagen. Aber das ist einfach nicht der Fall. Das damals war ein Verbrechen aus Leidenschaft. Diese Frau hatte sein Leben ruiniert und ihn mit seiner Familie auseinandergebracht.«

»Würde vielleicht jemand meiner Frau erklären«, sagte Bryan Dalton, »daß ich so etwas nicht ungewöhnlich finde?«

Aber Jim ging darauf nicht ein.

»Jedenfalls«, sagte er hartnäckig, »hat er damals die Frau erschossen, mit der er durchgebrannt war, nicht wahr, und wurde dafür in eine Irrenanstalt gesteckt. Ist er da noch drin? Weiß das jemand?« Ich bemerkte im Licht der Straßenlaterne, wie er eine heftige, hoffnungslose Handbewegung machte, als er darauf keine Antwort bekam.

»So ist das also!« sagte er. »Und von mir verlangt man, daß ich nichts der Polizei verrate. Ich erkläre hier mit allem Nachdruck, daß ich es umgehend der Polizei erzählen werde. Und damit müssen Sie sich einfach abfinden. Bei Gott, ich glaube fast, daß Sie alle mich eher auf dem elektrischen Stuhl grillen lassen würden, als zuzugeben, daß es sich bei dem Mann, der in einem anderen Staat unter einem anderen Namen des Mordes angeklagt wurde, um einen Talbot vom Crescent Place handelt!«

Damit drehte er sich zornig um und ging zu seinem Haus hinüber. Die anderen sahen ihm bestürzt nach.

Mutter ging ins Haus, ohne mich wahrzunehmen. Als ich ihr in die Bibliothek folgte, stellte sie keinerlei Fragen. Sie sah erschöpft aus und bemerkte nur, daß Margaret Lancaster den Tod ihres Vaters ziemlich gefaßt aufgenommen habe, aber schrecklich aussehe.

»Vielleicht sollte ich gar nicht darüber reden, Louisa«, sagte sie, »aber sie macht sich Sorgen, weil sie die Pistole ihres Vaters nicht finden kann. Er hat sie immer in der oberen Kommodenschublade aufbewahrt, aber da ist sie nicht mehr. Sie hat das ganze Haus abgesucht, ohne sie zu finden.«

Ich horchte auf.

»Seit wann vermißt sie sie?«

»Seit gestern abend, glaube ich. Das Ganze ist schon einigermaßen merkwürdig, denn nur die Pflegerin und der Doktor haben sein Zimmer betreten. Und natürlich Margaret selbst.«

Mutter schien sich darüber mehr Sorgen zu machen, als sie bereit war zuzugeben. So war es schon sehr spät, ehe ich sie endgültig ins Bett gebracht hatte, mit den üblichen Vasen auf den Fensterbrettern und der fest verriegelten Zimmertür.

»Vergißt du auch nicht, Louisa, deine eigene Zimmertür fest abzuschließen?« sagte sie.

»Das vergesse ich nie, Mutter. Wo hast du übrigens das Album hingetan, das du kürzlich von den Lancasters mitbrachtest? Ich möchte es mir gerne einmal ansehen.«

Sie sah mich überrascht, wenn auch nicht argwöhnisch an.

»Das Album?« sagte sie. »Wo habe ich es denn noch hingetan? Ach ja, es ist oben unter dem Dach. Du willst es dir doch sicherlich nicht noch heute nacht ansehen?«

»Ich wollte nur wissen, wo es ist«, entgegnete ich ausweichend und begab mich hinüber in mein Zimmer.

Es war fast Mitternacht, ehe ich endlich durch das Bad zwischen unseren Zimmern hörte, wie sie ihr Nachttischlämpchen ausknipste. Aber selbst danach wälzte sie sich noch einige Zeit unruhig in ihrem Bett hin und her. Ich war fast der Verzweiflung nahe, bis mir ihre tiefen, gleichmäßigen Atemzüge verrieten, daß sie eingeschlafen war. Dann hatte ich endlich freie Hand. Die folgende halbe Stunde, in der sich bloße Angst in nacktes Entsetzen verwandeln sollte, hat sich unauslöschlich in meiner Erinnerung eingegraben.

Wie ich vielleicht schon erläutert habe, führt in unserem Haus, ähnlich wie in der Lancaster-Villa, nur die Hintertreppe hinauf ins Dachgeschoß. Sie beginnt im Obergeschoß des Gästeflügels. Diese Treppe hatten Mary und Annie mit ihrer lächerlichen Stuhlmauer verbarrikadiert. Das erste, was ich auf meinem Weg nach oben zu tun hatte, war, diese Barrikade abzubauen. In der herrschenden Finsternis hatten die Stühle die Gefährlichkeit aller unbeseelten Dinge angenommen. Sie schienen mir so viele Beine wie Tausendfüßler zu besitzen. Als es mir endlich gelungen war, sie alle im Gang aufzustapeln, schlich ich mich so leise wie möglich nach oben, um dort ohne Vorwarnung in einen Topf mit kaltem Wasser zu tappen – offensichtlich ein weiterer Bestandteil des aufgebauten Verteidigungssystems. In diesem Augenblick hätte ich mich fast niedergehockt und geweint.

Die Zeit war knapp geworden, und so kämpfte ich mich – nachdem ich mein Selbstvertrauen durch die nassen Füße und den durchnäßten Rock vollständig verloren hatte – zur Zirbelstube vor. Nachdem ich deren Tür hinter mir geschlossen hatte, knipste ich das Licht an. In der Decke dieser Stube befindet sich, genau wie bei den Lancasters, eine Falltür zum Dach. Ängstlich blickte ich nach oben. Sie war Gott sei Dank verschlossen und verriegelt. Mit steigendem Mut begann ich meine Suche.

An sich war es nicht schwierig, hier etwas zu finden. Am Crescent Place werden alle Dinge, die man aufbewahrt, nicht nur ordentlich eingepackt, sondern die Päckchen werden auch sauber beschriftet. So fand ich denn Pakete und Päckchen aller möglichen Art, beschriftet mit »Louisas erstes Ballkleid« oder »Wollene Unterwäsche, mitteldick«. Nur von dem Album, eingepackt oder nicht eingepackt, war keine Spur zu entdecken. Ein Blick auf meine Armbanduhr verriet mir, daß es bereits fünf Minuten nach zwölf war.

Es gab nur noch einen einzigen anderen Ort, an dem sich das Album befinden konnte, und das war meine ehemalige Schulstube im alten Teil des Hauses, die von Mutter als zusätzlicher Aufbewahrungsort für allerlei Krimskrams benutzt wurde. Ich fühlte, wie es mir kalt den Rücken hinunterlief, als ich mich auf den Weg dorthin machte. Es sind die frühen Erinnerungen, die sich besonders tief in unser Gedächtnis einprägen, finde ich. Obwohl es schon zwanzig Jahre her war, konnte ich mich noch genau an das Entsetzen erinnern, das mich gepackt hatte, als eines Abends – meine Gouvernante hatte gerade das Zimmer verlassen – die Glocke am Speisenaufzug läutete. Ich öffnete die Schiebetür, um das Tablett mit meinem Abendessen herauszunehmen, und blickte in eine häßliche schwarze Fratze, die abscheuliche Grimassen schnitt.

Das hatte damals nicht geringe Aufregung am Crescent Place verursacht, denn ich war ohnmächtig zusammengebrochen. Nachher stellte sich zwar heraus, daß es nur »Georgie« Talbot gewesen war, der sich einen Spaß mit mir erlaubt hatte, aber das Entsetzen von damals wirkte selbst nach so langer Zeit noch immer nach. Deshalb galt mein erster Blick, nachdem ich die Stube betreten und das Licht angeknipst hatte, dem Aufzug. Doch seine Schiebetür war verschlossen. So beruhigt, setzte ich meine Suche fort.

Es dauerte nicht lange, und ich hatte das Album gefunden. Wohlverpackt lag es auf meiner alten, verkratzten Schulbank. Ich nahm es an mich und blieb einen Augenblick lang stehen, um mich im Zimmer umzusehen. Wieder war ich das Kind, dem man befahl, sich wie eine kleine Dame zu benehmen. Ich war ein frühreifes Kind gewesen, das wißbegierig tausend Dinge wissen wollte, von denen niemand dachte, daß ich sie wissen sollte. Und dann sah ich mich wieder als die junge Frau, die sich in die Stube geschlichen hatte, um hier ihren ersten und fast einzigen Liebesbrief zu schreiben; und die sich fast die Augen ausweinte, denn wenn sie heiraten würde, mußte sie ihre immer noch um den Vater trauernde Mutter allein lassen.

Vornehmlich fühlte ich mich aber immer noch wie das kleine Mädchen, das allein in dieser Stube war, in der der Schrecken herrschte: eine Schiebetür, die sich jederzeit wieder öffnen konnte, um ein grinsendes Monster herauszulassen. Und dann – ich hatte gerade wieder das Licht ausgeknipst und bahnte mir durch die Dunkelheit den Weg zurück zur Tür – hörte ich, wie tatsächlich jemand an der Schiebetür herumfummelte!

Zunächst konnte ich es einfach nicht glauben! Ich spürte, wie sich jedes einzelne Haar auf meinem Kopf vor Schrecken aufrichtete. Gelähmt vor Angst stand ich da. Meine Füße waren bleiern schwer. Ich fühlte mich wie ein Schläfer, der einem Alptraum entrinnen will, aber seine Glieder nicht bewegen kann. Und noch immer wurde innen an der Schiebetür herumgefummelt.

Ich war so vertraut mit dieser Schiebetür, daß ich auf die Sekunde genau voraussagen konnte, wann sie sich einen Spaltbreit öffnete. Ein paar Finger schoben sich durch diesen Spalt, legten sich um die Kante, und Zentimeter um Zentimeter schob sich die Tür langsam nach oben – höchst verstohlen, so, als ob Zeit keine Rolle spielte und nur äußerste Vorsicht am Platz war. Und dann konnte ich endlich wieder meine Glieder bewegen. Wie von Furien gehetzt rannte ich aus dem Zimmer, trat draußen erneut in den Topf und fiel zusammen mit ihm und einem Schwall kalten Wassers kopfüber die Treppe hinunter. Unten richtete ich mich benommen auf und hatte nicht einmal mehr genügend Luft, um zu schreien.

Kapitel 38

Das erste, was ich danach hörte, war die Stimme von Mary, die durch einen Spalt ihrer Zimmertür rief: »Alle Heiligen mögen uns beistehen! Wer ist da?«

»Es ist alles in Ordnung, Mary«, antwortete ich keuchend. »Tut mir leid, aber ich bin es schon wieder! Diesmal bin ich über Ihren Wassertopf gestolpert.«

»Sind Sie verletzt, Miss?«

»Nein, ich glaube nicht. Mary, da ist jemand in dem alten Speisenaufzug! Ich habe ihn gerade gehört.«

Meine Worte hatten lediglich den Erfolg, daß Mary leise aufschluchzte. Ihre Tür schlug wieder zu, und ich hörte, wie innen der Riegel vorgeschoben wurde. Von dieser Seite war mit Sicherheit kein Beistand zu erwarten. Wild entschlossen wie jene Frau aus dem Sprichwort, die beim Brand des Hauses den Papagei rettet und den Säugling vergißt, rappelte ich mich hoch, ergriff das Album und floh hinunter zur Eingangsveranda und zu Herbert Dean.

Glücklicherweise war Mutter von dem Krach nicht aufgewacht.

Die Hausdurchsuchung, die folgte, förderte zwar keinen ungebetenen Eindringling zutage, bestätigte aber meine Aussage über den Speisenaufzug. Gleichzeitig zeigte Herbert Dean eine Fähigkeit, außer sich zu geraten, die mich erstaunte.

»Zur Hölle mit ihnen allen!« fluchte er. »Da habe ich diesen Dummköpfen klarzumachen versucht, daß die Sache noch nicht ausgestanden ist, aber sie ziehen trotzdem alle Wachen ab. Ich werde dem Inspektor das Fell in Streifen vom Leibe ziehen, und seinem Chef auch!« Es folgte noch eine Menge weit kräftigerer Ausdrücke, die ich hier nicht wiederzugeben wage.

Die Durchsuchung des Hauses ergab unter anderem, daß, da unser Keller durch eine feste, gut verschlossene Tür gesichert war, niemand daran gedacht hatte, die Kellerfenster zu kontrollieren. Ein Fenster stand tatsächlich weit offen, und das vermutlich schon, seitdem Mary es früher in der Woche geöffnet hatte.

Bemerkenswerterweise war auch keinem einzigen von uns nur einmal der Gedanke gekommen, daß man sich durch den alten Speisenaufzug Einlaß in unser Haus verschaffen konnte. Er führte aus dem Dachgeschoß in den Keller hinunter, wo sich, bevor Mr. Lancaster und mein Vater ihre Häuser umbauen ließen, die Küche befunden hatte, war aber seit Jahren nicht mehr benutzt worden. Einmal hatte Mutter Annie dabei erwischt, wie sie schmutzige Wäsche durch den Schacht hinunterwarf, und hatte diese schlampige Angewohnheit streng verboten. Danach war die Aufzugtür in der jetzigen Waschküche zugenagelt worden.

In jener Nacht, als Herbert Dean – mit einer Pistole in der Hand und mit mir auf den Fersen – dort unten ankam, stand sie, ebenso wie das Kellerfenster, weit offen. Eine Untersuchung ergab, daß ihr Holz um die Nägel herum bereits stark verrottet war und sich mühelos hatte aufbrechen lassen.

Herbert Dean sah wütend aus, als er die Aufzugtür untersuchte.

»Warum zum Teufel haben Sie mir nie etwas davon gesagt?« fragte er. »Eine bessere Gelegenheit für jemanden, der unbemerkt ins Haus hinein will, ist ja kaum denkbar. Wer auch immer Sie neulich nachts überfallen hat, ist vermutlich auf demselben Weg ins Haus gelangt, denn die Verandatür habe ich im Auge behalten. Und dann müssen Sie ihm den Rückzug an der Hintertreppe abgeschnitten haben. Hat denn keiner an den Aufzug gedacht?«

»Meinen Sie vielleicht, wir hätten Ihnen das absichtlich verheimlicht?«

Er lachte und stieg auf einen Stuhl, um die Oberseite des Aufzugs äußerst gründlich zu untersuchen.

»Umfaßt der Putzplan am Crescent Place auch solche Sachen?« wollte er wissen. »Das heißt, wird auch hier regelmäßig Staub gewischt? Oder sollte man es vergessen haben?«

»Ich denke, daß seit mindestens fünf Jahren niemand mehr nach dem Aufzug gesehen hat und daß seit mindestens fünfzehn Jahren auf der Oberseite nicht mehr Staub gewischt wurde.«

»Und doch muß erst kürzlich hier jemand am Werk gewesen sein. Der Aufzug ist gründlich gesäubert. Geht wirklich kein Risiko ein, unser unbekannter Freund. Ich hoffe, daß die Seile noch intakt sind, denn ich werde selbst einmal damit hinauffahren. Aber erst, nachdem ich Sie sicher in Ihrem Zimmer weiß und mich vergewissert habe, daß Ihre Tür verriegelt ist.«

Dieses Vorhaben würde Herbert auch mit Erfolg ausgeführt haben, wenn er nicht beim Verlassen der Schulstube in Annie hineingerannt wäre, die sich nach einigem Bedenken entschlossen hatte, den Wassertopf wieder zu füllen, und gerade im Begriff war, ihn aufzustellen.

Der darauf folgende Aufruhr hätte selbst Tote wieder zum Leben erwecken können. Es gelang Herbert Dean zwar, unerkannt zu entkommen, aber bis zum heutigen Tag behauptet Annie steif und fest, daß sie im Dunkeln von einem brutalen Kerl überfallen wurde, der sie bestimmt erwürgt hätte, wenn es ihr nicht gelungen wäre, ihn mit einem Topf kalten Wassers in die Flucht zu schlagen. Letzteres war nur zu wahr. Herbert verbrachte den größten Teil der kühlen Augustnacht, bis auf die Haut durchnäßt und schrecklich aufgebracht, auf Wache außerhalb des Hauses, wobei er ein großformatiges und schweres altes Fotoalbum umklammert hielt, auf dessen Besitz er größten Wert zu legen schien.

Allerdings lief alles nicht so komplikationslos ab, wie es sich jetzt anhört. Mutter war von dem entstandenen Lärm geweckt worden. Nachdem sie sich Annies Geschichte angehört hatte, griff sie umgehend zum Telefon und forderte polizeiliche Hilfe an. Es war gar nicht so einfach, Herbert Deans Bitte nachzukommen, Stillschweigen zu bewahren, nachdem die Polizei eingetroffen war, aber ich hielt meinen Mund und ließ Annie ihre eigene Geschichte erzählen. Das Resultat war eine gründliche Durchsuchung des Hauses, gefolgt von der Entdeckung Herberts, der sich, mit dem Album fest unter dem Arm gepreßt, in unserer Limousine versteckt hatte und es überhaupt nicht zu schätzen schien, daß man ihn dort aufstöberte.

Es war nämlich ein Streifenwagen, der aufgrund von Mutters Alarm erschienen war, und seine Besatzung kannte Herbert nicht. So wurde er zum zweiten Mal innerhalb weniger Tage verhaftet und zum Revier gebracht. Es dauerte eine halbe Stunde, ehe man ihn wieder freiließ, nachdem es ihm endlich gelungen war, sich auszuweisen. Bevor dies geschah, schaute einer der Polizisten, der bei seiner ersten Verhaftung vor wenigen Tagen dabei gewesen war, in den Raum hinein, in dem Herbert festgehalten wurde.

»Wo habt ihr denn *diesen* seltenen Vogel diesmal erwischt?« erkundigte er sich.

»Drüben am Crescent Place, in einer Garage versteckt.«

»Und was hat er da bei sich?«

»Ein altes Fotoalbum, das er festhält, als ob sein Leben davon abhängt.«

Der Polizist beäugte Herbert äußerst argwöhnisch.

»Irgendwas tickt bei dem doch nicht richtig«, meinte er. »Das letzte Mal, als ich ihn sah, war er hinter einem leeren Vogelkäfig her und sagte, er sei ein Piepmatz, der dringend ein neues Zuhause braucht.«

Wir wußten in jener Nacht nichts von diesem Zwischenspiel. Ich traf Herbert Dean erst spät am nächsten Tag wieder. Mutter war zu aufgeregt, um sich wieder schlafen zu legen. Die Polizisten hatten bei ihrer Hausdurchsuchung natürlich auch das offene Kellerfenster entdeckt und den Stuhl, den wir vor dem Aufzugschacht stehen ließen. Einer von ihnen hatte sogar versucht, zur Schulstube zu gelangen, blieb allerdings zwischen zwei Etagen hängen. Es hatte herkulische Kräfte erfordert, ihn wieder zu befreien. Mutters sorgfältig aufgebauter Verdacht gegen Holmes schien also in sich zusammengebrochen zu sein. Als ich mich endlich im Morgengrauen schlafen legte, saß sie noch an ihrem Fenster und starrte gedankenvoll hinaus.

Am folgenden Tag ging die intensive Suche nach dem verschwundenen Koffer weiter. Die Polizei hatte das Geschäft ausfindig gemacht, in dem er gekauft worden war, und eine genaue Beschreibung und ein Foto bekommen. Diese wurden an alle Polizeidienststellen innerhalb und außerhalb der Stadt sowie an alle Bahnstationen, Hotels und selbst Lagerhäuser verteilt, ebenso wie ein vergrößertes Foto des Spezialschlosses, das Emily Lancaster zusätzlich anbringen ließ. Gleichzeitig wurde die Suche per Telefon, Funk und Fernschreiber aufgenommen. Die Zeitungen veröffentlichten in ihren Abendausgaben die Fotos mit der Bildunterschrift »Geheimnisvoller Koffer, der von der Polizei im Fall der Crescent-Place-Morde gesucht wird.«

Eine Zeitung setzte sogar eine Belohnung für das Auffinden des Koffers aus, und die Konkurrenz tat es ihr in den nächsten Tagen nach. Trotzdem gab es keinen Hinweis auf ihn, und als er endlich gefunden wurde, war es, wie jeder weiß, der den Fall in den Zeitungen verfolgt hat, bereits zu spät. Der Inspektor meinte später dazu: »Was alle Welt von seiner Fährte abbrachte, waren diese Aufkleber. Ganz schön gerissen, muß ich sagen. Er war vollständig bepflastert mit allen möglichen Aufklebern von Dampferlinien bis zu Hotels in Europa. Hatte denselben Effekt, als ob Sie sich mit Bart und falschen Augenbrauen getarnt hätten, Miss Hall.«

Das einzige Resultat dieser fieberhaften Suche am Freitag, dem sechsundzwanzigsten August, war, daß man den Schwarzen fand, der geholfen hatte, den Koffer zu dem wartenden Lieferwagen zu transportieren. Über den anderen, weißen Helfer vermochte er nicht viel zu sagen; nur, daß er einen kurzgeschorenen Bart trug und schon älter war. Er selbst konnte ein Alibi dafür beibringen, daß er zurückgeblieben war, als der Lieferwagen fortfuhr. Allerdings hatte er noch eine Information: Der weiße Helfer war mitgefahren.

Dieser Mann hatte abgewartet, bis Holmes sich hinter das Steuer des Wagens setzte, dann war er hinten aufgesprungen und hatte sich dort zusammengekauert. Der Schwarze hatte angenommen, daß dies mit Einverständnis von Holmes geschah. Das Gegenteil hätte aber auch der Fall sein können.

»Ich weiß nich' genau, Boß«, erklärte er dem vernehmenden Polizisten. »Dieser Kerl is' hinten draufgesprungen. Der Motor hat mächtig viel Lärm gemacht, jawoll. Kann gut sein, daß der Fahrer nix gemerkt hat. Hat sich dann hinter den Koffer gehockt, der Kerl.«

Trotzdem war dieser Freitag – ab zwei Uhr nachmittags – der wichtigste Tag in der ereignisreichen Geschichte der Morde am Crescent Place. Nicht nur, weil in dieser Nacht Lydia Talbot verschwand, sondern auch, weil um zwei Uhr Margaret Lancaster ein Taxi bestieg, zum Büro des Bezirksstaatsanwaltes fuhr und dort aus eigenem freien Willen eine Aussage machte, die so erstaunlich klang, daß selbst das dabei geführte stenographische Protokoll in einigen Passagen fast unleserlich ist.

Niemand am Crescent Place hatte mitbekommen, daß sie fortfuhr, niemand hatte ihre Absicht auch nur geahnt. Sie ließ Miss Lydia im Haus zum Aufpassen zurück, bestieg das Taxi und fuhr allein in die Stadt. Ich habe mich seitdem oft gefragt, was sie wohl empfunden haben mag, als sie – sorgfältig wie immer gekleidet – kerzengerade dort im Wagen saß, entschlossen, endlich alles zu offenbaren, was sie so lange verheimlicht hatte.

Sie sah mitgenommen und gealtert aus, erzählte mir Herbert Dean später, als sie das Büro des Staatsanwaltes betrat. Sie schlug ihren dichten schwarzen Schleier zur Seite, ließ sich vor seinem breiten Schreibtisch nieder und begann ohne Umschweife:

»Ich bin gekommen, um Sie über die wahren Umstände der Ermordung meiner Mutter und des anschließenden Todes meiner Schwester zu informieren. Vermutlich werden Sie einen Stenographen benötigen.«

Der Staatsanwalt traute seinen Ohren nicht. Er starrte sie an und sagte:

»Sie wollen ... Sie wollen eine offiziell protokollierte Aussage machen?«

»So ist es. Sie kann jetzt niemandem mehr ein Leid zufügen.«

Sie ließen sie einen Moment warten. Zwar war dies nicht ohne Risiko, denn es bestand die Gefahr, daß sie es sich in der Zwischenzeit wieder anders überlegte. Außerdem war nicht zu übersehen, daß sie, obwohl sie äußerlich einen gefaßten Eindruck machte, dicht vor einem physischen Zusammenbruch stand. Aber mit Sicherheit waren bei ihrer Aussage noch bestimmte Punkte zu klären und zusätzliche Fragen zu stellen, und dazu benötigte man den Inspektor und Mr. Sullivan. Der Polizeichef lag nach seinem unbedachten Kontakt mit Giftsumach zu Hause im Bett. Herbert Dean war bereits anwesend.

Während der viertelstündigen Wartezeit fragte jemand Miss Margaret, ob sie Riechsalz wünschte, aber sie schüttelte den Kopf.

»Mir geht es gut«, sagte sie.

Das war das einzige Mal, daß sie während dieser Zeit sprach. Sie ergriff erst wieder das Wort, als alle versammelt waren. Dann fragte sie, ob sie beginnen könne. Der Staatsanwalt antwortete: »Bitte«, und sie holte tief Atem.

»Wie Sie alle wissen«, begann sie, »bin ich Margaret Lancaster. Und ich bin hier, um Sie nach bestem Wissen und Gewissen darüber zu informieren, daß meine Schwester Emily in einem Anfall von geistiger Umnachtung meine Mutter tötete und daß mein Stiefvater aus Angst, sie könnte noch weiteres Unheil anrichten, Emily Sonntag nacht erschoß.

Kapitel 39

Ich werde versuchen, mich so kurz wie möglich zu fassen. Ich sehe mich zu dieser Aussage veranlaßt, weil Sie bereits meinen Stiefvater verdächtigen. Von der Pflegerin habe ich erfahren, daß sie Ihnen inzwischen seine Pistole aushändigte. Aber was Sie nicht wissen können, sind die Beweggründe, die ihn veranlaßten, meine Schwester umzubringen. Obwohl er sie mir nicht mehr nennen konnte, bin ich davon überzeugt, daß er befürchtete, sie sei zeitweilig geistig gestört und deshalb gefährlich für ihre Umgebung.

Mir selbst ist bei meiner Schwester bis zum Frühjahr dieses Jahres nichts Ungewöhnliches aufgefallen. Zu diesem Zeitpunkt begann meine Mutter, sich Sorgen um ihr Privatvermögen zu machen. Deshalb entschloß sie sich, einen Teil davon in Gold umtauschen zu lassen, das sie in einer Truhe unter ihrem Bett aufbewahrte. Wir waren alle dagegen, auch Emily, doch Mutter beharrte auf ihrem Vorhaben.

Sie vereinbarte mit ihrem Neffen, James Wellington, daß er die Umtauschaktion für sie durchführte, was er allerdings nur unter Protest machte. Ich brauche darauf nicht näher einzugehen, nehme ich an. Das wissen Sie bereits.

Im April begann ich, Veränderungen im Verhalten meiner Schwester zu bemerken. Eines Tages kam sie vollkommen blaß nach Hause und ging ins Schlafzimmer meiner Mutter hinauf. Sie hatten irgendeine Auseinandersetzung miteinander, und Mutter war danach sehr aufgebracht. Von da an merkte ich, daß sich das Verhältnis der beiden zueinander gewandelt hatte. Emily war gelegentlich den Tränen nahe. Einmal fand ich sie in der Abstellkammer, wie sie sich ein Album mit alten Familienfotos ansah und weinte. Später entdeckte ich dieses Album im Schlafzimmer meiner Mutter. Sie bewahrte es in der obersten Schublade der Kommode neben ihrem Bett auf.

Ich erzähle Ihnen dies, weil mir das Album später noch einige Probleme bescherte, obwohl mir die Gründe eigentlich immer noch nicht ganz klar sind. Ich frage mich ... Aber lassen Sie mich mit meiner Aussage fortfahren.

Emily war für die Pflege unserer Mutter verantwortlich und ging zu jeder Tages- und Nachtzeit bei ihr ein und aus. Anfang des Sommers begann ich mir Sorgen wegen des Goldes unter Mutters Bett zu machen. Emily war eine durch und durch ehrliche Seele. Aber dann hörte ich sie eines Nachts, als ich noch nicht schlief, wie sie aus Mutters Zimmer kam, und öffnete meine Tür, um nachzusehen, was los war. Emily war furchtbar erschrocken, als sie mich hörte. In der Halle brannte nur ein schwaches Licht, aber ich konnte sie deutlich erkennen und bemerkte, daß sie etwas in der Hand hielt, das wie eines der Leinensäckchen aus Mutters Truhe aussah.

Als ich hinüberging und an ihre Tür klopfte, dauerte es einige Zeit, ehe sie mir öffnete. Dabei machte sie einen verängstigten Eindruck.

Ich wußte nicht, wie ich reagieren sollte. Ich ging in Mutters Schlafzimmer, aber sie hatte ihr übliches Schlafmittel genommen und schlief fest. Die Truhe unter ihrem Bett war wie üblich verschlossen.

Danach behielt ich Emily, so gut ich konnte, im Auge und untersuchte gründlich ihr Zimmer, als sie einmal ausgegangen war, ohne etwas Verdächtiges zu finden. Sie trug, wenn sie das Haus verließ, fast nie eine Handtasche bei sich. Ihre Spaziergänge führten sie immer nur in die Stadtbücherei oder aber zu einer Frau, die in der Liberty Avenue gegenüber der Bücherei wohnte und von der sie mir erzählt hatte, daß sie an Krebs litt. Ich bin ihr sogar ein oder zwei Mal heimlich gefolgt, aber sie ging niemals irgendwo anders hin.

Wenn sie nicht weiterhin so verstört gewirkt hätte, würde ich danach meinen Argwohn begraben haben. Goldmünzen oder Geldscheine waren nicht in ihrem Zimmer versteckt, und über einen Banksafe verfügte sie offensichtlich auch nicht. Aber sie benahm sich so seltsam, daß ich schließlich mit Bryan Dalton über meinen Verdacht sprach. Zunächst lachte er mich aus, doch dann fiel auch ihm der Wandel in ihrem Verhalten auf. So beschlossen wir schließlich, sie zu beobachten, ob sie etwa des Nachts das Haus verließ.

Zur gegenseitigen Verständigung richteten wir eine Art toten Briefkasten in unserem Holzschuppen hinter dem Haus ein. Meist besagten seine Mitteilungen, die er dort für mich deponierte, nur »Alles ruhig«. Hin und wieder beobachtete er, daß sie nachts in die Küche hinunterging, vermutlich, um noch etwas zu essen. Aber sie verließ niemals das Haus. Diese Aussage wird Ihnen erklären, auf welche Weise Mr. Dalton in den Fall verwickelt wurde. Er hat auf keine andere Weise damit zu tun.

Etwa zu Beginn dieses Monates schöpfte dann auch mein Vater einen Verdacht. Emily hatte so getan, als glaube sie, jemand versuche bei Nacht, in unser Haus einzudringen. Vermutlich sei man hinter Mutters Geld her, behauptete sie. In der Nacht des ersten August konnte Vater nicht schlafen, weil er sich Sorgen machte. Er war von Beginn an nicht mit dem Horten des Goldes einverstanden gewesen, nicht nur, weil er dies als gefährlich ansah, sondern weil er so etwas auch als höchst unpatriotisch betrachtete. In dieser Nacht vernahm er ein Geräusch aus Mutters Schlafzimmer und ging hinüber, um sich zu vergewissern, daß alles in Ordnung war. Emily lag auf den Knien vor Mutters Bett. Als Vater sie ansprach, schrie sie vor Schrecken auf. Davon wurde Mutter wach. Emily gab vor, sie hätte sich nur eine von Mutters Schlafpillen holen wollen. Dabei sei ihr diese hinuntergefallen und unter das Bett gerollt.

Ich wußte von diesem Vorfall nichts, bis mir Vater später, nach Mutters Tod, davon berichtete. Nachdem Emily wieder in ihr Zimmer gegangen war, gelang es Vater, die Truhe zu überprüfen, aber sie war wie üblich verschlossen, weshalb er sich wieder in sein Zimmer begab. Später forderte er Mutter auf, die Truhe zu öffnen und den Inhalt zu überprüfen, aber sie lehnte ärgerlich ab, weshalb er die Angelegenheit zunächst auf sich beruhen ließ. Es verstrichen mehr als zwei Wochen, ehe er sich endgültig entschlossen hatte, die Überprüfung auf jeden Fall, mit oder ohne Mutters Einwilligung, vornehmen zu lassen. Am Morgen des Mordtages erzählte er mir schließlich von dem nächtlichen Vorfall. Dummerweise berichtete ich ihm von meinen eigenen Beobachtungen.

Während Emily zur Stadtbücherei gegangen war, rief ich Jim Wellington an und bestellte ihn für den Nachmittag, um einen Kassensturz, wie Vater es nannte, vorzunehmen. Vater hatte Mutter nichts von seiner Absicht gesagt. Dies war der Grund, warum er am Nachmittag noch einmal zurückkam, nachdem er bereits zu seinem Spaziergang aufgebrochen war. Nachdem er das Haus wieder betreten hatte, änderte er jedoch seine Meinung. Mutter schlief, und Vater beschloß, es ihr erst zu sagen, wenn Jim zugegen war.

Ich weiß noch immer nicht, wie Emily davon erfuhr, daß ein Kassensturz geplant war. Der frühe Nachmittag verlief so, wie es Ihnen bekannt ist. Lydia Talbot brachte Mutter etwas zum Mittagessen, kam aber zu spät. Ihre Schwägerin, Mrs. John Talbot, verließ zusammen mit Vater um halb vier das Haus. An sich war es mein freier Nachmittag, aber ich hatte mit Vater abgesprochen, daß ich nicht ausgehen würde, und hielt mich in meinem Zimmer auf.

Um halb vier, oder wenige Minuten später, beobachtete ich aus meinem Fenster, wie Bryan Dalton aus seiner Garage zu unserem Holzschuppen herüberkam. Unser Personal konnte ihn aus dem Erdgeschoß nicht entdecken, aber ich sah ihn von meinem Fenster aus. Anstatt daß er in den Schuppen hineinging, um dort eine Nachricht für mich zu deponieren, bezog er jedoch davor eine Stellung, von der aus er unser Haus beobachten konnte. Das kam mir merkwürdig vor. Aber ich dachte mir, daß er das Ergebnis des Kassensturzes abwarten wollte, und schenkte deshalb dieser Tatsache zunächst keine weitere Beachtung. Schließlich bemerkte er mich am Fenster und gab mir einen Wink, zu ihm hinunterzukommen.

Ich hatte bereits das Wasser im Bad angestellt, zog mich daraufhin aber wieder an. In diesem Moment begann Emily zu schreien. So rasch ich konnte, zog ich meinen Morgenmantel und die Hausschuhe an und lief hinaus. Mein erster Gedanke war, daß Jim früher als verabredet erschienen war und man den Diebstahl bereits entdeckt hatte, worauf Emily einen hysterischen Anfall bekommen hatte. Sie wissen, was ich tatsächlich vorfand.«

Hier, so glaube ich, machte Margaret zum ersten Mal eine Pause. Jemand bot ihr ein Glas Wasser an, aber sie lehnte dankend ab. Nachdem sie sich wieder gefaßt hatte, fuhr sie in ihrer Aussage fort.

»Ich muß hier wohl kaum in die Einzelheiten gehen. Sie kennen sie ja selbst zur Genüge. Eines möchte ich aber klarstellen: Bryan Dalton hatte dasselbe wie ich vermutet, als er Emily schreien hörte und sie auf dem Rasen vor dem Haus zusammenbrechen sah. Und als er dann mitbekam, wie Louisa Hall sich um sie kümmerte, verzichtete er darauf, sich seinerseits einzumischen, begab sich statt dessen zur Küchenveranda und wartete dort auf mich. Ihre Tür war selbstverständlich verschlossen. Die Frauen befanden sich zu diesem Zeitpunkt schon oben in der Halle. So blieb er unentdeckt.

Aber ich habe Ihnen bisher etwas verheimlicht, was ich Ihnen nun mitteilen will, weil ich den Eindruck habe, daß Sie einen gewissen Verdacht gegen Bryan Dalton hegen. Als ich Mutters Schlafzimmer betrat, nachdem Emily hinuntergestürzt war, sah ich auf dem Bett das Album liegen, von dem ich bereits sprach. Es war aufgeschlagen, und die beiden offenliegenden Seiten waren über und über mit Fingerabdrücken bedeckt – blutigen Fingerabdrücken. Von frischem Blut!

Ich hörte Emily noch immer schreien. Mir blieben höchstens ein paar Sekunden. Mutters Nähschere lag auf der Kommode, und mit ihr schnitt ich rasch beide Seiten heraus. Ich hatte die Seiten noch in der Hand, als ich die Treppe hinunter um Hilfe rief, und versteckte sie anschließend in der Heizungsverkleidung auf dem Seitengang. Später, als ich für Vater ein Glas Wein holte, übergab ich sie dann Bryan Dalton. Sie waren ziemlich steif, aber es gelang ihm, sie in seinem Overall zu verbergen. Sobald er es wagen konnte, hat er sie auf meinen Wunsch hin draußen im Niemandsland verbrannt; zusammen mit dem Overall, weil er befürchtete, daß auch dieser Blutspuren aufweisen könnte.

Vater hegte dieselben Befürchtungen wie ich. Wir wußten genau, daß das Haus ringsum verschlossen gewesen war. Emily schien uns nicht ganz normal zu sein. Die Talbots sind ein bißchen so veranlagt.

Sie wissen alle, was folgte. Mein Vater – in Wirklichkeit war er ja mein Stiefvater – war davon überzeugt, daß Emily Mutter in einem Anfall geistiger Umnachtung getötet hatte. Dazu kam, daß sie dabei einen Handschuh getragen haben mußte, der von dem Paar stammte, das Jim Wellington einmal bei uns liegengelassen und das Vater gefunden hatte. Vater bewahrte es in der Abstellkammer im Obergeschoß auf und benutzte es beim Schuheputzen. Nach dem ... als sie aus Mutters Zimmer kam, hat Emily sich noch nicht einmal die Mühe gemacht, ihn zu verstekken. Sie warf ihn einfach in der unteren Halle weg. Als ich nach ihrer vorgetäuschten Ohnmacht wieder das Haus betrat, habe ich ihn dort fast unter der Nase eines Polizisten aufgehoben.

Ich versteckte ihn zunächst hinter den Kissen der Couch in der Bibliothek, als ich diese für sie zurechtmachte. Später schaffte ich ihn aus dem Haus. Aber Vater sah in der Tatsache, daß Emily den Handschuh in der Halle fallenließ, den Versuch, den Verdacht auf ihn zu lenken. Er hat, nachdem ich ihm davon erzählte, nie wieder ein Wort mit Emily gewechselt.

Ich versuchte, ihm seinen Verdacht auszureden, um einen schrecklichen Skandal zu vermeiden. Aber er war sich sicher, daß Emily den Mord begangen hatte, und auch ich selbst habe daran eigentlich nie gezweifelt. Emily wußte, daß Vater sie verdächtigte. Zumindestens mußte ihr das seit der Nacht klar sein, in der wir ihn in der Dachstube überrascht hatten. Es war ja keinerlei blutbeschmierte Kleidung gefunden worden, und er nahm vermutlich an, daß sie sie auf dem Dach versteckt hatte. Jedenfalls hatte er sich dort umgesehen, und Emily konnte sich genauso gut den Grund ausmalen wie ich.

Die nächsten drei Tage waren zu schrecklich, als daß ich ausführlich darüber reden möchte. Doktor Armstrong hielt Emily ständig unter Opiaten. Vater weigerte sich beharrlich, auch nur einmal nach ihr zu sehen. Er glaubte mittlerweile, daß sie eine ständige Gefahr bedeute, weniger für ihn, aber für fast jeden anderen Menschen. Und Sonntag nacht erreichte das Drama seinen Höhepunkt.

Vater befand sich danach nie mehr in einem Zustand, in dem er mir hätte erzählen können, was genau passiert war. Ich nehme aber an, daß er mitbekam, wie ich Emily etwas zurief, und deshalb wußte, daß sie sich ins Erdgeschoß begab. Als sie das Haus verließ, muß er ihr gefolgt sein, und als sie zunächst zu den Daltons hinüberging und den Spaten holte – so hat es sich nämlich abgespielt –, da konnte das für ihn nur bedeuten, daß sie Mutters Geld vergraben hatte und sie anschließend umbrachte.

Das bedeutete aber, daß sie nicht nur zeitweilig geistig verwirrt war. Das hieß, daß sie ein Verbrechen begangen hatte, um ein Verbrechen zu vertuschen. Bei diesem Gedanken muß er außer sich geraten sein. Er ging wieder ins Haus, holte seine Pistole, folgte ihr hinüber zu den Talbots und erschoß sie dort. Ich weiß das, weil ich am nächsten Morgen die Waffe auf seinem Nachttisch fand. Sie war erst vor kurzem abgefeuert worden.

Das ist keine bloße Vermutung von mir. In der nächsten Nacht nämlich – Montag nacht –, als Georg Talbot in unserer Bibliothek schlief, sah ich seine Automatik auf dem Boden liegen und erinnerte mich daran, was er mir bei einem Picknick im Frühjahr erzählt hatte: daß man die Läufe zweier gleichartiger automatischer Waffen austauschen kann und daß es auf diese Weise möglich ist, einen Unschuldigen mit einer Tat zu belasten, die er nie begangen hat, weil jeder Lauf unverwechselbare Spuren auf der Kugel hinterläßt.

Ich will mich für diese Handlung nicht verteidigen, aber ich wußte, daß man George den Mord letzten Endes nicht anhängen konnte. Er hatte überhaupt kein Motiv, meine Schwester umzubringen. Und mein Vater lag im Sterben. Er und ich haben ein sehr enges Verhältnis miteinander gehabt, ähnlich, wie Mutter mehr um Emily gab als um mich. Ich habe in jener Nacht die beiden Pistolenläufe ausgetauscht, wischte die Waffen ab und legte Vaters Pistole wieder an ihren Platz zurück. Was ich getan habe, tut mir jetzt aufrichtig leid, aber es ermöglichte, daß Vater in Ruhe sterben konnte.«

Damit endete ihr offizielles Geständnis. Ich lasse hier die Fragen aus, die man ihr noch anschließend stellte, bis auf die eine, die von Herbert Dean kam.

Sie lautete: »Ich möchte noch einmal auf den Donnerstag nachmittag zurückkommen, Miss Lancaster. Was war der Grund, weshalb Bryan Dalton sich längere Zeit an Ihrem Holzschuppen aufhielt? Wir wissen, daß er das tat, aber er weigert sich, uns den Grund dafür zu nennen.«

»Er wollte mich sprechen.«

»Ist das alles?«

Margaret zögerte, aber Herbert Dean nahm nun keine Rücksicht mehr. Er trat vor sie hin und sah ihr direkt ins Gesicht.

»Soll ich Ihnen sagen, was Bryan Dalton beobachtete, Miss Lancaster?«

»Aber er hat sich geirrt!« fuhr sie heftig auf. »Ich kann es beschwören, daß er sich irrte.«

»Soll ich es Ihnen sagen, Miss Lancaster«, wiederholte Herbert unbeirrt, »was Bryan Dalton an jenem Nachmittag aus der Nähe seiner Garage beobachtete und was ihn veranlaßte herüberzukommen, um Ihr Haus weiter zu beobachten? Oder wollen Sie es uns nicht lieber selbst verraten?«

Sie schwieg, und so fuhr Herbert fort.

»Bryan Dalton glaubte, eine Axt gesehen zu haben, die langsam an der Rückseite Ihres Hauses hinaufgezogen wurde. Aber die Garage liegt in einiger Entfernung von Ihrem Haus, und außerdem konnte er kaum glauben, was er da sah. Deshalb ging er hinüber und sah im Holzschuppen nach. Die Axt, die immer dort hing, war tatsächlich verschwunden. Nun ist er kein schneller Denker, und er war auch viel zu sehr verwirrt, um irgend etwas zu unternehmen.

Erst als Emily schreiend aus dem Haus stürzte, begann er zu verstehen. Aber selbst dann konnte er es noch nicht glauben. Er ging zum Haus hinüber, doch die Verandatür war abgeschlossen, und das Personal befand sich bereits oben im Haus. Danach suchte er, so stelle ich mir vor, den Boden an der Rückseite des Hauses ab und muß vermutlich unter einem Fenster Spuren entdeckt haben, die darauf hindeuteten, daß die Axt dort eine ganze Weile verborgen im Gebüsch gelegen hatte. Den ganzen Tag und wahrscheinlich auch schon in der Nacht zuvor. Das stimmt doch, nicht wahr?«

»Aber er irrt sich«, entgegnete Margaret, die sich wieder etwas gefangen hatte. »Ich schwöre, daß er sich irrt!«

»Was mußte er annehmen?« fuhr Herbert immer noch unerbittlich fort. »Dort lag Ihre Schwester auf dem Rasen, in makelloses Weiß gekleidet. Sie konnte Ihre Mutter nicht umgebracht haben. Und als Sie ihm dann diese Albumblätter mit den Fingerabdrükken gaben, damit er sie vernichtete . . . Natürlich nahm er an, daß es sich um Ihr Fenster gehandelt hatte.«

»Aber das stimmt nicht! Ich schwöre es!«

»Ich weiß, daß es nicht stimmt«, sagte Herbert ruhig. »Aber Sie sollten einem wirklich ritterlichen Mann sehr dankbar sein, Miss Lancaster, der bis zu diesem Augenblick noch immer davon überzeugt ist, daß Sie es waren, die die Axt hinter dem Haus versteckte, später eine Schnur darum band und sie gegen halb vier zu sich durch das Fenster hochzog.«

»Und Sie glauben das nicht?«

»Ich weiß, daß es nicht stimmt. Bryan Dalton hat nämlich aus der Entfernung die Fenster verwechselt. Die Axt wurde aus der Abstellkammer nebenan hochgezogen.«

Kurze Zeit später ließen sie Margaret Lancaster wieder gehen. Die Meinung der Männer in dem repräsentativen Büro des Staatsanwaltes – von dem Mutter bestimmt auch der Meinung gewesen wäre, daß hier ein beachtlicher Teil unserer Steuergelder angelegt sei – über sie war geteilt. Man hatte sich schließlich darauf geeinigt, sie zunächst nur beobachten zu lassen, aber sie hatte sich unverzüglich wieder nach Hause begeben.

Danach gab es noch eine lange Debatte in dem Büro.

»Auf der einen Seite stand Dean mit seiner Meinung«, erzählte mir der Inspektor später, als alles vorüber war. »Ich hatte selbst erlebt, wie er arbeitete, und eine Menge Vertrauen zu ihm gefaßt. Andererseits waren der Staatsanwalt und auch der Polizeichef, den ich telefonisch informierte, ganz wild darauf, sie festzuhalten.

Sie waren zu dem Schluß gekommen, daß wir unsere bisherigen Theorien über Holmes und das Geld vergessen konnten. Sie wissen, was ich meine: Emily hätte das Geld versteckt, Holmes hätte es sich unter den Nagel gerissen, und irgend jemand hätte davon Wind bekommen und es ihm wieder abgejagt. Aber Margaret Lancaster wußte ihrer Ansicht nach nicht nur darüber Bescheid, daß das Geld verschwunden war, sondern auch, wo es steckte. Vermutlich hatte ihre Schwester sie mit der Geschichte von der krebskranken Frau nicht auf den Leim führen können.

Und dann müssen Sie noch etwas bedenken. Margaret hatte zur Tatzeit das Wasser im Bad laufen lassen. Also hätte sie ihre Mutter splitternackt – wenn Sie den Ausdruck entschuldigen wollen, Miss Hall – umbringen können, wäre danach ins Bad gesprungen und hätte es danach blitzsauber wie ein neugeborenes Baby wieder verlassen. Der einzige Fehler, der ihr unterlief – so sahen es die beiden –, war, daß sie den Vogelkäfig weggab, in dem Emily die Schlüssel zum MacMullen-Haus und zu ihrem Koffer versteckt hatte. Später ist sie dann Emily nachgeschlichen, als diese sich die Schlüssel holen wollte, und hat sie mit der Pistole ihres Vaters erschossen.

Widernatürlich, meinen Sie? Aber die ganze Sache sah doch widernatürlich aus, stimmt's? Margaret vertauschte doch auch die zwei Pistolenläufe, und es war zumindestens eine offene Frage, ob sie das tat, um den Verdacht von ihrem Vater oder von sich selbst abzulenken.

Als wir dann Dalton noch einmal in die Mangel nahmen, nachdem Margaret gegangen war, stellte sich heraus, daß Dean recht gehabt hatte. Dalton verdächtigte Margaret. Er glaubte fest daran, daß es ihr Fenster gewesen war, durch das er die Axt verschwinden sah, gab allerdings zu, daß er sich auch irren konnte, aber das war es, was er dachte. Und als sie ihm dieses Zeug zum Verbrennen zusteckte, muß sie fast wie von Sinnen gewesen sein. Zunächst war ihm das höchst verständlich vorgekommen, weil er ihr anzumerken glaubte, sie sei sicher, daß Emily es getan hatte. Aber als er dann noch einmal darüber nachdachte – Emily im fleckenlosen weißen Kleid und sie selbst gerade im Begriff, ein Bad zu nehmen –, war er sich nicht mehr so sicher gewesen.«

Kapitel 40

Am Abend dieses Tages verschwand Lydia Talbot.
Zu diesem Zeitpunkt wußte niemand von uns etwas über den Besuch von Margaret Lancaster im Büro des Bezirksstaatsanwaltes. Der Nachmittag am Crescent Place war so abgelaufen wie bei jedem anderen normalen Todesfall.

Wir hatten unsere Blumenhändler angerufen und Blumen nach unserem Geschmack und unseren finanziellen Mitteln entsprechend bestellt; holten unsere Trauerkleidung hervor und bügelten sie auf oder ließen sie aufbügeln und standen im übrigen hinter unseren makellosen Fenstervorhängen und sahen zu, wie Scharen von alten Freunden und städtischen Honoratioren an der Lancaster-Villa vorfuhren, ihre Beileidskarten abgaben und danach wieder wegfuhren.

Im Trauerhaus hatte traditionsgemäß Lydia Talbot die Regie übernommen. Würdevoll stand sie in der Empfangshalle und nahm die Beileidsbezeugungen entgegen. Den Nachbarn, die nacheinander vorsprachen, teilte sie mit einem gewissen Vergnügen alle Einzelheiten über die letzten Stunden des teuren Verblichenen mit. Während sie sich mit mir unterhielt, erteilte sie gleichzeitig dem Bestatter Anweisungen, wie die Möbel im Salon umzustellen waren, um Platz für den Sarg zu schaffen.

»Wie ich hörte, ist er friedlich hinübergegangen, Louisa«, sagte sie. »Natürlich ist es sehr traurig, aber andererseits war er ja auch nicht mehr der Jüngste. Nein, nicht hier hin, dort hin!« fügte sie zu meiner Verwirrung übergangslos an. »Ich habe Ihnen doch schon bereits erklärt, daß das Klavier dort hin soll!«

Sie schoß in ihrem abgetragenen schwarzen Kleid in den Salon. Vermutlich bemerkte sie mich nicht einmal mehr, als ich das Haus verließ.

Das war um fünf Uhr nachmittags. Margaret muß um diese Zeit bereits wieder im Haus gewesen sein, aber niemand von uns hatte sie zurückkommen sehen. Offiziell war sie noch ans Bett gefesselt und wurde von der Pflegerin betreut.

Außer, daß der verschwundene Vogelkäfig wieder auftauchte, ist mir von jenem Nachmittag nichts Besonderes in der Erinnerung haften geblieben. Mary und Annie benahmen sich überaus nervös, was nur zu verständlich war. In Annies Erzählungen hatte der Mann, der sie in der Nacht überfiel, inzwischen auch noch ein Messer mit blitzender Klinge in der Hand, wobei erstaunlich war, daß sie das in der Dunkelheit hatte erkennen können. Mutter führte zum Glück mittlerweile den ganzen Vorfall auf die allgemein herrschende Hysterie zurück. Das Fehlen des Albums war ihr noch nicht aufgefallen. Und der Koffer war noch immer nicht gefunden worden, ebensowenig, wie man die Identität des Weißen herausgefunden hatte, der geholfen hatte, ihn aus dem Haus der MacMullens abzutransportieren.

Peggy lag krank nach einer Fehlgeburt bei ihrer Mutter. Eine gründliche Überprüfung der übrigen Mieter im Haus der MacMullens hatte nichts erbracht. Es handelte sich mit einer Ausnahme nur um alleinstehende Frauen, und diese Ausnahme war der Pianist eines örtlichen Theaters, der an dem Abend, als der Koffer abgeholt wurde, die ganze Zeit im Theater beschäftigt gewesen war.

Die Entdeckung des verschwundenen Vogelkäfigs hatte auch nichts Neues ergeben. Der Mann mit dem durchdringenden Blick war wieder von Daniels, unserem gewohnten Straßenkehrer, abgelöst worden. Auf dem Weg von den Lancasters zurück nach Hause traf ich ihn auf der Straße. Er sah blaß und mitgenommen aus. Ich blieb bei ihm stehen.

»Ich bin froh, daß Sie wieder da sind«, sagte ich. »Hoffentlich sind Sie nicht krank gewesen.«

»Doch, Miss, ich bin nicht ganz ich selbst gewesen. Wie ich hörte, hat es drüben einen weiteren Todesfall gegeben.«

»Ja. Aber diesmal Gott sei Dank wenigstens einen natürlichen.«

»Nun ja, vielleicht, Miss. Man kann allerdings auch vor Kummer sterben. Doch hat schon Shakespeare gesagt, daß das, was vorbei ist und dem man nicht mehr abhelfen kann, auch nicht mehr betrauert werden sollte. Übrigens wollte ich Sie darauf aufmerksam machen, Miss, daß ich drüben in der Euclid Street den Vogelkäfig gesehen habe, der sonst oft bei Miss Emily Lancaster am Fenster hing. Nur ein anderer Vogel ist darin. Der singt überhaupt nicht.«

Ich frage mich noch immer, warum Daniels mir das damals erzählte. Ahnte er bereits die Wahrheit? Ich glaube nicht. Es klang vielmehr wie eine bloße Information und war vermutlich auch so gemeint, wo der Käfig zu finden wäre – für den Fall, daß man ihn wiederhaben wollte. Vorsichtshalber rief ich Inspektor Briggs an, da Herbert Dean wieder einmal nicht aufzufinden war, und leitete die Information an ihn weiter. Die Polizei holte den Käfig noch am selben Abend ab. Seine Untersuchung lieferte aber keinerlei neue Hinweise, ebenso wenig wie die Vernehmung der Familie, die ihn in Besitz genommen hatte.

Eines ihrer Kinder hatte ihn einige Tage zuvor im Niemandsland gefunden und mit nach Hause gebracht. Die Mutter hatte ihn gründlich gesäubert, einen neuen Vogel gekauft und sich weiter keine Gedanken gemacht.

Falls auf dem Käfig Fingerabdrücke gewesen sein sollten, waren diese inzwischen mit Sicherheit vernichtet worden.

Es war Mutter, von der ich zum ersten Mal etwas über Lydia Talbots Verschwinden hörte. Sie hatte Lydia veranlaßt, um halb acht zum Abendessen nach Hause zu gehen. Als Mutter um Viertel vor zehn, sichtlich verärgert, nach Hause kam, war Lydia noch nicht wieder aufgetaucht.

»Es ist wirklich ein Kreuz mit Lydia«, sagte sie. »Sie hat fest versprochen, sofort nach dem Abendessen wiederzukommen, und wollte vorher nur noch einen Schleier für Margaret aufbügeln.«

»Wenn du möchtest, Mutter, sehe ich bei den Talbots nach, was mit ihr los ist«, sagte ich. »Vielleicht ist sie plötzlich erkrankt.«

Aber Mutter, die darauf bestanden hatte, daß Annie sie zu den Lancasters begleitete und wieder abholte, wollte mich nicht gehen lassen.

»Die Pflegerin ist ja bei Margaret«, sagte sie. »Und darüber hinaus ist es in jedem Fall zu spät, noch irgendwo vorzusprechen.«

Ich wunderte mich zwar über Miss Lydia, war aber noch nicht beunruhigt. Wie ich vielleicht schon erwähnt habe, betrachten wir vom Crescent Place bei Todesfällen die Leiche als eine Art gemeinsames Vermächtnis und sehen es als unsere Aufgabe an, die

Angehörigen mit derselben beharrlichen Freundlichkeit von ihr fernzuhalten, wie wir bemüht sind, die Familie vom Trubel dieser Welt abzuschirmen. Deshalb bewachen wir die Leiche tagsüber bis in die Abendstunden hinein. Allerdings haben wir es in den letzten Jahren aufgegeben, auch noch nachts bei ihr zu sitzen. Nach und nach ist dieser Dienst an den Toten den unverheirateten Frauen zugeschoben worden, die keine häuslichen Pflichten zu versehen haben, weder eheliche noch sonstige. Seit Jahren hatte Lydia Talbot die Hohepriesterin bei unseren Begräbniszeremonien gespielt.

Sie hatte diese wenigen Stunden, in denen ihr eine gewisse Bedeutung zukam, immer sehr genossen. Deshalb war ich schließlich doch ein wenig beunruhigt und rief, nachdem Mutter sich zurückgezogen hatte, bei den Talbots an. Offensichtlich hatte aber dort jemand den Hörer nicht richtig eingehängt, und so bekam ich keine Verbindung.

Es muß fast elf Uhr gewesen sein, als ich anschließend auf die Veranda hinausging und zum Talbot-Haus hinüberspähte. Dabei fragte ich mich gerade, ob ich wohl den Mut aufbringen würde hinüberzugehen, um mich zu vergewissern, ob dort alles in Ordnung sei, als ich zu meinem Erstaunen George Talbot auf mich zukommen sah. Er hielt etwas in der Hand, von dem ich zunächst annahm, es handele sich um eine Pistole. Aber dann stellte sich heraus, daß es eine Taschenlampe war, mit der er mir ins Gesicht leuchtete.

»Was gibt's, George? Ist etwas nicht in Ordnung?« fragte ich.

»Alles o.k. Zumindestens hoffe ich das. Ich habe mich nur gerade mal ein wenig hier draußen umgesehen. Tante Lydia ist uns abhandengekommen, mußt du wissen. Ich war schon drüben bei den Lancasters, aber dort ist sie nach dem Abendessen nicht wieder aufgetaucht. Deshalb bin ich den Crescent Place entlanggegangen. Bei Jim oder den Daltons war sie nicht, und bei euch war alles dunkel, so daß sie hier auch nicht sein konnte. Ich ... na ja, ich habe mir gedacht, ich sehe mich mal ein bißchen nach ihr um. So, wie die Dinge hier stehen ...«

»Wann hat sie denn das Haus verlassen, George?«

»So um Viertel vor neun, und jetzt ist es bereits elf. Sie hat nicht mal einen Hut aufgesetzt«, fügte er hinzu. »Ich habe Mutter noch nichts gesagt, aber ... Wo kann sie denn auch schon hingegangen sein, so, wie sie angezogen war? Sie trug lediglich eine kleine Schachtel mit einem Schleier bei sich. Ich glaube, daß sie den für Margaret Lancaster zurechtgemacht hat.«

»Bist du dir ganz sicher?«

»Ich habe sie selbst aus dem Haus gelassen. Es wird ihr schon nichts passiert sein, denn sie kann gut auf sich selbst aufpassen. Aber wo zum Teufel ist sie hin? Sie trug ja nicht einmal einen Hut.«

»Wir sollten besser einen Polizisten holen, George«, sagte ich. »Und dann können wir uns auch selbst einmal etwas umsehen.«

Meine Stimme muß besorgt geklungen haben, denn George warf mir einen raschen Blick zu.

»Du glaubst doch nicht etwa, Lou, daß ihr tatsächlich etwas passiert ist?« sagte er. »Großer Gott, wer sollte sich wohl an Tante Lydia vergreifen wollen? Ich gebe ja zu, daß sie nicht besonders liebenswert und nett ist, aber man ... man bringt doch nicht gleich einen Menschen um, nur weil man ihn nicht leiden kann!«

Es bereitete in jenen Tagen kaum Schwierigkeiten, einen Polizisten am Crescent Place aufzutreiben. Wir fanden einen in der Nähe des Einfahrtstores und nahmen ihn mit. Er zeigte sich zunächst sehr skeptisch, hörte sich aber geduldig an, was George ihm erklärte.

»Es war schon dunkel, als sie wieder ging«, sagte er. »Ich bot ihr an, sie zu begleiten, aber sie lehnte ab. Da sie in den letzten Tagen noch reizbarer war als sonst, drängte ich mich nicht weiter auf. Ich blieb aber so lange in der Haustür stehen, bis ich sie nicht mehr sehen konnte. Sie hatte keinen Hut aufgesetzt, und unter dem Arm trug sie die flache Schachtel mit dem Schleier.«

»Sie hat nicht erwähnt, daß sie noch woanders hingehen wollte?«

»Nein. Wo hätte sie auch hingehen sollen?«

»Vielleicht ins Kino«, meinte der Polizist sachlich. »Viele Frauen gehen in diesen warmen Sommernächten ohne Hut aus. Sie kann ja erst später ihre Absicht geändert haben. Ich würde mir an Ihrer Stelle keine zu großen Sorgen machen. Gleich um die Ecke an der Liberty Avenue ist doch ein Kino, nicht wahr?«

Das stimmte, und Miss Lydia ging dort oft hin, wie George und ich wußten. Aber wie hätten wir dem Polizisten klarmachen können, daß man am Crescent Place bei Todesfällen in der Nachbarschaft nicht ins Kino geht? Und daß dies schon gar nicht von Miss Lydia zu erwarten war, die als Hohepriesterin unserer Begräbnisriten ganz andere Pflichten zu erfüllen hatte?

»Sie ist auf keinen Fall ins Kino gegangen«, erklärte George kategorisch und ließ es dabei bewenden.

Zu dritt gingen wir langsam den Crescent Place entlang. Der Polizist hatte seinen Handscheinwerfer hervorgeholt und suchte in dessem starken Licht beide Seiten unseres Weges ab; ohne Erfolg, bis wir fast genau die halbe Strecke zur Lancaster-Villa zurückgelegt hatten. Da bückte er sich plötzlich und hob aus den Büschen auf der linken Seite etwas auf.

»Ist das die Schachtel?« fragte er.

»Sieht so aus. Was um Himmels willen ...«

George nahm die Schachtel und betrachtete sie eingehend. Sie war an einer Ecke des Deckels leicht eingedrückt, ansonsten aber unbeschädigt. Als er sie öffnete, lag darin Margaret Lancasters schwarzer Schleier. George wurde so blaß, wie es sein üblicher Sonnenbrand zuließ, als er sie sich anschaute.

»Ich kann nicht nach Hause gehen und Mutter das mitteilen«, sagte er. »Es würde sie vollends umwerfen.«

Auch der Polizist machte jetzt ein bedenkliches Gesicht. Er suchte den Rasen neben dem Gehsteig ab, bückte sich schließlich und hob einen weiteren Gegenstand auf, den er uns auf der Handfläche präsentierte und mit dem Scheinwerfer anleuchtete.

»Was kann das sein?« sagte er. »Vielleicht hat es schon längere Zeit dort gelegen. Scheint irgendwie in den Boden getrampelt zu sein. Hat einer von Ihnen es vorher schon mal gesehen?«

George und ich sahen uns den Gegenstand an, dann wechselten wir einen Blick. Im Licht des Scheinwerfers lag vor uns der Schmetterling von Lydia Talbots Hutnadel. Ich kann mich noch genau an Georges betroffenen Gesichtsausdruck erinnern.

»Es gehört ihr«, sagte er. »Lou, sie ist doch aber ohne Hut fortgegangen!«

Es war gegen Mitternacht, als die gesamte Polizei alarmiert wurde. Zum ersten Mal seit langen Jahren waren in der Talbot-Villa nicht mehr alle Türen fest verriegelt, und das Haus war überall hell erleuchtet. Inspektor Briggs, Mr. Sullivan und zwei weitere Männer in Zivil hatten es Zoll für Zoll durchgekämmt, ohne den geringsten Hinweis gefunden zu haben. Lizzie und Mrs. Talbot, die sich unter den Augen der Polizei besonders Miss Lydias Zimmer vorgenommen hatten, stellten lediglich fest, daß nichts fehlte außer dem, was sie an diesem Tag angehabt hatte: ihr abgetragenes schwarzes Seidenkleid, ein schwarzer Unterrock aus Mohair samt Unterwäsche sowie die schwarzen Schuhe und Strümpfe, die sie gewöhnlich trug.

Auf einem Gestell am Fenster stand noch das Bügeleisen, mit dem sie Miss Margarets Schleier aufgebügelt hatte.

Lizzie, die mit ihrer hochgewachsenen, hageren Figur Miss Lydia sehr ähnelte, behielt ihre gewohnte Ruhe, aber Mrs. Talbot war tief getroffen. Ihre Hände zitterten so sehr, daß sie nicht einmal das Glas mit Portwein halten konnte, das George ihr eingeschenkt hatte. Und ihr lautes Organ war zu einem bloßen Flüstern herabgesunken.

»Ihre Angewohnheiten?« antwortete sie auf eine Frage der Polizei. »Nichts Besonderes, außer daß sie hin und wieder einmal ins Kino ging. Für ein Lösegeld entführt? Aber wer sollte das denn bezahlen? Sie besitzt keinen Cent, und bei mir sieht es seit Beginn der Wirtschaftskrise auch nicht viel besser aus.«

»Glauben Sie, daß es sich um einen Fall von Gedächtnisverlust handeln könnte?«

»Sie besaß kein Gedächtnis, das sie verlieren konnte.«

»Vermutlich besaß sie auch keine Feinde?« fragte der Inspektor.

»Weder Freund noch Feind. Sie führte ein äußerst zurückgezogenes Leben und war verschlossener als jeder andere Mensch, der mir in meinem Leben begegnet ist.«

Mehr bekamen sie aus Mrs. Talbot nicht heraus. Man versuchte, ihr begreiflich zu machen, daß ein derartiges Verschwinden eines Menschen nicht nur unter Zwang, sondern auch freiwillig geschehen kann, und wollte von ihr wissen, ob ihr ein Grund bekannt sei, warum Miss Lydia freiwillig davongelaufen sein könnte. Ihre einzige Antwort war, daß sie doch nichts mitgenommen habe, um damit weglaufen zu können, und daß sie bei ihr ein gutes Zuhause gehabt hätte. Warum hätte sie also fortlaufen sollen?

Um zwei Uhr morgens war die Suche am Crescent Place in vollem Gang. Sowohl der Anger vor den Häusern wie auch das Niemandsland mit allen daran angrenzenden Gebäuden waren ergebnislos abgesucht worden. Die beiden Polizisten, die bei uns noch Dienst getan hatten, wußten nichts Verdächtiges zu berichten. Erst gegen drei Uhr fand man die erste Spur von der Vermißten, und zwar ihre Handtasche, die mit zerrissenem Perlengriff in der Euclid Street lag. Dieser Griff konnte sowohl von selbst gerissen wie auch auseinandergegangen sein, als man ihr die Tasche aus der Hand riß.

Die Tasche enthielt lediglich ein sauberes Taschentuch, ein paar Dollar und eine alte Sprungdeckeluhr, die allen Bewohnern des Crescent Place gut bekannt war. Sie tickte schrecklich laut. Wenn sie irgendwo auf einem Tisch oder einem Stuhl herumlag, konnte man ihr Geräusch überdeutlich vernehmen.

Kaum jemand von uns kam in dieser Nacht ins Bett. Wir hockten in kleinen Gruppen bei den Nachbarn zusammen. Miss Margaret und die Pflegerin hielten sich bei den Talbots auf, wo Mrs. Talbot wie Lots Weib herumsaß und Lizzie unermüdlich Kaffee für alle kochte. Jim Wellington und die Daltons waren zu uns herübergekommen.

Irgend etwas veranlaßte mich, bei dieser Gelegenheit mein nächtliches Abenteuer mit dem Speisenaufzug preiszugeben. Ich erinnere mich noch daran, wie Bryan Dalton die Schachttüren inspizierte und darauf bestand, sie um vier Uhr morgens alle wieder zuzunageln. Laura Dalton sprach wenig. Sie schien etwas verstört zu sein, machte aber andererseits einen gelösteren Eindruck als seit langer Zeit. Bei Gelegenheit nahm sie mich beiseite, um mir zu erklären, sie bedaure das, was sie bei unserer letzten Unterredung gesagt habe.

»Ich war vollkommen hysterisch«, sagte sie. »Natürlich hatte ich mit meinem Verdacht nicht recht, Louisa. Und heute nacht hat Bryan das Haus nicht verlassen. Aber warum um alles in der Welt sollte irgend jemand Lydia Talbot ermordet haben?«

Und doch sah es ganz so aus. Aber keiner von uns wollte so recht glauben, daß Lydia Talbot bereits tot sein könnte – als drittes oder möglicherweise sogar viertes Opfer der Verbrechen vom Crescent Place.

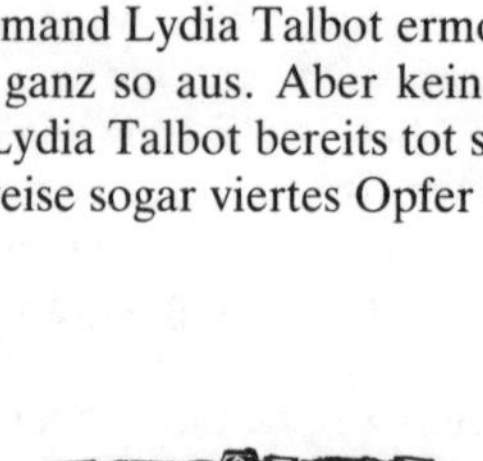

Kapitel 41

Die Polizei war in der Zwischenzeit eifrig am Werk. Ein Motiv nach dem anderen für das Verschwinden Lydia Talbots wurde erwogen und wieder verworfen. Sie besaß weder Geld noch Feinde. Was an weiteren Möglichkeiten übrigblieb, waren entweder ein Gedächtnisverlust oder ein Mord ohne jedes Motiv. Im Zuge dieser Überlegungen wurden auch die Vermutungen, die Margaret Lancaster bei ihrer Aussage vor der Polizei geäußert hatte, immer mehr in Zweifel gezogen. Noch ehe viel Zeit vergangen war, sollten sie sich, zumindestens was den Tod ihrer Schwester Emily betraf, als vollkommen falsch herausstellen.

Auch die Vermißtenstelle der Polizei blieb nicht untätig. Sie verbreitete bei allen Dienststellen, weit über die Grenzen der Stadt hinaus, eine ausführliche Personenbeschreibung Miss Lydias. Ihr Name wurde auf die landesweite Fahndungsliste gesetzt, und überall besuchten Polizisten auf der Suche nach ihr die Leichenschauhäuser und Krankenhäuser, ja sogar alle Hotels und Bahnstationen. Bereits in den Morgenstunden des folgenden Tages, Samstag, wurden Flugblätter mit einem alten Schnappschuß von Miss Lydia verbreitet, den man irgendwo aufgetrieben hatte.

Eines dieser Flugblätter liegt hier vor mir. Es lautet: »Vermißt wird seit Freitag, dem sechsundzwanzigsten August, einundzwanzig Uhr dreißig Miss Lydia Spencer Talbot, geboren in den Vereinigten Staaten. Alter zweiundfünfzig Jahre. Größe ein Meter zweiundsiebzig. Gewicht etwa hundertdreißig Pfund. Graues, gescheiteltes Haar mit festem Knoten und Stirnlöckchen. Teint mittelhell. Augen grau. Vier künstliche Backenzähne im Unterkiefer. Keine besonderen Merkmale am Körper. Bekleidet mit abgetragenem, schwarzem Seidenkleid, schwarzem Mohairunterrock, schwarzen Schuhen und langen Damenstrümpfen. Keine Ringe oder sonstiger Schmuck. Keine Wäschezeichen oder andere Markierungen in der Wäsche.«

Darüber hinaus wurden Radiodurchsagen gemacht, Polizeiboote hielten auf dem Fluß Ausschau nach einer Wasserleiche, und selbst die Kriminalreporter, die nachts auf den Polizeistationen herumlungerten, verzichteten auf ihre üblichen Pokerrunden, weil sie eine weitere Sensation witterten. Ein Resultat, das niemand vorausgesehen hatte, war, daß Helen Wellington aufgrund dieser Nachrichten an den Crescent Place zurückkehrte.

Es muß gegen zehn Uhr morgens gewesen sein, als sie mich aus demselben Hotel in der Innenstadt anrief, in dem ich sie vor nicht allzu langer Zeit aufgesucht hatte. Ihre Stimme klang äußerst aufgeregt.

»Lou, könnten Sie sofort hierher kommen?« fragte sie. »Ich kann weder Jim noch Herbert Dean erreichen und bin inzwischen fast vollkommen mit den Nerven fertig. Stimmt es, was ich gehört habe?«

»Daß Lydia Talbot verschwunden ist? Ja, das stimmt.«

»Großer Gott, auch noch Lydia! Hören Sie zu, Lou. Ich habe gestern abend mit Jim telefoniert, und er erzählte mir, daß Margaret Lancaster behauptet, ihr Vater habe Emily erschossen. Stimmt das?«

»Das behauptet Margaret? Helen, das können Sie nicht ernst meinen!«

»Nein, ich kann's nicht«, entgegnete sie und verfiel wieder ein bißchen in ihren alten Ton. »Sie mag das zwar annehmen, aber es stimmt nicht. Niemand weiß das besser als ich.«

Ungefähr um halb elf war ich bei ihr. Sie trug noch ihre Reisekleidung, lief unruhig im Zimmer auf und ab und zündete sich eine Zigarette nach der anderen an. Unter ihrem Make-up war sie sehr bleich. Sie nahm sich kaum die Zeit, mich zu begrüßen, und sagte:

»Bitte geben Sie nicht dem armen Jim die Schuld an allem, Lou. Ich hatte mir von ihm Stillschweigen versprechen lassen, doch wenn er Mumm besitzen würde ... aber das gehört nicht hierher. Wir hatten uns sowieso schon in der Wolle, aber jetzt, nachdem die gute Lydia auch noch verschwunden ist, wird er mir niemals verzeihen.«

»Ich verstehe kein einziges Wort, Helen.«

Sie machte eine entschuldigende Geste.

»Es ist einfach so, daß ich ein riesiger Dummkopf bin«, sagte sie. »Die Dinge sahen finster für Jim aus, und wenn die Polizei auch noch herausgefunden hätte, daß ich in jener Nacht draußen war ...«

»In welcher Nacht?«

»Letzten Sonntag«, entgegnete sie. Und dann rückte sie endlich mit ihrer Geschichte heraus.

Sie hatte sich an dem fraglichen Abend wieder einmal mit Jim gestritten und konnte nicht einschlafen, weil sie zu nervös und aufgebracht war. Gegen ein Uhr nachts – es konnte auch etwas früher oder später gewesen sein, das wußte sie nicht so genau – war sie in die Küche gegangen, um sich ein Sodawasser aus dem Kühlschrank zu holen. Damit setzte sie sich auf die hintere Veranda. Es war eine schwüle Nacht, und sie hatte eine Weile einfach dagesessen und über den Tennisplatz ins Niemandsland hinausgestarrt. Alles war still und ruhig, bis sie auf einmal den Eindruck hatte, daß neben der Garage der Daltons ein Zündholz aufgeflammt war. Es hätte auch der Schein einer Taschenlampe sein können.

Nach kurzer Zeit war der Lichtschein wieder erloschen. Er hatte aber ihre Neugier geweckt, und so war sie auf den Pfad hinausgegangen, der die Rückseite der Häuser miteinander verbindet. Gerade hatte sie das Gebüsch an der Grenze des Wellington-Grundstückes erreicht, als sie eine weibliche Gestalt von der Garage der Daltons kommen sah. Zunächst war es nicht mehr als ein Schatten gewesen, bis die Gestalt ins offene Gelände trat. Danach hatte Helen aus der Art, wie der Schatten sich bewegte, und aus den massiven Umrissen geschlossen, daß es sich entweder um eine der Frauen des Dienstpersonals oder aber – so unwahrscheinlich das auch schien – um Emily Lancaster handeln mußte.

Wer die Gestalt auch immer war, eines war sicher: Sie trug etwas bei sich. Und um was es sich dabei auch handelte, es schien lang und sperrig zu sein.

Helen folgte ihr heimlich. Sie war sich nun sicher, daß es sich um Emily handelte. Ihr erster, schrecklicher Gedanke war, daß sie eine Axt bei sich trug. Aber – und dies ist etwas, was man nicht gewußt hatte – als sie um die Biegung zum Lancaster-Haus kam, war dort das Licht auf der Küchenveranda an, und in dessen Schein entdeckte sie, daß Emily einen Spaten transportierte.

Im ersten Moment war sie fast wie gelähmt, denn das konnte doch nur eines bedeuten: daß es Emily Lancaster war, die das Gold gestohlen und es irgendwo vergraben hatte, und daß sie nun im Begriff stand, es wieder auszugraben. Deshalb folgte sie ihr heimlich weiter, bemüht, so wenig Geräusche wie nur möglich zu machen, weshalb sie von Zeit zu Zeit neben dem Pfad herging.

»Sie können sich vermutlich vorstellen, was dabei passierte«, sagte sie, »denn Sie wissen, was für Absätze ich trage. Am nächsten Morgen erfuhr ich, daß ich eine Menge zwei Zoll tiefer Eindrücke hinterlassen hatte.«

Ihr ursprünglicher Verdacht schien sich zu bestätigen, als Emily ohne Aufenthalt am Lancaster-Haus vorbeiging und sich über den längeren, dunklen Abschnitt des Pfades auf die Talbot-Villa zu bewegte. Hier war der endgültige Beweis, daß Jim unschuldig war, und Helen war aufgeregt und gespannt zugleich. Und dann ereignete sich etwas, was sie vor Schreck fast umkippen ließ, wie sie es formulierte.

Sie bemerkte, daß ihnen noch jemand anderes folgte! Sie schlüpfte schnell in die Büsche und versteckte sich, wobei ihr Herz wie verrückt schlug. Und dann stellte sich heraus, daß es sich bei dem Verfolger um den alten Mr. Lancaster handelte, der eilig, auf bloßen Füßen, angehumpelt kam, die rechte Hand in der Tasche seines Morgenrockes. Helen konnte ihn zwar nur kurz in dem Lichtschein, der von der Veranda fiel, erkennen, aber das genügte.

»Wenn ich je einen Menschen gesehen habe, der fast außer sich vor Zorn war, dann war es der alte Herr in dieser Nacht«, sagte sie. »Er schien immer so ein sanfter kleiner Mann zu sein, aber in diesem Augenblick gebärdete er sich geradezu wie ein Wahnsinniger. In einem Punkt stimmt Margarets Vermutung: Es gibt keinen Zweifel daran, daß er vorhatte, Emily über den Haufen zu schießen. Ich nehme an, daß er sie seit dem Mord an ihrer Mutter heimlich beobachtete, und die Sache mit dem Spaten war der Tropfen, der das Faß zum Überlaufen brachte. Dazu war sie ja auch nicht seine leibliche Tochter, und er mußte annehmen, daß sie das Gold vergraben und danach ihre Mutter umgebracht hatte. Die Situation ließ auch kaum einen anderen Schluß zu.«

Helen war zu entsetzt, um irgend etwas zu unternehmen. Mr. Lancaster kam angelaufen, und irgendwo vor ihnen in der Dunkelheit befand sich Emily.

So blieb sie in den Büschen versteckt, bis er an ihr vorbei war. Danach folgte sie ihm aber dicht auf den Fersen bis vor das Tor des alten Talbot-Stalles.

Emily war wider Erwarten nicht in das Brachland hinausgegangen. Sie stand im Stall, mit dem Spaten auf dem Boden neben ihr, und schien im Schein einer Taschenlampe etwas in einer Ecke hinter einem Faß zu suchen. Und dann bemerkte Helen, die dicht hinter dem alten Herrn stand, plötzlich, wie dieser die Hand aus der Tasche des Morgenrockes nahm. Und in dieser Hand hielt er eine Waffe!

»Es war eine Sache von Sekunden«, sagte Helen. »Ich glaube, daß Emily mich überhaupt nicht bemerkt hat. Ich hatte gerade noch Zeit, ihm das Ding aus der Hand zu schlagen. Es muß meilenweit weggeflogen sein. Aber Emily hatte etwas gehört. Das arme, alte Mädchen sah auf und entdeckte seinen Stiefvater. Sie war zutiefst erschrocken. Schweigend starrten die beiden sich eine Weile an, dann riß Emily sich zusammen.

›Es tut mir leid, daß ich dich geweckt habe, Vater‹, sagte sie. ›Margaret hat mir am Abend erzählt, daß mein Vogel tot ist und daß George ihn hierher gebracht hat. Ich wollte das arme, kleine Ding begraben.‹

Der alte Herr erwiderte keinen Ton«, fuhr Helen fort. »Er sah jedoch so merkwürdig aus, daß ich mich gar nicht weiter um die Pistole kümmerte, sondern ihn am Arm packte und ins Haus zurückführte. Ich glaube, daß er mich dabei nicht einmal richtig wahrgenommen hat, so benommen schien er zu sein.«

Aber als sie ihn wieder ins Haus geschafft hatte – die Tür zur Küchenveranda war unverschlossen – und ihn über die Hintertreppe nach oben brachte, schien er sich etwas gefaßt zu haben. Er sagte: »Vielen Dank für Ihre Hilfe, Helen. Ich fürchte, daß ich etwas durcheinander bin, nachdem ich so viel durchstehen mußte.«

Dann bat er sie, Margaret nicht aufzuwecken und sich um seine Pistole zu kümmern. Aber sie verließ ihn nicht sofort wieder, sondern ließ ihm Zeit, wieder ins Bett zu gehen, und sah dann noch einmal nach ihm. Sie wußte, wo Margaret den Whisky aufbewahrte, und holte, obwohl er dagegen protestierte, die Karaffe aus dem Speisezimmer herauf.

»Die ganze Zeit«, sagte Helen, »fragte ich mich, was ich wohl Emily sagen sollte, wenn sie wieder ins Haus kam. Meine Anwesenheit dort mußte einigermaßen merkwürdig aussehen. Und natürlich konnte ich ihr nicht verraten, daß ihr Vater versucht hatte, sie umzubringen.«

Doch obwohl sie sich etwa zwanzig Minuten im Haus aufgehalten haben mußte, kam Emily nicht wieder zurück. So machte sie sich schließlich wieder auf den Weg, um die Pistole zu suchen. Dem alten Herrn schien es wieder etwas besser zu gehen, obwohl er nach ihren Worten »noch ganz schön gräßlich« aussah.

Die Küchentür war noch immer unverschlossen. Sie beließ sie so.

»Sehr begeistert davon, wieder zurückzugehen, war ich nicht«, erzählte sie. »Nicht, wo sich so viele Polizisten da herumtrieben und mich leicht einer von ihnen entdecken konnte, während ich auf Händen und Knien in der Dunkelheit rumrutschte und nach einer Waffe suchte. Ganz abgesehen von Emily! Aber mir blieb nichts anderes übrig. Ich kroch an der Stelle herum, wo die Pistole hingefallen sein mußte, konnte sie aber nicht finden. Und die ganze Zeit fühlte ich mich ganz schön zitterig, nicht, weil ich irgendwelchen Ärger befürchtete, sondern mehr, weil mir partout keine glaubwürdig klingende Geschichte für den Fall einfiel, daß man mich entdeckte. Ich hätte der Polizei kaum erzählen können, daß der alte Herr versucht hatte, seine Tochter umzubringen, stimmt's? Und wo Jim bis über den Hals mit in der Sache drinsteckte.

Von Emily war nichts zu entdecken, und in der Talbot-Garage brannte kein Licht. Ich dachte mir, daß sie vermutlich irgendwo damit beschäftigt war, ihren dämlichen Vogel zu begraben. Angenehm war es nicht, so im Finstern herumzukriechen, das können Sie mir glauben. Ich konnte zwar ein wenig in dem schwachen Lichtschein sehen, den die Straßenlaternen herüberwarfen, aber ich hätte noch nicht einmal ein Streichholz anzünden können, wenn ich eines gehabt hätte. Schließlich kam ich zu dem Schluß, daß die Pistole weiter weggeflogen sein mußte, als ich mir gedacht hatte, und versuchte es auf dem Trockenplatz der Talbots. Und dort fand ich sie, indem ich beinahe darüber stolperte!«

»Einen Schuß haben Sie nicht gehört?«

»Weder einen Schuß noch sonst etwas. Ich vermute, daß sich George draußen umsah und bereits wieder im Haus war, ehe ich erneut nach draußen kam. Jedenfalls war bei den Talbots alles dunkel. Als ich wieder bei dem alten Herrn ankam, schlief dieser bereits. Ich legte die Pistole auf seine Kommode und verschwand wie der Blitz. Genau so hat es sich abgespielt, Lou. Sie können es mir glauben oder es sein lassen.«

Der Nachricht von Emilys Tod hatte sie zunächst überhaupt keinen Glauben schenken können. Dann begann sie, sich Sorgen zu machen. Was auch immer sie sagen mochte, es gab nichts und niemanden, der ihre Geschichte bestätigen konnte. Mr. Lancaster war nicht vernehmungsfähig. Und es widerstrebte ihr auch sehr, einen Mann, der bereits im Sterben lag, zu bezichtigen, er habe in einem plötzlichen Wutanfall seine Tochter umbringen wollen.

»Also beschloß ich einfach, meinen Mund zu halten«, sagte sie.

Doch dann mußte sie feststellen, daß Jim einen Verdacht gegen sie zu hegen schien. Er benahm sich den ganzen Montag über sehr merkwürdig, beobachtete sie heimlich und schaute weg, wenn sich ihre Blicke trafen. Außerdem trank er mehr als gewöhnlich. Aber auch sie ertappte sich dabei, wie sie ihn argwöhnisch beobachtete. Es war ein ziemlich mieses Spiel, wie sie sich ausdrückte. Montag abend war es dann so weit, daß einer den anderen ziemlich offen in Verdacht hatte, »etwas«, wie sie es ausdrückte, auf dem Gewissen zu haben.

So unbegründet, wie sich das anhörte, war ein solcher Verdacht gar nicht, sagte sie. Wenn Jim wußte, daß sie in der Nacht draußen gewesen war, dann hätte es doch gut sein können, daß er heimlich hinter ihr das Haus verlassen hatte und bereits wieder zurück war, als sie nach Hause kam.

»Natürlich war das Ganze verrückt«, sagte sie, »aber ich war zu diesem Zeitpunkt bereits genauso wenig normal wie die meisten anderen hier am Crescent Place. Besonders alle Talbots scheinen einen Knacks weg zu haben, und Jims Mutter war eine Talbot. Ich begann mich zu fragen, ob Jim etwas davon mitbekommen haben könnte. Sein Onkel ist zum Beispiel vor Jahren mit einer Frau durchgebrannt, die er dann umgebracht hat. Ich weiß davon, weil Jim erst kürzlich die Vermutung geäußert hat, ob der alte Knabe nicht zurückgekommen ist, um eine Menge Leute, die er nicht leiden kann, aus dem Weg zu räumen.«

Bis zum Abend des Montags hatte Helen sich so in eine ziemliche Hysterie hineingesteigert. Das war der Grund, weshalb sie in unsere Zusammenkunft hineinplatzte und uns allerlei böse Dinge an den Kopf warf. Nach dem nächtlichen Überfall auf mich hatte Jim dann ganz die Nerven verloren. Im Anschluß an Helens Besuch bei mir am Dienstag hatten die beiden dann eine heftige Auseinandersetzung, in deren Verlauf sie sich gegenseitig aller möglichen namenlosen Verbrechen bezichtigten.

Als sie danach aus der Bibliothek rauschte, stand der neue Butler in der Halle, und ihr war klar, daß er gelauscht haben mußte. Danach hatte sie ein paar Sachen in einen Koffer gestopft und das Haus fluchtartig verlassen.

Am Abend zuvor, nachdem sie in Muße noch einmal über alles nachgedacht hatte und ihr Zorn ziemlich verraucht war, hatte sie dann Jim angerufen.

»Draußen auf dem Land hat man eine Menge Zeit, um nachzudenken«, sagte sie, während sie sich eine Zigarette anzündete und dabei ein krampfhaftes Lächeln zuwege brachte. »Etwas anderes kann man dort doch nicht unternehmen. Und mir ging plötzlich in meinem schwachen Geist auf, daß, wenn Jim mich verdächtigte, Emily umgebracht zu haben, er es wohl selbst kaum getan haben konnte. Jim hatte inzwischen durch Bertie Dean von Margarets Aussage erfahren und benahm sich ungeheuer reumütig mir gegenüber. Aber was soll ich nun tun, Lou? Wenn ich jetzt mit der ganzen Geschichte rausrücke, wird der Verdacht dann nicht wieder auf Jim fallen? Und Herbert Dean ist nirgendwo aufzutreiben.«

Ich tat das Vernünftigste, was mir einfiel, faßte sie fest am Arm und zog sie in den Aufzug. Eine halbe Stunde später saßen wir bei dem Polizeichef, der, mit Ausnahme der Tatsache, daß er sich noch gelegentlich kratzen mußte, die Sache mit dem Giftsumach inzwischen überstanden hatte, und Helen packte aus.

Kapitel 42

Das also ereignete sich am Samstag, dem siebenundzwanzigsten August. Seit bereits neun Tagen herrschten Furcht und Schrecken am Crescent Place. Es wurden Überlegungen angestellt, die restlichen Bewohner zu evakuieren, um weitere Morde unmöglich zu machen. Zwei oder drei furchtsame Familien aus der angrenzenden Euclid Street waren inzwischen mit Kind und Kegel weit weg aufs Land geflüchtet. Selbst die Liberty Avenue war nun nachts fast menschenleer. Die Presse erregte sich über den wahnsinnigen Mörder, der immer noch frei herumlief. Ein Boulevardblatt, das alle sonstigen Klatschgeschichten bereits breitgetreten hatte, grub sogar – ohne den Informanten zu nennen – die Geschichte vom tragischen Ende der Liebesaffäre John Talbots aus. Von diesem Moment an wurde fast so intensiv nach ihm gesucht wie nach seiner Schwester Lydia.

Mr. Lancaster wurde am Nachmittag dieses Tages begraben. Die Polizei mußte zusätzliche Kräfte mobilisieren, um die sensationshungrige Menge an der Einfahrt zum Crescent Place und an anderen Örtlichkeiten in Schach zu halten. Ein halbes Dutzend motorisierter Polizisten begleitete die Leiche zum Friedhof und sorgte dort für Ordnung. Ich selbst hatte mich zu Mutters großer Entrüstung strikt geweigert, mit zur Beerdigung zu gehen.

»Ich hätte niemals gedacht«, sagte sie, »daß meine leibliche Tochter es an Respekt vor den Toten mangeln lassen könnte.«

»Ich komme nicht mit, Mutter!«

»Ist das der Ton, in dem man mit seiner Mutter spricht, Louisa? Manchmal habe ich tatsächlich den Verdacht, daß die schwierige Situation, die wir im Moment durchzustehen haben, einen äußerst ungünstigen Einfluß auf dich ausgeübt hat.«

»Ich fürchte, das hat sie, Mutter.«

Sie wandte sich vom Spiegel ab, vor dem sie gerade ihren Hut mit langen, in dunklen Farbtönen gehaltenen Hutnadeln feststeckte, und drehte sich rasch zu mir um.

»Was willst du damit sagen?« verlangte sie zu wissen.

»Ich nehme an«, antwortete ich behutsam, »daß die letzten Tage mich gelehrt haben, daß ich ein Recht habe, mein Leben zu leben, solange ich es kann. Ich möchte in Zukunft mein eigenes Leben leben, nicht mehr das deinige, Mutter! Keines anderen Menschen Leben, sondern ausschließlich mein eigenes!«

Sie starrte mich mit ungläubigen Augen an.

»Und so etwas muß ich mir von meinem eigenen Kind sagen lassen! Alles, was mir geblieben ist, nachdem ich Jahre meines Lebens für es geopfert habe!«

»Was hast du denn wirklich geopfert, Mutter?« entgegnete ich so sanft wie möglich. »Bin im Gegenteil nicht ich das Opfer gewesen? Ist nicht der ganze Crescent Place ein einziges Monument für dieses oder jenes Opfer? Aber Opfer für was? Etwa für die Sicherheit der Verhältnisse? Wo ist sie denn? Ein Opfer, um den Schein zu wahren? Da ist nichts mehr zu wahren, so, wie es jetzt steht! Wenn du beides nicht glauben solltest, dann schau doch nur einmal aus dem Fenster!«

Darauf gab sie mir keine Antwort. Wortlos ergriff sie ihre schwarze Handtasche, strich die Falten ihres Trauerschleiers glatt und ging zur Tür. Dort wandte sie sich noch einmal um.

»Ich würde gar zu gerne wissen«, sagte sie bitter, »ob es Doktor Armstrong war, der dir diese ... der dir diese seltsamen Ideen in den Kopf gesetzt hat.«

»Nein, Mutter«, entgegnete ich. »Es war ein anderer Mann, und wenn er mich jemals bitten sollte, seine Frau zu werden, dann werde ich mit Freuden ja sagen.«

Ich bezweifle, daß Mutter an diesem Tag viel von dem Trauergottesdienst mitbekommen hat. Als sie zurückkam, schloß sie sich in ihrem Zimmer ein und sprach vierundzwanzig Stunden lang kein einziges Wort mit mir. Da aber die folgenden vierundzwanzig Stunden sehr aufregend verliefen, traf mich diese Strafe weniger hart, als sie es hätte tun sollen.

Von Lydia Talbot hatte es an diesem Samstag keinerlei Lebenszeichen gegeben. Im Büro des Bezirksstaatsanwaltes in der Innenstadt wurde Helen Wellington eingehend über die letzte Lebensstunde Emily Lancasters von der üblichen Gruppe von Männern verhört, mit dem Resultat, daß die Theorien Margaret Lancasters am Ende vollkommen verworfen wurden. Und Herbert Dean hatte – was zu diesem Zeitpunkt niemand wußte – zumindestens den größeren Teil des Tages damit verbracht, von einem Frisör in der Stadt zum anderen zu laufen, wobei er immer dieselbe Fotografie vorlegte. Und den Rest der Zeit, oder einen Teil davon, verbrachte er in einer Pension in einer engen Seitenstraße hinter dem Krankenhaus, deren Adresse er mühsam auf dem Löscher entziffert hatte, den er von Emily Lancasters Schreibtisch in dem Zimmer bei Mrs. MacMullen mitnahm.

Dort gab ihm, wie ich jetzt weiß, eine widerstrebende Vermieterin schließlich die Erlaubnis, ein kleines, äußerst sauberes möbliertes Zimmer zu durchsuchen, aus dem alle Spuren des letzten Bewohners am Abend zuvor getilgt worden waren. Mit Ausnahme der Bücher. Sie füllten fast das ganze Zimmer.

»Er muß ein ziemlicher Bücherwurm gewesen sein«, meinte Herbert.

»Das stimmt, Sir. Er hat kaum etwas anderes getan. Es tat mir sehr leid, daß er ausgezogen ist. Zehn Jahre lang hat er hier gewohnt.«

»Wird er die Bücher noch abholen lassen?«

»Nein. Ist das nicht sehr merkwürdig für einen Mann, der so sehr an ihnen hing? Sie waren fast wie Kinder für ihn, wenn Sie wissen, was ich meine. Aber er hat gesagt, ich sollte sie in die Stadtbücherei bringen, er würde sie nicht mehr brauchen.«

Das Resultat dieses Besuches war, daß ein verwunderter und irritierter Chef der Polizei an diesem Nachmittag aufgefordert wurde, einen weiteren Mann als Wache abzustellen, diesmal vor der Pension in der Nähe des Krankenhauses, sowie eine Fahndung nach einem gewissen Robert Daniels, Straßenkehrer im Dienst der Stadt, zu veranlassen. Darüber hinaus wurden ihm eine Menge schmutziger, vergilbter Zeitungsausschnitte aus einer Stadt in einem angrenzenden Bundesstaat zur Durchsicht vorgelegt.

»Was steckt eigentlich hinter dieser Sache, Dean?« wollte er wissen. »Falls Sie der Ansicht sind, daß dieser Bursche Daniels unser Mörder ist, dann sollten Sie das laut und deutlich sagen.«

»Ich bin keinesfalls der Ansicht, daß er die Morde begangen hat«, erwiderte Herbert ruhig. »Ich will sein Leben retten.«

Am Crescent Place wußten wir von alldem nichts. Die einzige Neuigkeit, die ich erfuhr, war, daß Lizzie, die Haushälterin der Talbots, von Mr. Lancasters Begräbnis nicht zurückgekehrt war. Sie erreichte mich bei einem einsamen Abendessen via Annie und unsere Buschtrommel und war spannend genug.

Lizzie, so stellte sich heraus, hatte sich schon die ganze Woche über sehr seltsam benommen. Sie hatte kaum etwas gegessen und war ständig gereizt; mit dem Resultat, daß sie am Morgen eine heftige Auseinandersetzung mit Mrs. Talbot gehabt hatte. Niemand war deshalb sehr verwundert gewesen, als sie anschließend in ihr Zimmer ging und ihre altmodische Reisetasche packte. Verwundert zeigte man sich höchstens darüber, daß sie trotzdem später das Taxi bestieg, das traditionsgemäß bei solchen Gelegenheiten dem Dienstpersonal vom Crescent Place zur Verfügung gestellt wird, und schweigend mit zur Beerdigung fuhr. Ihre Reisetasche hatte sie vorn neben dem Fahrer abgestellt.

Erst auf der Rückfahrt hatte sie etwas gesagt, wenn auch nur zu dem Chauffeur. Sie hatte ihm unvermittelt auf die Schulter getippt und gefordert: »Lassen Sie mich hier raus!«

Einige der Frauen wollten ihr Lebewohl sagen, doch sie hatte sie überhaupt nicht beachtet. Das letzte, was man von ihr sah, war, daß sie mit ihrer Reisetasche zu Füßen an einer Bushaltestelle stand und offensichtlich auf einen Überlandbus wartete.

»Wir haben das sehr gut verstanden, Miss«, sagte Annie. »Ihre Schwester bewirtschaftet in der Nähe von Hollytree eine kleine Farm. Aber daß sie sich auf eine solche Weise verabschiedete, wo wir sie alle doch seit Jahren gut kannten – na ja, ich denke, sie wird so einiges mitgemacht haben. Ich jedenfalls nehme ihr das nicht übel.«

Mich erstaunte das Ganze nicht, weil ich wußte, wie hart Lizzie manchmal sein konnte. In meiner Jugend hatte ich mich immer vor ihr gefürchtet. Damals, als George mir mit dem Speisenaufzug Angst eingejagt hatte, hatte sie ihn halb totgeprügelt und ihm dann den Ruß aus seinem Gesicht so heftig weggescheuert, daß die halbe Haut mit abgegangen war. Und mich selbst hatte sie einmal kräftig geohrfeigt, als sie mich dabei erwischte, wie ich heimlich im alten Talbot-Stall vom Samen ihres Tabakstrauches zu rauchen versuchte. Eine unerbittlich harte Frau, diese Lizzie, deren Nachnamen ich bis vor kurzem nicht einmal kannte und deren tiefschwarz gefärbtes Haar mir ebenso vertraut war wie die uralte Kameenbrosche, mit der sie den hohen Kragen ihrer Bluse zusammenhielt.

Ich begann allerdings, mir Gedanken über sie zu machen, nachdem George Talbot mich am Abend aufgesucht hatte. Er hatte der Polizei den ganzen Tag über bei der Verfolgung aller möglichen Spuren zur Verfügung stehen müssen und sah schmutzig und mitgenommen aus. Mutter hatte sich noch immer voller Zorn eingeschlossen. In der Bibliothek knallte George eine Ausgabe eines Boulevardblattes auf den Tisch.

»Ich nehme an, daß du diesen Dreck inzwischen auch gelesen hast, Lou«, sagte er.

»Ja.«

»Und, hast du die Geschichte bereits gekannt?«

»Ich weiß von keiner Geschichte, George. Zwar habe ich kürzlich ein paar Andeutungen mitbekommen, aber ...«

»Und das soll nun das ›große Geheimnis‹ gewesen sein!« unterbrach er mich angewidert. »Ich habe zwar die ganzen Jahre hindurch gewußt, daß es so etwas gab. Und ich habe auch gewußt, daß alle hier Bescheid wußten, mit Ausnahme vielleicht von dir. Aber nun hat dieses verfluchte Drecksblatt die Geschichte ausgegraben und unterstellt auch noch, daß mein Vater wieder zurückgekommen ist, um von vorn mit den alten Geschichten zu beginnen! Am liebsten würde ich die ganze Bande windelweich prügeln!«

Es dauerte einige Zeit, ehe er sich wieder beruhigt hatte. Am meisten schien er sich darüber aufzuregen, als was das »große Geheimnis« sich nun entpuppt hatte.

»Wenn man bedenkt, wie wir darunter leiden mußten!« sagte er. »Förmlich von der Umwelt abgeriegelt haben wir gelebt! Und weshalb? Er war nicht verrückt! Das war doch nur ein Trick, um seinen Hals zu retten. Und ich bin verdammt froh, daß er das geschafft hat; genauso froh, wie ich darüber bin, daß er es geschafft hat, aus der Anstalt abzuhauen. Ein Mann fällt auf eine hübsche Larve rein, brennt mit ihr durch, nimmt einen anderen Namen an – und eines Tages findet man ihn in einem Hotelzimmer, mit einer Pistole in der Hand, und die Frau ist tot. Sie hat ihn zugrunde gerichtet, und er hat es ihr heimgezahlt. Und dann ängstigt Mutter sich fast dreißig Jahre lang, daß er zurückkommt und sie gleichfalls umbringt. Warum denn nur? Sie hat ihm doch gar nichts mehr bedeutet. Ich bezweifle sogar, daß sie ihm jemals etwas bedeutet hat!«

Von besonderer Sohnesliebe zeugte diese Bemerkung nicht gerade, dachte ich.

»Die einzige einigermaßen normale Person in unserem Haus war doch Lizzie«, fuhr er nach einer Pause fort. »Ich nehme an, dir ist bekannt, daß sie uns inzwischen verlassen hat. Sie ist einfach weggegangen, wie Tante Lydia.«

»George, glaubst du wirklich, daß deine Tante einfach weggegangen ist?«

Er zuckte hilflos mit den Schultern.

»Wie soll ich das so genau wissen?« sagte er. »Gewollt hat sie es, seit vielen Jahren schon. Ich habe es ihr nie übel genommen, obwohl sie mir nicht sehr sympathisch war. Aber mit Lizzie ist es etwas anderes. Sie wollte bestimmt nicht weg. Warum hätte sie auch das Haus verlassen sollen, das ihr mehr als dreißig Jahre lang eine Heimstatt geboten hat? Irgend etwas stimmt da nicht, Lou.«

George stand auf.

»Laß mich das Drecksblatt nehmen und wieder gehen«, sagte er. »Ich muß meinen Spürhund noch einmal spazieren führen, ehe ich ins Bett gehe.«

Er nahm die Zeitung und verschwand. Ja, ich hatte sie gelesen, und was sie behauptete, war eindeutig genug. Und doch lagen George und ich an diesem Abend mit unserer Vermutung falsch. Die Zeitung hatte nur ein Teil dessen enthüllt, was George das »große Geheimnis« nannte. Es mußte sich erst noch eine weitere Tragödie ereignen, ehe wir die ganze Wahrheit erfuhren.

Kapitel 43

Wenn schon George Talbot an diesem Abend ziemlich müde und schmutzig war, war das noch nichts im Vergleich zu Herbert Dean, der gegen halb zehn bei uns an der Tür läutete. Er hatte inzwischen auf jegliche Tarnung verzichtet. Daß Annie dies zu würdigen wußte, zeigte sich an der Bereitwilligkeit, mit der sie seiner Bitte nachkam, ihm irgend etwas zu essen zu bringen.

»Ich hoffe, Sie haben nichts dagegen, Lou«, sagte er. »Ich habe heute noch nichts gegessen, und jetzt mache ich mir auch noch ziemliche Sorgen, um es milde auszudrücken. Wo ist Ihre Mutter?«

»Sie liegt im Bett, und ich glaube, sie schmollt mal wieder.«

Herbert ging darauf nicht weiter ein, sondern erläuterte seine Absicht, die Nacht bei uns im Haus Wache zu halten.

»Hier im Haus? Wache halten?« fragte ich erstaunt.

»Wo sonst? Vor allem kommt es mir darauf an, daß Sie in sicherer Obhut sind. Das kann lebenswichtig sein. So lange unser Mörder annimmt, daß sich gefährliche Fingerabdrücke in dem Album befinden, und er glaubt, daß es noch hier im Haus ist, besteht die Gefahr, daß er weitere Versuche unternimmt, es in seinen Besitz zu bringen.«

Er lehnte sich erschöpft in den großen Sessel zurück, während er sich bemühte, mir die ganze Sache zu erklären. In seinem Gesicht hatten sich neue Falten eingegraben. Er sah tatsächlich sehr mitgenommen aus.

Ich kann mich nicht mehr in allen Einzelheiten daran erinnern, was Herbert alles sagte. Es hatte etwas mit der Tatsache zu tun, daß ein sorgfältig geplanter Mord wie der an Mrs. Lancaster nicht nur eine bestimmte Abfolge von Ereignissen voraussetzte, die die Tat ermöglichten, sondern auch eine Abfolge von Dingen, die danach zu passieren hatten und die man im voraus planen mußte. Wenn sich in dieser Abfolge auch nur eine Winzigkeit änderte, dann konnte dadurch unter Umständen alle weitere Planung über den Haufen geworfen werden.

In unserem Fall mußte das Album dem Mörder aus den Händen gerutscht sein, erklärte er. Vielleicht habe es an den Handschuhen gelegen, die zu unförmig waren. Ihr Träger konnte etwas, was er auf jeden Fall haben wollte, nicht aus dem Album entnehmen. Er mußte die Handschuhe ausziehen und versuchen, die entsprechende Seite aus dem Album herauszureißen. Aber sie war auf Leinen aufgezogen, und die Zeit war knapp. Dann war der Täter vermutlich durch irgend etwas gestört worden, worauf er verzweifelt versucht hatte, das Fliegengitter anzuheben.

Was auch immer der Grund war, der ursprüngliche Plan war geplatzt. Dadurch war auch die nachfolgende Planung hinfällig geworden.

So weit war Herbert gekommen, als Annie das Tablett mit einem Imbiß hereinbrachte. Er machte sich mit der Gier eines Menschen darüber her, der fast verhungert wäre. Ich störte ihn dabei nicht und ließ ihn in Ruhe zu Ende essen. Nachdem er endlich gesättigt war, schob er das Tablett auf die Seite, kam zu mir herüber und legte mir die Hand auf die Schulter.

»Was für ein verständnisvolles Wesen Sie doch sind, Lou!« sagte er. »Wenn erst einmal alles vorbei ist . . .«

In diesem Moment kam Annie wieder herein, um das Tablett abzuholen. So blieb das, was er sagen wollte, ungesagt. Er wandte sich wieder den Morden zu, wie ein einsamer Wolf, der unbeirrt einer Fährte nachspürt, überzeugt von seiner Idee. Obwohl Inspektor Briggs sich darüber lustig machte. Was er vermutete – und was sich dann als zutreffend herausstellte – war folgendes:

Am Tag der Ermordung von Mrs. Lancaster hatte sich eine unbekannte Person Zutritt zu ihrem Haus verschafft. Wie, war noch nicht einwandfrei geklärt, obwohl er selbst meinte, das recht genau zu wissen. Einige Zeit zuvor hatte sich diese unbekannte Person gleichfalls unbemerkt Zutritt zu der Abstellkammer im Obergeschoß des Hauses verschaffen können, wo sie ein langes Seil an einem Rohr festband und es unter dem Fliegengitter am Fenster hindurchführte, wo es hinter oder neben dem Abflußrohr für diese Kammer versteckt hing. Sollte es durch Zufall dort entdeckt werden, so hätte man dem kaum Bedeutung zugemessen. Blieb es jedoch unentdeckt, so war dieses Seil später ein gutes Hilfsmittel, um die Axt ins Haus zu schaffen.

Der Donnerstag war für die Tat ausgesucht worden, weil an diesem Tag das Stubenmädchen Ausgang hatte und somit kaum die Gefahr bestand, daß jemand am Nachmittag die Kammer betreten würde.

Nachdem die unbekannte Person ins Haus gelangt war und sich dort versteckt, vermutlich sogar eingeschlossen hatte, hatte sie sich entweder einen Teil ihrer Kleidung ausgezogen oder sich etwas übergezogen, was später ohne große Schwierigkeit beiseite geschafft und vernichtet werden konnte. In der Abstellkammer gab es ein Waschbecken mit fließendem Wasser. Außerdem befand sie sich in unmittelbarer Nähe der Hintertreppe. Über diese Treppe konnte die unbekannte Person bequem die Küche erreichen und über die Veranda das Haus verlassen, wobei man sie sogar hätte sehen können, ohne daß ein einziger Blutspritzer ihre grausige Tat verraten hätte.

Bis hierher hatte die Polizei Herberts Theorien akzeptiert, vorausgesetzt, daß der Täter nicht doch im Haus selbst zu suchen war. Der in der Halle fortgeworfene Handschuh hatte den Eindruck vermitteln sollen, daß der Täter in dieser Richtung entkommen war. Aus irgendeinem Grund hatte der Mörder den zweiten Handschuh zunächst behalten und das Problem, ihn loszuwerden, später dadurch gelöst, daß er ihn in der Regenrinne versteckte. Der heftige Gewitterregen in der folgenden Nacht hatte den Handschuh dann dorthin gespült, wo ich ihn später fand.

»Das war sozusagen göttliche Vorsehung, Lou«, sagte Herbert ernst. »Er konnte nur durch das Abflußrohr dorthin gelangt sein, und an die Öffnung dieses Rohres konnte man nur durch das Fenster der Abstellkammer gelangen. Dort in der Kammer fand ich die Beweise für meine Theorie.«

Dann war Herbert sich aber mit dem Inspektor über Margarets Aussage in die Haare geraten. Und Helen Wellingtons Bericht über die Ereignisse der Sonntag nacht führte dazu, daß sie nun vollkommen verschiedene Theorien über den Mord vertraten.

»Das läßt doch alles wieder offen, Dean!« hatte der Inspektor gemeint und mit der Faust auf den Tisch geschlagen. »Es ist mir egal, was Sie darüber denken oder sagen! Und was die Abstellkammer betrifft, so bin ich der festen Meinung, daß es Margaret Lancaster war, die sich dort aufgehalten hat. Ein Fremder hätte verdammt viel Mühe gehabt, in das verschlossene Haus reinzukommen. Aber diese Frau war doch die ganze Zeit drin. Und was tut sie? Erst schafft sie den einen Handschuh aus dem Haus, indem sie ihn Lou Hall zusteckt. Dann gibt sie Dalton etwas zu verbrennen, und wir haben lediglich ihre eigene Aussage darüber, was es wirklich war. Und nachdem Emily ausgeschaltet wurde, vertauscht sie die Läufe der beiden Pistolen und bewahrt Stillschweigen, bis sie die Pistole ihres Vaters in seinem Zimmer vermißt.

Da kriegt sie es dann mit der Angst zu tun. Vielleicht hat ihr die Pflegerin gesagt, daß wir sie uns geholt haben. Also legt sie sich eine Geschichte zurecht und kommt damit zu uns. Der alte Herr ist tot, da kann sie ihm gut den zweiten Mord anhängen. Er kann ja nicht mehr reden, und alles ist in Butter. Besser gesagt, alles war in Butter! Aber dann kommt diese Helen Wellington mit ihrer Aussage, und die ganze Geschichte bricht zusammen.«

Augenscheinlich malte der Inspektor seine eigene Theorie noch weiter aus. Höchstwahrscheinlich habe Margaret, so meinte er, Holmes angeheuert, um in den Besitz des Koffers zu gelangen, oder habe herausgefunden, daß Holmes im Begriff war, sich mit dem Koffer aus dem Staub zu machen, und hätte jemanden gefunden, der ihm den Koffer wieder abjagte. »So etwas macht doch heutzutage keinerlei Schwierigkeiten«, sagte er. »Für einen Hunderter kann man doch mindestens fünfzig Burschen finden, die bereit sind, solch einen Job zu erledigen – vorausgesetzt, sie haben keine Ahnung, was sich in dem Koffer befindet.«

Herbert hatte versucht, dem Inspektor klarzumachen, wie absurd seine Theorien waren. Wenn Margaret wußte, wo sich das Geld befand, warum hätte sie es dann stehlen lassen sollen? Es hätte ihr doch in jedem Fall gehört. Alles, was sie zu tun gehabt hätte, wäre, der Polizei zu sagen, wo Emily den Koffer ihrer Meinung nach versteckt hatte, und sie wäre wieder in den Besitz des Geldes gelangt.

»Nicht, wenn sie ihre Schwester umgebracht hat«, hatte der Inspektor halsstarrig entgegnet. »Vielleicht hatte Emily ein Tagebuch in ihrem Koffer oder irgendeinen anderen Hinweis darauf versteckt, daß sie sich vor ihrer Schwester fürchtete. Und das kann sie Margaret gegenüber angedeutet haben. Angst hatte Emily ja in jedem Fall. Sie hat sich doch beinahe zu Tode geängstigt, das steht fest. Sie hatte nach dem Tod ihrer Mutter mehr als drei Tage lang Gelegenheit, mit der Wahrheit herauszurücken. Und tat sie es? Sie sagte nichts! Und als Samstag nacht jemand versucht, in ihr Zimmer einzudringen, rennt sie wie gehetzt davon. Und wohin? Sie flüchtet aus dem Haus, und als die Talbots sie einlassen, behauptet sie, ›sie‹ seien hinter ihr her. Wer sind denn ›sie‹, Dean? Ihre eigene Familie, niemand anderes!«

Dies klang alles ziemlich schlüssig, obwohl Dean den Inspektor darauf hinwies, daß die Art und Weise, wie die Axt ins Haus geschafft wurde, eigentlich dagegen sprach. Margaret hätte es doch gar nicht nötig gehabt, eine solche umständliche Methode zu wählen, gab er zu bedenken. Die Axt hing den ganzen Sommer unbenutzt im Schuppen, und sie hätte sie mühelos des Nachts – in irgendeiner Nacht – ins Haus schaffen können. Die Tatsache, daß Bryan Dalton zufällig beobachtete, wie die Axt an der Hauswand hochgezogen wurde, beweise wohl zur Genüge, wie äußerst gefährlich das Vorhaben gewesen sei.

Die Auflösung des ganzen Falles, erklärte Herbert mir, sei in dem alten Fotoalbum zu suchen. Und dies wäre der Grund, fügte er hinzu, weshalb er jetzt gekommen sei.

»Nicht etwa, daß ich nicht auch sonst ständig den Wunsch hege, in Ihrer Nähe zu sein, Sie Licht meines Lebens«, sagte er in seiner üblichen heiteren Art. »Aber wenn meine Vermutungen stimmen, hat es bereits zwei vergebliche Versuche gegeben, in den Besitz des Albums zu gelangen, und ein dritter ist deshalb wahrscheinlich. Das ist übrigens auch der Grund, weshalb Margaret Lancaster als Verdächtige ausscheidet. Sie weiß, daß die Fingerabdrücke verbrannt sind. Aber eine andere Person weiß es nicht, und sie nimmt an, daß sich das Album noch hier im Haus befindet.«

Dann grinste er und sagte: »Übrigens habe ich inzwischen alle Alibis für den bewußten Donnerstag nachmittag überprüft. Fast die einzige, die ein lückenloses Alibi hat, ist Ihre Mutter. Nun gibt es eine alte Regel bei der Polizei: Je perfekter das Alibi ist, desto verdächtiger ist die Person. Und woher wissen wir genau, mein Engel, ob Sie tatsächlich zu dieser Zeit am Fenster saßen und nähten, wie Sie angegeben haben? Oder daß Helen tatsächlich in der Stadt war, um noch mehr Geld auszugeben? Oder daß Jim nicht wirklich dringend das Legat benötigte, um Rechnungen zu bezahlen?«

»Aber Sie wissen es doch besser«, entgegnete ich scharf.

»Ja, ich weiß es tatsächlich besser. Ich weiß sogar, wer der Mörder ist. Zumindestens bilde ich mir ein, es zu wissen. Es muß eine Person gewesen sein, mein Engel, die sich leicht Zugang zum Lancaster-Haus verschaffen konnte und die die Gewohnheiten seiner Bewohner in allen Einzelheiten kannte. Eine Person, die äußerlich einen ganz ausgeglichenen Eindruck macht, in deren Innerem es aber brodelt. Vielleicht eine Person, die genügend Verstand besitzt, eine solche Tat zu planen, die andererseits aber nicht ganz normal ist. Aber wie kann ich das beweisen?«

Die Eingebung kam mir blitzartig. Erregt richtete ich mich auf.

»Es war Lizzie!« sagte ich. »Es muß Talbots Lizzie gewesen sein! Sie haßte Mrs. Lancaster, ging aber in ihrem Haus ein und aus. Und sie ist schrecklich in ihrem Zorn. Ich kann ein Lied davon singen.«

Herbert zündete sich eine Pfeife an.

»Tja«, sagte er. »Denken wir einmal über Lizzie nach. Ich habe das bereits getan. Sie ...«

»Aber sie ist verschwunden, Herbert. Heute nachmittag ist sie fortgegangen.«

»Sie ist fortgegangen? Wohin?« fragte er aufgeregt.

»Das weiß ich nicht genau. Vermutlich zu ihrer Schwester.«

Ich berichtete ihm, was ich von Annie erfahren hatte. Er läutete nach ihr, befragte sie hastig und machte ein besorgtes Gesicht. Nachdem er mir das Versprechen abgenommen hatte, in dieser Nacht auf keinen Fall mein Zimmer zu verlassen, und mir versicherte, daß sich draußen vor dem Haus eine Wache aufhalte, legte er mir kurz die Hand auf die Schulter, griff seinen Hut und stürmte hinaus.

Kurze Zeit später hörte ich, wie er wie ein Irrer in seinem Wagen davonraste.

Das war am Samstag, dem siebenundzwanzigsten August, abends gegen halb elf. Es dauerte bis Mitternacht, ehe die Polizei den Fahrer des Überlandbusses ausfindig gemacht hatte, den Lizzie am Nachmittag bestieg. Wie sich herausstellte, hatte sie ihn etwa sechs Kilometer nach Hollytree verlassen, an einer einsamen Haltestelle, wo nichts als ein schmaler, unbefestigter Fahrweg in die Landstraße einmündete. Eine Viertelstunde später kämmten mehrere Polizeiautos, der zuständige Sheriff und einige eiligst benachrichtigte Staatspolizisten die Gegend nach einer großen, hageren, schwarzgekleideten Frau ab, die eine altmodische Reisetasche bei sich trug, und bemühten sich, die Farm ihrer Schwester ausfindig zu machen.

Diese wurde bald gefunden. Es handelte sich um ein ziemlich heruntergewirtschaftetes Anwesen. Man weckte die Familie, aber Lizzie hatte sich bei ihr nicht gemeldet. Von dem Moment an, als sie den Bus verließ, schien sie wie vom Erdboden verschwunden zu sein.

Erst am nächsten Vormittag um zehn Uhr erhielt man einen ersten Hinweis. Ein Mann, der in einem der Außenbezirke von Hollytree wohnte, rief im Polizeipräsidium in der Stadt an.

»Ich besitze einen weißen Hund«, sagte er. »Er treibt sich gern herum. Vor etwa einer Stunde ist er wieder mal nach Hause gekommen, total mit Blut beschmiert, aber nicht verletzt. Es sieht so aus, als wäre er in einer blutigen Wasserlache herumgeschwommen. Irgend etwas kommt mir dabei spanisch vor. Ich dachte, es ist vielleicht besser, daß ich Ihnen Bescheid sage, ehe ich ihn abspritze.«

Kapitel 44

Herbert und Sullivan fuhren unverzüglich zu dem Hundebesitzer hinaus. Der Inspektor folgte ihnen mit dem Polizeichef, der bereits in Golfkleidung steckte und über den Ausfall seines sonntäglichen Spiels nicht sehr erfreut war. Sie fanden den Hund in einer Einfriedung hinter einem kleinen Landhäuschen, neugierig über den Zaun beäugt von einem halben Dutzend Nachbarn. Er trug einen Maulkorb, »damit er sich das Zeug nicht ablecken konnte, Sir«, wie sein Besitzer erklärte.

Keiner der Männer hegte einen Zweifel daran, daß es sich bei »dem Zeug« um Blut handelte. Es erhob sich natürlich die entscheidende Frage, ob es menschliches oder tierisches Blut war. Herbert schnitt dem Hund ein Büschel Haare ab und fuhr damit in die Stadt, um einen entsprechenden Test machen zu lassen. So versäumte er die anschließende Suchaktion.

Den Zeitungen des nächsten Tages zufolge muß es sich dabei um eine recht aufregende Sache gehandelt haben. Es war, wie gesagt, Sonntag morgen, und der Teil der Bevölkerung, der nicht in der Kirche saß, beteiligte sich eifrig an dieser Suche. Man hatte die Anweisung ausgegeben, sich weniger auf Flüsse und Seen zu konzentrieren, sondern mehr nach einem kleinen, stehenden Gewässer Ausschau zu halten, auf dem sich ein Blutfilm gebildet hatte. Gleichzeitig hatte man den Leuten erklärt, daß Blut im Sonnenlicht seine Farbe ändert, ja sogar die Tönung seines Untergrundes annehmen kann, und ihnen aufgetragen, jede verdächtige Wasserstelle zu melden, sei sie auch noch so klein, selbst wenn sie zunächst dem Augenschein nach keine Blutspuren enthalten sollte.

In der Zwischenzeit hatte Herbert telefonisch durchgegeben, daß es sich bei der untersuchten Probe zweifelsfrei um menschliches Blut handelte, und war so schnell wie möglich zurückgekehrt. Er kam jedoch bereits zu spät.

In einem der Außenbezirke der Stadt, kaum dreißig Meter von der Hauptstraße entfernt, befand sich ein unbewohntes Haus, von dem man in der Nachbarschaft behauptete, daß es darin spuke. In den letzten fünf Jahren war es vergeblich möbliert zur Miete angeboten worden. Kürzlich hatte sein Besitzer es jedoch vermieten können. Vor etwa einer Woche hatte ihn ein Mann angerufen und es für den Sommer über gemietet. Er hatte zwei Monatsmieten im voraus überwiesen und gebeten, den Schlüssel an einem bestimmten Tag im Haus zu deponieren.

Dies war zwar recht ungewöhnlich, aber der Besitzer hatte sich dazu eine eigene Theorie zurechtgelegt. Ein oder zwei Mal hatten bereits Mitglieder der örtlichen Gesellschaft für Telepathie in dem Haus ihre Séancen veranstaltet. Da diese Leute es oft vorzogen, anonym zu bleiben, hatte er die gestellten Bedingungen ohne weitere Einwände akzeptiert.

Da der Besitzer nicht aufgefordert wurde, zuvor noch etwaige notwendige Reparaturen zu veranlassen, hatte er sich darum nicht gekümmert. Es war jedoch kein Mieter eingezogen. Nachbarn hatten lediglich beobachtet, daß Mittwoch nacht ein Wagen vor dem Haus gehalten hatte und etwas hineingeschafft wurde. Da das nächste Haus jedoch fast fünfhundert Meter entfernt lag, hatten sie nicht erkennen können, um was es sich dabei gehandelt hatte. Am Sonntag vormittag, als die Suche gerade in vollem Gang war, hatte der Hausbesitzer, ein Mann namens Johnson, sich entschlossen, einmal nachzusehen, ob der neue Mieter inzwischen eingezogen war.

Er wollte bei dieser Gelegenheit auch einmal nach dem Abflußrohr sehen, da er wußte, daß es defekt war, so daß sich die Abwässer in einer Mulde hinter dem Haus sammeln würden.

Das Haus schien nach wie vor unbewohnt zu sein; deshalb ging er hinter das Haus. Dort entdeckte er eine Wasserpfütze, etwa zweieinhalb Meter im Quadrat und in der Mitte mehrere Zoll tief. Aber er entdeckte noch mehr. Auf dieser Pfütze hatte sich ein dünner Film gebildet, der wie Blut aussah!

Johnson verzichtete darauf, ins Haus einzudringen. Statt dessen eilte er in die Stadt und holte die Polizei. Gemeinsam brachen sie die Tür auf.

Wenn sie erwartet hatten, Spuren eines Verbrechens zu entdecken, dann sahen sie sich getäuscht. Das Haus machte einen sauberen und unbewohnten Eindruck. Lediglich eine feuchte

Stelle an der Wand über der Wanne im Badezimmer sah so aus, als ob jemand vor nicht allzu langer Zeit die Wand gesäubert hätte. Die Wand war tapeziert, und die Tapete hatte sich an dieser Stelle gelockert.

»Wie lange mag das her sein, Dean?« fragte der Inspektor.

»Schwer zu sagen. Vielleicht sechs Stunden.«

Die erste Durchsuchung des Hauses erbrachte keine weiteren Spuren. Der Kellerboden war unversehrt, und auch auf dem umliegenden Grundstück fanden sich keine Hinweise, daß man irgend etwas vergraben hätte. Eine zweite, gründlichere Untersuchung förderte jedoch etwas ungemein Wichtiges zutage.

Hinter einem Stapel Brennholz im Keller versteckt fand man die Schubladen eines neuen Schrankkoffers von guter Qualität. Niemand zweifelte an der Bedeutung dieses Fundes. Ob er nun mit dem Verschwinden Lydia Talbots in Verbindung stand oder nicht, in jedem Fall war man hier einem Verbrechen auf der Spur, und niemand hegte auch nur den geringsten Zweifel daran, daß eine Leiche den Platz dieser Schubladen eingenommen hatte.

Diese Vermutung fand eine unverhoffte Bestätigung. Ein Milchbauer aus der Nachbarschaft, der am frühen Morgen seine Kannen zur Bahnstation brachte, hatte mitbekommen, wie der Fahrer der örtlichen Spedition, den er vom Sehen her gut kannte, einen Koffer aus dem Haus schaffte.

»Und dann«, erzählte der Inspektor später, »hatten wir das größte Pech in unserer Serie von Pechsträhnen in diesem Fall. Der Bursche, der den Koffer abholte, hatte nämlich seine ganze Familie in den Lastwagen gepackt und sich anschließend mit ihr auf eine Wochenendfahrt begeben, um zu zelten. Und er kam erst Montag abend wieder zurück!«

Trotz dieser heißen Spur erbrachte die Suche nach dem Koffer an diesem Tag keine konkreten Ergebnisse. Er war weder in Hollytree noch an einer benachbarten Bahnstation aufgegeben worden, so daß sich die Suche schließlich wieder auf die Stadt konzentrierte. Hier fand man, wie in der Ferienzeit üblich, vollkommen überfüllte Gepäckaufgaben vor. So wußte die Polizei zwar genau, daß ein schreckliches Verbrechen verübt worden war, verfügte aber nicht über einen einzigen Anhaltspunkt, wo die Leiche sich befinden konnte.

Die verzweifelte Suche schloß nun auch besagten Spediteur ein, jedoch ohne Erfolg. So dauerte es bis zum Mittag des nächsten

Tages, eines heißen Augustmontages, ehe ein Koffer, der auf dem brütendheißen Bahnsteig eines fast hundertsechzig Kilometer von der Stadt entfernten Kleinbahnhofes herumstand und darauf wartete, abgeholt zu werden, die Aufmerksamkeit und dann die Besorgnis des Stationsvorstehers weckte.

Er alarmierte die Polizei, und gegen sechs Uhr abends wurde der Koffer geöffnet. Er enthielt die Leiche einer Frau mittleren Alters, deren Kopf fehlte. Anhand der Kleidung und einiger anderer Anhaltspunkte wurde sie als die Leiche Lydia Talbots identifiziert. Der Kopf war offensichtlich abgetrennt worden, damit die Leiche in den Koffer paßte. Den Körper hatte man in einen alten Teppich gewickelt, der offenbar aus dem Haus in Hollytree stammte.

Ich möchte mir ersparen, weitere Einzelheiten zu schildern. Der Koffer war, wie ich bereits vorher erwähnte, mit Hilfe einer Reihe verschiedenartiger Aufkleber gut getarnt worden. Trotzdem identifizierte man ihn sofort als denjenigen, den Emily in dem Zimmer in der Liberty Avenue versteckt hatte. Die Goldmünzen und Geldscheine, die sich darin befunden hatten, blieben aber verschwunden. Auch eine erneute, peinlich genaue Durchsuchung des Hauses in Hollytree förderte sie nicht zutage.

Das war also die Situation am Montag abend, elf Tage nach unserem ersten Mord. Mrs. Talbot war zusammengebrochen; von Lizzie gab es keinerlei Lebenszeichen, obwohl inzwischen landesweit nach ihr gesucht wurde und überall ihr Steckbrief aushing; George Talbot war es nach der Identifizierung der Leiche schrecklich übel gewesen; und von Laura Dalton wurde erzählt, daß sie in der Nacht zaghaft an die Schlafzimmertür ihres Mannes angeklopft hatte und hysterisch schluchzte, nachdem er sie eingelassen hatte.

Die allgemeine Demoralisierung am Crescent Place hatte inzwischen ihren Höhepunkt erreicht. Unsere langjährigen Dienstboten kündigten einer nach dem anderen, als erster Daltons Butler Joseph. Und am Dienstag morgen stellten auch unsere farbigen Waschfrauen eine nach der anderen ihre Bügeleisen auf die Seite, stiegen die Treppe herauf und sagten ihre Dienste auf.

Helen Wellington kam am Montag vorbei und erzählte, daß John, der neue Butler, ohne den fälligen Lohn einzufordern verschwunden war, und daß auch die anderen Dienstboten im Begriff seien, ihre Koffer zu packen.

»Ich habe versucht, ihnen klarzumachen, wie absurd das ist«, sagte sie, »aber es ist zwecklos. Lizzie hat doch inzwischen ihr schmutziges Werk beendet und ist mit dem Geld längst über alle Berge. Warum in aller Welt sollte sie noch einmal wiederkommen? Jim meint, daß sie verrückt ist, aber ich wünschte, ich könnte auch mal neben mir stehen, weil ich hunderttausend Dollar habe.«

Bis Montag abend waren mindestens ein Dutzend Lizzies gefunden worden, und stündlich kamen weitere hinzu. Sie war eben eine der typischen alten Jungfern, wie sie zu Tausenden herumliefen, und die Zahl derjenigen Jungfern in ihrem Alter, die sich dazu noch ihr Haar schwarz färbten, trieb die Polizei zur Verzweiflung.

Unsere Informationen bezogen wir an diesen zwei aufregenden Tagen fast ausschließlich aus den Zeitungen. Von Herbert hörte ich während dieser Zeit nichts. Aber die neueste Tragödie hatte zumindestens bewirkt, daß Mutter wieder aus ihrem Schmollwinkel hervorkam und unsere Beziehungen sich so weit normalisierten, daß wir wieder miteinander redeten, wenn auch recht förmlich.

Mutter war inzwischen fest davon überzeugt, daß Lizzie in allen Fällen die Mörderin gewesen war.

»Sie hat Hester Talbot niemals leiden können«, sagte sie, »wohl aber Lydia und John. Und sie konnte niemals die Tatsache verwinden, daß Mrs. Lancaster, nachdem ihr erster Mann gestorben war, das ganze Geld für sich behielt. Er hatte zuvor ein Testament gemacht, in dem er Teile seines Vermögens seinen beiden Geschwistern vermachte. Aber nach seinem Tod kam sie mit einem Testament an, welches ihr selbst das ganze Geld zusprach. Lizzie Cromwell hat immer behauptet, daß es gefälscht war! Das stimmte natürlich nicht, aber ich glaube, daß auch alle anderen das vermuteten.

Und dann, als John in Schwierigkeiten geriet, weil er die Frau erschossen hatte, mit der er fortgelaufen war, weigerte sich Hester, einen guten Rechtsanwalt für ihn zu engagieren, und auch die Lancasters rückten kein Geld heraus. Er konnte von Glück sagen, daß man ihn für unzurechnungsfähig erklärte, obwohl er das nicht war, und ihn in eine Anstalt steckte. Es gab keinen Skandal, weil er inzwischen einen anderen Namen angenommen hatte, unter dem man ihn vor Gericht stellte und aburteilte. Aber wir alle hier waren doch sehr betroffen. Lydia schien die Sache allmählich verwunden zu haben, aber Lizzie ist vermutlich nie ganz darüber hinweggekommen. Ich glaube, sie war selbst ein bißchen in John verliebt.«

Und dann fügte sie noch etwas hinzu, von dem ich jetzt annehme, daß es der Wahrheit entspricht.

»Ich habe kürzlich noch über die arme Emily nachgedacht«, sagte sie, »und mich nach dem Grund gefragt, weshalb sie es ihrer Mutter wegnahm. Sie hat sich doch immer so wenig aus Geld gemacht. Kannst du dir vorstellen, daß sie John Talbot irgendwo wiedergetroffen hat – du mußt nämlich wissen, daß er vor Jahren aus der Anstalt entflohen ist – und daß sie das Geld für ihn stahl? Sie hat ihren Onkel nämlich immer sehr gut leiden können.«

Kurioserweise betrat etwa zur selben Zeit, als wir am Montag abend dieses Gespräch führten, ein älterer Mann mit starken Brillengläsern und einer von einem früheren Schlaganfall gelähmten Gesichtshälfte das siebzehnte Polizeirevier und sank dort auf einer Bank in der Wache zusammen.

Kapitel 45

Er muß dort eine ganze Weile gehockt haben, ehe er überhaupt zur Kenntnis genommen wurde und der wachhabende Sergeant einen seiner Leute zu ihm schickte. Inzwischen war der Mann eingenickt, so daß der Polizist ihn erst wachrütteln mußte.

»Wach auf, Opa!« sagte er nicht unfreundlich. »Was haben wir denn auf dem Herzen?«

Der Mann blinzelte ihn durch seine Brille an.

»Ich weiß nicht«, antwortete er in ziemlich kultiviertem, aber schleppendem Tonfall. »Es scheint so, daß ich mich nicht mehr an meinen Namen erinnern kann oder wer ich überhaupt bin.« Und mit einem entschuldigenden Lächeln fügte er hinzu: »Das Gedächtnis ist wie eine Börse, die reißt, wenn man zuviel hineinstopft, sagt der Dichter.«

Der Polizist sah ihn durchdringend an, dann ging er zurück zum Schreibtisch.

»Der alte Knabe drüben hat sein Gedächtnis verloren«, sagte er. »Zumindestens behauptet er das. Sollten wir ihn nicht besser für die Nacht irgendwo unterbringen?«

Der Sergeant stimmte zu. Es ist möglich, daß ohne diese Entscheidung meine Geschichte vielleicht ein ganz anderes Ende genommen hätte. So aber kam es, daß der Wärter, der den Mann durch einen langen, gefliesten Gang zu einer Zelle führte, einige Blutspritzer auf dessen weißem Hemd bemerkte. Er blieb stehen und sah sie sich an.

»Sie sind doch nicht verletzt?« fragte er.

»Nein, ich glaube nicht.«

Mittlerweile war das Interesse des Wärters geweckt worden. Er veranlaßte seinen Gefangenen, die Jacke auszuziehen, als sie in der Zelle angekommen waren. Da stellte er bestürzt fest, daß die hochgekrempelten Hemdsärmel seines Schützlings gleichfalls große Blutflecken aufwiesen. Der Unbekannte musterte die Flekken erstaunt durch seine Brille.

»Das ist aber seltsam«, sagte er langsam. »Wie bin ich denn nur daran gekommen?«

»Das müssen Sie mich nicht fragen«, entgegnete der Wärter. »Was haben Sie gemacht? Ein Schwein geschlachtet?«

Der Mann schüttelte den Kopf, dann zog er langsam einen Gegenstand aus der Hosentasche und übergab ihn feierlich dem Wärter.

»Dies hier gehört nicht mir«, sagte er mit seiner schleppenden Stimme. »Ich habe keine Ahnung, wie es in meinen Besitz kam.«

Der Wärter nahm den Gegenstand entgegen, hielt ihn hoch und grinste.

»Sieht ganz so aus, als ob Sie Weihnachtsmann gespielt hätten«, sagte er. Noch immer grinsend, lieferte er den Gegenstand bei dem Sergeanten ab.

Es handelte sich um einen kurzen, grauen Bart billigster Machart, der mit dünnen Drähten hinter den Ohren befestigt werden konnte.

Als der Sergeant, dessen Interesse nun auch geweckt worden war, sich den Mann selbst einmal ansehen wollte, lag dieser in seiner Zelle auf der harten Pritsche und schlief ruhig. Die beiden Männer untersuchten die Flecken auf seinem Hemd, ohne daß er aufwachte. Er schlief noch immer, als eine Stunde später Mr. Sullivan die Zelle betrat. Sullivan inspizierte ihn, ehe er ihn aufweckte. Dabei stellte er fest, daß der Mann recht ordentlich gekleidet war, sich aber offensichtlich die letzten zwei oder drei Tage nicht mehr rasiert hatte. Überdies war seine Kleidung unglaublich staubig, und seine Schuhe waren ausgetreten und stark verkratzt, so, als habe er einen langen Weg über steinigen Grund hinter sich.

Sullivan hatte mit seinem phantastischen Gedächtnis für Physiognomien den Mann sofort wiedererkannt. Es handelte sich um Daniels. Sullivan selbst war ziemlich müde und angeschlagen, denn er kam gerade von der Untersuchung des gräßlichen Kofferinhaltes. Deshalb ist seine Reaktion einigermaßen entschuldbar. Er wandte sich zu dem Sergeanten und deutete auf die Blutflekken an Daniels' Hemd.

»Dieser Bursche hier ist der Mörder vom Crescent Place«, sagte er, »und verstellt sich ganz schön. Sie haben fünfzehn Minuten Zeit, ihn sein Gedächtnis wiedererlangen zu lassen, während ich mich mit dem Präsidium in Verbindung setze.«

Ich weiß nicht genau, was anschließend passierte. Aber ich weiß, daß Daniels besinnungslos auf dem Boden des Vernehmungszimmers lag, als Herbert und der Inspektor eintrafen, und daß es zwischen Herbert und Sullivan einen Wortwechsel gab, bei dem, wie der Inspektor später erzählte, die Wände wackelten.

Am Ende ließen sie eine Ambulanz kommen und den Ohnmächtigen ins Krankenhaus an der Liberty Avenue schaffen. Herbert und Sullivan verbrachten den Rest der Nacht an seinem Bett. Wie sich herausstellte, war er nicht verletzt: Eine Mischung aus Furcht, Hunger und Durst hatte ihn zusammenbrechen lassen. Aber wenn sie gehofft hatten, er würde sich an seine Identität erinnern, als er wieder zu sich kam, dann wurden sie enttäuscht. Er verweigerte jegliche Nahrungsaufnahme und konnte nur mit Mühe überhaupt zum Sprechen gebracht werden.

»Sullivan nahm noch immer an, daß er uns etwas vormachte«, erzählte mir Herbert später. »Aber ich war anderer Meinung. Entweder war es eine echte Amnesie oder reine Hysterie. Ich hatte beides im Krieg miterlebt. Auslöser ist ein Schock, und der arme Teufel hatte vermutlich einen heftigen Schock erlitten.«

Sie versuchten, ihn durch Fragen dazu zu bringen, sich zu erinnern.

»Hören Sie zu! Ihr Name ist Daniels, nicht wahr? Robert Daniels.«

»Daniels?« echote er nach einer Pause. »Nein, tut mir leid, das ist nicht mein Name.«

Als Herbert ihm dann auf den Kopf zusagte, daß er John Talbot sei, schwieg er beharrlich und versank kurz darauf in einen Zustand, den Doktor Armstrong als totale Katatonie bezeichnet. Er konnte oder wollte keinerlei Fragen mehr beantworten, lag steif und unbeweglich im Bett und war nicht einmal dazu zu bewegen, die Nahrung zu sich zu nehmen, die er offensichtlich so dringend benötigte. Später, als die beiden Männer wieder gegangen waren, schreckte er jedoch in einem Zustand wahnsinniger Erregung auf. Verwirrt blickte er um sich und schnitt schreckliche Grimassen. Der Polizist, der zu seiner Bewachung abgestellt war, hatte große Mühe, ihn im Bett festzuhalten, bis man ihn schließlich festband. Erst nachdem ihm ein Assistenzarzt eine Spritze gegeben hatte, beruhigte er sich wieder etwas.

Die Polizei ging an diesem Tag, Dienstag, in seinem Zimmer ein und aus, ohne irgendwelche Resultate zu erzielen.

»Sie werden verstehen, Miss Hall, zu welchem Schluß ich kam«, sagte der Inspektor ein paar Tage später. »Wir wußten zu diesem Zeitpunkt definitiv, daß es sich bei ihm um Talbot handelte. Dean hatte am Abend zuvor telegrafisch die Fingerabdrücke angefordert, und sie lagen uns inzwischen vor. Und dann kannten wir seine Vorgeschichte: Er hatte eine Frau umgebracht, war in eine Irrenanstalt gesteckt worden und aus dieser vor Jahren geflohen. Sie können sich also vorstellen, wie sich die Sache für uns ausnahm. Ich will gerne zugeben, daß ich dadurch total auf den Holzweg geriet. Aber ich frage mich noch immer, was Sie Dean wohl gesteckt haben, um ihn auf die richtige Spur zu bringen. Denn das kann er unmöglich unter seinem Mikroskop entdeckt haben!«

Es hätte keinen Zweck gehabt, dem Inspektor zu erklären, daß ich Herbert nichts gesagt haben konnte, weil ich einfach nichts wußte. Herbert behauptet aber heute noch, daß die Polizei seinen Erfolg in dieser Sache einzig und allein auf meine Hilfe zurückführt!

Obwohl die Polizei also annahm, daß sie mit Daniels endlich den Mörder vom Crescent Place erwischt hatte, ging die Suche nach Lizzie Cromwell weiter. Bei ihrer Schwester war sie nicht aufgetaucht. Ein einziges Mal war sie von dem Zeitpunkt an, als sie am späten Samstagnachmittag sechs Kilometer von Hollytree entfernt aus dem Überlandbus ausstieg, gesehen worden; sonst schien sie wie vom Erdboden verschwunden zu sein.

Sie war die sechs Kilometer auf dem Fahrweg zurückgelaufen, mit ihrer Tasche in der Hand; ein Mann hatte sie gesehen und es der Polizei gemeldet. Er hatte sie deutlich im Licht eines entgegenkommenden Wagens erkennen können: eine große, dürre Frau mit einer Reisetasche, die zur Seite trat, um den Wagen vorbeizulassen. »Es war wie eine Blitzlichtaufnahme«, sagte er. »Aber ich habe sie deutlich gesehen. Sie trug Trauerkleidung und hatte eine riesige Hutnadel im Haar. Und in der Hand hielt sie so eine altmodische, große Tasche.«

Das war gegen zehn Uhr abends gewesen, und zwar etwa einen Kilometer von dem Haus entfernt, wo man die Blutlache und die Schubladen aus dem Schrankkoffer entdeckt hatte. Wo und wie sie die Zwischenzeit verbracht hatte, in der sie vermutlich den Einbruch der Dunkelheit abwartete, konnte man nicht herausfinden. Die Polizei nahm an, daß sie sich irgendwo draußen versteckt hatte, um auf Daniels zu warten.

»Eines war klar«, sagte der Inspektor. »Robert Daniels war tief in die Sache verwickelt. Wir griffen uns erneut diesen schwarzen Burschen, und der identifizierte ihn mit dem falschen Bart eindeutig als den Mann, der geholfen hatte, den Koffer aus dem Haus zu schaffen. Das einzige, was wir nicht wußten, war, ob er auch diese Lizzie um die Ecke gebracht hatte, genauso wie die Talbot. Aber Sie dürfen nicht vergessen, daß es, wenn er wirklich Talbot war – und daran bestand eigentlich kein Zweifel – mal eine Zeit gegeben hat, in der er nicht ganz dicht gewesen sein muß, und das hätte ja wieder der Fall sein können.«

Denn Lizzie wurde nirgendwo gefunden, obwohl man die gleiche detaillierte Personenbeschreibung für sie wie für Lydia Talbot veröffentlicht hatte. Im Polizeipräsidium glaubte inzwischen jeder – mit Ausnahme von Herbert –, daß die Verbrechensserie vom Crescent Place endgültig aufgeklärt sei und daß das Motiv eindeutig bestimmt werden konnte. So gab der Polizeichef noch am selben Tag – obwohl Herbert ihm nachdrücklich davon abriet – eine entsprechende Presseerklärung heraus.

Darin hieß es, daß den verschiedenen Verbrechen ein bestimmter Plan zugrundegelegen habe, der darauf abzielte, sich das Gold aus der Lancaster-Villa zu beschaffen. Weiterhin erklärte der Polizeichef – obwohl er sich hier sehr vorsichtig ausdrückte –, daß die Tat gemeinsam von dem Straßenkehrer Daniels und einer gewissen Elizabeth oder Lizzie Cromwell begangen wurde, wobei letztere noch flüchtig sei, aber über kurz oder lang bestimmt auch gefaßt werden würde. Das Gold habe man noch nicht gefunden, doch erwarte die Polizei in Kürze Resultate.

Ein Resultat erbrachte diese Presseerklärung, die zusammen mit einer weiteren Personenbeschreibung Lizzies veröffentlicht wurde, in jedem Fall. Lizzie war, so stellte sich spätabends heraus, am frühen Sonntag morgen gesehen worden. Eine Frau, auf die die Beschreibung paßte, hatte – allerdings ohne die Reisetasche – in einem billigen Restaurant im Stadtzentrum ein einfaches Frühstück bestellt. Sie hatte – wofür sie sich entschuldigte – mit einem größeren Geldschein bezahlt und gewartet, bis die Kassiererin diesen in der Nachbarschaft gewechselt bekommen hatte.

Die Frau hatte einen ziemlich erschöpften Eindruck gemacht. Sie sei aber ordentlich gekleidet gewesen und hätte sich »sehr damenhaft« benommen. Und die Kassiererin erinnerte sich noch daran, daß sie eine Kameenbrosche trug.

Die Polizei hatte von Anfang an vermutet, daß sich der vermißte Kopf in der Reisetasche befand. Nun setzte zu der Fahndung nach Lizzie auch noch eine intensive Suche nach der Tasche ein.

Trotz der späten Stunde wurden erneut Polizisten ausgesandt. Sie kontrollierten alle Reisegepäckannahmen und Gepäckaufbewahrungen der Bahn und alle erreichbaren Paketpostspeditionen. Außerhalb der Stadtgrenzen suchten Polizeieinheiten und rasch zusammengerufene Staatspolizisten alle in die Stadt führenden Eisenbahnlinien und Landstraßen ab. Wie aber die Leser, die den Fall in den Zeitungen verfolgt haben, sich noch erinnern werden, wurde die Tasche trotzdem erst viel später gefunden. Als man unter einer Eisenbahnbrücke einen neuen Kanal aushob, förderte der Bagger sie und ihren grausigen Inhalt zusammen mit einer Ladung Sand zutage.

Ich selbst erfuhr an diesem Tag wenig davon, was draußen vor sich ging. Am Crescent Place herrschte eine lethargische, ja fatalistische Stimmung. Unsere Dienstboten packten ihre Sachen, um uns zu verlassen, und Tante Caroline rief an und schlug energisch vor, daß wir das Haus abschließen und zu ihr in die Stadt übersiedeln sollten. Mittags hatte die Polizei Margaret Lancaster ins Krankenhaus bestellt, um den dort liegenden Mann zu identifizieren. Die Fingerabdrücke waren zu diesem Zeitpunkt noch nicht mit der Post eingetroffen, und Mrs. Talbot hatte sich geweigert, ihr Bett zu verlassen. Margaret kam zuvor bei uns vorbei. Sie war in den wenigen Tagen unglaublich gealtert und nur noch ein Schatten ihrer selbst.

Ich erinnere mich daran, wie mir bei ihrem Anblick der Gedanke kam, Laura Dalton würde nun bestimmt keinen Grund mehr haben, eifersüchtig auf sie zu sein. Margaret trug keinen Hut, und schockiert bemerkte ich zum ersten Mal, daß ihr Haar, das ich immer so bewundert hatte, gefärbt war, denn an den Ansätzen war es jetzt grau.

Ich öffnete ihr selbst die Haustür, da Annie oben damit beschäftigt war, ihren Koffer zu packen.

»Darf ich hereinkommen, Lou?« sagte sie. »Man hat mich zur Identifizierung ins Krankenhaus bestellt, und ich werde das Album brauchen, das ich kürzlich Ihrer Mutter mitgab. Ich kann nicht verstehen, warum Hester Talbot sich weigert, mir diesen Gang zu ersparen. Es ist doch viel mehr ihre als meine Angelegenheit. Wenn Onkel John sich so verändert hat, daß er monatelang hier als Straßenkehrer arbeiten konnte, ohne daß ihn jemand erkannte, wie um alles in der Welt soll ich ihn dann identifizieren können?«

Das Album benötigte sie, weil es ein altes Foto von John Talbot enthielt, erklärte sie mir. Vermutlich könnte es ihr also von Nutzen sein. Jedenfalls sei es der einzige Anhaltspunkt, den sie hätte.

Ich wußte nicht, wie ich mich verhalten sollte. In diesem Moment kam Mutter hinzu und sagte, daß das Album in meinem ehemaligen Schulzimmer unter dem Dach liege. Natürlich konnten wir es dort nicht finden, und nach einer Stunde hektischer Suche mußte Margaret uns ohne das Album wieder verlassen.

Dies war der erste von zwei Besuchen mit demselben Anliegen. Der zweite Besucher war George Talbot, der miserable Laune hatte und den Eindruck machte, als ob er seit Tagen nicht mehr geschlafen hätte.

»Mutter hätte gerne das Album, Lou, das Margaret Lancaster deiner Mutter kürzlich mitgab«, sagte er. »Ich will verdammt sein, wenn ich weiß, warum ihr das ausgerechnet jetzt eingefallen ist. Und dann besteht sie auch noch darauf, daß ich es ihr bringe, wie es jetzt ist, eingepackt und so weiter. Du kannst mir glauben, Lou, es geht bei uns zu wie in einem Irrenhaus! Mutter öffnet erst ihre Tür, wenn sie genau weiß, wer draußen steht. Zwei Mal habe ich bereits Doktor Armstrong bestellt, und sie ließ ihn nicht ins Zimmer. Als ob man sie zwingen wollte, sich den armen, alten Knaben im Krankenhaus anzusehen! Trotz allem ist er doch immer noch mein Vater. Ich habe veranlaßt, daß er die bestmögliche Pflege bekommt.«

»Also glaubst du nicht . . .«

»Was soll ich glauben, Lou? Sei keine Närrin! Ich denke mir, daß er das Leben gelebt hat, das ihm zusagte. Er hatte seine Bücher, und er hatte Arbeit.« Und dann fügte er hinzu: »Ich wollte, ich hätte gewußt, wer er war, Lou. Wenn ich mir vorstelle, daß ich ihm beinahe tagtäglich begegnet bin und ihm schon mal zunickte, wenn ich guter Laune war . . . Also, wo ist das Album?«

Ich mußte ihm erklären, daß es nicht aufzufinden war. Er schien darüber nicht gerade glücklich zu sein.

»Auch das noch!« sagte er. »Bitte gib mir doch Bescheid, wenn es wieder auftaucht. Es ist ein Bild von ihm darin, das Mutter gerne hätte. Der Himmel weiß, warum.«

Ich erinnere mich, daß ich ihm nachsah, als er quer über den Anger wieder nach Hause ging, und daß ich mich fragte, ob ich ihm nicht besser die Wahrheit hätte sagen sollen: daß die Polizei das Album aus einem unerfindlichen Grund beschlagnahmt hatte. Heute bin ich froh, daß ich diesem Impuls nicht nachgab.

Kapitel 46

Die folgende Nacht hat sich in meinem Gedächtnis als eine Nacht eingeprägt, in der das Grauen sich immer mehr ausbreitete.

Sie begann mit einem heillosen Durcheinander. Beim Abendessen, das uns von einem zwar ordentlichen, aber mürrischen Mädchen serviert wurde, beschloß Mutter plötzlich, Tante Carolines Angebot anzunehmen.

»Sie und Mary«, erklärte sie Annie, »können noch über Nacht bleiben oder auch schon gehen. Da Sie mich jetzt nach all den Jahren einfach im Stich lassen wollen, brauche ich wohl auch keine Rücksicht auf Sie zu nehmen.«

Annie lief tränenüberströmt hinaus. Es folgte eine Periode heftigen Packens, denn wenn Mutter verreist, und sei es auch nur vom Crescent Place bis in die Stadt hinein, dann tut sie das gründlich. So verbrachte ich ein oder zwei hektische Stunden damit, alles Nötige für sie zusammenzusuchen, von kleinen Zusatzkissen über Nachtgewänder bis zu Vaters gerahmter Fotografie, die sie immer begleitet.

Die beiden Frauen waren vor uns fertig. Ich erinnere mich noch deutlich an das Poltern, mit dem sie ihre Koffer über die Treppe nach unten schafften, und an das Gefühl der Verlorenheit, das mich erfaßte, als ich sie ausgezahlt und aus dem Haus gelassen hatte.

Hinzu kam, daß es die schwülste Nacht des Jahres war. Ein heftiges Gewitter war im Anzug. In der Ferne grollte bereits der Donner. So war ich, als um neun Uhr die Türglocke läutete, auf dem Weg nach unten entschieden nervös. Ehe ich die Haustür öffnete, schaltete ich das Licht auf der Veranda ein. Draußen stand Herbert Dean, den ich einließ.

»Ihr wollt also umziehen«, sagte er, als ich ihm von unserer Absicht berichtete. »Das finde ich sehr vernünftig, mein Schatz. Mir fällt ein Stein vom Herzen.«

»Wenn es aber stimmt, was die Zeitungen berichten, daß der Mörder inzwischen geschnappt wurde ...«

»Wir haben den Fall noch nicht ganz abgeschlossen«, sagte er ausweichend. »Die Hauptsache ist, daß dir bis, sagen wir, Ende September nichts zustößt.«

»Wieso gerade bis Ende September?« fragte ich, verwundert darüber, daß er mich unvermittelt zärtlich duzte.

»Ach, habe ich dir das noch nicht gesagt?« antwortete er überrascht. »Dann wollen wir doch heiraten. Natürlich bin ich zur Zeit schrecklich beschäftigt, aber es erscheint mir doch etwas merkwürdig, daß ich mit Helen bereits darüber sprach und ganz vergaß, es dir zu sagen!«

»Ich will hoffen, daß Helen den Antrag in meinem Namen abgelehnt hat!«

»Abgelehnt? Großer Gott, nein – sie stimmte begeistert zu. Sie wird mächtig glücklich sein, wenn du ihr endlich bei Jim keine Konkurrenz mehr machen kannst, meinte sie.«

Kaum zu glauben, wenn man bedenkt, was in dieser Nacht später noch passierte; aber, wie ich bereits schon einmal betonte, handelt es sich bei der Geschichte, die ich hier erzähle, nicht um einen Liebesroman. Doch tatsächlich wurde mir so der Hof gemacht, und mein Herz wurde so gewonnen, obwohl Herbert heute immer wieder behauptet, er habe mir den Heiratsantrag auf absolut konventionelle Weise gemacht, wobei ich züchtig die Augen niedergeschlagen und verschämt »ja« geflüstert hätte.

Etwas in dieser Art, daran erinnere ich mich gut, passierte dann doch noch am nächsten Tag, und zwar ausgerechnet im Krankenhaus an der Liberty Avenue, während in einem benachbarten Zimmer John Talbot, der nur halb bei Bewußtsein war, in ein Diktiergerät der Polizei hineinstammelte, wobei ein Polizeistenograph sich hinter einer Stellwand zusätzliche Notizen machte.

Zunächst einmal hatte ich Herbert am Abend zuvor erzählt, daß gleich zwei verschiedene Personen nach dem Fotoalbum gefragt hatten. Er war wie elektrisiert und wollte Wort für Wort von mir wissen, was gesagt worden war. Am Ende meines Berichtes benahm er sich so aufgeregt wie ein kleiner Junge vor der weihnachtlichen Bescherung.

»Jetzt sind wir endlich der Lösung des Falles nahe, Lou!« sagte er triumphierend. »Und dem Himmel sei Dank für eine Frau, die so gut schweigen kann wie du! Aber jetzt wirst du reden.« Er sah auf seine Uhr. »Gib mir bitte eine halbe Stunde Zeit. Wenn ich zurückkomme, mußt du ein paar Telefonate für mich erledigen. Kannst du deine Mutter so lange hinhalten?«

Als ich entgegnete, das ich das wohl könne, stürmte er hinaus und preschte mit seiner üblichen raketenartigen Geschwindigkeit davon. Glücklicherweise war das Gewitter zu diesem Zeitpunkt bereits sehr nahe, und Mutter fürchtet sich vor Blitzen. Sie war in ihrem Zimmer inzwischen fertig mit dem Packen, zögerte aber mit dem Fortgehen. Ich schaffte es, mein eigenes Packen eine halbe Stunde hinzuziehen, ehe ich mich mit meiner Reisetasche nach unten in die Halle begab.

Das leere Haus machte einen unheimlichen Eindruck auf mich. Ich hatte es bisher noch nie ohne die Gegenwart zumindestens einer der Frauen unseres Personals erlebt. Der Wind, der dem Gewitter vorausging, erzeugte unheimliche Geräusche, so daß es mich richtig schauderte, während ich auf Herbert wartete. Endlich hörte ich wieder seinen Wagen vor dem Haus halten und ließ ihn ein.

»Hier haben wir es«, sagte er, und übergab mir das gut verpackte Album. »Ich werde mich wieder nach draußen begeben, aber zuvor wirst du die Telefonate für mich erledigen. Und während du das machst, werde ich die hintere Verandatür aufschließen. Einverstanden? Ich möchte später wieder ins Haus kommen, wenn ihr weg seid.«

Ich willigte ein, obwohl ich mich nicht wenig wunderte. Die Telefonate, die ich zu erledigen hatte, sollte ich mit George Talbot und Margaret Lancaster führen. Ihnen mußte ich erzählen, daß sich das Album schließlich doch im Schulzimmer wiedergefunden habe. Gleichzeitig sollte ich allerdings auch erklären, daß Mutter und ich unmittelbar im Begriff stünden, das Haus zu verlassen, und daß ich deshalb das Album am nächsten Tag vorbeibringen würde.

»Am besten telefonierst du aber erst, wenn das Taxi bereits vor dem Haus steht«, sagte Herbert. Nach einem flüchtigen, aber intensiven zärtlichen Kuß lief er wieder hinaus und fuhr in gemäßigterem Tempo als sonst weg.

Ich führte seine Anweisungen buchstabengetreu aus. Zunächst brachte ich das Album nach oben, nicht ohne ein gewisses Gefühl der Angst zu verspüren, und dann rief ich, während Mutter die letzten Besitztümer für die große Reise zusammensuchte, George und Margaret an. Mutter bekam jedoch etwas von diesen Gesprächen mit und war sichtlich pikiert.

»Aber wirklich, Louisa«, sagte sie, »warum hast du mir denn nichts davon erzählt? Ich werde Margaret das Album selbst gleich geben. Das Taxi kann doch kurz vor ihrem Haus anhalten.«

Es bedurfte einiger Überzeugungskraft, einschließlich des Hinweises auf das herannahende Gewitter, ehe es mir gelang, sie ohne das Album in das wartende Taxi zu bugsieren. Als wir endlich losfuhren, war sie noch immer aufgebracht und ziemlich nervös, wie ich mich erinnere. Ständig öffnete sie irgendwelche Koffer und Taschen, um sich davon zu überzeugen, daß wir auch wirklich nichts vergessen hatten.

Alles in allem war es eine recht unangenehme Fahrt. Es goß inzwischen in Strömen, und Mutter bestand wegen der ständigen Blitze darauf, daß wir einen Umweg fuhren, um sämtliche Straßenbahnschienen zu umgehen. Zu allem Unglück kam hinzu, daß schließlich auch noch der Scheibenwischer des Taxis den Dienst versagte und wir die letzten paar Meilen förmlich im Schneckentempo dahinkriechen mußten.

Und dann, nur vier Häuserblocks von Tante Carolines Haus entfernt, fiel Mutter ein, daß sie Vaters Foto aus einem Koffer herausgenommen und vergessen hatte, es wieder einzupacken!

Sie verlangte, daß wir umgehend wieder umkehren sollten. Es kostete mich große Mühe, sie zu überreden, daß sie sich bei Tante Caroline absetzen ließ und ich allein wieder zurückfuhr. Endlich willigte sie ein und händigte mir ihren Hausschlüssel aus. Einen eigenen hatte ich nie besessen.

»Das Foto liegt auf meinem Bett«, sagte sie. »Bitte nimm für alle Fälle den Taxifahrer mit ins Haus! Es ist sicherer so.«

Nach einem Blick auf den Fahrer entschloß ich mich, das nicht zu tun, wofür ich allerdings hier und heute Abbitte leisten muß. Er erwies sich nämlich in dieser Nacht als wertvoller Bundesgenosse. Andererseits wußte Mutter ja auch nicht, daß Herbert sich im Haus aufhielt. Ich muß gestehen, daß ich aus diesem Grund nicht ungern zurückfuhr.

Trotzdem ließ mich der Anblick des stockdunklen Hauses, umzuckt von Blitzen, leicht schaudern. Der Taxifahrer saß gleichmütig und unbeweglich hinter dem Steuer und nahm kaum Notiz von mir. Er bequemte sich gerade noch dazu, sich nach hinten zu beugen und mir die Wagentür zu öffnen. Der Regen strömte in wahren Sturzbächen herunter. Kaum hatte ich das schützende Vordach der Veranda erreicht, da ließ ein gewaltiger Blitzschlag alle Straßenlaternen erlöschen.

Drinnen in der Halle suchte ich nach dem Lichtschalter und mußte zu meinem Entsetzen feststellen, daß auch das Licht im Haus ausgefallen war. Keine Bewegung und kein Geräusch deuteten darauf hin, daß Herbert sich bereits im Haus aufhielt.

Mühsam tastete ich mich in die Bibliothek vor, wo ich eine Schachtel Zündhölzer fand. Beim schwachen Lichtschein eines Zündholzes kehrte mein entschwundener Mut zurück. Im Speisezimmer fand ich eine Kerze, die ich anzündete. Von Herbert war noch immer nichts zu sehen und zu hören, weshalb ich schließlich gedämpft nach ihm rief. Ich erhielt jedoch keine Antwort und wurde allmählich unruhig. Durch einen plötzlichen Windstoß flog die Küchentür hinter mir auf, die Kerze verlosch, und ich hatte kaum ein paar Schritte weiter getan, als ein Mann mich packte und mich wie ein Schraubstock festhielt.

»Du Ungeheuer!« rief er.

Es war George Talbot.

Ich glaube, er hätte mich auf der Stelle umgebracht, wenn nicht im selben Moment das Licht in der Halle wieder angegangen wäre. Er ließ mich los und starrte mich überrascht an.

»Entschuldige, Lou!« sagte er heiser. »Ich dachte ... also, du mußt wissen, hier ist die Hölle los. Hau um Gottes willen sofort wieder ab. Verdammt, jetzt ist das Licht schon wieder weg!«

Ich bekam gerade noch mit, daß George einen Golfschläger in der Hand hielt. Das hob meinen gesunkenen Mut gewaltig.

»Hör zu, George«, sagte ich. »Ich kann nicht wieder gehen. Herbert Dean muß sich irgendwo im Haus aufhalten, und wir müssen ihn unbedingt finden. Falls sich jemand Gefährliches hier im Haus herumtreibt – am besten ist, ich hole den Taxifahrer herein. Er kann uns in jedem Fall suchen helfen.«

Und genau in diesem Moment fielen oben im Haus in rascher Folge vier Schüsse. George schrie im Dunkeln auf, stürzte aus dem Zimmer und stürmte die Vordertreppe hinauf. Fast automatisch lief ich ihm in die vordere Halle nach. Als ich den Fuß der Treppe erreicht hatte, entdeckte ich im Schein eines Blitzes, daß der Taxifahrer in der Haustür stand. Dann war plötzlich alles wieder finster, und aus der Tiefe des Hauses heraus sprang mich jemand an und schlug mich zu Boden.

Die unbekannte Gestalt stieg mit fast unglaublicher Geschwindigkeit lautlos über mich weg. Und dann hörte ich einen entsetzlichen Schrei und sah im Schein eines weiteren Blitzes, wie der Taxifahrer mit einer dunklen, amorphen Gestalt rang. Unmittelbar darauf fiel ein weiterer Schuß, der Wandspiegel in der Halle fiel klirrend zu Boden, und ich sank in Ohnmacht.

So bekam ich nicht mit, wie George Talbot wieder die Treppe hinunterstürzte und aufgeregt über das Telefon die Polizei alarmierte. Und ich kriegte auch nicht mit, wie der Taxifahrer in der Bibliothek mit grimmiger Miene eine Gestalt mit geschwärztem Gesicht mit Hilfe der Gardinenschnüre fesselte und sie dann mit einer Pistole in Schach hielt.

Erst beim Eintreffen der Polizei wachte ich wieder aus meiner Ohnmacht auf. Ich saß noch ziemlich benommen in der Halle, als man wenige Minuten später Herbert Dean mit einer Kugel im Bein die Treppe hinunterschaffte. Mit schmerzverzerrtem, blutleerem Gesicht lächelte er mir schwach zu.

Es war schon Mitternacht, als ich endlich wieder bei Tante Caroline eintraf. Man hatte mich in die Obhut eines unbekannten Polizisten gegeben, der sich genausowenig zusammenreimen konnte, was tatsächlich passiert war wie ich selbst. Ich hatte mich aber nicht eher wieder zurückbringen lassen, bis ich aus dem Krankenhaus die Versicherung erhielt, daß Herbert zwar große Schmerzen hatte, aber nicht lebensgefährlich verletzt war.

Für Tante Carolines Butler muß es ein seltenes Erlebnis gewesen sein, als der Polizist mich schließlich wie eine richterliche Verfügung an der Haustür ablieferte und er mich in mein Zimmer führte. Mein Hut saß verwegen schief auf dem Kopf, und ich muß totenbleich im Gesicht gewesen sein, mit Ausnahme einer blutigen Schramme, die ich mir zugezogen hatte, als ich gegen den Tisch in der Halle fiel. Mir war zumute, als ob ich niemals wieder schlafen könnte. Dessenungeachtet sank ich im selben Moment, als ich im Bett lag, in einen tiefen Erschöpfungsschlaf, aus dem ich am nächsten Tag, Mittwoch, erst wieder erwachte, als die Sonne bereits hoch am Himmel stand.

Tante Caroline hatte mir mit dem Frühstück die Morgenzeitung raufgeschickt. Mein erster Blick nach dem Erwachen fiel auf die riesige Schlagzeile »Morde am Crescent Place aufgeklärt. Mitglied der oberen Zehntausend vermutlich geistesgestört.«

Kapitel 47

Das war, wie gesagt, am Mittwoch, dem einunddreißigsten August. Die Morde waren aufgeklärt, und ein dankbares Publikum ging nach der Lektüre der Morgenzeitungen wieder seinen täglichen Pflichten nach. Die Polizei wurde in Leitartikeln beglückwünscht, und einige ältere Mitbürger schüttelten die Köpfe und seufzten.

Aber die Polizei war noch nicht ganz glücklich. Obwohl sie nun die Antwort auf die Probleme kannte, die ihr so viel Kopfzerbrechen bereitet hatten – eine höchst erstaunliche Antwort dazu –, wußte sie noch immer nicht über alle Einzelheiten Bescheid. Da gab es, wie Herbert sagt, noch das Problem John Talbot. Wieviel wußte er? War er ein Komplize gewesen oder nur ein unschuldiges Opfer? Der Verhaftete schwieg beharrlich, und es schien unmöglich, ihn aus seiner totalen Apathie zu wecken.

Herbert glaubte fest daran, daß John Talbot vollkommen unschuldig war. Er hatte eine gewisse Zuneigung zu dem älteren Mann gefaßt, der monatelang als Daniels, der Straßenkehrer, seiner stillen Tätigkeit bei uns nachgegangen war, während er mit abgeklärtem Interesse das Leben am Crescent Place beobachtet hatte, das längst für ihn Vergangenheit war, und abends in seine stille Kammer zu seinen Büchern zurückgekehrt war. Bis dann irgendein schreckliches Ereignis sein gewohntes Leben durcheinanderbrachte und ihn in etwas verwickelte, was sein Bewußtsein sich zu akzeptieren weigerte, so wie jemand einen Vorhang zuzieht, um nichts mehr zu sehen.

Die Verhaftung war Dienstag nacht erfolgt, aber das Problem John Talbot beschäftigte die Polizei auch noch am Mittwoch. Sein Zustand war unverändert. So kam es, daß man im Laufe des Tages ein interessantes Experiment mit ihm anstellte. Dies geschah auf Vorschlag von Herbert, der in einem benachbarten Krankenzimmer lag.

Das erzielte Resultat rechtfertigte dieses Experiment mehr als ausreichend, und es kann sein, daß damit eine neue Methode der Verbrechensaufklärung erschlossen wurde. Trotzdem wurde es nur unter Protest vorgenommen. Um acht Uhr morgens hatte Herbert Doktor Armstrong angerufen und ihn um seinen Besuch im Krankenhaus gebeten. Sie führten anschließend ein langes Gespräch, in dessen Verlauf Herbert, noch immer blaß und mitgenommen, beharrlich seine Meinung gegenüber dem widerstrebenden Arzt vertrat.

»Verdammt nochmal, nein!« sagte Doktor Armstrong. »Das Verfahren ist noch im Versuchsstadium. Ich kann mit seiner Technik überhaupt nicht umgehen. Wenn es sich um eine akute katatonische Lähmung handelt ... Aber es kann genau so gut reine Hysterie sein.«

»Mich interessiert überhaupt nicht, was es ist, Doktor! Aber Sie können doch an das Zeug und an die Technik rankommen, nicht wahr? Kommen Sie, Doktor, dies ist nicht der richtige Zeitpunkt, um zu zögern. Führen Sie ein Ferngespräch, mieten Sie ein Flugzeug, tun Sie alles, was Ihnen nötig erscheint. Aber tun Sie es!«

Schließlich gab Doktor Armstrong nach. Gegen zehn Uhr war ein Diktiergerät an John Talbots Bett installiert, in einer Ecke des Krankenzimmers hatte man eine Trennwand für den Polizeistenographen aufgestellt, und es war – auf Kosten der Steuerzahler der Stadt, wie Mutter bemerken würde – ein Ferngespräch mit einer Universität an der Westküste geführt worden. Kurz darauf erschien Doktor Armstrong wieder, zusammen mit einem Professor von der neuropsychiatrischen Abteilung unseres Universitätskrankenhauses, und brachte ein Päckchen mit einer bestimmten Droge mit. Er ließ eine Schüssel mit Eis, einige Handtücher und eine Spritze für eine intravenöse Injektion hereinbringen. Das Mittel – ich glaube, es handelte sich um ein Präparat auf der Basis von Natriumamytal – wurde in destilliertem Wasser aufgelöst, und Daniels, der noch immer wie erstarrt im Bett lag, in den Arm injiziert.

Das Weitere schildere ich vorwiegend anhand dessen, was mir Doktor Armstrong später erzählte. Der Mann auf dem Bett entspannte sich fast unmittelbar nach dieser Injektion, sagte der Doktor. Sein Körper war nicht mehr starr und steif, er atmete schneller, aber regelmäßiger, seine Pupillen hatten sich, was man beim Anheben der Augenlider feststellte, stark vergrößert, und er war in tiefen Schlaf versunken.

Man ließ ihn so längere Zeit schlafen – viel zu lange, wie es den ungeduldigen Männern vorkam, die sich um sein Bett versammelt hatten: der Bezirksstaatsanwalt, der Polizeichef, Inspektor Briggs und Mr. Sullivan. Herbert, der einen zähen, jedoch erfolglosen Kampf darum geführt hatte, daß man ihn in einen Rollstuhl setzte, hatte schließlich eine Krankenpflegerin bestochen, um einen zu bekommen, und erschien genau in dem Moment im Türrahmen, als der Inspektor gar nicht mehr damit aufzuhören schien, sich in seine Lippe zu kneifen, und der Polizeichef das Ganze einen kompletten Wahnsinn nannte und Anstalten machte, wieder zu gehen. Da nahm einer der beiden Mediziner am Bett ein Handtuch aus der Schüssel mit Eiswasser und legte es auf das Gesicht des Patienten. Diese Prozedur wiederholte er noch zwei Mal, bis John Talbot aus seinem Tiefschlaf erwachte. Er war offensichtlich nicht bei vollem Bewußtsein, aber gerade so weit wach, daß er in der Lage war, die gestellten Fragen zu beantworten, ohne daß die Sperren in seinem Gehirn – oder wie man es auch immer nennen will – das Gehirn abschalten oder die Fakten verdrehen konnten. Drei lange Stunden brachte man auf diese Weise den großen, hageren Mann auf dem Bett zum Reden, der so wenig Ähnlichkeit mit der alten Kreidezeichnung aufwies, die ich vor langer Zeit einmal im alten Stall der Talbots entdeckt hatte. Er sagte alles, was er wußte und was er vermutete, und beantwortete jede Frage, die man ihm stellte. Er erzählte den Männern Dinge, die ihnen nicht einmal im Traum eingefallen wären.

Emotionslos, wie es schien, berichtete er von jener Samstag nacht, in der man ihn gezwungen hatte, einen Kopf von einem menschlichen Körper abzutrennen, wobei ihm zwischendurch schrecklich übel geworden war.

Sein ganzes Geständnis ist zu lang, um es hier vollständig wiederzugeben. Ich zitiere lediglich einige Passagen daraus, um einen Eindruck von der angewandten Methode zu vermitteln.

»Warum haben Sie die Frau in dem Hotelzimmer erschossen?«

»Ich habe sie nicht erschossen. Ich war nur einmal fortgewesen, und als ich wiederkam, war sie tot, und das Zimmer war voller Menschen. Sie wurde mit meiner Waffe erschossen, aber nicht von mir.«

Es folgte eine ausführliche Erklärung, in der er seine Liebe zu dieser Frau schilderte, betonte, wie unglücklich er zu Hause gewesen sei und wie lange er mit sich gekämpft habe, ehe er seine Frau verließ. Die Männer hörten seiner Redeflut geduldig zu, auch, als er schilderte, wie er aus der Irrenanstalt entkommen war.

»Dabei hatte ich noch Glück, meinen Hals zu retten«, sagte er. »Keiner meiner Verwandten wollte mir Geld für meine Verteidigung geben, und meine Frau haßte mich. Ich trage ihr aber nichts nach.«

Dann fragte man ihn, aus welchem Grund er in die Stadt zurückgekommen war, und dazu auch noch an den Crescent Place.

»Ich wollte meinen Sohn wiedersehen«, erklärte er. »Lange Jahre habe ich ihn aus der Ferne beobachtet. Nach dem Krieg arbeitete ich zunächst als Buchhalter bei den Stahlwerken, aber dann bekam ich Schwierigkeiten mit meinen Augen und mußte mich operieren lassen. Danach habe ich dieses und jenes angefangen, bis ich schließlich diesen Job bei der Stadt fand. Als sie mich an den Crescent Place schickten, war ich zunächst etwas unsicher. Aber niemand erkannte mich, mit Ausnahme von Emily Lancaster. Ich bat sie, mich nicht zu verraten.«

In der Aufzeichnung seines Geständnisses folgt hier eine Passage, die George betrifft; was für ein erschütterndes Erlebnis es für John Talbot war, ihn tagtäglich sehen zu müssen. »Er schien ein prächtiger Kerl zu sein«, sagte er. »Hin und wieder redete er ein paar Worte mit mir. Ich hatte oft das Verlangen, mich irgendwo mit ihm zusammenzusetzen und ein ausführliches Gespräch mit ihm zu führen. ›Einen Gedanken säen und eine Tat ernten‹, das ist doch die Aufgabe eines Vaters. Aber wie die Dinge nun einmal lagen ...«

Seine Aussage über das, was sich in dem einsamen Haus in Hollytree abgespielt hatte, konnten die Männer nicht erschüttern, obwohl sie immer und immer wieder darauf zurückkamen.

»Was fanden Sie vor, als Sie in dem Haus in der Nähe von Hollytree ankamen?«

»Es war bereits alles geschehen. Ich mußte nur noch für die Beseitigung der Leiche sorgen. Also steckte ich sie in den Koffer.«

»Was haben sie mit dem gemacht, was Sie aus dem Koffer herausnahmen? Mit dem Geld?«

»Das habe ich in derselben Nacht vergraben. Ich wollte es nie wiedersehen. Ich vergrub es unter ein paar Weiden am Bach, dann versteckte ich die Schubladen aus dem Koffer im Keller. Und danach ging ich in den Ort und beauftragte den Spediteur, den Koffer abzuholen.«

»Woher hatten Sie die vielen verschiedenen Aufkleber für den Koffer?«

»Ich bin viel gereist. Alles, was ich zu tun hatte, war, sie von meinen verschiedenen Koffern abzulösen.«

»Wollten Sie das Geld für sich behalten?«

»Großer Gott, nein. Wozu brauche ich Geld?«

»Was geschah mit dem Kopf?«

»Das weiß ich nicht. Er befand sich in der Tasche.«

Nur in einem einzigen Punkt war seine Aussage vage. Er war seit der Zeit ständig unterwegs gewesen, zwei Tage und fast zwei Nächte, bis er sich auf der Polizeistation meldete. Aber er konnte sich nicht daran erinnern, welchen Weg er genommen hatte. Das furchtbare Ereignis hatte bereits seinen Geist verwirrt, er konnte nicht mehr denken. So hatte er sich automatisch, wie eine Maschine, vorwärts bewegt. Allerdings muß er doch etwas von seiner Umgebung mitbekommen haben, denn das Protokoll verzeichnet an dieser Stelle das Zitat »August, gebräunt von der Sonne heißem Atem«.

Seine Aussagen klangen wahr, alle. Selbst die abgebrühten Polizisten schenkten ihnen Glauben. Ihr Verhalten ihm gegenüber wurde zunehmend freundlicher, obwohl manche seiner Aussagen sie erschaudern ließen. Als endlich alles vorbei war, legte Inspektor Briggs dem Mann seine Hand auf die hagere Schulter und ließ sie einen Augenblick dort liegen.

»Jetzt kannst du wieder schlafen, alter Knabe«, sagte er, »und brauchst dir keine Sorgen mehr zu machen. Wir werden alles in Ordnung bringen. Und wir werden dir deinen Sohn herschicken, damit er nach dir sieht, wenn du wieder aufgewacht bist.«

Am Ende dieser langen Sitzung passierte es dann, daß ein aufgebrachter Arzt Herbert in seinem Rollstuhl in sein Zimmer zurückschob und ihn anfauchte, er habe sich gefälligst ins Bett zu begeben und darin zu bleiben. Aber am Abend bekam ich die Erlaubnis, Herbert zu besuchen. Seine Zusammenfassung des Falles bei dieser Gelegenheit gebe ich hier so gut wieder, wie ich es vermag.

»Es schien von Anfang an klar zu sein«, erzählte Herbert, »daß das Geld, das Mrs. Lancaster gehortet hatte, etwas mit ihrer Ermordung zu tun haben mußte. Als dann die Rolle, die Emily bei seinem Verschwinden gespielt hatte, ans Tageslicht kam, gab es zwei Hypothesen. Die eine besagte, daß sie das Geld für sich selbst genommen hatte, daß ihre Mutter in der Lage gewesen war, heimlich aus dem Bett aufzustehen, und so den Verlust entdeckte und daß Emily sie deshalb umbrachte. Dagegen sprach allerdings, daß Emily sich überhaupt nichts aus Geld machte und daß sie Mrs. Lancaster sehr zugetan war. Es sprachen auch noch einige andere Dinge dagegen, so zum Beispiel, daß Emilys Kleid keinerlei Blutspritzer aufwies. Trotzdem vermutete Margaret von Beginn an, daß ihre Schwester den Mord begangen hatte und daß sie von ihrem Stiefvater erschossen wurde. Nach Helens Aussage wußten wir jedoch, daß diese Vermutung nicht stimmen konnte. Ich selbst habe nebenbei niemals daran geglaubt.

Was nach dem Tod von Holmes offensichtlich zu sein schien, war der Umstand, daß es, abgesehen von den Morden, zwei verschiedene Komplotte gegeben haben mußte, um in den Besitz des gehorteten Geldes zu gelangen. Der eine Plan stammte von William Holmes selbst, der sich vermutlich der Hilfe von Peggy bediente. Der andere Plan war nicht so einfach zu durchschauen. Ich rechnete mir aus, daß in jedem Fall mehr als eine Person beteiligt gewesen sein mußte, da wir ziemlich sicher waren, daß in der Nacht, in der Holmes umkam, niemand den Crescent Place verlassen hatte. Dabei kam mir der Gedanke, daß dieser Außenstehende – wer auch immer es war – versucht haben mußte, Holmes irgendwo in der Nähe der Stelle, an der wir seine Leiche fanden, vom Lieferwagen zu stoßen, und ihn dabei vermutlich unbeabsichtigt überfuhr. Da war zum Beispiel das Taschentuch auf der Brust der Leiche, das Vorüberfahrende auf sie aufmerksam machen sollte.

So handelt kein Mörder. Ich dachte eher an einen ungeübten Fahrer. Wie wir ja nun wissen, hatte der arme, alte Talbot seit Jahren keinen Wagen mehr gefahren.

Und wir wissen jetzt auch, daß Emily Lancaster in Daniels ihren Onkel wiedererkannte, den sie so sehr gemocht hatte. Das muß irgendwann im Frühjahr gewesen sein, zu der Zeit, als sich die Beziehungen zwischen ihr und ihrer Mutter verschlechterten. Vermutlich hat Emily von ihr verlangt, daß man sich irgendwie um Talbot kümmern sollte, was die Mutter ablehnte.

Also stahl Emily wahrscheinlich das Geld für ihren Onkel. Vielleicht nahm sie es aber auch für sich selbst. Einer von beiden sollte jedenfalls damit ein neues Leben anfangen, und ich vermute, daß dies John Talbot sein sollte. Das erklärt auch die Reiseprospekte in Emilys heimlicher Zuflucht. Eines ist jedoch absolut sicher. Emily erzählte ihrem Onkel nicht, was sie tat. Das erfuhr er auf andere Weise, und zwar erst, nachdem die alte Dame umgebracht worden war, zu dem Zeitpunkt, als er – weil ihm gedroht wurde, sonst wieder in die Anstalt zurück zu müssen – Peggys Tasche nahm und versuchte, in das Haus ihrer Mutter einzudringen, woran er durch die vorgelegte Kette gehindert wurde! Er behauptet jedenfalls, und ich nehme ihm das ab, daß diese Drohung ständig gebraucht wurde, um ihn zur Mitwirkung bei der Sache zu zwingen.

Es war aber ein tödlicher Fehler von Emily gewesen, ihrer Mutter von Daniels zu erzählen. Die alte Frau konnte sehr wohl, wie wir jetzt wissen, heimlich ihr Bett verlassen, und sie nutzte jede Gelegenheit, um den Straßenkehrer draußen zu beobachten. Er hatte sich natürlich im Laufe der Jahre verändert, weshalb sie zunächst nicht sicher war, ob es sich tatsächlich um ihren Schwager handelte. Dann ließ sie sich eines Tages von Emily das alte Fotoalbum bringen, in dem es ein Bild von ihm gab. Sie muß ihn Tag für Tag mit dem Bild verglichen haben, bis sie herausfand, daß Emily tatsächlich recht gehabt hatte.

Damit hatte sie etwas gegen viele Leute in der Hand, besonders jedoch gegen eine bestimmte Person. Sie war nämlich durchaus keine liebenswerte alte Frau, und sie hatte die Talbots lange Jahre gehaßt.

Wie dem auch war, mit ihrem Wissen verfügte sie jetzt über eine gefährliche Waffe gegen sie. Die Talbots waren nämlich sehr auf ihre Reputation bedacht, das wußte sie, und nun konnte sie sie jederzeit mit der frohen Nachricht schocken, daß John Talbot, ein flüchtiger Krimineller, die Straße vor ihrer eigenen Villa kehrte! Ich fürchte – und ich glaube, da habe ich recht, mein Schatz –, daß sie genau das ein oder zwei Tage vor ihrem gewaltsamen Tod tat.

Sie wurde aus zwei Gründen umgebracht, mußt du wissen: einmal, damit sie nicht mehr reden konnte, und dann, damit die Täterin das verräterische Foto aus dem Album an sich bringen konnte. Das Geld spielte dabei nur eine nebensächliche Rolle, und auch die Sache mit dem Foto war nicht der ausschlaggebende Beweggrund. Das Album bekam seine entscheidende Bedeutung erst, als die Mörderin ihre blutigen Fingerabdrücke in ihm hinterließ.

Der Mord ist übrigens das verwegenste und zugleich raffinierteste Verbrechen, das mir je untergekommen ist. Bei seiner Ausführung passierte nur ein einziges Mißgeschick, das nicht vorhersehbar war. Aus einer gewissen Panik heraus vergaß die Täterin nämlich, das Album mit den Fingerabdrücken mitzunehmen. Du siehst, daß der Zeitfaktor eine lebenswichtige Rolle spielte, und sie hatte die alte Frau außerhalb ihres Bettes angetroffen! Das bedeutete, daß sie die Leiche, um die Entdeckung so lange wie möglich hinauszuzögern, wieder ins Bett schaffen mußte. Dies gelang ihr zwar, aber Mrs. Lancaster kam auf statt unter der Decke zu liegen! Alles in allem nur kleine Fehler, die aber nicht im Plan vorgesehen waren. Ein weiteres Mißgeschick, das passierte, war, daß sich das Fliegengitter nicht anheben ließ. Damit scheiterte auch die Absicht, vorzutäuschen, daß der Mörder über das Vordach entkommen war. Kein Wunder, daß sie dabei das Album vergaß!

Vielleicht hat sie deshalb das Grasbüschel auf das Vordach geworfen, vielleicht geschah es aber auch unabsichtlich. Es besteht allerdings auch die Möglichkeit, daß die arme, alte Emily in ihrer Angst vor der Entdeckung, daß das Geld verschwunden war, und in ihrem Bemühen, den Verdacht von sich abzulenken, das Gras dorthin praktiziert hat und auch den Blumentopf umwarf. Ich weiß es nicht, aber es spielt auch keine Rolle mehr.

Was eine Rolle spielt, ist, daß die Täterin den Eindruck vermitteln mußte, der Mörder sei bereits aus dem Haus geflohen, während sie sich in Wirklichkeit noch in der Villa befand. Deswegen faßte sie den blitzschnellen Entschluß, den Handschuh in die Halle hinunterzuwerfen. Danach schlüpfte sie in die Abstellkammer, verriegelte die Tür und wusch sorgfältig und verstohlen alle Blutspuren ab.

Doch dann muß sie einige bange Minuten in der Kammer und auch später durchgestanden haben, als ihr einfiel, daß sie das Album vergessen hatte – wirklich schreckliche Minuten! Denn sie konnte ja nicht wissen, daß Margaret Lancaster Bryan Dalton veranlaßt hatte, die Seiten mit den Fingerabdrücken zu vernichten.

Die nächsten Überlegungen galten dem Gold, denn das lag ja greifbar nahe, mit all den Möglichkeiten, die es bot. Ich bezweifle allerdings, daß wir je die Wahrheit erfahren werden. Wie hatte zum Beispiel die Täterin überhaupt davon erfahren? War Emily gesehen worden, wie sie das MacMullen-Haus betrat? Oder erfuhr sie es über Peggy und die Buschtrommel? War noch jemand außer Holmes hinter den Trick mit dem Buch gekommen? Zumindest eine Person mußte nach dem unglücklichen Zwischenfall im Niemandsland ein Goldstück gefunden haben und hatte dies vielleicht beiläufig erwähnt. Oder aber hatte Emily – eine durchaus bedenkenswerte Hypothese – in ihrer Verzweiflung jemanden ins Vertrauen gezogen?

Letzteres könnte gut der Fall gewesen sein. Sie könnte dabei sogar verraten haben, wo sie die Schlüssel im Vogelkäfig versteckt hielt. Ich persönlich glaube, daß diese Möglichkeit zutrifft, denn warum mußte sonst der arme, alte Talbot aufs Vordach klettern und versuchen, sich die Schlüssel zu beschaffen? Denn genau das hat er in jener Samstag nacht getan, trotz seines lahmen Beines und aller anderen Behinderungen.

Aber der Käfig war verschwunden, dafür hattest du gesorgt!

Wenden wir uns jetzt einmal der Nacht zu, in der Emily erschossen wurde. Sie hatte an diesem Tag erst spät erfahren, wo sich der Käfig befand, und lag wach in ihrem Bett, weil sie den ganzen Tag geschlafen hatte. Aber sie war nicht die einzige, die an diesem Abend erfuhr, wo sich der Käfig befand. Als George Talbot nach Hause kam, erzählte man ihm, daß Emily nach dem Käfig gefragt hatte, und er sagte seiner Mutter und Lydia in der Gegenwart von Lizzie Cromwell, wo er ihn hingebracht hatte.

Allerdings war es sehr wahrscheinlich nicht geplant gewesen, Emily umzubringen. Es klingt seltsam, aber Emily Lancaster würde aller Wahrscheinlichkeit nach noch leben, wenn nicht eine der vorgenannten drei Frauen genau in dieser Nacht damit beschäftigt gewesen wäre, heimlich in der Waschküche der Talbots die blutbefleckte Unterwäsche auszuwaschen, die sie seit jenem Donnerstag versteckt gehalten hatte. Aber so bekam diese Frau ein Geräusch vor dem Haus mit, vielleicht, als die Pistole dort niederfiel.

Ich hege keinen Zweifel daran, daß diese Frau in jedem Fall die Absicht hatte, sich noch in derselben Nacht die Schlüssel zu besorgen. Aber das Auswaschen der verräterischen Wäsche hatte

Vorrang für sie gehabt. Wie dem auch sei, eines ist sicher: Die Frau fand die Pistole, erschoß damit Emily und nahm ihr die Schlüssel ab. Als George aus dem Haus kam, war sie bereits wieder durch die Kellertür verschwunden.

Doch die Schlüssel waren ja nur von Nutzen, wenn man davon Gebrauch machen konnte, aber die Täterin war unsicher, was sie tun sollte. John Talbot hat ausgesagt, daß sie, obwohl er ja durch einen getarnten Polizisten abgelöst wurde, noch keinen bestimmten Plan faßten. Auf der einen Seite war dies zu diesem Zeitpunkt noch viel zu gefährlich. Überall trieben sich Polizisten und Detektive herum. Unserer Mörderin war zwar inzwischen bekannt, daß sich das Geld in dem Koffer befand, es fiel ihr aber keine Möglichkeit ein, wie sie es sich beschaffen konnte. An dieser Stelle sollte ich vielleicht noch erläutern, daß John Talbot bis Samstag nacht dasselbe vermutete wie Margaret Lancaster, daß nämlich Emily ihre Mutter umgebracht hatte und von ihrem Stiefvater erschossen wurde.

Es wäre interessant zu erfahren, ob Margaret von selbst auf diesen Verdacht gekommen ist oder ob er ihr von jemandem eingeflüstert wurde!

Immer noch mehr oder weniger unter Zwang handelnd, willigte Talbot schließlich ein, das Haus in der Nähe von Hollytree zu mieten und den Koffer dorthin zu schaffen, sobald man einen Plan ausgeknobelt und ausgeführt hatte, ihn sich unter den Nagel zu reißen. In der Zwischenzeit lungerte er vor dem MacMullen-Haus herum. So lauteten nämlich die Befehle seiner Erpresserin, und sie nicht zu befolgen, hätte bedeutet, daß er zurück in die Anstalt mußte. Wie hätte er auch darauf hoffen können, seine Version des Mordes, in den er damals verwickelt worden war, zu beweisen, selbst wenn das Verfahren neu aufgerollt worden wäre? Und zu fliehen und seine Arbeit aufzugeben, hätte bedeutet, sich irgendwo in der langen Schlange vor dem Sozialamt einreihen zu müssen.

Das war also der Grund, weshalb er sich an jenem Abend, als Holmes den Koffer abholte, vor dem MacMullen-Haus herumtrieb und schließlich, ohne daß Holmes es mitbekam, auf der Ladefläche des Lieferwagens mit aufs Land hinausfuhr. Der Rest der Geschichte hat sich dann im wesentlichen so abgespielt, wie ich es mir bereits zusammengereimt hatte. Talbot zwang Holmes anzuhalten und stieß ihn vom Wagen. Aber der arme Teufel sprang genau in dem Moment vor den Wagen, als Talbot die Kupplung kommen ließ, und wurde überfahren. Talbot fuhr weiter. Er mußte weiterfahren, ihm blieb nichts anderes übrig. Von Holmes hatte er erfahren, wo dessen Anwesen lag. Nachdem er den Koffer in dem Haus in Hollytree abgeliefert hatte, brachte er den Wagen dorthin und stellte ihn ab. Ganz einfach, nicht wahr? Aber er hatte schwere Gewissensbisse wegen Holmes. Deshalb ging er anschließend dorthin zurück, wo er ihn mit einem Taschentuch auf der Brust liegengelassen hatte, doch Holmes war verschwunden.

Das Weitere war die reine Hölle für ihn. Talbot war in Europa gewesen und auch sonst auf seinen Reisen weit herumgekommen. Als die Suche nach dem Koffer begann, tarnte er ihn mit den abgelösten Aufklebern von seinen eigenen Koffern. Doch seine Angst vor Entdeckung wurde immer größer. Inzwischen gab es bereits drei Todesfälle, die mit dem verschwundenen Geld in Verbindung gebracht wurden, und er mußte befürchten, daß man auch ihn in Verdacht hatte. Deshalb gab er sein Zimmer mit den geliebten Büchern auf, versteckte sich weit weg in einem Zimmer in der Innenstadt und wartete auf weitere Nachrichten.

Diese erreichten ihn schließlich am Samstag. Daraufhin begab er sich am späten Abend zu dem Haus bei Hollytree. Dort entdeckte er in einem Badezimmer im ersten Stock die erschossene Lizzie Cromwell und seine Schwester Lydia, die im Begriff war, die Leiche in die Badewanne zu bugsieren.«

Kapitel 48

Also war Lydia Talbot die Mörderin!

Sie legte allerdings niemals ein Geständnis ab und starb kurz nach ihrer Verhaftung an Lungenentzündung. Vermutlich ist Doktor Armstrong der einzige unter uns, der Mitleid mit ihr hat. Er zitiert gelegentlich in Gesprächen über sie die Theorie, daß Mord die Reaktion auf eine außerordentliche Unterdrückung sei. Lydia sei aber schon lange Jahre hindurch eine Psychopathin gewesen, meint er, und diese schrecklichen zwei Wochen am Crescent Place seien darauf zurückzuführen, daß sie endgültig das seelische Gleichgewicht verloren hatte.

»Wie die meisten Leute am Crescent Place«, sagt er bei diesen Gelegenheiten, »führte sie ein weitgehend anormales Leben. Möglicherweise hat alles damit begonnen, daß sie diesem Leben entfliehen wollte, wobei ihr das Lancaster-Geld helfen sollte. Aber es steckte noch ein anderes Motiv dahinter. Sie war es nämlich, die damals die Geliebte ihres Bruders erschoß, wofür dieser unschuldig büßen mußte. Das wird ihr lange Jahre schwer auf dem Gewissen gelegen haben. Und dann kam die alte Dame und drohte damit, ihren Bruder wieder in die Anstalt zurückschicken zu lassen. Da muß sie dann vollkommen durchgedreht sein.«

Doktor Armstrong hat noch etwas gesagt, was viele Dinge erklärte, die mich lange Jahre hindurch beschäftigt hatten.

»Eines können wir als gegeben annehmen. Mrs. Talbot schloß sich nicht nur wegen ihres Mannes ein, sondern auch wegen ihrer Schwägerin. Und Lizzie Cromwell fungierte mindestens ebensosehr als Aufpasserin für Lydia, wie sie als Haushälterin bei den Talbots tätig war. Denn Hester Talbot war nicht nur bekannt, daß Lydia die Geliebte ihres Bruders in einem Anfall von Eifersucht getötet hatte – jawohl, von Eifersucht, Lou! So etwas gibt es gelegentlich, denn der menschliche Geist ist manchmal ein seltsames Ding –, sondern daß sie schon seit langer Zeit nicht ganz richtig im Kopf war.«

Ich habe zwischenzeitlich keine weiteren Einzelheiten über das damalige Verbrechen in Erfahrung bringen können; nur soviel, daß Lydia die Flucht ihres Bruders nicht billigte, ihm nachfuhr und in einem Tobsuchtsanfall seine Geliebte erschoß. Was dabei gekränkter Stolz und was tatsächlich Eifersucht war, wird niemals mehr zu ergründen sein. Aber sie ließ zu, daß ihr Bruder für diese Tat büßen mußte, und hat eisern geschwiegen. Und falls Mrs. Talbot die Wahrheit ahnte, drang auch über ihre Lippen nie ein Wort.

Daß sie Lydia danach trotz allem eine Heimstatt bot, muß man als eine Art Rache an ihrem Mann deuten, der sie verlassen hatte ...

Herbert und ich haben Ende September, wie geplant, geheiratet. Falls Mutter damit nicht einverstanden gewesen sein sollte, ließ sie es uns jedoch nicht merken und stattete uns mit den üblichen Dutzend Dingen aus, die am Crescent Place als unentbehrlich für einen jungen Hausstand angesehen werden. Meine Brautausstattung kaufte ich jedoch zusammen mit Helen Wellington ein. Ich erinnere mich noch deutlich daran, wie Mutter wortlos ein Nachthemd aus Chiffon beäugte und dann steif das Zimmer verließ.

Wir sind sehr glücklich miteinander, Herbert und ich. Gelegentlich ertappe ich mich dabei, wie ich über den einen oder anderen Punkt nachdenke, der mir bei den Verbrechen vom Crescent Place unverständlich geblieben ist. Als Herberts Braut war ich natürlich besonders an der Rolle interessiert, die er bei der endgültigen Entlarvung Lydia Talbots spielte. Das, was ich nach und nach von ihm darüber erfuhr, scheint mir so interessant zu sein, daß ich es dem Leser nicht vorenthalten möchte. Es illustriert sehr gut die Art und Weise, wie er zu seinen Schlußfolgerungen hinsichtlich des Täters kam.

Von Beginn an schien es wahrscheinlich, daß der Mörder von Mrs. Lancaster entweder im Haus selbst lebte oder aber es betreten konnte, ohne Verdacht zu erwecken. In diesem Punkt stimmten Herbert und die Polizei überein. Es stand fest, daß das Haus, seitdem die alte Frau mit dem Horten des Goldes begonnen hatte, gut verschlossen gehalten wurde. Darüber hinaus hatte Mr. Lancaster es sich zur Gewohnheit gemacht, zwei oder drei Mal am Tag die Runde zu machen, um alle Türen und Fenster zu kontrollieren.

Zusätzlich hatte man vor den Kellerfenstern Eisenstangen anbringen lassen, und die Kellertür war mit einem Vorhängeschloß gesichert. Nach dem Mord stellte die Polizei fest, daß alle Türen und Fenster ordnungsgemäß verschlossen waren. Zwar hätte diese Barriere mit Hilfe eines Komplizen im Haus überwunden werden können, doch eine sorgfältige Überprüfung des Personals erbrachte keinerlei Anhaltspunkte in dieser Richtung. Zwei davon waren gesetzte und absolut vertrauenswürdige Frauen, die im Verlauf der gesamten Untersuchungen ohne Ergebnis überwacht wurden. Peggy MacMullen, oder Peggy Holmes, war zwar jung und hübsch und eher für Versuchungen anfällig. Aber sie hatte sich, als Alarm geschlagen wurde, vollständig zum Ausgang angekleidet auf der Küchenveranda aufgehalten.

Danach nahm die Polizei die Angehörigen näher unter die Lupe. Derartig widernatürliche Verbrechen sind für sie nichts Ungewöhnliches. Der umgeworfene Blumentopf, die Grashalme auf dem Vordach und das angehobene Fliegengitter deuteten darauf hin, daß jemand eine Flucht über das Vordach vortäuschen wollte. In die Überprüfung der Angehörigen hatte man auch Jim Wellington einbezogen. Seine Anwesenheit im Haus, sein späteres Eingeständnis, daß er im Mordzimmer gewesen war, die mit dem Blut der Ermordeten bespritzte Kleidung, die man bei ihm fand, sowie die Tatsache, daß er im Testament seiner Tante bedacht war, machten auch ihn verdächtig.

Hinzu kam, daß das Gold in der Truhe ausgetauscht worden war. An dem Morgen, als die Truhe geöffnet wurde, gab es niemanden, der nicht daran glaubte, daß Jim, gleichgültig, ob er seine Tante umgebracht hatte oder nicht, sie systematisch bestohlen hatte. So besteht kein Zweifel daran, daß man ihn, wäre sein alter Handschuh entdeckt worden, den Margaret mir Donnerstag abend zusteckte, bestimmt verhaftet und später wegen des Mordes vor Gericht gestellt hätte. Aber bei der intensiven Durchsuchung seines Hauses, des Pfades hinter den Villen und der angrenzenden Grundstücke wurden keine Handschuhe gefunden. Bei der Suche war – und das war mir neu – sogar die Asche von Daniels' Feuer im Niemandsland durchwühlt worden. Aber alles, was man dabei fand, waren ein paar Knöpfe, die von einem alten Overall stammten, und ein verkohltes Stück Karton.

Die Suche erstreckte sich allerdings nicht nur auf die Handschuhe. Miss Emilys verzweifelte Fragen nach der verschwundenen Halskette ihrer Mutter mit dem Schlüssel daran hatten der Polizei zu denken gegeben. Bis heute ist es Herbert und der Polizei nicht klargeworden, wie die Schlüssel dahingekommen sind, wo man sie später fand.

»Der Grund, weshalb Emily so beunruhigt über das Verschwinden der Kette war, wird dir einleuchten«, sagte Herbert. »Falls sie sie selbst finden und verstecken konnte, hätte sie damit unter Umständen die Entdeckung hinauszögern können, daß die Truhe geleert worden war. Andererseits kann der Diebstahl der Kette mit dem Schlüssel ein kluger Schachzug Lydias gewesen sein. Auch sie konnte damit verhindern, daß die Truhe geöffnet wurde, bis es ihr gelungen war, sich mit Emilys Koffer aus dem Staub zu machen. Ich glaube, daß ich mit dieser Vermutung richtig liege. Allerdings wurde ihr die Sache dann zu heiß, und sie vergrub die Kette dort, wo man sie später fand. Was ich mich seither frage, ist, ob Lizzie sie dabei nicht beobachtet hat. Irgendwas hatte sie jedenfalls schon mißtrauisch Lydia gegenüber gemacht, noch vor der Nacht, in der Emily getötet wurde, das steht fest.«

Ehe ich das Thema Schlüssel verlasse und mich wieder dem ersten Mord zuwende, sollte ich vielleicht noch sagen, daß Herbert sicher ist, daß Emily einen Nachschlüssel zu der Truhe besaß, denn sie konnte unmöglich jedesmal ihrer schlafenden Mutter die Kette vom Hals abnehmen.

»Und das war vermutlich der Punkt, an dem Holmes ins Spiel kam«, sagte Herbert. »Er konnte mit Werkzeugen umgehen, und so gab Emily ihm entweder einen Abdruck des Schlüssels und ließ sich von ihm eine Kopie anfertigen, oder aber sie veranlaßte ihn, von einem Schlosser einen Zweitschlüssel anfertigen zu lassen. Das muß, so nehme ich an, bereits im Frühjahr gewesen sein. Aber Holmes war mit allen Wassern gewaschen. Durch Peggy wußte er von der Existenz des Goldes, und ihm war auch bekannt, daß Emily ein Zimmer bei Mrs. MacMullen gemietet hatte. Als er erfuhr, daß das Gold verschwunden war, mußte er nur noch herausbekommen, auf welche Weise dies bewerkstelligt worden war. Schließlich fiel ihm der Trick mit dem Buch ein, und – na ja, das kostete ihn letzten Endes das Leben.«

Der Bezirksstaatsanwalt hatte sich am ersten Abend geweigert, einen Haftbefehl gegen Jim zu erwirken. Jim hatte sich als kooperationswilliger Zeuge erwiesen, und er besaß einen guten

Leumund. Man konnte es sich nicht leisten, in seinem Fall einen Fehler zu machen.

Dazu kam, daß Mr. Sullivan, für den dies nicht der erste Mord mit einer Axt war, Jims Kleidungsstücke untersucht und festgestellt hatte, daß die Blutspritzer darauf nicht von mehreren Axthieben herrühren konnten, sondern genauso entstanden sein mußten, wie Jim es erklärt hatte. Hätte er die Hiebe geführt, dann hätten sich auch Blutspritzer auf Jacke und Hemd befinden müssen. Das war aber nicht der Fall.

So ließen sie ihn wieder laufen, hielten ihn aber von diesem Zeitpunkt an unter ständiger Beobachtung.

Bis zu diesem Punkt stimmten die Ansichten Herberts und der Polizei überein. Über den weiteren Tatverlauf vertraten sie jedoch unterschiedliche Theorien.

»Die Polizei ging von zwei Tätergruppen aus«, erklärte er. »Für sie kamen nur die Bewohner des Hauses oder ein Unbekannter von außerhalb in Betracht. Ich unterteilte die Verdächtigen demgegenüber in drei Gruppen, wobei ich die Besucher des Hauses an diesem Tag mit einbezog: Jim, Mrs. Talbot und Lydia. Bei der gerichtlichen Voruntersuchung am Samstag erhielt ich den ersten Hinweis auf den möglichen Tatverdächtigen.

Lydia Talbot war mit ihrem Körbchen für Mrs. Lancaster zur Haustür hineingelassen worden. Später brachte sie es in die Küche und verließ das Haus durch die Hintertür. Das klang zunächst ganz einleuchtend. Aber wenn man es mit einem gut verschlossenen Haus zu tun hat, in das niemand ungesehen hineinkommen konnte, was offensichtlich aber doch jemandem gelungen war, dann muß man irgendwo anfangen.

Hinzu kam, daß ich sie nicht sonderlich mochte. Sie war eine Neurotikerin. Das merkte man ihrer tonlosen Stimme, ihrem ganzen Benehmen an.«

So hatte Herbert sich damals gefragt, was Lydia in dem kurzen Zeitraum unternommen haben könnte, nachdem sie das Schlafzimmer von Mrs. Lancaster verlassen hatte, ehe sie über die Hintertreppe zur Küchenveranda hinunterging, um dort ihr Körbchen mit seinem Inhalt abzugeben.

»Was sie in diesem Zeitraum gemacht haben konnte, falls nichts dazwischenkam, lag auf der Hand. Sie konnte die Vordertreppe hinuntergehuscht sein, um die Haustür aufzuschließen, dorthin zurückkehren, wo sie ihr Körbchen abgestellt hatte, und dann zur Küchenveranda hinuntergehen. Dort hatte sie zwei Zeuginnen, die bestätigen konnten, daß sie das Haus verließ. Danach brauchte sie nur im Schutz des Buschwerkes um den unbewohnten Gästeflügel herum nach vorne zu laufen, durch die Haustür hineinzuschlüpfen und sie wieder hinter sich abzuschließen.«

Zunächst war dies nicht mehr als ein Verdacht gewesen. Herbert kannte die Bewohner des Crescent Place noch nicht, wußte nichts von ihren Beziehungen untereinander. Warum hätte Lydia ihre Schwägerin umbringen sollen? fragte er sich. Natürlich hätten sie Streit miteinander gehabt haben können. Emily hatte im Zeugenstand ausgesagt, daß sie die beiden eine Zeitlang allein ließ, um ihren Vogelkäfig zu säubern. Aber die Axt als Mordwerkzeug war das Riff, an dem er mit seiner Theorie fast gestrandet wäre.

»Selbst wenn es einen Streit zwischen den beiden gegeben haben sollte, so konnte Lydia doch keinesfalls die Axt in ihrem Körbchen, das nicht mehr als fünfundzwanzig Zentimeter Durchmesser hatte, ins Haus geschafft haben – obwohl wir jetzt wissen, daß sich neben den Speisen auch noch ein paar andere Dinge darin befunden haben müssen, so zum Beispiel ein Knäuel Kordel und ein Messer oder eine Schere. Aber die Axt mußte ja irgendwie ins Haus geschafft worden sein.«

Bis Sonntag morgen hatte Herbert sich deshalb zu der Meinung durchgerungen, daß der Mörder doch ein Bewohner des Hauses sein mußte. Alle anderen hatte er inzwischen von seiner Liste der Verdächtigen gestrichen, und inzwischen hatte er durch mich von dem Handschuh erfahren. Er arbeitete aber weiterhin auf eigene Faust, und ich habe bereits erzählt, wie ich ihn ins Lancaster-Haus hineinschmuggelte.

Wonach er suchte, war der zweite Handschuh oder ein Beweis dafür, daß man diesen vernichtet hatte. Gleichzeitig wollte er sich aber auch das Haus selbst einmal ansehen. Meine Erzählung über Holmes' nächtliches Experiment hatte ihn auf einen Gedanken gebracht, wie das Gold hinausgeschmuggelt worden sein konnte.

Und inzwischen wußte er auch, daß am arroganten Crescent Place nicht alles so friedlich verlief, wie man bemüht war, es der Außenwelt gegenüber erscheinen zu lassen. Insbesondere beschäftigte ihn dabei in seinen Gedanken Mrs. Talbot und ihr hermetisch verschlossenes Haus.

»Entweder war sie nicht ganz richtig im Oberstübchen«, sagte er, »oder sie hatte vor jemandem im Haus selbst Angst, denn sie verrammelte ja nicht nur die Außentüren und Fenster, sondern achtete auch darauf, daß alle Innentüren abgeschlossen waren. Und dann hatte ich sie bei ihrer Zeugenaussage am Samstag beobachtet. Sie schien fast zu Tode geängstigt zu sein. Und ihre Stimme klang wie ... ein einziger trotziger Schrei. Entweder wußte sie etwas, oder sie verdächtigte jemanden.«

An jenem Sonntagmorgen hatte er jedoch noch Margaret Lancaster im Verdacht. Ihm war die Bedeutung ihrer Vorbereitungen zum Baden nicht entgangen, und außerdem war er sich ziemlich sicher, daß es sich bei dem Mann, den er nachts auf dem Dach gesehen hatte, um ihren Stiefvater handeln mußte. Im übrigen konnte er sich recht gut vorstellen, wonach dieser gesucht hatte.

Andererseits hatte er im Stillen noch immer den Verdacht, daß trotz aller verschlossenen Türen und Fenster irgend jemand ins Haus eingedrungen sein konnte und sich dort versteckt hatte, um den richtigen Zeitpunkt abzuwarten – den Zeitpunkt, von dem jeder, der die Gewohnheiten der Familie kannte, wußte, daß er der einzige Zeitpunkt war, an dem die Tat begangen werden konnte.

»Es gab eine Menge verschiedener Stellen im Haus für diesen Zweck«, sagte Herbert. »Jedes Zimmer im Gästeflügel hätte zum Beispiel dafür dienen können. Aber dann entdeckte ich in der gewöhnlich vom Stubenmädchen benutzten Abstellkammer im Obergeschoß des Hauses etwas, was mich geradezu elektrisierte. Der Schlüssel steckte innen in der Tür! Das schien mir vollkommen absurd zu sein. Warum hätte man die Kammer wohl abschließen sollen, und dann auch noch von innen?«

Deshalb untersuchte er die Kammer gründlicher. Sie besaß zwei schmale Fenster, von denen das eine auf das Dach der Küchenveranda hinausging. Aus dem anderen, etwas größeren, konnte man hinüber zum Niemandsland sehen. Es lag über einer Blumenrabatte an der Hinterfront des Hauses. Er öffnete das erste Fenster und stellte fest, daß sich genau darunter die Öffnung des Abflusses der Regenrinne befand. Danach wandte er seine Aufmerksamkeit der Kammer selbst zu.

Sie war sauber, es gab keinerlei Blutspritzer. Wände und Boden waren weiß gefliest. Er knipste das Licht an und untersuchte sie sorgfältig, genauso wie Schwamm und Handtücher. Sie wiesen ebensowenig wie Mr. Lancasters Schuhschrank irgendwelche verräterischen Spuren auf. Trotzdem steckte er den Schwamm ein. Eine Analyse erbrachte später schwache Spuren menschlichen Blutes.

Beim Verlassen der Kammer blickte Herbert zufällig nach oben und entdeckte, daß am Wasserrohr ein kurzes Seilende angebunden war. Es war abgeschnitten worden, so, als hätte die Zeit nicht ausgereicht, es wieder abzuknoten. Als er das Haus verließ, war er sicher, daß Lydia Talbot den Mord begangen hatte, und glaubte auch zu wissen, wie es ihr gelungen war, die Axt unbemerkt ins Haus zu schaffen.

Kapitel 49

»Was ich mir zusammenreimte«, erzählte Herbert weiter, »war, daß Lydia Talbot kurze Zeit vorher, vielleicht in der Nacht zuvor, die Axt in der Blumenrabatte am Haus versteckt hatte. Falls man die Axt zufällig dort entdeckt hätte, dann hätte sich zwar niemand einen Vers darauf machen können, mehr wäre aber auch nicht geschehen. Der Rest war genauso einfach. Margaret hielt sich in ihrem Zimmer auf, und Emily und Mrs. Talbot befanden sich mit der alten Dame im Krankenzimmer. Damit hatte Lydia für eine gewisse Zeit freie Bahn. Selbst wenn man sie zufällig entdeckt hätte, würde sich niemand gewundert haben.

Doch nichts dergleichen passierte. Ehe Lydia die Treppe hinunterging und das Haus über die Küchenveranda verließ, ließ sie das Seil aus dem Kammerfenster seitlich am Abflußrohr hinunter. Draußen mußte sie dann nur noch die Axt anbinden. Für den Fall, daß sie jemand dabei beobachtete, brauchte sie nur so zu tun, als bewundere sie die Blumen. Wahrscheinlich hat sie ein oder zwei zur Tarnung gepflückt, denn auf dem Weg um das Haus herum mußte sie wieder an der Küchenveranda vorbeigehen. Eben mähte auf der anderen Seite des Hauses den Rasen. Die beiden Frauen auf der Veranda sahen Lydia auch vorbeikommen, dachten sich aber natürlich nichts dabei.«

Als ich am Sonntag vormittag den anderen Handschuh fand, war sich Herbert endgültig sicher, daß Lydia die Täterin war, aber es fehlte ihm noch ein konkreter Beweis. Er hegte keinen Zweifel mehr daran, daß sich die Tat folgendermaßen abgespielt haben mußte: Lydia schloß sich – in der Gewißheit, daß das Stubenmädchen Ausgang hatte – in der Abstellkammer ein. Sie legte Hut und Oberbekleidung ab und zog dann mit äußerster Vorsicht die Axt durchs Fenster hoch, wobei der Lärm und das Geplauder auf der Küchenveranda mögliche Geräusche übertönten. Gerade, als sie die Kammer wieder verlassen wollte, entdeckte sie die Handschuhe in Mr. Lancasters Schuhschrank und zog sie über. Nach dem grausigen Mord schlich sie sich in die Kammer zurück, schloß sich ein und wusch sich gründlich, säuberte die Fliesen, zog sich an und entkam, als Bryan Dalton wieder gegangen war, über die Hintertreppe und die inzwischen verlassene Küchenveranda.

So weit, so gut. Unglücklicherweise ereigneten sich danach aber einige Dinge, auf die Herbert sich keinen Reim machen konnte. Da war zum Beispiel Emilys wilde Flucht hinüber zu den Talbots und ihre Aussage, daß »sie« hinter ihr her wären. Und es gab keinen Zweifel daran, daß tatsächlich jemand auf das Vordach geklettert war und versucht hatte, bei ihr einzudringen. Herbert kommentierte dies so:

»In meinen wildesten Phantasien konnte ich mir nicht vorstellen, daß Lydia Talbot auf dem Vordach gewesen war, es sei denn, sie hätte Flügel besessen.«

Und dann wurde Emily Sonntag nacht erschossen. Als nächstes folgte der Austausch der fast identischen Pistolenläufe. Das alles paßte überhaupt nicht zu Herberts Theorie, ebenso wenig wie der Tod von Holmes. Die ganze Sache war äußerst verzwickt, und er begann wieder bei Null: Diesmal ging er von Margaret als Täterin aus. Zu dieser Zeit arbeitete er bereits offen mit der Polizei zusammen und hatte Annies anonymen Brief gesehen.

Aber weder Margaret noch Dalton paßten so recht in das Bild, das er sich inzwischen gemacht hatte. Zwar konnte er die Möglichkeit eines Komplizen außerhalb des Hauses nicht mehr ausschließen und fand auch bald heraus, daß Bryan Dalton sich nicht nur während der Tatzeit am Holzschuppen aufgehalten hatte, sondern auch in der darauffolgenden Nacht seinen Overall und einige belastende Dinge im Niemandsland verbrannte. Doch warum hätte Margaret die Abstellkammer benutzen sollen, wo sie doch in ihrem eigenen Zimmer viel sicherer gewesen wäre? Und warum hätte sie die Axt auf diesem Weg ins Haus schaffen sollen, wo sie sie doch bequem in jeder geeigneten Nacht hätte hineinholen können?

Was ihn darüber hinaus eine Zeitlang irreführte, war Lydias unverändertes Benehmen. Sie rotierte wie eh und je auf ihrer winzigen Umlaufbahn am Crescent Place, ohne ihre Rolle dabei im geringsten zu unter- oder übertreiben.

Auch der Beweggrund, weshalb Emily Sonntag nacht das Haus verlassen hatte, leuchtete ihm nicht ganz ein. Warum war sie mit dem Spaten unterwegs gewesen? Man hatte jeden Zollbreit Boden im Niemandsland abgesucht, ohne irgend etwas zu finden. Nach seiner Theorie hatte Emily das Geld auch ganz woanders versteckt, vermutlich in einem gemieteten Zimmer in der näheren Umgebung. Aber es wurden keine Schlüssel zu einem solchen Zimmer gefunden. Auch gab es im Haus keinen Hinweis auf ein ausgehöhltes Buch, das sie höchstwahrscheinlich zum Transport des Goldes benutzt hatte.

Meine Erwähnung des verschwundenen Vogelkäfigs hatte ihm dann den ersten Hinweis auf den Verbleib der Schlüssel geliefert. Wie wir wissen, war es die Polizei, die ihn daran hinderte, sie rechtzeitig zu finden. »Wenn ich Talbot in dieser Nacht erwischt hätte, dann wäre mir die ganze Geschichte klar gewesen«, sagt er heute.

Es folgten der anscheinend grundlose Überfall auf mich, kurz danach wurde Holmes ermordet, und Mrs. MacMullen erzählte ihre Geschichte. Auch hatte Herbert bei der nächtlichen Inspizierung von Mrs. Lancasters Schlafzimmer den Eindruck gewonnen, daß sie sich nicht im Bett befunden hatte, als sie den ersten tödlichen Axthieb bekam. Das hätte aber bedeuten können, daß sie möglicherweise gewußt hatte, daß ihr Geld verschwunden war, und daß sie umgebracht wurde, um Zeit zu gewinnen, es in Sicherheit zu bringen.

Die Entdeckung von Emilys Zimmer bei Mrs. MacMullen trug nur in einem einzigen Punkt zur Aufklärung des Falles bei. Eine fotografische Vergrößerung der undeutlichen Schriftzüge auf dem Löscher, den er dort fand, verhalf Herbert zur Adresse des Hauses in der Nähe der Stadtbücherei hinter dem Krankenhaus und ermöglichte es ihm, die Familiengeschichte auf eine Verbindung mit Daniels hin zu untersuchen.

»Dabei kam mir dann die Erleuchtung«, sagte Herbert. »Eigentlich hätte es ja keine logische Verbindung zwischen Emily und Daniels geben können. Aber sie hatte ihm geschrieben, und zwar nicht nur einmal. Mir fiel plötzlich die Geschichte ein, die Jim über den verschwundenen John Talbot erzählt hatte. Ich erfuhr von ihm noch weitere Einzelheiten, aber es war deine Tante Caroline, mein Schatz, die sich an das Datum erinnern konnte und an den Namen, unter dem er seinerzeit verurteilt wurde, der nebenbei *nicht* Daniels lautete. Danach ließ ich mir die entsprechenden Zeitungsausschnitte aus der Stadt kommen, in der der Prozeß stattgefunden hatte, und ...«

»Tante Caroline? Wieso hast du dich gerade mit ihr in Verbindung gesetzt?«

»Weil, du Licht meines Lebens, deine Mutter eisern den Mund hielt. Deine Tante Caroline gehörte Gott sei Dank nicht zu der Verschwörung des Schweigens am Crescent Place.«

Danach wollte Herbert, der sich seiner Sache inzwischen ziemlich sicher war, Daniels oder vielmehr Talbot vernehmen. Aber in der Zwischenzeit war Lydia verschwunden, und auch Talbots Zimmer stand leer. Und Talbot war Lydias Bruder, für Herbert ein weiterer Hinweis, daß Lydia die Mörderin war, obwohl auch noch die Möglichkeit bestand, daß es Talbot getan hatte. Wenn Lydia selbst es fertiggebracht haben konnte, sich in das Lancaster-Haus einzuschleichen, dann hätte sie eventuell auch ihren Bruder heimlich einlassen können.

Herbert hatte keinen Augenblick daran geglaubt, daß Lydia umgebracht worden war. Für ihn hatte sie sich einfach endgültig aus dem Staub gemacht, mit genügend Geld, um den Rest ihrer Tage sorglos irgendwo zu verbringen. Aber wie war sie entkommen? Herbert erklärte dies so:

»In der Euclid Street entdeckte man ihr altes Perlentäschchen, und dann wurde noch dieser lächerliche Schmetterling von ihrer Hutnadel gefunden. Wozu brauchte sie aber eine Hutnadel, wenn sie doch angeblich keinen Hut trug? Ich konnte mir nicht vorstellen, daß sie sich ohne Hut davongemacht hatte, das wäre viel zu verdächtig gewesen. So kam ich zu dem Schluß, daß sie in der Schachtel mit Margarets Schleier einen flachen Hut versteckt hatte, möglicherweise zusammen mit einer Perücke. Samstag morgen bat ich Lizzie, einmal nachzusehen, ob noch alle Perükken von Mrs. Talbot vorhanden waren. Und siehe da, es fehlte eine! Lizzie wußte genauso gut wie ich, was das zu bedeuten hatte.

Sie sprach Mrs. Talbot darauf an und verlangte, daß man die Polizei informierte. Aber du kennst ja die Leute vom Crescent Place! Mrs. Talbot weigerte sich entschieden, das zu tun, und so packte Lizzie an diesem Nachmittag einfach ihre Reisetasche, steckte Georges Automatik ein und machte sich selbst an die Verfolgung Lydias.«

Ich möchte behaupten, daß es ewig ein Geheimnis bleiben wird, wieso Lizzie etwas von dem Haus bei Hollytree wußte. Aber irgendwie muß die arme Frau es herausbekommen haben, ebenso, wie sie am vorhergehenden Montag morgen von Amanda erfahren hatte, daß jemand in der Nacht Wäsche in der Waschküche ausgewaschen hatte.

Und sie fand Lydia in dem Haus vor, als sie dort eintraf. Lizzie wußte, wie gefährlich sie war. Deshalb verfolgte sie sie, als sie in das Badezimmer im Obergeschoß flüchtete, mit der schußbereiten Pistole in der Hand. Als Lydia die Badezimmertür nicht abschließen konnte, schien Lizzie leichtes Spiel zu haben. Sie trat ein, und Lydia schlug sie vermutlich mit einem Hocker nieder.

Mag es sich so oder auch anders abgespielt haben, Tatsache ist, daß Lydia Lizzie die Waffe abnehmen konnte und sie damit erschoß. Das war die Situation, die John Talbot vorfand, als er vom Vergraben des Geldes zurückkam.

»Was konnte er da noch tun?« sagte Herbert, »außer, ihr eine Chance zur Flucht zu verschaffen? So war er ihr behilflich, die Leiche auszuziehen und ihr Lydias eigene Kleider überzustreifen. Und dann entfernte er die Schubladen aus dem Schrankkoffer. Genau diese Tatsache war es aber, die mich auf die richtige Spur brachte.

Denn du mußt wissen, mein Liebes, daß der Koffer ohne die Schubladen Platz genug geboten hätte, die gesamte Leiche aufzunehmen. Es bestand somit kein zwingender Grund – nun, ihr den Kopf zu amputieren. Der einzige Grund, weshalb man so etwas getan hatte, konnte deshalb nur gewesen sein, daß man die wahre Identität der Leiche verheimlichen wollte. Der Koffer würde sicher entdeckt werden, aber wenn man glaubte, daß sich die Leiche Lydia Talbots darin befand, dann war diese selbst in Sicherheit. Ich versuchte, Briggs das beizubringen, aber er hörte mir nicht einmal zu.

Der Rest ist einfach. Während die Polizei nach einer schwarzhaarigen Lizzie Cromwell fahndete, hielt ich nach Lydia Talbot Ausschau, einer grauhaarigen Frau mit klangloser Stimme. Doch sie schien wie vom Erdboden verschwunden zu sein. Also setzte ich mich hin und dachte nach, was ich tun würde, wenn ich Lydia Talbot wäre, auf eine Chance zum endgültigen Entkommen wartete und genug Zeit hätte, mir über etwaige verräterische Spuren Gedanken zu machen.

Dabei kam ich darauf, daß das Album das einzige Gefahrenmoment für mich darstellen würde, weil ich als Lydia annehmen müßte, daß es überall mit meinen Fingerabdrücken beschmiert war. Was wäre gewesen, wenn man nach ihrem Verschwinden ihre Fingerabdrücke im Talbot-Haus abgenommen hätte, und irgend jemand hätte – lange, nachdem sie bereits entkommen war – zufällig einmal in das Album geschaut? Du verstehst, was ich meine? Dann hätte doch die Gefahr bestanden, daß man die Fingerabdrücke miteinander verglichen hätte, und das ganze schreckliche Täuschungsmanöver mit der Leiche im Koffer wäre umsonst gewesen. Wenn man sie erst einmal als die Mörderin identifiziert hätte, dann hätte man mit Sicherheit auch die Leiche wieder exhumiert und anschließend eine weltweite Fahndung nach ihr in Gang gesetzt.«

Also zog Herbert den Schluß, daß Lydia früher oder später unbedingt noch ein drittes Mal versuchen mußte, das Album in ihren Besitz zu bringen. Aber nicht einmal er konnte sich bis zuletzt die raffinierte Methode vorstellen, die sie sich ausgeklügelt hatte, um sich vor der Polizei zu verstecken und um an das Album zu kommen. Sonntag nacht war sie wieder zum Crescent Place zurückgekehrt, hatte sich mit Hilfe des versteckten Kellerschlüssels Einlaß ins Talbot-Haus verschafft und ihre Schwägerin mit der grausigen Wahrheit konfrontiert.

Sie kannte ja die Mentalität der Leute vom Crescent Place, und besonders gut kannte sie die ihrer Schwägerin. Nichts fürchtete diese mehr als einen Skandal. Und von Lizzie Cromwell hatte Mrs. Talbot bereits erfahren, wer die Mörderin war. Deshalb ging Lydia zu Mrs. Talbot und verlangte, daß ihr Zuflucht gewährt wurde!

Seit dieser Nacht bis zu ihrer Verhaftung hielt Lydia sich in der Talbot-Villa versteckt, in ihrem Zimmer, das nach ihrem Verschwinden wieder verschlossen worden war. Nicht einmal George oder die Dienstboten ahnten etwas davon. Was ihr dort in den langen, einsamen Stunden durch den Kopf gegangen sein muß, wird nie mehr zu ergründen sein. Vermutlich wird sie immer und immer wieder an die entsetzte Miene ihres Bruders gedacht haben, als sie von jener schrecklichen Badewanne aufsah und sagte:

»Ich mußte es tun, John. Sie wußte Bescheid.«

»Großer Gott, Bescheid worüber?«

Etwas wissen wir allerdings doch von ihr in dieser Zeit, denn Mrs. Talbot sagte später vor der Polizei aus, daß die ganze Zeit, in der Lydia sich in ihrem Haus verbarg, sie nur von einem einzigen Gedanken besessen schien.

»Sie aß und schlief nicht. Wenn ich ihr des Nachts heimlich etwas zu essen brachte, saß sie im Dunkeln am Fenster und sprach immer wieder nur von dem Album.

Ich legte ihr nahe, wieder zu verschwinden, aber sie wollte nicht eher gehen, bis sie das Album hatte. Deshalb schickte ich schließlich am letzten Tag George, um es zu holen. Man konnte es zunächst nicht finden, aber später am Abend rief Lou Hall an, um zu sagen, daß es inzwischen wieder aufgetaucht wäre. Das habe ich ihr erzählt.

Kurze Zeit später schlich sie sich aus dem Haus. George muß sie gesehen haben und ging ihr nach. Ich hatte ihm nicht gesagt, daß sie sich im Haus versteckte, aber vielleicht hat er einen Verdacht gehabt. Höchstwahrscheinlich hat er auch den Rest geahnt, denn ich bekam mit, wie er sich mit Lizzie Cromwell unterhielt, bevor sie am Samstag fortging.

Das ist alles, was ich weiß. Mein Sohn George hat sich seit diesem Tag in seinem Klub einquartiert. Er scheint zu glauben, daß mich an irgend etwas die Schuld trifft, obwohl ich nicht weiß, wo ich schuldig geworden sein sollte. Lange Jahre habe ich ihn vor ihr beschützt und finde, daß er sich höchst undankbar benimmt, zumal sie gerade von ihm den Trick mit dem Schwärzen des Gesichts gelernt hat, als er noch ein Schuljunge war.«

Das war nämlich, wie sich herausstellte, die Methode gewesen, mit der es ihr bei ihren drei nächtlichen Versuchen, das Album in die Hände zu bekommen, gelang, unentdeckt zu bleiben. Mit dem geschwärzten Gesicht, in ihrem schwarzen Kleid und mit schwarzen Handschuhen an den Händen war sie praktisch unsichtbar gewesen. Mit Sicherheit hatte sie in der letzten Nacht ihr Gesicht geschwärzt. Ich kann gut verstehen, daß der Taxifahrer später folgendes aussagte:

»Ich erhaschte im Lichtschein eines Blitzes einen Blick auf sie und war so erschrocken, daß ich sie fast wieder losgelassen hätte.«

Hin und wieder machen wir einen Besuch am Crescent Place. Die Lancaster-Villa ist unbewohnt. Margaret lebt in Europa, irgendwo in Süddeutschland, wie ich gehört habe. Die letzte Nachricht von ihr besagte, daß sie im Begriff steht, zu heiraten. Jim und Helen wohnen weiterhin in ihrem alten Haus und kommen jetzt anscheinend besser miteinander aus, obwohl Daltons Butler Joseph von Zeit zu Zeit noch immer feierlich meldet: »Mrs. Wellington ist wieder einmal ausgezogen, Sir.«

Die Daltons sind wieder beste Freunde geworden und vermutlich sogar mehr als das. Mutter hat inzwischen Tante Caroline zu sich ins Haus geholt. Mary und Annie sind zurückgekehrt. Sie scheinen alle gut miteinander auszukommen. Mutter hat sogar kürzlich die Absicht geäußert, in diesem Jahr einmal etwas Malvenfarbiges zu tragen. Sie hat mir allerdings nie ganz verziehen, daß ich Herbert geheiratet habe. Als Doktor Armstrong bei meinem letzten Besuch aufmunternd auf seinem Arztkoffer herumtrommelte und mich fragte, ob er nicht bald ein Baby für mich mitbringen solle, verließ sie abrupt das Zimmer.

Die meisten der damaligen tragischen Ereignisse haben wir inzwischen verdrängt. Nur eine Tragödie ist noch immer gegenwärtig. Im letzten Haus neben der Einfahrt lebt einsam und verlassen Mrs. Talbot. George besucht sie pflichtschuldig jeden Sonntag mittag zum Essen. Im Sommer gibt es Brathähnchen und Eiskrem, und den Rest des Jahres über Roastbeef und Obsttorte. Er bewohnt zusammen mit seinem Vater eine Wohnung in der Stadt. Margaret hat dem alten Talbot zur ausgleichenden Gerechtigkeit das ganze Geld zukommen lassen, das unter den Weiden am Bach vergraben war.

Ansonsten geht das Leben am Crescent Place wieder seinen gewohnten Gang. Sommertags kann man wie eh und je Ebens Rasenmäher vernehmen; Kinder werden im Niemandsland, wo Bryan Dalton nach wie vor seine kurzen Golfschläge übt, noch immer nicht geduldet; und das, was Helen Wellington seinen selbstgefälligen und degenerierten Frieden zu nennen pflegt, ist wieder am Crescent Place eingekehrt.

Nichts hat sich grundlegend dort geändert. Herbert drückt das so aus, daß Menschen von einem bestimmten Alter ab einfach nicht mehr in der Lage sind, noch etwas hinzuzulernen.

Damit hat er sehr wahrscheinlich recht, besonders, wenn man die Tatsache in Betracht zieht, daß bei unserem letzten Besuch mal wieder etwas mit dem Gasherd nicht klappte. Er werkelte in seiner gewohnt nachlässigen Art daran herum, bis es plötzlich einen gewaltigen Knall gab und er quer über die Veranda flog und vor meinen Füßen landete.

»Bist du verletzt?« fragte ich ihn.

Er unterbrach einen Schwall nicht wiederzugebender Flüche und funkelte mich zornig an.

»Verletzt?« brüllte er. »Ich habe mir verdammt noch mal fast ein Bein gebrochen!«

Und dann bemerkte er, daß ich herzlich lachte, und grinste jungenhaft.

»Lou, Liebling«, sagte er. »Laß uns von hier verschwinden, und laß uns nach Hause gehen, wo nicht jeden Montag Waschtag ist, wo man keine komischen Hutnadeln trägt und wo man alte Zeitungen vorzugsweise dazu benutzt, um ein heimeliges Feuer im Kamin damit anzuzünden, und nicht, um unnütze Platzdeckchen darauf aufzurollen. Laß uns gehen!«

Und das haben wir dann getan.

Nachwort

»Was auf dieser Welt, welcher Roman hätte die epische Breite eines Fotoalbums?« läßt Günter Grass seinen Helden und Erzähler Oskar in der ›Blechtrommel‹ fragen. »Was täte ich ohne dieses alles deutlich machende, offen zu Tage liegende Familiengrab?«

Ein solches »Familiengrab«, ein Fotoalbum also, hat auch die Erzählerin vor sich, als sie den Bericht über die Augusttage beginnt, die ihr Leben veränderten. Doch liegt das Album erst jetzt »offen« vor ihr und »macht alles deutlich«; während der längsten Zeit der Erzählung befindet es sich wohl verwahrt und eingepackt auf einem Speicher. Dies ist kein Zufall oder kein bloßes Versehen – das Album wurde bewußt aus dem Weg geräumt, denn es verweist auf die sprichwörtliche »Leiche im Keller« bzw. deren Pendant in der englischen Sprache, das »Skelett im Schrank«. Wenn die Erzählerin Louisa Hall wie Oskar »den Fotos die Originale nachliefert«, zeigt sich sofort, daß die Welt des Crescent Place, wo sie lebt, eine anachronistische ist, in der die Sitten, Gebräuche, Konventionen, ja die Moden und vor allem die Moral der Zeit vor dem Ersten Weltkrieg noch in vollem Umfang gelten und Krieg, Nachkriegszeit, sogar Börsenkrach und Weltwirtschaftskrise überstanden haben.

Die fünf Familien, die dort wohnen, gehören zu den zum Teil miteinander versippten Gründerfamilien der Stadt, sozusagen zur Aristokratie der angeblich egalitären Gesellschaft der USA; der Zusatz »vom Crescent Place« hinter dem Familiennamen zählt mehr als ein Adelstitel. Ererbter oder angeheirateter Reichtum ist hier wichtiger als eine Berufstätigkeit. Daß uns bei fast keinem der Männer recht klar wird, was sie beruflich genau tun oder getan haben, beruht auf dieser Prädominanz des Ererbten über das Erarbeitete, hängt aber auch damit zusammen, daß die dargestellte Welt mit den Augen einer jungen Frau gesehen wird. Eine berufliche Tätigkeit – die natürlich von Männern ausgeübt wird, etwas anderes ist in diesen Kreisen völlig undenkbar – gehört zu den vielen Dingen, die eine Dame, und erst recht ein »junges Mädchen«, und sei es auch schon 28 Jahre alt, nicht zu interessieren haben. Nicht zufällig schließt ein eigenes Tor diese kleine Welt aus vergangenen Tagen gegen eine Straße ab, die »Liberty Avenue« heißt. Während die Männer in Beruf, Sport und Klubs durchaus ein Leben in der Freiheit außerhalb des Crescent Place führen, sind die Frauen auf ihre Häuser beschränkt und wollen von der Welt anscheinend nicht mehr wissen, als man durch das Tor zur Liberty Avenue von ihr sehen kann.

Ähnliche Barrieren trennen auch die Häuser voneinander. Nach Jahrzehnten verkehrt man immer noch »gesellschaftlich« miteinander, ohne sich gegenseitig wirklich zu kennen. Förmliche Besuche bei Einladungen, Visiten in Krankheitsfällen und gemeinsam absolvierte Trauerrituale bestimmen den Umgang miteinander. Was die Familien der Welt draußen zeigen, das zeigen sie sich auch untereinander: gepflegte Vorgärten und Fassaden – wie es dahinter aussieht, geht niemanden etwas an. Man respektiert die Geheimnisse der andern, wie man die eigenen respektiert zu sehen wünscht, und wie man das eigene Haus nach dem englischen Rechtssatz als eine Burg gegen die Welt betrachtet, hilft man auch den Nachbarn bei der Verteidigung ihrer Privatsphäre.

Bezeichnenderweise sind es die Frauen, die die Träger dieser scheinbar unverbrüchlichen Ordnung sind. Sie haben um dieser angeblich Sicherheit verheißenden, Kriege und Krisen überdauernden Ordnung willen die Rolle der Gefangenenwärter und der Gefangenen zugleich übernommen. Indem sie das Leben »draußen« ausschließen wollten, haben sie das Leben selbst ausgesperrt. »Repression« ist der bei Mary Roberts Rinehart immer wiederkehrende englische Ausdruck hierfür, und er bezeichnet die Verdrängung wie die Unterdrückung gleichermaßen. Indem man alles Störende, alles Neue, alles zu Mißbilligende verdrängt, wirkt »frau« erfolgreich an der eigenen Unterdrückung mit. Diese Unterdrückungsmechanismen funktionieren inzwischen perfekt ohne männliches Zutun: Zwei der fünf Familien haben überhaupt kein männliches Familienoberhaupt mehr, und in den andern scheinen die Männer eher die Unterdrückten, zumindest die Schwächeren in der Partnerschaft zu sein, denen die Frauen großzügig den Beruf oder ein Hobby wie das Basteln am Auto als Freiraum lassen. Außer der jungen Helen Wellington, die sich gelegentlich fluchtartige Eskapaden leistet, die aber in ihrem festen Ritus aus Flucht und Rückkehr mit den Jahren immer mehr etwas hilflos Komisches bekommen, haben Frauen einen solchen Freiraum nicht: Ihr Leben wird in seiner Einförmigkeit von der Erzählerin mit einer engeren oder weiteren Planetenbahn verglichen, deren Radius allein von der festgelegten Lebensrolle abhängt, davon, ob man Ehefrau oder Witwe, unverheiratete Tochter oder abhängige Verwandte ist.

Wie nach draußen, hat man sich auch nach unten abgeschirmt: Die reichlich vorhandenen Dienstboten sind keine Menschen oder gar Individuen; sie interessieren nur als Erfüller von Funktionen. »Menschlichem« wird nur insoweit Rechnung getragen, als weibliche Angestellte gleich welchen Alters grundsätzlich an ihren freien Abenden um 22 Uhr wieder im Hause ihrer Herrschaft sein müssen. Daß sie ein Privatleben haben, eventuell sogar verheiratet sein könnten, wird nicht in Betracht gezogen.

Diese Welt einer arroganten Selbstsicherheit wird nun durch eine Mordserie erschüttert. Eine Familie nach der andern gerät in Verdacht, und die bequeme Ausflucht, nur ein von außen kommender Wahnsinniger könne solche Taten begehen, wird mehr und mehr versperrt. Am Ende stellt sich heraus, daß nicht nur die Welt des Crescent Place selbst die Brutstätte der grausigen Verbrechen war, sondern daß gerade die peinlich geregelte minutiöse Ordnung, die unverbrüchlichen Gesetze des von der Welt abgeschlossenen Daseins dem Täter erst die Ausführung seiner Pläne ermöglichten. Die Scheinsicherheit selbst gebiert die grenzenloseste Unsicherheit; der Schein, den man um jeden Preis vor der Welt wahren wollte, macht unaufhaltsam einer mörderischen Wirklichkeit Platz. Aber bis der Mörder gefaßt wird, dauert es lange; denn nach eben den Gesetzen dieser Welt versucht jeder ihrer Bewohner, sich, sein Haus und die Privatsphäre der Nachbarn durch eine Mauer des Schweigens zu schützen. Nach der feststehenden Meinung am Crescent Place ist es Aufgabe der von ihren Steuern unterhaltenen Polizei, sie nach außen zu schützen, ohne in ihrem Privatleben herumzuschnüffeln.

Der mühsame Prozeß der Verbrechensaufklärung wird für die Erzählerin und einige ihrer Mitbewohner zur Aufklärung im Kantischen Sinne: zum »Ausgang des Menschen aus seiner selbst verschuldeten Unmündigkeit. Unmündigkeit ist das Unvermögen, sich seines Verstandes ohne Leitung eines anderen zu bedienen.«

Vor allem die folgende Bemerkung Kants scheint geradezu auf das Leben am Crescent Place gemünzt zu sein: »Satzungen und Formeln, diese mechanischen Werkzeuge eines vernünftigen Gebrauchs oder vielmehr Mißbrauchs seiner Naturgaben, sind die Fußschellen einer immerwährenden Unmündigkeit.« So bleibt der Heldin am Ende nur der »Ausgang« aus der Unmündigkeit, in der sie von ihrer Mutter mit 28 Jahren immer noch gehalten wird: der Auszug aus dem Crescent Place. Die meisten Bewohner des Crescent Place – sofern sie noch am Leben sind! – versuchen jedoch so weiterzumachen, als sei nichts geschehen. Doch die ans Licht gekommenen Geschehnisse werden sich nie mehr in der gewohnten Weise unter den Teppich kehren, im Schrank verbergen und im Keller vergraben lassen. Der Scheinfrieden einer verlogenen »heilen« Welt ist für immer dahin – das heuchlerische Festhalten an den überlebten Ritualen beweist nur die Lernunfähigkeit einer ganzen Schicht.

Die Entlarvung der großbürgerlichen Gesellschaft, die Exhumierung ihrer so sorgsam im Keller vergrabenen Leichen, ist, verbunden mit der schonungslosen Darstellung des verkümmerten Lebens von Frauen in solchen Gesellschaftskreisen, ein lebenslanges Thema von Mary Roberts Rinehart (1876–1958). Es ist wohl mehr als ein Zufall, daß ihre ersten Veröffentlichungen in die letzten Lebensjahre Henrik Ibsens fallen. Durch den Selbstmord ihres als Erfinder gescheiterten Vaters und durch die finanziellen Schwierigkeiten in ihrer jungen Ehe, bedingt durch fehlgeschlagene Börsenspekulationen ihres Mannes, lernte sie früh die Unzulänglichkeiten einer Welt kennen, die aber trotz allem an ihre eigene Vollkommenheit glaubte.

Daß ihr die Stellung der Frau dabei besonders am Herzen lag, ergibt sich auch aus ihrer Biographie: Nicht nur stand sie durch ihre schnellen und außerordentlichen schriftstellerischen Erfolge finanziell früh auf eigenen Füßen, sondern sie hatte auch vorher schon – für eine Tochter aus bürgerlichem Hause vor der Jahrhundertwende durchaus unüblich – eine Ausbildung als Krankenschwester absolviert. So ist in ihrem gesamten Werk das Frauenthema von zentraler Bedeutung. Neben einer Seriendetektivin – einer »Nurse Pinkerton« genannten Krankenschwester – sind es immer wieder wechselnde Ich-Erzählerinnen, die die vertraute Welt, in der sie leben, plötzlich von rätselhaften Geschehnissen und Verbrechen verfremdet sehen. Im Bestehen dieser Gefahren erleben sie einen Emanzipationsprozeß – außer unserer Heldin geht es mutatis mutandis der Erzählerin der ›Wendeltreppe‹ so (DuMont's Kriminal-Bibliothek 1004), die nach einem über 50jährigen Leben als behütete Tochter und später als wohlhabende ältliche Jungfer in diesem abenteuerlichen Sommer zum ersten Mal das Gefühl hat, wirklich gelebt zu haben, während die Erzählerin von ›Der große Fehler‹ (DuMont's Kriminal-Bibliothek 1011) ihren nach dem Bankrott des Vaters und dem Tod der Eltern notgedrungen begonnenen Weg in die Selbständigkeit vollendet. Daß der bei jüngeren Heldinnen auch immer in die Arme eines Ehemannes führt, ist nicht nur als Zugeständnis an den Publikumsgeschmack zu sehen, sondern dient auch der ästhetischen Balance: Inmitten von soviel Scheitern, Tod und Zusammenbruch verheißt wenigstens ein Schicksal Glück und Zukunft.

Für die Vermittlung dieser lebensverändernden Geschehnisse an den Leser hat Mary Roberts Rinehart eine eigene Technik entwickelt, die geradezu schulstiftend gewirkt hat: Die Heldin und Ich-Erzählerin berichtet das gesamte Geschehen aus der Rückschau, nach Abschluß des gesamten Falles und nach Kenntnis aller relevanten Einzelheiten. Obwohl sie so beim Schreiben alle Geschehnisse in ihren Ursachen und Konsequenzen überblickt, versucht sie dennoch, sich möglichst strikt an ihren damaligen Kenntnisstand zu halten, ergänzt um den der Polizei, deren Ermittlungen sie nachträglich rekonstruiert. Gerade in unserm Roman wirkt es oft verwirrend, zu lesen, die Erzählerin habe »damals« »natürlich« noch nichts von einem Verhör gewußt, das sie einige Dutzend Seiten zuvor bereits – nach später erhaltenen Dokumenten etwa – ausführlich im Wortlaut mitgeteilt hat.

Diese ständigen Wendungen »Damals wußte ich natürlich nicht, daß Herbert . . . « haben der von ihr begründeten Schule den Namen »Had-I-But-Known-School« eingetragen – »wenn ich damals gewußt hätte, was ich heute weiß . . . « In ihr haben wir es immer mit einer Doppelung, häufig sogar, wie im vorliegenden Buch, mit einer Verdreifachung der Detektivgestalt zu tun: Primär werden die Ereignisse mit den Augen der Heldin gesehen, mit der Aufklärung des rätselhaften Geschehens betraut ist die offizielle Polizei, der die Akteure und Betroffenen aus den oben dargelegten Gründen keineswegs alles berichten und deren eigenes Handeln gegenläufig meist genauso rätselhaft bleibt. Zwischen diese Parteien mit ihren unterschiedlichen Interessenlagen tritt deshalb vermittelnd ein besonders herausgehobener Detektiv, der durch seine größere Nähe zur Heldin und Erzählerin für einen gewissen leserfreundlichen Informationsausgleich zwischen der Welt der Heldin und der der Polizei sorgt.

Durch diese komplizierte Vermittlungstechnik verschiebt sich die den Reiz des Detektivromans ausmachende Balance zwischen Geheimnis und Aufklärung stark zugunsten des Geheimnisses. Der eigentliche Reiz der »Had-I-But-Known«-Technik liegt nämlich in den vorgreifenden Andeutungen, die der Erzählerin ständig entschlüpfen und die die dargestellte, scheinbar heile Welt von Anfang an verfremden: Gleich bei der Vorstellung der fünf Häuser am Crescent Place werden sie für uns explizit als Stätten zukünftiger Verbrechen und Morde kenntlich gemacht und angesprochen, scheinbar banale Einzelheiten bekommen von vornherein eine unheilvolle Bedeutung, die sie eigentlich erst in einem später erzählten Romanteil haben.

Der vorliegende Roman erschien erstmals 1933 und wurde zu einer Zeit geschrieben, als Mary Roberts Rinehart schon eine der erfolgreichsten und bestbezahlten Schriftstellerinnen der USA war. Er schildert das bestehende, langsam versinkende Alte und das heraufdämmernde Neue, die Zeit nach dem Schwarzen Freitag und vor den Rooseveltschen Reformen. Die Autorin beschwört noch einmal den puritanischen Viktorianismus des alten Amerika, das Dunkel eines »American Gothic«, in das – den Beteiligten unbewußt, aber für den Leser deutlich – schon die ersten Strahlen der Lehre Sigmund Freuds fallen.

Volker Neuhaus

DuMont's Kriminal-Bibliothek

Band 1001	Charlotte MacLeod	**»Schlaf in himmlischer Ruh'«**
Band 1002	John Dickson Carr	**Tod im Hexenwinkel**
Band 1003	Phoebe Atwood Taylor	**Kraft seines Wortes**
Band 1004	Mary Roberts Rinehart	**Die Wendeltreppe**
Band 1005	Hampton Stone	**Tod am Ententeich**
Band 1006	S. S. van Dine	**Der Mordfall Bischof**
Band 1007	Charlotte MacLeod	**». . .freu dich des Lebens«**
Band 1008	Ellery Queen	**Der mysteriöse Zylinder**
Band 1009	Henry Fitzgerald Heard	**Die Honigfalle**
Band 1010	Phoebe Atwood Taylor	**Ein Jegliches hat seine Zeit**
Band 1011	Mary Roberts Rinehart	**Der große Fehler**
Band 1012	Charlotte McLeod	**Die Familiengruft**
Band 1013	Josephine Tey	**Der singende Sand**
Band 1014	John Dickson Carr	**Der Tote im Tower**
Band 1015	Gypsy Rose Lee	**Der Varieté-Mörder**
Band 1016	Anne Perry	**Der Würger von der Cater Street**
Band 1017	Ellery Queen	**Sherlock Holmes und Jack the Ripper**
Band 1018	John Dickson Carr	**Die schottische Selbstmord-Serie**
Band 1019	Charlotte MacLeod	**»Über Stock und Runenstein«**
Band 1020	Mary Roberts Rinehart	**Das Album**

Band 1018

John Dickson Carr

Die schottische Selbstmord-Serie

Alan Campbell, Professor für Geschichte, will in der friedlichen Abgeschiedenheit der schottischen Burg Shira am Loch Fyne seine innere Ruhe wiederfinden. Dort war jedoch Angus Campbell nachts vom Turm seiner Burg in den Tod gestürzt: Selbstmord – Unfall oder Mord? Noch weiß niemand, daß sein tragisches Ableben erst der Beginn äußerst mysteriöser Ereignisse ist. Damit wieder Frieden in die halbverfallene Burg einkehren kann, bedarf es schon des detektivischen Genies von Dr. Gideon Fell. Alan Campbell und den anderen Gästen stehen jedenfalls schlaflose Nächte bevor ...

DuMont's Kriminal-Bibliothek
»Über Stock und Runenstein«
Charlotte MacLeod